Arena-Taschenbuch
AB 26

Edgar Allan Poe/Jules Verne

Das Rätsel des Eismeeres

Die phantastischen Abenteuer des Arthur Gordon Pym
als blinder Passagier auf seiner Fahrt
in die antarktischen Gewässer

Übersetzt und bearbeitet
von Eva Maria Pleticha und Dr. Heinrich Pleticha

Arena

CIP-Kurztitelaufnahme der Deutschen Bibliothek

Das Rätsel des Eismeeres: d. phantast. Abenteuer d. Arthur Gordon Pym
als blinder Passagier auf seiner Fahrt in d. antarkt. Gewässer /
Edgar Allan Poe; Jules Verne.
Übers. u. bearb. von Eva Maria Pleticha u. Heinrich Pleticha.
- 1. Aufl. - Würzburg : Arena, 1986.
(Arena-Taschenbuch: AB; 26)
ISBN 3-401-00226-0
NE: Poe, Edgar Allan [Mitverf.]; Verne, Jules [Mitverf.];
Arena-Taschenbuch / AB
Pleticha, Eva Maria [Bearb.]; A.

1. Auflage als Arena-Taschenbuch 1986

Übersetzt und bearbeitet von Eva Maria Pleticha und Dr. Heinrich Pleticha

Umschlaggestaltung nach einem Stich
Gesamtherstellung: Mainpresse Richterdruck Würzburg
ISSN 0518-4002
ISBN 3-401-00226-0

INHALT

Die Abenteuer des Arthur Gordon Pym
von Edgar Allan Poe

Die Abenteuer des Tom Jeorling
von Jules Verne

Die Abenteuer des Arthur Gordon Pym

von Edgar Allan Poe

Erstes Kapitel

Mein Name ist Arthur Gordon Pym. Mein Vater war ein angesehener Händler für Schiffszubehör in Nantucket, meiner Geburtsstadt. Mein Großvater mütterlicherseits war ein Rechtsanwalt mit einer guten Praxis. Er hatte in allem Glück, und seine Aktienspekulationen an der »Neuen Bank« in Edgarton, wie sie damals hieß, waren ein großer Erfolg. Auf diese und ähnliche Weise war es ihm gelungen, eine ansehnliche Summe Geld beiseite zu legen. Mich liebte er, glaube ich, mehr als irgendeinen anderen Menschen auf der Welt, und ich erwartete, den größten Teil seines Vermögens zu erben. Als ich sechs Jahre alt war, schickte er mich auf die Schule des alten Herrn Rickett, einem Mann mit nur einem Arm und exzentrischem Benehmen; er wird jedem bekannt sein, der einmal in New Bedford war. Ich blieb in seiner Schule, bis ich sechzehn Jahre alt war, dann ging ich in die Akademie von Herrn Roland, die oben auf dem Hügel lag. Hier befreundete ich mich mit dem Sohn des Kapitäns Barnard, der meist im Dienst von Lloyd und Vredenburgh stand. Auch Herr Barnard ist in New Bedford gut bekannt und hat, da bin ich ganz sicher, viele Verwandte in Edgarton. Sein Sohn hieß Augustus und war fast zwei Jahre älter als ich. Zusammen mit seinem Vater war er auf einer Walfängerfahrt auf der »John Donaldson« dabeigewesen, und nun erzählte er mir dauernd von seinen Abenteuern im südlichen Pazifik. Ich begleitete ihn oft nach Hause und blieb den ganzen Tag dort, manchmal auch die ganze Nacht. Wir schliefen im selben Bett, und er pflegte mich bis zum Morgengrauen mit seinen Geschichten über die Eingeborenen der Insel Tinian und andere Orte, die er auf seiner Reise besucht hatte, wachzuhalten. Schließlich begann ich mich wirklich für seine Erzählungen zu interessieren, und langsam wuchs immer mehr der Wunsch in mir, zur See zu fahren.

Er hatte eine Art, seine Geschichten über den Ozean zu erzählen – von denen mehr als die Hälfte, wie ich heute vermute, reine Erfindung war –, daß ein Mensch mit meinem begeisterungsfähigen Gemüt und meiner düsteren, aber auch wieder leuchtenden Einbildungskraft einfach beeindruckt sein mußte. Es ist seltsam, daß er meine Gefühle am meisten für das Leben eines Seemanns einnahm, wenn er die schrecklicheren Momente, Leiden und Verzweiflung, schilderte. Für die freundliche Seite des Gemäldes hatte ich nicht allzuviel übrig. Ich träumte von Schiffbruch und Hunger, von Tod oder Gefangenschaft bei wilden Völkern, von einem Leben voll von Trauer und Tränen auf einem grauen und verlassenen Felsen, in einem unerreichbaren und unbekannten Ozean. Solche Träume und Wünsche – denn sie wurden allmählich zu Wünschen –, sind, wie mir inzwischen versichert wurde, allen melancholischen Menschen gemeinsam. Zu der Zeit, von der ich erzähle, erschienen sie mir als flüchtiger Einblick in ein Schicksal, das zu erfüllen ich mich beinahe verpflichtet fühlte. Augustus stellte sich völlig auf meinen Gemütszustand ein. Es ist in der Tat wahrscheinlich, daß unser enger Verkehr zu einem teilweisen Austausch des Charakters führte.

Ungefähr achtzehn Monate nach dem Untergang der »Ariel« war die Firma Lloyd und Vredenburgh (ein Haus, das mit den Herren Enderby in Liverpool in Verbindung stand, wie ich glaube) damit beschäftigt, die Brigg »Grampus« für eine Walfangreise auszubessern und auszustatten. Sie war ein alter, abgetakelter Kasten und auch dann kaum seetüchtig, als alles getan worden war, was irgend möglich war. Ich kann mir kaum vorstellen, warum sie den anderen und guten Fahrzeugen vorgezogen wurde, die denselben Eigentümern gehörten – aber es war so. Herr Barnard sollte sie befehligen, und Augustus würde ihn begleiten. Während die Brigg instand gesetzt wurde, legte Augustus mir häufig nahe, welche außerordentlich günstige Gelegenheit es war, meine Reisesehnsucht zu stillen. Er fand in mir einen durchaus willigen Zuhörer – aber so leicht ging die Sache doch nicht vonstatten. Mein Vater äußerte zwar keine direkte Ablehnung, aber meine Mutter wurde schon hysterisch, wenn ich den Plan nur erwähnte; und mein Großvater, von dem ich mir so viel erwartete, schwor, mich zu enterben, wenn ich diese Angelegenheit ihm gegenüber noch einmal erwähnen sollte. Diese Schwierigkeiten, die doch eigentlich meine Begeisterung abkühlen mußten, fachten sie nur noch mehr an. Ich beschloß, unter allen Umständen mitzufahren. Nachdem ich Augustus von meiner Absicht erzählt hatte, dachten wir uns einen Plan aus, wie er verwirklicht werden konnte. In der Zwischenzeit sprach ich mit keinem meiner Verwandten über die Reise, und es wurde angenommen, ich hätte den Vorsatz aufgesteckt, da ich mich offensichtlich mit meinen üblichen Arbeiten beschäftigte. Ich habe seither oft an mein Verhalten damals denken müssen, sowohl mit Mißvergnügen als auch mit Erstaunen. Die arge Heuchelei, die nötig war, um meinen Plan voranzutreiben – eine Heuchelei in jedem Wort und in jeder Handlung über einen so langen Zeitraum hinweg – wurde mir selbst nur erträglich durch die wilde, brennende Sehnsucht, mit der ich der Erfüllung meiner langgehegten Reisepläne entgegensah.

Um das ganze Täuschungsmanöver nicht zu gefährden, mußte ich notwendigerweise das meiste Augustus überlassen, der den größten Teil des Tages an Bord der »Grampus« beschäftigt war, wo er sich im Auftrag seines Vaters um die Kajüte und andere Dinge kümmerte. Aber abends hielten wir regelmäßig eine Besprechung und redeten über unsere Hoffnungen. Fast ein Monat verging auf diese Weise, ohne daß uns etwas eingefallen wäre, das Erfolg versprach; schließlich teilte er mir mit, er habe alles Notwendige erledigt. Ich hatte einen Verwandten in New Bedford, einen Herrn Ross, in dessen Haus ich manchmal zwei oder drei Wochen blieb. Die Brigg sollte Mitte Juni 1827 absegeln, und wir vereinbarten, daß ein oder zwei Tage bevor sie in See stach, mein Vater einen Brief von Herrn Ross erhalten sollte, in dem er mich einlud, vierzehn Tage mit seinen Söhnen Robert und Emmet zu verbringen. Augustus übernahm es selbst, den Brief zu schreiben und abliefern zu lassen. Nachdem ich dann scheinbar nach New Bedford abgereist war, sollte ich mich bei meinem Freund melden, der auf der »Grampus« für mich ein Versteck vorbereiten würde. Er versicherte mir, daß dieses Versteck bequem genug sei für die Zeit, in der ich mich nicht zeigen durfte. Sei dann die Brigg so weit gesegelt, daß an eine Umkehr nicht mehr zu denken wäre, sollte ich, wie er sagte, zu sämtlichen Annehmlichkeiten der Kabine zugelassen werden – was seinen Vater anging, so würde der nur herzlich über den Streich lachen. Man würde unterwegs genug Schiffen begegnen, denen man einen Brief mitgeben könnte, der das Abenteuer meinen Eltern erklären sollte.

Endlich wurde es Mitte Juni, und alles war vorbereitet. Der Brief wurde geschrieben und abgeliefert, und an einem Montagmorgen verließ ich das Haus, um an Bord des Paketbootes nach New Bedford zu gehen, wie man daheim annahm. Ich jedoch eilte auf dem kürzesten Weg zu Augustus, der an der Straßenecke auf mich wartete. Ursprünglich sollte ich mich bis zum Beginn der Dunkelheit versteckt halten und dann an Bord der Brigg schleichen; aber da uns ein dicker Nebel begünstigte, beschlossen wir, daß ich mich gleich verbergen sollte. Augustus ging zum Kai voran, und ich folgte ihm in geringem Abstand, eingemummt in einen dicken Seemannsmantel, den er mitgebracht hatte, damit ich nicht sofort erkannt wurde. Gerade als wir um die zweite Ecke bogen, wer tauchte da plötzlich auf, stand direkt vor mir und schaute mir gerade ins Gesicht? Der alte Herr Peterson, mein Großvater. »Du meine Güte, Arthur«, sagte er nach einer langen Pause, »was – was – wessen dreckigen Mantel hast du denn da an?«

»Sir!« So gut es in der Aufregung dieses Augenblicks ging, versuchte ich eine beleidigte und überraschte Miene aufzusetzen und in einem möglichst brummigen Ton zu antworten: »Sir! Sie irren sich. Erstens ist mein Name nicht Arthur, und zweitens möchte ich Ihnen doch raten, meinen neuen Mantel nicht dreckig zu nennen, alter Lump!« Ich konnte mich um alles in der Welt kaum beherrschen, in einen Lachanfall auszubrechen, als ich sah, wie seltsam der alte Herr sich nach dieser Abfuhr benahm. Erst wich er zwei oder drei Schritte zurück, wurde erst blaß und dann knallrot, schob seine Brille herauf und herunter und stürzte sich schließlich mit hochgehobenem Regenschirm auf mich. Doch dann hielt er plötzlich in seinem Lauf an, als sei ihm etwas eingefallen; dann machte er kehrt und humpelte die Straße hinunter, vor Wut zitternd, und stieß zwischen den Zähnen hervor: »Geht nicht – neue Brille – dachte, es wäre Arthur – nichtsnutziges Matrosenpack!«

Nachdem wir so knapp der Gefahr entronnen waren, rückten wir mit größerer Vorsicht weiter vor und erreichten sicher unser Ziel. An Bord waren nur ein oder zwei Leute, die mit irgendwelchen Arbeiten auf dem Vorderdeck beschäftigt waren. Kapitän Barnard hatte, wie wir genau wußten, bei Lloyd und Vredenburgh zu tun und würde dort bis zum späten Abend bleiben, so daß wir von dieser Seite aus wenig zu befürchten hatten. Augustus kletterte zuerst an Bord, und nach einer Weile folgte ich ihm, ohne von den Männern bemerkt zu werden. Wir gingen sofort in die Kajüte und fanden dort niemanden. Sie war sehr bequem eingerichtet, was bei einem Walfangschiff ungewöhnlich ist. Es gab vier schöne Staatskajüten mit breiten und bequemen Kojen. Wie ich bemerkte, gab es auch einen großen Ofen, und ein dicker, wertvoller Teppich bedeckte den Boden. Die Räume waren über zwei Meter hoch, kurz gesagt, alles erschien mir geräumiger und angenehmer, als ich es erwartet hatte. Augustus ließ mir jedoch nur wenig Zeit, mich umzusehen. Er bestand darauf, daß ich mich so bald wie möglich verstecken müsse. Er führte mich in seine eigene Kajüte, die auf der Steuerbordseite dicht bei den Schotten lag, schloß die Tür und verriegelte sie. Meiner Ansicht nach hatte ich noch nie einen hübscheren kleinen Raum gesehen als diesen. Er war ungefähr drei Meter lang und hatte nur eine Koje, die breit und bequem war. In dem Kabinenteil neben den

Schotten gab es einen kleinen Raum von etwa zwei Quadratmetern mit einem Tisch, einem Stuhl und hängenden Bücherregalen, die hauptsächlich See- und Reisebücher enthielten. Der Raum wies noch viele andere kleine Annehmlichkeiten auf, von denen ich auf keinen Fall eine Art Eisschrank vergessen darf, in dem Augustus mir eine ganze Menge guter Sachen zum Essen und Trinken zeigte.

Jetzt drückte er auf eine bestimmte Stelle des Teppichs in einer Ecke des gerade erwähnten Raumes und erklärte mir dabei, daß ein Teil des Bodens, etwa vierzig Zentimeter im Quadrat, sauber herausgeschnitten und wieder eingefügt worden war. Auf einen Druck hin hob sich die eine Seite dieses Stückes so, daß er seinen Finger darunterschieben konnte. Auf diese Weise hob er die Falltür – an der immer noch der Teppich befestigt war –, und ich sah, daß sie in den hinteren Laderaum führte. Mit einem Streichholz zündete er eine kleine Kerze an, steckte sie in eine Blendlaterne und stieg in die Öffnung hinab, wobei er mich aufforderte, ihm zu folgen. Ich tat es; er schloß die Tür von unten mit Hilfe eines Nagels – der Teppich nahm wieder seine ursprüngliche Lage in der Kajüte ein – und verwischte so alle Spuren von der Öffnung.

Die Kerze leuchtete so schwach, daß ich nur mit größter Schwierigkeit meinen Weg in dem Durcheinander von Gerümpel ertasten konnte, in dem ich mich nun wiederfand. Nach und nach gewöhnten sich meine Augen jedoch an die Dunkelheit, und ich kam besser voran, indem ich mich an den Rockschößen meines Freundes festhielt. Er brachte mich endlich, nachdem wir durch unzählige schmale Gänge gekrochen waren, zu einer eisenbeschlagenen Kiste, wie man sie manchmal zum Verpacken von Porzellan benutzt. Sie war etwa einen Meter zwanzig hoch und fast zwei Meter lang, aber sehr schmal. Zwei große leere Ölfässer lagen darauf und darüber noch eine Menge Strohmatten, die bis zur Decke aufgetürmt waren. Ringsherum war eng und bis zur Decke hinauf ein wildes Durcheinander aller nur möglichen Schiffsgeräte ineinandergekeilt, zusammen mit einer bunten Mischung von Kisten,

Packkörben, Fässern und Ballen, so daß es mir wie ein Wunder erschien, daß wir überhaupt bis zu der Kiste hatten vordringen können. Hinterher erfuhr ich, daß Augustus diese Gegenstände absichtlich so verstaut hatte, damit sich ein völlig sicheres Versteck bot. Bei seiner Arbeit hatte ihm nur ein Mann geholfen, der nicht an der Seereise teilnehmen sollte. Mein Freund zeigte mir nur, daß das eine Ende der Kiste nach Belieben entfernt werden konnte. Er schob es weg und enthüllte so das Innere, dessen Anblick mir viel Spaß bereitete. Eine Matratze aus einer der Kojen bedeckte den ganzen Boden, und die Kiste enthielt alles, was nur an Gegenständen, die irgendwie nützlich waren, hineingestopft werden konnte. Dabei aber hatte ich immer noch genügend Bewegungsfreiheit, konnte mich setzen oder ausgestreckt hinlegen. Unter anderem entdeckte ich einige Bücher, Feder, Tinte und Papier, drei Wolldecken, einen großen Krug voll Wasser, ein Fäßchen Schiffszwieback, drei oder vier riesige Bologneser Würste, einen gewaltigen Schinken, eine kalte gebratene Hammelkeule und ein halbes Dutzend Flaschen mit Likör und anderen belebenden Getränken. Ich ergriff sofort Besitz von meiner kleinen Wohnung und, da bin ich sicher, mit größerer Zufriedenheit, als sie jemals ein Monarch empfand, wenn er einen neuen Palast betrat. Augustus erklärte mir dann, wie ich die Kiste schließen konnte; danach hob er die Kerze bis zu ihrer Decke und zeigte mir ein Stück dunkler Peitschenschnur, die dort entlanglief. Sie führte, wie er sagte, durch alle Windungen in dem Gerümpel zu einem Nagel direkt neben der Falltür zu seiner Kajüte. Mit Hilfe dieser Schnur sollte ich auch ohne seine Führung einen Weg finden, falls irgendein unvorhergesehenes Ereignis einen solchen Schritt nötig machen würde. Nun verabschiedete er sich, ließ mir die Blendlaterne mit einem Vorrat an Kerzen und Streichhölzern zurück und versprach, mich so oft wie möglich zu besuchen, falls es ihm ohne Aufsehen gelingen würde. Das war am 17. Juni.

Ich blieb zwei oder drei Tage in meinem Versteck – wenn meine Rechnung stimmte. Dabei verließ ich es nur zweimal und stellte mich aufrecht zwischen zwei Körbe genau gegenüber der Öffnung, um meine Glieder etwas zu strecken. Während der ganzen Zeit sah ich nichts von Augustus, aber das beunruhigte mich kaum, weil ich wußte, daß die Brigg jede Stunde in See stechen konnte, und er in der Aufregung kaum Gelegenheit finden würde, mich zu besuchen. Schließlich hörte ich, wie die Falltür geöffnet und geschlossen wurde, gleich daruf rief er leise und fragte, ob alles in Ordnung sei und ob ich etwas brauchte.

»Nichts«, antwortete ich. »Ich habe es so bequem wie möglich. Wann segeln wir?«

»Der Anker soll in einer knappen halben Stunde gelichtet werden. Ich bin gekommen, um es dir zu sagen; außerdem dachte ich, du würdest vielleicht besorgt sein, weil ich nicht nach dir geschaut habe. Ich werde jetzt einige Zeit lang kaum dazu Gelegenheit haben, vielleicht für drei oder vier Tage. Oben ist alles in Ordnung. Wenn ich hinaufgegangen bin und die Falltür geschlossen habe, krieche an der Schnur entlang bis zu dem Nagel. Du wirst dort meine Uhr finden, du wirst sie brauchen, weil du kein Tageslicht hast, um die Zeit abzuschätzen. Ich nehme an, du hast keine Ahnung wie lange du hier schon begraben bist, es sind nur drei Tage, heute ist der zwanzigste. Ich würde dir die Uhr ja bringen, aber ich habe Angst, daß sie mich vermissen.« Damit verschwand er wieder.

Ungefähr eine Stunde, nachdem er gegangen war, fühlte ich deutlich, wie das Schiff sich bewegte, und ich beglückwünschte mich selbst, daß meine Seereise nun endlich begonnen hatte. Sehr zufrieden bei diesem Gedanken, beschloß ich, mir so wenig Sorgen wie möglich zu machen und den weiteren Verlauf der Dinge abzuwarten, bis man es mir erlaubte, die Kiste mit der zwar geräumigeren, aber kaum bequemeren Kajüte zu vertauschen. Meine erste Sorge galt nun der Uhr. Ich ließ die Kerze brennen und tastete mich in der Dunkelheit immer an der Schnur entlang durch ungezählte Windungen, wobei ich die Entdeckung machte, daß einige mich nach vielen Mühen wieder fast an dieselbe Stelle zurückbrachten. Schließlich erreichte ich den Nagel und kehrte sicher wieder mit der Uhr zurück. Ich sah mir nun die Bücher an, mit denen ich so vorsorglich versehen worden war, und wählte die Expedition von Lewis und Clarke zur Mündung des Columbia aus. Damit unterhielt ich mich einige Zeit, bis ich müde wurde. Dann löschte ich sorgfältig das Licht und fiel bald in tiefen Schlaf.

Als ich aufwachte, war ich seltsam verwirrt, und es dauerte einige Zeit, bevor ich mich an die verschiedenen Umstände meiner Lage erinnern konnte. Nach und nach kamen sie mir jedoch wieder ins Gedächtnis. Ich machte Licht und sah nach der Uhr. Aber sie war abgelaufen, und es gab daher keine Möglichkeit festzustsellen, wie lange ich geschlafen hatte. Meine Glieder waren schrecklich steif, und ich mußte mich zwischen die Körbe stellen, um sie wieder zu beleben. Auf einmal hatte ich entsetzlichen Hunger, und ich erinnerte mich an den kalten Hammel, von dem ich etwas vor dem Schlafengehen gegessen hatte und der ausgezeichnet geschmeckt hatte. Zu meinem Erstaunen entdeckte ich, daß er völlig verfault war. Diese Tatsache beunruhigte mich außerordentlich; denn als ich sie mit dem Durcheinander in meinem Kopf in Verbindung brachte, das ich beim Aufwachen gespürt hatte, begann ich anzunehmen, daß ich ungewöhnlich lange geschlafen haben mußte. Die stickige Luft im Laderaum konnte etwas damit zu tun haben, und sie konnte auch schlimmste Wirkungen hervorrufen. Ich hatte furchtbare Kopfschmerzen. Ich bildete mir ein, nur mühsam atmen zu können; kurzum, ich wurde von einer Unmenge von düsteren Ahnungen bedrückt. Doch ich durfe es noch nicht wagen, durch Öffnen der Falltür oder sonstwie Aufsehen zu erregen, und nachdem ich die Uhr aufgezogen hatte, fand ich mich mit meiner Lage ab, so gut es eben ging.

Während der folgenden vierundzwanzig Stunden, die mir endlos erschienen, kam niemand, und ich begann, Augustus der gröbsten Gleichgültigkeit anzuklagen. Was mich am meisten beunruhigte, war, daß nur noch etwa ein Viertelliter Wasser in meinem Krug war, und ich bekam schrecklichen Durst, weil ich nach dem Verlust des Hammels reichlich von der Bologneser Wurst gegessen hatte. Ich wurde sehr unruhig und konnte kein Interesse mehr für die Bücher aufbringen. Ein Schlafbedürfnis überwältigte mich, aber ich zitterte bei dem Gedanken, ihm nachzugeben, falls irgendein verderblicher Einfluß entstehen könnte, etwa der von Holzkohlengas – in der stickigen Luft des Laderaums war das leicht möglich. In der Zwischenzeit belehrte mich das Stampfen der Brigg, daß wir schon weit draußen auf dem Ozean schwammen, und ein dumpfer, summender Ton, der von weit her zu kommen schien, überzeugte mich, daß keine gewöhnliche Brise wehte. Ich konnte mir keinen Grund für die Abwesenheit von Augustus vorstellen. Wir waren sicher schon weit genug gekommen, so daß ich hinaufgehen konnte. Vielleicht war ihm ein Unfall zugestoßen, denn mir fiel nichts ein, weshalb er mich so lange eingesperrt halten sollte, außer, daß er plötzlich gestorben oder über Bord gefallen war, und bei diesem Gedanken konnte ich keinen Funken Geduld mehr aufbringen. Vielleicht waren wir durch Gegenwinde aufgehalten worden und befanden uns immer noch in der Nähe von Nantucket. Aber diese Idee verdrängte ich sofort wieder. Falls dies der Fall gewesen wäre, hätte die Brigg mehrere Male wenden müssen; da sie aber ständig nach Backbord geneigt lag, war ich sicher, daß sie die ganze Zeit mit einer beständigen Brise aus Steuerbord segelte. Angenommen aber, wir befanden uns immer noch in Nachbarschaft der Insel, warum hätte Augustus mich nicht besuchen und mich davon informieren sollen? Als ich so über die Schwierigkeiten meiner einsamen und freudlosen Lage nachgrübelte, beschloß ich, noch einmal vierundzwanzig Stunden zu warten und falls dann noch keine Hilfe gekommen war, meinen Weg zur Falltür zu tasten und zu versuchen, entweder mit meinem Freund zu verhandeln oder wenigstens etwas frische Luft zu schnappen und den Wasservorrat aufzufüllen.

Während ich noch nachdachte, fiel ich, allen Anstrengungen zum Trotz, in einen tiefen Schlaf, oder besser: in eine Art

Betäubung. Meine Träume waren ganz entsetzlich. Jedes nur mögliche Unglück und jeder Schreck stieß mir zu. Unter anderem wurde ich von grausigen und wilden Dämonen zwischen zwei riesigen Kissen erstickt. Ungeheure Schlangen wanden sich um mich und schauten mir mit ihren schauerlichen, glühenden Augen ernst ins Gesicht. Dann wieder dehnten sich Wüsten vor mir aus, grenzenlos, einsam und ehrfuchtsgebietend. Endlos hohe Baumstämme, grau und ohne Laub, erhoben sich in unbegrenzter Folge, soweit das Auge reichte. Ihre Wurzeln waren in weiten Morästen verborgen, deren trübes Wasser undurchdringlich schwarz, still und schrecklich unter mir lag. Und die seltsamen Bäume schienen mit menschlicher Lebenskraft ausgestattet zu sein und riefen, ihr Astgerippe wie Arme auf und ab bewegend, die schweigenden Wasser um Gnade an, mit den schrillen und durchdringenden Tönen schrecklicher Todesangst und Verzweiflung. Die Szene wechselte; ich stand nackt und allein mitten im glühenden Sandmeer der Sahara. Zu meinen Füßen lag geduckt ein grimmiger Löwe. Plötzlich öffneten sich seine wilden Augen und fielen auf mich. Mit einem krampfhaften Sprung war er auf den Füßen und entblößte seine fürchterlichen Zähne. Im nächsten Augenblick brach aus seinem roten Maul ein donnerartiges Gebrüll, und ich stürzte heftig zu Boden. Fast erstickt durch einen krampfartigen Anfall von Schrecken fand ich mich schließlich halbwach wieder. Mein Traum schien nun überhaupt kein Traum gewesen zu sein. Nun endlich war ich wieder im Besitz meiner Sinne. Die Tatzen eines riesigen und wirklichen Ungeheuers lagen schwer auf meiner Brust, sein heißer Atem war in meinem Ohr, seine weißen gräßlichen Fangzähne leuchteten vor mir in der Dunkelheit. Hätten auch tausend Leben von einer Bewegung eines Gliedes oder vom Äußern einer Silbe abgehangen, es wäre mir nicht möglich gewesen, mich zu bewegen oder zu sprechen. Das Untier, was auch immer es war, behielt seine Stellung bei, ohne sofort gewalttätig zu werden, während ich gänzlich hilflos und, wie ich mir einbildete, sterbend unter ihm lag. Ich fühlte, daß die

Kräfte von Körper und Geist mich rasch verließen – kurz, daß ich gerade zugrunde ging, daß ich umkam aus bloßer Angst. Mir wurde schwindlig, mir wurde todübel, meine Sehkraft schwand, selbst die glühenden Augäpfel über mir wurden blaß. Mit einer letzten großen Anstrengung hauchte ich schließlich ein Stoßgebet und fand mich mit meinem Tod ab. Doch der Klang meiner Stimme schien die ganze verborgene Wut des Tieres zu wecken. Es stürzte sich der Länge nach auf mich; aber wie groß war meine Überraschung, als es lang und leise winselte und mit größtem Eifer begann, mein Gesicht und meine Hände abzulecken, und das mit allen Anzeichen von Zärtlichkeit und Freude. Ich war verwirrt, völlig durcheinander vor Staunen, aber wie hätte ich das eigenartige Winseln meines Neufundländers Tiger vergessen können, seine seltsamen Liebkosungen, die ich so gut kannte. Er war es! Ich fühlte, wie das Blut mir durch die Schläfen schoß, ein wirbelndes und überwältigendes Gefühl von Rettung und Wiederbelebung. Rasch sprang ich von der Matratze auf, auf der ich gelegen hatte, warf mich meinem treuen Freund und Begleiter an den Hals und machte dem Druck in meiner Brust in einer Flut von leidenschaftlichen Tränen Luft.

Wie schon in einem früheren Fall, schien mein Verstand in völliger Verwirrung, nachdem ich die Matratze verlassen hatte. Lange Zeit war es mir unmöglich, einen klaren Gedanken zu fassen, aber ganz langsam kehrten meine Fähigkeiten zurück, und ich rief mir einzelne Umstände meiner Lage ins Gedächtnis. Die Anwesenheit von Tiger aber versuchte ich mir vergeblich zu erklären; nachdem ich mir darüber genug den Kopf zerbrochen hatte, mußte ich mich mit der Freude zufriedengeben, daß er da war, um meine traurige Einsamkeit mit mir zu teilen und mich durch seine Zärtlichkeit zu trösten. Die meisten Menschen lieben ihre Hunde, aber meine Zuneigung für Tiger war heftiger als gewöhnlich, und sicher hätte sie kein Tier mehr verdient. Seit sieben Jahren war er mein unzertrennlicher Gefährte, und in vielen Augenblicken hatte er seine edlen Eigenschaften bewiesen, die wir an dem Tier so schätzen.

Als er noch ganz klein war, hatte ich ihn aus den Klauen eines Bösewichts in Nantucket befreit, der ihn an einem Strick um den Hals zum Wasser führte. Ungefähr drei Jahre später zahlte der erwachsene Hund seine Schuld zurück, als er mich vor dem Knüppel eines Straßenräubers rettete.

Als ich nach der Uhr griff und sie an mein Ohr hielt, war sie wieder abgelaufen. Das erstaunte mich aber überhaupt nicht, denn nach meinem sonderbaren Gemütszustand zu urteilen, hatte ich wie vorher lange geschlafen; wie lang, ließ sich natürlich unmöglich feststellen. Ich hatte Fieber und einen fast unerträglichen Durst. Ich tastete in der Kiste nach meinem kleinen Rest Wasser, denn die Kerze war abgebrannt, und die Streichholzschachtel entdeckte ich nicht. Doch als ich den Krug fand, mußte ich festellen, daß er leer war. Ohne Zweifel hatte Tiger das Wasser ausgetrunken; den Rest des Hammels hatte er ebenfalls verspeist, denn der Knochen lag, sauber abgenagt, vor der Öffnung der Kiste. Auf das verdorbene Fleisch konnte ich gut verzichten, aber mein Mut sank, als ich an das Wasser dachte. Ich war völlig geschwächt, und bei der kleinsten Bewegung oder Anstrengung zitterte ich wie im Schüttelfrost. Um meine Schwierigkeiten noch zu vergrößern, stampfte und rollte die Brigg heftig, und die Ölfässer auf meiner Kiste drohten jeden Moment herabzufallen und so den einzigen Ein- und Ausgang zu versperren. Ich litt auch furchtbar unter der Seekrankheit. All dies bewog mich, den Gefahren zum Trotz, mich zur Falltür durchzuarbeiten, um sofortige Hilfe zu erhalten. Nach diesem Entschluß suchte ich wieder nach den Streichhölzern und Kerzen. Die ersteren fand ich nach einigen Schwierigkeiten, aber die Kerzen entdeckte ich nicht so schnell, wie ich erwartete. Da gab ich die Suche erst einmal auf, befahl Tiger, still zu liegen, und begab mich auf meine Reise zur Falltür.

Bei diesem Versuch wurde meine Schwäche deutlicher als je zuvor. Nur mit größter Anstrengung konnte ich überhaupt vorwärts kriechen, und oft sackten mir meine Glieder weg. Wenn ich dann auf dem Gesicht lag, blieb ich einige Minuten in einem Zustand, der an Bewußtlosigkeit grenzte. Doch kämpfte ich mich langsam vorwärts, jeden Augenblick fürchtend, ich könnte in den engen verschlungenen Gängen in Ohnmacht fallen, was unweigerlich meinen Tod bedeutet hätte. Schließlich drang ich mit aller Gewalt vorwärts und stieß mit der Stirn heftig gegen die scharfe Kante einer eisenbeschlagenen Kiste. Der Unfall betäubte mich zwar nur für wenige Augenblicke, aber zu meiner unaussprechlichen Bestürzung entdeckte ich, daß das schnelle und kräftige Rollen des Schiffes die Kiste mir in den Weg geworfen hatte, so daß sie den Durchgang völlig versperrte. Auch mit äußerster Anstrengung konnte ich sie nicht einen Zentimeter vom Fleck wegschieben, denn sie hatte sich zwischen andere Kisten und Schiffsgerät verkeilt. Es war deshalb wegen meiner Schwäche nötig, entweder die Führung der Schnur zu verlassen und einen neuen Weg zu suchen oder über das Hindernis zu klettern und den Weg auf der anderen Seite wiederaufzunehmen. Die erste Möglichkeit bot zu viele Schwierigkeiten und Gefahren, als daß ich ohne Schaudern daran denken konnte. In meinem gegenwärtigen schwachen Zustand würde ich unweigerlich die Richtung verlieren und in den trostlosen und ekelhaften Irrwegen des Laderaums elend zugrunde gehen. Deshalb nahm ich ohne zu zögern alle Kraft und allen Mut, die mir noch geblieben waren, zusammen und versuchte, so gut es ging, über die Kiste zu klettern.

Als ich dann aufrecht stand, mit diesem Ziel vor Augen, merkte ich, daß das Unternehmen doch viel schwieriger war, als ich es mir in meiner Furcht vorgestellt hatte. Zu beiden Seiten des Engpasses erhob sich eine Mauer aus verschiedenartigem, schwerem Gerümpel, das beim geringsten Stolpern auf meinen Kopf herabfallen konnte; falls es dazu nicht kam, konnte der Gang von den herabfallenden Massen so versperrt werden, daß mir der Rückweg unmöglich wurde. Die Kiste selbst war lang und sperrig, ich hätte darauf nicht Fuß fassen können. Vergeblich versuchte ich den Deckel zu erreichen in der Hoffnung, mich dann hinaufschwingen zu können.

Schließlich unternahm ich einen verzweifelten Versuch, die Kiste vom Fleck zu bewegen, und fühlte dabei eine starke Erschütterung an der Seite neben mir. Ich drückte mit der Hand auf den Rand der Bretter und merkte, daß sich eines gelockert hatte. Mit dem Taschenmesser gelang es mir nach harter Arbeit, es ganz loszumachen. Und als ich durch die Öffnung kroch, stellte ich zu meiner großen Freude fest, daß auf der anderen Seite der Deckel fehlte und ich mich durch den Boden durchgearbeitet hatte. Nun waren keine großen Schwierigkeiten mehr zu überwinden; ich tastete mich an der Schnur entlang und erreichte schließlich den Nagel. Mit klopfendem Herzen stand ich aufrecht da und drückte vorsichtig gegen die Falltür. Sie öffnete sich nicht, und ich drückte daher mit etwas größerer Entschlossenheit dagegen, immer noch fürchtend, daß jemand anderes als Augustus in der Kajüte sein könnte. Doch zu meinem Erstaunen bewegte sich die Tür nicht, und ich wurde unruhig, denn ich wußte, daß es vorher kaum einer Anstrengung bedurft hatte, sie zu öffnen. Ich stieß dagegen – sie blieb trotzdem fest; mit meiner ganzen Kraft – sie gab nicht nach; wütend, rasend, verzweifelt – sie trotzte meinen äußersten Anstrengungen. Offensichtlich war das Loch entweder entdeckt worden, und man hatte es dann zugenagelt, oder es war eine ungeheure Last darauf gewälzt worden, die zu entfernen ein sinnloser Gedanke war.

Ich empfand äußerste Angst und Verzweiflung. Vergeblich suchte ich nach einer Erklärung, warum man mich so begraben hatte. Ich konnte keinen zusammenhängenden Gedanken mehr fassen, sank zu Boden und gab widerstandslos den düsteren Vorstellungen nach, in denen mich drohende Todesarten bedrängten: Durst, Hunger, Ersticken und vorzeitiges Begräbnis. Schließlich aber kehrte doch ein Teil meines gesunden Menschenverstandes zurück. Ich stand auf und suchte mit den Fingern nach Fugen und Ritzen der Öffnung. Nachdem ich sie gefunden hatte, untersuchte ich sie genau, um festzustellen, ob sie Licht von der Kabine durchließen; es war aber nichts zu sehen. Dann stieß ich mein Messer hinein, bis ich auf ein hartes Hindernis traf. Ich kratzte daran und stellte fest, daß es sich um eine feste eiserne Masse handelte, von der ich annahm, daß es eine Ankerkette war, denn sie fühlte sich wellig an, als ich mit dem Messer daran entlangfuhr. So blieb mir nur die Möglichkeit, zu meiner Kiste zurückzutappen und mich dort entweder in mein trauriges Schicksal zu ergeben oder mich dadurch zu beruhigen, daß ich einen Fluchtplan entwickelte. Unverzüglich begann ich, meinen Entschluß durchzuführen, und kehrte nach unzähligen Schwierigkeiten glücklich zurück. Als ich völlig erschöpft auf meine Matraze sank, warf sich Tiger der Länge nach neben mich, um mich mit seinen Liebkosungen zu trösten und mich zu drängen, die Schwierigkeiten mit Tapferkeit zu ertragen. Sein seltsames Verhalten erregte schließlich meine Aufmerksamkeit. Nachdem er einige Minuten lang mein Gesicht und meine Hände beleckt hatte, hörte er plötzlich auf und ließ ein leises Winseln vernehmen. Ich streckte dann meine Hand nach ihm aus, und immer fand ich ihn auf dem Rücken liegen, die Pfoten hochgestreckt. Dieses wiederholte Benehmen war seltsam, und ich konnte es mir einfach nicht erklären. Da der Hund so betrübt schien, dachte ich, er habe eine Verletzung erlitten, doch als ich seine Pfoten in meine Hände nahm und sie der Reihe nach untersuchte, fand ich aber keine Spur von einer Wunde. Ich nahm daher an, er sei hungrig, und gab ihm ein großes Stück Schinken, das er gierig auffraß – danach aber benahm er sich wieder so sonderbar. Nun fiel mir ein, daß er wie ich selbst unter den Qualen des Durstes litt, und ich glaubte schon, das Richtige getroffen zu haben, als mir der Gedanke kam, daß ich ja nur seine Pfoten untersucht hatte und er möglicherweise am Körper oder am Kopf verletzt sein könnte. Ich tastete sorgfältig den Kopf ab, konnte aber nichts finden. Doch als ich mit der Hand über den Rücken strich, nahm ich eine leichte Erhebung der Haare wahr, die sich quer darüber hinwegzog. Ich befühlte sie mit den Fingern und entdeckte eine Schnur, die sich um den ganzen Körper wickelte.

Bei näherer Untersuchung stieß ich auf etwas, das meinem

Gefühl nach Briefpapier sein mußte und unmittelbar unter der linken Schulter des Tieres befestigt war.

Zweites Kapitel

Mir kam sofort der Gedanke, daß das Papier eine Nachricht von Augustus enthielt, irgendein unvorhergesehenes Ereignis ihn daran hinderte, mich aus meinem Kerker zu befreien, und er deshalb diesen Weg gewählt hatte, um mich vom Stand der Dinge zu unterrichten. Zitternd vor Eifer begann ich erneut nach den Streichhölzern und den Kerzen zu suchen. Ich erinnerte mich verschwommen, daß ich sie sorgfältig irgendwohin gelegt hatte, bevor ich einschlief. Aber nun versuchte ich vergeblich, mir diesen Platz ins Gedächtnis zu rufen, und ich war eine volle Stunde mit der fruchtlosen und ärgerlichen Suche nach den verlorenen Gegenständen beschäftigt. Sicher hat es noch niemals einen so qualvollen Zustand von Besorgnis und Spannung gegeben. Ich tastete in der Nähe der Kistenöffnung und davor herum, mein Kopf immer nahe dem Ballast, und bemerkte schließlich einen schwachen Lichtschimmer in Richtung des Zwischendecks. Äußerst überrascht versuchte ich einen Weg dorthin zu finden, denn der Schimmer schien nur wenige Schritte von mir entfernt zu sein. Doch kaum hatte ich mich bewegt, verlor ich ihn aus den Augen; um ihn wieder zu sehen, mußte ich mich an der Kiste entlangtasten, bis ich wieder an meinem früheren Standort war. Als ich nun meinen Kopf vorsichtig hin und her bewegte, bemerkte ich, daß ich mich dem Licht nähern konnte und es dabei immer im Auge behielt, wenn ich langsam und behutsam genug in die andere Richtung ging als vorher. Schließlich erreichte ich es, nachdem ich mich durch zahllose enge Windungen hindurchgezwängt hatte, und entdeckte, daß es von Bruchstücken meiner Streichhölzer ausging, die in einem leeren, auf die Seite gestürzten Faß lagen. Ich überlegte mir noch, wie sie dorthin gekommen waren, als ich zufällig zwei oder drei Stückchen Kerzenwachs berührte, die offensichtlich von dem Hund angenagt waren. Sofort erfaßte ich, daß er meinen gesamten Kerzenvorrat aufgefressen hatte, und ich hegte wenig Hoffnung, jemals die Nachricht von Augustus lesen zu können. Die kleinen Wachsreste klebten so mit anderem Abfall im Faß zusammen, daß ich sie wohl nicht mehr gebrauchen konnte, und deshalb ließ ich sie liegen.

Den Phosphor aber, von dem es nur noch ein oder zwei Fleckchen gab, kratzte ich, so gut es ging, zusammen und kehrte damit nach vielen Schwierigkeiten zu meiner Kiste zurück, wo Tiger die ganze Zeit über wartete.

Was ich nun tun sollte, wußte ich nicht. Der Laderaum war so dunkel, daß man die Hand nicht vor den Augen sehen konnte. Selbst wenn ich ganz genau hinblickte, vermochte ich den weißen Streifen Papier nicht zu erkennen. Man kann sich diese Finsternis schlecht vorstellen, und die Nachricht meines Freundes, wenn es wirklich eine solche war, schien nur bestimmt, mir noch mehr Schwierigkeiten zu bereiten; regte sie mich doch völlig zwecklos auf. Vergeblich wälzte ich in meinem Hirn eine Menge absurder Ideen, wie ich Licht schaffen könnte. Solche Versuche könnten einem Mann im Opiumrausch einfallen – dem Träumenden erscheint jeder Plan als der vernünftigste oder verdrehteste, je nachdem, ob gerade die Fähigkeit zum logischen Denken oder die Phantasie verdrängt ist. Schließlich kam mir eine anscheinend doch vernünftige Idee, und ich fragte mich sofort, warum sie mir nicht schon vorher eingefallen war. Ich legte den Papierstreifen auf ein Buch, sammelte die Phosphorreste der Streichhölzer aus dem Faß und streute sie auf das Papier. Dann rieb ich mit der Hand schnell, aber gleichmäßig darüber hin. Sofort verbreitete sich ein matter Lichtschein auf der ganzen Fläche. Wäre etwas Geschriebenes gewesen, so hätte ich es ohne die geringsten Schwierigkeiten zu lesen vermocht. Da stand jedoch keine Silbe – nichts als leeres weißes Papier! Der Lichtschimmer verschwand nach einigen Minuten und mit ihm mein Mut.

Ich habe schon mehr als einmal erklärt, daß meine geistige Verfassung in dieser Zeit an Schwachsinn grenzte. Sicher gab es dazwischen vernünftige Augenblicke, und manchmal steckte ich auch voller Energie. Man muß sich aber daran erinnern, daß ich sicher schon seit vielen Tagen die vergiftete Luft eines abgeschlossenen Laderaums auf einem Walfänger einatmete, und die meiste Zeit hatte ich nur einen geringen Wasservorrat gehabt. Seit vierzehn oder fünfzehn Stunden besaß ich überhaupt keinen Tropfen mehr, auch hatte ich in dieser Zeit nicht geschlafen. Meine hauptsächliche Nahrung waren scharf gewürzte Speisen gewesen, die, abgesehen vom Schiffszwieback, nach dem Verlust der Hammelkeule meinen einzigen Vorrat bildeten. Der Zwieback aber war zu trocken und hart für meinen geschwollenen und ausgedörrten Hals. Ich litt unter hohem Fieber und war schwer krank. Daraus läßt sich erklären, daß viele schlimme Stunden voller Mutlosigkeit nach meinem letzten Abenteuer mit dem Phosphor vergingen.

Vor den schlimmsten Folgen rettete mich die Klugheit Tigers. Nach langer Suche fand ich einen kleinen Fetzen Papier, hielt ihn dem Hund vor die Nase und versuchte ihm klarzumachen, daß er mir den Rest bringen sollte. Zu meinem Erstaunen – denn ich hatte ihm niemals die üblichen Tricks beigebracht – schien er mich sofort zu verstehen, und nach kurzem Herumstöbern fand er ein weiteres großes Stück. Als er das gebracht hatte, ruhte er sich eine Weile aus und rieb seine Nase an meiner Hand, so als wolle er meine Zustimmung. Ich streichelte ihn am Kopf, und er zog sofort wieder ab. Es dauerte einige Minuten, bevor er zurückkam, aber nun brachte er ein großes Stück mit, das sich als der fehlende Rest erwies. Ich hatte das Papier anscheinend nur in drei Stücke zerrissen. Glücklicherweise war es nicht schwierig, die wenigen Reste des Phosphors zu finden, denn ich wurde durch einen undeutlichen Lichtschimmer geführt. Die bisherigen Schwierigkeiten hatten mich vorsichtig gemacht, und ich dachte erst einige Zeit darüber nach, was ich tun sollte. Es war ziemlich wahrscheinlich, daß einige Worte auf der Seite des Papiers standen, die ich nicht untersucht hatte. Aber welche Seite war das? Das Zusammensetzen der einzelnen Stücke gab dafür keinen Hinweis, obwohl dadurch feststand, daß alle Worte – wenn es welche gab – auf einer Seite zu finden waren, und zwar in richtiger Reihenfolge. Es schien unbedingt nötig, diese Frage zuerst zu klären, denn für einen dritten Versuch würde der Phosphor nicht reichen, falls der zweite fehlschlug. Wie zuvor legte ich das Papier auf ein Buch, saß einige Minuten da und überlegte. Schließlich vermutete ich, daß die beschriebene Seite doch einige feine Unebenheiten aufweisen müsse, die sich ertasten ließen. Ich beschloß, den Versuch zu wagen, und fuhr mit meinem Finger sehr vorsichtig auf der Seite entlang, die nach oben wies – es war nichts festzustellen. Nun drehte ich das Papier um, legte es wieder auf das Buch und fuhr erneut mit dem Zeigefinger darüber. Dabei bemerkte ich einen ganz schwachen, aber doch erkennbaren Lichtschimmer, der meinem Finger folgte. Er konnte nur von den winzigen Phosphorresten stammen, mit denen ich das Papier bei dem vorhergegangenen Versuch bedeckt hatte. Auf der anderen Seite mußte daher die Schrift sein, wenn überhaupt eine vorhanden war. Wieder drehte ich die Nachricht um und ging wie zuvor an die Arbeit. Nachdem ich den Phosphor aufgetragen und gerieben hatte, begann er zu leuchten. Diesmal wurden einige Zeilen in einer großen Handschrift und offenbar in roter Tinte deutlich sichtbar. Der Lichtschimmer verschwand aber sehr rasch wieder. Wäre ich nicht so aufgeregt gewesen, hätte ich sicher genügend Zeit gehabt, die drei Zeilen vor mir zu entziffern, denn ich sah, daß es drei waren. Aber in der Hast, alles auf einmal lesen zu wollen, konnte ich nur die letzten Worte erkennen, die lauteten: »Blut . . . Dein Leben hängt vom Stillliegen ab.«

Hätte ich den vollen Inhalt der Nachricht entziffert, die ganze Ermahnung, die mir mein Freund zukommen lassen wollte, sie hätte mir, selbst wenn es etwas Schreckliches gewesen wäre, nicht ein Zehntel des qualvollen und doch unbestimmbaren Schreckens einjagen können, wie diese bruchstückhafte Warnung. Und dazu noch »Blut«, dieses Wort aller Worte – zu allen Zeiten so voll von Geheimnis und Leiden und Schrecken – dreifach bedeutsam erschien es nur – wie frostig und schwer fiel diese unbestimmte Silbe (da sie ja losgelöst war von allen Worten, die ihre Bedeutung erklären könnten) in die tiefe Dunkelheit meines Gefängnisses, in die geheimen Winkel meines Herzens!

Zweifellos hatte Augustus gute Gründe, daß ich weiterhin verborgen bleiben sollte, und ich hegte tausend Vermutungen, warum, aber ich konnte mir keine befriedigende Lösung des Rätsels denken. Kurz nach meiner letzten Reise zur Falltür, ehe meine Aufmerksamkeit durch das seltsame Verhalten von Tiger abgelenkt worden war, hatte ich beschlossen, mich unter allen Umständen den Leuten an Bord bemerkbar zu machen, oder, falls ich damit keinen Erfolg hatte, zu versuchen, einen Weg durch das untere Deck zu bahnen. Die halbe Sicherheit, im äußersten Notfall eine dieser beiden Absichten durchführen zu können, hatte mir Mut gemacht, meine mißliche Lage zu ertragen. Die wenigen Worte aber, die ich hatte lesen können, schnitten mich auch von dieser letzten Zuflucht ab, und zum erstenmal fühlte ich das ganze Elend meines Schicksals. In einem Anfall von Verzweiflung warf ich mich wieder auf die Matratze und lag dort etwa einen Tag und eine Nacht lang in einer Art von Betäubung, die nur von wenigen Augenblicken der Vernunft und der Erinnerung unterbrochen war.

Schließlich stand ich noch einmal auf und dachte über die Schrecken nach, die mich umgaben. Es war gerade noch möglich, weitere vierundzwanzig Stunden ohne Wasser zu verbringen – länger aber nicht. Während der ersten Zeit meiner Gefangenschaft hatte ich öfters von den Likören getrunken, die zu meinen Vorräten gehörten, aber sie riefen nur Fieber hervor, ohne meinen Durst im geringsten zu löschen. Nun war nur noch ein Viertel eines starken Pfirsichlikörs übrig, gegen den mein Magen sich auflehnte. Die Würste waren verbraucht, vom Schinken war nur noch ein kleines Stück Haut übrig, und den Schiffszwieback hatte Tiger bis auf wenige Reste aufgefressen. Zu allem Überdruß verstärkte sich auch mein Kopfweh und mit ihm diese Art Delirium, das mich seit dem ersten Einschlafen mehr oder weniger quälte. Seit einigen Stunden konnte ich überhaupt nur mühsam atmen, und quälende Brustkrämpfe begleiteten jeden Versuch. Aber es gab noch einen anderen Grund für meine Unruhe, dessen qualvolle Schrecken mich aus meiner Betäubung rissen. Und das war das Benehmen des Hundes.

Eine Änderung seines Verhaltens hatte ich zuerst beobachtet, als ich bei meinem zweiten Versuch Phosphor auf das Papier rieb. Er stieß mit leichtem Knurren seine Nase gegen meine Hand; aber ich war viel zu aufgeregt, um dem viel Beachtung zu schenken. Kurz darauf, man wird sich erinnern, fiel ich auf die Matratze und versank in eine Art Lethargie. Plötzlich bemerkte ich ein seltsames, pfeifendes Geräusch neben meinem Ohr, das von Tiger kam, der offenbar in größter Erregung keuchte und schnaufte, während seine Augen in der Dunkelheit wild leuchteten. Ich sprach zu ihm, er antwortete mit einem leisen Knurren und blieb dann ruhig. Bald verfiel ich wieder in meine Betäubung und wurde auf ähnliche Weise wieder herausgerissen. Dies wiederholte sich drei- oder viermal, bis sein Benehmen mich schließlich so in Furcht versetzte, daß ich hellwach wurde. Er lag nun dicht neben der Kistentür, knurrte furchterregend, wenn auch in etwas gedämpftem Ton, und knirschte mit den Zähnen, als hätte er starke Krämpfe. Ich zweifelte nicht daran, daß entweder der Wassermangel oder die stickige Luft des Laderaums ihn toll gemacht hatten, und wußte nicht, was ich nun tun sollte. Ich konnte den Gedanken nicht ertragen, ihn zu töten, doch es schien meiner eigenen Sicherheit wegen unbedingt notwendig. Ich konnte genau seine Augen erkennen, die mit einem Ausdruck tödlichen Hasses auf mir ruhten, und erwartete jeden Augenblick, daß er mich angreifen würde. Schließlich konnte ich meine schreckliche Lage nicht länger ertragen und beschloß, die Kiste unter allen Umständen zu verlassen und ihn zu töten, falls sein Widerstand das erfordern würde. Um hinauszukommen, mußte ich über ihn hinwegsteigen. Er schien meinen Plan zu ahnen – wie ich aus der veränderten Lage seiner Augen erkennen konnte –, denn er hatte sich auf die Vorderpfoten erhoben und zeigte nun sein ganzes weißes Gebiß. Ich nahm den Rest der Schinkenschwarte und die Likörflasche, befestigte sie an mir, zusammen mit dem großen Tranchiermesser, das Augustus mir gelassen hatte, dann wickelte ich meinen Mantel so eng wie möglich um mich herum und machte eine Bewegung auf die Öffnung der Kiste zu. Kaum hatte ich das getan, sprang mir der Hund mit lautem Knurren an den Hals. Das ganze Gewicht seines Körpers traf mich an der rechten Schulter, und ich stürzte schwer auf die linke Seite, während das wütende Tier über mich hinwegsetzte. Ich war auf die Knie gefallen, mein Kopf lag unter den Decken, und das schützte mich vor einem zweiten wilden Angriff. Ich fühlte die scharfen Zähne, die sich fest in die um meinen Hals gewickelte Wolldecke drückten, aber glücklicherweise konnten sie nicht durch die Falten dringen. So lag ich unter dem Hund und wäre in wenigen Augenblicken völlig in seiner Gewalt gewesen, doch da gab die Verzweiflung mir Kraft. Ich erhob mich mutig, schüttelte ihn mit aller Gewalt ab und zog die Decke von der Matratze mit mir fort. Die warf ich über ihn, und bevor er sich befreien konnte, entkam ich durch die Tür und verschloß sie, so daß er mir nicht folgen konnte. In dem Kampf hatte ich jedoch das Stückchen Schinkenschwarte fallen lassen und mußte nun feststellen, daß mein ganzer Vorrat auf ein Viertelpint Likör zusammengeschmolzen war. Als ich dies merkte, hatte ich einen Anfall von Leichtsinn, wie ihn ein verzogenes Kind verspüren könnte. Ich setzte die Flasche an meine Lippen, leerte sie bis zum letzten Tropfen und zerschmetterte sie auf dem Boden.

Kaum war das Klirren verhallt, als ich eine aufgeregte, aber gedämpfte Stimme hörte, die meinen Namen rief. Sie kam aus der Richtung des Zwischendecks. Das traf mich so unerwartet, und ich war durch den Klang so überwältigt, daß ich vergeblich versuchte zu antworten. Ich konnte nicht mehr sprechen, stand zwischen den Körben neben der Kiste, zitterte krampfartig, keuchte und rang nach Worten. Ich hatte schreckliche Angst, mein Freund könnte mich für tot halten und ohne einen Versuch mich zu erreichen wieder umkehren. Hätten selbst tausend Welten von einer Silbe abgehangen, ich hätte keine herausgebracht. Nun hörte ich eine leichte Bewegung im Gerümpel irgendwo vor mir, doch dann wurde der Klang undeutlicher, schwächer und immer schwächer. Wie könnte ich jemals meine Gefühle in jenem Augenblick vergessen? Er ging, mein Freund, mein Kamerad, von dem ich doch so viel erwartete. Er würde mich verlassen, und dabei konnte mich ein Wort, eine einzige Silbe retten. Aber diese Silbe konnte ich nicht aussprechen. Ich fühlte, da bin ich sicher, zehntausendmal die Angst vor dem Tod. Mir wurde schwindlig, und todkrank fiel ich gegen das eine Ende der Kiste.

In diesem Augenblick rutschte das Messer aus meinem Hosenbund und sprang klappernd auf den Fußboden. Nie hatte ich eine so süße Melodie gehört! In höchster Besorgnis lauschte ich, um die Wirkung des Lärms auf Augustus festzustellen, denn die Person, die nach mir gerufen hatte, mußte Augustus sein. Einige Augenblicke war alles ruhig, doch dann hörte ich, wie leise und zögernd das Wort »Arthur« wiederholt wurde. Die neue Hoffnung löste sogleich meine Zunge, und ich schrie so laut ich konnte: »Augustus! O Augustus!«

»Still – um Gottes willen still!« antwortete er mit vor Aufregung zitternder Stimme. »Ich werde gleich bei dir sein, sobald ich einen Weg gefunden habe.« Dann hörte ich, wie er sich durch das Gerümpel bewegte, und jeder Moment schien mir wie eine Ewigkeit. Schließlich fühlte ich seine Hand auf meiner Schulter, und im selben Augenblick hielt er mir eine Wasserflasche an die Lippen. Nur wer schon einmal mit einem Bein im Grab stand oder die unerträglichen Durstqualen kennengelernt hat, kann sich eine Vorstellung von der unaussprechlichen Freude machen, als ich einen langen Zug von dem kostbarsten aller Genüsse nahm.

Als ich meinen Durst einigermaßen gelöscht hatte, holte

Augustus aus seiner Jackentasche drei oder vier kalte gekochte Kartoffeln, die ich gierig hinunterschlang. In einer Blendlaterne hatte er ein Licht mitgebracht, und die angenehmen Strahlen spendeten mir kaum weniger Trost als Essen und Trinken. Aber ich war ungeduldig, den Grund für seine lange Abwesenheit zu erfahren, und er begann zu erzählen, was an Bord während meiner Gefangenschaft geschehen war.

Drittes Kapitel

Wie ich angenommen hatte, war die Brigg eine Stunde, nachdem er mir die Uhr gebracht hatte, am 20. Juni in See gestochen. Man wird sich erinnern, daß ich um diese Zeit schon drei Tage im Laderaum steckte. Während dieser Zeit herrschte dauernder Betrieb an Bord und so viel Hin- und Herrennerei in den Kajüten, daß er keine Möglichkeit fand, mich zu besuchen, ohne daß das Geheimnis der Falltür entdeckt worden wäre. Bei seinem Besuch hatte ich ihm dann versichert, daß es mir gut ginge. Deshalb machte er sich meinetwegen während der nächsten zwei Tage kaum Sorgen, wartete jedoch immer noch auf eine Gelegenheit hinunterzugehen. Sie bot sich erst am vierten Tag. Inzwischen war er mehrmals entschlossen gewesen, seinem Vater von dem Abenteuer zu erzählen und mich heraufzuholen. Da wir aber noch immer nicht weit genug von Nantucket entfernt waren, schien es zweifelhaft, ob Kapitän Barnard nicht zurückfahren würde, wenn er mich entdeckte.

Außerdem, so erzählte mir Augustus, hätte er sich nach reiflicher Überlegung nicht vorstellen können, daß ich mich in unmittelbarer Not befand oder in einem solchen Fall zögern würde, mich an der Falltür bemerkbar zu machen. Nachdem er alles überdacht hatte, beschloß er deshalb, mich noch dort unten zu lassen, bis er eine Gelegenheit fand, mich unbeobachtet zu besuchen. Wie ich schon sagte, bot sich diese erst am siebten Tag, seit ich den Laderaum betreten hatte. Er stieg dann hinunter, ohne Wasser oder Vorräte mitzunehmen, und beabsichtigte nur, meine Aufmerksamkeit zu erregen und mich zur Falltür zu rufen. Dann wollte er in die Kajüte hinaufgehen und mir von dort Proviant herunterreichen. Da ich aber laut zu schnarchen schien, nahm er an, daß ich schliefe. Nach allen meinen Berechnungen, die ich darüber anstellte, muß das der Schlaf gewesen sein, in den ich nach der Rückkehr mit der Uhr gefallen war und der demnach mehr als drei Tage und Nächte gedauert hatte.

Neuerdings bin ich sowohl aus eigener Erfahrung als auch aus den Erläuterungen anderer mit der starken einschläfernden Wirkung bekannt geworden, die von dem ausströmenden Gestank alter Tranfässer herrühren, wenn sie unter Luftabschluß lagern. Wenn ich an den Zustand des Laderaums denke, in dem ich eingeschlossen lag, und an die lange Zeit, in der die Brigg als Walfänger verwendet wurde, dann möchte ich mich fast mehr darüber wundern, daß ich überhaupt noch einmal aufwachte, als daß ich so lange geschlafen habe.

Augustus rief erst leise und ohne die Falltür zu schließen. Als er schließlich keine Antwort erhielt, klappte er diese zu und rief lauter, schließlich sehr laut – aber ich schnarchte weiter. Nun wußte er nicht, was er tun sollte. Es hätte ihn einige Zeit gekostet, bis er durch das Gerümpel zu meiner Kiste vorgestoßen wäre. In der Zwischenzeit hätte seine Abwesenheit aber von Kapitän Barnard bemerkt werden können, der ihn andauernd beschäftigte und seine Hilfe beim Ordnen und Abschreiben der Geschäftspapiere benötigte. Deshalb beschloß er nach einigem Überlegen, wieder hinaufzugehen und auf eine bessere Gelegenheit zu warten. Dieser Entschluß fiel ihm um so leichter, als mein Schlaf sehr ruhig zu sein schien und er nicht annehmen konnte, daß ich durch meine Gefangenschaft Schaden erlitten hatte. Er war mit seinen Überlegungen gerade zu einem Ende gekommen, als seine Aufmerksamkeit von einer ungewohnten Unruhe abgelenkt wurde, die offensichtlich aus seiner Kajüte kam. So schnell wie möglich sprang er durch die Falltür, schloß sie und stieß die Tür in seine Kajüte auf. Kaum hatte er seinen Fuß über die Schwelle gesetzt, als eine Pistole vor seinem Gesicht aufblitzte und er im selben Moment von einer Hebestange niedergeschlagen wurde.

Eine starke Hand hielt ihn auf dem Kabinenboden, sie umklammerte seine Kehle, aber er konnte doch noch sehen, was um ihn herum vorging. Sein Vater war an Händen und Füßen gefesselt und lag mit dem Kopf nach unten auf der Kabinentreppe. Auf der Stirn hatte er eine tiefe Wunde, aus der ununterbrochen das Blut floß. Er sprach kein Wort und lag offensichtlich im Sterben. Über ihn stand der erste Maat, beobachtete ihn mit teuflischem Hohn und durchsuchte bedächtig seine Taschen, aus denen er dann eine dicke Brieftasche und ein Chronometer herauszog. Sieben Besatzungsmitglieder, unter ihnen der Koch, ein Neger, durchstöberten die Backbordkabinen nach Waffen, wo sie sich bald mit Musketen und Munition ausrüsteten. Neben Augustus und Kapitän Barnard waren noch neun Mann in der Kajüte, unter ihnen die schlimmsten Schurken der Besatzung. Die Bösewichte gingen nun an Deck und nahmen meinen Freund mit sich, nachdem sie seine Arme auf dem Rücken zusammengebunden hatten. Sie begaben sich direkt zum Vorderdeck, das abgeschlossen war – zwei Meuterer bewachten es mit Äxten – ebenfalls zwei befanden sich an der Hauptluke. Der Maat rief laut: »Hört ihr da unten? Herauf mit euch, einer nach dem anderen, merkt euch das – und keinen Widerspruch!« Es dauerte einige Minuten, bevor jemand auftauchte: dann kam ein Engländer, der als Neuling mitfuhr, herauf. Er heulte kläglich und flehte den Maat an, sein Leben zu schonen. Die einzige Antwort war ein Schlag auf die Stirn mit der Axt. Der arme Kerl fiel ohne einen Ton auf das Deck, und der schwarze Koch hob ihn wie ein Kind hoch und warf ihn ins Meer. Nachdem sie den Schlag und das Aufklatschen des Körpers gehört hatten, konnten die Männer unten weder durch Drohungen noch durch Versprechen dazu gebracht werden, an Deck zu kommen, bis der Vorschlag gemacht wurde, sie auszuräuchern. Es folgte ein allgemeiner Ansturm, und einen Augenblick sah es so aus, als könne die Brigg zurückerobert werden. Die Meuterer aber schafften es schließlich, das Vorderdeck abzuschließen, ehe mehr als sechs ihrer Gegner herausgekommen waren. Diese sechs unterwarfen sich nach kurzem Kampf, denn sie sahen sich einer großen Übermacht gegenüber und hatten keine Waffen. Der Maat redete ihnen freundlich zu – ohne Zweifel in der Absicht, die Männer unten gefügig zu machen, denn sie konnten ohne Schwierigkeit alles verstehen, was an Deck gesprochen wurde. Das Ergebnis bewies seinen Scharfsinn nicht weniger als seine teuflische Gemeinheit. Alle Männer im Vorderdeck bekundeten sofort ihre Bereitschaft, sich zu unterwerfen, und wurden, als einer nach dem anderen heraufstieg, gefesselt und zusammen mit den anderen sechs auf den Rükken geworfen. Es waren insgesamt siebenundzwanzig Mann von der Besatzung, die nicht an der Meuterei teilnahmen.

Es folgte eine schreckliche Metzelei. Die gefesselten Seeleute wurden an das Fallreep gezogen. Dort stand der Koch mit einer Axt und schlug jedem Opfer auf den Kopf, ehe die anderen Meuterer ihn dann über Bord warfen. Auf diese Weise gingen zweiundzwanzig zugrunde, und Augustus glaubte sich schon verloren und erwartete jeden Moment, daß die Reihe an ihn käme. Aber es schien, als ob die Schurken entweder müde wurden oder daß sie ihre blutige Arbeit anwiderte. Denn die vier übrigen Gefangenen, zusammen mit meinem Freund, der zu den anderen auf das Deck geworfen worden war, erhielten einen Aufschub, während der Maat nach Rum schickte und die ganze mörderische Gesellschaft bis zum Sonnenuntergang zechte. Nun begannen sie sich über das Schicksal der Überlebenden zu streiten, die nicht mehr als vier Schritte entfernt lagen und jedes einzelne Wort verstehen konnten. Auf einige der Meuterer schien der Alkohol eine besänftigende Wirkung zu haben, denn es wurden einige Stimmen laut, die Gefangenen unter der Bedingung freizulassen, daß sie sich der Meuterei anschließen und den Profit teilen würden. Der schwarze Koch jedoch, der in jeder Hinsicht ein vollkommener Teufel war und über ebensoviel, wenn nicht noch mehr, Einfluß zu verfügen schien wie der Maat selbst, wollte auf keinen dieser Vorschläge hören und stand mehrmals auf, um seine Arbeit am Fallreep wiederaufzunehmen. Glücklicherweise stand er schon so unter Alkoholeinfluß, daß er leicht von den weniger Blutrünstigen zurückgehalten werden konnte. Unter ihnen war ein Leinenführer, der Dirk Peters hieß.

Er war der Sohn einer Indianerfrau aus dem Stamm der Upsarokas, die in der Wildnis der Schwarzen Berge nahe der Quelle des Missouri leben. Sein Vater war, wie ich glaube, ein Pelzhändler, oder wenigstens irgendwie mit dem Handelsposten der Indianer am Lewis River verbunden. Peters selbst war einer der grimmigst aussehenden Menschen, die ich jemals traf. Er war klein von Statur, aber mit herkulischen Gliedern. Besonders seine Hände waren so dick und breit, daß sie kaum noch eine menschliche Form aufwiesen. Seine Arme und seine Beine waren höchst merkwürdig gebogen und schienen keinerlei Beweglichkeit zu besitzen. Sein unförmiger, riesengroßer Kopf hatte auf dem Scheitel eine Vertiefung und war völlig kahl. Um diesen Mangel zu verbergen, der keine Folge des Alters war, trug er gewöhnlich eine Perücke aus irgendwelchem haarähnlichen Material, das er gerade besaß – gelegentlich das Fell eines Spaniels oder eines amerikanischen Graubären. Zu der Zeit, von der hier die Rede ist, war es ein Stück dieses Bärenfells. Es trug nicht wenig zur Wildheit seines Gesichts bei, das dem der Upsarokas glich. Der Mund reichte fast von einem Ohr zum anderen. Die dünnen Lippen schienen, wie andere Teile seines Körpers, frei von jeder natürlichen Beweglichkeit zu sein, so daß sich sein Gesichtsausdruck nie änderte. Man kann sich seine Miene vorstellen, wenn man daran denkt, daß seine übermäßig langen Zähne vorstanden und niemals auch nur teilweise von den Lippen verdeckt wurden. Betrachtete man diesen Mann nur flüchtig, so schien es, als habe er einen Lachkrampf, aber der zweite Blick mußte die schauerliche Erfahrung bringen, daß dieser Ausdruck, wenn er das Zeichen von Fröhlichkeit war, nur die Fröhlichkeit eines

Teufels sein könne. Man erzählte sich viele Anekdoten über diesen seltsamen Mann unter den Seeleuten von Nantucket. Sie berichteten von seiner erstaunlichen Stärke, wenn er gereizt war, und manche ließen Zweifel an seinem gesunden Verstand aufkommen. Auch an Bord der »Grampus« wurde er, wie es schien, zur Zeit der Meuterei mehr mit Spott als mit anderen Gefühlen betrachtet. Ich habe Dirk Peters so genau geschildert, weil er, wild wie er zu sein schien, doch der eigentliche Retter von Augustus wurde, und weil es noch öfters im Laufe meiner Erzählung Gelegenheit geben wird, ihn zu erwähnen. Meine Erzählung wird, das möchte ich gleich vorausschicken, von Ereignissen berichten, die außerhalb jeder menschlichen Erfahrung liegen und deshalb auch nur schwer glaubhaft sind. Darum habe ich keine Hoffnung, daß man mir alles glauben wird, was ich erzähle, aber ich vertraue auf die Zeit und auf den Fortschritt der Wissenschaft, die einige der wichtigsten und unwahrscheinlichsten meiner Behauptungen als wahr herausstellen werden.

Nach viel Unschlüssigkeit und zwei oder drei heftigen Streitereien wurde beschlossen, daß alle Gefangenen, mit Ausnahme von Augustus, den Peters halb scherzhaft als seinen Sekretär beanspruchte, in einem der kleinsten Fangboote ausgesetzt werden sollten. Der Maat ging hinunter in die Kajüte, um zu sehen, ob Kapitän Barnard noch lebte, denn er wurde ja unten zurückgelassen, als die Meuterer heraufkamen. Gleich darauf tauchten die beiden auf, der Kapitän totenbleich, aber doch etwas von seiner Verletzung erholt. Er sprach mit kaum verständlicher Stimme zu den Männern, beschwor sie, ihn nicht auszusetzen, sondern zu ihrer Pflicht zurückzukehren, und er versprach, sie überall an Land zu setzen, wo sie es wünschten, und keine gerichtlichen Schritte gegen sie zu unternehmen. Ebensogut hätte er in den Wind reden können. Zwei der Kerle packten ihn bei den Armen und schleuderten ihn über die Reling in das Boot, das herabgelassen worden war, während der Maat hinunterging. Die vier Männer, die auf Deck lagen, wurden losgebunden, und man befahl ihnen, dem

Kapitän zu folgen, was sie ohne einen Versuch des Widerstands auch taten. Augustus blieb weiterhin in seiner schmerzlichen Lage, auch wenn er zappelte und um die armselige Erlaubnis bat, sich von seinem Vater zu verabschieden. Eine Handvoll Schiffszwieback und ein Krug voll Wasser wurden hinuntergereicht, aber weder Mast, Segel, Ruder oder Kompaß. Das Boot wurde noch einige Minuten mitgeschleppt, während die Meuterer eine Beratung abhielten, dann wurde es endgültig losgemacht. Es war Nacht geworden, weder Mond noch Sterne waren sichtbar, die See ging in kurzen, harten Stößen, obwohl der Wind nicht kräftig wehte. Das Boot kam sofort außer Sicht, und es bestand wenig Hoffnung für die unglücklichen Insassen. Dies alles ereignete sich bei 36 Grad 30 Minuten nördlicher Breite und 61 Grad 20 Minuten westlicher Länge, also in nicht allzu großer Entfernung von den Bermudas. Augustus versuchte sich deshalb mit dem Gedanken zu trösten, daß das Boot entweder die Küste erreichen würde oder zumindest nah genug herankam, um von einem Küstenschiff gesehen zu werden.

Nun wurden alle Segel gesetzt, und die Brigg nahm ihren ursprünglichen Kurs nach Südwesten wieder auf. Die Meuterer planten einen Piratenstreich; soviel zu verstehen war, wollten sie einem Schiff auf dem Weg von den Kapverdischen Inseln nach Puerto Rico den Weg abschneiden. Augustus wurde nicht mehr beachtet, er war losgebunden und durfte überall herumgehen, außer in der Kajüte. Dirk Peters behandelte ihn einigermaßen freundlich und rettete ihn einmal sogar vor der Brutalität des Kochs. Seine Lage war immer noch bedenklich, denn die Männer waren ständig betrunken, und er konnte sich nicht auf ihre dauernde gute Laune und ihre Sorglosigkeit verlassen. Er behauptete aber, die Sorge um mich sei das Schlimmste an seiner Lage gewesen; und ich hatte in der Tat niemals Grund, an der Aufrichtigkeit seiner Freundschaft zu zweifeln. Mehr als einmal war er entschlossen gewesen, den Meuterern von dem Geheimnis meiner Anwesenheit an Bord zu erzählen, doch schreckte er jedesmal davor zurück, teils weil er sich an die Grausamkeiten erinnerte, die er mit angesehen hatte, und teils weil er hoffte, mir bald helfen zu können. Deshalb lag er auch dauernd auf der Lauer, aber trotz höchster Wachsamkeit vergingen drei Tage nach dem Aussetzen des Bootes, bis sich eine Gelegenheit bot.

In der Nacht des dritten Tages aber kam ein heftiger Wind aus Osten auf, und alle Hände wurden bei den Segeln benötigt. In dem allgemeinen Durcheinander gelangte er unbeobachtet in seine Kajüte. Wie erschrocken war er aber, als er entdeckte, daß sie nun als Aufbewahrungsort für alle möglichen Vorräte und Schiffsgeräte diente. Dabei war auch ein langes Kabel unter der Treppe hervorgeholt worden, um einer Kiste Platz zu machen, und lag nun direkt auf der Falltür. Es unbemerkt zu entfernen, erwies sich als unmöglich. Deshalb kehrte er rasch wieder an Deck zurück. Als er hinauf kam, packte ihn der Maat an der Kehle und wollte wissen, was er in der Kajüte gesucht hatte. Und schon wollte er ihn an Backbord über die Schanzkleidung werfen, als Peters ihm erneut durch sein Eingreifen das Leben rettete. So wurde er nun in Handschellen gelegt, man band seine Füße fest zusammen, schaffte ihn in das Zwischendeck und warf ihn in eine der unteren Kojen neben den Schotten zum Vorderkastell. Der Koch versicherte ihm, er werde seinen Fuß nicht mehr an Deck setzen, »bis die Brigg keine Brigg mehr sei«. Was er damit eigentlich meinte, ist schwer zu sagen. Die ganze Angelegenheit sollte sich jedoch, wie man gleich sehen wird, als glückliche Hilfe für meine Erlösung erweisen.

Viertes Kapitel

Nachdem der Koch das Vorderkastell verlassen hatte, gab sich Augustus einige Minuten lang der Verzweiflung hin, denn er konnte nicht hoffen, die Koje lebend zu verlassen. Dann faßte er den Entschluß, dem ersten der Männer, der herunterkam, von meiner Lage zu erzählen; denn er hielt es für besser, daß ich mein Glück mit den Meuterern versuchte, als daß ich in dem Laderaum verdurstete – ich war seit zehn Tagen eingeschlossen, und mein Wasserkrug reichte nicht einmal für vier Tage aus! Als er darüber nachdachte, kam ihm ganz von allein die Idee, es könne vielleicht möglich sein, mit mir durch den Hauptladeraum in Verbindung zu treten. Unter anderen Umständen hätten ihn die Schwierigkeit und Gefahr des Unternehmens von einem derartigen Versuch abgehalten; aber nun hatte er sowieso nur noch wenig vom Leben zu erwarten und deshalb auch nur wenig zu verlieren – er machte sich also eifrig an die Aufgabe.

Seine erste Überlegung galt den Handschellen. Zwar sah er keine Möglichkeit, sie zu entfernen, und fürchtete, sein Plan werde dadurch schon von Anfang an vereitelt. Aber bei genauerer Untersuchung entdeckte er, daß er die Eisen leicht ohne allzu große Anstrengung auf- und abstreifen konnte, indem er seine Hände hindurchdrückte. Diese Art von Fesseln ist bei jungen Menschen gänzlich unbrauchbar, denn die schmalen Knochen geben leicht jedem Druck nach. Er band nun die Schnur um seine Füße auf, ließ sie aber so, daß sie leicht wieder befestigt werden konnte, falls jemand herunterkam. Dann begann er das Schott zu untersuchen, das an die Koje grenzte. Die Trennwand bestand hier aus weichen Kiefernholzbrettern und war nur wenige Zentimeter dick. Er sah, daß er sich leicht einen Weg bahnen konnte. Da hörte er eine Stimme von der Treppe des Vorderkastells und hatte gerade noch Zeit seine rechte Hand in die Handschelle zu stecken – die linke hatte er nicht entfernt – und das Seil in einem schleifenartigen Knoten um seinen Knöchel zu ziehen, bevor Peters hereinkam und mit ihm Tiger, der sofort in die Koje sprang und sich hinlegte. Augustus hatte den Hund selbst an Bord gebracht, weil er meine Zuneigung zu dem Tier kannte und dachte, es könnte mir Freude bereiten, wenn er mich auf der Reise begleitete. Nachdem er mich in den Laderaum gebracht hatte, war er sofort zu unserm Haus gegangen, hatte aber versäumt, es zu erwähnen, als er mir die Uhr brachte. Seit der Meuterei hatte Augustus den Hund nicht mehr gesehen und deshalb angenommen, einige der bösartigen Schurken, die zur Bande des Maats gehörten, hätten ihn über Bord geworfen. Später kam heraus, daß er in ein Loch unter einem der Fangboote gekrochen war. Da er sich dort nicht umzudrehen vermochte, saß er fest. Peters hatte ihn schließlich herausgelassen und in seiner Gutmütigkeit, die mein Freund so zu schätzen wußte, nun als Gefährten in das Vorderkastell gebracht, zusammen mit etwas Pökelfleisch, Kartoffeln und einer Kanne Wasser. Dann ging er mit dem Versprechen wieder an Deck, am nächsten Tag eine reichlichere Portion Essen mitzubringen.

Als er gegangen war, befreite Augustus beide Hände von den Fesseln und band die Schnur um seine Füße los. Er schlug das Kopfende der Matratze, auf der er gelegen hatte, zurück und begann mit dem Taschenmesser – denn die Halunken hatten es nicht als notwendig angesehen, ihn zu durchsuchen – kräftig in eine der Planken der Trennwand hineinzuschneiden, und zwar so nah wie möglich über dem Boden der Koje. Er wählte diesen Platz aus, weil er bei einer plötzlichen Unterbrechung seine Arbeit verbergen konnte, indem er den Kopfteil der Matratze in seine ursprüngliche Lage fallen ließ. Für den Rest des Tages gab es jedoch keine Störung, und als die Nacht kam, war die Planke durchgetrennt. Es sollte hier erwähnt werden, daß kein Besatzungsmitglied das Vorderkastell als Schlafplatz benutzte. Seit der Meuterei lebten alle in der Kajüte, tranken den Wein und schwelgten in den Vorräten von Kapitän Barnard. Der Führung der Brigg schenkten sie nicht mehr Beachtung als unbedingt notwendig. Diese Umstände erwiesen sich als Glück für mich und Augustus. Denn unter anderen wäre es für ihn unmöglich gewesen, mich zu erreichen. Zuversichtlich fuhr er nun mit seinem Plan fort. Es war fast gegen Tagesanbruch, als er den zweiten Schnitt durch das Brett beendet hatte, der ungefähr dreißig Zentimeter über dem ersten lag. So schuf er eine Öffnung, die groß genug war, daß er mühelos auf das untere Hauptdeck gelangte. Von dort aus suchte er ohne Schwierigkeiten einen Weg zur unteren Hauptluke, obwohl er dabei über Berge von Ölfässern klettern mußte, die fast bis zur Decke aufgetürmt lagen und gerade noch Platz genug für seinen Körper ließen. Als er die Luke erreicht hatte, bemerkte er, daß Tiger ihm gefolgt war, indem er sich zwischen zwei Reihen von Fässern hindurchgequetscht hatte. Für einen Versuch, mich noch vor Morgengrauen zu erreichen, schien es zu spät zu sein, denn die Hauptschwierigkeit bestand nun darin, sich einen Weg durch das enge Gerümpel im unteren Laderaum zu bahnen. Deshalb beschloß er umzukehren und bis zur nächsten Nacht zu warten. Mit dieser Absicht begann er die Luke zu öffnen, um bei der Rückkehr nicht aufgehalten zu werden. Kaum aber war das geschehen, als Tiger eifrig zu der kleinen Öffnung sprang, einen Augenblick lang schnüffelte und dann ein leises Winseln hören ließ. Gleichzeitig kratzte er an dem Deckel, als wolle er ihn mit den Pfoten entfernen. Nach seinem Verhalten zu urteilen, gab es keinen Zweifel, daß er mich im Laderaum wahrnahm, und Augustus hoffte, daß er vielleicht bis zu mir vordringen könne, wenn er ihn hinunterließ. Da kam ihm der Gedanke, mir eine Nachricht zu senden, war es doch unbedingt notwendig, daß ich keinen Versuch unternahm, mich selbst zu befreien, wenigstens nicht unter den herrschenden Umständen. Es war ja auch nicht sicher, ob es ihm schon am nächsten Tag gelang, zu mir vorzudringen. Die Ereignisse zeigten, daß seine Idee gut war. Hätte ich die Nachricht nicht erhalten, so wäre ich sicher auf irgendeinen, wenn auch noch so verzweifelten Plan verfallen, die Mannschaft zu alarmieren, und unser beider Leben wäre damit sicher verloren gewesen.

Nachdem er einmal beschlossen hatte, einen Brief zu schreiben, mußte er nur noch überlegen, wie er an das nötige Schreibmaterial kommen konnte. Ein alter Zahnstocher diente als Feder; auch das nur mit Hilfe des Tastsinns, denn im Zwischendeck herrschte pechschwarze Finsternis. Ausreichendes Papier bot ihm der Rest eines Briefes, den er glücklicherweise in der Tasche entdeckte. Nun fehlte nur noch die Tinte, aber auch dafür war gleich Ersatz gefunden, denn Augustus schnitt sich mit seinem Taschenmesser in einen Finger, gerade oberhalb des Nagels, wo eine Wunde an dieser Stelle immer reichlich Blut gibt. Dann schrieb er, so gut es in der Dunkelheit und unter diesen Umständen ging, seine Nachricht. Sie berichtete kurz, daß eine Meuterei stattgefunden habe, Kapitän Barnard ausgesetzt sei, ich aber baldige Hilfe erwarten könne, jedoch keinen Versuch wagen solle, mich bemerkbar zu machen. Sie schloß mit den Worten: »Ich habe das mit Blut geschrieben. Dein Leben hängt vom Stilliegen ab.« Augustus befestigte den Papierstreifen am Hund, ließ ihn in die Luke hinunter und kehrte wieder in das Vorderkastell zurück. Er hatte keinen Grund anzunehmen, daß jemand von der Mannschaft in seiner Abwesenheit dort gewesen war. Um die Öffnung in der Trennwand zu verbergen, stieß er das Messer darüber hinein und hängte dort eine Matrosenjacke auf, die er in der Koje fand. Dann legte er sich wieder die Handschellen an und ebenso die Schnur um die Knöchel. Er war kaum damit fertig, als Dirk Peters herunterkam. Er war sehr betrunken, aber bester Laune und brachte die Nahrungsmittelration meines Freundes für den Tag mit. Sie bestand aus zwölf großen gerösteten irischen Kartoffeln und einem Krug Wasser. Er setzte sich für einige Zeit auf eine Kiste neben der Koje und sprach offen über den Maat und die allgemeine Lage auf der Brigg. Sein Verhalten war ziemlich launenhaft und grotesk. Augustus war durch dieses seltsame Benehmen sehr beunruhigt. Schließlich stieg Peters doch wieder an Deck, wobei er ein Versprechen murmelte, seinem Gefangenen am nächsten Tag ein gutes Essen zu bringen. Während des Tages kamen zwei Besatzungsmitglieder, Harpuniere, herunter, die vom Koch begleitet wurden. Alle drei schienen völlig betrunken. Wie Peters hatten auch sie keine Bedenken, offen über ihre Pläne zu reden. Es schien, als ob sie sich, was den endgültigen Kurs anging, völlig zerstritten hatten. Einigkeit herrschte nur noch darüber, daß sie das Schiff von den Kapverdischen Inseln überfallen wollten, auf das sie stündlich treffen konnten. Anscheinend war es nicht nur wegen der Beute zu der Meuterei gekommen. Vielmehr schien ein persönlicher Groll des ersten Maats gegen Kapitän Barnard die Hauptursache gewesen zu sein. Offenbar gab es jetzt zwei Parteien innerhalb der Besatzung, die eine wurde vom Maat angeführt, die andere vom Koch. Die erstere wollte das nächste geeignete Schiff, auf das man traf, besetzen und es an irgendeiner westindischen Insel für die Seeräuberei ausstatten. Die stärkere Gegenpartei jedoch, zu ihr gehörte auch Dirk Peters, wollte den ursprünglich eingeschlagenen Kurs in den südlichen Pazifik beibehalten und dort entweder auf Walfang gehen oder etwas anderes unternehmen, wie es den Umständen nach am günstigsten sein würde. Den Erzählungen von Peters, der dieses Gebiet schon häufig besucht hatte, wurde großes Gewicht beigemessen, denn die Meuterer schwankten zwischen unklaren Vorstellungen von Gewinn und Vergnügen hin und her. Er betonte das Neue und Abwechslungsreiche, das man auf den unzähligen Inseln des Pazifik finden würde, die völlige Sicherheit und Freiheit von allem Zwang, die man dort genießen könne, und vor allem das angenehme Klima, das üppige Leben und die sinnliche Schönheit der Frauen. Bis jetzt hatte man sich noch nicht endgültig entschieden. Aber die Bilder, die der Mischling entwarf, hatten sich der glühenden Einbildungskraft der Seeleute bemächtigt, und es bestand die große Wahrscheinlichkeit, daß er mit seinem Vorschlag schließlich Erfolg haben würde.

Nach ungefähr einer Stunde gingen die drei Männer wieder, und den ganzen Tag über betrat niemand mehr das Vorderkastell. Augustus blieb bis gegen Abend still liegen. Dann befreite er sich aus seinen Fesseln und bereitete sich auf sein Vorhaben vor. In einer der Kojen fand er eine Flasche, die er mit Wasser aus dem Krug, den Peters zurückgelassen hatte, füllte. In seine Taschen stopfte er kalte Kartoffeln. Zu seiner großen Freude entdeckte er auch eine Laterne mit einem kleinen Stück Talgkerze darin. Er konnte sie jeden Augenblick anzünden, denn er besaß eine Schachtel Streichhölzer. Als es dunkel war, legte er vorsichtshalber das Bettzeug in der Koje so hin, als bedeckte es jemanden, und kroch dann durch das Loch in der Wand. Danach hängte er die Jacke wieder an sein Messer, um wie zuvor die Öffnung zu verbergen; das war sehr einfach, denn das herausgenommene Brett wollte er vorläufig nicht wieder einsetzen. Er befand sich nun im Zwischendeck und bahnte sich wieder seinen Weg zwischen Decken und Ölfässern hindurch zur Hauptluke. Als er sie erreicht hatte, zündete er die Kerze an und stieg hinunter. Es war nur sehr schwierig, durch die dicht verstaute Ladung vorwärtszukommen. Nach wenigen Augenblicken wurde er durch den unerträglichen Gestank und die stickige Luft beunruhigt. Er konnte sich nicht vorstellen, daß ich meine lange Gefangenschaft überlebt hatte, wenn ich diese Luft einatmen mußte. Wiederholt rief er meinen Namen, aber ich gab keine Antwort, und seine Befürchtungen schienen sich zu bestätigen. Die Brigg rollte heftig, wodurch so viel Lärm entstand, daß es nutzlos war, auf irgendeinen schwachen Ton zu lauschen, etwa mein Atmen oder Schnarchen. Er öffnete die Blendlaterne und hielt sie bei jeder sich bietenden Gelegenheit so hoch wie möglich, damit ich das Licht bemerkte und falls ich überhaupt noch lebte, wußte, daß Hilfe kam. Doch von mir war immer noch nichts zu hören, und die Vermutung, ich sei tot, wurde allmählich zur Gewißheit. Trotzdem beschloß er, sich einen Weg zu der Kiste zu bahnen, falls das möglich war, und wenigstens jeden Zweifel an seiner Vermutung auszuschließen. Eine Zeitlang kämpfte er sich in einem bedauernswerten Zustand von Angst vorwärts, bis sein Weg schließlich ganz versperrt war, und es keine Möglichkeit mehr gab, in der eingeschlagenen Richtung weiterzukommen. Überwältigt von seinen Gefühlen, warf er sich voller Verzweiflung zwischen das Gerümpel und weinte wie ein Kind. Da hörte er das Klirren der Flasche, die ich weggeworfen hatte. Und es war ein Glück, daß es dazu kam, denn von diesem Zwischenfall, so geringfügig er auch zu sein schien, hing mein Schicksal ab. Natürliche Scham und Reue über seine Schwäche und Unentschlossenheit hielten Augustus davon ab, mir sofort zu beichten, was er später enthüllte. Als er merkte, daß sein weiterer Weg zur Kiste durch unüberwindliche Hindernisse versperrt war, hatte er beschlossen, seinen Versuch aufzugeben und sofort in das Vorderkastell zurückzukehren. Bevor man ihn deswegen aber gänzlich verdammt, sollte man sich an die beunruhigenden Umstände erinnern. Die Nacht war fast vorbei, und seine Abwesenheit aus dem Vorderkastell konnte entdeckt werden. Ganz sicher würde das der Fall sein, wenn es ihm nicht gelang, die Koje vor Tagesanbruch zu erreichen. Seine Kerze war am Verlöschen, und es würde sehr schwierig sein, den Weg zur Luke in der Dunkelheit zu suchen. Man muß auch zugeben, daß er allen Grund zu der Annahme hatte, ich sei tot. In diesem Fall nutzte es mir gar nichts, wenn er die Kiste erreichte, während er selbst für nichts und wieder nichts unzähligen Gefahren ausgesetzt war. Er hatte wiederholt gerufen und keine Antwort erhalten. Seit nunmehr elf Tagen und Nächten hatte ich mit einem Krug Wasser auskommen müssen, und sicher war ich damit anfangs nicht sparsam umgegangen, denn ich hatte ja auf schnelle Befreiung hoffen können. Die Luft im Laderaum muß ihm völlig vergiftet vorgekommen sein, kam er doch aus der vergleichsweise frischen Luft des Zwischendecks. Sie muß ihm sogar noch viel unerträglicher erschienen sein als mir, als ich meine Kiste bezog, denn damals waren die Luken mehrere Monate lang offen gewesen. Denkt man noch an das Blutvergießen und die Gewalt, die mein Freund miterlebt hatte, an seine Gefangennahme, seine Entbehrungen und die Gefahren, denen er so knapp entronnen war, sowie an die Ungewißheit, wie lange er überhaupt noch leben würde – alles Umstände, die jede Willenskraft brechen konnten –, so wird der Leser ebenso wie ich diesen Mangel an Freundschaft und Treue eher mit Trauer als mit Ärger betrachten.

Augustus hatte das Klirren der Flasche deutlich gehört, war sich aber nicht sicher, ob es aus dem Laderaum kam. Der Zweifel allein ließ ihn jedoch in seinen Bemühungen fortfahren. Er kletterte auf dem Gerümpel fast bis zum Zwischendeck hoch, wartete auf ein Nachlassen im Stampfen des Schiffes und rief dann so laut er konnte nach mir, ohne im Augenblick auf die Gefahr zu achten, die ihm von der Besatzung drohte. Man wird sich daran erinnern, daß mich die Stimme diesmal erreichte, ich aber außerstande war zu antworten. Überzeugt davon, daß seine schlimmsten Befürchtungen zutrafen, stieg er wieder herunter, um ohne Zeitverlust zum Vorderdeck zurückzukehren. In der Eile warf er einige kleine Kisten um, die den Lärm verursachten, den ich hörte. Schon war er ziemlich weit auf seinem Rückweg vorangekommen, als mein Messer klirrte und ihn wieder zögern ließ. Sofort ging er zurück, kletterte ein zweites Mal das Gerümpel hinauf und rief wieder meinen Namen so laut er konnte. Diesmal gelang es mir, eine Antwort zu geben. Überglücklich, daß ich noch am Leben war, entschloß er sich, jeder Schwierigkeit und Gefahr zu trotzen, um mich zu erreichen. So schnell wie möglich befreite er sich aus dem Gewirr von Gerümpel, das ihn umgab, fand schließlich eine Öffnung und erreichte endlich nach vielen Mühen und völlig erschöpft die Kiste.

Fünftes Kapitel

Die wichtigsten Ereignisse teilte mir Augustus mit, als wir neben der Kiste standen. Erst später berichtete er mir alle Einzelheiten. Er fürchtete, vermißt zu werden, und ich war voll wilder Ungeduld, mein verhaßtes Gefängnis zu verlassen. Wir beschlossen, sofort zu dem Loch in der Wand zu gehen, wo ich vorläufig bleiben sollte, während er die Lage auskundschaften wollte. Tiger in der Kiste zu lassen, war für uns beide ein unerträglicher Gedanke; doch was sollten wir tun? Er schien jetzt ruhig zu sein, und wir konnten nicht einmal sein Atmen hören, wenn wir unsere Ohren an die Kiste drückten. Überzeugt, daß er tot war, entschloß ich mich, die Tür zu öffnen. Wir fanden ihn der Länge nach ausgestreckt, offensichtlich in tiefer Bewußtlosigkeit, aber noch lebend. Es durfte keine Zeit verloren werden, aber ich konnte es nicht über mich bringen, ein Tier zu verlassen, das mir zweimal das Leben gerettet hatte und das ich nun nicht zu retten versuchte. Deshalb schleppten wir ihn mit, so gut es ging, obwohl es nur mit größter Schwierigkeit und Anstrengung möglich war. Augustus mußte teilweise mit dem riesigen Hund in den Armen über die Hindernisse auf unserem Weg klettern. Ich war so schwach, daß ich nicht helfen konnte. Schließlich erreichten wir doch das Loch. Augustus kroch hindurch, und Tiger wurde hinterhergeschoben. Alles war in Ordnung, und wir dankten Gott für unsere Errettung aus der drohenden Gefahr. Wir vereinbarten, daß ich zunächst in der Nähe der Öffnung bleiben sollte, durch die mich mein Freund mit einem Teil seiner täglichen Ration versorgen konnte und wo ich den Vorteil hatte, verhältnismäßig reine Luft zu atmen.

Um einige Stellen in dieser Erzählung zu erklären, wo ich von der Ladung der Brigg gesprochen habe und die jenen Lesern unklar erscheinen mögen, die schon einmal eine ordentliche Ladung gesehen haben, muß ich hier feststellen, daß Kapitän Barnard diese wichtige Aufgabe an Bord der »Grampus« in beschämender Weise vernachlässigt hatte. Er war keineswegs ein so vorsichtiger oder erfahrener Seemann, wie es die gefährliche Natur des Dienstes notwendigerweise zu erfordern schien. Eine richtige Verstauung kann nicht so sorglos ausgeführt werden. Selbst aus eigener Erfahrung wußte ich, daß viele schlimme Unfälle auf Unwissenheit oder Nachlässigkeit in diesem Punkt zurückzuführen sind. Küstenschiffe, die in dauernder Eile und Geschäftigkeit Fracht aufnehmen und abladen, fallen am häufigsten einem Unfall zum Opfer, weil die Ladung nicht ordentlich verstaut wurde; denn es kommt darauf an, daß sie sich auch beim ärgsten Rollen des Schiffes nicht bewegen kann.

Die Verstauung an Bord der »Grampus« war sehr ungeschickt erfolgt, wenn man das unordentliche Durcheinander von Ölfässern und Schiffszubehör überhaupt so nennen kann. Im Zwischendeck blieb, wie ich bereits erwähnte, zwischen den Ölfässern und der Decke gerade genug Platz für meinen Körper. Um die Hauptluke herum war Platz gelassen, und auch zwischen der Ladung gab es noch mehrere große Lücken. Bei dem von Augustus aus der Wand gesägten Loch war Platz genug für ein großes Faß, und dort hatte ich es vorläufig recht bequem.

Als Augustus schließlich in seiner Koje lag und sich Handschellen und Seil wieder angelegt hatte, war es heller Tag. Wir hatten keine Minute versäumt, denn schon kam der Maat zusammen mit Dirk Peters und dem Koch herunter. Eine Zeitlang redeten sie über das Schiff von den Kapverdischen Inseln, das sie mit großer Ungeduld zu erwarten schienen. Schließlich kam der Koch zu der Koje, in der Augustus lag, und setzte sich an das Kopfende. Von meinem Versteck aus konnte ich alles hören und sehen, denn wir hatten das herausgeschnittene Stück nicht wieder eingesetzt, und ich erwartete jeden Augenblick, daß er sich an die Jacke lehnen würde, die dort hing, um die Öffnung zu verbergen. Dann wäre alles entdeckt gewesen, und ohne Zweifel hätten sie uns sofort umgebracht. Doch das Glück blieb uns weiterhin treu. Denn obwohl er sie häufig berührte, weil das Schiff rollte, drückte er doch nie stark genug dagegen, um das Geheimnis zu entdecken. Der untere Rand der Jacke war sorgfältig an der Wand befestigt, so daß das Loch nicht durch das Hin- und Herschwingen sichtbar wurde. Tiger lag die ganze Zeit über am Fußende der Koje und schien sich wieder etwas erholt zu haben, denn ich konnte sehen, wie er ab und zu die Augen öffnete und tief Atem holte.

Nach einer Weile gingen der Maat und der Koch wieder hinauf. Dirk Peters blieb zurück und setzte sich auf den Platz des Maats. Er begann sich sehr freundlich mit Augustus zu unterhalten, und wir konnten erkennen, daß er sich nur betrunken gestellt hatte, solange die beiden anderen dabei gewesen waren. Er antwortete freimütig auf alle Fragen meines Freundes, sagte ihm, daß sein Vater zweifellos gefunden worden war, hatte man vor Sonnenuntergang nicht weniger als fünf Segel gesichtet. Und auch sonst sprach er sehr tröstlich, was mich genauso überraschte wie freute. Ich fing tatsächlich an zu hoffen, daß wir mit Hilfe von Peters schließlich vielleicht doch wieder in den Besitz der Brigg gelangen konnten, und diesen Gedanken teilte ich meinem Freund bei der nächsten Gelegenheit mit. Er hielt es auch für möglich, betonte aber, daß wir bei einem solchen Versuch sehr vorsichtig sein müßten, denn das Verhalten des Mischlings schien von sehr starker Launenhaftigkeit bestimmt zu sein; und es war wirklich schwer zu sagen, ob er immer bei klarem Verstand war. Nach ungefähr einer Stunde ging Peters wieder an Deck und kam erst mittags zurück, als er Augustus eine ganze Menge Pökelfleisch und Pudding brachte. Als wir allein waren, aß ich herzhaft mit, doch ohne durch das Loch zu schlüpfen. Während des Tages kam niemand mehr in das Vorderkastell, und nachts kroch ich in die Koje von Augustus, wo ich tief schlief, bis er bei Tagesanbruch ein Geräusch an Deck hörte und mich weckte. So schnell wie möglich verschwand ich in meinem Versteck. Als es völlig Tag war, stellten wir fest, daß Tiger sich fast ganz erholt hatte und kein Anzeichen von Tollwut aufwies. Mit offensichtlich großer Gier trank er das bißchen Wasser, das wir ihm anboten. Während des Tages gewann er seine alte Kraft und seinen Appetit völlig zurück. Sein seltsames Verhalten war also zweifellos auf die schlechte Luft in dem Laderaum zurückzuführen und hatte nichts mit Tollwut zu tun. Ich konnte mich nicht genug darüber freuen, daß ich darauf bestanden hatte, ihn von der Kiste mitzubringen. Dieser Tag war der 30. Juni und der dreizehnte Tag, seit die »Grampus« von Nantucket abgesegelt war.

Am 2. Juli kam der Maat herunter, wie üblich betrunken, und in außerordentlich guter Laune. Er kam zu der Koje von Augustus, gab ihm einen Klaps und fragte ihn, ob er sich anständig benehmen könne, wenn er freigelassen würde, und ob er verspreche, nicht mehr in die Kajüte zu gehen. Natürlich bejahte mein Freund das, worauf ihn der Schurke aus einer Flasche Rum trinken ließ und ihn dann befreite. Beide gingen an Deck, und für die nächsten drei Stunden sah ich nichts von

Augustus. Dann kam er mit der guten Nachricht, daß er die Erlaubnis erhalten hatte, sich bis zum Hauptmast hin frei zu bewegen und er wie bisher im Vorderkastell schlafen sollte. Er brachte mir auch ein gutes Essen und einen reichlichen Vorrat an Wasser. Die Brigg kreuzte immer noch in Erwartung des Schiffes von den Kapverdischen Inseln, und jetzt war ein Segel in Sicht. Da die folgenden acht Tage ohne große Bedeutung für meine Erzählung waren, will ich hier in Tagebuchform davon berichten, denn ich möchte sie auch nicht ganz auslassen.

3. Juli. Augustus beschaffte mir drei Wolldecken, mit denen ich mir ein bequemes Bett in meinem Versteck herrichtete. Außer meinem Freund kam den Tag über niemand herunter. Tiger bezog seinen Platz in der Koje dicht bei der Öffnung und schlief fest, als habe er sich doch noch nicht ganz von seiner Krankheit erholt. Gegen Abend traf eine Bö die Brigg, ehe man die Segel einholen konnte, und sie wäre fast gekentert. Doch der Windstoß ließ sofort wieder nach, und außer einem Riß im Vormarssegel entstand kein Schaden. Dirk Peters behandelte Augustus den ganzen Tag über sehr freundlich und unterhielt sich lange Zeit mit ihm über den Pazifischen Ozean und die Inseln, die er in dieser Gegend besucht hatte. Er fragte ihn, ob er nicht Lust hätte, mit den Meuterern dorthin eine Art Entdekkungs- und Vergnügungsreise zu unternehmen, und sagte, daß die Mannschaft sich allmählich der Ansicht des Maats anschlösse. Augustus wußte darauf keine bessere Antwort, als daß er gerne an einem solchen Abenteuer teilnehmen würde, weil man ja nichts Besseres tun könne, und das alles einem Piratenleben vorzuziehen sei.

4. Juli. Das gesichtete Schiff erwies sich als eine kleine Brigg aus Liverpool und durfte unbelästigt weiterfahren. Augustus verbrachte die meiste Zeit an Deck mit der Absicht, so viel wie nur möglich über die Absichten der Meuterer zu erfahren. Sie stritten häufig und sehr heftig untereinander, und bei einer dieser Streitereien wurde ein Harpunier, Jim Bonner, über Bord geworfen. Die Partei des Maats gewann immer mehr an

Boden. Jim Bonner gehörte zur Partei des Kochs, zu der auch Peters zählte.

5. Juli. Bei Tagesanbruch kam eine steife Brise aus Westen auf, die mittags zu einem Sturm anwuchs, so daß die Brigg nur mit Gaffel- und Focksegel laufen konnte. Beim Einholen des Vormarssegels fiel Simms über Bord, ein Matrose, der auch zur Partei des Kochs gehörte; er war stark betrunken und ertrank. Es wurde kein Versuch unternommen, ihn zu retten. Jetzt waren nur noch dreizehn Mann an Born, nämlich: Dirk Peters, Seymour, der schwarze Koch, Jones, Greely, Hartman Rogers und William Allen von der Partei des Kochs; der Maat, dessen Namen ich niemals erfuhr, Absalom Hicks, Wilson, John Hunt und Richard Parker von der Partei des Maats, dazu noch Augustus und ich selbst.

6. Juli. Der Sturm hielt den ganzen Tag an, er blies in heftigen Böen, begleitet von Regen. Die Brigg nahm durch ihre Fugen eine ganze Menge Wasser auf, und eine der Pumpen wurde ständig in Betrieb behalten; auch Augustus mußte mitmachen. Gerade in der Dämmerung kam ein großes Schiff an uns vorbei, das erst entdeckt wurde, als es schon in Rufweite war. Wahrscheinlich war es das Schiff, nach dem die Meuterer Ausschau gehalten hatten. Der Maat rief sie an, aber die Antwort ging im Heulen des Sturms unter. Um elf wurde mittschiffs eine See übernommen, die einen großen Teil der Backbordreling wegriß und einigen anderen Schaden anrichtete. Gegen Morgen beruhigte sich das Wetter, und bei Sonnenaufgang ging nur noch ein sehr schwacher Wind.

7. Juli. Den ganzen Tag über gab es eine schwere Dünung; die leichte Brigg rollte sehr stark, und im Laderaum rissen sich viele Gegenstände los, wie ich von meinem Versteck aus genau hören konnte. Ich litt ziemlich unter Seekrankheit. Peters hatte an diesem Tag eine lange Unterhaltung mit Augustus und erzählte ihm, daß zwei aus seiner Partei, Greely und Allen, zum Maat übergelaufen und entschlossen wären, Piraten zu werden. Er stellte Augustus mehrere Fragen, die dieser damals nicht verstand. Im Laufe des Abends begann Wasser in die

Brigg zu dringen, doch konnten wir wenig dagegen unternehmen, da die Fugen nicht mehr dicht genug hielten. Mit Hilfe eines zerrissenen Segels gelang es uns aber, daß wir das Leck unter Kontrolle bekamen.

8. Juli. Gegen Morgen kam eine leichte östliche Brise auf. Der Maat ging auf Südwestkurs, um eine der Westindischen Inseln anzulaufen und seine Piratenpläne weiterzuverfolgen. Peters und der Koch machten keine Einwände, wenigstens nicht in Hörweite von Augustus. Die Pläne, das Schiff vor den Kapverdischen Inseln zu kapern, wurden aufgegeben. Mit Hilfe einer Pumpe konnte das Wasser unter Kontrolle gehalten werden. Im Laufe des Tages sprach man zwei kleine Schoner an.

9. Juli. Schönes Wetter. Alle Hände sind mit der Ausbesserung der Reling beschäftigt. Peters hatte wieder eine lange Unterhaltung mit Augustus und äußerte sich deutlicher, als er es vorher getan hatte. Er sagte, nichts könne ihn verleiten, sich der Ansicht des Maats anzuschließen, und deutete sogar seine Absicht an, ihm die Brigg abzunehmen. Er fragte meinen Freund, ob er sich in einem solchen Fall auf ihn verlassen könne, worauf Augustus ohne Zögern »ja« sagte. Darauf erwiderte Peters, er werde den anderen in seiner Gruppe in dieser Angelegenheit auf den Zahn fühlen, und ging fort. Für den Rest des Tages hatte Augustus keine Möglichkeit mehr, heimlich mit ihm zu reden.

Sechstes Kapitel

10. Juli. Sprachen eine Brigg von Rio an, die nach Norfolk fuhr. Wetter dunstig, mit leichtem umspringenden Wind aus Osten. Heute starb Hartman Rogers, nachdem er am Achten nach einem Glas Grog Krämpfe bekommen hatte. Er war einer aus der Partei des Kochs, und in ihn hatte Peters größtes Vertrauen gesetzt. Er sagte zu Augustus, daß er glaube, der Maat

habe ihn vergiftet, und daß er, wenn er nicht aufpaßte, selbst bald an die Reihe kommen würde. Nun waren nur noch er selbst, Jones und der Koch bei seiner Partei – auf der anderen Seite waren es fünf. Er hatte mit Jones darüber geredet, dem Maat das Kommando abzunehmen; aber da sein Plan nur kühl aufgenommen worden war, wurde er davon abgehalten, die Sache vorwärtszutreiben oder dem Koch etwas davon zu sagen. Es war gut, daß es so kam, denn am Nachmittag gab der Koch seinen Entschluß bekannt, auf die Seite des Maats überzugehen, und trat in aller Form dieser Partei bei. Währenddessen suchte Jones die Gelegenheit zu einem Streit mit Peters und deutete an, daß er dem Maat von dem Plan berichten würde. Offensichtlich durfte nun keine Zeit mehr verloren werden, und Peters bekannte seine Entschlossenheit, unter allen Umständen einen Versuch zur Übernahme des Schiffes zu machen, falls Augustus ihn dabei unterstützen würde. Mein Freund versicherte ihm sofort seine Bereitschaft, bei einem derartigen Plan mitzumachen, und da er glaubte, die Gelegenheit sei günstig, erzählte er ihm von meiner Anwesenheit an Bord. Darüber war der Mischling ebenso erstaunt wie erfreut, denn er konnte sich nicht mehr auf Jones verlassen, den er bereits zur Partei des Maats rechnete. Sie gingen sofort hinunter, Augustus rief nach mir und hatte mich bald mit Peters bekanntgemacht. Wir kamen überein, daß wir bei der ersten guten Gelegenheit einen Versuch unternehmen sollten, das Schiff zurückzuerobern, und ließen Jones ganz aus unseren Überlegungen heraus. Falls wir Erfolg hatten, würden wir den nächsten Hafen ansteuern und das Schiff übergeben. Da seine Gruppe ihn im Stich gelassen hatte, war der Plan von Peters, in den Pazifik zu gehen, vereitelt worden – dieses Abenteuer konnte nicht ohne Besatzung durchgeführt werden. Er ging davon aus, daß er bei einer Gerichtsverhandlung entweder wegen Geisteskrankheit freigesprochen oder aufgrund der Aussagen von Augustus und mir begnadigt würde, falls man ihn für schuldig befand. Unsere Überlegungen wurden für den Augenblick durch den Schrei: »Alle Mann zum Segelreffen!« unterbrochen, und Peters und Augustus rannten an Deck.

Wie üblich, war fast die ganze Besatzung betrunken. Und bevor die Segel ordentlich eingeholt waren, legte eine heftige Bö die Brigg gefährlich auf die Seite. Sie konnte sich jedoch wieder aufrichten, nachdem sie eine ganze Menge Wasser aufgenommen hatte. Kaum war alles in Ordnung, als eine neue Bö das Schiff packte und gleich darauf wieder eine – es entstand jedoch kein Schaden. Das waren alles Anzeichen für einen Sturm, der auch bald darauf mit großer Wut aus Norden und Westen einsetzte. So gut wie möglich wurde alles vorbereitet, und wir drehten wie gewöhnlich unter dicht gerefftem Focksegel bei. Als die Nacht kam, nahm der Wind an Stärke noch zu, eine schwere See ging. Peters kam nun zusammen mit Augustus in das Vorderkastell, und wir überlegten erneut.

Wir stimmten überein, daß es keine bessere Gelegenheit als die jetzige geben könne, unseren Plan in die Tat umzusetzen, da in einem solchen Augenblick niemand einen derartigen Versuch erwarten würde. Da die Brigg völlig beigedreht war, mußten wir nur gutes Wetter abwarten und konnten dann, wenn wir Erfolg hatten, ein oder zwei Männer befreien, die uns helfen sollten, sie in den Hafen zu bringen. Die größte Schwierigkeit lag aber in der ungleichen Kräfteverteilung. Wir waren nur drei, die in der Kajüte dagegen neun. Auch besaßen sie alle Waffen an Bord mit Ausnahme von zwei kleinen Pistolen, die Peters bei sich versteckt hielt, und dem großen Seemannsmesser, das er immer am Hosenband trug. Aus gewissen Hinweisen – etwa daß keine Axt und keine Handspake an ihrem gewöhnlichen Platz lagen – mußten wir befürchten, daß der Maat, zumindest was Peters anging, Verdacht geschöpft hatte und sich keine Gelegenheit entgehen lassen würde, ihn loszuwerden. Es war daher klar, daß wir unseren Beschluß nicht früh genug ausführen konnten. Da wir uns aber im Nachteil befanden, mußten wir mit größter Vorsicht vorgehen.

Peters meinte, er wolle an Deck gehen, mit der Wache, dem Matrosen Allen, eine Unterhaltung anfangen und ihn dann bei einer günstigen Gelegenheit ohne Schwierigkeiten und ohne eine Störung zu verursachen ins Meer werfen. Augustus und ich sollten dann heraufkommen und uns auf dem Deck mit irgendwelchen Waffen ausstatten. Dann sollten wir zusammen im Sturm die Treppe zur Kajüte besetzen, ehe irgendein Widerstand möglich war. Ich widersprach dem, denn ich konnte nicht glauben, daß der Maat (der in allen Dingen, die nichts mit seinen abergläubischen Vorurteilen zu tun hatten, ein sehr schlauer Kerl war) sich so leicht in einer Falle fangen ließ. Die bloße Tatsache, daß eine Wache an Deck war, bewies, daß er auf der Hut war – denn es ist nicht üblich, eine Wache an Deck aufzustellen, wenn das Schiff in einem Sturm beigedreht hat, außer auf Schiffen, auf denen eine sehr strenge Disziplin herrscht. Da ich mich hauptsächlich an Personen wende, die niemals auf See gewesen sind, mag es gut sein, die Lage eines Schiffes unter solchen Umständen zu erklären. »Beilegen« ist eine Maßnahme, in die man aus vielerlei Ursachen seine Zuflucht nimmt und die auf verschiedene Weise ausgeführt wird. Bei ruhigem Wetter ergreift man sie häufig in der Absicht, das Schiff zum Stillstand zu bringen, um auf ein anderes Schiff zu warten oder aus ähnlichem Grund. Aber es ist auch nötig, ein Schiff treiben zu lassen, wenn der Sturm so stark ist, daß er die Segel zerreißen würde.

Die Tatsache also, daß der Maat eine Wache an Deck hielt, wenn das Schiff im Sturm beigedreht hatte, zusammen mit dem Umstand, daß wir keine Äxte und Handspaken fanden, ließ uns vermuten, daß die Besatzung zu sehr auf der Hut war und kaum durch einen Überraschungsangriff überwältigt werden konnte, wie es Peters vorgeschlagen hatte. Irgend etwas aber mußte getan werden, und das so rasch wie möglich, denn es bestand kein Zweifel, daß Peters, hegte man erst einmal Verdacht gegen ihn, bei der nächsten Gelegenheit umgebracht würde, und eine solche ließ sich leicht finden oder schaffen, wenn erst einmal der Sturm vorüber war.

Augustus schlug deshalb vor, Peters solle irgendwie versuchen, das Kabel zu entfernen, das auf der Falltür in der Kajüte lag. So konnten wir sie vielleicht vom Laderaum aus unbemerkt überfallen. Aber einiges Nachdenken überzeugte uns, daß das Schiff für einen derartigen Versuch zu stark rollte und stampfte.

Schließlich kam mir glücklicherweise der Gedanke, ob wir nicht die abergläubische Furcht und das schlechte Gewissen des Maats ausnutzen sollten. Man wird sich daran erinnern, daß Rogers, ein Mitglied der Besatzung, an diesem Morgen gestorben war, nachdem er zwei Tage zuvor nach dem Genuß von Alkohol Krämpfe bekommen hatte. Wie Peters behauptete, war dieser Mann vom Maat vergiftet worden, und dafür hatte er angeblich unwiderlegliche Beweise, die er uns jedoch nicht erklären wollte – eine seltsame Weigerung, die nur zu gut zu seinen sonstigen merkwürdigen Charaktereigenschaften paßte. Gleichgültig aber ob es einen Grund gab, den Maat zu verdächtigen oder nicht, wir ließen uns auf jeden Fall leicht bewegen, diesen Verdacht zu teilen, und beschlossen, entsprechend zu handeln.

Rogers war um elf Uhr vormittags unter heftigen Krämpfen gestorben. Und schon einige Minuten nach seinem Tod bot sein Leichnam einen der schrecklichsten und ekelhaftesten Anblicke, an die ich mich erinnern kann. Sein Magen war ungeheuer angeschwollen, wie bei einem Ertrunkenen, der viele Wochen im Wasser gelegen hat. Die Hände befanden sich im selben Zustand, während das Gesicht eingeschrumpft, verschrumpelt und kreidebleich war mit Ausnahme von zwei oder drei hochroten Flecken, wie sie durch Gesichtsrose entstehen. Einer dieser Flecken breitete sich schräg über das ganze Gesicht aus und bedeckte ein Auge völlig wie ein Band aus rotem Samt. In diesem widerlichen Zustand wurde der Leichnam am Mittag aus der Kajüte heraufgebracht, um ihn über Bord zu werfen, als der Maat ihn zum ersten Mal sah. Entweder wurde er von Reue über sein Verbrechen gepackt, oder er erschrak bei dem entsetzlichen Anblick derart, daß er den Männern befahl, den Körper in eine Hängematte einzunähen und nach den üblichen Zeremonien ein Seebegräbnis abzuhalten. Nachdem er diese Anordnungen gegeben hatte, ging er unter Deck, als wolle er sich den weiteren Anblick seines Opfers ersparen. Während man noch die Vorbereitungen traf, kam mit großer Wut der Sturm auf, der die Durchführung verhinderte. Der Leichnam, sich selbst überlassen, wurde in die Speigatten an Backbord geschwemmt, wo er bis jetzt lag und mit dem wilden Rollen des Schiffes hin- und herzappelte.

Nachdem wir unseren Plan gefaßt hatten, begannen wir ihn so schnell wie möglich in die Tat umzusetzen. Peters ging an Deck und wurde, wie er vorhergesehen hatte, sofort von Allen angesprochen, der mehr zur Bewachung des Vorderkastells als zu irgendeinem anderen Zweck dazusein schien. Das Schicksal dieses Schurken entschied sich jedoch schnell und in aller Stille. Denn Peters, der sich ihm sorglos genähert hatte, als wolle er ihn anreden, packte ihn an der Kehle und hatte ihn über Bord geworfen, ehe er nur einen Schrei ausstoßen konnte. Dann rief er nach uns, und wir kamen herauf. Sofort suchten wir nach irgendwelchen Gegenständen, mit denen wir uns bewaffnen konnten. Wir mußten dabei sehr vorsichtig sein, denn es war unmöglich, auch nur einen Augenblick ohne festen Halt an Deck zu stehen, und heftige Sturzseen brachen bei jedem Eintauchen über das Fahrzeug hinweg. Dabei beeilten wir uns, denn wir mußten jede Minute damit rechnen, daß der Maat die Pumpen in Gang setzen ließ, da die Brigg offensichtlich sehr viel Wasser zog. Nach einiger Suche fanden wir nichts Geeigneteres für unsere Zwecke als zwei Pumpschwengel; einen nahm Augustus, den anderen ich. Nachdem wir uns damit ausgestattet hatten, zogen wir dem Leichnam das Hemd aus und warfen den Körper über Bord. Peters und ich gingen dann hinunter und ließen Augustus als Wache auf Deck zurück. Er bezog dort Posten an der Stelle, an der Allen gestanden hatte, mit dem Rücken zur Kajütentreppe, so daß, falls einer von den Leuten des Maats heraufkam, er glauben mußte, es sei die Wache.

Unten angekommen, begann ich mich als Leiche von Rogers zu verkleiden. Dabei half uns das Hemd, das wir dem Leichnam ausgezogen hatten, denn es war von ungewöhnlichem Schnitt und Aussehen und daher leicht zu erkennen – eine Art Kittel aus blauweiß gestreiftem Trikotstoff, den der Verstorbene über seinen Kleidern getragen hatte. Ich zog es an und versuchte dann, mir einen falschen Bauch zu fertigen, um so die schreckliche Entstellung des geschwollenen Körpers nachzuahmen. Mit Hilfe einiger Bettücher ließ sich das leicht bewerkstelligen. Auch meinen Händen gab ich das gleiche Aussehen, indem ich ein Paar weiße wollene Fausthandschuhe anzog und diese mit den erstbesten Lumpen ausstopfte, die herumlagen. Peters machte dann mein Gesicht zurecht. Erst rieb er es mit weißer Kreide ein und beschmierte es dann mit Blut aus einer Schnittwunde am Finger. Der Streifen über dem Auge wurde nicht vergessen und gab mir ein höchst schauerliches Aussehen.

Siebtes Kapitel

Als ich mich in einem Stückchen Spiegel, das in der Kabine hing, betrachtete, noch dazu bei dem schwachen Licht einer Art Gefechtslaterne, wurde ich von Entsetzen über meine Erscheinung und bei der Erinnerung an die schreckliche Wirklichkeit, die ich so darstellte, gepackt, daß ich heftig zu zittern anfing und mich kaum dazu entschließen konnte, meine Rolle weiterzuspielen. Es war jedoch nötig, mit Entschiedenheit zu handeln, und Peters und ich gingen an Deck.

Dort war alles in Ordnung. Wir drei krochen dicht am Schanzkleid entlang zur Treppe, die zur Kajüte führte. Sie war nur teilweise geschlossen, aber man hatte Vorsichtsmaßregeln getroffen; denn auf der obersten Stufe befanden sich einige Holzscheite, die ein überraschendes Schließen von außen verhindern sollten. Ohne Schwierigkeit konnten wir durch die Schlitze bei den Türangeln einen Blick in das gesamte Innere tun. Dabei stellte sich heraus, daß wir gut daran getan hatten, sie nicht zu überrumpeln, denn offensichtlich waren sie auf der Hut. Nur ein einziger schlief, und der lag genau am Fuß der Treppe, eine Muskete neben sich. Der Rest hatte sich auf mehreren Matratzen niedergelassen, die man aus den Kojen genommen und auf den Boden geworfen hatte. Sie befanden sich in einem ernsthaften Gespräch, und obwohl sie wieder gezecht hatten, wie man aus zwei leeren Krügen und mehreren herumliegenden Zinnbechern schließen konnte, waren sie nicht so stark betrunken wie üblich. Alle trugen Messer, einer oder zwei von ihnen Pistolen, und dicht daneben lagen eine Menge Musketen in einer Koje.

Wir hörten eine Weile ihrer Unterhaltung zu, ehe wir uns für ein weiteres Vorgehen entschlossen. Denn wir hatten bisher noch nichts Genaues entschieden, außer daß wir versuchen wollten, durch das Erscheinen von Rogers ihren Widerstand gegen unseren Angriff zu lähmen. Sie erörterten ihre Piratenpläne, von denen wir nur klar verstehen konnten, daß sie sich mit der Mannschaft eines Schoners »Hornet« vereinigen und wenn möglich den Schoner selbst in ihrem Besitz bringen wollten. Doch dies war nur die Vorbereitung zu einem größeren Unternehmen, dessen Einzelheiten keiner von uns ganz genau verstehen konnte.

Einer der Männer redete von Peters, worauf der Maat etwas in leiser, unhörbarer Stimme erwiderte und dann lauter hinzufügte, daß »er nicht verstehen könne, warum er so lange bei dem Balg des Kapitäns im Vorderkastell sei, und er es für besser hielte, die beiden so schnell wie möglich über Bord zu werfen«. Darauf gab es keine Erwiderung, aber ganz deutlich wurde der Wink von der Gruppe gut aufgenommen, vor allem von Jones. Zu diesem Zeitpunkt war ich schrecklich aufgeregt, vor allem weil ich sah, daß weder Augustus noch Peters sich zum Handeln entschließen konnten. Ich beschloß jedoch, mein Leben so teuer wie möglich zu verkaufen und es nicht zu dulden, daß mich meine Angstgefühle überwältigten.

Der entsetzliche Lärm, der durch den im Takelwerk heulenden Sturm und die Sturzseen über das Deck entstand, hinderte uns daran, zu verstehen, was gesagt wurde. In einem Augenblick der Windstelle konnten wir aber alle deutlich den Maat hören, der zu einem der Männer sagte: »Geh nach vorne, und befiehl den verdammten Lümmeln, in die Kajüte zu kommen. Hier kann ich ein Auge auf sie haben, denn ich wünsche keine Geheimniskrämerei an Bord der Brigg.« Wir hatten Glück, daß das heftige Rollen des Schiffes im Augenblick die sofortige Ausführung dieses Befehls unmöglich machte. Der Koch stand von seiner Matratze auf, um uns zu holen. Da warf ihn ein fürchterlicher Ruck mit dem Kopf voran gegen eine der Kabinentüren an Backbord. Ich glaubte, die Maste seien abgebrochen. Glücklicherweise waren wir noch an unseren Plätzen und hatten Zeit, uns Hals über Kopf wieder in das Vorderkastell zurückzuziehen und rasch einen Schlachtplan zu entwerfen, ehe der Bote auftauchte oder vielmehr ehe er seinen Kopf aus der Kajütenluke steckte, denn er kam gar nicht an Deck. Von seinem Platz aus konnte er die Abwesenheit von Allen nicht bemerken, und entsprechend brüllte er los, als stünde der noch da, und wiederholte die Befehle des Maats. Peters schrie mit verstellter Stimme: »Ja, ja!« und der Koch verschwand sofort wieder nach unten ohne den geringsten Argwohn, daß etwas nicht in Ordnung sei.

Meine beiden Kameraden begaben sich nun kühn nach hinten und in die Kajüte hinunter, und Peters schloß die Tür so hinter sich, wie er sie vorgefunden hatte. Der Maat empfing sie mit geheuchelter Freundlichkeit und erklärte Augustus, er könne nun auch in der Kajüte wohnen und in Zukunft einer der ihren sein, da er sich in letzter Zeit so gut benommen habe. Er füllte ihm einen Becher halb mit Rum und zwang ihn, den zu trinken. Ich sah und hörte dies alles, denn ich war meinen Freunden gefolgt, und sobald die Kajütentür geschlossen war, nahm ich meinen alten Beobachtungsposten wieder ein. Ich hatte die zwei Pumpschwengel mitgebracht, von denen ich einen in der Nähe der Treppe versteckte, um ihn nötigenfalls bei der Hand zu haben.

Ich versuchte nun die Vorgänge in der Kajüte zu überblikken und machte mich bereit, zu den Meuterern hinunterzugehen, sobald Peters mir das vereinbarte Signal gab. Dieser brachte bald das Gespräch auf die blutigen Vorgänge bei der Meuterei, und allmählich begannen die Männer von tausenderlei abergläubischen Vorstellungen zu reden, wie sie unter den Seeleuten verbreitet sind. Ich konnte zwar nicht alles verstehen, was sie sagten, las aber die Auswirkungen der Unterhaltung deutlich auf den Gesichtern der Anwesenden ab. Der Maat war offensichtlich sehr erregt, und als einer das schreckliche Aussehen der Leiche von Rogers erwähnte, schien er mir beinahe in Ohnmacht zu fallen. Peters frage ihn nun, ob es nicht besser gewesen wäre, die Leiche gleich über Bord zu werfen, denn der in den Speigatten hin- und herzappelnde Körper biete einen entsetzlichen Anblick. Da rang der Schurke förmlich nach Luft und wandte seinen Kopf langsam von einem zum andern, als ob er sie anflehen wolle, nach oben zu gehen und die Aufgabe zu übernehmen. Aber kein einziger bewegte sich, und ganz offensichtlich befand sich die ganze Gruppe im höchsten Zustand nervöser Erregung. In diesem Augenblick gab mir Peters das Zeichen. Sofort stieß ich die Tür in die Kajüte auf, stieg ohne ein Wort zu reden hinunter und stellte mich aufrecht mitten unter die Gruppe.

Wenn man die verschiedenen Umstände beachtet, darf man sich über die starke Wirkung nicht wundern, die diese plötzliche Erscheinung hervorrief. Meistens bleibt im Verstand des Zuschauers immer noch ein gewisser Zweifel an der Wirklichkeit der Erscheinung vor seinen Augen; ein bißchen Hoffnung, wie schwach auch immer, daß er das Opfer eines Trugbildes und die Erscheinung nicht wirklich ein Gast aus der Welt der Schatten sei. Es ist nicht zuviel gesagt, daß solche Überreste eines Zweifels bei jeder derartigen Heimsuchung vorhanden sind und daß der entsetzliche Schrecken, der manchmal entsteht, selbst bei den wahrscheinlichsten und schrecklichsten Fällen mehr der Vorausahnung zuzuschreiben ist, die Erscheinung könne echt sein, als dem unerschütterlichen Glauben daran. Aber in dem gegenwärtigen Fall wird sofort klar werden, daß es für die Meuterer auch nicht den Schatten eines Zweifels gab, daß die Erscheinung von Rogers nicht wirklich eine Wiederbelebung seines ekelhaften Leichnams sei oder wenigstens sein geisterhaftes Abbild. Die einsame Lage der Brigg im Sturm schränkte die Möglichkeiten für einen Betrug so sehr ein, daß die Meuterer glauben mußten, alles sofort überblicken zu können. Sie waren nun vierundzwanzig Tage auf See ohne eine Verbindung mit irgendwelchen Schiffen. Die gesamte Mannschaft, wenigstens alle, die man an Bord vermuten konnte, befand sich in der Kajüte mit Ausnahme von Allen, der Wache; und seine riesige Gestalt – er war fast zwei Meter groß – war ihnen zu vertraut, als daß sie auch nur für einen Augenblick angenommen hätten, er sei die Erscheinung. Fügt man diesen Überlegungen noch die schreckeinflößende Natur des Sturms und der Unterhaltung, die Peters angefangen hatte, hinzu, ebenso den tiefen Eindruck, den der gräßliche Leichnam am Morgen auf die Männer gemacht hatte, die ausgezeichnete Nachahmung durch mich, dazu das verschwommene und schwankende Licht, in dem sie mich sahen – denn der Schein der hin- und herschwankenden Laterne fiel unbestimmt und sich verändernd auf mich –, dann wird man verstehen, daß die Täuschung eine noch größere Wirkung zeigte, als wir vorausgesehen hatten. Der Maat sprang von der Matratze hoch, auf der er gelegen hatte, und fiel dann ohne ein einziges Wort auf den Kajütenboden. Er war mausetot und rollte durch die heftige Bewegung der Brigg wie ein Klotz leewärts. Von den restlichen sieben waren es nur drei, die ihre Geistesgegenwart behielten. Die vier anderen saßen eine Weile wie angewurzelt auf dem Boden und boten den bedauernswertesten Anblick von Entsetzen und völliger Verzweiflung, der mir je vor Augen kam. Der einzige Widerstand, den wir bemerkten, kam vom Koch, John Hunt und Richard Parker; aber auch ihre Verteidigung war schwach und unentschlossen. Die zwei ersten erschoß Peters sofort, und ich streckte Parker mit einem Hieb auf den Kopf mit dem Pumpschwengel nieder, den ich mitgebracht hatte. In der Zwischenzeit packte Augustus eine der am Fußboden liegenden Musketen und schoß einem anderen Meuterer, Wilson, durch die Brust. Nun blieben noch drei übrig. Aber inzwischen waren sie aus ihrer Betäubung erwacht und bemerkten vielleicht, daß sie getäuscht worden waren, denn sie kämpften mit großer Entschlossenheit und Wut. Ohne die ungeheure Kraft von Peters wären sie am Ende doch Sieger geblieben. Diese drei Männer waren Jones, Greely und Absalom Hicks. Jones hatte Augustus zu Boden geworfen, ihn mit mehreren Stichen im rechten Arm verletzt und hätte ihn zweifellos bald umgebracht, denn weder Peters noch ich konnten unsere Gegner sofort loswerden, wäre ihm nicht noch rechtzeitig ein Freund zu Hilfe gekommen, mit dem wir nie gerechnet hätten. Dieser Freund war niemand anderes als Tiger. Mit einem dumpfen Knurren sprang er in die Kajüte, gerade im kritischsten Augenblick für Augustus, warf sich auf Jones und drückte ihn im nächsten Moment zu Boden. Mein Freund war zu sehr verletzt, um uns zu helfen, und ich war durch meine Verkleidung so behindert, daß ich nicht viel tun konnte. Der Hund wollte nicht die Kehle von Jones loslassen, Peters jedoch zeigte sich den beiden Männern, die übrigblieben, mehr als gewachsen und hätte sie zweifellos noch früher erledigt, wenn der Raum nicht so eng gewesen und die Brigg nicht so stark gerollt wäre. Schließlich erwischte er einen der schweren Stühle, die herumlagen. Mit dem schlug er Greely den Schädel ein, als er gerade eine Muskete auf mich abfeuern wollte, und gleich darauf kam er durch einen Stoß der Brigg mit Hicks in Berührung, den er am Hals packte und ihn allein mit seiner Kraft in den Händen augenblicklich erwürgte. So wurden wir in viel kürzerer Zeit, als ich sie zum Erzählen gebraucht habe, Herren über die Brigg.

Der einzige Gegner, der noch lebte, war Richard Parker. Man wird sich daran erinnern, daß ich diesen Mann zu Beginn des Angriffs mit dem Pumpschwengel niedergeschlagen hatte. Er lag nun bewegungslos an der Tür der zertrümmerten Kabine. Als Peters ihn mit dem Fuß berührte, fing er an zu reden und flehte um Gnade. Er war durch den bloßen Schlag betäubt worden und hatte nur eine leichte Verletzung am Kopf erlitten. Nun stand er auf, und wir banden seine Hände vorläufig am Rücken zusammen. Der Hund lag immer noch knurrend auf Jones. Aber bei näherer Untersuchung stellten wir fest, daß dieser tot war. Das Blut strömte aus einer tiefen Wunde in seinem Hals, die ohne Zweifel von den scharfen Zähnen des Tieres herrührte.

Es war nun ungefähr ein Uhr morgens, und der Wind blies immer noch mit aller Macht. Die Brigg arbeitete heftiger als gewöhnlich, und wir mußten sie unbedingt erleichtern. Bei fast jedem Rollen nach Lee nahm sie Sturzseen auf, von denen während unseres Kampfes mehrere in die Kajüte eindrangen, da ich beim Hinuntersteigen die Tür offengelassen hatte. Die gesamte Schanzkleidung an Backbord war weggeschwemmt worden, ebenso die Kombüse und eine der Jollen. Das Ächzen und Arbeiten des Hauptmastes deutete an, daß er fast gespalten war. Um im hinteren Laderaum mehr Platz für Staugut zu haben, hatte man das Ende des Mastes zwischen die Decks gesteckt – ein sehr tadelnswerter Brauch, den meist unwissende Schiffsbauer anwenden –, so daß die unmittelbare Gefahr bestand, daß er aus seiner Verankerung gerissen wurde. Um allen unseren Schwierigkeiten die Krone aufzusetzen, fanden wir beim Loten nicht weniger als sieben Fuß Wasser im Pumpensod.

Wir ließen die toten Besatzungsmitglieder in der Kajüte liegen und begannen unverzüglich mit dem Pumpen – Parker wurde befreit, um uns dabei zu unterstützen. Augustus tat, was er konnte, aber es war nicht viel – seinen Arm hatten wir so gut wie möglich verbunden. Bald fanden wir heraus, daß wir das Leck unter Kontrolle halten konnten, wenn dauernd eine Pumpe in Betrieb blieb. Da wir bloß zu viert waren, bedeutete das harte Arbeit; aber wir versuchten, nicht den Mut zu verlieren und warteten ungeduldig auf Tagesanbruch. Wir hofften, dann die Brigg durch Kappen des Hauptmastes zu entlasten.

Auf diese Weise verbrachten wir eine Nacht voll schrecklicher Angst und Ermüdung, und als der Tag endlich anbrach, hatte der Sturm nicht im mindesten nachgelassen, noch gab es irgendwelche Anzeichen dafür. Wir schleppten nun die Leichen an Deck und warfen sie über Bord. Unsere nächste Sorge galt dem Hauptmast. Wir trafen die nötigen Vorbereitungen, und Peters begann mit Äxten, die er in der Kajüte gefunden hatte, den Mast zu fällen, während wir anderen an den Stagen und Taljereeps standen. Als die Brigg wieder heftig nach Lee rollte, gab er den Befehl, die Reeps an der Wetterseite durchzuschneiden, worauf die ganze Masse Holz und Takelwerk in die See stürzte, weit genug weg, ohne die Brigg irgendwie zu beschädigen. Es zeigte sich, daß das Schiff nun nicht mehr so schwer stampfte wie zuvor, aber unsere Lage war immer noch sehr heikel, und trotz ärgster Anstrengungen gelang es uns nicht, das Leck ohne zwei Pumpen auszugleichen. Die geringe Unterstützung, die Augustus leisten konnte, hatte keine große Bedeutung. Um unsere Not noch zu vergrößern, traf eine schwere See die Brigg von der Windseite her und drehte sie mehrere Strich vom Wind ab. Ehe sie in die alte Lage zurückkehrte, brach eine weitere voll über sie her und warf sie schwer auf die Seite. Der schlecht verstaute Ballast rutschte völlig nach Lee, und für einige Augenblicke dachten wir, nichts könne uns noch vor dem Kentern bewahren. Doch wir richteten uns teilweise wieder auf. Da aber der Ballast immer noch nach Backbord drückte, lagen wir so schief, daß wir die Pumpen nicht betätigen konnten. Lange hätten wir es mit unseren von der anstrengenden Arbeit wunden Händen sowieso nicht mehr geschafft.

Entgegen Parkers Rat begannen wir nun auch den Fockmast zu kappen und schafften es endlich nach vielen Schwierigkeiten. Als die Trümmer über Bord gingen, nahmen sie noch den Bugspriet mit und ließen uns so den bloßen Rumpf zurück.

Bis jetzt war wenigstens unser Langboot noch da und hatte keinerlei Schaden von den großen Sturzseen erlitten, die über Bord kamen. Aber lange konnten wir uns darüber nicht mehr freuen, denn als der Fockmast weg war und mit ihm das Focksegel, das die Brigg noch in einer stabilen Lage gehalten hatte, brachen die Seen völlig über uns hinweg, und in fünf Minuten war unser Deck vom Bug bis zum Heck leergefegt, das Langboot losgerissen und auch das Ankerspill in Stücke gefetzt. Wir konnten uns in keiner bedauernswerteren Lage befinden!

Um Mittag schien der Sturm etwas nachzulassen, aber zu unserer grenzenlosen Enttäuschung beruhigte er sich nur für wenige Minuten, um dann mit doppelter Wucht zu blasen. Gegen vier Uhr nachmittags konnte man sich nicht mehr gegen den Wind aufrecht halten, und als die Nacht über uns hereinbrach, hegte ich nicht die geringste Hoffnung, daß das Fahrzeug noch bis zum Morgen zusammenhalten werde.

Um Mitternacht lagen wir so tief im Wasser, daß es schon bis zum Zwischendeck reichte. Kurz danach verloren wir das Ruder. Die See, die es wegriß, hob den hinteren Teil der Brigg völlig aus dem Meer, und beim Zurückfallen traf sie mit solcher Erschütterung auf, als sei sie an Land geworfen worden. Wir hatten gehofft, das Ruder werde bis zuletzt standhalten, da es ungewöhnlich stark befestigt war. Am Hauptbalken verlief eine Reihe fester eiserner Haken und in der gleichen Weise auch am Achtersteven. Durch diese Haken führte eine dicke schmiedeeiserne Stange, die das Ruder am Hintersteven hielt. Die Gewalt der See war aber so stark gewesen, daß die Haken am Hintersteven aus dem festen Holz herausgerissen wurden.

Wir hatten kaum Zeit, uns von diesem entsetzlichen Schock zu erholen, als eine der gewaltigsten Sturzseen, die ich je gesehen habe, gerade über uns hereinbrach, die Treppe zur Kajüte wegfegte, in die Luken eindrang und jeden Zentimeter des Schiffes mit Wasser füllte.

Achtes Kapitel

Glücklicherweise hatten wir alle vier uns vor Einbruch der Nacht fest an den Resten des Ankerspills festgebunden und lagen so flach wie möglich am Boden. Allein diese Vorsichtsmaßnahme rettete uns das Leben. Von dem ungeheueren Gewicht des Wassers, das auf uns einstürzte, waren wir alle mehr oder weniger betäubt. Sobald ich wieder atmen konnte, rief ich laut nach meinen Gefährten. Nur Augustus antwortete und sagte: »Es ist alles aus mit uns. Gott sei unseren Seelen gnädig!« Nach und nach konnten auch die beiden anderen wieder sprechen. Sie versuchten uns zu ermutigen, gab es doch immer noch Hoffnung. Nach ihren Worten machte die Art der Ladung ein Untergehen der Brigg unmöglich, auch bestand große Aussicht, daß der Sturm am Morgen nachlassen würde. So seltsam es auch scheinen mag, ich hatte in meiner Verwirrung die Tatsache bisher völlig übersehen, daß ein Fahrzeug mit einer Ladung leerer Ölfässer nicht sinken würde. Jetzt nützte ich jede Gelegenheit, um die Taue, die mich an die Reste des Ankerspills fesselten, weiter zu verstärken. Dabei merkte ich, daß dies auch meine Gefährten versuchten. Die Nacht war stockfinster, und man kann den kreischenden entsetzlichen Lärm und das Durcheinander, das uns umgab, nicht beschreiben. Unser Deck befand sich auf gleicher Höhe mit dem Meer, besser gesagt, wir waren von einem aufgetürmten Schaumkamm umgeben, der dauernd auf uns herabsprühte. So ist es nicht zuviel gesagt, daß unsere Köpfe höchstens eine von drei Sekunden richtig über Wasser blieben. Obwohl wir dicht nebeneinander lagen, konnten wir uns weder gegenseitig sehen, noch irgendeinen Teil der Brigg, auf der wir so heftig herumgewirbelt wurden. In Abständen riefen wir uns gegenseitig an, um so die Hoffnung am Leben zu halten und demjenigen Trost und Ermutigung zukommen zu lassen, der es am nötigsten hatte. Der schwache Zustand von Augustus machte ihn zum Gegenstand unserer Sorge. Da sein rechter Arm zerfleischt war, konnte er auch seine Taue nicht fest anziehen. Wir erwarteten jeden Moment, daß er über Bord geschwemmt würde. Doch ihm zu Hilfe zu kommen war unmöglich. Glücklicherweise hatte er einen besseren Platz als wir anderen. Sein Oberkörper lag gerade unter einem Teil des zerfetzten Ankerspills, so daß die Sturzseen, die über ihn hereinbrachen, in ihrer Wut gebremst waren. An jeder anderen Stelle wäre er noch vor Tagesanbruch gestorben. Da die Brigg so weit auf der Seite lag, waren wir weniger in Gefahr heruntergespült zu werden, als unter anderen Umständen. Wie ich schon erwähnt habe, neigte das Schiff nach Backbord, und etwa das halbe Deck lag dauernd unter Wasser. Die Sturzseen, die an Steuerbord über uns hereinbrachen, trafen erst auf die Seite des Fahrzeugs und erreichten uns nur noch mit halber Kraft, denn wir lagen flach auf unseren Gesichtern. Die von Backbord kommenden, die man Stauwasserseen nennt, konnten uns aufgrund unserer Lage nicht gut erreichen und hatten nicht genug Kraft, um uns aus unseren Befestigungen zu ziehen.

Wir befanden uns in einer schrecklichen Lage, und bei Tagesanbruch erst wurde das Grauen deutlicher, das uns umgab. Die Brigg war wie ein Holzscheit jeder Welle ausgesetzt. Der Sturm wuchs zum Orkan, und es schien für uns keine Hoffnung mehr zu geben. Einige Stunden lang hielten wir schweigend aus. Wir erwarteten jeden Augenblick, daß entweder unsere Taue nachgeben, die Reste des Ankerspills über Bord gehen würden oder daß eine der großen Seen, die uns von allen Seiten umtosten, den Rumpf so weit unter Wasser drückte, daß wir ertrunken wären, ehe er wieder an die Oberfläche kam. Durch die Gnade Gottes aber wurden wir von diesen drohenden Gefahren bewahrt, und gegen Mittag stärkte uns der Schein der geliebten Sonne. Kurz darauf konnten wir ein spürbares Nachlassen des Sturmes feststellen. Da begann zum ersten Mal seit dem gestrigen späten Abend Augustus wieder zu reden und fragte Peters, der ihm am nächsten lag, ob er glaube, daß wir noch gerettet werden könnten. Da zuerst keine Antwort auf diese Frage kam, dachten wir alle, der Mischling sei an seinem Platz ertrunken. Aber dann begann er zu unserer großen Freude doch zu reden, wenn auch sehr leise. Er sagte, er habe große Schmerzen, die festgezogenen Taue schnitten ihm gerade in den Magen, und er müsse sie entweder lockern oder zugrunde gehen, denn er könne diese Qual nicht noch länger ertragen. Das verursachte uns große Sorgen, denn es war nutzlos, ihm irgendwie helfen zu wollen, solange die See weiterhin über uns hinwegging. Wir ermunterten ihn, sein Leiden tapfer zu ertragen, und versprachen, ihm bei der ersten sich bietenden Gelegenheit zu helfen. Er antwortete, dafür sei es bald zu spät, es werde vorüber sein, ehe wir ihm helfen könnten. Nachdem er noch eine Zeitlang gestöhnt hatte, lag er still, und wir nahmen an, er sei tot.

Als es Abend wurde, fiel die See so stark, daß höchstens alle fünf Minuten eine Welle über den Rumpf hinwegbrach, auch der Wind hatte nachgelassen, obwohl er immer noch kräftig blies. Ich hatte seit Stunden nichts mehr von meinen Gefährten gehört und rief nun Augustus an, der aber mit so schwacher Stimme antwortete, daß ich nichts verstand. Parker und Peters dagegen gaben überhaupt kein Lebenszeichen.

Kurz darauf fiel ich in teilweise Bewußtlosigkeit, in der wunderschöne Bilder durch meine Phantasie gaukelten. Es waren Bilder von grünen Bäumen, wogenden Getreidefeldern, Reihen tanzender Mädchen, Reitertruppen und anderes. Ich erinnere mich nur, daß in allem, was an meinem geistigen Auge vorbeizog, Bewegung vorherrschte. So erschien mir kaum ein fester Gegenstand, kein Haus, kein Berg oder ähnliches. Aber Windmühlen, große Schiffe und Vögel, Luftballons, Leute zu Pferde, Wagen, die ungemein rasch fuhren, zogen in endloser Reihe an mir vorbei. Als ich wieder zu mir kam, war, soweit ich feststellen konnte, die Sonne etwa seit einer Stunde aufgegangen.

Ich konnte mich anfangs überhaupt nicht mehr in meiner Lage zurechtfinden und war eine Zeitlang davon überzeugt, noch im Laderaum der Brigg zu stecken, und Parker neben mir schien eigentlich Tiger zu sein.

Als ich schließlich wieder voll zu Bewußtsein kam, stellte ich fest, daß der Wind nur noch als eine gemäßigte Brise wehte und die See verhältnismäßig ruhig lag, so daß sie nur noch mittschiffs über die Brigg spülte. Mein linker Arm hatte sich aus den Fesseln gelöst und war am Ellbogen aufgerissen, der rechte war völlig taub, und Hand und Handgelenke waren durch den Druck des Seils schrecklich angeschwollen. Ein weiteres Seil, das sich um meine Taille unerträglich zusammengezogen hatte, verursachte mir ebenfalls heftige Schmerzen. Als ich zu meinen Kameraden hinschaute, sah ich, daß Peters immer noch lebte, obwohl sich eine dicke Leine so fest um seine Hüften gewickelt hatte, daß er in zwei Hälften geteilt zu sein schien. Als ich mich bewegte, machte er eine schwache Bewegung mit der Hand und deutete auf das Seil. Augustus gab keinerlei Lebenszeichen mehr und lag über einem Stück des Ankerspills zusammengekrümmt. Parker sprach mich an, als er sah, daß ich mich bewegte, und fragte, ob ich kräftig genug sei, ihn zu befreien. Er meinte, daß wir unser Leben noch retten könnten, falls ich allen Mut zusammennehmen und ihn losbinden würde, andernfalls seien wir verloren. Ich sprach ihm Mut zu, tastete nach meiner Hosentasche, packte mein Taschenmesser und schaffte es nach mehreren vergeblichen Versuchen, es zu öffnen. Dann befreite ich mit der linken Hand die rechte aus ihren Fesseln und schnitt die Seile entzwei, die mich festhielten. Als ich jedoch versuchte, mich zu bewegen, stellte ich fest, daß meine Beine mich im Stich ließen und ich nicht aufstehen konnte. Auch konnte ich meinen rechten Arm überhaupt nicht bewegen. Als ich dies Parker sagte riet er mir, einige Minuten still zu liegen und mich mit der linken Hand am Ankerspill festzuhalten, damit das Blut wieder zirkulieren könne. Diese Taubheit verschwand allmählich, ich vermochte zuerst das eine Bein, dann das andere zu bewegen und kurz darauf auch meinen rechten Arm. Nun kroch ich sehr vorsichtig, ohne aufzustehen, zu Parker und hatte bald alle Taue zerschnitten. Nach kurzer Zeit konnte er auch seine Glieder wieder teilweise benutzen. Wir verloren nun keine Zeit, das Seil von Peters zu lösen. Es hatte einen tiefen Schnitt durch den Gürtel seiner wollenen Hose und durch zwei Hemden verursacht und war in seinen Körper eingedrungen. Als wir das Tauwerk lösten, begann er heftig zu bluten. Doch kaum hatten wir es entfernt, als er zu sprechen begann und sofortige Erleichterung zu verspüren schien. Er konnte sich sogar viel leichter bewegen als Parker oder ich, was zweifellos mit den starken Blutungen zusammenhing.

Wir hatten kaum noch Hoffnung, daß Augustus sich erholen würde, denn er gab keinerlei Lebenszeichen mehr. Als wir aber zu ihm kamen, entdeckten wir, daß er nur infolge des Blutverlustes ohnmächtig geworden war. Wir befreiten ihn aus seinen Fesseln, zogen ihn unter dem zerborstenen Holz des Ankerspills heraus und brachten ihn an eine trockene Stelle auf der Luvseite. Dort legten wir seinen Kopf etwas tiefer als den Körper und begannen alle drei, seine Glieder zu reiben. Nach etwa einer halben Stunde kam er zu sich, doch dauerte es bis zum nächsten Morgen, ehe er uns erkannte und wieder sprechen konnte. Bis wir uns alle befreit hatten, war es dunkel geworden, und neue Wolken zogen auf. Wieder bekamen wir schreckliche Angst, daß ein neuer Sturm losbrechen könnte; denn erschöpft wie wir waren, hätte das unseren Untergang bedeutet. Glücklicherweise hielt sich aber das Wetter, und die See beruhigte sich jede Minute, so daß wir noch auf Rettung hoffen konnten. Immer noch blies eine leichte Brise aus Nordwesten, aber es war nicht kalt. Augustus banden wir sorgfältig auf der Luvseite fest, damit er nicht beim Rollen des Schiffes über Bord fallen konnte, denn er war noch zu schwach, um sich festzuhalten. Für uns bestand keine solche Notwendigkeit. Wir saßen eng beieinander, sicherten uns mit Hilfe der zerrissenen Taue des Ankerspills und suchten nach einer Möglichkeit, unserer schrecklichen Lage zu entkommen. Da wir wenigstens unsere Kleider ausziehen und sie auswringen konnten, fühlten sie sich bald wieder warm und angenehm an und trugen so nicht wenig zu unserer Kräftigung bei. Als wir auch Augustus ausgezogen und seine Kleider getrocknet hatten, fühlte er sich ebenfalls besser.

Nun litten wir vor allem an Hunger und Durst. Als wir jedoch nichts fanden, um dem abzuhelfen, sank unser Mut erneut, und schon begannen wir zu bedauern, daß wir den weniger schrecklichen Gefahren des Meeres entkommen waren. Aber wir versuchten uns mit dem Gedanken zu trösten, daß uns bald ein Schiff auflesen werde, und ermutigten uns gegenseitig, alles Mißgeschick, das uns noch treffen konnte, tapfer zu ertragen.

Endlich dämmerte der Morgen des 14. Juli. Das Wetter war immer noch klar und angenehm mit einer stetigen, aber sehr leichten Brise aus Nordwesten. Die See war jetzt ganz glatt, und aus irgendeinem unerfindlichen Grund lag das Schiff nicht mehr so sehr auf der Seite wie zuvor, das Deck war vergleichsweise trocken, und wir konnten uns frei bewegen. Wir hatten nun seit über drei Tagen und Nächten nichts mehr gegessen oder getrunken, und es wurde unbedingt notwendig, daß wir versuchten, etwas von unten heraufzuholen. Da die Brigg völlig mit Wasser gefüllt war, gingen wir mutlos an unsere Aufgabe und hegten nur eine geringe Hoffnung, daß wir irgend etwas holen könnten. Wir machten uns eine Art Schleppnetz, indem wir einige Nägel aus den Überresten der Kajütenluke in zwei Holzstücke schlugen. Wir befestigten sie übereinander, banden sie an das Ende eines Seils und warfen sie in die Kajüte. Dort zogen wir sie hin und her, in der schwachen Hoffnung, daß etwas Eßbares daran hängen bliebe oder zumindest irgendein Gegenstand, mit dessen Hilfe wir hineinkommen konnten. Den größten Teil des Morgens verbrachten wir erfolglos bei dieser Arbeit und fischten nichts weiter als ein paar Bettücher auf, die sich leicht in den Nägeln verfingen. Tatsächlich aber war unser Werkzeug so plump, daß sich ein größerer Erfolg gar nicht erhoffen ließ.

Wir versuchten es nun im Vorderkastell, aber ebenfalls umsonst, und waren schon am Rande der Verzweiflung, als Peters vorschlug, wir sollten ein Seil an seinem Körper festmachen und er wolle dann versuchen, in die Kajüte zu tauchen und etwas heraufzuholen. Wir begrüßten diesen Vorschlag mit all der Freude, die aus wiederauflebender Hoffnung entstehen kann. Sofort begann er, sich bis auf die Hosen auszuziehen, und wir banden ein festes Seil sorgfältig um seine Taille und zogen es so über seine Schultern, daß es nicht wegrutschen konnte. Das Unternehmen schien schwierig und gefährlich.

Denn da wir nicht hoffen konnten, in der Kajüte viel, wenn überhaupt etwas, zu finden, mußte der Taucher, nachdem er hinabgestiegen war, sich nach rechts wenden und drei bis vier Meter durch einen engen Gang in die Vorratskammer vordringen, ohne Atem zu holen.

Peters stieg über die Treppe in die Kajüte hinunter, bis ihm das Wasser an das Kinn reichte. Dann sprang er kopfüber hinein und wandte sich dabei gleich nach rechts. Er versuchte, sich einen Weg in die Vorratskammer zu bahnen. Doch dieser erste Versuch schlug gänzlich fehl. Kaum eine halbe Minute, nachdem er verschwunden war, fühlten wir, wie heftig an dem Seil gerissen wurde – wir hatten beschlossen, er solle dieses Zeichen geben, wenn er hinauf wolle. Also zogen wir sofort, aber so unvorsichtig, daß er schwer an der Leiter anschlug. Er hatte nichts mitgebracht und nur wenig in den Gang vordringen können, denn er mußte sich dauernd anstrengen, nicht gegen das Deck getrieben zu werden. Er war sehr erschöpft und mußte sich fünfzehn Minuten ausruhen, ehe er einen neuen Abstieg wagen konnte.

Der zweite Versuch fiel noch schlechter aus. Denn er blieb so lange unter Wasser, ohne das Zeichen zu geben, daß wir ihn, da wir um seine Sicherheit fürchteten, einfach heraufzogen. Er lag fast in den letzten Zügen und hatte, wie er sagte, mehrmals an dem Seil gezogen, ohne daß wir es merkten. Wahrscheinlich hatte sich ein Stück des Seils in dem Geländer am Fuß der Treppe verfangen. Dieses Geländer behinderte uns so, daß wir beschlossen, es zu entfernen, bevor wir unseren Plan weiterverfolgten. Da wir aber über keinerlei Hilfsmittel verfügten, kletterten wir, soweit es ging, die Leiter hinunter und brachen schließlich mit vereinten Kräften das Geländer ab.

Der dritte Versuch war genauso erfolglos wie die ersten beiden, und es wurde nun klar, daß wir auf diesem Weg nur etwas erreichen konnten, wenn der Taucher ein Gewicht hatte, mit dem er sich während seiner Suche am Boden der Kajüte halten konnte. Lange suchten wir vergeblich nach etwas, daß für diesen Zweck geeignet war. Doch schließlich entdeckten wir zu unserer großen Freude, daß eine der vorderen Ketten auf der Wetterseite so locker war, daß wir sie ohne Anstrengung herausreißen konnten. Wir befestigten sie sicher an den Knöcheln von Peters, und er stieg zum vierten Mal in die Kajüte hinunter. Diesmal gelang es ihm, bis zur Tür des Vorratsraums vorzudringen. Zu seinem unaussprechlichen Jammer aber war sie verschlossen, und er mußte zurückkehren, ohne sich einen Zugang verschafft zu haben, denn auch mit größter Anstrengung konnte er nicht länger als eine Minute unter Wasser bleiben. Unsere Aussichten waren nun wirklich düster, und sowohl Augustus als auch ich brachen in Tränen aus, als wir an die Menge Schwierigkeiten dachten und an die geringe Aussicht auf Rettung. Aber diese Schwäche war nicht von langer Dauer. Wir warfen uns auf die Knie und flehten Gott an, uns vor den vielen Gefahren zu schützen. Dann begannen wir mit erneuter Hoffnung und Kraft darüber nachzudenken, wie wir mit irdischen Mitteln unsere Befreiung erreichen konnten.

Kurz danach kam es zu einem Zwischenfall, der mir von allen Ereignissen der nächsten Jahre am tiefsten im Gedächtnis bleiben sollte. Wir lagen an Deck neben der Treppe und überlegten, ob es doch noch möglich sei, in die Vorratskammer vorzudringen, als ich Augustus anschaute, der vor mir lag. Ich erkannte, daß er leichenblaß geworden war und daß seine Lippen höchst sonderbar und unerklärlich zitterten. Ich war sehr beunruhigt und redete ihn an, doch er gab keine Antwort. Schon dachte ich, er sei plötzlich krank geworden, als ich bemerkte, daß er auf irgend etwas hinter mir starrte. Ich drehte meinen Kopf und werde niemals das Entzücken vergessen, das jedes Teilchen meines Körpers durchzitterte, als ich eine große Brigg sah, die nur einige Meilen von uns entfernt direkt auf uns zuhielt. Ich sprang auf die Füße, als hätte mich plötzlich eine Musketenkugel ins Herz getroffen, streckte meine Arme nach dem Schiff aus und stand so, bewegungslos und unfähig, ein Wort zu sagen. Peters und Parker zeigten ihre Erregung auf verschiedene Weise. Der erstere tanzte wie ein Verrückter auf dem Deck herum und stammelte unzusammenhängende Worte, vermischt mit Geheul und Verwünschungen, während der andere in Tränen ausbrach und mehrere Minuten wie ein Kind weinte. Das gesichtete Fahrzeug war eine große Zwitterbrigg von niederländischer Bauart, schwarz angemalt, mit einer kitschigen vergoldeten Gallionsfigur. Offensichtlich hatte sie eine Menge rauhes Wetter gesehen und, wie wir annahmen, in dem schrecklichen Sturm schwer gelitten. Der Fockmast war verschwunden, ebenso ein Teil der Reling an Steuerbord. Wie ich schon erwähnte, war sie, als wir sie zuerst sahen, ungefähr zwei Meilen entfernt, lag vor dem Wind und kam auf uns zu. Die Brise war sehr leicht, und wir staunten über die Tatsache, daß nur Fock- und Hauptsegel gesetzt waren: Natürlich kam sie nur langsam vorwärts, und unsere Ungeduld steigerte sich fast zum Wahnsinn. Doch trotz unserer Erregung erkannten wir alle, wie unbeholfen das Schiff manövrierte. Es kam so beträchtlich vom Kurs ab, daß wir ein oder zweimal glaubten, es könne uns unmöglich sichten, oder werde sogar eine andere Richtung einschlagen, falls es uns gesehen hatte und niemanden an Bord entdeckte. Auf alle Fälle schrien und riefen wir so laut wir konnten. Da schien das fremde Schiff für einen Augenblick seine Absicht zu ändern und hielt wieder auf uns zu. Dieses seltsame Manöver wiederholte sich zwei- oder dreimal, so daß wir schließlich annahmen, der Steuermann sei betrunken.

An Deck konnte niemand gesichtet werden, bis das Schiff etwa eine Viertelmeile von uns entfernt war. Dann entdeckten wir drei Seeleute, die wir ihrer Kleidung nach für Holländer hielten. Zwei von ihnen lagen auf einigen alten Segeln in der Nähe des Vorderkastells und der dritte, der uns mit großer Neugier zu betrachten schien, lehnte nahe am Buspriet über den Steuerbord-Bug. Der letztere, ein großer und kräftiger Mann mit dunkler Haarfarbe, schien uns zu ermutigen, Geduld zu haben, denn er nickte uns fröhlich, wenn auch reichlich seltsam zu und lächelte dauernd, als wolle er seine schönen weißen Zähne zeigen. Als das Fahrzeug näher kam, sah ich, wie die rote Flanellkappe, die er aufhatte, ins Wasser fiel; doch er schien dem wenig oder keine Beachtung zu schenken, denn er fuhr fort, so merkwürdig zu lächeln und sich zu bewegen. Ich erzähle diese Dinge und Umstände genau, und ich schildere sie, das muß klar sein, ganz so, wie sie uns erschienen. Die Brigg kam langsam näher und nun mit größerer Stetigkeit als zuvor und – ich kann von diesem Ereignis nicht ruhig sprechen – unsere Herzen hüpften wild vor Freude, und wir brachen in Rufe und Dankesgebete aus über diese vollständige, unerwartete und herrliche Rettung, die da so handgreiflich vor uns lag. Plötzlich kam von dem fremden Schiff, das nun so nah bei uns war, ein Geruch über den Ozean, ein Gestank, für den es auf der ganzen Welt keinen Namen gibt – keinen Eindruck – höllisch – völlig erstickend – unerträglich, unfaßbar. Ich schnappte nach Luft und drehte mich zu meinen Gefährten um. Sie waren bleich wie Marmor. Doch wir hatten keine Zeit mehr zu fragen oder zu überlegen, die Brigg trieb nur noch hundertfünfzig Meter entfernt, und sie schien unser Heck anlaufen zu wollen, so daß wir an Bord gehen konnten, ohne daß ein Boot ausgesetzt wurde. Wir stürzten nach hinten. Doch plötzlich wurde sie etwa fünf bis sechs Strich von ihrem Kurs abgelenkt und fuhr etwa sechs Meter von unserem Heck entfernt vorbei. Dabei konnten wir ihre Decks voll überblicken. Werde ich jemals dieses schreckliche Schauspiel vergessen? Fünfundzwanzig bis dreißig Menschen, darunter auch mehrere Frauen, lagen zwischen Heck und Kombüse verstreut – im letzten und ekelhaftesten Stadium der Verwesung. Wir sahen ganz deutlich, daß auf diesem unseligen Schiff niemand mehr am Leben war! Doch wir konnten nichts anders: wir riefen die Toten um Hilfe an! In der Qual dieses Augenblicks flehten wir lange und laut, daß diese stillen und ekelhaften Bilder bei uns bleiben sollten, daß sie uns nicht verlassen sollten und wir so würden wie sie, daß sie uns in ihre ansehnliche Gesellschaft aufnehmen sollten!

Wir waren rasend vor Schrecken und Verzweiflung, völlig verrückt durch die Qual dieser schweren Enttäuschung.

Neuntes Kapitel

Wir verbrachten den Rest des Tages in einem Zustand dumpfer Teilnahmslosigkeit und starrten dem entschwindenden Schiff nach, bis die Dunkelheit, die es unseren Blicken entzog, uns wieder einigermaßen zur Besinnung brachte. Die Qualen von Hunger und Durst kamen wieder und verdrängten alle anderen Sorgen und Überlegungen. Bis zum Morgen konnte jedoch nichts unternommen werden. Wir sicherten uns so gut wie möglich und versuchten, ein wenig zu schlafen. Mir gelang das wider Erwartung gut, und ich schlief, bis meine Kameraden, die nicht so glücklich waren, mich bei Tagesanbruch weckten; denn wir mußten unsere Versuche wiederaufnehmen, Vorräte aus dem Schiffsrumpf herauszuholen.

Es herrschte nun völlige Windstille; ich hatte die See noch nie so ruhig gesehen. Das Wetter war warm und angenehm. Wir begannen unser Unternehmen, indem wir unter einigen Schwierigkeiten eine weitere Kette abrissen. Nachdem beide an den Füßen von Peters befestigt waren, unternahm er einen neuen Versuch, die Tür zur Vorratskammer zu erreichen. Er hielt es für möglich, sie aufbrechen zu können, falls er schnell genug hinunterkäme, und hoffte es zu schaffen, denn der Rumpf lag viel ruhiger als zuvor.

Er erreichte die Tür auch sehr schnell, löste eine der Ketten von seinem Fuß und machte nun alle Anstrengungen, einen Durchgang herauszubrechen. Doch vergeblich, denn das Holz der Kajüte erwies sich stärker als wir vermutet hatten. Von dem langen Aufenthalt unter Wasser war er ziemlich erschöpft, und es wurde unbedingt nötig, daß ein anderer seinen Platz einnahm. Parker bot sich sofort freiwillig an. Aber nach drei ergebnislosen Versuchen erkannte er, daß er nicht einmal bis zur Tür vordringen konnte. Ein Versuch von Augustus wäre bei dem Zustand des verwundeten Armes völlig sinnlos, denn falls er die Tür auch erreichte, so wäre er doch nicht in der Lage gewesen, sie aufzubrechen. Folglich lag es jetzt an mir, mich für unsere Rettung anzustrengen.

Peters hatte eine der Ketten in dem Durchgang gelassen. Da ich beim Eintauchen merkte, daß ich nicht genügend Kraft hatte, mich unten im Gleichgewicht zu halten, beschloß ich, zunächst bloß die Kette mit herauf zu bringen. Als ich den Boden nach ihr abtastete, fühlte ich eine harte Masse, die ich sofort packte, ohne zu wissen, was es war. Ich kehrte sofort zur Oberfläche zurück. Die Beute erwies sich als eine Flasche, und man kann sich unsere Freude vorstellen, als wir bemerkten, daß sie voll Portwein war. Wir dankten Gott für diese rechtzeitige und aufmunternde Unterstützung und zogen sofort mit meinem Taschenmesser den Korken heraus. Jeder nahm einen kleinen Schluck. Die Wärme, Kraft und Belebung, die uns durchdrang, war eine unbeschreibliche Wohltat. Sorgfältig verkorkten wir die Flasche wieder und hängten sie mit einem Taschentuch so auf, daß sie nicht zerbrochen werden konnte.

Nachdem ich mich nach dieser glücklichen Entdeckung eine Weile ausgeruht hatte, stieg ich wieder hinunter, fand die Kette und kam damit sofort wieder herauf. Ich befestigte sie nun und ging zum dritten Mal hinunter. Mir wurde aber klar, daß es mir in der jetzigen Lage trotz aller Anstrengungen nie gelingen würde, die Tür aufzubrechen, und ich kehrte verzweifelt zurück.

Es schien nun keinerlei Hoffnung mehr zu geben, und ich konnte an den Gesichtern meiner Gefährten ablesen, daß sie sich mit dem Tod abgefunden hatten. Der Wein hatte sie offensichtlich in eine Art Delirium versetzt, vor dem ich vielleicht durch mein Tauchen bewahrt wurde. Sie redeten zusammenhanglos und über Dinge, die nichts mit unserer Situation zu tun hatten. Peters fragte mich wiederholt etwas über Nantucket. Wie ich mich erinnere, kam auch Augustus ganz ernsthaft auf mich zu und bat mich, ihm einen Taschenkamm zu leihen, denn sein Haar sei voller Fischschuppen, und er hätte sie gerne heraus, ehe er an Land ging. Nur Parker schien etwas weniger angegriffen und drängte mich, aufs Geratewohl in die Kajüte zu tauchen und alles mitzubringen, was mir unter die

Finger kam. Dem stimmte ich zu. Beim ersten Versuch blieb ich eine ganze Minute unten und brachte einen kleinen Lederkoffer herauf, der Kapitän Barnard gehörte. Er wurde sofort geöffnet, in der schwachen Hoffnung, darin etwas Eß- oder Trinkbares zu finden, enthielt jedoch nur eine Schachtel Rasierzeug und zwei Leinenhemden. Ich ging wieder hinunter und kehrte ohne Erfolg zurück. Als ich auftauchte, hörte ich ein Klirren und sah, daß meine Gefährten meine Abwesenheit ausgenutzt hatten, den Rest Wein zu trinken, und – in ihrem Eifer, die Flasche wieder aufzuhängen, bevor ich es merkte – diese soeben fallen ließen. Ich machte ihnen Vorwürfe über die Herzlosigkeit ihres Verhaltens, worauf Augustus in Tränen ausbrach. Die andern beiden lachten und versuchten, die Sache als Scherz abzutun, aber ich hoffe, nie wieder ein solches Lachen mit diesen schrecklich verzerrten Gesichtern zu sehen. Der Alkohol hatte bei ihren leeren Mägen kräftig gewirkt, so daß sie fürchterlich betrunken waren. Unter großen Schwierigkeiten brachte ich sie dazu, sich hinzulegen, und sie fielen bald in tiefen Schlaf, der von lautem röchelndem Schnarchen begleitet war.

Wie die Dinge lagen, war ich nun mit meinen angstvollen und düsteren Gedanken ganz allein auf mich gestellt. Mir bot sich keine andere Aussicht als ein schleichender Hungertod oder im besten Fall der Untergang im ersten Sturm, der aufkam. Denn wir waren so erschöpft, daß keine Hoffnung bestand, einen weiteren zu überleben.

Der nagende Hunger, den ich nun verspürte, war beinahe unerträglich. Ich fühlte mich fähig, bis zum Äußersten zu gehen, um ihn zu stillen. Mit meinem Messer schnitt ich ein kleines Stück von dem Lederkoffer ab und versuchte, es zu essen. Es stellte sich als völlig unmöglich heraus, auch nur den kleinsten Bissen hinunterzuschlucken, aber ich bildete mir ein, es verschaffe mir einige Erleichterung, kleine Stückchen davon zu kauen und dann auszuspucken. Gegen Abend erwachten meine Gefährten, einer nach dem anderen, alle in einem unbeschreiblichen Zustand von Schwäche und Entsetzen, der von dem Wein herrührte, dessen berauschende Wirkung nun verflogen war. Sie zitterten wie in heftigem Schüttelfrost und schrien auf beklagenswerte Weise nach Wasser. Ihr Zustand berührte mich sehr, aber gleichzeitig freute ich mich über die glücklichen Umstände, die mich daran gehindert hatten, dem Alkohol zu frönen; folglich teilte ich auch nicht ihre Melancholie und ihre bedrückenden Gefühle. Ihr Verhalten jedoch beunruhigte mich sehr. Denn es war offensichtlich, daß sie mir nicht helfen konnten, für unsere gemeinsame Sicherheit zu sorgen, falls nicht eine glückliche Wendung eintrat. Bis jetzt hatte ich die Idee noch nicht ganz aufgegeben, etwas von unten heraufzuholen, aber der Versuch ließ sich nicht wagen, ehe nicht einer von ihnen soweit Herr seiner selbst war, daß er das Ende des Seils halten konnte, wenn ich hinunterging. Parker schien mir etwas weniger benommen zu sein als die anderen, und ich versuchte alles, was in meiner Macht stand, ihn zu sich zu bringen. Weil ich dachte, ein Seebad könnte ihm guttun, band ich eine Schnur um seinen Körper, führte ihn zu der Treppe – er blieb die ganze Zeit über völlig teilnahmslos –, stieß ihn hinein und zog ihn gleich wieder herauf. Ich hatte allen Grund, mich zu diesem Versuch zu beglückwünschen, denn er schien belebt und gekräftigt zu sein und fragte mich, als er wieder heraus war, ganz vernünftig, warum ich das getan hätte. Ich erklärte es ihm, worauf er mir dankte und erklärte, er fühle sich seit dem Untertauchen viel besser. Danach redete er ganz verständig über unsere Lage. Wir beschlossen, Peters und Augustus genauso zu behandeln. Bei beiden hatte der Schock eine gute Wirkung.

Ich glaubte nun, meinen Gefährten das Ende des Seils anvertrauen zu können, und unternahm drei oder vier Tauchversuche in die Kajüte, obwohl es nun schon ziemlich dunkel war und eine sanfte, aber lange Dünung aus Norden den Schiffsrumpf etwas schaukeln ließ. Bei diesen Versuchen brachte ich zwei Messer, einen etwa zehn Liter fassenden Krug, der aber leer war, und eine Decke herauf, aber nichts Eßbares. Ich setzte meine Bemühungen fort, bis ich völlig erschöpft war, konnte aber nichts finden. Während der Nacht wechselten sich Parker und Peters bei dieser Beschäftigung ab, aber da wir keinen Erfolg hatten, gaben wir diesen Versuch voller Verzweiflung auf, denn wir erschöpften uns ja vergeblich.

Den Rest der Nacht verbrachten wir unter den schlimmsten geistigen und körperlichen Qualen, die man sich vorstellen kann. Schließlich dämmerte der Morgen des 16. Juli, und voller Unruhe suchten wir den ganzen Horizont nach Rettung ab, aber vergeblich. Die See war immer noch glatt, nur mit einer langen Dünung aus Norden, wie gestern. Wir hatten seit sechs Tagen nichts gegessen oder getrunken mit Ausnahme der Flasche Portwein, und es war klar, daß wir nicht mehr lange durchhalten konnten. Ich hatte niemals zuvor so ausgemergelte Menschen gesehen wie Peters und Augustus. Hätte ich sie in ihrem jetzigen Zustand an Land getroffen, ich hätte sie nicht erkannt. Ihre Gesichter waren so völlig verändert, daß ich kaum glauben konnte, daß sie denselben Menschen gehörten, die ich kannte. Obwohl Parker schrecklich mitgenommen und so schwach war, daß er nicht einmal seinen Kopf von der Brust heben konnte, war er doch noch nicht so weit heruntergekommen wie die beiden anderen. Er litt mit großer Geduld, jammerte nie und versuchte uns aufzumuntern. Ich selbst war trotz meines schlechten Zustands zu Beginn der Reise und trotz meiner immer etwas schwächlichen Konstitution noch am wenigsten von uns allen abgemagert. Auch vermochte ich überraschend klar zu denken, während die anderen verblödet und in einer Art zweiter Kindheit zu leben schienen: meist lächelten sie seltsam und äußerten die merkwürdigsten Plattheiten. In bestimmten Abständen lebten sie aber wieder auf, als ob sie sich plötzlich ihres Zustandes bewußt würden. Dann sprangen sie mit momentaner Kraft auf die Füße und redeten für kurze Zeit ganz vernünftig, wenn auch verzweifelt über ihre Aussichten. Es ist jedoch möglich, daß meine Gefährten denselben Eindruck von ihrem Zustand erhielten, wie ich von dem meinen, und daß ich mich unwissentlich derselben Überspanntheit und Dummheiten schuldig machte – das kann ich nicht entscheiden.

Gegen Mittag erklärte Parker, er sähe an Backbord Land, und nur mit allergrößter Anstrengung konnte ich ihn daran hindern, ins Meer zu springen, um dorthin zu schwimmen. Peters und Augustus schenkten dem, was er sagte, nur wenig Beachtung, sie waren offensichtlich in düsteres Nachbrüten versunken. Als ich in die bezeichnete Richtung schaute, konnte ich auch nicht das geringste Anzeichen einer Küste erkennen, auch wußte ich nur allzugut, daß wir weit von jedem Land entfernt waren, so daß ich mich keiner solchen Hoffnung hingeben konnte. Es dauerte jedoch lange, bevor ich Parker von seinem Irrtum überzeugen konnte. Dann brach er in Tränen aus, weinte wie ein Kind zwei oder drei Stunden lang, schrie und schluchzte, bis er erschöpft einschlief.

Peters und Augustus unternahmen ein paar vergebliche Versuche, Stücke von dem Leder hinunterzuschlucken. Ich riet ihnen, es zu kauen und auszuspucken; aber sie waren schon zu sehr entkräftet, um meinem Rat zu folgen. Ich selbst kaute immer wieder Stücke davon und verspürte einige Erleichterung. Meine hauptsächliche Sorge galt dem Wasser, und nur die Erinnerung an die schrecklichen Folgen, die andere in ähnlicher Lage erlebt hatten, hinderte mich, einen Schluck von dem Meerwasser zu trinken.

So verging der Tag. Plötzlich entdeckte ich im Osten an Backbord ein Segel. Es schien ein großes Schiff zu sein und uns beinahe zu kreuzen – es war etwa zwanzig bis fünfundzwanzig Kilometer entfernt. Bis jetzt hatte noch keiner meiner Gefährten das Schiff entdeckt, und ich sagte ihnen vorerst nichts davon, damit wir nicht wieder enttäuscht würden. Als es schließlich näher kam, sah ich genau, daß es auf uns zuhielt, die leichten Segel vom Wind gefüllt. Ich konnte mich nun nicht mehr länger beherrschen und zeigte meinen Leidensgefährten das Schiff. Sofort waren sie auf den Beinen und zeigten wiederum die ausgefallensten Anzeichen von Freude: Abwechselnd lachten sie idiotisch und weinten, sie hüpften, stampften auf dem Deck herum, rauften sich die Haare, beteten und fluchten. Ich wurde von ihrem Benehmen so beeinflußt, daß ich mich einfach so verrückt wie sie benahm und meiner Dankbarkeit und Erregung Ausdruck verlieh, indem ich auf dem Deck lag und herumrollte, in die Hände klatschte, rief und jauchzte, bis ich plötzlich wieder zu mir kam. Ich geriet wieder einmal in tiefstes menschliches Elend und Verzweiflung, denn ich entdeckte, daß das Schiff uns auf einmal ganz sein Heck zeigte und in genau entgegengesetzter Richtung davonsegelte.

Es dauerte einige Zeit, bis ich meinen armen Gefährten diesen traurigen Wechsel unserer Aussichten klarmachen konnte. Allen meinen Versicherungen antworteten sie mit starrem Blick und Gesten, die zeigten, daß sie sich durch solche falschen Aussagen nicht täuschen lassen wollten. Das Verhalten von Augustus berührte mich am stärksten. Trotz allem, was ich sagte und tat, beharrte er darauf zu behaupten, daß das Schiff sich uns schnell näherte, und traf Vorbereitungen, an Bord dieses Schiffes zu gehen. Seetang, der an unserem Wrack vorüberschwamm, hielt er für ein Boot und versuchte hineinzuspringen. Er heulte und schrie herzzereißend, als ich ihn mit Gewalt daran hinderte, sich selbst ins Meer zu stürzen.

Am 19. kam ein heftiger Regenschauer, der fünfzehn oder zwanzig Minunten dauerte. Mit Hilfe eines Bettuchs, das wir gleich nach dem Sturm aus der Kajüte gefischt hatten, versuchten wir Wasser aufzufangen. Die Menge betrug nicht mehr als etwa eineinhalb Liter, aber schon diese magere Zuteilung erfüllte uns mit beträchtlicher Kraft und Hoffnung.

Am 21. befanden wir uns wieder in äußerster Not. Das Wetter war immer noch warm und angenehm, mit gelegentlichem Nebel und leichten Brisen, die aus Nord bis West kamen.

Am 22., wir saßen gerade dichtgedrängt beieinander und überdachten düster unsere beklagenswerte Lage, schoß mir plötzlich eine Idee durch den Kopf, die mich mit einem Hoffnungsschimmer erfüllte. Ich erinnerte mich, daß Peters, als wir den Fockmast kappten und er noch in den Wanten an Luv war, mir eine der Äxte gegeben und befohlen hatte, sie wenn möglich an einem sicheren Platz zu verstauen. Einige Minuten bevor die letzte schwere See die Brigg traf und sie mit Wasser füllte, hatte ich diese Axt in das Vorderkastell gebracht und sie in eine der Backbordkojen gelegt. Ich hielt es nun für möglich, daß wir mit dieser Axt das Deck über der Vorratskammer einschlagen und uns so leicht mit Vorräten ausstatten könnten.

Als ich diesen Plan meinen Gefährten mitteilte, gaben sie ein schwaches Freudenzeichen, und wir gingen sofort zum Vorderkastell. Hier war es schwieriger hinunterzugehen als bei der Kajüte, denn die Öffnung war viel kleiner – man wird sich daran erinnern, daß der ganze Rahmen der Kajütenluke weggerissen worden war, während der Eingang zum Vorderdeck eine einfache Luke von nur einem Meter im Quadrat, unversehrt geblieben war. Ich zögerte jedoch nicht, einen Versuch zu unternehmen und hinabzusteigen. Ein Seil wurde wie zuvor um meinen Körper befestigt, dann sprang ich tapfer hinein, mit den Füßen voran, drang schnell bis zur Koje vor und brachte gleich beim ersten Versuch die Axt mit herauf. Sie wurde mit ungeheurem Triumphgeschrei begrüßt, und wir sahen die Leichtigkeit, mit der wir sie gefunden hatten, als gutes Vorzeichen für unsere endgültige Rettung an.

Wir begannen nun, mit aller Kraft neuentzündeter Hoffnung auf das Deck einzuhacken. Peters, Parker und ich wechselten uns dabei ab, während Augustus uns wegen seines verletzten Arms überhaupt nicht helfen konnte. Da wir immer noch so schwach waren, daß wir ohne Hilfe kaum aufrecht zu stehen vermochten und daher auch nur ein bis zwei Minuten ohne Pause arbeiten konnten, erkannten wir, daß viele lange Stunden vergehen würden, ehe wir unsere Aufgabe beendet und eine ausreichend große Öffnung geschaffen hatten, die freien Zugang zur Vorratskammer gestattete. Dieser Gedanke entmutigte uns jedoch nicht. Wir arbeiteten die ganze Nacht über im Mondlicht, und am Morgen des 23. gelang es uns schließlich.

Peters erbot sich nun freiwillig, hinunterzusteigen. Nach

den üblichen Vorbereitungen tauchte er und kehrte zu unserer großen Freude bald mit einem kleinen Krug voller Oliven zurück. Wir teilten sie untereinander auf, verschlangen sie mit größter Gier und ließen ihn dann wieder hinunter. Dieses Mal hatte er mehr Erfolg, als wir alle erwartet hatten: Er kehrte mit einem großen Schinken und einer Flasche Madeira zurück. Von dem letzteren nahmen wir nur einen kleinen Schluck, denn aus Erfahrung kannten wir alle die verderblichen Folgen eines übermäßigen Alkoholgenusses. Bis auf zwei Pfund unmittelbar am Knochen konnte der Schinken nicht gegegessen werden, weil er durch das Salzwasser völlig verdorben war. Das eßbare Stück teilten wir auf. Peters, Parker und Augustus konnten sich nicht beherrschen und schluckten ihren Teil gleich hinunter. Ich war vorsichtiger und aß nur ein kleines Stück, denn ich fürchtete den Durst, der sicher folgen würde. Wir ruhten uns nun eine Weile von unseren Anstrengungen aus, die unerträglich schwer gewesen waren.

Gegen Mittag fühlten wir uns etwas gestärkt und erfrischt und erneuerten unsere Versuche, Vorräte heraufzuholen. Peters und ich gingen abwechselnd bis zum Sonnenuntergang hinab, immer mit mehr oder weniger Erfolg. In dieser Zeit hatten wir mit viel Glück insgesamt vier weitere Krüge mit Oliven, noch einen Schinken, eine Korbflasche mit ungefähr zehn Litern ausgezeichnetem Madeira-Kapwein, und, was uns noch mehr freute, eine kleine Galapagos-Schildkröte heraufgeholt. Von diesen hatte Kapitän Barnard mehrere an Bord genommen, als die »Grampus« den Hafen verließ – sie stammten von dem Schoner »Mary Pitts«, der gerade aus dem Pazifik zurückgekehrt war.

In einem späteren Kapitel dieser Erzählung werde ich diese Schildkrötenart noch häufig erwähnen. Wie viele Leser wissen, findet man sie hauptsächlich auf der Galapagos-Inselgruppe, die ihren Namen von diesem Tier ableitet – das spanische Wort »Galapago« bedeutet Süßwasserschildkröte. Wegen der Besonderheit ihres Gangs und ihrer Gestalt wird sie auch manchmal Elefanten-Schildkröte genannt. Häufig findet man welche von ungeheurer Größe. Ich selbst habe mehrere gesehen, die ich auf zwölf- bis fünfzehnhundert Pfund schätzen würde. Ihr Aussehen ist sonderbar, geradezu ekelhaft. Sie bewegen sich sehr langsam, gemessen und schwerfällig vorwärts, ihr Körper ist nur wenig über dem Erdboden. Ihr Hals ist lang und sehr schlank, gewöhnlich hat er eine Länge von fünfzig bis sechzig Zentimetern. Der Kopf ähnelt sehr stark dem einer Schlange. Sie können unglaublich lange ohne Nahrung existieren. Man kennt Beispiele, wo sie in den Laderaum eines Fahrzeugs geworfen wurden und nach zwei Jahren ohne jegliches Futter immer noch genauso fett und in demselben Zustand waren wie zu Beginn der Reise. In einer Einzelheit erinnern diese ungewöhnlichen Tiere an das Dromedar oder Wüstenkamel: In einem Sack an der Halswurzel tragen sie ständig einen Wasservorrat mit sich herum. In einigen Fällen, wenn man ihnen ein ganzes Jahr lang jede Nahrung entzogen und sie dann getötet hatte, fand man noch beinahe zehn Liter völlig süßes und frisches Wasser in den Säcken. Sie sind eine ausgezeichnete und sehr nahrhafte Kost und haben zweifelsohne schon Tausenden von Seeleuten das Leben gerettet, die im Pazifik mit Walfang oder anderen Dingen beschäftigt waren.

Die Schildkröte, die wir glücklicherweise aus dem Laderaum nach oben brachten, war nicht besonders groß, sie wog ungefähr fünfundsechzig bis siebzig Pfund. Es war ein Weibchen und in ausgezeichnetem Zustand, sehr fett und mit fast einem Liter klarem, süßem Wasser gefüllt. Das stellte wirklich einen Schatz dar, und wir knieten uns gemeinsam hin und dankten Gott für diese rechtzeitige Hilfe.

Wir hatten große Schwierigkeiten, das Tier durch die Öffnung nach oben zu schaffen, denn es wehrte sich heftig und hatte ungeheure Kraft. Peters hielt es fest, aber es wollte sich schon wieder seinem Griff entwinden und ins Wasser zurückrutschen, als Augustus ihm ein Tau mit einer Schlaufe um den Hals warf. Er hielt es so fest, bis ich in den Laderaum neben Peters gehüpft war und ihm half, das Tier heraufzuheben.

Das Wasser füllten wir vorsichtig in den Krug, den wir vorher aus der Kajüte heraufgeholt hatten. Dann brachen wir einer Flasche den Hals ab, um so mit dem Korken eine Art Glas zu bilden, das nicht ganz einen achtel Liter faßte. Jeder von uns trank dann ein Glas davon, und wir beschlossen, uns jeden Tag auf diese Menge zu beschränken, solange das Wasser reichte.

Während der letzten zwei, drei Tage war das Wetter trocken und angenehm gewesen. Das Bettzeug, das wir aus der Kajüte geholt hatten, und auch unsere Kleidung waren nun ganz getrocknet, so daß wir diese Nacht (die des 23. Juli) vergleichsweise bequem verbrachten. Nach einem ausreichenden Abendessen aus Oliven und Schinken, dazu einer kleinen Ration Wein, genossen wir eine tiefe Ruhe. Weil wir fürchteten, einige unserer Vorräte könnten während der Nacht über Bord gehen, falls eine Brise aufkam, banden wir sie so gut es ging mit Schnüren an die Reste des Ankerspills.

Unsere Schildkröte wollten wir, so lange wir konnten, am Leben erhalten, warfen sie auf den Rücken und banden sie ebenfalls fest.

Zehntes Kapitel

24. Juli. An diesem Morgen erwachten wir geistig und körperlich wunderbar erfrischt. Wir befanden uns immer noch in einer gefährlichen Lage: Wir kannten unseren Standort nicht, wenn wir auch sicherlich weit entfernt von jedem Land waren; auch bei größter Einschränkung reichten unsere Vorräte höchstens noch vierzehn Tage aus; wir hatten fast kein Wasser; und wir waren auf Gedeih und Verderben Wind und Wellen ausgesetzt und trieben auf dem jämmerlichsten Wrack der ganzen Welt. Doch die unendlich viel schrecklicheren Qualen und Gefahren, denen wir erst kürzlich so glücklich entronnen waren, ließen uns unsere jetzigen Leiden beinahe als gewöhn-

liches Übel erscheinen – so sehr hängt das Gute oder Böse von einem Vergleich ab.

Bei Sonnenaufgang versuchten wir erneut, etwas aus dem Laderaum heraufzuholen. Plötzlich kam, von einigen Blitzen begleitet, ein starker Schauer auf, und sogleich versuchten wir, mit Hilfe eines ausgespannten Bettuches das Regenwasser einzufangen. Wir spannten es so, daß das Wasser in die Mitte geführt wurde und von da in den daruntergestellten Krug tropfte. Schon war auf solche Weise der Krug fast gefüllt, als uns eine mächtige Bö zwang, das Vorhaben aufzugeben. Wieder begann der Schiffsrumpf so heftig zu rollen, daß wir uns nicht mehr länger auf den Füßen halten konnten. Deshalb arbeiteten wir uns nach vorn durch und banden uns wieder an den Überresten des Ankerspills fest, warteten jetzt aber die Ereignisse viel ruhiger ab, als wir es noch kurz zuvor unter ähnlichen Umständen für möglich gehalten hätten. Gegen Mittag frischte der Wind zu einer starken Brise auf, und bei Anbruch der Nacht wandelte er sich zum Sturm, der von einer ungemein schweren Dünung begleitet wurde. Da uns jedoch die Erfahrung gelehrt hatte, wie man sich am besten festband, verbrachten wir die trostlose Nacht in leidlicher Sicherheit, obwohl wir fast ständig von der See durchgenäßt wurden und in dauernder Gefahr schwebten, weggespült zu werden. Glücklicherweise war es so warm, daß wir das Wasser beinahe angenehm empfanden.

25. Juli. Heute morgen ist der Sturm zu einer gewöhnlichen Zehnknotenbrise abgeflaut, und damit ist die See so stark gefallen, daß wir uns auf Deck trocken halten konnten. Zu unserem großen Kummer stellte sich jedoch heraus, daß zwei unserer Krüge mit Oliven und der ganze Schinken über Bord gespült worden sind, obwohl wir sie so sorgfältig festgebunden hatten. Wir beschlossen aber, die Schildkröte noch nicht zu töten, und begnügten uns mit einem Frühstück aus einigen Oliven und etwas Wasser. Wir mischten es halb und halb mit Wein und fanden dies sehr anregend und stärkend – ohne die schlimmen Folgen, die wir vom Trinken des Portweines kann-

ten. Die See war immer noch zu rauh, um unsere Bemühungen wiederaufzunehmen, etwas aus dem Vorratsraum heraufzuholen. Mehrere Gegenstände, die aber in unserer gegenwärtigen Lage ohne Interesse für uns waren, wurden im Laufe des Tages durch die Öffnung geschwemmt und gingen gleich über Bord. Wir beobachteten auch, daß der Schiffsrumpf noch nie so schief gelegen hatte – wir konnten keinen Augenblick stehen, ohne angebunden zu sein. So verbrachten wir einen hoffnungslosen und ungemütlichen Tag. Mittags stand die Sonne beinahe senkrecht über uns, und wir zweifelten nicht daran, daß wir durch die dauernden Nord- und Nordwestwinde in die unmittelbare Nähe des Äquators abgetrieben worden waren. Gegen Abend sahen wir mehrere Haie, und die Verwegenheit, mit der sich ein ganz besonders großer uns näherte, beunruhigte uns doch sehr. Einmal drückte ein Stoß das Deck sehr tief unter Wasser. Da schwamm das Ungeheuer auf uns zu, zappelte einige Augenblicke über der Kajütenluke und versetzte Peters einen heftigen Schlag mit seinem Schwanz. Eine schwere Sturzsee wirbelte den Hai zu unserer großen Erleichterung schließlich über Bord. Bei ruhigem Wetter hätten wir ihn leicht fangen können.

26. Juli. Da an diesem Morgen der Wind sehr nachgelassen hatte und die See nicht mehr sehr rauh war, beschlossen wir, unsere Anstrengungen bei der Vorratskammer fortzusetzen. Nach einer Menge harter Arbeit den ganzen Tag über erkannten wir, daß wir hier nichts mehr erwarten konnten. Die Trennwände waren während der Nacht eingedrückt und der Inhalt in den Laderaum geschwemmt worden. Wie man sich vorstellen kann, erfüllte uns diese Entdeckung mit Verzweiflung.

27. Juli. Die See fast glatt, mit einem leichten Wind, immer noch aus Nord und West. Am Nachmittag brannte die Sonne auf uns herunter, und wir ließen unsere Kleider trocknen. Ein Bad in der See löschte unseren Durst und erfrischte uns. Wir mußten jedoch sehr vorsichtig sein, denn mehrere Haie schwammen während des Tages um die Brigg herum.

28. Juli. Immer noch gutes Wetter. Die Brigg liegt nur so

beunruhigend schief, daß wir fürchten, sie könne möglicherweise kentern. So gut es ging, bereiteten wir uns auf diesen Notfall vor. Unsere Schildkröte, den Wasserkrug und die beiden restlichen Olivenkrüge banden wir so weit draußen wie möglich an der Windseite fest, und zwar außen am Rumpf, unterhalb der Hauptkette. Die See war den ganzen Tag über sehr glatt, kaum Wind.

29. Juli. Fortsetzung des Wetters. Der verletzte Arm von Augustus beginnt Symptome von Wundbrand zu zeigen. Er klagt über Schläfrigkeit und schrecklichen Durst, aber nicht über starke Schmerzen. Wir konnten nichts anderes für ihn tun, außer seine Wunden mit etwas Essig aus dem Olivenkrug einzureiben, aber das schien nichts zu nützen. Wir taten alles zu seiner Bequemlichkeit und verdreifachten seine Wasserration.

30. Juli. Ein schrecklich heißer Tag, ohne Wind. Den ganzen Vormittag über trieb sich ein riesiger Hai in der Nähe des Rumpfs herum. Wir unternahmen mehrere vergebliche Versuche, ihn mit einer Schlinge zu fangen. Augustus geht es viel schlechter, er verfällt offensichtlich nicht nur wegen seiner Wunden, sondern auch wegen der mangelhaften Ernährung. Er betet dauernd um Erlösung und wünscht sich nichts anderes als den Tod. Am Abend aßen wir unsere letzten Oliven. Das Wasser in dem Krug ist so faulig, daß wir es ohne Wein nicht hinunterschlucken konnten. Wir beschlossen, am Morgen die Schildkröte zu töten.

31. Juli. Nach einer Nacht schrecklicher Angst und Ermüdung – auf die schräge Lage des Schiffsrumpfes zurückzuführen – machten wir uns daran, die Schildkröte zu töten und zu zerteilen. Sie erwies sich als viel kleiner, als wir angenommen hatten, aber von guter Beschaffenheit – es waren nicht mehr als zehn Pfund Fleisch an ihr. Um einen Teil davon so lange wie möglich aufzubewahren, schnitten wir es in kleine Stücke und füllten damit die drei übriggebliebenen Olivenkrüge und die Weinflasche, die wir aufgehoben hatten. Darüber gossen wir dann den Essig von den Oliven. Auf diese Weise legten

wir drei Pfund Schildkrötenfleisch beiseite, die wir nicht anrühren wollten, ehe wir nicht den Rest verbraucht hatten. Wir wollten uns auf etwa hundert Gramm Fleisch am Tag beschränken. Dann würde es insgesamt dreizehn Tage reichen. In der Dämmerung brach ein starker Schauer mit heftigem Donner und Blitz über uns herein, er dauerte jedoch nur so kurze Zeit, daß wir nicht mehr als einen Viertelliter Wasser auffangen konnten. Wir gaben ihn Augustus, der nun in den letzten Zügen zu liegen schien. Er trank das Wasser von dem Bettuch, auf dem wir es gesammelt hatten – wir hielten es über ihn, so daß es ihm in den Mund lief. Wir verfügten nämlich über kein leeres Gefäß mehr, außer wir hätten unseren Wein aus der Korbflasche oder das faulige Wasser aus dem Krug ausgeleert.

Das Trinken schien dem Kranken aber kaum eine Erleichterung zu verschaffen. Sein Arm war nun vom Handgelenk bis zur Schulter völlig schwarz und seine Füße kalt wie Eis. Jeden Augenblick erwarteten wir seinen letzten Atemzug. Er war schrecklich abgemagert. Als wir Nantucket verließen, hatte er hundertundsiebenundzwanzig Pfund gewogen, nun gerade noch vierzig oder fünfzig. Die tief eingesunkenen Augen waren kaum erkennbar, und die Haut seiner Backen hing so lose herab, daß er ohne große Schwierigkeiten nicht mehr kauen und sogar nicht mehr schlucken konnte.

1. August. Fortsetzung desselben ruhigen Wetters, mit drükkend heißer Sonne. Wir litten schrecklichen Durst, denn das Wasser im Krug war gänzlich verfault und wimmelte von Ungeziefer. Wir brachten es trotzdem fertig, eine kleine Menge mit Wein vermischt zu schlucken – unser Durst wurde davon aber kaum gelöscht. Ein Bad im Meer erfrischte uns etwas, aber wir mußten wegen der vielen Haie sehr vorsichtig sein. Wir erkannten nun deutlich, daß Augustus nicht gerettet werden konnte. Er lag im Sterben. Wir konnten nichts zu seiner Erleichterung tun, und er schien fürchterlich zu leiden. Gegen zwölf Uhr starb er unter starken Krämpfen; schon seit Stunden hatte er nichts mehr geredet. Sein Tod erfüllte uns mit

düsteren Vorahnungen und bedrückte uns so stark, daß wir den ganzen Tag über bewegungslos bei seiner Leiche saßen und uns nur noch flüsternd unterhielten. Erst nach Einbruch der Dunkelheit rafften wir uns auf und warfen seinen Leichnam über Bord.

2. August. Dasselbe entsetzlich ruhige und heiße Wetter. Die Dämmerung fand uns in bedauernswerter Niedergeschlagenheit und körperlicher Erschöpfung. Das Wasser in dem Krug war nun gänzlich nutzlos, eine dicke, gallertartige Masse; nichts als scheußlich aussehende Würmer, vermischt mit Schleim. Wir schütteten es weg und wuschen den Krug gut mit Meerwasser aus, nachdem wir etwas Essig aus einer der Flaschen mit eingemachtem Schildkrötenfleisch hineingegossen hatten. Unseren Durst konnten wir nun kaum mehr ertragen, und wir versuchten vergeblich, ihn mit Wein zu löschen. Aber das wirkte nur wie Öl in den Flammen und machte uns ziemlich betrunken. Danach versuchten wir es mit einem Gemisch aus Wein und Meerwasser, aber das führte zu starkem Erbrechen, so daß wir es nie wieder taten. Den ganzen Tag über warteten wir auf eine Gelegenheit für ein Bad, aber umsonst. Der Schiffsrumpf war nun von allen Seiten von Haien belagert – sicher dieselben Ungeheuer, die am Abend vorher unseren armen Freund verzehrt hatten und nun jeden Augenblick auf ähnliche Beute lauerten. Diese Tatsache erfüllte uns mit bedrückenden und traurigen Vorahnungen. Wir hatten das Baden sehr genossen, und von dieser Wohltat auf so schreckliche Weise abgeschnitten zu sein, war mehr, als wir ertragen konnten. Auch drohte uns eine unmittelbare Gefahr, denn das geringste Ausrutschen oder eine falsche Bewegung, und wir befanden uns sofort in Reichweite dieser gefräßigen Fische, die oft direkt auf uns losgingen, indem sie auf der Leeseite heranschwammen. Kein Rufen, keine Anstrengung von unserer Seite konnte sie vertreiben. Selbst als Peters einen der größten mit einer Axt traf und ihn schwer verwundete, fuhr er immer noch mit seinen Angriffen fort. In der Dämmerung zog eine Wolke herauf, doch zu unserem gro-

ßen Jammer trieb sie weiter, ohne sich abzuregnen. Unsere Durstqualen zu diesem Zeitpunkt wird man sich kaum vorstellen können. Wir verbrachten eine schlaflose Nacht, gepeinigt von Durst und auch von der Furcht vor den Haien.

3. August. Keine Aussicht auf Rettung. Die Brigg neigte sich immer mehr, so daß wir auf dem Deck nicht mehr stehen konnten. Wir beschäftigten uns damit, den Wein und das Schildkrötenfleisch in Sicherheit zu bringen, damit sie im Fall des Kenterns nicht verlorengingen. Vorne am Schiff zogen wir zwei kräftige Nägel heraus und schlugen sie ziemlich nah über der Wasseroberfläche auf der Windseite des Rumpfs ein, nicht weit entfernt vom Kiel, da wir fast ganz auf der Seite lagen. Dort banden wir unsere Vorräte an, da sie unter der Kette nicht sicher genug verstaut waren. Litten den ganzen Tag über schreckliche Durstqualen, keine Möglichkeit zum Baden wegen der Haie, die uns keinen Augenblick verließen. Unmöglich zu schlafen.

4. August. Kurz vor Tagesanbruch merkten wir, daß das Schiff zu kentern begann. Wir nahmen alle unsere Kräfte zusammen, um zu verhindern, daß wir durch die Bewegung abgeworfen wurden. Zuerst blieb das Rollen langsam und stetig, und es gelang uns gut, nach der Windseite hinüberzuklettern, denn wir hatten vorsichtshalber Seile an den für die Sicherung der Lebensmittel vorgesehenen Nägeln hängen lassen. Plötzlich bewegte sich das Schiff so heftig, daß wir uns nicht mehr halten konnten. Und ehe wir überhaupt wußten, wie uns geschah, wurden wir schon ins Meer geschleudert und kämpften einige Faden unter der Wasseroberfläche, den riesigen Schiffsrumpf direkt über uns.

Als ich ins Wasser eintauchte, mußte ich das Seil loslassen. Ich merkte, daß ich mich gerade unter dem Fahrzeug befand und ganz erschöpft war. Deshalb kämpfte ich kaum noch um mein Leben und fand mich damit ab, in einigen Sekunden zu sterben. Aber darin täuschte ich mich. Ich hatte nicht mit dem natürlichen Zurückschnellen des Schiffs auf die Windseite gerechnet. Der Aufwärtswirbel, der von dem zurückrollenden

Fahrzeug erzeugt wurde, riß mich heftiger an die Oberfläche, als ich zuvor hinabgerissen worden war. Beim Auftauchen befand ich mich, wie ich schätzte, etwa zwanzig Meter vom Rumpf entfernt. Das Schiff lag kieloben und schwankte übermäßig in dem aufgewühlten Meer. Von Peters und Parker konnte ich nichts sehen. In einiger Entfernung von mir schwammen ein Ölfaß und verschiedene Gegenstände der Brigg.

Meine hauptsächliche Angst galt nun den Haien, die, wie ich wußte, in der Nähe lauerten. Um sie am Näherkommen zu hindern, platschte ich kräftig mit beiden Händen und Füßen auf das Wasser, während ich auf den Rumpf zuschwamm, und erzeugte so eine Menge Schaum. Ich zweifle nicht daran, daß dieses einfache Mittel mich rettete. Denn das Meer war, ehe die Brigg kenterte, schon voll von diesen Ungeheuern. Ich kam mit einigen von ihnen auch tatsächlich in Berührung. Mit unwahrscheinlichem Glück erreichte ich jedoch unversehrt die Seite des Schiffes, war aber so geschwächt durch die riesige Anstrengung, daß ich niemals hinaufgekommen wäre. Peters half mir gerade noch rechtzeitig – zu meiner großen Freude tauchte er auf, nachdem er von der anderen Seite her auf den Kiel geklettert war – und warf mir das Ende eines Seiles zu, das wir an den Nägeln befestigt hatten. Beide hielten wir jetzt angestrengt Ausschau nach Parker, doch wir konnten ihn nirgends entdecken. Der Wirbel, der mich emporgetragen hatte, mochte ihn unter den Schiffsrumpf gedrückt haben. Ob er dabei gleich eine Beute der Haie wurde, ließ sich nicht feststellen. Minuten vergingen in angstvollem Warten, aber vergeblich. Schließlich mußten wir uns mit der Tatsache abfinden, allein übriggeblieben zu sein.

Knapp der Gefahr des Ertrinkens entronnen, wurde unsere Aufmerksamkeit bald von einer anderen schrecklichen Bedrohung abgelenkt: dem Verhungern. Trotz all unserer Bemühungen, sie zu erhalten, waren sämtliche Lebensmittel über Bord geschwemmt worden, und wir sahen nicht die entfernteste Möglichkeit, an andere heranzukommen. Da gaben wir beide unserer Verzweiflung nach, weinten wie die Kinder, und keiner von uns versuchte, den anderen zu trösten. Man kann sich solche Schwäche kaum vorstellen, und wenn man sich nicht schon einmal in einer ähnlichen Lage befand, wird sie einem unnatürlich erscheinen. Aber man muß sich daran erinnern, daß Entbehrung und Angst, denen wir nun schon so lange ausgeliefert waren, uns völlig verwirrt hatten. Während dieser Zeit konnte man uns nicht als vernünftige Menschen ansehen. In späteren, mindestens ebenso großen, wenn nicht größeren Gefahren ertrug ich tapfer alle Übel meiner Lage. Und wie man sehen wird, zeigte Peters eine stoische Philosophie, die beinahe genauso unglaublich war wie seine gegenwärtige kindische Schwäche – der Unterschied lag in unserer geistigen Verfassung.

Das Kentern des Schiffes hätte trotz des Verlustes von Wein und Schildkrötenfleisch unsere Lage nicht noch verschlimmert, wären nicht auch die Bettücher verschwunden gewesen, in denen wir bisher das Regenwasser aufgefangen hatten. Aber wir stellten wenigstens fest, daß der gesamte Rumpf von der Krümmung bis zum Kiel von einer dicken Schicht Entenmuscheln bedeckt war, die als eßbar und nahrhaft galten. Der tragische Unfall hatte uns somit wenigstens einen Nahrungsmittelvorrat erschlossen, der bei mäßiger Nutzung länger als einen Monat ausreichen konnte. Auch hatte er viel dazu beigetragen, daß wir nun bequemer lagen und damit weniger gefährdet.

Aber die Schwierigkeit, jetzt Wasser zu erhalten, machte uns gegen alle Vorteile unserer neuen Lage blind. Um uns so gut es ging auf jeden nur möglichen Regenschauer vorzubereiten, zogen wir unsere Hemden aus. Wir wollten sie wie die Tücher verwenden – auch wenn wir nicht hoffen konnten, auch unter günstigsten Umständen mehr als einen Zehntelliter Wasser auf einmal zu bekommen. Den ganzen Tag über gab es keinerlei Anzeichen auf eine Wolke, und wir konnten die Durstqualen kaum noch ertragen. Nachts fiel Peters für eine Stunde in einen unruhigen Schlaf, aber mich hinderten meine schrecklichen Leiden daran, auch nur einen Moment die Augen zu schließen.

5. August. Heute kam eine leichte Brise auf und trieb uns durch eine große Menge Seetang, in dem wir elf kleine Krabben fanden, die uns Glücklichen mehrere köstliche Mahlzeiten bescherten. Wir aßen sie ganz, mit ihren weichen Schalen, und sie verursachten viel weniger Durst als die Entenmuscheln. Da in dem Seetang keine Spur von Haien zu sehen war, wagten wir auch ein Bad. Wir blieben vier oder fünf Stunden lag im Wasser; während dieser Zeit ließ unser Durst erheblich nach. Sehr erfrischt verbrachten wir diese Nacht, etwas besser als die vorhergehende. Wir schliefen beide ein wenig.

6. August. An diesem Tag beglückte uns ein frischer Regen, der von Mittag bis nach Sonnenuntergang anhielt. Bitter bedauerten wir nun den Verlust unseres Kruges und der Korbflasche. Denn trotz der geringen Möglichkeiten, Wasser aufzufangen, hätten wir eines, wenn nicht beide Gefäße gefüllt. Aber auch so konnten wir uns schrecklichen Durst löschen: Wir ließen die Hemden das Wasser aufsaugen und wrangen sie dann so aus, daß das kostbare Naß in unseren Mund tropfte. So verbrachten wir den ganzen Tag.

7. August. Gerade bei Tagesanbruch entdeckten wir beide zur gleichen Zeit ein Segel im Osten, das offensichtlich auf uns zuhielt! Diesen prächtigen Anblick begrüßten wir mit einem langen, aber schwachen Schrei der Begeisterung. Wir begannen sofort jedes nur mögliche Signal zu geben: Wir ließen unsere Hemden im Wind flattern, wir sprangen so hoch wie es unser schwacher Zustand zuließ, und wir riefen so laut wie wir nur konnten, auch wenn das Schiff mindestens fünfzehn Meilen entfernt war. Es näherte sich immer noch unserem Wrack, und wenn es seinen gegenwärtigen Kurs beibehielt, mußte es wenigstens nahe genug herankommen, um uns zu sehen. Ungefähr eine Stunde, nachdem wir das Schiff entdeckt hatten, konnten wir deutlich die Männer an Bord erkennen. Es war ein langer, niederer und etwas liederlich aussehender Marssegel-Schoner, mit einem schwarzen Ball im Focksegel

und einer anscheinend vollständigen Besatzung. Wir gerieten in furchtbare Unruhe, denn wir konnten uns nicht vorstellen, daß sie uns nicht sichteten. Aber es wäre auch möglich gewesen, daß sie uns unserem Schicksal überließen. Solch eine teuflische Barbarei wurde, so unglaublich das auch klingen mag, unter ähnlichen Umständen schon mehrfach auf See von Wesen begangen, die man zur menschlichen Rasse zählte. Aber glücklicherweise täuschten wir uns; denn plötzlich bemerkten wir eine Bewegung an Bord des fremden Schiffes, eine britische Flagge wurde gehißt, dann ging das Fahrzeug an den Wind und steuerte direkt auf uns zu. Eine halbe Stunde später fanden wir uns in einer Kajüte wieder. Wir befanden uns an Bord der »Jane« von Kapitän Guy aus Liverpool, die sich zum Robbenfang und Handel auf einer Reise in der Südsee und im Pazifik befand.

Elftes Kapitel

Die »Jane« war ein stattlicher Marssegel-Schoner von hundertachtzig Tonnen, mit ungewöhnlichem spitzen Bug, und war bei gemäßigtem Wetter unter dem Wind der schnellste Segler, den ich kennengelernt habe. Bei rauhem Wetter segelte sie jedoch nicht so gut und hatte für ihre Bestimmung als Handelsschiff viel zuviel Tiefgang. Für diesen Zweck ist ein größeres Schiff mit geringerem Tiefgang besser geeignet – sagen wir: ein Schiff mit dreihundert bis dreihundertfünfzig Tonnen. Es sollte wie ein Barke getakelt sein und sich auch in anderen Dingen von dem gewöhnlichen Südseeschiff unterscheiden. Es muß unbedingt gut bewaffnet sein: zehn oder zwölf Zwölfpfünder-Karronaden, zwei oder drei Langrohre mit kupfernen Donnerbüchsen und wasserdichte Waffenkisten auf jedem Deck sind nötig. Anker und Taue sollten kräftiger sein als bei anderen Schiffen, und vor allem muß es über eine zahlreiche und tüchtige Besatzung verfügen: mindestens fünfzig bis sechzig kräftige Männer. Die Besatzung der »Jane« bestand aus fünfunddreißig Vollmatrosen, außerdem noch Kapitän und Maat, doch sie war insgesamt nicht so gut bewaffnet und ausgestattet, wie sich das ein Seemann, der die Schwierigkeiten und Gefahren einer Handelsreise kennt, wünschen würde.

Kapitän Guy war ein Gentleman mit sehr liebenswürdigen Manieren und verfügte über beträchtliche Erfahrung im Südseehandel, dem er einen großen Teil seines Lebens gewidmet hatte. Es fehlte ihm jedoch an Energie und folglich auch an Unternehmungsgeist, der hier so unbedingt erforderlich ist. Er war Teilhaber des von ihm befehligten Schiffes und mit Handlungsfreiheit ausgestattet, in der Südsee mit jeder sich gerade bietenden Ladung zu kreuzen.

Wie üblich auf solchen Reisen, hatte er folgendes geladen: Glasperlen, Spiegel, Feuerzeuge, Äxte, Beile, Sägen, Krummäxte, Hobel, Meisel, Hohleisen, Handbohrer, Feilen, Schabeisen, Raspeln, Hämmer, Nägel, Messer, Scheren, Rasiermesser, Nadeln, Faden, Töpferwaren, Baumwollstoff, Schmuck und ähnliche Dinge.

Der Schoner segelte am 10. Juli von Liverpool ab, kreuzte den Wendekreis des Krebses am 25. bei 20° West und erreichte am 29. Sal, eine der Kapverdischen Inseln. Dort nahm er Salz und andere Dinge, die für die Reise benötigt wurden, auf. Er verließ am 3. August die Kapverdischen Inseln, um so den Äquator zwischen 28° und 30° westlicher Länge zu überschreiten. Dieser Kurs wird gewöhnlich von Fahrzeugen eingeschlagen, die von Europa zum Kap der Guten Hoffnung oder von da aus weiter nach Indien segeln. Auf diese Weise vermeiden sie die Windstillen und starken Gegenströmungen, die ständig vor der Küste von Guinea herrschen – insgesamt gesehen ist es dann die kürzeste Strecke, denn später fehlt es nie an westlichen Winden, um das Kap zu erreichen. Kapitän Guy hatte die Absicht, seinen ersten Aufenthalt auf den Kerguelen einzulegen – warum, kann ich eigentlich nicht sagen. An dem Tag, an dem wir aufgefischt wurden, hatte der Schoner Kap St. Roque passiert und befand sich bei 31° West. So waren wir also von Norden nach Süden, aber nicht weniger als fünfundzwanzig Grade getrieben worden.

An Bord der »Jane« behandelte man uns mit all der Freundlichkeit, die unsere unglückliche Lage erforderte. In den folgenden vierzehn Tagen – wir steuerten bei leichten Brisen und schönem Wetter immer nach Südosten – erholten Peters und ich uns völlig von den Auswirkungen unserer Entbehrungen und schrecklichen Leiden. Wir erinnerten uns an das Vergangene allmählich wie an einen fürchterlichen Traum, aus dem wir glücklich erwacht waren, und nicht mehr wie an Geschehnisse in einer nüchternen und nackten Wirklichkeit. Ich habe seitdem erkannt, daß dieses teilweise Vergessen durch einen plötzlichen Übergang hervorgerufen wird, sei es von Freude zu Kummer oder von Kummer zu Freude – der Grad des Vergessens hängt von der Stärke des Wechsels ab. Ich selbst bringe es nicht mehr fertig, mich an das ganze Ausmaß des Elends zu erinnern, das ich in den Tagen auf dem Wrack erlitt. Ich weiß nur, daß ich damals glaubte, die menschliche Natur könne größere Qualen nicht erleiden.

Wir setzten unsere Reise mehrere Wochen lang ohne jeden Zwischenfall fort. Ab und zu trafen wir auf ein Walfängerschiff oder häufiger auf einen schwarzen oder echten Wal, wie er im Gegensatz zum Pottwal genannt wird. Diesen fanden wir aber hauptsächlich südlich des 25. Längenkreises. Am 16. September geriet der Schoner in der Nähe vom Kap der Guten Hoffnung in den ersten heftigeren Sturm seit Liverpool. In diesem Gebiet, aber noch häufiger im Süden und Osten des Vorgebirges – wir befanden uns im Westen – haben die Seefahrer oft mit wilden Nordstürmen zu kämpfen. Sie bringen immer eine rauhe See mit sich, und eine der gefährlichsten Erscheinungen ist das plötzliche Umschlagen des Windes, das meistens dann eintritt, wenn der Sturm gerade am heftigsten tobt. Ein richtiger Orkan kann in einem Augenblick aus Norden oder Nordosten blasen, und im nächsten Moment kommt kein Lüftchen aus dieser Richtung, während er plötzlich mit beinahe unvorstellbarer Wucht aus Südwesten hereinbricht.

Ein heller Fleck im Süden ist ein sicheres Anzeichen für einen solchen Wechsel, und die Schiffe können so rechtzeitig Vorkehrungen treffen.

Gegen sechs Uhr morgens setzte der Sturm mit einer heftigen Bö ein, wie gewöhnlich aus Norden. Um acht hatte er zugenommen und überschüttete uns mit einer der gewaltigsten Sturzseen, die ich jemals gesehen habe. Wir hatten alles so gut wie möglich verstaut, aber der Schoner arbeitete sehr stark und bewies seine schlechten Eigenschaften bei hohem Seegang. Bei jedem Rollen tauchte das Vorderdeck ein, und das Schiff kämpfte sich nur unter großen Schwierigkeiten aus einer Welle empor, ehe es von der nächsten begraben wurde. Gerade vor Sonnenuntergang erschien der helle Fleck, nach dem wir Ausschau gehalten hatten, und eine Stunde später schlug das kleine Fockmastsegel schlapp gegen den Mast. Zwei Minuten später wurden wir allen Vorbereitungen zum Trotz wie von Zauberhand auf die Seite gewirbelt, und eine ganze Schaumwildnis brach über uns herein. Der Sturm aus Südwesten erwies sich aber glücklicherweise bloß als Bö, und wir richteten das Schiff wieder auf, ohne einen Sparren verloren zu haben. Noch einige Stunden lang bereitete uns das aufgewühlte Meer Schwierigkeiten, aber gegen Morgen fanden wir uns in einer kaum schlechteren Lage als vor dem Sturm. Kapitän Guy meinte, unser Entkommen sei fast ein Wunder.

Am 13.Oktober sichteten wir die Prinz-Eduard-Insel in 46° 53′ südlicher Breite und 37° 46′ östlicher Länge. Zwei Tage später befanden wir uns in der Nähe der Possession-Insel, und bald darauf passierten wir die Insel Crozet in 42° 59′ südlicher Breite und 48° östlicher Länge. Am 18. erreichten wir die Kerguelen, auch Ödnis-Insel genannt, im südlichen Indischen Ozean, und ankerten in Christmas Harbour in vier Faden Wassertiefe.

Am Morgen nach unserer Ankunft nahm der erste Maat, Mr. Patterson, die Boote und ging, obwohl es dazu noch etwas zu früh im Jahr war, auf Seehundjagd. Den Kapitän und einen jungen Verwandten von ihm setzte er auf einem öden Landstück ab, weil sie im Inneren der Insel irgendein Geschäft zu tätigen hatten, über das ich aber nichts in Erfahrung bringen konnte. Kapitän Guy nahm eine Flasche mit, in der sich ein versiegelter Brief befand, und begab sich von dem Punkt, an dem er abgesetzt worden war, auf einen der höchsten Gipfel der Gegend. Wahrscheinlich wollte er eine Nachricht hinterlegen, die für ein später eintreffendes Schiff bestimmt war. Sobald wir ihn aus dem Blick verloren hatten, setzten wir unsere Kreuzfahrt um die Küste herum fort und hielten nach Seehunden Ausschau. Peters und ich befanden uns im Boot des Maats. Etwa drei Wochen lang beschäftigten wir uns auf diese Weise, durchsuchten sorgfältig jeden Winkel und jede Ecke, nicht nur auf den Kerguelen, sondern auch auf mehreren kleinen Inseln in der Nachbarschaft. Unsere Mühen wurden jedoch von keinem besonderen Erfolg gekrönt. Es gab viele Pelzrobben, aber sie waren sehr scheu, und trotz größter Anstrengungen erbeuteten wir insgesamt nur dreihundertfünfzig Felle. Von den unzähligen See-Elefanten, die sich vor allem an der westlichen Küste der Hauptinsel aufhielten, konnten wir unter großen Schwierigkeiten nur zwanzig töten. Auf den kleineren Inseln fanden wir viele Haar-Seehunde, aber wir störten sie nicht. Am 11. November kehrten wir zum Schoner zurück, wo wir Kapitän Guy und seinen Neffen vorfanden. Sie gaben eine sehr ungünstige Schilderung über das Landesinnere, das sie als eines der trostlosesten und ödesten Länder der Welt darstellten. Sie hatten zwei Nächte auf der Insel verbracht, was auf ein Mißverständnis auf seiten des zweiten Maats zurückzuführen war, der eine Jolle vom Schoner abschicken mußte, um sie wieder aufzunehmen.

Am 12. segelten wir von Christmas Harbour ab und verfolgten unseren Weg westwärts zurück. Die Marion-Insel, aus der Crozet-Gruppe, ließen wir an Backbord liegen. Danach passierten wir die Prinz-Eduard-Insel und steuerten nunmehr nördlich und erreichten in fünfzehn Tagen die Insel Tristan d'Acunha in 37° 8′ südlicher Breite und 12° 8′ westlicher Länge.

Bis zum 20. des Monats behielten wir unseren südwestlichen Kurs bei, um die Aurora-Inseln zu finden. Schließlich kamen wir bei ständig wechselndem Wetter an der fraglichen Stelle an, und zwar bei 53° 15′ südlicher Breite und 47° 58′ westlicher Länge – das entspricht ziemlich genau der angeblichen Lage der südlichsten Insel der Gruppe. Da wir keine Anzeichen von Land entdeckten, setzten wir unsere westwärtsgerichtete Fahrt auf dem 35. südlichen Breitenkreis fort, bis wir den fünfzigsten westlichen Meridian erreichten. Wir segelten dann nordwärts bis zum 52. südlichen Breitenkreis, wendeten nach Osten und fuhren diesen Breitenkreis entlang, wobei wir zweimal täglich unsere Lage durch Höhenmessungen bestimmten. Als wir etwa den Meridian von der Westküste Georgias erreicht hatten, segelten wir auf ihm südwärts, bis wir wieder an den Breitenkreis kamen, von dem wir ausgegangen waren. Nun zogen wir Diagonalkurse durch das umsegelte Gebiet – mit einem ständigen Ausguck am Mast – und überprüften das gesamte Gebiet drei Wochen lang. Während dieser Zeit war das Wetter bemerkenswert angenehm und freundlich ohne jeden Dunst. Wir überzeugten uns völlig davon, daß es keine Spur einer Insel mehr gab, ganz gleich, welche Inseln auch immer in dieser Gegend früher vorhanden waren.

Ursprünglich hatte Kapitän Guy die Absicht gehabt, nach den Erkundigungen über die Auroras durch die Magellanstraße zu segeln und dann die Westküste Patagoniens hinauf. Aber eine Nachricht, die er auf Tristan d'Acunha erhielt, ließ ihn südwärts steuern: Er hoffte auf einige kleine Inseln zu stoßen, die sich bei 60° südlicher Breite und 41° 20′ westlicher Länge befinden sollten. Falls er diese Inseln nicht entdeckte, so plante er, gegen den Pol vorzudringen, wenn die Jahreszeit dafür geeignet war. Also segelten wir am 12. Dezember in diese Richtung. Am 18. befanden wir uns in der Nähe, ohne die erwähnten Inseln zu finden. Am 21. war das Wetter ungewöhnlich schön, und wir wendeten uns wieder nach Süden mit der Absicht, auf diesen Kurs so weit wie möglich vorzudringen.

Zwölftes Kapitel

Wir behielten unseren südlichen Kurs vier Tage lang bei, nachdem wir die Suche nach den Inseln aufgegeben hatten. Während dieser Zeit trafen wir nirgends auf Eis. Am 26. Dezember befanden wir uns mittags auf 63 ° 23′ südlicher Breite und 41 ° 25′ westlicher Länge. Nun sichteten wir einige große Eisinseln und Eisschollen, aber von geringer Ausdehnung. Die Winde kamen hauptsächlich aus Südosten oder Nordosten, doch sehr schwach. Nur selten hatten wir Westwind, der aber stets von Regenböen begleitet war.

Jeden Tag schneite es mehr oder weniger. Das Thermometer zeigte am 27. wenig über null Grad an.

1. Januar 1828. Heute fanden wir uns vom Eis eingeschlossen, und unsere Aussichten schienen wirklich trübe. Den ganzen Vormittag über blies aus Nordosten ein starker Sturm, der mit solcher Gewalt Eisschollen gegen das Ruder und den Schiffsrumpf trieb, daß wir alle vor den Folgen zitterten. Gegen Abend, als der Sturm immer noch wild war, teilte sich vor uns ein großes Feld. Wir setzten sämtliche Segel und konnten uns so eine Durchfahrt durch dünnere Eisschichten erzwingen. Als wir uns dem dahinterliegenden offenen Wasser näherten, holten wir ein Segel nach dem anderen ein, schließlich legten wir mit einem einzigen gerefften Focksegel draußen bei.

2. Januar. Wir hatten jetzt einigermaßen schönes Wetter. Mittags befanden wir uns unter 69 ° 10′ südlicher Breite und 42 ° 20′ westlicher Länge. Wir hatten den antarktischen Polarkreis überschritten. Im Süden sichteten wir nur wenig Eis, dafür lagen große Eisfelder hinter uns. Heute takelten wir einige Lotgeräte; benutzten dazu einen großen, etwa achtzig Liter fassenden Eisentopf und eine zweihundert Faden lange Leine. Die nach Norden gerichtete Strömung hatte eine Geschwindigkeit von einer Meile in der Stunde. Die Lufttemperatur war auf null Grad gesunken. Die Nadelabweichung betrug 14 ° 28′ nach Osten, vom Scheitelpunkt berechnet.

5. Januar. Wir liegen immer noch auf südlichem Kurs, ohne irgendeine größere Behinderung. Heute morgen hielt uns jedoch unter 73° 15′ südlicher Breite und 42° 10′ westlicher Länge wieder ein riesiges, dickes Eisfeld auf. Aber wir sichteten im Süden viel offenes Wasser und zweifelten nicht daran, es schließlich zu erreichen. Wir segelten am Rand der Eisscholle entlang nach Osten und erreichten endlich eine Durchfahrt von einer Meile Breite, durch die wir bei Sonnenuntergang unser Schiff durchbugsierten. Wir befanden uns in einer dicht mit Eisinseln bedeckten See, aber ohne Eisfelder, und kämpften uns tapfer vorwärts. Die Kälte schien nicht zuzunehmen, obwohl es sehr häufig schneite und dann und wann Hagelböen mit großer Kraft über uns hereinbrachen. Heute überflogen ungeheure Scharen von Albatrossen den Schoner, von Südosten nach Nordwesten.

7. Januar. Die See blieb immer noch frei, so daß wir ohne große Schwierigkeiten unseren Kurs halten konnten. Im Westen sichteten wir mehrere unglaublich große Eisberge, und nachmmittags fuhren wir sehr nah an einem vorbei, dessen Gipfel nicht weniger als vierhundert Faden über die Meeresoberfläche aufragte. An der Basis betrug sein Umfang wahrscheinlich dreieinhalb Kilometer, und aus seitlichen Rissen liefen mehrere Wasserbäche. Wir blieben zwei Tage in Sichtweite dieser Insel und verloren sie dann nur durch einen Nebel.

10. Januar. Ganz früh fiel unglücklicherweise einer der Männer über Bord. Er war Amerikaner, hieß Peter Vredenburgh, in New York geboren und einer der tüchtigsten Männer an Bord des Schoners. Als er über den Bug ging, rutschte er aus, fiel zwischen zwei Eisschollen und tauchte nicht mehr auf. Am Mittag dieses Tages befanden wir uns bei 78° 30′ Breite und 40° 15′ westlicher Länge. Bei schneidender Kälte hagelte es ständig, begleitet von Böen aus Norden und Osten. In dieser Richtung sahen wir auch mehrere riesige Eisberge, und der ganze östliche Horizont schien von Eisfeldern versperrt zu sein: sie ragten schichtweise aufgetürmt übereinander. Am Abend kamen wir an Treibholz vorbei, und eine Menge Vögel

überflog uns; unter ihnen befanden sich Sturmvögel, Albatrosse und ein großer Vogel mit leuchtend blauem Gefieder. Die magnetische Nadelabweichung war hier geringer als beim Überschreiten des Polarkreises.

12. Januar. Die Durchfahrt nach Süden schien wieder zweifelhaft, denn in Richtung zum Pol war nichts anderes zu sehen als ein anscheinend unendliches Eisfeld. Dahinter türmten sich zackige Eisberge auf, einer finsterer dreinschauend und höher als der andere. Wir segelten bis zum 14. nach Westen, in der Hoffnung, einen Eingang zu finden.

14. Januar. Heute morgen erreichten wir den westlichen Ausläufer des Eisfeldes, das uns so behindert hatte, und umschifften es luvwärts. Wir kamen in offene See, ohne ein einziges Stückchen Eis. Wir loteten zweihundert Faden und bemerkten eine südwärts gerichtete Strömung mit einer Geschwindigkeit von einer halben Meile in der Stunde. Die Lufttemperatur betrug acht Grad über Null, die Wassertemperatur ein Grad.

Wir segelten bis zum 16. ohne jede Unterbrechung südwärts, befanden uns dann mittags bei 81° 21′ Breite und 42° westlicher Länge. Hier loteten wir wieder und fanden eine südliche Strömung mit dreiviertel Meilen Geschwindigkeit in der Stunde. Die Nadelabweichung hatte weiter abgenommen, und die Lufttemperatur war mild und angenehm bei neun Grad über Null. Während dieser Zeit entdeckten wir kein Stückchen Eis. Alle Mann an Bord sahen es als sicher an, daß wir den Pol erreichten.

17. Januar. Dieser Tag steckte voller Ereignisse. Von Süden her überflogen uns unzählige Vogelschwärme, und wir schossen einige vom Deck aus. Einer, eine Art Pelikan, erwies sich als ausgezeichnetes Essen. Gegen Mittag bemerkte der Ausguck eine kleine Eisscholle auf Backbord. Auf ihr schien sich irgendein großes Tier zu befinden. Da das Wetter gut und ziemlich ruhig war, ließ Kapitän Guy zwei Boote für eine Erkundigung aussetzen. Peters und ich begleiteten im größeren Boot den Maat. Näher an die Eisscholle herankommend,

erkannten wir, daß sie von einem riesigen Exemplar der arktischen Bären besetzt war – er übertraf an Größe weit die größten seiner Rasse. Da wir gut bewaffnet waren, hatten wir keinerlei Bedenken und griffen ihn sofort an. In schneller Folge fielen mehrere Schüsse, die meisten trafen offensichtlich in den Kopf und Körper. Das Ungeheuer schien sich davon aber nicht abschrecken zu lassen und schwamm mit offenen Rachen auf das Boot los, in dem Peters und ich saßen. Auf diesen unerwarteten Verlauf der Ereignisse war niemand gefaßt gewesen, und es folgte eine ziemliche Verwirrung. Keiner feuerte rechtzeitig einen zweiten Schuß ab, und so gelang es dem Bären tatsächlich, seinen riesigen Körper halb auf das Dollbord zu wälzen und einen der Männer im Kreuz zu packen, ehe irgendein wirksamer Widerstand ihn vertreiben konnte. In dieser schrecklichen Lage rettete uns nur die Schnelligkeit und Beweglichkeit von Peters vor der Vernichtung. Er sprang die riesige Bestie von hinten mit einem Messer an und stieß es ihm durch den Hals bis ins Rückenmark. Das Untier taumelte leblos und ohne Widerstand in die See und riß im Fallen Peters mit sich. Doch der erholte sich schnell. Ein Seil wurde ihm zugeworfen, er band es um das tote Tier, ehe er ins Boot zurückkletterte. Triumphierend kehrten wir zum Schoner zurück, unsere Siegesbeute hinter uns herziehend. Der Bär maß in voller Länge ganze viereinhalb Meter, sein Fell war schneeweiß, sehr rauh und dicht gelockt, die blutroten Augen waren größer als beim gewöhnlichen arktischen Bären, und die Schnauze stärker gerundet, so daß sie an die Schnauze einer Bulldogge erinnerte. Die Männer verschlangen das zarte, wenn auch sehr fette und fischartige Fleisch gierig und erklärten, es sei ein ausgezeichnetes Essen.

Wir hatten kaum unsere Beute längsseits, als der Mann im Ausguck einen Freudenschrei ausstieß: »Land in Sicht an Steuerbord!« Da plötzlich eine Brise aufsprang, gelangten wir bald in die Nähe der Küste. Vor uns lag ein niedriges, felsiges Inselchen, etwa viereinhalb Kilometer im Umfang und ohne jede Vegetation, wenn man von einer Art Feigenkakteen absieht. Wir näherten uns von Norden und sichteten ein einziges, ins Meer vorspringendes Felsenriff, das uns stark an verschnürte Baumwollballen erinnerte. Im Westen dieses Riffs befand sich eine kleine Bucht, wo wir bequem mit unseren Booten landen konnten.

Wir brauchten nicht lange, um die Insel zu durchforschen, fanden aber mit einer Ausnahme nichts Bemerkenswertes. Am südlichen Ende stießen wir in der Nähe der Küste auf ein Stück Holz, das halb unter einem Haufen loser Steine begraben war. Es schien den Bug eines Kanus gebildet zu haben. Offensichtlich hatte man versucht, darauf etwas einzuschneiden, und Kapitän Guy bildete sich ein, eine Schildkröte zu erkennen, aber das schien mir nicht recht zutreffend. Abgesehen von diesem Bug – wenn es wirklich einer war – fanden wir keinerlei Hinweis, daß sich hier schon einmal ein lebendes Wesen aufgehalten hatte. Um die Küste herum entdeckten wir mehrere kleine Eisschollen, aber nur sehr wenige. Die genaue Lage dieses Inselchens ist 82° 50′ südlche Breite und 42° 20′ westliche Länge. Kapitän Guy nannte es »Bennet-Inselchen«, zu Ehren seines Partners und Mitinhabers des Schiffes.

Wir waren nun acht Grad weiter nach Süden vorgedrungen als jeder Seefahrer vor uns, und immer noch lag die See offen. Außerdem stellten wir fest, daß die Nadelabweichung gleichmäßig abnahm, je weiter wir nach Süden vordrangen, und was noch überraschender war, daß die Luft- und auch die Wassertemperatur milder wurde. Das Wetter konnte man sogar schön nennen, und aus Norden kam eine stetige, aber sehr leichte Brise. Gewöhnlich war der Himmel klar, ab und zu tauchte ein leichter Dunstschleier am südlichen Horizont auf, aber immer nur für kurze Zeit. Wir hatten nur mit zwei Schwierigkeiten zu kämpfen: Brennstoff wurde knapp, und bei einigen Besatzungsmitgliedern zeigten sich Anzeichen von Skorbut. Diese Umstände ließen Kapitän Guy an die notwendige Rückkehr denken, und er sprach auch oft davon. Ich selbst vertraute darauf, daß wir bald bedeutenderes Land erreichen würden, das allen Anzeichen zufolge nicht so unfruchtbar sein konnte wie in der Arktis. Deshalb drängte ich ihn heftig, wenigstens noch einige Tage auf dem gegenwärtigen Kurs weiterzusegeln. Noch keinem Menschen bot sich eine solch günstige Gelegenheit, das Rätsel des antarktischen Kontinents zu lösen, und ich gestehe, daß ich über die ängstlichen und unzeitgemäßen Vorschläge unseres Kapitäns vor Empörung schäumte. Ich glaube tatsächlich, meine heftigen Vorwürfe bewegten ihn schließlich zur Weiterfahrt. Ich muß zwar die höchst unglücklichen und blutigen Ereignisse beklagen, die sich bald aus meinem Rat entwickelten. Trotzdem sollte mir erlaubt werden, einige Genugtuung zu verspüren, daß ich ein, wenn auch noch so kleines, Werkzeug war, das mithalf, der Wissenschaft eines der erregendsten Geheimnisse näherzubringen, in das sie sich jemals vertiefte.

Dreizehntes Kapitel

18. Januar. Heute morgen segelten wir weiter nach Süden – bei demselben schönen Wetter wie bisher. Die See war glatt, die Luft etwas erwärmt, der Wind kam aus Nordosten, und die Wassertemperatur betrug etwas über acht Grad. Wir brachten unsere Lotgeräte in Ordnung und stellten bei einhundertfünfzig Faden Tiefe eine Strömung fest, die zum Pol hin mit einer Geschwindigkeit von einer Meile in der Stunde verlief. Diese beständige Richtung, sowohl beim Wind als auch bei der Strömung, verursachte in verschiedenen Teilen des Schoners Spekulationen, ja Beunruhigung, und ich erkannte deutlich, daß auch Kapitän Guy in nicht geringem Maße davon beeindruckt wurde. Doch da er sich sehr vor Spott fürchtete, gelang es mir schließlich, seine Bedenken lachend zu zerstreuen. Die Nadelabweichung war nun sehr gering. Im Laufe des Tages sichteten wir mehrere große, echte Wale, und unzählige Albatrosschwärme überflogen das Schiff. Wir fischten auch einen Busch auf, voller roter Beeren und einem Weißdorn ähnelnd,

und den Kadaver eines seltsam aussehenden Landtieres. Seine Länge betrug etwa einen Meter, seine Höhe aber nur ungefähr fünfzehn Zentimeter. Die Füße an den vier sehr kurzen Beinen waren mit langen leuchtend scharlachroten Klauen bewaffnet, die an Korallen erinnerten. Den ganzen Körper bedeckte ein glattes seidiges, schneeweißes Fell. Der Schwanz war spitz wie der einer Ratte und nicht ganz fünfzig Zentimeter lang. Der Kopf erinnerte an den einer Katze, mit Ausnahme der Ohren, sie hingen wie bei einem Hund herunter. Die Zähne zeigten dasselbe Scharlachrot wie die Klauen.

19. Januar. Heute sichteten wir bei 83 ° 20′ Breite und 43 ° 5′ westlicher Länge vom Ausguck aus erneut Land. Das Meer war ungewöhnlich dunkel. Bei näherer Untersuchung stellten wir fest, daß das Land zu einer Gruppe von größeren Inseln gehörte. Die Küste fiel steil ab, aber das Innere schien stark bewaldet zu sein, worüber wir uns sehr freuten. Ungefähr vier Stunden nach der ersten Entdeckung ankerten wir bei zehn Faden in sandigem Grund, in einer Entfernung von beinahe fünf Kilometern vor der Küste. Eine hohe Brandung mit starkem Wellengang ließ eine weitere Annäherung gefährlich erscheinen. Eine gut ausgerüstete Gruppe, bei der sich auch Peters und ich befanden, begann nun in den zwei größten Booten nach einer Durchfahrt in dem Riff zu suchen, das anscheinend die ganze Insel umgab. Nach einiger Suche entdeckten wir einen Durchlaß und fuhren auch hinein. Da sahen wir, daß vier große Kanus mit anscheinend gut bewaffneten Männern von der Küste ablegten. Wir warteten, bis sie herankamen, und da sie sich mit großer Schnelligkeit vorwärtsbewegten, befanden sie sich bald in Rufweite. Kapitän Guy hielt nun an einem Ruderblatt ein weißes Taschentuch hoch, und die Fremden hielten an. Sie fingen plötzlich alle auf einmal zu schnattern an, vermischt mit gelegentlichen Rufen, von denen wir die Worte »Anamoo-moo!« und »Lama-Lama!« verstanden. Sie fuhren mindestens eine halbe Stunde damit fort, und während dieser Zeit bot sich uns eine günstige Gelegenheit, sie näher zu betrachten.

In den vier Kanus, die etwa fünfzehn Meter lang und eineinhalb Meter breit waren, befanden sich insgesamt einhundertzehn Wilde. Ihre Gestalt glich der von Europäern, sie war aber muskulöser und stämmiger. Sie hatten pechschwarze Haut und dickes, langes wolliges Haar. Bekleidet waren sie mit den Fellen eines uns unbekannten schwarzen Tieres. Das zottige und seidige Fell hatten sie mit ziemlicher Geschicklichkeit ihren Körpern angepaßt und die Haare nach innen gewendet, außer am Hals, an den Handgelenken und Knöcheln. Ihre Waffen setzten sich hauptsächlich aus Keulen aus dunklem und offensichtlich sehr schwerem Holz zusammen. Wir konnten auch einige Speere mit Spitzen aus Feuerstein und ein paar Schlingen erkennen. Schwarze, etwa eigroße Steine füllten den Boden der Kanus.

Als sie ihre Aussprache beendet hatten – denn es war klar, daß ihr Geschnatter eine solche sein sollte –, stand einer von ihnen, anscheinend der Häuptling, im Bug seines Kanus auf und gab uns Zeichen, unsere Boote längsseits zu legen. Wir taten, als hätten wir es nicht verstanden, denn wir hielten es für besser, den Zwischenraum zwischen uns aufrechtzuerhalten. Sie waren nämlich viermal so viele wie wir. Als der Häuptling bemerkte, daß dies unsere Weigerung verursachte, befahl er den anderen drei Booten, zurückzubleiben, während er auf uns zukam. Kaum hatte er uns erreicht, sprang er in unser größtes Boot und setzte sich neben Kapitän Guy, deutete auf den Schoner und wiederholte die Worte »Anamoo-moo!« und »Lama-Lama!«. Wir fuhren nun zu dem Schiff zurück, in kleinem Abstand folgten uns die Kanus.

Als wir längsseits gekommen waren, zeigte der Häuptling äußerste Überraschung und Freude, klatschte in die Hände, schlug sich auf Schenkel und Brust und lachte unbändig. Seine Gefolgsleute hinter ihm schlossen sich seiner Fröhlichkeit an, und der völlig ohrenbetäubende Lärm dauerte einige Minuten lang. Als schließlich wieder Ruhe eingekehrt war, befahl Kapitän Guy, unsere Boote hinaufzuhieven – eine notwendige Vorsichtsmaßnahme. Dann machte er dem Häuptling, der Too-wit hieß, klar, daß wir nicht mehr als zwanzig seiner Leute auf einmal an Bord dulden würden. Er schien damit völlig einverstanden zu sein und gab den Kanus einige Anweisungen. Eines von ihnen näherte sich, die anderen blieben in einer Entfernung von ungefähr fünfundvierzig Metern. Zwanzig Wilde kamen an Bord, liefen überall auf Deck hin und her, begannen im Takelwerk herumzuklettern und jeden Gegenstand mit großer Neugier zu betrachten.

Offensichtlich hatten sie noch nie zuvor Weiße gesehen – vor dieser Hautfarbe schienen sie tatsächlich zurückzuschrekken. Sie hielten die »Jane« für ein lebendes Wesen und hatten Angst, sie mit den Speerspitzen zu verletzen, die sie deshalb sorgfältig nach oben hielten. Unsere Besatzung freute sich in einem Fall sehr über das Verhalten von Too-wit. Der Koch spaltete in der Nähe der Kombüse einiges Holz und schlug zufällig die Axt in das Deck, wo er einen ziemlich tiefen Schnitt verursachte. Der Häuptling rannte sofort hin, stieß den Koch ziemlich grob beiseite und begann zu winseln, halb zu heulen. Er zeigte deutlich dem Schoner seine Anteilnahme, der, wie er dachte, litt. Er streichelte und glättete den Schnitt mit der Hand und wusch ihn mit Seewasser aus, das in einem Eimer in der Nähe stand. Auf einen solchen Grad von Unwissenheit waren wir nicht vorbereitet gewesen; ich persönlich hielt einen Teil davon für Verstellung.

Nachdem sie soweit wie möglich ihre Neugier über die Aufbauten befriedigt hatten, durften sie nach unten gehen. Dort übertraf ihr Erstaunen alle Grenzen. Ihre Verwunderung ließ sie anscheinend verstummen, denn sie streiften still herum, nur ab und zu von leisen Ausrufen unterbrochen. Die Waffen boten ihnen eine Menge Stoff für Überlegungen, und sie durften sie nach Belieben in die Hand nehmen und untersuchen. Ich glaube nicht, daß sie die leiseste Ahnung von ihrem wirklichen Zweck hatten. Sie hielten sie eher für Götzenbilder, weil sie sahen, wie sorgfältig wir sie behandelten und wie genau wir ihre Bewegungen beobachteten, als sie sie untersuchten. Die großen Kanonen verdoppelten ihr Erstaunen. Sie näherten sich ihnen mit allen Zeichen tiefer Verehrung und Scheu und wagten nicht, sie genau zu betrachten. In der Kajüte gab es zwei große Spiegel, und sie stellten den Höhepunkt dieser erstaunlichen Dinge dar. Too-wit näherte sich ihnen als erster. Er stand schon in der Mitte der Kajüte, mit dem Gesicht zum einen und dem Rücken zum anderen, ehe er sie entdeckte. Als er die Augen hob und sein Spiegelbild darin sah, dachte ich, der Wilde würde verrückt. Er drehte sich auf der Stelle um, wollte den Rückzug antreten und erkannte sich selbst ein zweites Mal in der entgegengesetzten Richtung. Da fürchtete ich, er würde sofort tot umfallen. Keine Überredungskünste brachten ihn dazu, noch einmal hinzuschauen. Er warf sich auf den Boden, versteckte sein Gesicht in den Händen und blieb so liegen, bis wir ihn schließlich an Deck schleppten.

Wir ließen alle Wilden an Bord, immer zwanzig auf einmal; Too-wit durfte die ganze Zeit über bleiben. Wir entdeckten bei ihnen keinerlei Neigung zum Stehlen, und kein einziger Gegenstand fehlte, nachdem sie gegangen waren. Während ihres ganzen Besuchs zeigten sie ein sehr freundliches Benehmen. Einige Punkte in ihrem Verhalten konnten wir jedoch nicht verstehen. Zum Beispiel brachten wir sie nicht dazu, sich mehreren harmlosen Gegenständen zu nähern: etwa den Segeln des Schoners, einem Ei, einem offenen Buch, einem Topf mit Mehl. Wir versuchten, herauszubekommen, ob es bei ihnen etwas gab, was man durch Tauschen erwerben konnte, aber wir hatten große Schwierigkeiten, es verständlich zu machen. Zu unserem großen Erstaunen entdeckten wir jedoch, daß es auf den Inseln sehr viele der großen Galapagos-Schildkröten gab. Eine sahen wir im Kanu von Too-wit. Einer der Wilden hielt einige Seewalzen in der Hand, die er gierig in rohem Zustand aufaß. Diese merkwürdigen Umstände – denn sie waren es, wenn man den Breitengrad beachtete – erweckten in Kapitän Guy den Wunsch, das Land genau zu erforschen, in der Hoffnung, Gewinn aus seiner Entdeckung zu schlagen. Obwohl ich unbedingt mehr über die Inseln wissen wollte, drängte es mich doch noch mehr, ohne Verzögerung weiter nach Süden vorzudringen. Wir hatten nun schönes Wetter, aber man konnte nicht sagen, wie lange es anhalten würde. Wir befanden uns schon am 84. Breitengrad, vor uns lag die offene See, eine starke Strömung zog nach Süden, und der Wind war günstig – mir fehlte jede Geduld, dem Vorschlag zuzuhören, hier länger, als unbedingt für die Gesundheit der Besatzung und das Aufnehmen von ausreichend Brennstoff und frischen Nahrungsmitteln nötig, zu bleiben. Ich schlug dem Kapitän vor, die Gruppe auf dem Rückweg zu erforschen und hier auch zu überwintern, falls uns das Eis den Weg versperrte. Schließlich schloß er sich meiner Meinung an – von mir selbst beinahe unbemerkt, hatte ich irgendwie viel Einfluß über ihn bekommen. So wurde beschlossen, daß wir nur eine Woche zur Erholung hierbleiben und dann nach Süden vordringen sollten, soweit es möglich war. Also trafen wir alle nötigen Vorbereitungen. Unter der Führung von Too-wit brachten wir die »Jane« sicher durch das Riff und ankerten etwa eine Meile vor der Küste, in einer ausgezeichneten, ganz vom Land umschlossenen Bucht – sie befand sich an der südöstlichen Küste der Hauptinsel – bei zehn Faden Tiefe und schwarzem sandigen Boden. An der Spitze der Bucht entsprangen drei Quellen mit gutem Wasser (so sagte man uns jedenfalls), und in der Umgebung erstreckten sich ungeheure Wälder. Die vier Kanus folgten uns, hielten sich jedoch in respektvoller Entfernung. Too-wit selbst blieb an Bord. Nachdem wir vor Anker gegangen waren, lud er uns ein, ihn zu begleiten und sein Dorf im Inneren zu besuchen. Kapitän Guy stimmte dem zu. Zehn Wilde wurden als Geiseln an Bord zurückgelassen, und unsere Gruppe, zwölf Mann insgesamt, bereitete sich darauf vor, den Häuptling zu begleiten. Wir statteten uns sorgfältig mit Waffen aus, aber ohne irgendein Mißtrauen zu zeigen. Auf dem Schoner waren die Kanonen ausgefahren, die Enternetze hochgezogen und jede andere Vorsichtsmaßnahme ergriffen, die vor Überraschungen schützen konnte. Der erste Maat erhielt den Befehl, während unserer Abwesenheit niemanden an Bord zu lassen. Falls wir länger als zwölf Stunden wegblieben, sollte der Kutter, mit einer Drehbasse ausgerüstet, um die Insel herum auf die Suche nach uns gehen.

Bei jedem Schritt, den wir weiter ins Land hinein vorankamen, drängte sich uns die Überzeugung auf, daß wir uns in einem Land befanden, das sich völlig von jedem unterschied, das bisher von zivilisierten Männern besucht wurde. Wir sahen nichts, was uns schon bekannt gewesen wäre. Die Bäume erinnerten in ihrem Wuchs weder an die heißen, die gemäßigten oder die nördlichen kalten Zonen, und unterschieden sich auch gänzlich von denen der niederen südlichen Breiten, die wir schon durchquert hatten. Selbst die bloßen Felsen erschienen uns in ihrer Masse, ihrer Farbe und ihrer Schichtung neuartig. Sogar die Flüsse, so unglaublich das auch scheinen mag, glichen so wenig denen in anderen Zonen, daß wir uns scheuten, aus ihnen zu trinken. Tatsächlich kamen wir nur schwer zu der Überzeugung, daß sie von der Natur hervorgebracht waren. An einem schmalen Bach, der unseren Weg kreuzte, hielten Too-wit und seine Begleiter, um zu trinken. Er war er erste, den wir erreichten. Wegen der seltsamen Eigenschaften des Wassers weigerten wir uns, es zu versuchen, denn wir hielten es für verunreinigt. Erst einige Zeit später erkannten wir, daß alle Gewässer der ganzen Inselgrupe so aussahen. Ich weiß nicht, wie ich diese Flüssigkeit genau beschreiben soll, und ohne viel Worte ist es ganz unmöglich. Obwohl sie wie gewöhnliches Wasser rasch jeden Abhang hinunterfloß, hatte sie doch niemals, außer wenn sie eine Kaskade hinunterfiel, die übliche Durchsichtigkeit. Auf den ersten Blick, und besonders bei geringem Gefälle, erinnerte es in der Beschaffenheit an eine dicke Lösung von Gummiarabikum in gewöhnlichem Wasser. Aber dies war nur die am wenigsten bemerkenswerte außergewöhnliche Eigenschaft. Nicht farblos, hatte es aber auch keine einheitliche Farbe – für das Auge erschien es im fließenden Zustand in jedem nur möglichen Farbton von Purpur, wie die Schattierungen von schillernder Seide. Diese Farbschattierungen entstanden auf eine Weise, die unsere Gruppe genausosehr erstaunte wie der Spiegel

Too-wit. Wir füllten eine Schüssel, und als das Wasser sich völlig beruhigt hatte, erkannten wir, daß die ganze Flüssigkeit sich aus verschiedenen Adern zusammensetzte, jede in unterschiedlicher Farbabstufung. Diese Adern vermischten sich nicht. Zog man ein Messer quer durch die Adern, so schloß sich sofort das Wasser darüber, wie es das auch bei uns tut, zog man das Messer zurück, so verschwanden sofort alle Spuren davon. Stieß man das Messer jedoch genau zwischen zwei Adern, wurden sie völlig getrennt, und auch ihre Anziehungskraft besserte dies nicht sofort aus. Diese seltsamen Eigenschaften des Wassers formten das erste Glied in einer langen Kette offensichtlicher Wunder, von der ich schließlich eingekreist werden sollte.

Vierzehntes Kapitel

Wir brauchten beinahe drei Stunden, bis wir das Dorf erreicht hatten, denn es lag etwa vierzehn Kilometer weit im Landesinneren, und der Weg führte über zerklüftetes Gelände. Während wir uns voranbewegten, wurde die Gruppe von Too-wit (die ganzen einhundertundzehn Mann aus den Kanus) durch kleinere Abteilungen verstärkt – zwei bis sechs oder sieben Mann schlossen sich uns wie zufällig an verschiedenen Stellen des Pfades an. Darin schien mir soviel Berechnung zu liegen, daß ich mißtrauisch wurde und Kapitän Guy meine Befürchtungen mitteilte. Zur Umkehr war es aber nun zu spät, und wir beschlossen, es sei für uns am sichersten, wenn wir völliges Vertrauen in die Ehrlichkeit von Too-wit zur Schau stellten. Wir marschierten also weiter, beobachteten genau die Bewegungen der Wilden und ließen es nicht zu, daß sie uns durch Dazwischendrängeln teilten. So durchquerten wir eine steilabfallende Schlucht und erreichten schließlich die Ansiedlung, die, wie uns gesagt wurde, die einzige auf der Insel war. Als wir in Sichtweite kamen, stieß der Häuptling einen Schrei aus und wiederholte mehrmals die Worte »Klock-Klock«. Wir hielten das für den Namen des Dorfes oder die allgemeine Bezeichnung für Dörfer.

Die Wohnstätten waren unbeschreiblich elend und, anders als selbst bei den niedrigsten Rassen, die die Menschheit kennt, ohne einheitlichen Grundriß. Einige – wir fanden heraus, daß sie den Wampoos oder Yampoos gehörten, den Großen des Landes – bestanden aus einem Baumstamm, den man etwa einen Meter zwanzig über der Wurzel abgesägt hatte. Darüber hatte man ein großes schwarzes Fell geworfen, das nun in losen Falten auf den Boden herabhing. Darunter hauste der Wilde. Andere wurden durch unbearbeitete Äste gebildet, an denen sich noch das welke Laub befand. Sie wurden in einem Winkel von fünfundvierzig Grad an einen Lehmhaufen gelehnt, der unregelmäßig bis zu einer Höhe von etwa eineinhalb Metern aufgeschüttet worden war. Wieder andere bestanden aus senkrecht in die Erde gegrabenen Löchern, die von ähnlichen Zweigen bedeckt wurden. Der Bewohnter entfernte sie, wenn er hineinstieg, und zog sie dann wieder darüber. Einige hatte man in die Astgabeln dort stehender Bäume gebaut. Die teilweise durchschnittenen oberen Äste bogen sich auf die unteren herab und bildeten so einen guten Schutz vor der Witterung. Die meisten Wohnungen bestanden jedoch aus kleinen schmalen Höhlen, eingekratzt in einen steilen Sims aus dunklem Gestein. Es erinnerte an Fullererde und umgab an drei Seiten das Dorf. An der Tür vor jeder dieser primitiven Höhlen befand sich ein kleiner Felsbrocken, den der Bewohner sorgfältig vor den Eingang schob, wenn er seine Wohnung verließ. Zu welchem Zweck, konnte ich nicht herausbekommen, denn der Stein selbst hatte keine ausreichende Größe, um mehr als ein Drittel der Öffnung zu verschließen.

Dieses Dorf, wenn es den Namen überhaupt verdient, lag in einem ziemlich tiefen Tal und konnte nur von Süden aus erreicht werden. Der Steilhang, von dem ich schon sprach, schnitt jeden Zugang aus anderen Richtungen ab. In der Mitte des Tales floß ein lärmender Fluß mit demselben magisch aussehenden Wasser, das ich schon beschrieb. In der Nähe der Behausungen entdeckten wir mehrere seltsame Tiere, die alle ganz zahm zu sein schienen. Das größte dieser Lebewesen erinnerte in Körperbau und Schnauze an unser gewöhnliches Schwein, der Schwanz aber war buschig und die Beine schlank wie bei einer Antilope. Es bewegte sich schrecklich unbeholfen und unentschlossen, und wir sahen es nie bei einem Versuch zu laufen. Wir bemerkten auch mehrere Tiere von sehr ähnlichem Aussehen, aber mit größerer Körperlänge und mit schwarzer Wolle bedeckt. Eine ganze Menge verschiedenartigen zahmen Geflügels rannte herum, es schien die Hauptnahrung der Eingeborenen darzustellen. Zu unserem Erstaunen sahen wir zwischen diesen Vögeln schwarze Albatrosse. Die ganz zahmen Vögel flogen regelmäßig zum Meer, um Nahrung aufzunehmen, kehrten aber immer wieder zum Dorf, wie zu ihrem Heim, zurück und benutzten die in der Nähe liegende südliche Küste als Brutplatz. Dort schlossen sich ihnen wie gewöhnlich ihre Freunde, die Pelikane, an, die ihnen aber niemals zu den Behausungen der Wilden folgten. Unter dem zahmen Geflügel befanden sich weiterhin Enten, die sich nur sehr wenig von unseren heimischen unterschieden, schwarze Tölpel, und ein großer Vogel, nicht unähnlich dem Bussard, aber kein Fleischfresser. Fische schienen im Überfluß vorhanden zu sein. Während unseres Besuchs sahen wir eine Menge getrockneter Lachse, Dorsche, blauer Delphine, Makrelen, Schwarzfische, Rochen, Meeraale, Elefantenfische, Meeräschen, Seezungen, Papageienfische, Seehechte, Flundern und unzählige andere. Wir stellten auch fest, daß die meisten den Fischen ähnelten, die man in der Nähe der Auckland-Inseln findet, auf einundfünfzig Grad südlicher Breite. Auch die Galapagos-Schildkröte war sehr häufig. Wir sahen kaum wilde Tiere, und vor allem keine großen, oder solche, die wir kannten. Ein oder zwei schrecklich aussehende Schlangen überquerten unseren Weg, aber die Eingeborenen schenkten ihnen kaum Beachtung, und wir schlossen daraus, daß sie ungiftig waren.

Als wir uns mit Too-wit und seiner Gruppe dem Dorf näherten, lief uns eine riesige Menge Leute entgegen, um uns mit lauten Rufen zu begrüßen, von den wir jedoch nur das ewige »Anamoo-moo!« und »Lama-Lama!« verstehen konnten. Zu unserem großen Erstaunen waren, mit ein oder zwei Ausnahmen, diese neuen Ankömmlinge völlig nackt. Felle wurde nur von den Männern in den Kanus getragen. Auch alle Waffen schienen in ihrem Besitz zu sein, denn unter den Dorfbewohnern sahen wir keine. Es gab eine Menge Frauen und Kinder, und die ersteren entbehrten nicht völlig einer gewissen körperlichen Schönheit. Sie waren hochgewachsen, schlank und gut gebaut und bewegten sich mit einer Anmut und Freiheit, wie man sie in der zivilisierten Gesellschaft nicht findet. Doch waren ihre Lippen wie die der Männer dick und plump, so daß die Zähne nicht einmal beim Lachen entblößt wurden. Ihr Haar war feiner als das der Männer. Unter den nackten Dorfbewohnern befanden sich vielleicht zehn oder zwölf, die wie die Gruppe von Too-wit mit schwarzen Fellen bekleidet und mit Lanzen und schweren Keulen bewaffnet waren. Sie schienen über den Rest großen Einfluß zu haben und wurden immer mit dem Titel Wampoo angeredet. Ihnen gehörten auch die schwarzen Fellpaläste. Der von Too-wit befand sich in der Mitte des Dorfes, er war viel größer und schien auch etwas besser gebaut zu sein als die anderen. Man hatte den Baum, der die Stütze bildete, in einer Höhe von etwa dreieinhalb Metern abgeschnitten und kurz unterhalb der Schnittfläche einige Äste stehen lassen. Sie dienten dazu, die Felle auszuspannen, und verhinderten so, daß sie gegen den Stamm schlugen. Die Felldecke setzte sich aus vier großen, mit hölzernen Spießen zusammengehaltenen Häuten zusammen. Zur Sicherung am Boden hatte man Pflöcke durch das Fell in die Erde geschlagen. Als eine Art Teppich bedeckte eine Menge getrockneter Blätter den Boden.

Wir wurden mit großer Feierlichkeit zu dieser Hütte geführt, und so viele Eingeborene wie möglich drängten hinter uns herein. Too-wit selbst setzte sich auf die Blätter und gab uns Zeichen, seinem Beispiel zu folgen. Wir taten es und fanden uns bald in einer ziemlich ungemütlichen, wenn nicht gar kritischen Lage wieder. Alle zwölf saßen wir am Boden, und so dicht um uns herum hockten mindestens vierzig Wilde, daß es uns im Fall eines Tumults ziemlich unmöglich gewesen wäre, unsere Waffen zu brauchen oder überhaupt aufzustehen. Das Gedrängel herrschte aber nicht nur im Zelt, sondern auch draußen. Die Bevölkerung der ganzen Insel schien sich dort versammelt zu haben, und nur die unaufhörlichen Bemühungen und Ausrufe von Too-wit hinderten die Menge daran, uns zu Tode zu trampeln. Unsere hauptsächliche Sicherheit aber lag in der Gegenwart von Too-wit, und wir beschlossen, dicht bei ihm zu bleiben. So konnten wir uns wahrscheinlich noch am besten aus der Klemme befreien und wollten ihn dazu beim ersten Anzeichen für Feindseligkeiten sofort töten.

Nach einigem Durcheinander stellte sich eine gewisse Ruhe ein, und der Häuptling begann eine lange Rede. Sie erinnerte stark an die, die er schon im Kanu gehalten hatte, mit dem Unterschied, daß er nun häufiger das »Anamoo-moo!« als das »Lama-Lama!« zu gebrauchen schien. In tiefer Stille lauschten wir bis zum Ende der Ansprache. Kapitän Guy antwortete, versicherte dem Häuptling seinen ewigen guten Willen und seine Freundschaft und beendete, was er zu sagen hatte, mit einem Geschenk, das aus mehreren blauen Perlenketten und einem Messer bestand. Zu unserer großen Überraschung rümpfte der Herrscher über das erstere verächtlich die Nase. Aber das Messer stellte ihn sehr zufrieden, und er befahl das Mittagessen zu bringen. Über die Köpfe der Anwesenden hinweg wurde es in das Zelt gereicht. Es erwies sich als die noch zuckenden Eingeweiden eines unbekannten Tieres, vielleicht eines der dünnen Schweine, die wir bei unserer Ankunft im Dorf gesehen hatten. Als er merkte, daß wir nicht wußten, was zu tun sei, begann er, um uns ein Beispiel zu geben. Er verschlang Elle für Elle dieser verlockenden Speise, bis wir es nicht mehr aushalten konnten und handfeste Zeichen unseres rebellierenden Magens abgaben, was seine Majestät kaum weniger erstaunte als der Spiegel. Wir weigerten uns aber standhaft, von den uns angebotenen Köstlichkeiten etwas zu essen, und versuchten, ihm verständlich zu machen, daß wir gerade erst herzhaft gefrühstückt hätten.

Als der Herrscher endlich seine Mahlzeit beendet hatte, begannen wir so geschickt wie möglich ein Kreuzverhör. Wir wollten erfahren, was die Haupterzeugnisse des Landes seien und ob man einige davon mit Gewinn verkaufen könne. Schließlich schien er uns zu verstehen und forderte uns auf, ihm zu einem Abschnitt der Küste zu folgen, wo große Mengen von Meerwalzen – er deutete auf ein Exemplar – gefunden wurden. Wir waren froh, so früh aus dem Gedränge der Menge herauszukommen, und zeigten unseren Eifer, ihm zu folgen. Wir verließen nun das Zelt und gingen, begleitet von der gesamten Dorfbevölkerung, hinter dem Häuptling her zum südostlichen Ende der Insel, nicht weit entfernt von der Bucht, in der unser Schiff lag. Ungefähr eine Stunde lang warteten wir, bis die vier Kanus von einigen der Wilden zu unserem Standort gebracht wurden. Unsere ganze Gruppe bestieg dann eines und ruderte an dem schon erwähnten Riff entlang und noch zu einem weiteren draußen liegenden. Wir sahen dort eine weit größere Menge von Meerwalzen, als sie auch der älteste Seemann unter uns jemals auf einer Gruppe in den niederen Breiten, die ja für diese Ware berühmt waren, gesehen hatte. Wir blieben gerade lang genug bei dem Riff, um zu erkennen, daß wir leicht zwölf Schiffe mit diesen Tieren hätten beladen können. Dann kamen wir längsseits des Schoners und trennten uns von Too-wit, aber nicht, ehe er uns das Versprechen gegeben hatte, daß er uns im Laufe von vierundzwanzig Stunden so viele Enten und Galapagos-Schildkröten bringen würde, wie seine Kanus faßten.

Während dieses ganzen Abtenteuers entdeckten wir im Verhalten der Eingeborenen nichts, was Argwohn erwecken konnte.

Fünfzehntes Kapitel

Der Häuptling hielt sein Wort und stattete uns bald reichlich mit frischen Nahrungsmitteln aus. Die Schildkröten waren prachtvoll, und die Enten übertrafen unsere besten Geflügelarten. Sie waren sehr saftig, zart und sehr wohlschmeckend. Daneben brachten uns die Wilden, nachdem wir ihnen unsere Wünsche verständlich gemacht hatten, noch eine große Menge braunen Sellerie und Löffelkraut, außerdem eine Kanuladung frische und einige getrocknete Fische. Der Sellerie war ein Hochgenuß, und das Löffelkraut erwies sich als unschätzbare Wohltat für die Männer, die sich von den Anzeichen des Skorbuts erholten. Innerhalb kurzer Zeit befand sich keine einzige Person mehr auf der Krankenliste. Wir erhielten noch eine ganze Menge anderer frischer Vorräte, von denen ich vielleicht eine Schalentierart erwähnen will, die in der Form an die Miesmuscheln erinnerte, aber wie Austern schmeckte. Man brachte uns auch Garnelen und Krabben, außerdem Eier vom Albatros und anderen Vögeln, deren Schalen alle dunkel waren. Wir nahmen auch eine ganze Menge von dem Schweinefleisch, das ich schon erwähnt habe, an Bord. Die meisten der Männer betrachteten es als schmackhafte Nahrung, ich dagegen fand es tranig und überhaupt widerlich. Als Gegenleistung beschenkten wir die Wilden mit blauen Perlen, Messingschmuck, Nägeln, Messern und Stücken von rotem Stoff. Sie waren mit dem Tausch sehr zufrieden. Wir errichteten an der Küste einen regelrechten Markt, gerade unterhalb der Kanonen des Schoners. Dort ging unser Tauschhandel mit jedem Anzeichen des Vertrauens und in einer Ordnung vonstatten, die wir nach dem Verhalten im Dorf von Klock-Klock nicht von den Wilden erwartet hätten.

So verliefen die Dinge einige Tage lang in freundschaftlichem Einvernehmen. Während dieser Zeit kamen häufig Gruppen von Eingeborenen an Bord des Schoners, und Gruppen unserer Männger gingen an Land. Sie unternahmen lange Ausflüge ins Landesinnere und trafen auf keinerlei Belästigung.

Als Kapitän Guy bemerkte, mit welcher Leichtigkeit das Schiff mit Seegurken beladen werden konnte, weil uns die Insulaner so freundlich entgegenkamen und eifrig beim Einsammeln unterstützten, beschloß er, mit Too-wit in Verhandlungen einzutreten. Es ging dabei um den Bau von geeigneten Häusern, in denen die Ware aufbewahrt werden konnte, und um die Aufgaben für ihn und seinen Stamm beim Einsammeln der Seewalzen oder auch Seegurken genannt. Wir selbst wollten das gute Wetter ausnützen und unsere Reise nach Süden fortsetzen. Als dieser Plan dem Häuptling unterbreitet wurde, schien er damit sehr einverstanden zu sein. Wir schlossen einen für beide Seiten zufriedenstellenden Vertrag ab und vereinbarten, daß der Schoner nach den nötigen Vorbereitungen, etwa dem Abgrenzen des geeigneten Bodens, dem Errichten einer bestimmten Anzahl der Bauten und einigen anderen Aufgaben, bei denen unsere Besatzung benötigt wurde, seine Fahrt fortsetzen sollte. Drei Männer sollten zurückbleiben, die Durchführung des Plans überwachen und die Eingeborenen im Trocknen der Seegurken unterrichten. Die Wilden sollten als Lohn für die geleistete Arbeit dann eine bestimmte Menge blauer Perlen, Messer, roten Stoffs und so weiter erhalten.

Eine Beschreibung der Seegurken und ihrer Zubereitung mag von einigem Interesse für meine Leser sein. Die folgende Bemerkung über das Thema ist der modernen Beschreibung einer Südseereise entnommen:

»Dieses Weichtier des Indischen Ozeans wird in riesigen Mengen an den Küsten des Pazifiks gesammelt, vor allem für den chinesischen Markt. Dort erzielt man einen hohen Preis. Man schätzt es beinahe so sehr wie die vielgenannten eßbaren Vogelnester. Es hat keine Schale, keine Beine, kein irgendwie vorstehendes Körperteil, nur Aufnahme- und Ausscheidungsorgan. Aber mittels seiner elastischen Ringe kann es wie die Raupen oder Würmer im seichten Wasser herumkriechen. Es erreicht eine Größe von acht bis fünfundfünfzig Zentimetern. Ich habe welche mit einer Länge von über sechzig Zentimetern gesehen. Sie sind rundlich, nur an einer Seite, die am Meeresgrund liegt, etwas abgeflacht, mit einer Dicke von zweieinhalb bis fünfundzwanzig Zentimetern. Zu bestimmten Jahreszeiten kriechen sie ins seichte Wasser, wahrscheinlich zur Fortpflanzung, denn man sieht sie dann in Paaren. Sie erreichen die Küste, wenn die Sonne die meiste Kraft hat und das Wasser lauwarm ist.

Man sammelt die Seegurken meist im etwa ein Meter tiefen Wasser. Danach bringt man sie an die Küste und schneidet sie mit einem Messer an einem Ende auf. Durch diese Öffnung werden die Eingeweide gepreßt, die sehr denen anderer Bewohner der Tiefe ähneln. Man wäscht sie dann und kocht sie bei mittlerer Hitze. Danach vergräbt man sie für vier Stunden im Boden, kocht sie wieder für kurze Zeit und läßt sie dann trocknen, entweder in der Sonne oder über dem Feuer. Von der Sonne getrocknet sind sie am meisten wert. Sind sie einmal sorgfältig geräuchert, kann man sie ohne jedes Risiko an einem trockenen Platz zwei oder drei Jahre lang aufbewahren. Wie schon erwähnt, betrachten die Chinesen die Seegurken als einen großen Leckerbissen. Die erste Qualität erreicht in Kanton einen hohen Preis.«

Nachdem diese Vereinbarung getroffen worden war, begannen wir sofort alles an Land zu bringen, was für den Bau der Häuser und das Roden des Geländes benötigt wurde. Wir wählten einen großen flachen Platz in der Nähe der Ostküste der Bucht, wo es sowohl viel Holz als auch viel Wasser gab, und der in geeigneter Entfernung von den Hauptriffen lag, auf denen die Seegurken vorkamen. Wir gingen nun mit großem Eifer an die Arbeit und fällten bald zur großen Verwunderung der Wilden eine ausreichende Anzahl von Bäumen. Wir hatten sie schnell für die Rahmen der Häuser zurechtgezimmert und waren in zwei oder drei Tagen so weit vorangekommen, daß wir die restliche Arbeit gut den drei Männern überlassen konnten, die zurückbleiben sollten. Es waren John Carson, Alfred Harris und Peterson, wie ich glaube, alle geborene Londoner – sie hatten freiwillig ihre Dienste angeboten.

Bis zum Ende des Monats hatten wir alles für die Abfahrt vorbereitet. Wir erwogen aber, dem Dorf noch einen offiziellen Abschiedsbesuch abzustatten, und Too-wit bestand so hartnäckig darauf, daß wir es nicht für ratsam hielten, ihn durch eine Weigerung zu beleidigen. Ich glaube, zu diesem Zeitpunkt hegte keiner von uns einen Verdacht gegen die Zuverlässigkeit der Wilden. Sie hatten sich alle immer höchst anständig verhalten, uns eifrigst bei der Arbeit unterstützt und ihre Waren häufig ohne Bezahlung angeboten. Keiner von ihnen hatte etwas gestohlen, obwohl sie unsere Waren sehr hoch schätzten. Wir erkannten das an ihren Begeisterungsausbrüchen, wenn wir ihnen ein Geschenk machten. Besonders die Frauen verpflichteten uns in jeder Hinsicht zu Dank. Wir hätten schon die argwöhnischsten aller Menschen sein müssen, wenn wir dieses Volk, das uns so gut behandelte, der Falschheit verdächtigt hätten. Eine kurze Zeit genügte, um zu beweisen, daß dieses höfliche Verhalten nur das Ergebnis eines listigen Planes zu unserer Vernichtung darstellte, und daß diese Inselbewohner, die wir so übertrieben schätzten, zu den barbarischsten, raffiniertesten und blutrünstigsten Schuften gehörten, die jemals die Erde befleckten.

Am 1. Februar gingen wir an Land, um dem Dorf unseren Besuch abzustatten. Obwohl wir, wie schon erwähnt, nicht mehr den leisesten Verdacht hegten, wurde keine Vorsichtsmaßnahme außer acht gelassen. Sechs Männer blieben auf dem Schoner zurück mit der Anweisung, keinen der Wilden während unserer Abwesenheit an Bord zu lassen, unter welchem Vorwand auch immer, und dauernd an Deck zu bleiben. Die Enternetze wurden hochgezogen, die Kanonen mit Kartätschen doppelt geladen und die Drehbassen mit Kartätschen und Musketenkugeln. Das Schiff lag mit senkrechtem Anker etwa eine Meile von der Küste, und kein Kanu konnte sich aus irgendeiner Richtung nähern, ohne gesichtet zu werden und sofort dem Feuer unserer Drehbassen ausgesetzt zu sein.

Da wir die sechs Mann an Bord zurückließen, bestand

unsere Gruppe aus ingesamt zweiunddreißig Personen. Bis an die Zähne bewaffnet, trugen wir Musketen, Pistolen und Entermesser bei uns, dazu noch jeder ein langes Seemannsmesser, das an das Bowiemesser erinnerte, wie es im Westen und Süden unseres Landes so oft verwendet wird. An der Landestelle warteten hundert der schwarzhäutigen Krieger, um uns auf unserem Weg zu begleiten. Zu unserer Überraschung merkten wir aber, daß sie nun keinerlei Waffen bei sich hatten. Wir fragten Too-wit danach, aber er antwortete bloß: »Mattee non we papa si« – was ungefähr bedeutet, daß man unter Brüdern keine Waffen benötigt. Wir freuten uns darüber und gingen weiter.

Wir hatten die Quelle und das Flüßchen hinter uns gelassen, von denen ich bereits sprach, und betraten nun eine schmale Schlucht, die durch die Hügelkette aus Seifenstein führte, zwischen der das Dorf lag. Bei unserem ersten Besuch in Klock-Klock kletterten wir ziemlich mühsam durch die felsige und unebene Schlucht. Ihre Gesamtlänge betrug vielleicht zweieinhalb Kilometer, hochstens dreieinhalb. Sie schlängelte sich in allen möglichen Richtungen durch die Hügel – offenbar hatte sie in früherer Zeit das Bett eines reißenden Flusses gebildet – und verlief keine zwanzig Meter ohne eine scharfe Kehre. Ich bin sicher, daß die Wände dieses kleinen Tales überall mindestens zwanzig bis fünfundzwanzig Meter senkrecht aufstiegen. An manchen Stellen ragten sie zu so erstaunlicher Höhe empor, daß sie den Pfad völig überschatteten und nur wenig Tageslicht durchdrang. Die Breite betrug meist über zwölf Meter, doch manchmal wurde der Pfad so schmal, daß nicht mehr als fünf oder sechs Personen nebeneinander gehen konnten. Kurz gesagt, es gab auf der ganzen Welt keinen besseren Platz für einen Hinterhalt, und es war nur natürlich, daß wir am Eingang der Schlucht nach unseren Waffen sahen. Wenn ich nun an diese ungeheuerliche Dummheit denke, so wundere ich mich hauptsächlich darüber, daß wir es überhaupt wagten, uns so völlig in die Gewalt von unbekannten Wilden zu begeben. Denn wir erlaubten ihnen, auf unserem Marsch vor und hinter uns in die Schlucht zu gehen. Aber diese Anordnung nahmen wir blindlings auf. Wir verließen uns törichterweise auf die Stärke unserer Gruppe, auf die Waffenlosigkeit von Too-wit und seinen Leuten, auf die sichere Wirkung unserer Feuerwaffen, die die Wilden ja noch nicht kannten, und vor allem auf die schon so lange von diesen gemeinen Schurken vorgetäuschte Freundschaft. Fünf oder sechs von ihnen gingen voran, als ob sie uns führen wollten, und beschäftigten sich auffällig damit, größere Steine und Schutt aus dem Weg zu räumen. Danach kamen wir. Wir marschierten dicht beieinander und achteten nur darauf, daß wir nicht getrennt wurden. Dahinter folgte die Masse der Wilden, und sie verhielt sich ungewöhnlich ordentlich und anständig.

Dirk Peters, ein Mann namens Wilson Allen und ich selbst befanden uns rechts von unseren Kameraden und betrachteten im Vorübergehen die seltsame Schichtung des über uns hängenden Steilhanges. Eine Spalte in dem weichen Stein erregte unsere Aufmerksamkeit. Sie war breit genug, daß eine Person leicht hineingelangen konnte, erstreckte sich etwa sechs Meter gerade in den Hügel hinein und fiel dann nach links hinab. Soweit wir es von der Hauptschlucht aus feststellen konnten, betrug die Höhe der Öffnung vielleicht achtzehn bis zwanzig Meter. In dem Riß wuchsen zwei verkümmerte Büsche, an Haselnußsträucher erinnernd. Ich wurde neugierig und drang flink dorthin vor. Mit einem Griff holte ich mir fünf oder sechs Nüsse und wollte schnell zurückkehren. Als ich mich umdrehte, merkte ich, daß Peters und Allen mir gefolgt waren. Ich bat sie, wieder zurückzugehen, da nicht genügend Platz für zwei Leute war, aneinander vorbeizugehen. Ich bot ihnen einige meiner Nüsse an. Also drehten sie sich um und kletterten zurück. Allen befand sich nahe am Ausgang der Spalte, als ich plötzlich eine Erschütterung verspürte, wie ich sie nie zuvor kennenlernte. Sie rief in mir den schwachen Eindurck hervor – wenn ich überhaupt an etwas dachte –, daß die Grundfesten der Erde in Stücke gerissen würden und der Weltuntergang gekommen sei.

Sechzehntes Kapitel

Als ich meine verwirrten Sinne wieder beisammen hatte, fand ich mich halb erstickt und in einer Menge lockerer Erde kriechend in völliger Dunkelheit wieder. Die Erde fiel auch von überall her auf mich herunter und drohte, mich ganz zu begraben. Dieser Gedanke war entsetzlich, und ich bemühte mich, wieder auf die Beine zu kommen. Schließlich gelang es mir. Dann blieb ich für einige Augenblicke regungslos stehen und überlegte, was vorgefallen war und wo ich mich befand. Plötzlich hörte ich dicht neben meinem Ohr tiefes Stöhnen und danach die erstickte Stimme von Peters, der mich um Hilfe anflehte. Ich kletterte einen oder zwei Schritte vorwärts und stolperte dann geradewegs über Kopf und Schultern meines Gefährten. Wie ich bald entdeckte, war er bis zur Körpermitte von Erdmassen begraben und kämpfte verzweifelt, um sich aus dieser Notlage zu befreien. Mit aller mir zur Verfügung stehenden Kraft riß ich die Erde von ihm weg, und schließlich gelang es mir, ihn zu befreien.

Sobald wir uns von unserem Schrecken und der Überraschung erholt hatten, daß wir wieder vernünftig denken konnten, kamen wir beide zu dem Schluß, daß die Wände der Spalte, in die wir uns heineingewagt hatten, durch ein Erdbeben oder wahrscheinlich durch ihr eigenes Gewicht über uns eingestürzt waren. Wir waren also für immer verloren und lebendig begraben. Lange gaben wir uns gleichgültig völliger Todesangst und Verzweiflung hin, die man sich nicht vorstellen kann, wenn man sich nicht einmal in einer ähnlichen Lage befand. Ich bin fest davon überzeugt, daß nichts, was einem Menschen zustoßen kann, solche geistigen und körperlichen Qualen hervorruft, wie der Zustand des Lebendbegrabenseins. Die schwarze Dunkelheit, die das Opfer umgibt, der schreckliche Druck auf die Lungen, die stickigen Ausdünstungen der Erde, zusammen mit den entsetzlichen Überlegungen, daß es keine Hoffnung mehr gibt, und daß man das Los der Toten teilt, all das erfüllt das menschliche Herz mit unerträglicher

Furcht und entsetzlichem Schrecken – man kann es sich nicht vorstellen.

Schließlich schlug Peters vor, wir sollten genau das Ausmaß unseres Unglücks feststellen und unser Gefängnis abtasten. Er hielt es für möglich, daß irgendwo eine Öffnung für unsere Flucht vorhanden war. Ich klammerte mich an diese Hoffnung, raffte mich auf und versuchte, mir einen Weg durch das lokkere Erdreich zu bahnen. Kaum war ich einen einzigen Schritt vorwärtsgekommen, als ein Lichtschimmer sichtbar wurde, genug, um mich zu überzeugen, daß wir nicht sofort an Luftmangel sterben würden. Wir faßten Mut und ermunterten uns gegenseitig nach besten Kräften. Wir kletterten über die Geröllbank, die unser weiteres Vordringen zum Licht behinderte, und bemerkten, daß es weniger schwierig wurde, voranzukommen. Auch der schreckliche Druck auf den Lungen ließ nach, der uns so gequält hatte. Dann konnten wir einen schwachen Eindruck von unserer Umgebung gewinnen und entdeckten, daß wir uns am Ende des geraden Teils der Spalte befanden, dort wo er nach links abbog. Noch ein kurzer Kampf, und wir befanden uns an der Biegung. Zu unserer unaussprechlichen Freude sahen wir einen langen Sprung oder Riß, der sich weit nach oben erstreckte, meist in einem Winkel von fünfundvierzig Grad, manchmal auch steiler. Wir konnten nicht die ganze Öffnung überblicken, aber da eine ganze Menge Licht herunterkam, hegten wir nur geringe Zweifel, daß wir an der Spitze des Risses einen Durchgang ins Freie finden würden, wenn wir die Spitze nur irgendwie erreichten.

Jetzt fiel mir plötzlich ein, daß wir diesen Spalt zu dritt von der Hauptschlucht aus betreten hatten und daß unser Kamerad Allen noch nicht wieder aufgetaucht war. Wir beschlossen, sofort zurückzugehen und nach ihm zu suchen. Nach langer Suche unter vielen Gefahren schrie mir Peters schließlich zu, er habe den Fuß unseres Gefährten in der Hand und sein Körper sei tief unter dem Schutt begraben, so daß wir ihn nicht befreien konnten. Ich stellte bald fest, daß er die Wahrheit sagte und daß Allen natürlich schon lange tot war. Traurig überließen wir den Leichnam seinem Schicksal und kämpften uns wieder bis zu der Biegung durch.

Die Breite des Risses reichte nicht aus, um uns durchzulassen. Nach ein oder zwei vergeblichen Versuchen hinaufzukommen, begannen wir wieder zu verzweifeln. Ich habe schon erwähnt, daß die Hügelkette, durch die die Schlucht verlief, aus weichem, an Seifenstein erinnerndem Fels bestand. Die Seiten des Risses, den wir zu ersteigen versuchten, waren aus demselben Material und so naß und glitschig, daß wir selbst in den weniger steilen Stellen kaum Fuß fassen konnten. Wenn die Steigung fast senkrecht war, vergrößerten sich die Schwierigkeiten natürlich noch, und tatsächlich hielten wir den Spalt eine Zeitlang für unüberwindlich. Wir nahmen jedoch unseren Mut zusammen, schnitten mit unseren Bowiemessern Stufen in den weichen Stein, schwangen uns unter Lebensgefahr zu kleinen vorspringenden Stellen aus härterem, schiefrigem Gestein, das ab und zu aus dem weichen Stein hervorragte, und erreichten so schließlich eine natürliche Plattform. Von hier aus sahen wir ein Stückchen blauen Himmels am Ende einer dichtbewaldeten Schlucht. Als wir nun mit etwas mehr Gelassenheit den Durchgang überblickten, durch den wir so weit vorangekommen waren, erkannten wir deutlich am Aussehen der Wände, daß er sich erst kurz zuvor gebildet haben mußte. Wir nahmen daher an, daß das Erdbeben – oder was immer die Ursache der Katastrophe gewesen war – uns zwar überraschend verschüttet, zugleich aber auch den Weg für die Rettung geöffnet hatte. Wir waren vor Anstrengung sehr erschöpft und so schwach, daß wir kaum stehen oder sprechen konnten. Peters schlug nun vor, wir sollten versuchen, unsere Gefährten durch das Abfeuern der Pistolen zu unserer Rettung herbeizurufen. Sie steckten immer noch in unseren Gürteln, während wir die Musketen und die Entermesser in der lockeren Erde am Fuße der Schlucht verloren hatten.

Die folgenden Ereignisse bewiesen, daß wir das Feuern bitter bereut hätten. Aber glücklicherweise stieg zu diesem Zeitpunkt ein leiser Verdacht in mir auf, daß etwas faul war, und wir teilten daher den Wilden unseren Aufenthaltsort nicht mit.

Nach einer Ruhepause von einer Stunde kletterten wir langsam die Schlucht hinauf. Wir waren noch nicht weit gekommen, als wir eine Folge gellender Schreie hörten. Schließlich erreichten wir eine Stelle, die man als Erdoberfläche bezeichnen könnte. Denn seit wir die Plattform verlassen hatten, verlief unser Weg unter einem sehr hohen Gewölbe aus hohen Felsen und Blätterwerk. Vorsichtig krochen wir zu einer schmalen Öffnung, von der aus wir gut das umliegende Land überblicken konnten. Da brach plötzlich das ganze schreckliche Geheimnis des Erdbebens mit einem Blick über uns herein.

Unser Beobachtungsposten lag nicht weit vom höchsten Gipfel in der Hügelkette aus Seifenstein. Die Schlucht, die unsere Gruppe von zweiunddreißig Mann betreten hatte, verlief etwa fünfzehn Meter weiter links. Aber auf einer Länge von mindestens hundert Metern füllten die chaotischen Trümmer von Erde und Steinen den Kanal oder Grund dieser Schlucht völlig aus. Die Mittel, mit denen diese ungeheure Menge künstlich hineingestürzt worden war, schienen uns ebenso einfach wie offensichtlich zu sein, denn wir erkannten noch deutlich Spuren dieses mörderischen Werks. An mehrerer Stellen an der Spitze der Ostseite der Schlucht – wir befanden uns auf der Westseite – schauten Holzpfähle aus der Erde heraus. An diesen Stellen hatte der Boden nicht nachgegeben. Aber entlang der ganzen Strecke des Abhanges, der abgestürzt war, konnte man im Boden Vertiefungen erkennen, die an die Bohrlöcher bei Felssprengungen erinnerten. Dort hatte man ähnliche Pfähle, wie wir sie sahen, im Abstand von höchstens einem Meter auf einer Länge von vielleicht hundert Metern in die Erde getrieben, in einer Entfernung von etwa drei Metern vom Rand der Schlucht. Starke Seile aus Weinranken hingen noch an den restlichen Pfählen, und ganz offensichtlich befanden sich solche auch an den anderen Pfählen. Ich habe schon von der seltsamen Schichtung dieser Hügel gesprochen. Und die Beschreibung des schmalen und tiefen Spalts, durch den wir unserem Grab entkamen, mag einen weiteren Eindruck vermitteln. Beinahe jede natürliche Erschütterung mußte den Boden in senkrechte Schichten oder Rinnen aufspalten, die parallel zueinander verliefen. Und geringe Anstrengungen erreichten dasselbe auf künstliche Weise. Die Wilden hatten diese Tatsache benutzt, um ihre verräterischen Pläne in die Tat umzusetzen. Es steht außer Zweifel, daß durch die Pfahlreihe wenigstens eine teilweise Spaltung des Bodens, wahrscheinlich bis in eine Tiefe von dreißig bis sechzig Zentimetern, erreicht wurde. Die Wilden erzielten dann durch Ziehen an den Enden der Seile – sie waren an den Pfahlspitzen befestigt und verliefen vom Rand der Schlucht nach hinten eine solch große Hebelkraft, daß die ganze Vorderseite des Hügels auf ein Signal hin in die Schlucht hinabstürzte. Über das Schicksal unserer armen Gefährten bestand keine Unklarheit mehr. Wir allein waren dem Sturm der Vernichtung entgangen und waren nun die einzigen lebenden Weißen auf der Insel.

Siebzehntes Kapitel

Unsere augenblickliche Lage war kaum weniger schrecklich als zu der Zeit, als wir uns für lebendig begraben hielten. Wir hatten keine andere Aussicht, als von den Wilden getötet zu werden oder jämmerlich in Gefangenschaft bei ihnen zu leben. Sicher konnten wir uns einige Zeit in den Schlupfwinkeln der Hügel vor ihnen verstecken, aber dann mußten wir entweder im langen Polarwinter an Kälte und Hunger zugrunde gehen oder bei den Bemühungen, uns Nahrung zu verschaffen, schließlich doch entdeckt werden.

Im ganzen Land schien es von Wilden zu wimmeln. Wie wir nun bemerkten, waren Mengen von ihnen von den Inseln im Süden auf flachen Flößen herübergekommen, zweifellos in der Absicht, an der Eroberung und Plünderung der »Jane« teilzunehmen. Das Schiff lag immer noch ruhig in der Bucht vor

Anker, und die an Bord wußten offensichtlich nichts von der Gefahr, die ihnen drohte. Wie sehr wünschten wir uns in diesem Augenblick, bei ihnen zu sein! Wir wollten ihnen entweder bei der Flucht helfen oder mit ihnen beim Versuch einer Verteidigung sterben, aber wir sahen keine Möglichkeit, sie wenigstens vor der Gefahr zu warnen, ohne damit unsere eigene Vernichtung herbeizubeschwören. Wir hegten nur eine schwache Hoffnung, ihnen damit überhaupt helfen zu können. Ein Pistolenschuß genügte vielleicht, um ihnen zu sagen, daß etwas Schlimmes geschehen war. Aber aus diesem Schuß konnten sie nicht erfahren, daß ihre eigene Rettung im sofortigen Verlassen des Hafens lag – er konnte ihnen nicht sagen, daß kein Gesetz der Ehre mehr ihre Anwesenheit erforderte und daß ihre Gefährten nicht mehr lebten. Die Warnung bereitete sie auch nicht besser auf den Angriff des Feindes vor, als sie es bereits waren. Ein Schuß bedeutete keinerlei Nutzen, aber unendliches Leid für uns, und so verzichteten wir nach reiflicher Überlegung darauf.

Unser nächster Gedanke galt nun dem Versuch, zum Schiff hinzueilen, eines der vier Kanus, die an der Spitze der Bucht lagen, zu packen und zu versuchen, uns bis zum Schiff hin durchzukämpfen. Aber uns wurde bald die völlige Unmöglichkeit einer solchen Verzweiflungstat klar. Das Land wimmelte wie ich schon sagte, von Eingeborenen, die hinter Büschen und in Einschnitten der Hügel lauerten, um nicht vom Schoner aus beobachtet zu werden. Besonders in unserer unmittelbaren Nachbarschaft hielt sich die ganze Gruppe der schwarzhäutigen Krieger auf, an ihrer Spitze Too-wit. Sie warteten offenbar nur noch auf Verstärkung, um dann über die »Jane!« herzufallen. Sie versperrten uns den einzigen Pfad, auf dem wir vielleicht die Küste an der richtigen Stelle erreicht hätten. Auch die Kanus, die an der Spitze der Bucht lagen, waren mit Wilden besetzt, die zwar unbewaffnet waren, aber sicher Waffen in Reichweite hatten. Wir wurden also, wenn auch gegen unseren Willen, gezwungen, in unserem Versteck zu bleiben und von dort aus den Kampf zu beobachten, der bald folgte.

In der nächsten halben Stunde sahen wir sechzig bis siebzig Flöße mit Auslegern, gefüllt mit Wilden, die um das südliche Ende der Bucht herumfuhren. Sie schienen über keine anderen Waffen zu verfügen als über kurze Knüppel und Steine, die auf dem Boden der Flöße lagen. Kurz darauf kam eine andere, noch größere Abordnung von der anderen Richtung her, mit ähnlichen Waffen. Auch die vier Kanus füllten sich nun rasch mit Eingeborenen, legten von den Büschen an der Spitze der Bucht ab und schlossen sich den übrigen Gruppen an. So fand sich die »Jane« in kürzerer Zeit, als ich sie hier zum Erzählen benötige, von einer ungeheuren Menge von Banditen umgeben, die sie unter allen Umständen erobern wollten.

Daß sie damit Erfolg haben würden, konnte nicht einen Moment lang bezweifelt werden. Die sechs Männer, die in dem Fahrzeug zurückgelassen wurden, waren ja nicht einmal in der Lage, die Kanonen richtig zu bedienen oder auf andere Weise den so ungleichen Kampf zu bestehen – so tapfer sie sich auch verteidigen mochten. Ich konnte mir nicht vorstellen, daß sie überhaupt Widerstand leisten würden, aber darin täuschte ich mich. Plötzlich sah ich sie auf die Ankertaue zuspringen und das Schiff mit der Steuerbordseite voll gegen die Kanus drehen, die sich nun in Schußweite befanden, während die Flöße etwa einen halben Kilometer weit weg auf der Windseite lagen. Aus irgendeinem unbekannten Grund – wahrscheinlich aber wegen der Erregung unserer armen Freunde, die sich in einer solch hoffnungslosen Lage sahen – war das Manöver ein völliger Fehlschlag. Kein einziges Kanu trafen sie, sie verletzten keinen der Wilden, die Kugeln pfiffen knapp über den Köpfen der Wilden hinweg und fielen ins Wasser. Die einzige Wirkung, die erzielt wurde, war die Verwunderung der Angreifer über den unerwarteten Krach und Rauch; für einige Augenblicke glaubte ich beinahe, die Heftigkeit dieses Ausbruchs würde sie dazu bringen, ihren Plan aufzugeben und zur Küste zurückzukehren. Und das wäre höchstwahrscheinlich auch der Fall gewesen, hätten unsere Leute nach der Breitseite ihre kleinen Waffen abgefeuert. Da die Kanus nahe genug herangekommen waren, hätte das einige Wirkung zeigen und diese Gruppe zumindest so lange von weiterem Vorrücken abhalten müssen, bis auch die Flöße eine Breitseite abbekommen hätten. Aber statt dessen ließen sie zu, daß die Gruppe in den Kanus sich von ihrem Entsetzen erholte, sich umsah und dabei feststellte, daß ihnen gar nichts geschehen war. Währenddessen eilten die Männer an Bord zur anderen Seite, um sich auf die Flöße vorzubereiten.

Die Ladung von Backbord aus rief eine schreckliche Wirkung hervor. Der Schuß der großen Kanonen riß sieben oder acht Flöße völlig auseinander und tötete vielleicht dreißig oder vierzig Wilde auf der Stelle. Mindestens hundert von ihnen wurden ins Wasser geworfen, die meisten fürchterlich verwundet. Der Rest, vor Schreck völlig den Verstand verlierend, begann sofort einen überstürzten Rückzug und nahm sich nicht einmal mehr Zeit, seine verstümmelten Kameraden aufzunehmen, die überall herumschwammen und nach Hilfe schrien. Dieser große Erfolg aber kam für die Rettung unserer todgeweihten Kameraden zu spät. Denn die Gruppe aus den Kanus befand sich bereits an Bord des Schoners, insgesamt mehr als hundertfünfzig Mann. Die meisten von ihnen hatten es geschafft, die Ankertaue hinaufzuklettern und dann über die Enternetze hinüber, ehe noch die Lunten an die Backbordkanonen gelegt worden waren. Nichts widerstand ihrer viehischen Wut. Unsere Männer wurden überwältigt, mit Füßen getreten und in einem einzigen Augenblick in Stücke gerissen.

Als die Wilden auf den Flößen das sahen, überwanden sie ihre Angst und kamen in Schwärmen an Bord, um zu plündern. Innerhalb von fünf Minuten wurde die »Jane« zum bejammernswerten Schauplatz von Verwüstung und heftigen Ausschreitungen. Die Wilden spalteten und rissen das Deck auf. Wie mit Zauberkraft zerstörten sie das Tauwerk, die Segel und alles Bewegliche an Bord. Hunderte schwammen um das Schiff herum, drückten, zogen und schleppten es mit Kanus. Schließlich gelang es den Schurken, das Schiff auf den Strand zu schaffen. Dort übergaben sie das Schiff Too-wit. Er hatte wie ein kluger General während des ganzen Kampfes seinen sicheren Beobachtungsplatz in den Bergen nicht verlassen, geruhte nun aber, mit seinen schwarzhäutigen Kriegern herabzukommen und seinen Teil der Beute zu holen, nachdem zu seiner Zufriedenheit der Sieg errungen war.

Too-wits Abstieg gab uns die Möglichkeit, unser Versteck zu verlassen und den Hügel in der Nachbarschaft der Schlucht genauer zu betrachten. Etwa fünfzig Meter vom Eingang entfernt sahen wir eine kleine Wasserquelle, wo wir den Durst löschten, der uns plagte. Nicht weit entfernt entdeckten wir einige der Haselnußsträucher, die ich schon erwähnte. Wir versuchten die Nüsse und fanden sie eßbar, sehr an den Geschmack der gewöhnlichen englischen Haselnuß erinnernd. Sofort füllten wir damit unsere Hüte, verwahrten sie in der Spalte und kehrten zurück, um noch mehr zu holen. Wir waren eifrig mit dem Einsammeln beschäftigt, als uns ein Geraschel in den Büschen aufschreckte. Schon wollten wir uns zu unserem Versteck zurückschleichen, als ein großer schwarzer Vogel aus der Familie der Rohrdommeln mühsam und langsam über den Sträuchern auftauchte. Ich war so erschrokken, daß ich nichts tun konnte, aber Peters besaß genügend Geistesgegenwart, stürzte auf ihn zu, ehe er entfliehen konnte, und packte ihn am Hals. Der Vogel wehrte sich und schrie so fürchterlich, daß wir ihn schon wieder loslassen wollten, damit der Lärm nicht ein paar Wilde aufmerksam machte, die immer noch in der Nachbarschaft herumlungerten. Aber ein Stoß mit dem Bowiemesser brachte ihn schließlich zum Schweigen. Wir schleppten ihn in den Riß und beglückwünschten uns, daß wir auf diese Weise einen Nahrungsmittelvorrat für mindestens eine Woche bekommen hatten.

Wir zogen nun wieder los, um uns umzusehen, und wagten uns ein beträchtliches Stück den südlichen Abhang des Hügels hinunter, trafen aber auf nichts Eßbares mehr. Deshalb sammelten wir eine Menge trockenes Holz und kehrten zurück. Wir sahen eine oder zwei große Eingeborenengruppen, die mit Beute vom Schiff beladen auf dem Weg ins Dorf waren, und fürchteten, sie könnten uns entdecken, wenn sie unten am Hügel vorbeigingen.

Unsere nächste Sorge bestand darin, unser Versteck so sicher wie möglich zu machen. Zu diesem Zweck legten wir einiges Strauchwerk über die Öffnung, durch die wir das Stückchen blauen Himmel gesehen hatten, als wir aus dem Inneren des Risses bis zur Plattform gelangt waren. Wir ließen nur eine kleine schmale Öffnung, gerade groß genug, daß wir die Bucht überblicken konnten, ohne von unten entdeckt zu werden. Als wir das geschafft hatten, gratulierten wir uns selbst zu der Sicherheit unseres Verstecks. Wir konnten überhaupt nicht beobachtet werden, solange wir nur in dem Spalt selbst blieben und uns nicht auf den Hügel wagten. Es schien, als seien niemals Wilde in der Höhle gewesen, da wir keine Spuren entdecken konnten, doch dann fiel uns ein, daß der Spalt, duch den wir sie erreicht hatten, wahrscheinlich erst kürzlich durch den Zusammensturz der gegenüberliegenden Felswand entstanden war. Nun quälte uns der Gedanke, daß es überhaupt keine andere Abstiegsmöglichkeit gebe. Wir beschlossen daher, bei der ersten guten Gelegenheit den Gipfel des Hügels genau zu untersuchen. In der Zwischenzeit beobachteten wir durch unser Guckloch die Bewegungen der Wilden. Sie hatten das Schiff bereits zu einem völligen Wrack gemacht und bereiteten sich nun vor, es in Brand zu stecken. Nach kurzer Zeit sahen wir dicke Rauchschwaden aus der Hauptluke aufsteigen, und kurz darauf brach im Vorderdeck ein Flammenmeer aus. Takelwerk, Masten und die Überreste der Segel fingen sofort Feuer, und es verbreitete sich rasch über die Decks. Doch immer noch blieb eine große Menge der Wilden an Bord und hämmerte mit großen Steinen, Äxten und Kanonenkugeln auf die Bolzen und andere Kupfer- und Eisenteile ein. Am Strand, in den Kanus und Flößen befanden sich Tausende Eingeborene in der Nähe des Schoners, dazu kamen noch die Scharen, die sich mit Beute beladen ins Landesinnere oder auf die benachbarten Inseln begaben. Wir sahen die Katastrophe kommen und wurden nicht enttäuscht. Zuerst gab es einen heftigen Stoß – selbst an unserem Platz fühlten wir einen leichten elektrischen Schlag –, aber keinerlei sichtbaren Anzeichen einer Explosion begleiteten ihn. Die Wilden erschraken offenbar und hörten einen Augenblick mit ihren Arbeiten und ihrem Geschrei auf. Sie wollten gerade wieder beginnen, als sich plötzlich von den Decks Rauchmassen aufblähten, einer schwarzen und schweren Gewitterwolke ähnelnd, aus dem Innern stieg ein Strom glühenden Feuers mindestens vierhundert Meter empor, dann breitete sich die Flamme plötzlich kreisförmig aus, und in einem Augenblick füllte sich wie durch Zauberei die ganze Luft mit einem wilden Durcheinander aus Holz, Metall und menschlichen Gliedern. Dann folgte schließlich die Erschütterung in ihrer vollsten Gewalt. Sie wirbelte uns auf den Boden, die Hügel warfen den Lärm wieder und wieder als Echo zurück, und ein dichter Schauer aus kleinsten Trümmerteilen stürzte von allen Seiten auf uns ein.

Die Verwüstung unter den Wilden übertraf unsere kühnsten Erwartungen. Sie ernteten nun in der Tat die vollen, reifen Früchte für ihren Verrat. Vielleicht tausend gingen in der Explosion zugrunde, und mindestens dieselbe Anzahl wurde schrecklich zerfetzt. Die ganze Oberfläche der Bucht war mit zappelnden und ertrinkenden Schurken übersät. Die Lage am Strand schien noch schlimmer zu sein. Offensichtlich völlig entsetzt über die Plötzlichkeit und Vollständigkeit ihrer Niederlage, machten sie keinerlei Anstrengungen, sich gegenseitig zu helfen. Schließlich beobachteten wir eine völlige Wandlung in ihrem Verhalten. Aus gänzlicher Betäubung schienen sie plötzlich alle auf einmal in höchste Erregung versetzt zu sein, rannten wild umher, immer um einen bestimmten Punkt am Strand herum. In ihren Gesichtern stand ein seltsamer Ausdruck, eine Mischung aus Angst, Wut und großer Neugier. So laut sie konnten schrien sie »Tekeli-li! Tekeli-li!«.

Schließlich sahen wir, wie eine große Menge in den Hügeln verschwand, nach kurzer Zeit zurückkehrte und Holzpfähle mitbrachte. Die trugen sie dahin, wo die Ansammlung am dichtesten war. Sie teilten sich nun und erlaubten uns so einen Blick auf den Gegenstand all dieser Erregung. Irgend etwas Weißes lag am Boden, aber wir konnten nicht sofort erkennen, was es war. Schließlich sahen wir, daß es der Kadaver des seltsamen Tieres mit den purpurroten Zähnen und Klauen war, das der Schoner am 18. Januar aus dem Meer gefischt hatte. Kapitän Guy hatte den Körper aufbewahren lassen, um die Haut auszustopfen und nach England zu bringen. Ich erinnere mich, daß er dafür gerade einige Anweisungen gab, als wir die Insel anliefen, und daß das Tier in die Kajüte gebracht und in einem der Schränke verstaut worden war. Durch die Explosion war es an Land geschleudert worden, aber warum das Tier unter den Eingeborenen eine solche Aufregung hervorrief, konnten wir nicht begreifen. Obwohl sie sich in geringem Abstand um den Kadaver drängten, schien doch keiner von ihnen bereit zu sein, ihn anzurühren. Nach und nach trieben die Männer die Pfähle in einem Kreis um das Tier in die Erde. Kaum war das geschafft, eilte die ganze riesige Ansammlung ins Innere der Insel, laut »Tekeli-li! Tekeli-li!« schreiend.

Achtzehntes Kapitel

Während der nächsten sechs oder sieben Tage blieben wir in unserem Versteck auf dem Hügel. Wir verließen es nur gelegentlich, und dann nur mit größter Vorsicht, um Wasser und Haselnüsse zu holen. Auf der Plattform hatten wir eine Art Schutzdach errichtet, darunter befand sich ein Bett aus trockenen Blättern und außerdem drei große flache Steine, die als Herd und Tisch dienten. Feuer zu entzünden bedeutete keine Schwierigkeit für uns, wir rieben dazu zwei trockene Holzstücke aneinander, das eine weich, das andere hart. Der Vogel, den wir zu so passender Zeit gefangen hatten, erwies sich als ausgezeichnetes Essen, wenn auch etwas zäh. Kein Seevogel, sondern eine Art Rohrdommel, hatte er pechschwarzes, etwas angegrautes Gefieder und winzige Flügel. Später entdeckten wir in der Nähe der Schlucht drei weitere, die offensichtlich den von uns gefangenen suchten. Da sie sich jedoch nie niederließen, konnten wir sie nicht einfangen.

Solange wir das Fleisch des Vogels hatten, litten wir nicht unter unserer Lage. Als er aber verzehrt war, mußten wir uns nach neuen Nahrungsmitteln umsehen. Die Haselnüsse allein konnten unseren Hunger nicht stillen und verursachten außerdem ziemlich Leibschmerzen und, wenn man zuviel aß, auch heftiges Kopfweh. In der Nähe der Küste im Osten des Hügels hatten wir mehrere große Schildkröten gesehen, und wir glaubten, sie leicht fangen zu können, wenn wir nur an sie herankamen, ohne von den Eingeborenen gesehen zu werden. Wir beschlossen daher, einen Versuch zu wagen.

Wir begannen damit, den südlichen Abhang hinunterzusteigen, weil er die geringsten Schwierigkeiten zu bieten schien. Aber schon nach etwa hundert Metern wurde unser Vormarsch von einer Abzweigung der Schlucht, in der unsere Kameraden umgekommen waren, völlig unmöglich gemacht. Wir hatten so etwas schon wegen einiger Anzeichen am Gipfel befürchtet. Am Rande dieser Schlucht entlang gingen wir etwa fünfhundert Meter weiter, dann versperrte uns wieder ein Abgrund von ungeheurer Tiefe den Weg. Da wir hier aber ebenfalls nicht vorankamen, mußten wir wieder zur Hauptschlucht zurückkehren.

Nun drangen wir nach Osten vor, aber mit genau dem gleichen Ergebnis. Wir kletterten eine Stunde lang, riskierten dabei Kopf und Kragen, entdeckten aber, daß wir in einem riesigen Kessel aus schwarzem Granit hinabgestiegen waren, dessen Boden feiner Staub bedeckte. Den einzigen Ausgang bildete der holprige Weg, auf dem wir heruntergekommen waren.

Wir kletterten also mühsam wieder hinauf und versuchten es dann am nördlichen Rand des Hügels. Hier mußten wir bei unseren Bewegungen sehr vorsichtig sein, denn die kleinste Unachtsamkeit konnte uns dem vollen Blick der Wilden im Dorf aussetzen. Deshalb krochen wir auf Händen und Füßen vorwärts und mußten uns gelegentlich sogar der Länge nach hinwerfen und uns dann an den Büschen weiterziehen. Auf so vorsichtige Weise kamen wir gerade ein kleines Stück vorwärts, dann erreichten wir eine Schlucht, weit tiefer als alle, die wir bisher gesehen hatten, und direkt in die Hauptschlucht führend. So bestätigten sich unsere Befürchtungen: Wir waren völlig vom Zugang zur Außenwelt abgeschnitten. Von den Anstrengungen ganz erschöpft, kehrten wir, so gut wir eben konnten, zur Plattform zurück, warfen uns auf das Blätterbett und schliefen einige Stunden lang.

Mehrere Tage nach dieser ergebnislosen Suche beschäftigten wir uns damit, jeden Teil der Hügelspitze zu untersuchen, um vorhandene Hilfsquellen auszukundschaften. Wir stellten fest, daß sie uns keine Nahrung bieten konnte, mit Ausnahme der unbekömmlichen Haselnüsse und einer Art üppig wachsenden Löffelkrauts. Dies wuchs jedoch auf einem kleinen Fleck von nicht mehr als vier Ruten Länge im Quadrat und würde bald aufgegessen sein. Wenn ich mich recht erinnere, war am 15. Februar kein Halm davon mehr übrig, und auch die Nüsse wurden immer weniger. Unsere Lage konnte also kaum beklagenswerter sein. Am 16. gingen wir in der Hoffnung, einen Fluchtweg zu finden, wieder die Wände unseres Gefängnisses ab, aber ohne Ergebnis. Wir stiegen auch den Spalt hinunter, in dem wir verschüttet worden waren, mit der leisen Hoffnung, in diesem Tunnel eine Öffnung zur Hauptschlucht zu entdecken. Aber auch hier wurden wir enttäuscht, wir fanden jedoch eine Muskete und brachten sie mit nach oben.

Am 17. brachen wir mit dem Entschluß auf, den Kessel aus schwarzem Granit genauer zu untersuchen, in den wir bei unserer ersten Suche geklettert waren. Wir erinnerten uns daran, daß wir einen der Risse in den Kesselwänden nur teilweise untersucht hatten, wollten das nun nachholen, auch wenn wir nicht hofften, dort eine Öffnung zu finden.

Ohne größere Schwierigkeiten erreichten wir wieder den Boden des Kessels und konnten ihn nun in Ruhe genauer betrachten. Es war in der Tat einer der seltsamsten Plätze, die man sich vorstellen kann, und wir vermochten kaum zu glauben, daß es sich um ein Werk der Natur handelte. Wenn man alle Windungen mitrechnet, betrug die Länge des Kessels von Osten nach Westen etwa fünfhundert, in gerader Linie aber nicht mehr als vierzig bis fünfzig Meter. So nehme ich jedenfalls an, denn ich verfügte über keine genauen Meßgeräte. Im ersten Abschnitt, das heißt, etwa dreißig Meter unterhalb des Gipfels, ähnelten sich die Seiten des Abgrundes überhaupt nicht. Offensichtlich waren sie nie miteinander verbunden gewesen, die eine Oberfläche bestand aus Seifenstein, die andere aus Mergel, durchsetzt mit Metallkörnern. Die Durchschnittsbreite hier betrug etwa achtzehn Meter, aber an den Wänden schien eine regelmäßige Gestaltung zu fehlen. Stieg man weiter hinunter, so verringerte sich der Abstand sehr rasch, und die Wände verliefen parallel zueinander, auch wenn sie sich immer noch in Material und Oberflächenform unterschieden. Erreichte man jedoch eine Höhe von fünfzehn Metern über dem Boden, so begann völlige Gleichförmigkeit. Die Wände waren nun ganz einheitlich in Material, Farbe und Richtung. Sie bestanden aus pechschwarzem, glänzendem Granit, und die Entfernung zwischen den Seiten betrug überall genau zwanzig Meter.

Den Boden bedeckte bis zu einer Höhe von acht bis zehn Zentimeter äußerst feines Pulver, darunter setzte sich der schwarze Granit fort. Rechts hinten bemerkte man eine kleine Öffnung – das war die erwähnte Spalte. Um sie zu untersuchen, kletterten wir ja das zweite Mal hier herunter. Wir drangen nun mit einiger Kraft dorthin vor, schnitten eine Menge Brombeergestrüpp weg, das uns behinderte, und entfernten einen riesigen Haufen scharfer Feuersteine, die in der Form irgendwie an Pfeilspitzen erinnerten. Wir wurden aber in unserer Arbeit durch einen kleinen Lichtschimmer ermutigt, der vom gegenüberliegenden Ende kam. Schließlich zwängten wir uns durch einen etwa zehn Meter langen Durchgang und stellten fest, daß es sich bei der Öffnung um einen niedrigen, gleichmäßig geformten Bogen handelte, der Boden mit demselben feinen Pulver bedeckt wie der Kessel. Nun wurde es sehr hell. Nach einer kurzen Biegung fanden wir uns in einer weiteren hochragenden Kammer wieder, in jeder Beziehung der vorigen ähnlich, nur von länglicher Form. Nachdem wir uns überzeugt hatten, daß es auch hier keinen Ausweg aus unserem Gefängnis gab, machten wir uns niedergeschlagen und mutlos auf den Rückweg zum Gipfel des Hügels.

Neunzehntes Kapitel

Am 20. Februar entschlossen wir uns, einen verzweifelten Versuch zu unternehmen, den südlichen Abhang des Hügels hinabzusteigen – wir konnten uns einfach nicht mehr länger von den Haselnüssen ernähren, die uns quälende Schmerzen verursachten. Die Wand des Abgrunds bestand hier aus der weichsten Sorte Seifenstein, doch sie fiel in eine Tiefe von mindestens fünfzig Metern senkrecht ab, an manchen Stellen hing sie sogar über. Nach langer Suche entdeckten wir einen schmalen Sims, etwa sechs Meter unterhalb des Randes. Peters versuchte mit Erfolg, sich dorthin hinunterzulassen. Ich half ihm dabei, so gut ich konnte, mit unseren zusammengeknoteten Taschentüchern. Mit größeren Schwierigkeiten gelangte auch ich hinunter. Jetzt entdeckten wir die Möglichkeit, weiterzusteigen, wie wir den Spalt hinaufgeklettert waren, indem wir in die Wand aus Seifenstein mit unseren Messern Stufen einkerbten. Die ungeheure Gefährlichkeit dieses Versuchs kann man sich kaum vorstellen, aber da es kein anderes Mittel gab, beschlossen wir doch, es zu wagen.

Auf dem Sims, auf dem wir standen, wuchsen einige Haselnußsträucher. An einem befestigten wir das Ende unseres Seils aus Taschentüchern. Das andere Ende knoteten wir um den Bauch von Peters, dann ließ ich ihn hinunter, bis die Taschentücher straff gespannt waren. Nun begann er ein tiefes Loch in den Seifenstein zu graben, schrägte es nach oben hin bis ungefähr dreißig Zentimeter Höhe ab und trieb dann mit dem Kolben der Pistole einen ziemlich starken Pflock hinein. Danach zog ich ihn etwa einen Meter zwanzig hoch, wo er ein ähnliches Loch wie darunter einschnitt, wie zuvor einen Pflock befestigte und so einen Halt für Hände und Füße hatte. Ich band die Taschentücher vom Strauch los und warf ihm das Ende zu, das er am oberen Pflock befestigte. Dann ließ er sich vorsichtig etwa einen Meter hinunter – so weit reichten gerade die Taschentücher. Er grub ein weiteres Loch und befestigte wieder einen Pflock. Dann zog er sich selbst hoch, bis seine Füße in dem gerade geschnittenen Loch Halt fanden, seine Hände an dem Pflock darüber. Nun mußten die Taschentücher vom obersten Pflock losgebunden werden, damit man sie am zweiten Pflock befestigen konnte. Dabei stellte sich aber heraus, daß er die Löcher irrtümlicherweise in viel zu großem Abstand eingegraben hatte. Nach ein oder zwei ergebnislosen und gefährlichen Versuchen, den Knoten zu erreichen – er mußte sich dabei mit der linken Hand festhalten, während er sich mit der rechten abmühte, den Knoten zu lösen – schnitt er schließlich das Seil etwa fünfzehn Zentimeter unterhalb des Knotens ab und band dann die Taschentücher am zweiten Pflock an, um unter den dritten herunterzusteigen, paßte dabei aber auf, daß er nicht wieder zu weit weg war. Auf diese Weise schaffte er es schließlich, mit gelegentlicher Ausnützung von Felsvorsprüngen, den Boden ohne Unfall zu erreichen. Ich wäre niemals auf dieses Mittel verfallen, und so verdankten wir es ausschließlich seiner Geschicklichkeit und Energie.

Es dauerte eine Weile, bevor ich mich entschließen konnte, ihm zu folgen. Aber schließlich versuchte ich es. Vor seinem Abstieg hatte Peters sein Hemd ausgezogen, das nun, zusammen mit meinem eigenen, das für das Abenteuer nötige Seil bildete. Zuerst warf ich die in der Schlucht gefundene Muskete hinunter, dann band ich dieses Seil an einem Strauch fest und ließ mich sehr rasch hinunter, bemüht, durch die Energie meiner Bewegungen das Zittern zu vertreiben, das ich auf keine andere Weise überwinden konnte. Das ging auch bei den ersten vier oder fünf Stufen gut. Aber dann regten mich die Gedanken immer mehr auf, welche weite Strecke ich noch hinabsteigen mußte und in welch bedenklichem Zustand sich die Pflöcke und Löcher befanden, die meine einzige Hilfe bildeten. Vergeblich versuchte ich diese Überlegungen zu verdrängen und meine Augen stets auf die Felswand vor mir zu richten. Je mehr ich mich anstrengte, nicht daran zu denken, desto lebhafter wurden meine Gedanken, erschreckend und deutlich. Schließlich trat die in allen ähnlichen Fällen so gefährliche Krise der Phantasie ein, die Krise, in der man die Gefühle beim Fallen vorwegnimmt – man malt sich selbst die Übelkeit aus und den Schwindel, den letzten Kampf, die halbe Ohnmacht und die Bitterkeit des rasenden Absturzes. Nun fühlte ich, wie diese Einbildungen ihre eigene Wirklichkeit bildeten und wie die erdachten Schrecken tatsächlich auf mich eindrangen. Ich merkte, wie meine Knie heftig aneinanderschlugen, während meine Finger langsam aber sicher ihren Griff lockerten. In meinen Ohren hörte ich Läuten, und ich sagte: »Das ist meine Todesglocke!« Ich wurde von dem unüberwindlichen Wunsch überwältigt, nach unten zu schauen. Ich konnte und wollte meine Blicke nicht mehr auf den Felsen bannen. Mit einem wilden, unerklärlichen Gefühl, halb Schrecken, halb Erleichterung, schaute ich tief in die Schlucht hinunter. Einen Augenblick lang klammerten sich meine Finger krampfartig an ihren Halt, und mit der Bewegung wanderte wie ein Schatten die blasse Möglichkeit einer Rettung durch meinen Kopf – im nächsten Moment durchdrang die Begierde zu fallen meine ganze Seele, ein Wunsch, ein Verlangen, eine ganz unkontrollierbare Leidenschaft. Sofort ließ ich den Pflock los, drehte mich halb von der Wand weg und blieb einen Moment lang schwankend vor dem nackten Felsen stehen. Dann wirbelte es in meinem Kopf herum, in meinen Ohren tönte eine schrille und geisterhafte Stimme, eine düstere, unmenschliche und verschleierte Gestalt stand direkt unter mir. Mit brechendem Herzen stürzte ich seufzend hinunter und fiel in ihre Arme.

Ich war ohnmächtig geworden, und Peters fing mich im Fallen auf. Von seinem Standort aus hatte er alle meine Bewegungen beobachtet. Er hatte die mir drohende Gefahr erkannt und versucht, mich durch alle möglichen Ratschläge zu ermutigen, aber meine große Verwirrung hinderte mich daran, auf ihn zu hören oder mir bewußt zu werden, daß er mit mir überhaupt redete. Schließlich sah er, wie ich schwankte, und beeilte sich, mir zu meiner Rettung entgegenzuklettern. Er kam gerade noch rechtzeitig an. Wäre ich mit meinen ganzen Gewicht abgestürzt, so wäre das Leinenseil bestimmt zerrissen und ich in den Abgrund gefallen. So konnte er mich langsam herunterlassen, und ich hing ohne Gefahr an dem Seil, bis ich wieder zu mir kam. Das geschah nach etwa fünfzehn Minuten. Mein Zittern war jetzt völlig verschwunden. Ich fühlte mich wie neugeboren, und mit einiger Unterstützung meines Freundes erreichte auch ich sicher den Boden.

Wir befanden uns nun nicht weit entfernt von der Schlucht, die sich als Grab unserer Freunde erwiesen hatte, etwas südlich vom Bergrutsch. Der Platz war von eigenartiger Wildheit, und sein Anblick rief mir die Beschreibungen ins Gedächtnis, die Reisende uns von dem trostlosen Ort geben, wo das gesunkene Babylon lag. Von den Überresten des zerrissenen Felsens, die eine chaotische Sperre für den Durchblick nach Norden bildeten, will ich gar nicht sprechen. Der Boden war übersät von merkwürdigen Hügeln, offenbar die Reste einiger gigantischer Kunstwerke, obwohl man in den Einzelheiten kaum Ähnlichkeit mit Kunst feststellen konnte. Es gab riesige Mengen von Schlacken und große formlose Blöcke aus schwarzem Granit und aus Mergel, beide gekrönt mit Metall. Nirgends konnte man Spuren einer Vegetation entdecken. Wir sahen mehrere ungeheure Skorpione und verschiedene Kriechtiere, die man nirgends in den hohen Breiten findet.

Da unsere Hauptsorge der Nahrung galt, beschlossen wir, bis zur Küste vorzudringen, die nicht weiter als einen dreiviertel Kilometer entfernt lag, und dort Schildkröten zu fangen, denn von unserem Versteck auf dem Hügel aus hatten wir mehrere gesehen. Wir suchten unseren Weg sehr vorsichtig zwischen den riesigen Felsen und Hügeln und waren gerade einige hundert Meter vorangekommen, da sprangen uns, als wir um die Ecke bogen, aus einer schmalen Höhle heraus fünf Wilde an. Mit einem Schlag einer Keule hieben sie Peters zu Boden. Die ganze Gruppe fiel über ihn her, um ihr Opfer zu überwältigen. So ließen sie mir Zeit, mich von meiner Überraschung zu erholen. Ich hatte immer noch die Muskete, aber der Lauf war beim Wurf vom Abhang herunter so beschädigt worden, daß ich sie als nutzlos wegwarf und lieber meine Pistolen benutzte. Ich stürzte auf die Angreifer los und feuerte der Reihe nach schnell auf jeden. Zwei Wilde fielen, ein anderer, der gerade Peters mit einem Speer durchbohren wollte, sprang auf die Füße, ohne seine Absicht auszuführen. Als mein Freund so befreit war, gab es für uns keine weiteren Schwierigkeiten mehr. Auch er hatte Pistolen, verzichtete aber klugerweise darauf, sie zu benutzen; er verließ sich auf seine gewaltigen Körperkräfte, die bei weitem alles übertrafen, was ich kannte. Er packte die Keule eines der gefallenen Wilden und schlug den drei übriggebliebenen den Schädel ein, jeden mit einem einzigen Hieb tötend. Wir blieben als Sieger auf dem Kampfplatz.

Die Ereignisse hatten sich so schnell abgespielt, daß wir noch gar nicht an ihre Wirklichkeit glauben konnten und über den Körpern der Toten in stumpfsinnigem Nachdenken standen, als wir durch Rufe in einiger Entfernung zur Besinnung gebracht wurden. Es war klar, daß die Wilden durch die Schüsse aufgeschreckt worden waren und daß es für uns nur eine kleine Chance gab, der Entdeckung zu entgehen. Um zu dem Felsen zurückzukehren, mußten wir in Richtung der Rufe gehen. Auch wenn wir den Fuß des Berges erreichten, wir konnten ihn niemals besteigen, ohne gesehen zu werden. Wir befanden uns in einer äußerst gefährlichen Lage und zögerten noch, auf welchem Weg wir fliehen sollten, als einer der Wilden, auf den ich geschossen hatte und den ich tot glaubte, aufsprang und zu entkommen versuchte. Ehe er weit gekommen war, hatten wir ihn überwältigt und wollten ihn schon töten, als Peters vorschlug, wir könnten vielleicht einigen Nutzen daraus ziehen, wenn wir ihn zwangen, uns auf unserem Fluchtversuch zu begleiten. Wir zerrten ihn also mit uns und machten ihm verständlich, daß wir ihn erschießen würden, wenn er Widerstand leistete. Nach einigen Minuten lief er unterwürfig an unserer Seite, als wir uns durch die Felsen zur Meeresküste vorankämpften.

Bis jetzt versteckten die Unebenheiten des Bodens, den wir überquerten, das Meer meistens vor unseren Blicken, und als wir es zum erstenmal genau sahen, lag es vielleicht noch zweihundert Meter entfernt. Als wir auf den offenen Strand kamen, sahen wir zu unserer großen Enttäuschung, daß zahllose Eingeborene aus dem Dorf und aus allen Teilen der Insel zusammenströmten. Mit wütenden Gebärden und heulend wie wilde Tiere liefen sie auf uns zu. Schon wollten wir uns wieder zurückwenden und versuchen, uns zwischen den Schlupfwinkeln des unebenen Bodens einen Rückzug zu sichern, als ich zwei Kanus entdeckte, die mit dem Bug hinter einem großen ins Wasser ragenden Felsen hervorschauten. Mit höchster Geschwindigkeit rannten wir auf sie zu, entdeckten, daß sie unbewacht waren, nur beladen mit drei großen Galapagos-Schildkröten und den üblichen Paddeln für sechzig Mann. Sofort ergriffen wir von einem Besitz, zwangen auch unseren Gefangenen einzusteigen und ruderten dann mit aller Kraft ins Meer hinaus.

Wir kamen jedoch gerade fünfzig Meter weit, als wir den großen Fehler erkannten, den wir begangen hatten, indem wir das andere Kanu in den Händen der Wilden ließen. Im Augenblick waren sie gerade doppelt so weit von den Küsten entfernt wie wir selbst und holten schnell auf. Wir durften deshalb keine Zeit verlieren. Unsere Aussichten waren schlecht, denn es war doch sehr zweifelhaft, ob wir bei äußerster Anstrengung noch rechtzeitig die Küste erreichten und ihnen zuvorkamen, um das Kanu zu entern. Noch aber bestand eine Chance, daß es uns gelang.

Wir konnten uns retten, wenn wir es schafften, unternahmen wir aber den Versuch nicht, lieferten wir uns der unvermeidlichen Metzelei aus.

Da das Kanu an Bug und Heck gleich geformt war, brauchten wir es nicht zu wenden, sondern nur die Stellung beim Paddeln zu ändern. Sobald die Wilden das bemerkten, verdoppelten sie sowohl ihr Geheul wie ihre Geschwindigkeit und näherten sich mit unvorstellbarer Schnelligkeit. Wir ruderten jedoch mit der Kraft der Verzweiflung und erreichten den umstrittenen Punkt, als ein einziger Eingeborener dort angekommen war. Der mußte seine ausgezeichnete Behendigkeit teuer bezahlen, denn Peters schoß ihm mit der Pistole durch den Kopf. Die Vorhut der Gruppe befand sich noch in einer Entfernung von zwanzig oder dreißig Schritt, als wir das Kanu packten. Zuerst versuchten wir, es ins tiefe Wasser außer Reichweite der Wilden zu ziehen. Es war jedoch zu fest auf Grund gelaufen. Da keine Zeit mehr zu verlieren war, zerschlug Peters mit dem Musketenlauf einen großen Teil des Bugs und eine Seite. Dann legten wir ab. Zu diesem Zeitpunkt hatten zwei Eingeborene unser Boot gepackt und wollten uns voller Eigensinn nicht loslassen. Dadurch wurden wir gezwungen, sie mit unseren Messern ins Jenseits zu befördern. Nachdem wir so sämtliche Hindernisse beseitigt hatten, ruderten wir rasch ins Meer hinaus. Die Hauptmasse der Wilden erreichte nun das zerbrochene Kanu und brach in ein kaum vorstellbares Geheul von Wut und Enttäuschung aus. Nach allem, was ich von diesen Schurken gesehen hatte, schienen sie die gottlosesten, scheinheiligsten, rachsüchtigsten, blutdürstigsten und teuflischsten Menschen zu sein, die es auf der Erde gibt. Wir hätten keine Gnade zu erwarten gehabt, wenn wir ihnen in die Hände gefallen wären. Sie unternahmen einen verrückten Versuch, uns in dem zerbrochenen Kanu zu folgen. Als sie den Unsinn einsahen, machten sie ihrer Wut in abscheulichem Geschrei Luft und rannten dann in die Berge hinauf.

Zwar befanden wir uns jetzt nicht mehr in unmittelbarer Gefahr, doch waren unsere Aussichten immer noch ziemlich düster, denn wir wußten, daß die Wilden über vier solcher Kanus wie unseres verfügten. Dabei dachten wir nicht daran, daß zwei schon bei der Explosion der »Jane« zerstört worden waren. Wir rechneten daher damit, daß die Feinde uns verfolgen würden, sobald sie die fünf Kilometer bis zu der Bucht zurückgelegt hatten, in der die Boote gewöhnlich lagen. So strengten wir uns an, so gut wir konnten, um die Insel hinter uns zu lassen. Wir glitten rasch durch das Wasser und zwangen auch unseren Gefangenen, ein Ruder zu nehmen. Eine halbe Stunde später, als wir wahrscheinlich fünf oder sechs Meilen nach Süden zurückgelegt hatten, tauchte von der Bucht her eine große Flotte kleinerer Kanus und Flöße auf, die uns offensichtlich verfolgen wollte. Bald aber fielen sie zurück.

Zwanzigstes Kapitel

Wir befanden uns nun in dem weiten und einsamen Antarktischen Ozean, in einer Breite von mehr als 84 Grad, in einem zerbrechlichen Kanu und abgesehen von den drei Schildkröten ohne Vorräte. Auch der Polarwinter ließ sicher nicht mehr lange auf sich warten, und es wurde unbedingt nötig, daß wir uns über den einzuschlagenden Kurs Gedanken machten. In Sichtweite lagen sechs oder sieben Inseln, alle zur selben Gruppe gehörend und von einander vielleicht fünfundzwanzig bis dreißig Kilometer entfernt. Aber wir hatten nicht die Absicht, uns auf eine zu wagen. Mit der »Jane« von Norden kommend, hatten wir nach und nach die strengsten Eisregionen hinter uns gelassen. Diese Tatsache, so sehr sie auch im Widerspruch zu allen bisherigen Erkenntnissen über die Antarktis stand, konnten wir aufgrund unserer Erfahrung nicht ableugnen. Zurückzugehen wäre deshalb eine Narretei – vor allem in dieser späten Jahreszeit. So blieb nur ein Kurs übrig, der einige Hoffnung zuließ.

Wir beschlossen also, mutig nach Süden vorzudringen.

Es bestand zumindest die Möglichkeit, daß wir dort Land entdeckten und auf milderes Wetter trafen.

Nach unseren bisherigen Erfahrungen war der Antarktische Ozean, ebenso wie der Arktische, ziemlich frei von heftigen Stürmen oder unerträglich rauhem Wasser. Aber trotz seiner Größe erschien uns unser Kanu doch reichlich zerbrechlich, und wir beschäftigten uns damit, es seetüchtig zu machen, soweit das unsere beschränkten Mittel zuließen. Der Boden des Bootes bestand aus nichts anderem als Rinde – der Rinde eines unbekannten Baumes. Die Spanten hatte man aus fester Korbweide gefertigt, sehr geeignet für diesen Zweck. Vom Heck zum Bug hatten wir etwa fünfzehn Meter Platz, in der Breite ungefähr einen Meter zwanzig bis einen Meter achtzig. Die Tiefe betrug ungefähr hundertvierzig Zentimeter. Die Boote unterschieden sich so also beträchtlich in der Form von denen anderer Südseebewohner, die die zivilisierten Völker kennen. Wir glaubten nie, daß die unwissenden Insulaner, die sie besaßen, diese Boote auch gebaut hatten. Einige Tage später erfuhren wir dann auch – wir fragten unseren Gefangenen aus –, daß die Eingeborenen einer weiter südwestlich liegenden Inselgruppe sie hergestellt hatten und unsere Barbaren sie nur zufällig in die Hände bekamen. Wir konnten nur sehr wenig für die Sicherheit unseres Bootes tun. In der Nähe der beiden Enden entdeckten wir mehrere breite Risse. Es gelang uns aber, sie mit Fetzen einer Wolljacke zu verstopfen. Die vielen überflüssigen Paddel verwendeten wir zum Bau einer Art von Rahmen um den Bug, um so die Gewalt etwaiger Sturzseen zu brechen, die aus dieser Richtung kommen konnten. Als Maste errichteten wir ebenfalls zwei Paddel. Wir stellten sie einander gegenüber bei den Dollborden auf und sparten so eine Rahe ein. An diesen Masten befestigten wir ein aus unseren Hemden gemachtes Segel. Das bereitete uns einige Schwierigkeiten, denn bei dieser Aufgabe erhielten wir von unserem Gefangenen keinerlei Unterstützung, obwohl er sich bei allen anderen Arbeiten sehr willig beteiligte. Der Anblick des Leinens schien ihn auf seltsame Weise zu erregen. Wir konnten ihn nicht dazu bringen, es zu berühren oder sich ihm zu nähern, er schauderte, wenn wir versuchten, ihn zu zwingen, und kreischte: »Tekeli-li!«

Nachdem wir unsere Vorkehrungen für die Sicherheit des Kanus getroffen hatten, setzten wir fürs erste Segel nach Südsüdost, mit der Absicht, an der südlichsten der Inseln luvwärts vorbeizusegeln. Danach wendeten wir den Bug voll nach Süden. Das Wetter konnte wirklich nicht unfreundlich genannt werden. Wir hatten einen beständigen, sehr leichten Nordwind, glatte See, und es blieb immer Tag. Kein Eis war zu sehen. Ich habe auch kein Teilchen mehr davon erblickt, seit wir den Breitengrad der Bennett-Insel hinter uns ließen. In dem warmen Wasser konnte es tatsächlich kein Eis mehr geben. Wir töteten die größte unserer Schildkröten und erhielten nicht nur Nahrung, sondern auch einen großen Wasservorrat. Unseren Kurs behielten wir ohne jeden Zwischenfall für vielleicht sieben oder acht Tage bei.

Während dieser Zeit mußten wir weit nach Süden vorgedrungen sein, denn der Wind blies immer von Norden her, und in unsere Richtung verlief eine sehr starke Strömung.

1. März. Viele ungewöhnliche Anzeichen deuteten darauf hin, daß wir ein neuartiges und voller Wunder steckendes Gebiet betraten. Am südlichen Horizont lag beständig eine hohe Mauer aus leichtem grauen Dunst. Sie bauschte sich gelegentlich zu hochragenden Streifen auf, schoß einmal von Osten nach Westen, dann wieder von Westen nach Osten, und zeigte sich schließlich mit ausgeglichener und einheitlicher Krone – kurz gesagt, sie wies all die wilden Veränderungen des Polarlichts auf. Von unserem Standort aus schien die durchschnittliche Höhe dieser Dunstschicht etwa fünfundzwanzig Grad zu betragen. Auch die Temperatur des Wassers schien augenblicklich zuzunehmen, und die Farbe veränderte sich ganz deutlich.

2. März. Durch wiederholte Befragung unseres Gefangenen erfuhren wir heute viele Einzelheiten über die Insel, auf dem das Massaker stattfand, über ihre Bewohner und deren Sitten –

aber mit diesen will ich meine Leser nun nicht aufhalten. Ich möchte jedoch folgendes erwähnen: Die Inselgruppe bestand aus acht Inseln. Ein gemeinsamer König, Tsalemon oder Psalemun genannt, der auf einer der kleineren Inseln wohnte, herrschte über sie. Die schwarzen Häute, die das Gewand der Krieger bildeten, stammten von einem riesigen Tier, das man nur in einem Tal in der Nähe des Königshofes fand. Die vier Kanus waren die einzigen dieser Art in ihrem Besitz, und sie hatten sie nur durch einen bloßen Zufall auf einer der größeren Inseln im Südwesten erhalten. Unser Gefangener hieß Nu-Nu, er hatte noch nie etwas von dem Bennett-Inselchen gehört – und die Insel, die wir verlassen hatten, hieß Tsalal. Den Anfang der Worte Tsalemon und Tsalal sprach er mit einem langen Zischlaut aus, den wir trotz wiederholter Versuche nicht nachahmen konnten und der genau dem Laut entsprach, den die schwarze Rohrdommel von sich gab, die wir auf dem Hügelgipfel gefangen und gegessen hatten.

3. März. Die Hitze des Wassers wurde nun wirklich bemerkenswert, und seine Farbe änderte sich in rascher Folge. Es war nicht mehr durchsichtig, sondern milchig in Beschaffenheit und Färbung. In unserer unmittelbaren Nachbarschaft gewöhnlich ruhig, gefährdete es nie das Kanu, aber zu unserer Überraschung sahen wir häufig rechts und links in verschiedenen Entfernungen plötzliche und starke Bewegungen der Oberfläche. Schließlich bemerkten wir, daß ihnen immer ein wildes Flackern des Dunstgebietes im Süden vorausging.

4. März. Heute ließ die Brise aus Norden merklich nach. Um das Segel zu vergrößern, nahm ich ein weißes Taschentuch aus meiner Jackentasche. Nu-Nu saß neben mir, und zufällig flatterte ihm das Leinenstück ins Gesicht. Da packten ihn Krämpfe, danach überfiel ihn Schläfrigkeit und Stumpfheit, und er murmelte leise: »Tekeli-li! Tekeli-li!«

5. März. Der Wind verschwand ganz, aber wir trieben auf der starken Strömung immer noch schnell nach Süden. Vernünftigerweise hätten wir uns nun wirklich wegen der Wendung der Dinge beunruhigen müssen – wir taten es aber nicht.

Das Gesicht von Peters verriet nichts davon, obwohl ich manchmal seinen Ausdruck nicht verstehen konnte. Der Polarwinter schien sich zu nähern, aber er kam ohne seine Schrekken. Ich fühlte eine körperliche und geistige Erstarrung – eine Verschwommenheit in der Wahrnehmung – aber das war alles.

6. März. Der graue Dunst befand sich jetzt viel höher am Himmel und verlor allmählich seine Färbung. Es war schon unangenehm, das immer heißere Wasser zu berühren, und seine milchige Färbung wurde noch deutlicher. Heute gab es eine heftige Bewegung des Wassers ganz nahe bei dem Kanu. Wie gewöhnlich wurde sie von einem wilden Aufflackern am oberen Rand des Dunstschleiers und einem kurzen Zerteilen direkt am Horizont begleitet. Feines weißes Pulver, das an Asche erinnerte – aber sicher war es keine –, fiel über das Kanu und auf eine große Wasserfläche nieder, als das Flackern des Dunstes erlosch und die Bewegung der See nachließ. Nu-Nu warf sich mit dem Gesicht auf den Boden des Bootes, und wir konnten ihn nicht überreden, wieder aufzustehen.

7. März. Heute fragten wir Nu-Nu, warum seine Landsleute unsere Freunde vernichteten. Aber er schien so von Angst überwältigt zu sein, daß er uns keine vernünftige Antwort geben konnte. Eigensinnig blieb er auf dem Boden liegen. Auf unsere sich ständig wiederholenden Fragen nach dem Grund antwortete er nur mit idiotischen Gesten, so hob er etwa mit seinem Zeigefinger die Oberlippe hoch und zeigte die darunterliegenden Zähne. Sie waren schwarz. Noch nie zuvor hatten wir die Zähne der Bewohner von Tsalal gesehen.

8. März. Heute trieb eines der weißen Tiere an uns vorbei, deren Erscheinen auf dem Strand von Tsalal eine solche Aufregung unter den Wilden verursacht hatte. Ich wollte es schon auffischen, da überfiel mich plötzlich Gleichgültigkeit, und ich ließ es sein. Die Wassertemperatur nahm immer weiter zu, und ich konnte die Hand nicht mehr hineinhalten. Peters sprach wenig, und ich wußte nicht, was ich von dieser Teilnahmslosigkeit halten sollte. Nu-Nu atmete gerade noch.

9. März. Dauernd fiel nun Asche in großen Mengen rund

um uns herum nieder. Die Dunstkette im Süden befand sich nun weit über dem Horizont und begann allmählich eine deutlichere Form anzunehmen. Ich kann sie mit nichts anderem als einem endlosen Wasserfall vergleichen, der von einem riesigen und weit entfernten Wall im Himmel lautlos in die See stürzt. Dieser gigantische Vorhang verlief über den ganzen südlichen Horizont. Man hörte keinen Laut.

21. März. Eine düstere Dunkelheit schwebte über uns, aber aus den milchigen Tiefen des Ozeans stieg ein leuchtender, blendender Glanz empor und schlich an den Seiten des Bootes hoch. Der weiße Aschenregen, der sich auf uns und auf dem Boot absetzte, verschüttete uns fast, aber er zerschmolz, wenn er ins Wasser fiel. Die Spitze des Wasserfalls verlor sich allmählich in der Dunkelheit und Ferne. Und doch näherten wir uns mit schrecklicher Geschwindigkeit. Ab und zu sahen wir darin für Augenblicke weite, gähnende Risse, hinter denen sich ein Durcheinander flirrender und undeutlicher Bilder zeigte. Aus ihnen drangen heftige Winde hervor, die lautlos den Ozean aufwühlten.

22. März. Die Dunkelheit hatte immer weiter zugenommen, und nur der Glanz des Wassers, von dem weißen Vorhang vor uns zurückgeworfen, erhellte die Nacht. Viele riesige und völlig weiße Vögel flogen dauernd hinter diesem Schleier hervor. Als sie aus unseren Blicken verschwanden, hörten wir das ewige »Tekeli-li!«. Daraufhin bewegte sich Nu-Nu auf dem Boden den Kanus. Doch als wir ihn berührten, war er bereits tot. Und nun stürzten wir in die Umarmungen des Wasserfalls, eine Schlucht öffnete sich, um uns aufzunehmen. Auf unserem Weg erhob sich eine verschleierte menschliche Gestalt, weit größer als irgendein Bewohner der Erde. Und seine Haut zeigte das vollkommene Weiß von Schnee . . .

Die Abenteuer des Tom Jeorling

von Jules Verne

Der Schoner »Halbrane«

Dreihundert Tonnen groß, mit schräg stehenden Masten, die es ihr gestattete, auch scharf am Wind noch schnell vorwärts zu kommen, und mit einer Segelausrüstung, die für das Schiff ziemlich reichlich erschien: das war der in Christmas Harbour erwartete Schoner »Halbrane«. An Bord befanden sich ein Kapitän, ein Leutnant, ein Hochbootsmann, ein Koch und acht Matrosen, zusammen zwölf Mann, die zur Schiffsführung vollständig ausreichten. Fest gebaut, die Schanzkleidung mit Kupfer bezogen, mit angepaßten Segeln versehen und am Achter weit ausladend, machte das seetüchtige und gut steuerbare Fahrzeug mit seiner für Reisen zwischen dem 40. und 60. Grad südlicher Breite berechneten Einrichtung den Werften von Birkenhead alle Ehre.

Diese Mitteilung erhielt ich, mit vielfachen Lobsprüchen untermischt, aus dem Munde des Meister Atkins.

Der Kapitän Len Guy aus Liverpool war zu drei Fünfteln Eigentümer der »Halbrane«, die er seit ungefähr sechs Jahren befehligte. Er befuhr die südlichen Meere Afrikas und Amerikas, wobei er von einer Insel zur anderen und von einem Festland zum anderen steuerte. Für den Schoner genügte die Besatzung von nur zwölf Mann, weil er ausschließlich Handelszwecken diente. Zur Jagd auf Amphibien, Robben und Seekälber hätte man, abgesehen von einer Ausrüstung mit Apparaten, Harpunen, Fischgabeln und dazugehörigen Leinen, weit mehr Leute benötigt. Ich bemerkte auch, daß die »Halbrane« in diesen etwas unsicheren Meeresteilen, wo damals verschiedene Seeräuber ihr Unwesen trieben, und auch in der Nähe recht verdächtiger Inseln von einem Überfall nicht unvorbereitet überrascht worden wäre. Vier kleine Kanonen, eine genügende Menge Kugeln und Kartätschenhülsen, eine gutgefüllte

Pulverkammer, Gewehre, Pistolen, an einer Flintenbank hängende Karabiner und Schanzkleidungsnetze verliehen ihr weitgehende Sicherheit; die Leute auf dem Schiff schliefen auch sozusagen nur mit einem Auge. In diesen Gewässern umherzusegeln, ohne solche Vorsichtsmaßnahmen getroffen zu haben, wäre eine unverzeihliche Unklugheit gewesen.

Als ich am Morgen des 7. August noch im Halbschlaf lag, wurde ich durch die laute Stimme des Gastwirts und sein ungestümes Pochen an der Tür aus dem Bett gejagt.

»Herr Jeorling, sind Sie wach?«

»Natürlich, Meister Atkins.« Wie sollte das einer bei solchem Lärm auch nicht sein?

»Sechs Meilen weit draußen im Nordosten ist ein Schiff sichtbar, das auf Christmas Harbour zusteuert!«

»Kann das die ›Halbrane‹ sein?« rief ich und zog schnell die Kleider an.

»Das wird sich in wenigen Stunden zeigen, Herr Jeorling. Jedenfalls ist es in diesem Jahr das erste Fahrzeug, das unbedingt einen guten Empfang verdient.«

Ich kleidete mich im Handumdrehen an und trollte mit Fenimore Atkins zum Kai an eine Stelle, wo sich der Horizont zwischen den beiden Landspitzen von Christmas Harbour unter weitem Winkel öffnet.

Das Wetter war ziemlich klar, der Dunst über dem Wasser fast verschwunden, und ein leichter Wind strich über das Meer.

Etwa zwanzig Einwohner, meist Fischer, umringten Meister Atkins, der ohne Zweifel die bedeutendste und geachtetste Persönlichkeit der Insel war und dessen Worten man hier am meisten lauschte.

Der Wind begünstigte gerade die Einfahrt in die Bucht. Bei der eben herrschenden niedrigsten Ebbe aber manövrierte das gemeldete Schiff – ein Schoner – ohne Eile, um die Flut abzuwarten.

Die Männer tauschten ihre Ansichten aus, und ich folgte sehr gespannt dem Gespräch, ohne mich einzumischen. Die

Meinungen waren geteilt und wurden von beiden Seiten mit großer Hartnäckigkeit verteidigt.

Ich muß freilich gestehen, und das bekümmerte mich etwas, daß die Mehrheit der Ansicht war, jener Schoner sei nicht die »Halbrane«. Nur zwei oder drei, darunter der Besitzer des »Grünen Kormoran«, glaubten sie zu erkennen.

»Es ist doch die ›Halbrane‹«, wiederholte Atkins. »Das gibt es doch gar nicht, daß Kapitän Guy nicht als erster nach den Kerguelen kommt. Er ist es. Ich bin so sicher, als wenn er schon hier wäre, mir die Hand gäbe und hundert Sack Kartoffeln für seinen Proviant handelte.«

»Ihre Augen sind wohl heute nicht ganz klar, Herr Atkins«, ließ sich ein Fischer vernehmen.

»Jedenfalls klarer als dein Gehirn!« erwiderte der Gastwirt beleidigt.

»Das Schiff dort hat gar nicht den Rumpf eines Engländers«, erklärte ein anderer. »Bei seinem schlanken Vorderteil und der starken Ausbauchung des Mittelteils würde ich es für ein amerikanisches halten.«

»Nein, es ist ein englisches«, widersprach Atkins. »Und ich bin beinahe bereit zu sagen, wo es vom Stapel gelaufen ist . . . «

Zwei Stunden später wäre darüber nicht mehr zu streiten gewesen. Vor der Mittagszeit lag die »Halbrane« schon inmitten des Hafens vor Anker.

Meister Atkins begrüßte mit Handbewegungen und lauten Zurufen den Kapitän der »Halbrane«, der sich aber sehr kühl zeigte.

Als einen Vierzigjährigen, von sanguinischem Temperament, von ebenso solidem Bau wie sein Schoner, mit schon grau werdendem Bart und schwarzen Augen, die unter den dichten Brauen dunkel glühend leuchteten, mit gebräunter Haut, schmalen, scharf geschnittenen Lippen, einer mächtigen Kinnlade, die noch durch einen rötlichen Knebelbart betont wurde, und mit kräftigen Armen und Beinen – so sah ich Kapitän Len Guy. Sein Gesichtsausdruck war etwas hart oder vielmehr kalt, wie der eines verschlossenen Menschen, der seine Geheimnisse nicht so leicht preisgibt; das wurde mir noch am selben Tag von einem Mann berichtet, der darüber offenbar besser unterrichtet war als Meister Atkins, auch wenn der Gastwirt sich gern als vertrauter Freund des Kapitäns aufspielte. Im Grunde konnte eigentlich niemand sagen, diese etwas widerspenstige Natur ganz durchschaut zu haben.

Hier sei gleich eingeschoben, daß der von mir erwähnte Mann der Hochbootsmann der »Halbrane« war. Sein Name war Hurliguerly, und er stammte von der Insel Wight, war vierundvierzig Jahre alt, mittelgroß, untersetzt und kräftig. Er hatte vom Brustkasten abstehende Arme, etwas gekrümmte Beine, einen kugelrunden Kopf auf einem Stiernacken und eine sehr breite Brust, die gleich zwei Lungen hätte aufnehmen können, und ich fragte mich, ob er die nicht hatte, so verschwenderisch ging er beim Atmen mit der Luft um: immer blasend, immer schwatzend, mit listigen Augen, lachender Miene, und dabei breitete sich unter den Augen ein Netz von Furchen aus. Auch ein Ohrring, ein einziger, der vom linken Ohrläppchen herabhing, sei erwähnt. Was für ein Unterschied zum Befehlshaber des Schoners! Wie konnten nur zwei so verschiedene Wesen miteinander auskommen? Und doch war das der Fall, denn sie segelten schon seit fünfzehn Jahren gemeinsam, und zwar zuerst auf der Brigg »Power«, die man sechs Jahre vor dem Beginn unserer Geschichte gegen die »Halbrane« vertauscht hatte.

Hurliguerly erfuhr gleich bei seiner Ankunft von Fenimore Atkins, daß ich vorhatte, auf dem Schiff von Kapitän Guy zu reisen – wenn dieser einverstanden war. Ohne Vorstellung oder sonstige Umschweife trat der Hochbootsmann noch am ersten Nachmittag an mich heran.

Er kannte bereits meinen Namen und begann ohne Zögern: »Guten Tag, Herr Jeorling!«

»Schönen Dank!« antwortete ich. »Was wünschen Sie?«

»Ich will Ihnen meine Dienste anbieten . . . «

»Ihre Dienste? Wozu denn?«

»Nun, wegen Ihrer Absicht, sich an Bord der ›Halbrane‹ einzuschiffen.

Der Hochbootsmann Hurliguerly, so bezeichnet und in der Stammrolle der Besatzung aufgeführt, außerdem ein treuer Gefährte des Kapitäns Guy, der gern auf ihn, das heißt auf mich, hört, obwohl er sonst dafür bekannt ist, daß er auf niemand hört.«

Da kam mir der Gedanke, daß es gut wäre, mich dieses so gefälligen Mannes zu bedienen, der seinen Einfluß auf den Kapitän nicht bezweifelte. Ich antwortete also: »Schön, lieber Freund, sprechen wir darüber, wenn Sie gerade Zeit dazu haben.«

»Ich habe zwei Stunden freie Zeit, Herr Jeorling, und heute überhaupt nicht viel zu tun. Morgen müssen einige Warenballen gelöscht und etwas Proviant gefaßt werden, aber das ist für die Mannschaft fast wie eine Ruhezeit. Falls Sie nichts zu tun haben, wie ich ...«

Dabei deutete er mit einer Handbewegung zum Hintergrund des Hafens in eine Richtung, die ihm wohlbekannt zu sein schien.

»Können wir denn nicht gleich hier miteinander reden?« fragte ich und hielt ihn zurück.

»Reden, Herr Jeorling, im Stehen reden – und das mit trokkener Kehle, wo wir's so bequem haben und uns bei ein paar Tassen Tee mit Whisky in einer Ecke des ›Grünen Kormoran‹ häuslich niederlassen können ...«

»Ich trinke keinen Whisky, Hochbootsmann.«

»Macht nichts ... Ich trinke für zwei. Glauben Sie aber nicht, es mit einem Trunkenbold zu tun zu haben! Nein, niemals mehr als gerade genug, aber auch nie weniger!«

Ich folgte dem Seebären, der es offenbar gewöhnt war, im Fahrwasser der Schänken zu schwimmen. Und während Meister Atkins auf dem Schoner um Ein- und Verkaufspreise feilschte, nahmen wir im großen Zimmer seines Gasthauses Platz. Hier wendete ich mich an den Hochbootsmann: »Eigentlich rechnete ich mit Atkins, daß er die Vermittlung zwischen dem Kapitän und mir übernimmt. Er kennt ihn ja, wenn ich mich nicht täusche, sehr genau.«

»Pah!« machte Hurliguerly. »Fenimore Atkins ist ein ganz braver Mann, und der Kapitän achtet ihn auch. Mit mir kann er sich aber nicht messen. Lassen Sie mich die Sache ordnen, Herr Jeorling . . . «

»Macht es denn solche Schwierigkeiten? Gibt es keine freie Kabine auf der ›Halbrane‹? Ich werde mich mit der kleinsten begnügen, und ich bezahle gern . . . «

»Sehr schön, Herr Jeorling! Wir haben eine Kabine frei, die bisher niemand benützt hat, und wenn es Ihnen auf den Preis nicht zu sehr ankommt – falls das notwendig wäre . . . Doch unter uns, man muß schon etwas pfiffiger sein, als Sie vielleicht glauben und als es mein alter Freund Atkins ist, um den Kapitän zu überreden, einen Passagier aufzunehmen! Ja, ich sage Ihnen, es gehört die ganze Verschlagenheit des gutmütigen Kerls dazu, der jetzt gleich auf Ihre Gesundheit trinken wird und es bedauert, daß Sie ihm nicht Bescheid geben!«

»Warum sollte mich Ihr Kapitän denn abweisen?«

»Weil es ihm nie in den Sinn gekommen ist, Passagiere an Bord zu nehmen, und er hat bisher alle Gesuche dieser Art rundweg abgeschlagen.«

»Aber welchen Grund hat er dafür?«

»Oh, weil er in keiner Weise eingeschränkt sein mag, weil er hinfahren will, wohin er gerade möchte, plötzlich umkehren will oder, wenn es ihm einfällt, nach Norden oder Süden, nach Westen oder Osten segeln will, ohne daß er sagt, warum er das tut. Die südlichen Meere aber verläßt er niemals, Herr Jeorling, und so sind wir schon einige Jahre hier gefahren, zwischen dem östlichen Australien und dem westlichen Amerika, von Hobart Town zu den Kerguelen, nach Tristan d'Acunha oder den Falklandinseln, wobei wir immer nur so lange in einem Hafen lagen, bis unsere Fracht verkauft war. Manchmal sind wir auch bis ins antarktische Meer vorgedrungen . . . Sie begreifen, daß ein Passagier unter solchen Umständen lästig werden könnte. Wer würde sich auf der ›Halbrane‹ einschiffen, wenn diese nie einen vorher festgelegten Kurs einhält, sondern eigentlich hinfährt, wohin der Wind sie treibt?«

Ich fragte mich, ob der Hochbootsmann sich nicht ein wenig bemühte, seinen Schoner als ein geheimnisvolles Fahrzeug hinzustellen, das planlos umherschweifte und an den Ankerplätzen kaum rastete, als ein Schiff, das unter Führung eines gespensterhaften Kapitäns durch die Meere irrte. Ich machte jedoch keine Bemerkung, die darauf abzielte, sondern sagte zu ihm: »Die ›Halbrane‹ wird aber doch nach vier bis fünf Tagen von den Kerguelen absegeln?«

»Gewiß ... «

»Und diesmal steuert sie nach Westen, um Tristan d'Acunha anzulaufen?«

»Wahrscheinlich.«

»Nun, Hochbootsmann, schon diese Wahrscheinlichkeit genügt mir ja, und da Sie mir Ihre Dienste anbieten, bitte ich Sie, beim Kapitän zu vermitteln, daß er mich als Passagier aufnimmt.«

»Das ist so gut wie abgemacht.«

»Sehr schön, Hurliguerly, Sie sollen es auch nicht bereuen.«

Nachdem er sein letztes Glas Whisky auf einen Zug geleert hatte – ich fürchtete, daß das Glas mit dem Inhalt in seiner Kehle verschwinden würde –, lächelte mich Hurliguerly gönnerhaft an, dann ging er, den mächtigen Rumpf auf den gebogenen Beinen hin und her wiegend und von scharfen, seiner Pfeife entströmenden Rauchwolken eingehüllt, hinaus und steuerte in nordöstlicher Richtung vom »Grünen Kormoran« weg.

Ich blieb noch mit recht wechselnden Gefühlen am Tisch sitzen. Wer war im Grunde dieser Kapitän Guy? Meister Atkins hatte ihn mir als tüchtigen Seefahrer und braven Mann geschildert. Ich hatte keine Veranlassung, an dem einen oder dem anderen zu zweifeln. Jedenfalls war er, nach dem, was mir der Hochbootsmann mitgeteilt hatte, ein origineller Charakter. Nie war mir aber in den Sinn gekommen, daß meine Bitte, mit der »Halbrane« zu reisen, auf Schwierigkeiten stoßen könnte, zumal ich erklärt hatte, nicht auf den Fahrpreis zu sehen und mich der gewohnten Lebensweise an Bord zu fügen. Welchen Grund hätte der Kapitän also, meine Bitte abzuschlagen?

Führte er etwa Schmuggelware mit sich, oder betrieb er Sklavenhandel, ein Geschäft, das zu jener Zeit im Süden noch lebhaft im Gange war? Das wäre immerhin möglich gewesen, obwohl mein Gastwirt für die »Halbrane« und ihren Kapitän so warm eintrat. Fenimore Atkins garantierte für die Ehrbarkeit des Schiffes wie für die seines Befehlshabers! Das war schon etwas wert, wenn er sich nicht in beiden täuschte.

Eine Stunde später traf ich mit dem Gastwirt am Kai zusammen und teilte ihm mit, was ich erfahren hatte.

»Dieser verteufelte Hurliguerly!« rief er. »Der bleibt doch immer der alte! Seinen Reden nach müßte man glauben, der Kapitän putze sich nicht die Nase, ohne ihn um Rat zu fragen. Der Hochbootsmann ist eben ein drolliger Kauz, Herr Jeorling. Weder bösartig noch dumm, zieht er noch dem Gottseibeiuns die Dollars aus der Tasche. Wenn Sie ihm in die Hände fallen, dann Gnade Ihrem Geldbeutel! Knöpfen Sie ja Weste und Hosentasche zu, und lassen Sie sich nicht übers Ohr hauen!«

»Danke für den guten Rat, Atkins! Doch sagen Sie, haben Sie schon mit dem Kapitän gesprochen oder etwas ausgemacht?«

»Noch nicht, Herr Jeorling. Dazu haben wir Zeit. Die ›Halbrane‹ ist ja kaum eingelaufen und hat sich noch nicht einmal nach dem Ebbestrom gedreht.«

»Mag sein – doch . . . Sie begreifen, daß ich so schnell wie möglich wissen will, woran ich bin.«

»Sie haben nichts zu befürchten, Herr Jeorling! Das macht sich schließlich von ganz allein! Und wenn es bei der ›Halbrane‹ nicht klappt, so kommen Sie auch nicht in Verlegenheit. In der Fangzeit kommen mehr Schiffe nach Christmas Harbour, als Häuser in der Umgebung des ›Grünen Kormoran‹ stehen. Verlassen Sie sich ruhig auf mich; ich stehe für Ihre Einschiffung ein!«

Das waren freilich nur schöne Worte, vom Hochbootsmann

auf der einen und von Atkins auf der anderen Seite. Trotz ihrer Versprechungen beschloß ich, mich selbst an Kapitän Guy zu wenden – auch wenn er noch so unzugänglich war – und ihm mein Anliegen vorzutragen, sobald ich ihn allein antraf.

Diese Gelegenheit bot sich am folgenden Tage. Ich war immer am Kai auf und ab gegangen und betrachtete dabei den Schoner, ein schönes und kräftig gebautes Schiff.

Es war am Nachmittag. Als ich auf den Kapitän zuging, bemerkte ich, daß er mir gern ausgewichen wäre.

Seine Haltung verriet mir, daß ihm mein Anliegen entweder schon mitgeteilt worden war und er mir nicht entgegenkommen wollte oder daß weder Hurliguerly noch Atkins ihm etwas davon gesagt hatten. Wenn er sich von mir entfernte – und ich nahm den zweiten Fall an –, so folgte er dabei nur seiner Natur und zeigte, daß er in keinerlei Beziehungen zu einem Unbekannten treten wollte.

Ich wurde nun aber doch unruhig. Wenn dieser Seeigel mich abwies, dann würde ich mich damit zufriedengeben müssen. Mich auch gegen seinen Willen auf der »Halbrane« einzuschiffen, kam mir gar nicht in den Sinn. Ich war ja nicht einmal ein Landsmann von ihm, und es gab auf den Kerguelen auch keinen amerikanischen Konsul oder Agenten, bei dem ich mich hätte beschweren können. Vor allem wollte ich wissen, woran ich war, und wenn ich wirklich auf ein Nein des Kapitäns stoßen sollte, dann mußte ich eben die Ankunft eines anderen gefälligeren Schiffes abwarten, was mich auch nur noch zwei oder drei Wochen zurückhalten konnte. Gerade als ich mich dem Kapitän nähern wollte, kam der Leutnant des Schoners zu ihm. Guy benützte die Gelegenheit, sich zu entfernen, und während er dem Offizier winkte, ihm zu folgen, ging er am Hafen weiter und verschwand bald hinter einem Felsen, um den der Weg zum nördlichen Ufer der Bucht führte.

Zum Teufel, dachte ich. Es scheint doch ziemlich schwierig zu werden, ans Ziel zu kommen. Aber vorläufig ist die Sache nur aufgeschoben. Morgen gehe ich früh an Bord der »Halbrane«. Ob er nun will oder nicht, anhören muß mich dieser Guy doch, danach kann er mit ja oder nein antworten!

Es war auch nicht ausgeschlossen, daß der Kapitän zur Essenszeit in den »Grünen Kormoran« kam, wo die Seeleute während ihres Aufenthalts gewöhnlich frühstückten und zu Mittag aßen.

Ich wartete also und setzte mich sehr spät zu Tisch – sollte aber eine Enttäuschung erfahren. Weder der Kapitän noch sonst einer von seinem Schiff beehrte den »Grünen Kormoran« mit seiner Anwesenheit. Wie bereits seit zwei Monaten mußte ich auch heute allein speisen; denn die meisten Gäste stellen sich bei Meister Atkins erst in der Fangperiode ein.

Als ich gegen halb acht Uhr meine Mahlzeit beendet hatte, war es schon dunkel, und ich ging noch etwas am Hafen entlang spazieren. Der Kai lag menschenleer. Von den Fenstern des Gasthauses fiel einiges Licht herüber. Von der Besatzung der »Halbrane« war kein Mann an Land. Die Boote waren hinaufgezogen und schaukelten im leichten Wellenschlag der steigenden Flut an ihren Hißtauen.

Der Schoner bildete wirklich eine Art Kaserne, in der man die Insassen bei Sonnenuntergang anhält, schlafen zu gehen. Diese Regelung wird vor allem dem Schwätzer und Trinker Hurliguerly zuwider gewesen sein; denn diesem wäre es meiner Ansicht nach während des Aufenthaltes in einem Hafen bestimmt lieber gewesen, von einer Schänke zur anderen zu laufen.

Doch in der Nähe des »Grünen Kormoran« sah ich von ihm nicht mehr als von seinem Kapitän.

Ich blieb bis neun Uhr und ging immer vor dem Schoner auf und ab. Nach und nach verschwand das Fahrzeug in der zunehmenden Dunkelheit. Im Wasser der Bucht glänzte nur noch ein schmaler Lichtstreifen von der Laterne des Vorderschiffes. Als ich zum Gasthaus zurückkehrte, traf ich vor der Tür auf Fenimore Atkins, der seine Pfeife rauchte.

»Es scheint mir, Atkins«, begann ich, »daß Kapitän Guy nicht sonderlich gern Ihr Gasthaus aufsucht.«

»Er kommt manchmal am Sonntag, heute ist aber Sonnabend, Herr Jeorling.«

»Sie haben ihn noch nicht gesprochen?«

»O doch«, antwortete der Gastwirt, aber etwas verlegen.

»Sie haben ihm mitgeteilt, daß jemand aus Ihrer Bekanntschaft sich gern an Bord der ›Halbrane‹ einschiffen würde?«

»Jawohl.«

»Und wie fiel seine Antwort aus?«

»Nicht so, wie ich es wollte und wie Sie es gern hätten, Herr Jeorling.«

»Er schlägt es also ab?«

»Ja, wenn man das aus seiner Antwort entnimmt. Er sagte: ›Atkins, mein Schoner ist nicht für Passagiere eingerichtet. Ich habe noch nie welche aufgenommen und werde es auch später nie tun.‹«

Der Kapitän Len Guy

Ich schlief ziemlich schlecht. Mehrmals träumte ich, daß ich träume. Schon Edgar Allan Poe, der amerikanische Schriftsteller, hat beobachtet, daß man meist gleich aufwacht, wenn man zu träumen glaubt. Ich erwachte tatsächlich und war immer noch wegen Kapitän Guy verärgert. Der Gedanke, mich auf der »Halbrane« einzuschiffen, hatte sich nun einmal in meinem Kopf festgesetzt. Meister Atkins hatte mir ja gerade dieses Schiff, das jedes Jahr als erstes Christmas Harbour anlief, besonders angepriesen. Tage und Stunden zählend, hatte ich mich im Geiste schon so oft an Bord dieses Schoners gesehen, während er, den Vordersteven nach Westen gerichtet, der amerikanischen Küste zusteuerte. Mein Gastwirt hatte ja auch keinen Zweifel am Entgegenkommen des Kapitäns entstehen lassen, zumal das ja auch in dessen eigenem Interesse lag. Es kommt sonst fast nie vor, daß ein Handelsschiff die Aufnahme eines Passagiers verweigert, wenn dieser die Mitreise gut bezahlte und das Schiff nicht von seinem Kurs abweichen mußte.

Allmählich wurde ich wirklich zornig auf diesen ungefälligen Mann. Hier stellte sich mir ein Hindernis in den Weg, vor dem ich nicht kapitulieren wollte. Auch blieb ich fest entschlossen, vom Kapitän Rechenschaft wegen seines merkwürdigen Benehmens zu fordern. Vielleicht richtete ich gar nichts bei ihm aus, aber ich wollte wenigstens sagen, was ich auf dem Herzen hatte.

Gegen acht Uhr früh ging ich aus dem Hause. Es war abscheulich draußen, das reine Hundewetter.

Mit Schnee vermengter Regen tobte über die Berge im Westen herüber, während aus den niederen Schichten Wolkenmassen herunterwirbelten – eine Lawine aus Luft und Wasser. Daß der Kapitän jetzt an Land gegangen war, um bis auf die Knochen naß zu werden, war nicht anzunehmen.

Ich kehrte zum »Grünen Kormoran« zurück und nahm hinter einer von Wasser überrieselten Fensterscheibe Platz, deren Beschlag ich an der Innenseite abgewischt hatte. Ich kümmerte mich nicht weiter um den Sturmwind, der sich im Schornstein fing und die Asche aus dem Kamin trieb.

Hier wartete ich – nervös, ungeduldig, in immer zunehmender Erregung.

So vergingen zwei Stunden; und wie das bei der Unbeständigkeit der Winde an den Kerguelen vorkommt: Das Wetter beruhigte sich eher, als ich mich gefaßt hatte. Gegen elf Uhr überwogen schon die hohen Wolken aus dem Osten, und der Sturm schlief hinter den Bergen allmählich ein.

Ich öffnete das Fenster.

In diesem Augenblick wurde ein Boot der »Halbrane« zum Niederlassen fertiggemacht. Ein Matrose stieg hinein und ergriff zwei Riemen, während ein Mann sich im Heck niedersetzte, ohne die Ruderpinne anzufassen. Zwischen dem Schoner und dem Kai lag nur eine kurze Strecke – das Gig legte an, der Mann sprang an Land.

Es war Kapitän Guy.

In wenigen Sekunden eilte ich vor das Gasthaus und stand sehr bald vor dem Kapitän, der einer Begegnung mit mir doch nicht mehr ausweichen konnte.

»Herr Kapitän«, begann ich trocken und kalt, so kalt wie die Luft, seit der Wind nach Osten umgesprungen war.

Der Kapitän sah mich fest an, und ich war betroffen von dem traurigen Ausdruck seiner schwarzen Augen. Dann fragte er mit tiefer, nur flüsternder Stimme: »Sie sind ein Fremder?«

»Auf den Kerguelen – ja«, gab ich zur Antwort.

»Von englischer Nationalität?«

»Nein, ich bin Amerikaner.«

Er begrüßte mich mit einer leichten Verbeugung, und ich tat dasselbe.

»Herr Kapitän«, fuhr ich dann fort. »Ich nehme an, daß Meister Atkins vom ›Grünen Kormoran‹ Ihnen meinen Vorschlag unterbreitet hat. Dieser Vorschlag oder dieses Gesuch verdient meiner Meinung nach eine günstige Aufnahme bei einem . . . «

»Der Vorschlag, auf meinem Schoner mitzureisen?« unterbrach mich Kapitän Guy.

»Ganz richtig.«

»Ich bedaure, mein Herr, diesem Wunsch nicht entsprechen zu können.«

»Würden Sie mir auch sagen, warum?«

»Weil ich es nie gewöhnt war, Passagiere an Bord zu haben, das ist der erste Grund.«

»Und der zweite Herr Kapitän?«

»Weil die Reiseroute der ›Halbrane‹ nie im voraus bestimmt wird. Sie segelt nach dem einen Hafen oder nach einem anderen, wie ich das eben für vorteilhaft erachte. Lassen Sie sich gesagt sein, mein Herr, daß ich nicht im Dienste eines Reeders stehe. Der Schoner ist zum größten Teil mein Eigentum, und ich habe von niemandem einen Befehl zu erhalten.«

»So hängt es also ausschließlich von Ihnen ab, mir die Mitreise zu erlauben?« – »Gewiß. Doch ich kann Ihnen zu meinem größten Bedauern nur eine abschlägige Antwort geben.«

»Sie erweisen mir wohl wenigsten die Ehre, mich anzuhören, Herr Kapitän?« fragte ich ziemlich lebhaft.

»Warum sollte ich das nicht, mein Herr?«

»Nun, wenn ich mich nicht ganz und gar verhört habe und die Reiseroute inzwischen nicht verändert wurde, so haben Sie doch die Absicht, von Christmas Harbour aus nach Tristan d'Acunha zu segeln.«

»Vielleicht nach Tristan d'Acunha, vielleicht zum Kap oder zu den Falklandinseln, vielleicht noch anderswohin . . .«

»Schön, Kapitän Guy, dann will ich eben ›anderswohin‹!« antwortete ich ironisch, mußte mich aber anstrengen, meine Erregung zurückzuhalten.

Da trat eine seltsame Änderung im Verhalten des Kapitäns ein. Seine Stimme wurde härter. In kurzen, nicht mißzuverstehenden Worten sagte er mir, daß jedes weitere Drängen unnütz sei, daß unsere Unterhaltung schon zu lange gedauert habe und er in Eile sei, da ihn Geschäfte ins Hafenbüro riefen, kurz, daß wir uns alles gesagt hätten.

Ich hatte den Arm ausgestreckt, um ihn zurückzuhalten – ihn zu packen, wäre das richtige Wort –, und das von Anfang an nicht gut verlaufende Gespräch drohte ein noch schlimmeres Ende zu nehmen, als der sonderbare Mann sich noch einmal zu mir umdrehte und in weit milderem Ton sagte: »Glauben Sie mir, mein Herr, daß es mir sehr unangenehm ist, Ihrem Wunsch nicht entsprechen zu können. Ich kann aber daran nichts ändern. Während der Fahrt könnte sich der eine oder andere unvorhergesehene Zwischenfall ereignen, bei dem die Anwesenheit eines Passagiers – und sei er auch so fügsam wie Sie – störend sein würde. Ich liefe Gefahr, nicht alle günstigen Gelegenheiten ausnützen zu können.«

»Ich habe es schon gesagt und wiederhole es jetzt, Herr Kapitän, daß es mir, wenn ich auch nach Connecticut zurückkehren möchte, ganz gleichgültig ist, ob das in drei oder in sechs Monaten sein wird, selbst wenn Ihr Schoner bis ins Antarktische Meer fahren würde . . .«

»Ins Antarktische Meer!« rief der Kapitän mit fast fragender

Stimme, und sein Blick schien mich zu durchbohren. »Warum erwähnen Sie das Antarktische Meer?« begann er wieder und griff nach meiner Hand.

»Ganz einfach. Ich hätte ebenso von den nördlichen Meeren oder vom Nord- oder Südpol reden können.«

Der Kapitän antwortete nicht. In seinen Augen schienen Tränen zu sein. Dann sagte er, einen anderen Gedanken aufnehmend, als wollte er einer schmerzlichen Erinnerung entgehen: »Dieser Südpol – wer sollte sich dahin wagen?«

»Es ist freilich schwierig und ziemlich nutzlos, ihn zu erreichen«, erklärte ich. »Aber zuweilen tauchen ja abenteuerlustige Gestalten auf, die sich in ein solches Unternehmen stürzen wollen.«

»Ja abenteuerlustig!« murmelte Kapitän Guy.

Nach einer Weile fragte er plötzlich: »Sie stammen aus Connecticut, mein Herr? Kennen Sie dann die Insel Nantucket?«

»Ja, ich war mehrmals dort.«

»Dann wissen Sie sicher auch«, sagte der Kapitän und sah mich dabei scharf an, »daß Ihr Romandichter Edgar Poe seinen Helden Arthur Gordon Pym von dort stammen läßt.«

»Richtig«, antwortete ich. »Ich erinnere mich daran, daß der Anfang dieses Romans auf der Insel Nantucket spielt.«

»Sie sagen ›dieses Romans‹? Benutzen Sie wirklich das Wort ›Roman‹?«

»Ohne Zweifel, Herr Kapitän!«

»Ja, ja, Sie reden eben wie alle Welt. Doch entschuldigen Sie, mein Herr, ich kann nicht länger bleiben. Ich bedaure – aufrichtig . . . Glauben Sie, wenn es mir möglich gewesen wäre – doch glauben Sie nicht, daß irgend etwas meine Entscheidung noch ändern könnte. Übrigens werden Sie nur wenige Tage warten müssen. Hier beginnt jetzt die Saison, wo Handelsschiffe und Walfänger in Christmas Harbour anlegen, und Sie haben dann die Wahl, sich auf dem einen oder anderen einzuschiffen. Außerdem haben Sie die Gewißheit, dahin befördert zu werden, wohin Sie es wünschen. Ich bedauere lebhaft und empfehle mich!«

Mit diesen Worten zog er sich zurück, und das Gespräch endete also ganz anders, als ich gefürchtet hatte: in ziemlich höflicher, wenn auch förmlicher Weise.

Da es zu nichts führt, wenn man sich gegen das Endgültige auflehnt, gab ich die Hoffnung, mit der »Halbrane« zu fahren, auf. Mein Groll gegen den so wenig zuvorkommenden Kapitän aber blieb bestehen. Ich will ehrlich zugeben, daß meine Neugierde erwacht war. Ich witterte ein Geheimnis in dieser Seemansseele und wäre gar zu gerne dahintergekommen. Die unerwartete Wendung in unserem Gespräch, die so plötzliche Erwähnung des Namens Arthur Pym, die Fragen über die Insel Nantucket, die Wirkung, die eine zufällige Nennung des Antarktischen Meeres hervorrief – sämtliche merkwürdige Einzelheiten unseres Gesprächs gingen mir noch einmal durch den Kopf –, sie alle waren dazu geeignet, daß ich auf seltsame Gedanken kam.

Im Laufe der drei folgenden Tage, am 10., 11. und 12. August, wurden einige Ausbesserungen an dem Schoner vorgenommen und Proviant besorgt. Die Mannschaft ging auf Deck hin und her, die Matrosen kletterten in die Masten, Strickleitern und Taue wurden nachgespannt, die sich während der letzten Fahrt gelockert hatten; die obere Wand und die Schanzkleidung wurden neu gestrichen, frische Segel an den Rahen befestigt und alte ausgebessert, damit sie bei gutem Wetter noch benutzt werden konnten.

Schließlich wurde bekannt, daß die Abfahrt des Schoners auf den 15. August festgesetzt war, und am Abend vorher gab es noch keinen Grund anzunehmen, Kapitän Guy habe seine Meinung geändert.

Ich dachte kaum noch an die Sache und hatte auch keine Lust mehr, mich darüber zu beklagen. Wenn wir, der Kapitän und ich, uns auf dem Kai begegneten, dann sah es so aus, als würden wir uns nicht kennen und hätten uns nur einmal gesehen. Er ging auf der einen Seite, ich auf der anderen. Ich muß jedoch erwähnen, daß er ein- oder zweimal etwas zu zögern schien, als wollte er mich anreden, durch eine geheime Macht dazu getrieben. Getan hat er es nicht, und ich hatte nicht die Absicht, eine neue Auseinandersetzung an den Haaren herbeizuziehen.

»Noch eine oder zwei Wochen«, versicherte mir der Gastwirt, »und Sie werden glücklicher sein als bei Kapitän Guy. Bestimmt findet sich mehr als einer, der mit Vergnügen . . .«

»Das glaube ich auch Atkins. Vergessen Sie aber nicht, daß die meisten Schiffe, die zum Fang zu den Kerguelen kommen, hier fünf bis sechs Monate liegen bleiben, und so lange darf ich mit der Abreise nicht warten.«

»Die meisten, doch nicht alle, Herr Jeorling, nicht alle Schiffe. Manche kommen nur ganz kurz nach Christmas Harbour. Es wird sich schon eine gute Gelegenheit bieten, und Sie werden es nicht bereuen, nicht mit der ›Halbrane‹ gereist zu sein.«

Ich weiß nicht, ob ich etwas zu bereuen gehabt hätte oder nicht. Aber es stand in den Sternen geschrieben, daß ich die Kerguelen als Fahrgast dieses Schoners verlassen und auf ihm die außerordentlichsten Abenteuer erleben sollte, die in der Seefahrtsgeschichte bis dahin bekannt waren.

Gegen halb acht Uhr, am Abend des 14. August, schlenderte ich nach dem Essen auf dem Kai im Norden der Bucht umher. Das Wetter war trocken, viele Sterne standen am Himmel, ein lebhafter Wind ging, und es herrschte eine fast schneidende Kälte. Unter diesen Umständen konnte der Spaziergang nicht lange dauern. Eine halbe Stunde später war ich deshalb schon wieder auf dem Weg zum »Grünen Kormoran«. Da begegnete mir eine Männergestalt, sie zögerte erst ein wenig, blieb aber dann vor mir stehen.

Es war zu dunkel, als daß ich sie gleich hätte erkennen können. Nach der charakteristischen Stimme handelte es sich um Kapitän Guy, ein Irrtum war fast ausgeschlossen. »Herr Jeorling«, begann er, »morgen soll der Schoner wieder unter Segel gehen – morgen früh – mit Eintritt der Ebbe.«

»Welchen Zweck hat es, mir das zu sagen, da Sie sich ja weigern . . .«

»Ich habe mir die Sache überlegt, und wenn Sie Ihre Meinung inzwischen nicht geändert haben, so stellen Sie sich morgen früh um sieben an Bord ein.«

»Wirklich, Herr Kapitän, ich hatte kaum erwartet, daß Sie noch einmal auf die Sache zurückkommen würden.«

»Wie gesagt, ich habe mir's noch einmal überlegt und kann auch noch hinzufügen, daß wir direkt nach Tristan d'Acunha segeln, was ja, wie ich annehme, Ihren Wünschen entspricht.«

»Vollkommen, Herr Kapitän. Morgen früh um sieben werde ich an Bord sein.«

»Wo Ihre Kabine bereitsteht.«

»Was nun den Fahrpreis angeht . . .« sagte ich.

»Das ordnen wir später«, antwortete er. »Und bestimmt zu Ihrer Zufriedenheit. Bis morgen also.«

»Auf Wiedersehen, morgen!«

Ich hatte dem sonderbaren Mann die Hand entgegengestreckt, um unser Abkommen zu bekräftigen. Vielleicht bemerkte er es der Dunkelheit wegen nicht, er tat jedenfalls nichts dergleichen, sondern entfernte sich rasch auf sein Boot zu, das ihn mit wenigen Ruderschlägen zu dem Schoner zurückbrachte.

Ich war sehr erstaunt, und Meister Atkins nicht weniger, als er nach meiner Rückkehr davon hörte.

»Da haben wir's!« rief er. »Der alte Fuchs, der Hurliguerly, hat doch recht gehabt! Das ändert natürlich nichts daran, daß sein Teufel von einem Kapitän launenhaft wie ein schlecht erzogenes Mädchen ist. Wenn er seine Meinung nur im letzten Augenblick nicht noch einmal ändert.!«

Das war nun nicht gerade anzunehmen, und nach einiger Überlegung sagte ich mir, daß sein Verhalten weder von Phantasie noch von Laune diktiert wurde. Zog der Kapitän seine Weigerung zurück, so hatte er bestimmt ein Interesse daran. Meiner Meinung nach war dieser Sinneswechsel auf die Äußerungen zurückzuführen, die ich über Connecticut und die Insel Nantucket gemacht hatte. Ich nahm mir vor herauszufinden, weshalb das für ihn von Interesse sein konnte.

Meine Vorbereitungen waren bald beendet. Ich gehöre zu den Reisenden, die sich nicht mit unnützen Gepäckstücken belasten, und würde eine Weltreise mit einer gefüllten Brieftasche und einem kleinen Koffer in der Hand unternehmen. Meine wichtigsten Habseligkeiten waren die Pelzsachen, die man bei einer Seefahrt durch diese Breiten unbedingt benötigt. Schon wenn man den südlichen Teil des Atlantischen Ozeans bereist, sind solche Vorsichtsmaßnahmen angebracht.

Am anderen Morgen, dem 15. August, verabschiedete ich mich schon vor Tagesanbruch von dem tüchtigen Atkins. Ich konnte die Aufmerksamkeit und Zuvorkommenheit meines Landsmannes nur loben, der sich auf diese Inseln verbannt hatte und hier mit seiner Familie ganz glücklich und zufrieden lebte. Der dienstfertige Gastwirt wollte mich an Bord begleiten, um dem Kapitän und dem Hochbootsmann Lebewohl zu sagen. Am Kai wartete ein Boot, das uns beide zur Falltreppe des Schoners beförderte.

Der erste, dem ich auf dem Verdeck begegnete, war Hurliguerly. Er warf mir einen triumphierenden Blick zu, der deutlich sagte: »Da sehen Sie es ja! Unser Kapitän, der erst so große Schwierigkeiten machte, hat Sie schließlich doch aufgenommen. Wem anders verdanken Sie das als der braven Teerjacke von Hochbootsmann, der Ihnen bestens gedient hat und seinen Einfluß doch richtig einschätzt.«

Der Kapitän erschien an Deck. Ich wunderte mich jedoch nicht, daß er meine Anwesenheit kaum zu bemerken schien.

Die Arbeiten zur Abfahrt hatten begonnen, die Segel waren aus ihren Hüllen genommen und Drissen und Schoten fertig gemacht. Auf dem Vorderteil überwachte der Leutnant das Drehen des Gangspills, und der Anker mußte bald aus dem Wasser auftauchen.

Der Gastwirt verabschiedete sich und kehrte an Land zurück. Um acht Uhr, als der Ebbestrom am stärksten war, hißte die »Halbrane« ihre unteren Segel und manövrierte aus dem Becken von Christmas Harbour. Im freien Wasser wendete sie dann nach Nordwesten.

Von den Kerguelen zur Prinz-Eduard-Insel

Vielleicht gab es noch nie einen so günstigen Anfang einer Seefahrt. Und statt daß ich bei einer Weigerung von Kapitän Guy noch einige Wochen in Christmas Harbour festgesessen hätte, befand ich mich jetzt – ein ganz unerwarteter Umstand – auf seinem Schiff, das sich bei einem leichten Wind und kaum bewegtem Meer mit einer Geschwindigkeit von acht bis neun Meilen in der Stunde von der Inselgruppe wegbewegte.

Das Innere der »Halbrane« entsprach dem Äußeren – überall herrschte die peinliche Sauberkeit eines holländischen Schoners. Im vorderen Teil des Deckhauses, an der Backbordseite, befand sich die Kabine des Kapitäns, der durch ein aufschlagbares Glasfenster das Deck überwachen und den Wachposten seine Befehle erteilen konnte. Der Leutnant hatte auf der Steuerbordseite seine Kabine. Beide hatten ein schmales Bett, einen nicht sehr großen Wandschrank, einen am Fußboden befestigten Tisch und eine Lampe, die verschiedene nautische Instrumente, ein Barometer, ein Quecksilber-Thermometer, ein Seechronometer und einen Sextanten beleuchtete. Der Sextant jedoch wurde nur aus seinem Kasten genommen, wenn der Kapitän eine Höhenbeobachtung anstellen wollte.

Zwei weitere Kabinen befanden sich im hinteren Teil des Deckhauses. In der Mitte lag ein Raum, in den Holzbänke und ein Eßtisch eingebaut waren. Eine der Kabinen war für mich bestimmt. Sie hatte zwei Fenster, eines nach der Seite hin, das andere zum Heck des Schiffes hin. Dort stand der Steuermann am Rad des Ruders, über sich das große Gaffelsegel.

Meine Kabine war eineinhalb mal zweieinhalb Meter groß. Da ich an die unvermeidliche Einengung auf einem Seeschiff gewöhnt war, brauchte ich weder mehr Raum noch eine reichlichere Ausstattung. Diese bestand aus einem Tisch, einem Wandschrank, einem Rohrlehnstuhl, einem Waschtisch und einem Bett, über das sich wohl ein weniger fügsamer und magerer Passagier beschwert hätte. Da es sich ja nur um eine kurze Überfahrt handelte – die »Halbrane« wollte mich in Tristan d'Acunha absetzen –, bezog ich die enge Kabine, in der ich fünf bis sechs Wochen wohnen sollte.

Beim Fockmast, also fast in der Mitte des Schiffes, war die Küche aufgestellt, die durch kräftige Taue festgehalten wurde. Noch weiter vorn befand sich unter einem kleinen Aufbau die mit einer großen Wachstuchdecke verschlossene Luke, von der aus eine Leiter in die Mannschaftsunterkunft und das Zwischendeck hinabführte. Bei schlechtem Wetter wurde dieser Eingang hermetisch abgeschlossen, damit kein Wasser eindringen konnte, wenn die Wogen das Deck überfluteten. Die acht Mann Besatzung hießen: Holt (Segelmeister), Hardie (Kalfatermeister), Rogers, Drap, Francis, Gratian, Burry und Stern. Alle Engländer von den Küsten des Ärmel- und des St.-Georgs-Kanal waren tüchtige und erfahrene Seeleute und unter einer eisernen Hand von bemerkenswert guter Diziplin.

Hier sei aber gleich hinzugefügt, daß der Mann, dem sie auf ein Wort, auf einen Wink gehorchten, nicht der Kapitän war, sondern der zweite Offizier, der damals zweiunddreißig Jahre alte Leutnant West.

Ich habe bei meinen vielen Reisen über die Ozeane nie einen so festen Charakter getroffen. West war auf dem Meer geboren und war von Kindesbeinen an nirgends anders gewesen als auf einem von seinem Vater geführten Frachtschiff, auf dem seine ganze Familie wohnte. Solange er lebte, hatte er nie eine andere Luft als die des Kanals, des Atlantiks oder des Pazifiks geatmet.

Lag das Schiff im Hafen, so betrat er das Land nur notgedrungen in dienstlichen Angelegenheiten, die mit Hafenbehörden oder Händlern zu erledigen waren. Mußte er im Dienst das Schiff wechseln, so brachte er seinen Leinensack dorthin und ließ kein Wort darüber fallen. Ein Seemann mit Leib und Seele, der Beruf machte sein ganzes Leben aus, und wenn er nicht wirklich segelte, so fuhr er in Gedanken herum. Nachdem er Schiffsjunge, Leichtmatrose und Vollmatrose gewesen war, wurde er Aufseher über Segel und Pumpen, dann Hochbootsmann und schließlich Leutnant auf der »Halbrane«, wo er unter dem Kommando von Kapitän Guy nun schon seit sechs Jahren die Stelle des zweiten Offiziers einnahm.

Zur Vervollständigung der Aufzählung führe ich hier noch den Schiffskoch an, einen Neger von der afrikanischen Küste namens Endicott, der schon seit acht Jahren seinen Dienst als »Coy« oder Koch versah. Der Hochbootsmann und er verstanden sich sehr gut, oft sah man sie kameradschaftlich miteinander schwatzen. Hurliguerly bildete sich übrigens ein, viele besondere Küchenrezepte zu besitzen, die Endicott manchmal ausprobierte, ohne jedoch damit bei seinen Tischgästen einen Erfolg zu erzielen.

Die »Halbrane« war unter günstigsten Umständen abgefahren. Es herrschte eine ziemliche Kälte, denn unter dem 48. Grad südlicher Breite ist noch vollständiger Winter. Das Meer war aber ruhig, und es wehte ein leichter, beständiger Ostsüdostwind. Wenn diese Witterung, wie zu erwarten war und wie wir hofften, anhielt, so brauchten wir unsere Segelstellung voraussichtlich kein einziges Mal zu verändern und mußten nur die Taue etwas nachlassen, um nach Tristan d'Acunha zu gelangen.

Das Leben an Bord verlief sehr regelmäßig, einfach und, was freilich nur auf dem Meer Geltung hatte, in einer Eintönigkeit, die doch einen gewissen Reiz hatte. Auf einem Schiff zu sein, das ist die Ruhe in der Bewegung, das Schaukeln im Traum, und ich beklagte mich nicht über meine Isoliertheit. Höchstens hätte meine Neugierde gern eines gewußt: Warum hatte sich der Kapitän nach seiner anfänglichen Weigerung plötzlich anders besonnen? Den Leutnant zu fragen, wäre verlorene Mühe gewesen, und dieser kannte die Geheimnisse seines Vorgesetzten vielleicht gar nicht. Das hatte nichts mit seinem Dienst zu tun, und er kümmerte sich ja, wie bereits erwähnt, um nichts, was außerhalb seiner Dienstpflichten lag. Durch die einsilbigen Antworten Wests hätte ich auch nicht viel erfahren. Während der Mahlzeiten wurden kaum zehn Worte gewechselt. Ich muß aber gestehen, daß ich den Blick des Kapitäns häufig starr auf mich gerichtet sah, als wollte der

Mann mich nach etwas fragen. Es hatte den Anschein, als wollte er von mir etwas erfahren, während im Gegenteil ich es war, der etwas von ihm erfahren wollte. Tatsächlich aber blieben wir, der eine wie der andere, stumm.

Das Wetter blieb beständig. Am Nachmittag des 18. August meldete die Wache unter 42 Grad 59 Minuten südlicher Breite und 47 Grad östlicher Länge von Steuerbord die Bergspitzen der Crozetgruppe, deren Gipfel bis zu 1365 Meter über das Meer aufsteigen.

Am nächsten Tag ließen wir die nur während der Fangzeit besuchten Inseln Possession und Schweine an Backbord liegen. Zur Zeit hatten sie als einzige Bewohner nur eine Menge von Vögeln, Herden von Pinguinen und Chionis, die ähnlich wie die Tauben fliegen und von den Walfängern deshalb »white Pigeons« (weiße Tauben) genannt werden.

Die Annäherung an ein Land ist immer von besonderem Interesse. Mir kam da gelegentlich der Gedanke, daß der Kapitän jetzt das Schweigen gegen seinen Fahrgast brechen würde. Er tat es aber nicht.

Bewahrheiteten sich die Prophezeiungen des Hochbootsmanns, so mußten in drei Tagen die Bergspitzen der Marion- und der Prinz-Eduard-Insel im Nordwesten auftauchen, an denen aber nicht angelegt werden sollte. Erst bei Tristan d'Acunha wollte die »Halbrane« ihren Wasservorrat erneuern. Ich erwartete also keinerlei Zwischenfall, der die Einförmigkeit unserer Fahrt unterbrechen sollte.

Am Morgen des 20. August aber, als West nach der ersten Beobachtung des Stundenwinkels die Wache hatte, erschien zu meiner größten Verwunderung Kapitän Guy auf dem Deck und stellte sich vor das Kompaßhäuschen, dessen Scheibe er, wohl mehr aus Gewohnheit, beobachtete.

Ich saß dicht an Backbord, und wenn ich auch nicht sagen kann, ob der Kapitän mich bemerkt hatte oder nicht, so störte meine Anwesenheit ihn in keiner Weise. Ich war entschlossen, mich genausowenig um ihn zu kümmern, und blieb daher ruhig am Barkholz gelehnt.

Der Kapitän machte einige Schritte, beugte sich über die Schanzkleidung hinaus und betrachtete den langen, feinen Streifen Kielwasser, den der schnell dahingleitende Schoner wie ein Band feiner Spitzen nach sich zog.

Hier konnte man nur von einer einzigen Person gehört werden, von dem Mann am Ruder – jetzt dem Matrosen Stern –, der, die Hände an den Griffen des Steuerrades, die »Halbrane« immer auf den richtigen Kurs zurückbrachte, wenn sie, wie auf dem hohen Meer häufig, etwas davon abwich.

Immerhin schien Kapitän Guy nicht im mindestens darauf zu achten, denn plötzlich näherte er sich mir und begann, wie immer mit Flüsterstimme: »Herr Jeorling – ich hätte etwas mit Ihnen zu besprechen.«

»Bitte, Herr Kapitän, ich bin ganz Ohr.«

»Bisher tat ich es nicht ... Offen gestanden, ich bin nicht zum Plaudern geschaffen. Und dann – hätten Sie an meiner Unterhaltung Interesse gehabt?«

»Sie tun Unrecht, daran zu zweifeln«, erwiderte ich. »Ihre Worte wären bestimmt hochinteressant gewesen.«

Ich glaube nicht, daß er das als Ironie auffaßte, jedenfalls verriet er das nicht.

»Ich stehe Ihnen zur Verfügung«, setzte ich hinzu.

Der Kapitän schien noch immer unentschlossen; seine Haltung zeigte, daß er sich wieder fragte, ob er nicht doch besser schweigen sollte.

»Herr Jeorling«, begann er endlich. »Haben Sie herauszufinden versucht, weshalb ich meine Meinung über Ihre Einschiffung zuletzt doch änderte?«

»Versucht habe ich es wohl, gelungen ist es mir nicht, Herr Kapitän. Vielleicht meinten Sie als Engländer, da Sie keinen Landsmann vor sich hatten, ihn nicht ...«

»Nein, nein, Herr Joerling. Gerade weil sie Amerikaner sind, kam ich zuletzt zu dem anderen Entschluß, Ihnen die Überfahrt auf der ›Halbrane‹ anzubieten.«

»Weil ich Amerikaner bin?« fragte ich, durch dieses Geständnis überrascht.

»Und besonders – weil Sie aus Connecticut sind.«

»Ich verstehe Sie nicht ...«

»Sie werden mich gleich verstehen ... Da Sie aus Connecticut sind und die Insel Nantucket besucht haben, ist es doch möglich, daß Sie die Familie von Arthur Gordon Pym kennengelernt haben.«

»Von jenem Helden, dessen Abenteuer unser Romanschriftsteller Edgar Poe geschildert hat?«

»Derselbe, Herr Jeorling. Eine Schilderung, die er nach der Handschrift abfaßte, in der alle Einzelheiten der außerordentlichen und unheilvollen Reise durch das Antarktische Meer aufgezeichnet sind!«

Ich fand keine Antwort und fragte mich heimlich, mit wem ich es hier wohl zu tun hätte.

»Sie haben meine Frage gehört«, fuhr der Kapitän fort.

»Ja – sicher – Herr Kapitän. Ich weiß nur nicht, ob ich Sie richtig verstanden habe.«

»Dann werde ich sie noch einmal deutlicher wiederholen, Herr Jeorling, denn ich hätte gern eine genaue Antwort.«

»Es würde mich sehr freuen, wenn ich Ihnen helfen könnte.«

»Ich frage Sie also, ob Sie in Connecticut mit der Familie Pym, die auf der Insel Nantucket wohnte und mit einem der geachtetsten Anwälte der Staates verwandt war, persönlich bekannt waren? Der Vater von Arthur Pym, ein Schiffslieferant, war einer der angesehensten Händler der Insel. Sein Sohn nun wurde in die Abenteuer verwickelt, die Edgar Poe nach der Erzählung des jungen Mannes geschildert hat.«

»Diese Abenteuer hätten sogar noch seltsamer ausfallen können, Herr Kapitän, da die ganze Erzählung ja der unerschöpflichen Phantasie des Dichters entsprungen ist. Das Ganze ist doch die reine Erfindung.«

»Die reine Erfindung?«

Jedes dieser drei Worte betonte der Kapitän stärker, während er mit den Achseln zuckte.

»Sie glauben also auch nicht daran?«

»Weder ich noch sonst jemand glaubt an wirkliche Unterlagen für diese Schilderungen, und Sie, Kapitän Guy, sind der erste, von dem ich höre, daß sie kein Roman seien.«

»Hören Sie nur weiter, Herr Jeorling. Wenn jener ›Roman‹, wie Sie ihn zu bezeichnen lieben, auch erst im letzten Jahr erschienen ist, so ist er trotzdem wahr. Es sind zwar schon elf Jahre seit den darin berichteten Ereignissen vergangen, aber sie beruhen auf Wahrheit, und man wartet noch immer auf die Lösung des Rätsels.«

Offenbar war der Kapitän übergeschnappt und befand sich in einem Zustand, in dem seine geistigen Fähigkeiten verwirrt waren. Doch wenn er den Verstand verloren hatte, dann war zum Glück immer noch West da, um die Führung des Schoners zu übernehmen. Ich konnte ihm also weiter zuhören, und da ich den Roman von Edgar Poe nach mehrmaligem Durchlesen gut kannte, war ich neugierig, was der Kapitän noch darüber sagen würde.

»Ist es denn möglich«, begann er wieder, diesmal mit schärferer Betonung und einer Stimme, die seine nervöse Erregung deutlich verriet, »daß Sie die Familie Pym nicht gekannt haben, ihr weder in Providence noch auf Nantucket begegnet sind?«

»Weder dort noch anderswo!« versicherte ich.

»Mag sein. Doch hüten Sie sich davor zu behaupten, es habe diese Familie nicht gegeben, Arthur Gordon Pym sei eine erfundene Persönlichkeit und seine ganze Fahrt ein Phantasiegebilde! Ja, hüten Sie sich davor wie vor der Ablehnung der Dogmen unserer Religion! Wäre ein Mensch, und selbst Ihr Edgar Poe, imstande gewesen, so etwas zu erfinden!«

Bei der zunehmenden Heftigkeit des Kapitäns hielt ich es für besser, seine krankhaften Ideen zu respektieren und sie ohne Widerspruch hinzunehmen.

»Jetzt, mein werter Herr«, faselte er weiter, »achten Sie auf die Tatsachen, die ich anführen werde, sie sind an sich bewiesen und machen eine Diskussion darüber unnötig. Sie mögen daraus Schlüsse ziehen, wie es Ihnen beliebt, ich hoffe aber, Sie geben mir keinen Anlaß, mich darüber zu beklagen, daß ich Sie auf der ›Halbrane‹ mitgenommen habe.«

Das war deutlich genug ausgedrückt, und ich machte ein Zeichen der Zustimmung. Tatsachen, Tatsachen, die einem halb außer Ordnung geratenen Gehirn entstammten? Die Reise versprach merkwürdig zu werden.

»Als der Bericht von Edgar Poe im Jahr 1838 erschien, befand ich mich in New York«, fuhr der Kapitän fort. »Augenblicklich eilte ich nach Baltimore, wo die Familie des Verfassers wohnte, dessen Großvater im Unabhängigkeitskrieg als Generalquartiermeister gedient hatte. Sie geben, wie ich vermute, doch die Existenz der Familie Poe zu, wenn Sie auch die der Familie Pym leugnen?«

Ich blieb stumm, ich wollte meinen Partner bei seinen abschweifenden Auslassungen nicht unterbrachen.

»Ich erkundigte mich«, berichtete er weiter, »nach Einzelheiten über Edgar Poe. Man gab mir die Adresse seiner Wohnung, und ich ging dorthin. Erste Enttäuschung! Er hatte Amerika damals schon verlassen, und ich konnte ihn nicht sehen.« Mir erschien das als ein unglücklicher Zufall, denn in Anbetracht der Befähigung von Poe zum Studium der verschiedenen Geisteskrankheiten hätte er in unserem Kapitän ein ganz vollendetes Muster gefunden.

»Bedauerlicherweise«, fuhr Kapitän Guy fort, »war es mir nach diesem Mißerfolg ebenso unmöglich, von Arthur Gordon Pym nähere Einzelheiten zu erhalten. Dieser kühne Pionier der antarktischen Gebiete war bereits tot. Wie es der amerikanische Dichter am Schluß seines Berichtes mitgeteilt hatte, war der Tod Pyms der Allgemeinheit auch schon durch die Zeitungen bekanntgegeben worden.«

Was der Kapitän sagte, beruhte auf Wahrheit. In Übereinstimmung mit allen Lesern des Romans hielt ich aber jene Erklärung nun für einen Kunstgriff, einen Trick des Dichters. Meiner Ansicht nach gab der Verfasser, der dieses Werk seiner Einbildungskraft nicht durch eine greifbare Lösung schließen konnte und wollte, damit zu verstehen, daß der Inhalt der letzten drei Kapitel nicht auf der Überlieferung von Pym selbst beruhte, der sein Leben unter überraschenden und beklagenswerten Umständen, die er der Öffentlichkeit vorenthielt, beendet hatte.

»Da Edgar Poe«, sprach der Kapitän weiter, »abwesend und Pym schon tot war, blieb mir nur noch eine einzige Aufgabe: Ich mußte den Mann finden, der sein Reisegefährte gewesen war, jenen Dirk Peters, der ihm bis in die höchsten Breiten gefolgt war, von wo beide – wie, das weiß kein Mensch – wieder zurückkehrten.

Ob Arthur Pym und Dirk Peters den Rückweg zusammen gemacht hatten, verschweigt leider der Bericht. Ich finde übrigens noch einige andere unaufgeklärte Punkte. Jedenfalls wies Edgar Poe darauf hin, daß der in Illinois wohnende Peters in der Lage sein werde, noch einige Mitteilungen über nicht veröffentlichte Kapitel zu machen. Ich reiste nun sofort nach Illinois – und zwar nach Springfield. Dort erkundigte ich mich nach dem Gesuchten. Er war ein Mestize von indianischer Herkunft, der in dem Ort Vandalia wohnte. Ich begab mich also dorthin . . .«

»Ohne ihn zu finden?« Ich mußte ihn einfach unterbrechen.

»Zweite Enttäuschung! Er war nicht da, Herr Jeorling, oder er war – richtiger ausgedrückt – nicht mehr da. Schon vor einigen Jahren hatte dieser Peters Illinois, sogar die Vereinigten Staaten, verlassen – keiner weiß, wohin. In Vandalia habe ich aber mit Leuten gesprochen, die ihn gekannt haben, bei denen er zuletzt wohnte. Er hatte ihnen von seinen Abenteuern erzählt, aber nichts von ihrem Ende, von jenem Geheimnis, das nur er allein kennt.«

Wie? Dirk Peters hatte gelebt – lebte noch? Ich war nahe daran, den Erklärungen des Kapitäns zu glauben. Noch einen Augenblick, und auch bei mir wäre nicht mehr alles in Ordnung gewesen.

Welche Geschichten hatte der Kapitän in seinem Kopf, auf welche Stufe geistiger Verkommenheit war er schon gesunken? Er lebte tatsächlich in der Einbildung, seine Reise nach Illinois gemacht und in Vandalia Leute gesehen zu haben, die Dirk Peters gekannt hatten! Daß dieser Mann verschwunden war, glaubte ich gern, weil er immer nur im Gehirn des Dichters existiert hatte.

Ich wollte aber den Kapitän nicht unterbrechen, um seinen Zustand nicht noch zu verschlimmern. Also gab ich vor, alles zu glauben, was er erzählte, selbst als er hinzufügte: »Es wird Ihnen nicht entgangen sein, daß in dem Bericht von einer Flasche die Rede ist, einer Flasche mit einem versiegelten Schreiben, die der Kapitän des Schoners, auf dem Arthur Pym sich befand, am Fuß eines Berges auf den Kerguelen niedergelegt hatte?«

»Das wird tatsächlich erwähnt«, bestätigte ich.

»Nun, bei einer meiner letzten Fahrten habe ich nach der Stelle gesucht, wo die Flasche sein sollte. Ich habe sie gefunden, auch den Brief. Und im Brief steht, daß der Kapitän und sein Passagier alles versuchen würden, die äußerste Grenze des Südpolarmeeres zu erreichen.«

»Wie, Sie haben die Flasche und den Brief gefunden?« fragte ich staunend.

»Ja!«

Ich sah Kapitän Guy an. Wie Menschen mit Wahnideen oder teilweise Verrückte glaubte er offenbar an seine eigenen Erfindungen, und ich wollte ihn schon bitten, mir den Brief zu zeigen. Ich unterließ es jedoch, da er ja auch fähig gewesen wäre, einen zu fälschen.

»Es ist wirklich bedauerlich, daß Sie Peters nicht mehr in Vandalia getroffen haben«, antwortete ich statt dessen. »Er hätte Ihnen gewiß erzählt, wie Pym und er zurückgekehrt sind. Erinnern Sie sich – im vorletzten Kapitel –, da sind beide noch da. Ihr Boot schwankt vor einer dichten weißen Nebelwand – es fällt gerade in dem Augenblick den Katarakt hinab, in dem eine verschleierte Menschengestalt auftaucht. Dann folgt nichts mehr – nur zwei Zeilen mit Gedankenstrichen . . .«

»Ja gewiß, ich beklage es auch, daß ich Peters nicht mehr angetroffen habe! Wie interessant wäre es gewesen, vom Ausgang der Abenteuer zu hören. Aber noch mehr hätte es mich interessiert, vom Schicksal der anderen zu hören.«

»Der anderen?« rief ich unwillkürlich. »Von wem sprechen Sie denn da?«

»Von dem Kapitän und der Mannschaft des Schoners, der Pym und Peters nach dem Schiffbruch der ›Grampus‹ aufgenommen hatte und sie dann durch das Polarmeer bis zur Insel Tsalal beförderte.«

»Herr Guy«, bemerkte ich immer noch scheinbar überzeugt von der Wahrheit des Romans, »waren denn diese Leute nicht alle ums Leben gekommen, die einen beim Überfall des Schoners, die anderen bei dem Einsturz, den die Bewohner von Tsalal absichtlich verursachten?«

»Wer weiß das«, erwiderte der Kapitän mit einer von innerer Erregung veränderten Stimme. »Wer weiß, ob nicht einige das Gemetzel oder den Einsturz überlebt haben, ob nicht einer oder mehrere den Eingeborenen entkommen sind.«

»Jedenfalls kann man doch kaum annehmen, daß die vielleicht Geretteten jetzt noch am Leben wären.«

»Und warum nicht?«

»Weil die Vorfälle sich schon vor elf Jahren ereigneten.«

»Herr Jeorling«, entgegnete der Kapitän, »wenn es Pym und Peters gelang, über die Insel Tsalal hinaus bis zum 84. Breitengrad vorzudringen, wenn sie Mittel und Wege gefunden hatten, dort in der Antarktis zu leben, warum sollten ihre Begleiter, wenn sie den Äxten der Eingeborenen entgingen und das Glück hatten, benachbarte Inseln zu erreichen, nicht dort weiter gelebt haben? Warum sollten nicht einige von ihnen noch heute auf eine Rettung warten?«

»In Ihrer Anteilnahme geraten Sie auf einen falschen Weg, Herr Kapitän«, antwortete ich, um ihn irgendwie zu beruhigen. »Jedenfalls wäre es unmöglich . . .«

»Unmöglich!« fuhr er auf. »Wenn es nun nicht anzuzweifelnde Beweise gäbe, handgreifliche Beweise, daß dort Menschen leben? Würde man jemanden, der ihnen helfen möchte, mit einem ›Unmöglich‹ daran hindern?«

Mir wurde eine Antwort erspart – auf die er ja überhaupt nicht geachtet hätte –, denn er wandte sich mit leisem Seufzen nach Süden, als wollte er am Horizont irgend etwas entdecken.

Ich fragte mich nur, was an der jetzigen geistigen Verwirrung von Kapitän Guy schuld sein mochte. War es nur eine bis zum Wahnsinn gesteigerte Menschenliebe, daß er sich für Schiffbrüchige interessierte, die niemals Schiffbruch erlitten hatten, weil sie gar nicht existierten?

Da trat der Kapitän näher auf mich zu, legte die Hand auf meine Schulter und flüsterte mir ins Ohr: »Nein, Herr Jeorling! Was die Mannschaft der ›Jane‹ angeht – das letzte Wort ist noch nicht gesprochen!«

Damit ließ er mich stehen.

Die »Jane«, das war der Name des Schoners, der im Roman Arthur Pym und Dirk Peters aus den Trümmern der »Grampus« gefischt hatte, und jetzt, zum erstenmal, hatte der Kapitän diesen Namen genannt.

Guy, so dachte ich, hieß auch der Kapitän der »Jane«, und sie war ein englisches Schiff, wie dieses hier. Doch was beweist das schon? Welche Schlüsse kann man daraus denn zeihen? Der Kapitän der »Jane« hat ja immer nur in der Phantasie von Edgar Poe existiert, während der Kapitän der »Halbrane« wirklich und leibhaftig lebt. Die einzige Gemeinsamkeit zwischen ihnen ist der Name Guy – er ist in Großbritannien ja sehr verbreitet. Wahrscheinlich hat diese Übereinstimmung der Namen das Gehirn des Kapitäns so verwirrt, daß er sich einbildet, zur Familie des Befehlshaber der »Jane« zu gehören! Das wird ihn in seinen gegenwärtigen Zustand versetzt haben, und deshalb hat er für die erdichteten Schiffbrüchigen eine solche Anteilnahme.

Am übernächsten Tag, dem 22. August, erkannten wir schon im Morgengrauen, nachdem wir die Insel Marion und ihren Vulkan, der etwa 1300 Meter hoch ist, an Backbord hatten liegen lassen, die Umrisse der Prinz-Eduard-Insel. Sie blieb an Steuerbord liegen, und zwölf Stunden später verschwand sie im Abendnebel. Am nächsten Tag schlug die »Halbrane« einen Kurs nach Nordwesten ein – zum nördlichsten Punkt dieser Fahrt.

Der Mann auf der Eisscholle

Die »Halbrane« fuhr immer weiter. Hielt der günstige Wind an, so mußte die Entfernung zwischen Prinz-Eduard-Insel und Tristan d'Acunha – ungefähr dreitausendzweihundert Seemeilen – in vierzehn Tagen zurückgelegt werden und das, wie der Hochbootsmann prophezeit hatte, ohne die Segelstellung ein einziges Mal zu ändern. Manchmal war der Wind so frisch, daß die höchsten Segel eingezogen werden mußten.

Kapitän Guy überließ die Führung des Schiffes ganz West, und dieser tollkühne Leinenhändler – man verzeihe den Ausdruck – ließ nicht eher reffen, als die Maste zu brechen drohten. Ich fürchtete aber nichts, denn mit einem solchen Seemann war eine Havarie fast unmöglich – er hatte die Augen überall und für alles weit offen.

Im Laufe der folgenden vierzehn Tage unterhielt mich der Kapitän nicht weiter mit seinen Erfindungen über Arthur Pym; es schien, als habe er sich mit mir noch nie über die Abenteuer dieses Helden des südlichen Eismeeres unterhalten. Hätte er gehofft, mich von seinen Ansichten zu überzeugen, so wäre das ein Beweis sehr mittelmäßiger Intelligenz gewesen. Wie konnte auch ein vernünftiger Mann ernsthaft über diese Dinge sprechen? Wäre er nicht ebenso verrückt wie Kapitän Guy, und hätte er nicht seinen Verstand völlig eingebüßt? Wie konnte jemand – und ich wiederhole es immer wieder – den Bericht von Poe nicht als Erfindung ansehen?

Man bedenke nur: Ein englischer Schoner wäre tatsächlich bis zum 84. Grad südlicher Breite vorgedrungen, und diese Fahrt wäre nicht zu einem sensationellen Ereignis geworden! Arthur Pym hätte man nach seiner Rückkehr aus der Antarktis neben Cook, Wedell und Biscoe stellen müssen.

Wieso wurden ihm und Dirk Peters, den beiden Passagieren der »Jane«, die noch weiter südlich vorgedrungen waren, keine öffentlichen Ehrungen zuteil? Und was sollte man von dem von ihnen entdeckten freien Meer halten, von der außerordentlich hohen Geschwindigkeit der Strömungen, die zum Pol hin führten, von der abnormen Temperatur des Wassers, das von unten so stark erwärmt wurde, daß man die Hand nicht hineintauchen konnte, was von dem Dunstwall am Horizont, von dem Gaskatarakt, der sich manchmal spaltet und hinter dem dann Gestalten von übermenschlicher Größe auftauchen?

Sah man einmal von den vielen Unwahrscheinlichkeiten ab, so hätte mich doch sehr interessiert, wie Pym und der Mestize von so weit her zurückgekommen sind, wie sie in ihrem tsalalischen Boot wieder über den Polarkreis zurückgekehrt waren und wie sie schließlich aufgefunden und nach Hause befördert wurden. Wäre Arthur Pym in einem gebrechlichen Boot über zwanzig Breitengrade weit gefahren und hätte er damit das Packeis durchbrochen und eines der nächstgelegenen Länder erreicht, so hätte er die Vorfälle unterwegs sicher irgendwo erzählt. Man kann nun freilich einwerfen, daß Pym ja starb, ehe er den letzten Teil seines Berichts schreiben konnte. Zugegeben; doch ist es wahrscheinlich, daß er dem Herausgeber des »Southern Literary Messenger« überhaupt nichts davon erzählt hätte? Und warum sollte Dirk Peters, der angeblich noch einige Jahre in Illinois gewohnt hatte, über den Ausgang des Abenteuers geschwiegen haben? Sollte er ein Interesse daran haben, nicht davon zu sprechen?

Den Worten des Kapitäns zufolge, war er selbst nach Vandalia gereist, wo Dirk Peters dem Roman nach lebte, er hatte ihn aber nicht mehr angetroffen. Das glaube ich gern. Wie Arthur Pym hatte er ja nur in der Phantasiewelt des Dichters existiert. Zeigt es aber nicht die Kunst dieses Mannes, daß seine Erfindung von einigen Menschen als Wahrheit angesehen wird?

Ich begriff, daß es völlig zwecklos gewesen wäre, mit dem von seiner fixen Idee besessenen Kapitän noch weiter zu verhandeln und Beweise anzuführen, die ihn doch nicht überzeugt hätten. Er war noch düsterer und verschlossener als jemals zuvor und erschien nur noch auf Deck, wenn es dringend nötig war. Dann aber schaute er ununterbrochen nach Süden, als könne er dort etwas entdecken.

Ein sonderbarer Schwärmer, unser Kapitän! Zum Glück blieb er aber sonst vernünftig, sein Können als Seemann war unbeeinflußt, und die Befürchtungen, die ich anfangs gehabt hatte, schienen sich nicht zu bewahrheiten.

Ich wollte jedoch unbedingt erfahren, warum Kapitän Guy so am Schicksal der angeblichen Schiffbrüchigen der »Jane« interessiert war. Selbst wenn man den Bericht Pyms für wahr hielt, welchen Nutzen hatte seine Anteilnahme? Auch wenn einzelne Matrosen, ihr Kapitän und seine Offiziere die Explosion und den Bergsturz überlebt hatten, konnte man denn daraus schließen, daß sie auch jetzt noch am Leben waren? Elf Jahre waren, laut Pym, seitdem vergangen, und wie hätten die Männer, wenn sie den Inselbewohnern wirklich entkommen waren, seitdem leben können?

Doch jetzt ertappte ich mich selbst bei der ernsthaften Betrachtung von Ansichten, denen jede Grundlage fehlte. Noch etwas mehr, und ich fing tatsächlich noch an, über die Existenz von Arthur Pym, Dirk Peters und ihre Begleiter und an die im Packeis verlorene »Jane« und den jetzigen Kurs der »Halbrane« Überlegungen anzustellen.

Wir schrieben den 3. September. Kam es zu keinem Zwischenfall, mußte der Schoner in drei Tagen in Sichtweite des Hafens sein.

An diesem Tag spazierte ich zwischen zehn und elf Uhr vormittags an der Windseite des Schiffes zwischen Vorder- und Hinterteil hin und her. Die »Halbrane« glich eher einem riesigen Vogel, einem der von Pym erwähnten Albatrosse, so leicht glitt sie über das Meer. Am Spill stand West und schaute durch ein Fernrohr auf einen in ein bis zwei Seemeilen Entfernung schwimmenden Gegenstand.

Es war eine Masse mit einer Oberfläche von etwa zehn Quadratmetern, unregelmäßig geformt und mit einer glänzenden Erhebung in der Mitte. Ich ging weiter nach vorn, um den Gegenstand genauer zu betrachten. Dabei hörte ich einige Bemerkungen der Matrosen, die für solche Dinge ja ein besonderes Interesse haben.

»Ein Walfisch ist das nicht«, erklärte der Segelmaat Holt. »Er hätte inzwischen schon zehnmal ausgeatmet und dabei eine Wassersäule hervorgestoßen.«

»Von einem Wal kann überhaupt keine Rede sein«, bestätigte Hardie, der Kalfatermeister. »Vielleicht ist es der Rest eines verlassenen Schiffes?«

»Hoffentlich versenkt es der Teufel ganz!« rief Rogers. »Wenn man da in der Nacht anstößt! Da käme keiner mehr dazu, sich hinter den Ohren zu kratzen, und wir wären ertrunken, ehe wir wüßten, warum!«

»Ganz recht«, stimmte Drap ihm zu. »Diese Wracks sind noch schlimmer als Felsen, denn sie bleiben nie auf einem Fleck; wie soll man sich vor ihnen überhaupt schützen?«

Da kam Hurliguerly auf die Gruppe zu.

»Was halten Sie davon, Hochbootsmann?« fragte ich ihn, als er sich neben mich an die Reling lehnte.

Hurliguerly hatte es schon leichter, ein Urteil abzugeben, denn der Schoner trieb näher an die seltsame Masse heran.

»Das da draußen, Herr Jeorling«, antwortete der Hochbootsmann, »das ist meiner Meinung nach kein Wal und kein Wrack, sondern ganz einfach eine Eisscholle.«

»Eine Eisscholle?« rief ich verwundert.

»Hurliguerly täuscht sich nicht«, mischte West sich ein. »Es handelt sich wirklich um eine Eisscholle, um ein Stück eines Eisberges, das von der Strömung weggetrieben wurde.«

»Bis zum 45. Breitengrad?« ich konnte es nicht glauben.

»Das kommt manchmal vor«, erwiderte der Leutnant. »Manchmal verirren sie sich bis in die Nähe des Kaps, wenn das stimmt, was der französische Kapitän Blosseville berichtet.«

»Dann wird diese hier aber bald zerschmelzen?« bemerkte ich erstaunt, daß mich West einer so langen Antwort gewürdigt hatte.

»Sie ist sicher schon zum größten Teil aufgelöst«, versicherte er. »Was wir hier sehen, ist bestimmt nur der Rest eines Eisberges der vielleicht mehrere Tonnen schwer war.«

Inzwischen war auch der Kapitän aus seiner Kabine heraufgekommen. Als er die Gruppe sah, ging er auf sie zu. Nach einigen, mit leiser Stimme gesprochenen Worten gab West ihm das Fernrohr. Guy richtete es auf den schwimmenden Gegenstand – er war noch etwa eine Meile entfernt –, und nachdem er ihn einige Minuten lang beobachtet hatte, sagte er: »Es ist eine Eisscholle. Ein Glück für uns, daß sie bereits schmilzt. Wenn wir nachts mit ihr zusammengestoßen wären, hätte es ein Unglück geben können!«

Mir fiel die Sorgfalt auf, mit der der Kapitän seine Beobachtungen fortsetzte. Er schien gar kein Ende zu finden und blieb wie angewurzelt stehen. Sein Gesicht zeigte bald hektische Flecken und blasse Stellen, und er murmelte unverständliche Worte.

Es verstrichen einige Minuten. Die »Halbrane« war schon fast vorbeigesegelt, als der Kapitän befahl: »Um ein Quart abfallen!« Ich erriet, was in seinem von einer fixen Idee befallenen Verstand vorging. Diese Scholle vom südlichen Packeis kam ja aus den Gebieten, an die er dauernd dachte. Er wollte sie näher sehen – vielleicht sie anlaufen – vielleicht irgend etwas mitnehmen.

Die »Halbrane« lief nun auf die Eisscholle zu. Bald konnte ich sie besser erkennen.

Da die Sonne in diesem Jahr bereits im September eine große Kraft hatte, wurde das Schmelzen des Eisblocks noch beschleunigt, so daß am Abend sicher nichts mehr davon übrig war.

Der Kapitän betrachtete noch immer die Scholle, jetzt aber ohne Fernrohr. Allmählich trat aus dem Eis ein fremdartiger Körper hervor – eine Gestalt von dunkler Farbe hob sich von dem weißen Untergrund ab.

Wie erschraken wir aber schließlich, als erst ein Arm, dann ein Bein und zuletzt der ganze Körper sichtbar wurden: es war ein Mensch, der in dunklen Kleidern steckte.

Einen Augenblick lang glaubte ich sogar, daß der Körper sich bewegte, daß die Hände sich uns entgegenstreckten.

Die Mannschaft konnte einen Aufschrei nicht unterdrücken. Doch der Körper bewegte sich nicht, er rutschte nur langsam von seinem eisigen Bett herunter.

Ich sah den Kapitän an. Sein Gesicht war so bleich wie das des Leichnams.

Man ging sofort daran, den Körper zu bergen. Vielleicht konnte er noch ins Leben zurückgerufen werden! Zumindest würden die Taschen ein Schriftstück enthalten, mit dem man ihn identifizieren konnte. Nachdem ein letztes Gebet gesprochen war, würden die Überreste dieses Menschen im Ozean, dem Grab der auf See gestorbenen Seeleute, versenkt werden.

Ein Boot wurde flottgemacht, und der Hochbootsmann nahm mit zwei Matrosen darin Platz. Der Schoner lag jetzt fast still und senkte und hob sich mit den Wellen.

Ich beobachtete das Boot, das am Rande der Eisscholle anlegte. Hurliguerly und ein Matrose stiegen an einer Stelle aus, die noch einigermaßen fest zu sein schien. Die beiden krochen zu der Gestalt hin, zogen sie an Armen und Beinen von der Scholle und brachten sie ins Boot. Kurz darauf war das Boot wieder neben dem Schoner. Der von Kopf bis Fuß steinhart gefrorene Leichnam wurde neben den Fockmast gelegt.

Sofort ging Kapitän Guy auf ihn zu und betrachtete ihn aufmerksam, als versuche er, den Mann zu erkennen. Es war ein Seemann, der mit dicker Jacke und Hose bekleidet war. Offenbar war er schon seit mehreren Monaten tot – vielleicht war er schon bald gestorben, nachdem er auf der Scholle weggetrieben wurde.

Er konnte nicht älter als vierzig Jahre gewesen sein – trotz grauer Haare. Seine Magerkeit war erschreckend, er war nur noch ein Skelett, an dem die Knochen fast durch die Haut drangen. Sicherlich war er auf seiner unfreiwilligen Fahrt durch die Antarktis verhungert.

Der Kapitän hob den Kopf des Toten an den Haaren in die Höhe und versuchte, die Augen des Mannes zu betrachten. Plötzlich stieß er einen tiefen Seufzer aus und rief: »Patterson!«

»Patterson?« entfuhr es mir.

Der Name hatte sich, trotz seiner Häufigkeit, in meinem Gedächtnis eingeprägt. Wo hatte ich ihn nur gehört, oder hatte ich ihn irgendwo gelesen?

Der Kapitän stand starr da, nach Süden schauend, als wolle er sofort dorthin segeln. Der Hochbootsmann griff schließlich auf einen Wink Wests hin in die Taschen des Toten und zog ein Messer, ein Stück Kabelgarn, einen leeren Tabaksbeutel und ein ledernes Notizbuch mit einem Schreibstift heraus. Der Kapitän drehte sich um und sagte, als Hurliguerly das Notizbuch West geben wollte: »Gib es mir!«

Einige Seiten darin waren durch die Feuchtigkeit fast ganz verwischt. Auf der letzten Seite aber standen doch einige lesbare Worte, und man wird sich meine Erregung vorstellen können, als der Kapitän sie mit zitternder Stimme vorlas: »Die ›Jane‹ – unter dreiundachtzig – da – seit elf Jahren – Kapitän – fünf Matrosen noch am Leben . . . Eilt – sie zu retten!« darunter eine Unterschrift . . . Der Name Patterson.

Patterson! Jetzt erinnerte ich mich. Das war der zweite Offizier der »Jane«, der Obersteuermann des Schoners, der Arthur Pym und Dirk Peters vom Wrack der »Grampus« aufgenommen hatte – der »Jane«, die bis zur Insel Tsalal gekommen war, der »Jane«, die von den Inselbewohnern überfallen und durch eine Explosion völlig zerstört worden war.

War das alles also doch wahr? Hatte Edgar Poe nicht als Dichter, sondern als »Geschichtsschreiber« gearbeitet? War das Tagebuch von Arthur Gordon Pym die Vorlage gewesen? Dann mußte dieser also leben – oder besser: er hatte gelebt! Er war gestorben, ohne den Bericht über seine außergewöhnliche Fahrt beenden zu können. Wie weit war er von Tsalal aus mit seinem Begleiter noch vorgedrungen, und wie waren die beiden wieder nach Amerika zurückgekommen?

Ich glaubte, mein Kopf würde mir zerspringen. Ich hatte den Kapitän beschuldigt, verrückt zu sein, und nun war ich selbst nahe daran, wie es schien. Nein, das war unmöglich. Ich mußte mich verhört haben, oder ich hatte etwas falsch verstanden.

Sicher war alles nur ein Hirngespinst von mir. Und doch – ein Beweisstück lag vor mir, und die Angaben dieses Pattersons waren zu genau, um erfunden zu sein. Die letzten Zweifel aber wurden nun beseitigt, denn West war es inzwischen gelungen, weitere Bruchstücke zu entziffern: »Seit dem 3. Juni von der Insel Tsalal nach Norden abgetrieben! ... Da ... Noch immer Kapitän William Guy und fünf Leute von der ›Jane‹ ... Meine Scholle treibt durch das Packeis ... ich werde bald nichts mehr zu essen haben ... Seit dem 13. Juni ... Heute – 16. Juni – werde ich sterben ...«

Schon drei Monate war Patterson also tot. Hätten wir ihn doch rechtzeitig gerettet! Er hätte uns von diesem Abenteuer erzählen können. Jetzt aber wird es wohl für immer ein Geheimnis bleiben.

Ich mußte mich nun wohl oder übel den Tatsachen beugen: Kapitän Guy hatte Patterson erkannt. Er hatte den Kapitän der »Jane« begleitet, als dieser auf den Kerguelen eine Flasche liegen ließ, und ich hatte nicht geglaubt, daß der Brief darin echt gewesen war. Seit elf Jahren lebte irgendwo im Süden die restliche Besatzung des Schoners, fast ohne Aussicht, daß ihr jemand zu Hilfe kam.

In diesem Augenblick fiel mir auch wieder die seltsame Übereinstimmung der Namen auf – erklärte sie vielleicht das Interesse unseres Kapitäns für das Abenteuer von Arthur Gordon Pym?

Len Guy drehte sich jetzt um und sah mich scharf an: »Glauben Sie denn nun daran?«

»Ja, sicher ...« stammelte ich. »Doch der Kapitän William Guy von der ›Jane‹ ...«

»Und der Kapitän Len Guy von der ›Halbrane‹ sind Brüder!« antwortete er so laut, daß ihn die ganze Mannschaft hörte. Als wir uns endlich wieder nach der Eisscholle umsahen, war sie verschwunden. Die Sonnenstrahlen und das ziemlich warme Wasser hatten sie aufgelöst, ohne eine Spur zu hinterlassen.

Tristan d'Acunha

Vier Tage später lief die »Halbrane« die Insel Tristan d'Acunha an.

Sicher war es ein außergewöhnlicher Zufall gewesen; das vorhin erzählte Zusammentreffen, das Auftauchen der Leiche von Patterson. Doch jetzt waren der Kapitän der »Halbrane« und sein Bruder neu verbunden, so seltsam das klingen mag.

Mir war es von Anfang an als unwahrscheinlich erschienen, daß der Roman von Poe auf Tatsachen beruhte. Mein Verstand hatte sich einfach dagegen gewehrt, und ich wollte selbst an Beweise nicht glauben. Aber schließlich mußte ich doch nachgeben, und meine letzten Zweifel verschwanden mit dem Auftauchen der Leiche.

Nicht nur unser Kapitän hatte eine Verbindung zu dieser Geschichte, sondern auch der Segelmaat. Holt nämlich war der Bruder eines der besten Matrosen der »Grampus«, der ebenfalls umgekommen war.

Zwischen dem 83. und 84. Grad südlicher Breite hatten also sieben englische Seeleute – jetzt auf sechs vermindert – elf Jahre lang auf einer Insel gelebt. Auf irgendeine Weise waren Kapitän William Guy, der zweite Offizier Patterson und fünf Matrosen der »Jane« allen Gefahren entgangen.

Was wollte Kapitän Guy nun unternehmen? Es konnte gar kein Zweifel aufkommen, daß er alles versuchen würde, um die Überlebenden zu retten. Dazu mußte er zuerst die von Patterson beschriebene Insel Tsalal finden. Sein Leutnant ging auf alle Fälle mit ihm, wenn er es befahl; auch seine Mannschaft zögerte bestimmt nicht und ließ sich auch nicht von möglichen Gefahren, die ihnen auf dieser Expedition drohten, abschrekken.

Jetzt kannte ich auch den Grund, warum Kapitän Guy nie Passagiere aufnehmen und warum er sich an keine Reiseroute halten wollte. Er wartete immer auf eine Gelegenheit, ins Südpolarmeer zu fahren. Wäre die »Halbrane« schon dafür ausgerüstet gewesen, ich glaube, Kapitän Guy wäre sofort nach

Süden gesegelt. Und ich hätte keine Möglichkeit gehabt, ihn davon abzuhalten, nachdem ich es ihm bei meiner Einschiffung versprochen hatte. Auf Tristan d'Acunha aber mußte zuerst Süßwasser aufgenommen werden, außerdem war das Schiff noch nicht für den Kampf gegen die Eisberge ausgestattet. Erst wenn das geschehen war, konnte man versuchen, weiter vorzudringen, als es Cook und Weddell, Biscoe und Kamp gelungen war.

Ich selbst hatte vor, auf Tristan d'Acunha die »Halbrane« zu verlassen und mit einem anderen Schiff meine Reise fortzusetzen.

Für die Fahrt der »Halbrane« nach Süden aber war es noch nicht warm genug. Jetzt, zu Beginn des südlichen Sommers, war die Packeisdecke noch geschlossen. Allen Seefahrern war bekannt, daß solche Unternehmungen nur von Mitte November bis Anfang März mit einiger Aussicht auf Erfolg durchgeführt werden konnten. Dann ist die Lufttemperatur erträglicher, Stürme sind seltener, die Gletscher »kalben« – das bedeutet, daß Eisberge sich ablösen –, das Packeis öffnet sich stellenweise, und die Sonne geht nicht mehr unter. War Kapitän Guy einigermaßen vernünftig, so mußte er diese Vorsichtsmaßregeln beachten. Falls nötig, konnte der Schoner, nach Ergänzen der Wasser- und Lebensmittelvorräte, auf den Falklandinseln oder an der amerikanischen Küste ausgebessert werden, denn die kleine Inselgruppe mitten im Atlantik war dafür wohl schlecht geeignet.

Ich muß hier erwähnen, daß der Kapitän nach dem Zusammentreffen mit der Eisscholle nur noch an Deck kam, um eine Höhenmessung der Sonne vorzunehmen. Danach kehrte er gleich in seine Kabine zurück, und ich sah ihn nur noch beim Essen. Es war unmöglich, ihn aus seiner Schweigsamkeit, die schon völliger Stummheit glich, herauszulocken. Selbst West hätte hier kein Glück gehabt. Ich drängte Kapitän Guy nicht, denn ich dachte, die Stunde werde schon kommen, in der er mir von seinem Bruder William erzählen würde und von seinen Plänen, ihn und seine Begleiter zu retten.

Es war jedoch noch nicht soweit, als wir am 6. September an der Nordwestküste der größeren Insel vor Anker gingen, genau an der Stelle, die Arthur Pym als Ankerplatz der »Jane« bezeichnet hatte.

Zu der Zeit, als die »Jane« hier gelegen hatte, herrschte ein früherer englischer Artillerie-Unteroffizier über eine kleine Kolonie von 26 Personen, die mit einem einzigen, ziemlich kleinen Schoner Handelsverbindungen mit dem Kap unterhielten. Bei unserer Ankunft hatte dieser Gouverneur, er hieß Glaß, vielleicht schon fünfzig Untertanen, ohne daß die britische Regierung dagegen einschritt.

Bei jenem Exunteroffizier mußte die Ankunft der »Halbrane« gemeldet werden. Der Mann schien im übrigen gar nicht so schlimm zu sein, wie wir angenommen hatten. West hatte den Auftrag, die Wasserbehälter zu füllen und frisches Fleisch und Gemüse einzukaufen, und konnte die Zuvorkommenheit von Glaß nur loben, auch wenn er sehr genau auf eine ausreichende Bestellung achtete.

Schon bald nach der Ankunft der »Halbrane« stellte sich heraus, daß es auf Tristan d'Acunha nicht alles gab, was zur Ausrüstung eines Schiffes gehörte, das ins Antarktische Meer fahren wollte. Dagegen gab es eine große Auswahl von Lebensmitteln auf der Insel. Einige Seefahrer hatten Haustiere, Schafe, Schweine, Rinder und Geflügel eingeführt, denn noch gegen Ende des vorigen Jahrhunderts hatte ein amerikanischer Kapitän dort nur einige wilde Ziegen gefunden. Ein anderer Kapitän ließ Zwiebeln, Kartoffeln und verschiedene Gemüse anpflanzen, die in dem fruchtbaren Boden gut gediehen. So erzählt wenigstens Pym in seinem Bericht, und es gibt keinen Grund, daran zu zweifeln.

Wie man sieht, spreche ich von dem Romanhelden wie von einem Menschen, an dessen Existenz ich niemals gezweifelt habe. Auch Kapitän Guy kam seltsamerweise nie mehr auf dieses Thema zu sprechen. Nachdem wir die Notizen Pattersons gefunden hatten, die wohl kaum gefälscht sein konnten, hätte ich doch nur meinen Irrtum zuzugeben brauchen.

Zu den Angaben des Offiziers der »Jane« kam übrigens noch ein weiterer unwiderlegbarer Beweis, der auch meine letzten noch bestehenden Zweifel beseitigte. Am Tag nach unserem Eintreffen ging ich bei dem Ort »Ansiedlung« an Land, an einem schönen Strand aus schwarzem Sand. Ich sagte mir, daß ein solcher Strand doch nicht auf die Insel Tsalal verlegt werden konnte, wo es kein weißes Fleckchen gab, das die Insulaner schließlich in eine solche Aufregung versetzt hatte. Ich hielt die ganze Angelegenheit zwar nicht für frei erfunden, aber Pym war vielleicht doch das Opfer einer Täuschung geworden. Wenn die »Halbrane« jemals zu dieser Insel gelangte, so konnte diese Frage ja immer noch geklärt werden.

Ich begegnete dem Gouverneur Glaß, einem kräftigen Mann mit einem ziemlich verschmitzten Gesichtsausdruck. Seine sechzig Jahre hatten seine Lebhaftigkeit noch nicht abgeschwächt. Neben seinen Geschäften mit dem Kap und den Falklandinseln betrieb er noch einen ausgedehnten Handel mit Robbenfellen und Tran, und seine Geschäfte liefen offenbar zu seiner vollen Zufriedenheit. Da er sehr gern schwatzte, verwikkelte ich diesen Gouverneur von eigenen Gnaden, der jedoch von seiner Kolonie anerkannt wurde, gleich beim ersten Zusammentreffen mühelos in eine Unterhaltung. Wir redeten von diesem und jenem. Er schlug vor, einen Ausflug durch die dichten Wälder, die bis auf halbe Höhe der Berge reichten, zu unternehmen. Ich bedankte mich, mußte aber sein Angebot ablehnen. Die Dauer meines Aufenthalts konnte ich leicht mit mineralogischen Studien ausfüllen. Die »Halbrane« sollte sofort nach dem Einkauf von Vorräten wieder die Anker lichten.

»Ihr Kapitän scheint es ja ganz besonders eilig zu haben«, bemerkte der Gouverneur.

»Finden Sie das?«

»Solche Eile, daß sein Leutnant nicht einmal über den Einkauf von Fellen und Öl verhandelt.«

»Wir brauchen nur frische Nahrungsmittel und Süßwasser, Herr Glaß.«

»Nun, mein Herr«, entgegnete der Gouverneur etwas verdrossen, »was die ›Halbrane‹ nicht mitnimmt, lassen andere Schiffe bestimmt nicht liegen.«

Nach einer Weile fragte er: »Wohin geht der Schoner von hier aus?«

»Auf alle Fälle nach den Falklandinseln, einige Reparaturen sind nötig.«

»Sie sind, wie ich vermute, nur Passagier?«

»Sie haben ganz recht, Herr Glaß. Eigentlich hatte ich sogar vor, einige Wochen auf Tristan d'Acunha zu bleiben, aber das ist jetzt nicht mehr möglich.«

»Das bedaure ich sehr«, erklärte der Gouverneur. »Wir hätten Sie gern bei uns aufgenommen, bis ein anderes Schiff eintrifft.«

»Leider kann ich von Ihrer Gastfreundschaft keinen Gebrauch machen.«

Ich hatte mich in der Tat entschlossen, den Schoner auf keinen Fall zu verlassen. Nach dem Aufenthalt hier wollte die »Halbrane« zu den Falklandinseln segeln, wo alle Vorbereitungen für eine Fahrt in die Antarktis getroffen werden sollten. Ich beabsichtigte, bis dorthin mitzufahren, da ich von dort aus bestimmt bald nach Amerika zurückkehren konnte.

Mit einiger Verwunderung erklärte mir der Gouverneur gerade: »Ich habe von Ihrem Kapitän noch nicht einmal die Farbe seiner Haare gesehen.«

»Ich glaube, er hat überhaupt nicht vor, einmal an Land zu gehen, Herr Glaß.«

»Ist er krank?«

»Nicht daß ich wüßte. Er läßt sich eben durch seinen Leutnant vertreten.«

»Mit dem ist ja nicht zu reden. Man kriegt kaum ein Wort aus ihm heraus. Zum Glück kommt das Geld leichter aus seiner Börse, als Worte aus seinem Mund.«

»Das ist doch das Wichtigste, Herr Glaß!«

»Ja, sicher, Herr . . .«

»Jeorling, aus Connecticut.«

»Jetzt weiß ich doch wenigstens Ihren Namen, wenn ich schon den von Ihrem Kapitän immer noch nicht kenne.«

»Er heißt Guy, Len Guy.«

»Ein Engländer?«

»Ja, ein Engländer.«

»Der könnte sich ruhig die Mühe machen und einen Landsmann besuchen, Herr Jeorling. Doch warten Sie, ich habe schon einmal mit einem Kapitän namens Guy zu tun gehabt . . .«

»Etwa William Guy?«

»Ganz recht, William Guy.«

»War er Kapitän der ›Jane‹?«

»Ja, die ›Jane‹ . . .«

»Ist ein englischer Schoner, der vor elf Jahren vor Tristan d'Acunha lag?«

»Ja. Ich war damals schon seit sieben Jahren auf der Insel. Ich erinnere mich ganz genau an William Guy, als ob ich ihn vor mir sähe. Er war ein anständiger Mann, der das Herz auf der Zunge hatte. Ich habe ihm eine Ladung Robbenfelle geliefert. Er sah ein bißchen vornehm aus, sogar stolz, war aber trotzdem gutmütig.«

»Und die ›Jane‹?«

»Die lag an derselben Stelle, wo der ›Halbrane‹ jetzt ankert. Ein hübsches Fahrzeug, mit hundertachtzig Tonnen – sie hatte Liverpool als Heimathafen.«

»Das stimmt, das stimmt alles!« rief ich überrascht.

»Fährt die ›Jane‹ jetzt auch noch?«

»Nein. Mit ziemlicher Sicherheit ist sie verunglückt, und der größte Teil der Mannschaft ist verschwunden.«

»Wie ist denn das passiert, Herr Jeorling?«

»Die ›Jane‹ schlug von hier aus Kurs auf die Auroras-Inseln ein. William Guy wollte noch andere Inseln finden. Er stützte sich dabei auf Angaben . . .«

»Die von mir stammten! Was ist mit diesen anderen Inseln, hat die ›Jane‹ sie entdeckt?«

»Nein, auch nicht die Auroras, obwohl sie sich lange in jener

Gegend aufgehalten hat und immer ein Mann Ausschau halten mußte.«

»Dann muß die ›Jane‹ sie einfach verfehlt haben, denn nach Aussage von verschiedenen Walfängern, die durchaus glaubwürdig sind, müssen die Inseln vorhanden sein. Es ist sogar die Rede davon gewesen, sie nach meinem Namen zu taufen – und wenn sie nicht doch noch entdeckt werden, wäre das recht ärgerlich!« erklärte der Gouverneur und verriet damit eine gute Portion Eitelkeit.

»Damals wollte William Guy ein schon lange geplantes Vorhaben ausführen«, fuhr ich fort. »Ein Passagier der ›Jane‹ hat ihn dazu angetrieben.«

»Arthur Gordon Pym!« rief Glaß sofort. »Und sein Gefährte Dirk Peters. Die beiden sind von dem Schoner aus dem Meer gefischt worden.«

»Haben Sie denn die Leute gekannt?«

»Was für eine Frage! Er war ein seltsamer Bursche, dieser Pym – immer für ein Abenteuer zu haben, dieser Amerikaner. Ich glaube, der wäre gleich bereit gewesen, zum Mond zu fahren! Dann ist er also nicht bis zu den Inseln gekommen?«

»Nein, Herr Glaß. Der Schoner scheint aber bei seiner Fahrt über den Polarkreis vorgedrungen zu sein und bis in das Packeis hinein – er wäre weiter vorgestoßen als je ein Fahrzeug vorher vorgestoßen ist! Leider ist die ›Jane‹ davon nicht zurückgekehrt.«

»Pym und Peters sind also umgekommen, Herr Jeorling?«

»Nein, das nicht. Sie sind der Katastrophe entgangen, der die ›Jane‹ mit fast allen Besatzungsmitgliedern zum Opfer gefallen ist. Sie sind sogar nach Amerika zurückgekehrt – wie, ist allerdings unbekannt. Arthur Pym ist später unter noch ungeklärten Umständen gestorben; der Mestize Peters hatte sich nach Illinois zurückgezogen, ist aber eine Tages spurlos verschwunden.«

»Und William Guy?« fragte Glaß.

Ich erzählte ihm, wie wir die Leiche von Patterson auf der Eisscholle gefunden hatten. Außerdem erwähnte ich, daß der

Kapitän und fünf seiner Leute wahrscheinlich nahe am Pol auf einer Insel lebten.

»Wenn man William Guy und seine Leute doch nur bald retten könnte!« rief Glaß.

»Die ›Halbrane‹ wird es versuchen, sobald sie dafür ausgerüstet ist, denn Kapitän Len Guy ist der Bruder von William Guy.«

»Was Sie nicht sagen! Nun, wenn ich ihn auch nicht kenne, die beiden Brüder scheinen sich gar nicht zu ähneln, wenigstens in ihrem Verhalten gegen den Gouverneur von Tristan d'Acunha unterscheiden sie sich sehr!«

Den Gouverneur schien die Gleichgültigkeit von Len Guy sehr zu kränken. Man bedenke nur: Der Beherrscher dieser unabhängigen Insel wurde von einem Kapitän übergangen! Ein wenig schien ihn aber doch die Aussicht zu trösten, seine Ware um ein Viertel teurer zu verkaufen.

Kapitän Guy beabsichtigte scheinbar nicht, an Land zu gehen. Das war um so auffälliger, als er doch wissen mußte, daß hier die »Jane« vor Anker gelegen hatte. Er hätte sich wenigstens mit dem letzten Europäer, der seinen Bruder gesehen hatte, in Verbindung setzen können. West und seine Leute aber blieben die einzigen, die an Land gingen. Sie beeilten sich, das Kupfer- und Zinnerz, das der Schoner bisher geladen hatte, zu löschen und frischen Proviant und Süßwasser aufzunehmen. Der Kapitän betrat während dieser ganzen Zeit nicht einmal das Deck, und immer saß er über den Tisch gebeugt in seiner Kabine. Auf dem Tisch lagen Karten und Bücher; auf den Karten waren die Südpolargebiete, und die Bücher schilderten frühere Fahrten in die Antarktis.

Darunter befand sich auch ein hundertmal gelesener Band, dessen Seiten umgebogen und mit vielen Bleistiftnotizen versehen waren. Auf dem Umschlag stand der Titel: »Die Abenteuer des Arthur Gordon Pym.«

Auf dem Weg zu den Falklandinseln

Am Abend des 8. September hatte ich von seiner Exzellenz dem Generalgouverneur des Archipels von Tristan d'Acunha – so lautete der offizielle Titel –, von Glaß, Abschied genommen. Früh am nächsten Tag stach die »Halbrane« in See.

Selbstverständlich hatte ich von Kapitän Guy die Erlaubnis erhalten, bis zu den Falklandinseln mitzufahren. Wenn Wind und Wetter so günstig blieben wie bisher, würden wir die Strecke von zweitausend Seemeilen in etwa vierzehn Tagen zurücklegen. Der Kapitän schien von meiner Bitte gar nicht überrascht zu sein – er schien sie erwartet zu haben. Ich dagegen erwartete, daß er doch gelegentlich wieder auf Arthur Pym zu sprechen käme. Seit wir Patterson gefunden hatten, schwieg er hartnäckig, obwohl dadurch doch der Beweis für seine Behauptung vorlag. Bei passender Gelegenheit würde er schon darauf zurückkommen. Im übrigen war er ja fest entschlossen, mit der »Halbrane« nach Süden zu segeln, um nach der »Jane« und ihren Schiffbrüchigen zu suchen.

Die ganze Woche hindurch verlief die Fahrt ohne Zwischenfälle, und wenn es so weiterging wie bisher, würden wir noch Ende September zum ersten Mal die Falklandinseln zu Gesicht bekommen. Die Fahrt ging schon tief nach Süden, denn der Schoner segelte vom 38. bis zum 55. Breitengrad hinunter.

Natürlich hatte es schon früher Versuche gegeben, den Südpol oder doch das Festland, in dem dieser Punkt lag, zu erreichen. Guy hatte mir seine Bücher ausgeliehen, in denen diese Unternehmungen beschrieben waren, darunter auch die »Außerordentlichen Geschichten« von Poe, die ich nach meinen bisherigen Erfahrungen besonders genau studierte.

Ich muß zugeben, daß ich trotz meines nüchternen und kaum schwärmerisch veranlagten Charakters seit der Auffindung von Patterson doch aufgeregt war. Ich war nervös und hatte keine Ruhe mehr. Immer gaukelten mir die Gestalten von Arthur Pym und seinen im Polarmeer zurückgebliebenen Gefährten vor den Augen herum, und in mir erwachte der

Wunsch, an der geplanten Fahrt teilzunehmen. Ich dachte dauernd daran. Eigentlich mußte ich nicht nach Amerika zurück, und es war ziemlich gleichgültig, ob ich sechs oder zwölf Monate länger wegblieb. Ich mußte aber zuerst erreichen, daß Kapitän Guy mich noch länger als Passagier behielt. Doch warum sollte er sich weigern? Auf dieser Fahrt konnte er mir doch zeigen, daß er recht hatte. Er konnte mir die Reste der »Jane« bei der Insel Tsalal vorführen und mir seinen Bruder William gegenüberstellen.

Ich beschloß aber, noch zu warten, bis sich eine günstige Gelegenheit bot, ihn deshalb anzusprechen. Die Sache drängte noch nicht so sehr. Das »Wetter nach Wunsch« schlug plötzlich in völlige Windstille um, und danach kam der Wind mehr aus Süden, so daß wir nur noch langsam vorankamen. Die Dauer der Überfahrt würde sich deshalb wahrscheinlich verdoppeln, und dann durften wir in keinen Sturm geraten. Zum Glück erwies sich der Schoner als ungemein seetüchtig. Außerdem war West ein so erfahrener Seemann, daß wir nichts befürchten mußten.

Vom 22. September bis 3. Oktober, also zwölf Tage lang, trieb uns nur die Strömung vorwärts, und der Abtrieb zur amerikanischen Küste war sehr stark. In dieser Zeit suchte ich vergeblich nach einer Gelegenheit, mit dem Kapitän unter vier Augen zu sprechen. Außer den Mahlzeiten blieb er immer in seiner Kabine, überließ die Schiffsführung dem Leutnant und erschien auf Deck nur, wenn einmal die Sonne durch die Wolken drang und er Höhenmessungen vornehmen konnte. West, das sei nicht verschwiegen, wurde von seiner Mannschaft, mit dem Hochbootsmann an der Spitze, voll unterstützt, und man hätte lange nach einer so geschickten Mannschaft suchen können.

Am 4. Oktober änderte sich endlich das Wetter. Der Wind flaute ab, der hohe Wellengang legte sich allmählich, und am nächsten Tag schien der Wind nach Nordwesten umzuschlagen. Eine günstigere Änderung konnten wir uns gar nicht wünschen. Hielt die Witterung an, so mußten wir in zehn

Tagen die Falklandinseln erreichen. Vom 5. bis 10. Oktober blies der Wind mit der Beständigkeit und Regelmäßigkeit eines Passats; er ließ zwar etwas nach, aber die Richtung blieb unverändert.

Die Gelegenheit, den Kapitän ein bißchen auszuhorchen, bot sich am Nachmittag des 11. Oktober. Er selbst ermöglichte es mir.

Ich saß an Deck, als er aus seiner Kabine kam, sich umsah und dann neben mich setzte. Offenbar wollte er mit mir reden – natürlich über das, was ihn so bewegte. Noch leiser flüsternd als gewöhnlich, begann er: »Seit unserer Abfahrt von Tristan d'Acunha hatte ich noch nicht wieder das Vergnügen, mit Ihnen zu plaudern.«

»Was ich sehr bedauert habe, Herr Kapitän!«

»Ich bitte um Entschuldigung. Aber ich hatte den Kopf so voll. Ich hatte einen Fahrplan zu entwerfen und dabei alles bis ins kleinste vorzusehen. Sie werden mir also nicht böse sein. Jetzt, wo ich Sie kennen- und schätzengelernt habe, bin ich froh, daß Sie bis zu den Falklandinseln mein Passagier bleiben.«

»Ich danke Ihnen sehr für das, was Sie für mich getan haben, Kapitän, und das ermutigt mich auch . . .«

Der Augenblick schien mir sehr günstig zu sein, meine Bitte vorzutragen, doch Guy unterbrach mich.

»Nun, Herr Jeorling, sind Sie endlich überzeugt, daß die ›Jane‹ diese Fahrt tatsächlich unternommen hat, oder halten Sie das Buch von Poe immer noch für ein reines Erzeugnis seiner Phantasie?«

»Nein, Kapitän!«

»Sie zweifeln nicht mehr daran, daß Pym und Peters gelebt haben und daß William Guy, mein Bruder, und seine fünf Begleiter noch am Leben sind?«

»Natürlich nicht, Herr Kapitän! Ich habe nur den Wunsch, daß es Ihnen gelingt, die Schiffbrüchigen zu retten. Ich bin davon überzeugt, daß Sie Ihr Bestes tun werden – und wenn Sie zustimmten . . .«

»Haben Sie darüber mit einem gewissen Glaß sprechen können, mit diesem englischen Exkorporal, der sich als Gouverneur von Tristan d'Acunha bezeichnet?« erkundigte sich Kapitän Guy, ohne mich ausreden zu lassen.

»Ja freilich«, antwortete ich. »Was er mir erzählte, hat meine letzten Zweifel beseitigt. Er erinnert sich noch ganz genau daran, die ›Jane‹ gesehen zu haben, als sie dort vor elf Jahren ankerte.«

»Die ›Jane‹ – aber mein Bruder?«

»Er sagt, er habe ihn persönlich gekannt. Auch mit Pym und Peters sei er häufig zusammengekommen.«

»Hat er gefragt, was aus ihnen geworden ist?«

»Ich habe berichtet, daß Pym tot ist; er hat ihn einen Furchtlosen genannt, einen Waghalsigen, der abenteuerlicher Torheiten fähig gewesen wäre.«

»Sagen Sie: ein Narr, ein gefährlicher Narr! Er ist es doch gewesen, der meinen Bruder zu dieser unglücklichen Reise verführt hat! Man sollte nie vergessen, daß er es in seinem Bericht selbst zugibt!«

»Jener Glaß«, fuhr ich fort, »hat auch Patterson gut gekannt.«

»Er war ein ausgezeichneter Seemann und mutig wie kaum ein anderer. Patterson hatte nur Freunde und war meinem Bruder mit Leib und Seele ergeben. Warum mußten wir ihn erst finden, als er schon tot war?«

»Er hätte Ihnen bei Ihren Nachforschungen sehr viel helfen können.«

»Ja sicher. Weiß Glaß, wo sich die Schiffbrüchigen zur Zeit befinden?«

»Ich habe es ihm gesagt, außerdem habe ich Ihre Pläne erwähnt, sie zu retten.«

Unvermittelt wechselte der Kapitän das Thema und fragte mich: »Glauben Sie, daß alles richtig ist, was Pym in seinem Bericht mitteilt?«

»Manches wird man wohl – wenn man seine Eigenarten berücksichtigt – mit einiger Vorsicht aufnehmen müssen, vor allem das, was mit der Insel Tsalal zusammenhängt. Gerade, was Willian Guy angeht, hat sich Pym ja arg getäuscht, wenn er schreibt, es seien alle umgekommen.«

»Das behauptet er gar nicht, Herr Jeorling. Als er sah, daß die ganze Hügelwand durch das künstliche Erdbeben einstürzte, mußte er doch einfach davon ausgehen, daß er und Peters die einzigen Weißen waren, die noch auf der Insel lebten. Er sagt nichts weiter! Und Sie werden zugeben müssen, daß diese Vermutung keineswegs aus der Luft gegriffen war.«

»Zugegeben, Herr Kapitän.«

»Durch das Notizbuch von Patterson haben wir jetzt die Gewißheit, daß mein Bruder und seine Begleiter noch leben.«

»Doch die Aufzeichnungen Pattersons sagen nichts darüber, ob sie wieder von den Einwohnern von Tsalal gefangengenommen wurden oder ob sie frei geblieben sind. Wir wissen auch nicht, wie er selbst so weit weg gelangen konnte.«

»Das werden wir alles erfahren – ja, das erfahren wir noch. Hauptsache wir wissen, daß mein Bruder und die Matrosen vor vier Monaten noch irgendwo auf der Insel Tsalal gelebt haben. Wir haben es nicht mehr mit einem Roman von Poe zu tun, sondern mit einem zuverlässigen Bericht, der von Patterson bestätigt wurde.«

»Herr Kapitän«, unterbrach ich ihn. »Würden Sie mir erlauben, daß ich bis zum Ende der Fahrt durch die Antarktis bei Ihnen bliebe?«

Der Kapitän starrte mich an, aber er schien von dem Vorschlag, den ich ihm eben machte, nicht besonders überrascht zu sein, vielleicht hatte er ihn erwartet, denn er antwortete einfach: »Sehr gern!«

Die Ausrüstung der »Halbrane«

Man stelle sich ein Rechteck vor, das von Osten nach Westen fünfundsechzig Seemeilen lang und von Norden nach Süden vierzig Seemeilen breit ist, fülle es mit zwei großen Inseln und etwa hundert kleinen, dann hat man die Gruppe, die unter der Bezeichnung Falkland- oder Malouinen-Inseln bekannt ist. Sie liegt dreihundert Seemeilen von der Magellanstraße entfernt und bildet eine Art vorgeschobenen Posten zwischen Atlantik und Stillem Ozean. Die beiden großen Inseln heißen, ihrer Lage entsprechend, Ost-Falkland oder Soledad und West-Falkland. An der Nordseite von West-Falkland liegt Port Egmont.

Als die »Halbrane« in diesem Hafen geankert hatte, gab der Kapitän der gesamten Mannschaft zwölf Stunden Urlaub. Am nächsten Tag sollte mit der sorgfältigen und für die geplante Fahrt auch notwendigen Untersuchung des Schiffsrumpfes und der Takelage begonnen werden.

Noch am selben Tag begab sich Kapitän Guy an Land, um mit dem Gouverneur der Gruppe über die Ausrüstung des Schoners zu verhandeln. Es durfte an nichts gespart werden, denn eine so schwierige Fahrt sollte nicht mit schlechter Ausrüstung begonnen werden. Ich selbst wollte mich mit einer gewissen Summe an den Unkosten der Fahrt beteiligen.

West blieb, seiner Gewohnheit nach, an Bord. Während sich seine Mannschaft erholte, gönnte er sich selbst keine Ruhe, sondern besichtigte den Laderaum.

Ich selbst wollte mich erst am nächsten Tag ausschiffen lassen. Unser Aufenthalt ließ mir noch genügend Zeit, die Umgebung von Port Egmont kennenzulernen und meinen geologischen und mineralogischen Forschungen nachzugehen.

Das bot dem schwatzhaften Hurliguerly natürlich Gelegenheit, mit mir wieder ein »Garn zu spinnen«.

»Meine aufrichtigsten Glückwünsche, Herr Jeorling.«

»Wozu denn, Hochbootsmann?«

»Nun, ich habe gehört, daß Sie uns ins Antarktische Meer begleiten wollen.«

»Ich denke, nicht ganz so weit. Über den 84. Breitengrad hinaus wird die Reise ja kaum gehen.«

»Wie soll man das vorher wissen? Jedenfalls wird die ›Halbrane‹ über mehr Breitengrade kommen, als sie Querleinen an den Strickleitern hat.«

»Wir werden ja sehen.«

»Es scheint Sie nicht zu erschrecken. Na, uns auch nicht, das dürfen Sie glauben. Unser Kapitän hat doch, wenn er auch nicht viel spricht, seine guten Seiten. Man muß ihn nur zu nehmen wissen. Erst hat er Ihnen erlaubt, bis nach Tristan d'Acunha mitzufahren, und jetzt nimmt er Sie sogar bis zum Pol mit.«

»Vom Pol ist gar keine Rede, Hochbootsmann!«

»Mag sein. Aber irgendeiner kommt schon einmal dorthin.«

»Sicher ist das noch nicht. Außerdem habe ich nicht die Absicht, den Pol zu entdecken. Es handelt sich nur um die Insel Tsalal.«

»Einverstanden«, erwiderte Hurliguerly. »Denken Sie aber daran, wie zuvorkommend der Kapitän Ihnen gegenüber war.«

»Wofür ich ihm sehr danke – und auch Ihnen. Ihrem Einfluß verdanke ich es ja, daß ich an dieser Fahrt teilnehmen konnte.« Es ist gut möglich, daß Hurliguerly, der ja im Grunde genommen ein anständiger Kerl war, die Ironie in meiner Antwort bemerkte. Er ließ sich aber nichts anmerken und spielte weiter die Rolle des Gönners. Eine Unterhaltung mit ihm konnte mir aber sehr nützlich sein, denn er kannte sowohl die Falklandinseln als auch andere Inseln im Südatlantik.

Am 17., 18. und 19. Oktober wurde der Rumpf unseres Schiffes genau untersucht. Es zeigte sich, daß kaum Ausbesserungsarbeiten nötig waren. Nur der Hintersteven erhielt einige Verstärkungen, um die Bewegungen des Steuerruders zu sichern und es vor dem Eis zu schützen. Einige Plankennähte wurden frisch kalfatert und neu geteert. Wie die meisten Schiffe, die durch kalte Meere segeln sollen, war die »Halbrane« nicht gekupfert. Beim Anstreifen von Eisschollen reißen deren scharfe Kanten einen Metallbeschlag zu leicht auf.

Nachdem die Arbeiten am Rumpf beendet waren, beschäftigte sich West, mit Unterstützung unseres erfahrenen Segelmaats Holt, mit dem Mastwerk und der Takelage.

»Sie sehen, wir bemühen uns, daß unsere Fahrt ein Erfolg

wird«, sagte der Kapitän an diesem Tag zu mir. »Sollte es aber trotzdem zu einer Katastrophe kommen, so geschieht es deshalb, weil die Menschen nicht gegen das Schicksal ankämpfen sollen.«

»Ich glaube an einen Erfolg«, ermutigte ich ihn. »Ihr Schiff und Ihre Mannschaft könnten nicht besser sein.«

»Sicher, Herr Jeorling, und wir werden alles tun, um ins Eis vorzudringen. Meiner Meinung nach ist ein Segelschiff mindestens ebensogut für diese Fahrt geeignet wie die Dampfschiffe – man weiß ja nicht, was durch sie noch möglich ist, aber mit diesen sperrigen und zerbrechlichen Antriebsrädern im Packeis . . . Außerdem muß immer wieder der Kohlenvorrat erneuert werden. Nein, an Bord eines Segelschiffs kann man doch die Winde aus fast allen Richtungen ausnützen und kann sich auf die Segel seines Schoners verlassen.«

»Ich bin ganz Ihrer Ansicht, und Ihr Schiff ist ausgesprochen seetüchtig. Aber wenn die Fahrt länger dauern wird, werden vielleicht die Nahrungsmittel . . .«

»Wir haben Vorräte für zwei Jahre, Herr Jeorling, und wir haben die besten ausgesucht.«

»Ich habe noch eine Frage: Brauchen Sie denn keine größere Mannschaft? Für die Fahrt selbst sind es ja genug Leute, aber es könnte nötig werden, daß wir jemanden angreifen oder uns verteidigen müssen. Nach den Angaben Pyms hat die Insel Tsalal mehrere tausend Einwohner. Und wenn Ihr Bruder und seine Leute ihre Gefangenen sind . . .«

»Ich hoffe, daß die ›Halbrane‹ durch die Artillerie besser geschützt ist, als die ›Jane‹ es war. Aber für ein kriegerisches Unternehmen würde die Mannschaft nicht ausreichen, und ich habe bereits daran gedacht, Leute anzuwerben. Der Gouverneur will mich dabei unterstützen.«

»Sie werden den Leuten einen hohen Lohn zahlen müssen.«

»Den doppelten – die ganze Mannschaft bekommt ihn.«

»Sie wissen, ich würde mich gern an den Unkosten beteiligen.«

»Vielen Dank, wir werden noch darüber sprechen. Vorläufig

kommt es darauf an, daß die Ausrüstung bald fix und fertig ist. In acht Tagen müssen wir in See stechen können.«

Die Neuigkeit, daß der Schoner ins Südpolarmeer fahren würde, hatte auf den Falklandinseln und vor allem in den Häfen einige Aufregung verursacht. Zur Zeit gab es hier nicht wenige arbeitslose Seeleute, die auf das Eintreffen der Walfänger warteten. Hätte es sich nur um einen Fischzug in der Nähe des Polarkreises gehandelt, so hätte der Kapitän nur die Qual der Wahl gehabt. Sich aber weiter ins Packeis vorzuwagen, als es irgend jemandem bisher gelungen war – auch wenn es sich um die Rettung Schiffbrüchiger handelte –, das gab denn doch zu denken. Man mußte schon lange auf der »Halbrane« sein, um vor einer solchen Fahrt nicht zurückzuschrecken. Und jetzt sollte versucht werden, die Mannschaft des Schoners zu verdreifachen. Mit dem Kapitän, dem Leutnant, dem Hochbootsmann, dem Koch und mir waren wir dreizehn an Bord; die »Jane« hatte achtunddreißig Besatzungsmitglieder gehabt.

Sich so viele neue Matrosen zu beschaffen, das wollte doch überlegt sein. Es war ja fraglich, ob die Seeleute, die sonst bei den Walfängern anheuerten, die erwünschten Garantien boten. Handelte es sich nur um die Aufnahme von vier oder fünf Mann in eine zahlreiche Mannschaft, hatte das nicht viel zu bedeuten. Für die »Halbrane« aber traf das nicht zu. Doch der Kapitän hoffte, eine gute Wahl zu treffen, wenn er von den Behörden unterstützt wurde.

Der Gouverneur selbst entwickelte in dieser Angelegenheit, die ihn sehr interessierte, einen unglaublichen Eifer.

Bei der hohen Bezahlung fehlte es auch nicht an Angeboten. Am Abend vor der geplanten Abfahrt war die Besatzung schließlich vollzählig.

Es gab gute und schlechte unter den Männern – der Leser wird sie im folgenden noch kennenlernen. In Wahrheit aber hätte man bessere oder – wenn man will – weniger schlechte nicht finden können.

Unter den Leuten waren sechs geborene Engländer, unter ihnen ein gewisser Hearne aus Glasgow. Fünf stammten aus den Vereinigten Staaten, und acht waren von anderer, manchmal etwas zweifelhafter Abstammung. Einige waren Holländer andere Halbspanier oder Feuerländer. Der jüngste von ihnen war neunzehn, der älteste vierzig Jahre alt. Die meisten waren schon mehrmals auf Handelsschiffen oder auf Schiffen gefahren, die in den Polargegenden Wale, Robben und andere Tiere fingen. Außerdem hatte die Anwerbung der neuen Mannschaft ja nur den Zweck, die Verteidigung des Schoners zu verbessern.

Alles in allem wurden neunzehn Männer für diese Fahrt von unbestimmter Dauer in die Schiffsrolle eingetragen. Keiner der Matrosen aber hatte früher nur halb soviel Sold erhalten. Von mir abgesehen, bestand die Besatzung, Kapitän und Leutnant, eingerechnet, aus einunddreißig Mann und noch einem, mit dem wir uns eingehender befassen müssen.

Am Abend vor der Abfahrt war im Hafen ein Individuum auf den Kapitän zugetreten, offenbar ein Seemann, was seine Kleidung, Haltung und Sprechweise verrieten.

Dieses Individuum begann mit rauher, schwer verständlicher Stimme: »Herr Kapitän, ich hätte Ihnen einen Vorschlag zu machen. Haben Sie noch Platz für einen Matrosen an Bord?«

»Ja und nein«, antwortete der Kapitän. »Ja nur, wenn der Bewerber mir paßt.«

»Was denken Sie von mir?«

»Du bist Seemann?«

»Ich bin schon zwanzig Jahre gefahren. Im Süden – hören Sie –, weit im Süden.«

»Dein Alter?«

»Vierzig Jahre.«

»Wolltest du dich auf einem Walfänger anheuern lassen?«

»Nein.«

»Was hast du dann hier gemacht?«

»Eigentlich nichts – ich wollte nicht mehr zur See fahren.«

»Warum willst du dich dann jetzt wieder einschiffen?«

»Ich hatte einfach die Idee. Überall hat man von Ihrer Reise gehört, und ich möchte so gern daran teilnehmen, mit Ihrer Zustimmung natürlich. Man wird Ihnen bestätigen, daß mir niemand etwas vorwerfen kann.«

»Schön, ich werde mich erkundigen«, erklärte der Kapitän. »Wie heißt du?«

»Hunt. Ich komme aus Amerika.«

Dieser Hunt war kaum mittelgroß, mit sonnengebräunter Haut, fast einem gebrannten Ziegel ähnlich. Er hatte eine breite Brust, einen mächtigen Kopf und stark gebogene Beine. Er schien sehr kräftig zu sein, vor allem in den Armen. Sein Haar begann grau zu werden und glich mehr einem Fell. Sein Gesicht nahm mich von vornherein nicht gerade für ihn ein. Es zeigte einen ganz besonderen Ausdruck durch den stechenden Blick der kleinen Augen; er hatte einen fast lippenlosen, breiten Mund mit langen Zähnen, die verrieten, daß er noch nie Skorbut gehabt hatte, was bei den in hohen Breiten fahrenden Seeleuten sonst sehr häufig war.

Seit drei Jahren wohnte Hunt auf den Falklandinseln. Er war wenig gesellig und lebte von einer Pension, wofür er sie erhielt, wußte niemand. Er stand nicht in festen Diensten, sondern betrieb auf eigene Faust Fischfang, und das hätte zu seinem Lebensunterhalt genügt.

Die Auskünfte, die der Kapitän erhielt, konnten nur über seine Lebensführung, seit er in Port Egmont wohnte, gehen. Er schlug sich nicht mit anderen herum, er trank nicht, hatte aber öfters gezeigt, daß er sehr stark war. Von seiner Vergangenheit wußte man nur, daß er Seemann gewesen war. Darüber hatte er dem Kapitän eigentlich mehr gesagt als sonst jemandem. Über alles andere schwieg er hartnäckig, sowohl über seine Familie als auch über seinen Geburtsort. Das machte aber nicht viel aus, wenn er sich nur als brauchbarer Matrose erwies.

Alle Erkundigungen gaben keinen Anlaß, Hunt zurückzuweisen. Man hätte wünschen können, daß die anderen Angeworbenen einen ebensoguten Ruf hatten. Hunt richtete sich noch am Abend an Bord ein.

Alles war zur Abreise fertig. Die »Halbrane« führte Lebensmittel für zwei Jahre mit sich: schwach gesalzenes Fleisch, Gemüse, in Essig eingelegten Sellerie und Löffelkraut – beides gegen Skorbuterkrankungen. Im Frachtraum lagen Fässer mit Branntwein und Gin für den täglichen Verbrauch und ein großer Vorrat an Mehl und Schiffszwieback.

Auf Befehl des Gouverneurs waren dem Schoner auch Munition, Pulver, Geschosse, Flintenkugeln und Hagelschrot geliefert worden. Der Kapitän hatte auch Entergeräte gekauft, die von einem auf den Klippen aufgelaufenen Schiff stammten.

Am Morgen des 27. Oktober gingen die letzten Arbeiten sehr schnell vor sich. Dann wurde der Anker gelichtet, und der Schoner begann seine Fahrt.

Ein mäßiger Wind wehte aus Nordwesten, und die »Halbrane« glitt durch die Einfahrt zum Hafen. Im freien Wasser wendete sie sich nach Osten. Am Nachmittag ließen wir Soledad an Backbord liegen, und schließlich verschwanden die Kaps Dolphin und Pembroke am Horizont.

Die Fahrt hatte begonnen.

Gott allein konnte wissen, ob diese mutigen Männer Erfolg haben würden.

Der Anfang der Fahrt

Am 27. September 1830 waren die »Tuba« und die »Lively«, beide unter dem Befehl von Kapitän Biscoe, von den Falklandinseln abgefahren, liefen die Sandwich-Gruppe – nicht zu verwechseln mit den Sandwich-Inseln oder Hawaii – an; sechs Wochen später ging die »Lively« bei den Falklands verloren, doch hofften wir, daß unser Schoner nicht das gleiche Schicksal haben würde.

Kapitän Guy ging von demselben Punkt wie Biscoe aus, der bis zu den Sandwichs sechsunddreißig Tage gebraucht hatte. Schon in den ersten Tagen aber wurde er von dem Treibeis jenseits des Polarkreises so stark behindert, daß der Engländer weit nach Südosten zurückweichen mußte.

Der Kapitän zeigte West und mir diese Route auf der Karte und sagte: »Wir dürfen nicht den Spuren von Biscoe folgen, sondern nur denen von Weddell, der 1822 mit der ›Beaufoy‹ und der ›Jane‹ nach Süden segelte – die ›Jane‹ von Weddell hatte mehr Glück als die von meinem Bruder und ist nicht hinter der Packeisgrenze verschollen.«

»Nun, dann folgen wir eben nicht der Fährte von Biscoe, sondern der von Weddell. Obwohl er nur ein einfacher Robbenjäger war, ist dieser Seemann weiter vorgedrungen als alle seine Vorgänger, er zeigt uns die einzuschlagende Richtung.«

»Und die wir auch einhalten werden, Herr Jeorling. Wenn wir uns nicht verspäten, so sind wir schon Mitte Dezember am Rand des Packeises – das würde noch etwas zu bald sein. Als Weddell an den 72. Breitengrad kam, war es Anfang Februar, und er fand dort kein Stückchen Eis. Am 20. Februar machte er dann bei 74 Grad 36 Minuten halt. Kein Schiff ist weiter nach Süden vorgedrungen – keines außer der ›Jane‹, und die ist nicht zurückgekehrt. An dieser Seite muß sich in der antarktischen Landmasse zwischen dem 30. und 40. Längengrad ein tiefer Einschnitt befinden, da mein Bruder dort, Weddell folgend, bis auf zehn Grad an den Pol herankommen konnte.«

Seiner Gewohnheit nach hörte West schweigend zu. Er betrachtete die Karte, auf die der Kapitän einzelne Abschnitte einzeichnete. Wie immer würde er einen Befehl entgegennehmen und ihn ausführen, aber nicht darüber verhandeln.

Deshalb sagte ich: »Ihre Absicht ist es wahrscheinlich, sich an den Kurs der ›Jane‹ zu halten?«

»So genau wie möglich.«

»Ihr Bruder ist von Tristan d'Acunha nach Süden gesegelt, um die Auroras zu finden, die er aber genausowenig fand wie die Inseln, die der Gouverneur Glaß nach sich benennen will. Er wollte auch den Plan ausführen, über den Pym sicher sehr oft geredet hat. Am 1. Januar hat er dann den Polarkreis zwischen dem 41. und 42. Längengrad überschritten.«

»Das weiß ich«, unterbrach mich der Kapitän. »Und das wird auch die ›Halbrane‹ tun, ehe sie die kleine Insel Bennet und die Insel Tsalal erreicht. Der Himmel gebe, daß sie, wie die ›Jane‹ und die Schiffe von Weddell, dann ein eisfreies Meer vorfindet.«

»Wenn bei unserer Ankunft dort an der Grenze des Packeises noch zuviel Eis angehäuft ist, können wir ja davor im freien Wasser warten.«

»Das werden wir auch tun, Herr Jeorling, denn es ist bestimmt besser, gleich segelfertig an Ort und Stelle zu sein. Das Packeis ist eine Mauer – die Tür öffnet sich ganz plötzlich und schließt sich ebenso schnell. Da muß man aufpassen, muß sofort hinein, an die Rückkehr darf man dabei nicht denken.«

An die Rückkehr dachte an Bord der »Halbrane« im Augenblick freilich niemand.

West bemerkte: »Da wir die Angaben im Bericht Pyms haben, schadet es wenigstens nichts, daß Peters nicht anwesend ist.«

»Glücklicherweise haben wir sie«, meinte der Kapitän. »Denn den Mestizen habe ich nirgends finden können. Die Angaben in dem Tagebuch werden uns schon genügen – sie müssen es auch.«

»Wenn wir unsere Nachforschungen nicht noch weiter ausdehnen müssen!«

»Warum denn, Herr Jeorling? Die Schiffbrüchigen haben doch Tsalal nicht verlassen. Das wird doch aus den Aufzeichnungen von Patterson ganz klar.«

Nun, die »Halbrane« würde ihr Ziel auch ohne Peters, der, wie alle wußten, eben nicht an Bord war, erreichen, wenn die drei Kardinaltugenden eines Seemanns: Aufmerksamkeit, Unerschrockenheit und Ausdauer, nicht vernachlässigt wurden.

Ich hatte mich in ein Abenteuer eingelassen, das weit mehr Überraschungen versprach als meine früheren Reisen. Das hätte wohl kaum jemand von mir erwartet. Aber ich wurde hier einfach von der Neugierde getrieben auf das Unbekannte in den Polargebieten, das so viele Forscher vergeblich zu enträtseln versuchten. Wir konnten nur hoffen, daß es uns gelang, etwas von diesen Rätseln aufzudecken.

Man durfte jedoch nicht vergessen, daß es die eigentliche Aufgabe der »Halbrane« war, William Guy und seine Gefährten zu finden – und zu diesem Zweck folgten wir dem von der »Jane« eingeschlagenen Weg. Die »Halbrane« konnte dann sofort wieder zurückkehren, denn sie brauchte Pym und Peters ja nicht zu suchen.

Während der ersten Tage wurden die neuen Besatzungsmitglieder mit der Dienstordnung bekanntgemacht, und die alten taten alles, um es ihnen zu erleichtern. Trotz der geringen Auswahl schien der Kapitän eine glückliche Hand gehabt zu haben. Diese Matrosen, alle sehr eifrig und willig, wußten genau, daß mit dem Leutnant nicht zu spaßen war. Hurliguerly hatte ihnen zu verstehen gegeben, daß West jedem den Schädel einschlagen würde, der sich nicht ordentlich aufführte. Die Neuen ließen sich das gesagt sein, und es wurde auch keine Bestrafung nötig. Hunt zeigte bei seinen Arbeiten, daß er ein echter Seemann war, er hielt sich jedoch immer abgesondert, redete mit niemand und schlief in einer Ecke auf dem Verdeck, da er nicht in das Mannschaftlogis wollte.

Es war noch ziemlich kalt. Die Leute trugen dicke Jacken und wollene Hemden und Hosen, außerdem hatten sie Südwester, die sie gegen Wind, Schnee und Regen schützen.

Kapitän Guy wollte die Sandwich-Gruppe als Ausgangspunkt nehmen. Der Schoner befand sich dann, dem Längengrad nach, auf dem Weg der »Jane« und mußte nur immer in Richtung Süden fahren, um zum 84. Breitengrad zu kommen.

Die Fahrt brachte uns am 2. November an die Stelle, wo verschiedene Seefahrer die Aurora-Inseln lokalisierten. Aber trotz der Versicherungen der Kapitäne, die eine Aufnahme der Inselgruppe gemacht haben wollten, sahen wir auf der ganzen Strecke keine Spur von Land.

Das Wetter blieb günstig, so daß die Strecke schneller zurückgelegt wurde als von der »Jane«. Wir brauchten uns nicht zu beeilen. Wie ich schon erwähnt habe, würde der Schoner wahrscheinlich eher am Packeis sein, als sich dort eine Pforte öffnete. In den nächsten Tagen wurde die »Halbrane« öfters von Windstößen getroffen, und West ließ deshalb die oberen Segel und die Jager einziehen. Dann lag das Schiff tief im Wasser und hob und senkte sich gleichmäßig mit den Wellen.

Bei diesen Manövern zeigte die neue Mannschaft eine solche Gewandtheit, daß Hurliguerly sie einfach loben mußte. Er hatte auch erkannt, daß Hunt, so täppisch er aussah, allein drei Mann wert war.

»Eine vorzügliche Wahl des Kapitäns«, sagte er zu mir.

»Unterhalten Sie sich manchmal mit ihm?«

»Sehr wenig, Herr Jeorling. Was soll man schon aus diesem Seeigel herausbringen, er bleibt immer für sich und redet mit niemandem. Das Maul dazu hätte er ja, das reicht fast von Backbord bis Steuerbord. Mit einem solchen Werkzeug müßte er eigentlich zusammenhängende Sätze zustandebringen! Und dann – seine Hände! Haben Sie seine Hände schon gesehen? Passen Sie nur auf, wenn er Ihnen die Hand geben will! Ich glaube, einige Finger würden Sie dabei los!«

Hunt war, wenn man ihn genau betrachtete, ein recht sonderbarer Kauz, er verdiente einige Aufmerksamkeit. Wenn er sich gegen die Drehbalken des Spills stemmte oder seine Hände an die Griffe des Steuerrades legte, betrachtete ich ihn öfters.

Mir schien es aber andererseits, daß auch er mich mit einiger Ausdauer beobachtete. Er wußte sicher, daß ich als einziger Passagier an Bord war und weshalb ich mich entschlossen hatte, an dieser Fahrt teilzunehmen. Die Vermutung, daß er neben der Rettung der Schiffbrüchigen von der Insel Tsalal noch ein anderes Ziel verfolgte als wir, war wohl doch zu weit hergeholt. Der Kapitän wiederholte auch immer wieder: »Unsere Aufgabe ist es, unsere Landsleute zu retten. Gott gebe, daß wir nur bis zur Insel Tsalal in die Polargebiete vordringen müssen!«

Am 10. November gegen zwei Uhr nachmittags meldete der Wachposten: »Land voraus an Steuerbord!«

Das Land konnte nichts anderes sein als die Insel Saint Pierre – nach der britischen Bezeichnung Süd-Georgia, Neu-Georgia oder Insel des Königs Georg. Guy wollte hier in der Bai Royale vierundzwanzig Stunden lang liegenbleiben, um frisches Wasser zu fassen, denn die Behälter im Laderaum erwärmten sich leicht. Später, im Treibeis, war ja frisches Süßwasser genug vorhanden.

Im Laufe des Nachmittags umschiffte der Schoner das Kap Buller im Norden der Insel, ließ die Possessions- und die Cumberland-Bai an Steuerbord liegen. In der Bai Royale mußte er sich einen Weg durch die vom Ross-Gletscher herabgestürzten Trümmer suchen. Um sechs Uhr ging die »Halbrane« vor Anker, und da es schon dunkel wurde, verschob man alles weitere bis auf den nächsten Tag.

Am 12. November stach die »Halbrane« wieder in See. Sie steuerte in südlicher Richtung auf die vierhundert Seemeilen entfernte Sandwich-Gruppe zu.

Bisher waren wir noch keiner Eisscholle begegnet. Die Sommersonne hatte noch nicht die Kraft, sie vom Packeisrand abzulösen; die Strömung trug sie dann bis zum 50. Breitengrad hinauf – das ist auf der nördlichen Halbkugel die Höhe von Quebec und Paris.

Der Himmel verlor an Klarheit, und im Osten bauten sich drohende Wolken auf. Ein kalter, mit Regen und Graupelschauern auftretender Wind wehte mit ziemlicher Stärke, doch er war günstig für uns, und so hatten wir keinen Grund zu klagen.

Lästiger waren schon die dichten Nebelbänke, die häufig den Horizont verdeckten. Da diese Gegenden aber noch keine Gefahren boten und ein Zusammenstoß mit Eisbergen oder Packeis nicht zu befürchten war, konnte die »Halbrane« ihre Fahrt nach Südosten unbesorgt fortsetzen.

In der Nacht vom 14. auf den 15. November leuchtete ein undeutlicher, flackernder Schein am westlichen Horizont auf.

Der Kapitän hielt es für den Ausbruch eines Vulkans, vielleicht von dem auf der Insel Traversey. Da wir aber keine Detonationen hörten, schien eine Kursänderung unnötig zu sein.

Der Regen hörte am nächsten Morgen auf, und der Wind drehte sich nach Nordwesten. Dadurch mußten die Dunstmassen bald zerstreut werden.

Am 20. November, um zehn Uhr morgens, wurde der Archipel gesichtet, dem Cook zuerst den Namen Südliches Thule gegeben hatte – als dem südlichsten Land, das bis dahin entdeckt worden war – und das er später Sandwich-Land taufte. Diesen Namen hatte die Inselgruppe auf den Seekarten behalten.

Die »Halbrane« ging für achtundvierzig Stunden bei den Sandwich-Inseln vor Anker. Es erschien uns nämlich ratsam, alle Inseln, auf die wir während unserer Fahrt trafen, eingehend zu besichtigen. Patterson war auf einer Eisscholle weggetrieben worden, und das konnte ja auch einem seiner Gefährten geschehen sein.

Geschützt von den Felsen der Insel Bristol, konnten wir noch am selben Tag in einem Hafen der Ostküste landen.

Der unter 59 Grad südlicher Breite und 30 Grad westlicher Länge gelegene Archipel besteht aus mehreren Inseln, von denen Bristol und Thule die bedeutendsten sind. Der Rest besteht aus kleinen Inseln. Jem West erhielt den Auftrag, mit dem großen Boot nach Thule zu fahren und nach geeigneten Stellen für eine Landung zu suchen, während wir, der Kapitän und ich, auf Bristol an Land gingen.

Dieses Stückchen Land wird nur von den Vögeln der Antarktis bewohnt. Die dürftige Vegetation gleicht der von Neu Georgia: Moose und Flechten – mehr bringt der unfruchtbare Boden nicht hervor. Nur hinter dem Strand stehen einige magere Föhren bis zu den zerrissenen Hügeln hinauf, von denen ab und zu Geröll mit ohrenbetäubendem Lärm herunterpoltert. Nichts deutete auf die Anwesenheit eines Menschen hin. So blieben die Ausflüge, die wir an diesem und am nächsten Tag unternahmen, ohne Ergebnis.

Einmal bemerkte ich zum Kapitän: »Es ist Ihnen sicher

bekannt, welche Ansicht Cook von der Sandwich-Gruppe hatte, als er sie entdeckte. Zuerst glaubte er, auf ein Festland gekommen zu sein. Seiner Meinung nach lösten sich hier die Eisberge ab, die danach von den Strömungen in wärmere Meere getragen werden. Erst später erkannte er, daß die Sandwich-Gruppe nur ein Archipel war. Seine Vermutung, es gäbe weit im Süden ein polares Festland, hielt er aber trotzdem aufrecht.«

»Ich weiß das, Herr Jeorling. Doch wenn es dieses Festland gibt, dann muß man annehmen, daß es einen tiefen Einschnitt hat, in den Weddell und sechs Jahre später mein Bruder eindringen konnten. Daß unser großer Seefahrer diese Wasserstraße nicht fand, weil er nicht über den 71. Breitengrad hinauskam, ist eine Sache für sich. Doch andere haben sie befahren, und weitere werden es noch tun.«

»Und zu denen gehören wir, Herr Kapitän!«

»Ja, mit Gottes Hilfe. Cook hat sich zwar nicht gescheut zu behaupten, niemand werde weiter vordringen als er selbst, und das Festland – falls es wirklich vorhanden ist – werde niemals entdeckt werden. Aber die Zukunft wird zeigen, daß er sich geirrt hat. Das vermutete Land ist bis zum 84. Breitengrad tatsächlich gesehen worden.«

»Und wer weiß, vielleicht hat Pym noch mehr gesehen.«

»Ja, vielleicht. Doch mit Pym haben wir hier nichts zu tun, er und Peters sind ja auch nach Amerika zurückgekehrt.«

»Wenn er nun aber nicht zurückgekehrt ist?«

»Das geht uns nichts an!« erklärte der Kapitän.

Von der Sandwich-Gruppe bis zum Polarkreis

Sechs Tage nach der Abfahrt erreichte der Schoner, der jetzt bei guter Witterung nach Südwesten fuhr, die Gruppe der New South Orkneys.

Zu ihr gehören zwei Hauptinseln: im Westen die größere,

Coronation, die 750 Meter hoch ist, und im Osten die Insel Laurie, die nach Westen zu im Kap Doundas ausläuft. Rundherum gibt es noch viele kleine Inseln, eine ganze Menge in der Form von Zuckerhüten.

Beim Näherkommen konnten wir an der Nordseite zusammengewürfelte Felsmassen erkennen, darüber steil ansteigende Hügel, die sich nur zum Ufer hin abflachten. Am Fuß der Hügel waren gewaltige Eismassen aufgehäuft, die in den nächsten zwei Monaten ins wärmere Wasser treiben würden.

Um die von kleinen Inseln und Eisschollen verstopfte Meerenge zu umgehen, segelten wir zuerst vor die südöstliche Küste der Insel Laurie, wo wir einen Tag lang ankerten. Nachdem wir das Kap Doundas umschifft hatten, blieben wir einen Tag vor der Südküste der Insel Coronation liegen. Das Ergebnis unserer Nachforschungen nach Schiffbrüchigen von der »Jane« blieb gleich Null.

Am 26. November früh sechs Uhr segelte die »Halbrane« wieder nach Süden. Sie steuerte zuerst auf den 43. Meridian zu – das war derselbe, dem Weddell und später William Guy gefolgt waren. Wich der Schoner nach Osten und Westen nicht von dem Meridian ab, so würde er schließlich auf die Insel Tsalal treffen. Wir mußten uns aber auf einige Hindernisse gefaßt machen.

Stetige östliche Winde ließen die »Halbrane« schnell vorwärtskommen. Sämtliche Segel konnten gesetzt werden, und wir erreichten dadurch eine Geschwindigkeit von elf bis zwölf Seemeilen. Hielt das an, so mußte die Strecke zwischen den New South Orkneys und dem Packeis in kurzer Zeit zurückgelegt werden. Dann galt es, eine Bresche in das Packeis zu sprengen oder einen Durchschlupf zu entdecken.

Als der Kapitän und ich uns einmal darüber unterhielten, meinte ich: »Bisher hat die ›Halbrane‹ immer prächtigen Seitenwind gehabt, und wenn das so weitergeht, werden wir das Packeis vor der Eisschmelze erreichen.«

»Vielleicht, aber das ist nicht sicher, denn die Jahreszeit ist heuer schon sehr weit vorgeschritten. Auf der Insel Coronation habe ich schon erlebt, daß sich Eisblöcke sechs Wochen vor dem gewöhnlichen Zeitpunkt loslösten.«

»Das wäre ja ausgezeichnet, vielleicht könnte die ›Halbrane‹ dann schon Anfang Dezember das Packeis passieren, was sonst doch erst Ende Januar möglich ist.«

»Die Witterung war bisher wirklich sehr günstig. Außerdem werden wir, bevor ein Monat abgelaufen ist, hinter der Polargrenze das offene Meer wiedergefunden haben, von dem Weddell und Pym berichten. Dann müssen wir nur noch unter gewöhnlichen Verhältnissen weitersegeln, erst zur Insel Bennet und dann nach Tsalal. Und was soll uns dann auf dem offenen Meer noch aufhalten?«

»Ich kann mir auch kein Hindernis vorstellen, wenn wir die Eisgrenze hinter uns haben. Wir müssen aber jetzt in erster Linie daran denken, wie wir sie durchbrechen können – und wenn der Ostwind anhält . . .«

»Der hält an, Herr Jeorling. Alle Seefahrer, die im Süden waren, bestätigen meine eigenen Beobachtungen. Ich weiß zwar, daß zwischen dem 30. und 60. Breitengrad manchmal Stürme aus Westen auftreten, aber weiter unten behalten die Ostwinde die Oberhand. Sie werden sich selbst davon überzeugen können.«

»Das freut mich. Ich muß übrigens zugeben, daß ich allmählich etwas abergläubisch werde.«

»Warum soll man das denn nicht? Warum sollte es keine übernatürliche Macht geben, die auch ins alltägliche Leben eingreift? Und gerade wir auf der ›Halbrane‹ sollten nicht daran zweifeln. Erinnern Sie sich daran, wie wir Patterson gefunden haben, an die Eisscholle, die so weit abgetrieben wurde und kurz danach zerfloß. Sollte das nicht ein Fingerzeig des Schicksals sein? Ich bin sicher, daß Gott, nachdem er soviel für uns getan hat, uns auch weiterhin unterstützen wird.«

»Das ist gar nicht wegzuleugnen. Der Zufall spielt im Leben wohl nur die Rolle, die eine höhere Macht ihm zuteilt. Alle Geschehnisse sind durch ein geheimnisvolles Band, durch eine Kette miteinander verknüpft.«

»Eine Kette, deren erstes Glied in unserem Fall die Eisscholle mit Patterson war und deren letztes die Insel Tsalal sein wird. Mein armer Bruder! Seit elf Jahren dort unten, ohne jede Hoffnung. Und Patterson – wir wissen nicht, weshalb er nicht mehr bei ihnen ist, und sie werden nicht wissen, was aus ihm geworden ist. Ich muß sie finden, ich darf mich nicht meinen Gefühlen überlassen!«

Kapitän Guy war tief erregt, Tränen standen in seinen Augen. Mir fehlte einfach der Mut, ihm zu sagen, daß unsere Erfolgsaussichten nicht gerade groß waren. Man konnte zwar nicht daran zweifeln, daß sich William Guy mit seinen Matrosen vor sechs Monaten noch auf Tsalal befand, denn das bestätigten die Aufzeichnungen im Notizbuch Pattersons. Aber wir wußten nicht, ob sie sich in der Gewalt der Eingeborenen befanden, deren Anzahl Pym auf mehrere Tausend schätzte. Wir mußten dann auf einen Angriff von Too-wit, dem wilden Häuptling der Insel, gefaßt sein, und die »Halbrane« war dem vielleicht genausowenig gewachsen wie seinerzeit die »Jane«.

Was das anging, so war sicher die Vorsicht die Mutter der Weisheit – auch wenn wir an die Vorsehung glaubten. Sie hatte schon einmal zu unseren Gunsten eingegriffen; nun wollten wir unsere Aufgabe so gut wie möglich erledigen.

Die Mannschaft des Schoners empfand dasselbe, vor allem die alten Besatzungsmitglieder; die neuen standen der ganzen Angelegenheit wohl gleichgültiger gegenüber, wenn sie nur ihre Heuer erhielten. So behauptete wenigstens der Hochbootsmann und erwähnte als einzige Ausnahme Hunt – er schien nicht wegen des Lohns oder einer späteren Prämie an Bord gekommen zu sein. Jedenfalls ließ er kein Wort verlauten, er sprach überhaupt mit niemandem über irgend etwas.

»Ich meine, der denkt an so etwas gar nicht«, sagte Hurliguerly zu mir. »Aber ich werde schon noch aus ihm klug werden! Auch wenn er in seinen Reden nicht weiter geht als ein Schiff, das vor Anker liegt.«

»Mit mir redet er noch weniger als mit Ihnen, Hochbootsmann.«

»Ich habe da eine Idee. Was meinen Sie, hat dieser komische Kauz in seinem Leben schon getan? Ich werde es Ihnen sagen. Er wird in die südlichen Meere hineingekommen sein, sehr weit, auch wenn er darüber schweigt wie ein Karpfen im Siedekessel. Warum er nicht spricht, ist ja letzten Endes seine Sache. Doch wenn dieser Seeigel nicht schon südlich des Polarkreises gewesen ist, soll mich die nächste Welle über Bord spülen!«

»Woran wollen Sie das gemerkt haben, Hochbootsmann?«

»An seinen Augen, Herr Jeorling, an seinen Augen! Wohin der Schoner auch gerade steuert, sie schauen immer nach Süden. Diese Augen leuchten nie plötzlich auf, sondern glänzen immer wie Positionslampen.«

Hurliguerly übertrieb damit nicht, ich hatte das auch schon beobachtet.

Hunt hatte, um den Ausdruck von Poe zu gebrauchen, funkelnde Falkenaugen.

»Wenn er nicht beschäftigt ist, dann lehnt er die ganze Zeit über die Reling. Er könnte wirklich als Gallionsfigur der ›Halbrane‹ dienen! Und sein Gesicht, das ist äußerst verdächtig. Haben Sie ihn schon einmal aufmerksam beobachtet, wenn er am Ruder steht, Herr Jeorling? Seine Hände klammern sich an das Rad, als wären sie festgenagelt. Und sein Blick liegt auf dem Kompaß – wie von der Magnetnadel angezogen. Ich glaube doch auch, daß ich ein tüchtiger Seemann bin, aber Hunt ist viel kräftiger als ich. Bei ihm weicht das Schiff nicht um einen halben Strich von der Richtung ab, und wenn es noch so stürmt. Ich sage Ihnen, wenn nachts die Laterne für dem Kompaß verlöschen würde, Hunt müßte sie nicht wieder anzünden; seine Augen würden hell genug leuchten!«

Offenbar wollte sich der Hochbootsmann in meiner Gegenwart für die mangelnde Beachtung entschädigen, die der Kapitän und West ihm entgegenbrachten. Wenn seine Meinung über Hunt auch etwas über das Ziel hinausschoß, so muß ich doch zugeben, daß das Benehmen dieses sonderbaren Menschen so etwas geradezu herausforderte. Man konnte ihn tatsächlich in die Kategorie halbphantastischer Wesen einordnen, und Edgar Poe hätte ihn bestimmt zu einem seiner außergewöhnlichen Helden gemacht.

Mehrere Tage lang ging unsere Fahrt ohne jeden Zwischenfall und ohne jede Unterbrechung ihrer Eintönigkeit weiter. Bei mäßig frischem Ostwind erreichte der Schoner seine größtmögliche Geschwindigkeit, was man an dem langen, flachen und regelmäßigen Kielwasser erkannte.

Das Frühjahr meldete sich nun deutlicher. Wale begannen in kleinen Herden aufzutauchen. Auch für große Schiffe hätte hier eine Woche genügt, um eine volle Ladung Tran zu bekommen. Die neuangeworbenenen Matrosen – vor allem die Amerikaner – machten keinen Hehl aus ihrer Enttäuschung, daß der Kapitän so gleichgültig war, während diese wertvollen Tiere sich in so großer Menge vor ihnen tummelten.

Von der ganzen Mannschaft war es vor allem Hearne, der enttäuscht war – er galt als besonders erfahrener Walfänger –, und die Mannschaft hörte gern seinen Erzählungen zu. Durch seine brutale Art und seine Tollkühnheit hatte er es geschafft, sich eine besondere Stellung über die anderen Matrosen zu erwerben. Er war ein vierzigjähriger Segelwerksmaat von britischer Herkunft. Er war gewandt und kräftig, und ich konnte mir ihn gut vorstellen, wie er auf einem der Fangboote stand, die Harpune schwang, sie einem Walfisch in die Seite schleuderte und diesen dann am nachschießenden Seil behielt. Bei seiner Leidenschaft für diese Beschäftigung schien es verständlich, wenn er seiner Unzufriedenheit Luft machte.

Unser Schoner aber war gar nicht zum Walfang ausgerüstet, und es fehlten ihm alle dazu nötigen Geräte. Seitdem er auf der »Halbrane« fuhr, hatte sich der Kapitän auf Handelsgeschäfte zwischen den südlichen Inseln des Atlantischen und des Stillen Ozeans beschränkt.

Am 30. November wurde eine recht genaue Messung der Mittagshöhe vorgenommen. Die Berechnungen ergaben, daß wir uns zur Zeit etwas oberhalb des 66. Breitengrades befanden. Die »Halbrane« sollte also in kurzer Zeit den Polarkreis überschreiten, der die Antarktis umschließt.

Zwischen Polarkreis und Packeis

Seit die »Halbrane« den Polarkreis überschritten hatte, schien sie in einer neuen Welt zu sein.

In einer Welt der Verlassenheit und des Schweigens, wie Edgar Poe sagt.

Im Sommer herrscht im südlichen Polargebiet – genauer freilich nur am Südpol – dauernder Tag, was auf die Stellung der Sonne in ihrer Spiralbahn zurückzuführen ist. Ist sie wieder verschwunden, dann beginnt eine lange Nacht, die aber oft von glänzenden Polarlichtern erhellt wird.

Unser Schoner sollte diese Wasserwüste voller Gefahren also bei Tag durchfahren. Dauernde Helligkeit würde ihn bis zur Insel Tsalal begleiten, wo wir die Überlebenden der »Jane« zu finden hofften.

Ein phantasievollerer Mensch als ich hätte in den ersten Stunden dieser neuen Welt Visionen und andere Täuschungen gehabt. Er hätte geglaubt, in das Gebiet des Übernatürlichen versetzt zu sein, und sich sicher gefragt, was die Nebelschleier verhüllten, die den ganzen Horizont verdeckten. Gab es dort bisher unbekannte Pflanzen, Tiere und Steine, menschliche Wesen einer fremden Rasse, wie Pym das behauptet hatte? Was würde ihm dieses »Theater der Meteore« bieten, das noch von Dunst verdeckt war? Mußte man nicht, wenn man durch Träume beeinflußt war, jede Hoffnung auf Rückkehr verlieren?

Ich befand mich freilich nicht in einer solchen Verfassung, und trotz einiger Erregung blieb ich doch auf dem Boden der Tatsachen. Ich hatte nur den einen Wunsch, daß die Witterung und das Meer auch auf der anderen Seite des Polarkreises so günstig blieben wie bisher.

Was den Kapitän, den Leutnant und die alten Matrosen betrifft, so zeigte sich in ihren rauhen Zügen, in ihren wettergebräunten Gesichtern deutlich die Befriedigung, daß der Schoner den 76. Breitengrad überschritten hatte.

Am nächsten Tag kam Hurliguerly auf dem Verdeck auf

mich zu und war sichtlich gut gelaunt: »Na, Herr Jeorling, jetzt haben wir ihn ja hinter uns, den berühmten Kreis!«

»Ja, aber noch nicht weit genug, Hochbootsmann!«

»Das wird schon noch werden. Nur eines ärgert mich ein bißchen – warum konnte auf der ›Halbrane‹ nicht geschehen, was auf jedem Schiff, das diese Linie passiert, Brauch ist?«

»Das bedauern Sie?«

»Sicher! Die ›Halbrane‹ hätte sich ruhig eine ›südliche Taufe‹ leisten können.«

»Eine Taufe? Wen hätten Sie denn taufen wollen, alle Leute hier – auch Sie – sind doch schon so weit südlich gewesen.«

»Wir, ja! Sie, nein! Warum hätte denn diese Feier nicht Ihnen zu Ehren stattfinden können?«

»Es ist freilich richtig, daß ich auf meinen vielen Reisen noch nie so weit im Süden gewesen bin.«

»Und das verdient eben eine Taufe, Herr Jeorling. Eine ohne großen Lärm, ohne Pauken und Trompeten, ohne einen gewöhnlichen Mummenschanz vorzuführen.«

»Meinetwegen, Hurliguerly.« Ich griff in die Tasche. »Segnen und taufen Sie nach Herzenslust. Hier, damit können Sie im nächsten Gasthaus auf meine Gesundheit trinken!«

»Das werde ich wohl nur auf der Insel Bennet oder auf Tsalal können, wenn es auf diesen verwahrlosten Inseln Schänken gibt und sich so ein Atkins dort niedergelassen hat.«

»Sagen Sie, Hochbootsmann, ich komme immer wieder auf Hunt zurück, er scheint sich wie die alten Matrosen zu freuen, daß wir den Polarkreis überschritten haben.«

»Ja, wer weiß? Der segelt immer mit fest zugeknöpfter Jacke. Aus dem Burschen ist einfach nichts herauszubringen. Doch ich habe Ihnen schon einmal gesagt, wenn der nicht schon mit dem Treibeis und dem Packeis Bekanntschaft gemacht hat, dann . . .«

»Wie kommen Sie bloß darauf?«

»Durch alles und nichts! So etwas habe ich einfach im Gefühl. Hunt ist ein alter Meerwolf, der seine Kiste schon in allen Ecken der Erde herumgeschleppt hat.«

Im Grunde teilte ich ja die Ansicht des Hochbootsmanns, und ich konnte einfach nicht anders, ich mußte Hunt beobachten, so sehr beschäftigte er mich.

Nach einigen windstillen Tagen drohte der Wind nach Nordwest umzuschlagen. Mit dem Nordwind in den tief südlichen Breiten ist es wie mit dem Südwind im hohen Norden – er bedeutet nichts Gutes. Meist folgt schlechtes Wetter mit Sturmböen und Regenschauern. Solange der Wind aber noch nicht aus Südwesten kam, hatten wir keinen Grund zur Klage; denn dann wäre der Schoner sehr leicht vom Kurs abgekommen, oder er hätte sehr schwer zu kämpfen gehabt, um ihn zu halten. Zweifelsohne war es für uns am besten, nicht von dem Meridian abzuweichen, dem wir seit den New South Orkneys folgten. Die bevorstehende Wetteränderung erfüllte auch Kapitän Guy mit einiger Sorge. Die »Halbrane« verlangsamte sich merklich, und der Wind flaute ab, bis er sich in der Nacht zum 5. Dezember ganz legte.

Am nächsten Morgen hingen die Segel schlaff an den Masten herab, doch obgleich wir keinen Lufthauch spürten und die Oberfläche des Meeres sich nicht kräuselte, verursachten die langen Wellen der Dünung ein ziemliches Schwanken des Schoners.

»Das Meer witterte etwas, und dort drüben«, der Kapitän zeigte nach Westen, »muß rauhes Wetter sein.«

»Der Horizont ist jetzt zu dunstig«, gab ich zur Antwort. »Mittags vielleicht, wenn die Sonne . . .«

»Die hat in diesen Breiten selbst im Sommer nicht viel Kraft, Herr Jeorling! Jem, was meinst du?«

»Der Himmel erscheint mir unsicher. Wir müssen auf alles vorbereitet sein, Kapitän. Ich werde die Segel einholen lassen. Es ist möglich, daß der Wind nur auffrischt, aber dann sind wir auch auf einen Sturm vorbereitet.«

»Es ist wichtig, daß wir die Richtung beibehalten!«

»Hat der Ausguck noch kein Treibeis gemeldet?« fragte ich.

»Doch«, erwiderte der Kapitän. »Wenn nötig, werden wir halt nach Osten oder Westen ausweichen.«

Der Mann im Ausguck hatte sich nicht getäuscht. Am Nachmittag sahen wir weißliche Massen langsam im Süden treiben. Doch diese vereinzelten Eisinseln waren nicht sehr groß. Auf ihnen schwammen in großer Menge Trümmer von Eisfeldern. Man konnte ihnen aber leicht ausweichen, und die Fahrt der »Halbrane« wurde durch sie nicht behindert. Der Schoner kam jetzt kaum mehr vorwärts und ließ sich aus Mangel an Eigenbewegung nur noch schwer steuern. Am unangenehmsten aber war es, daß das Meer gleichsam auf- und abschwang und uns dadurch ziemlich belästigte. Gegen zwei Uhr kam der Wind plötzlich aus allen Himmelsrichtungen. Der Schoner wurde furchtbar herumgeworfen, und auf dem Verdeck mußte alles angebunden werden.

Um drei Uhr brachen aus Nordwesten ungewöhnlich starke Sturmböen über uns herein. Der Leutnant ließ sofort die Segel noch einmal reffen. Er hoffte, die »Halbrane« könne sich so gegen den heftigen Wind halten und nicht nach Osten von der Fahrtroute Weddells abgetrieben werden. Es bestand aber die Gefahr, daß sich das Treibeis an einer Seite anhäufte, und ein Schiff soll sich nach Möglichkeit nicht in ein solches bewegliches Labyrinth hineinwagen.

Bei den heftigen Windstößen und der groben See legte sich der Schoner zuweilen ganz bedenklich auf die Seite. Zum Glück konnte sich die Ladung nicht verschieben, denn sie war gut verstaut worden. So mußten wir wenigstens nicht das Schicksal der »Grampus« befürchten, die aus Achtlosigkeit ins Kentern geriet und versank. Der Leser erinnert sich sicher, daß diese Brigg mit dem Kiel nach oben auf dem Wasser getrieben war und es Pym und Peters mehrere Tage lang dort aushalten mußten.

Zur Zeit gaben auch die Pumpen des Schoners keinen Tropfen Wasser. Dank der gewissenhaften Ausbesserung, während unseres Aufenthalts auf den Falkland-Inseln, war keine Naht der Seitenwände oder des Verdecks leckgesprungen.

Ob dieser Sturm längere Zeit dauern sollte, das hätte auch der erfahrenste Wetterprophet nicht vorhersagen können.

Vierundzwanzig Stunden, zwei oder drei Tage lang, man weiß nie, wieviel schlechtes Wetter einem die südlichen Meere bringen.

Eine Stunde nach dem Beginn des Unwetters wechselten sich Graupel- und Hagelschauer mit Regenfällen und Schneetreiben unablässig ab. Die Temperatur war jetzt ziemlich niedrig. Das Thermometer zeigte nur noch zwei Grad über Null, und auch das Barometer stand ziemlich tief.

Es war zehn Uhr abends – ich muß dieses Wort gebrauchen, auch wenn die Sonne immer noch über dem Horizont blieb. In vierzehn Tagen würde sie den höchsten Mittagsstand im Jahreslauf erreichen, und zur Zeit fielen, noch dreiundzwanzig Grad vom Pol entfernt, ihre schrägen, wärmelosen Strahlen über das Polarbecken. Die Wut des Sturmes verdoppelte sich. Ich konnte mich aber nicht entschließen, in meine Kabine zu gehen, und flüchtete mich zum Schutz hinter eine der Aufbauten. Der Kapitän und der Leutnant waren nicht weit von mir entfernt in ein ernstes Gespräch vertieft. Ich konnte ihre Worte jedoch kaum verstehen; Seeleute verstehen einander aber schon durch Zeichen und Winke.

Es lag klar auf der Hand, daß der Schoner jetzt auf die Eismassen im Südosten zugetrieben wurde und sie schließlich erreichen mußte, weil sie sich langsamer als das Schiff bewegten. Unsere Lage war doppelt schlecht, denn wir wurden von unserem Kurs abgetrieben und wurden obendrein noch durch einen Zusammenstoß mit dem Eis bedroht.

Wurde gelegentlich der Ausblick etwas besser, so sah man, wie furchtbar aufgeregt das Meer war und wie schäumend es gegen die Eisberge prallte. Die Zahl der treibenden Blöcke hatte zugenommen; wahrscheinlich beschleunigte der Sturm den Eisaufbruch und machte dadurch die Grenze des Packeises leichter zugänglich.

Jedenfalls war es wichtig, das Schiff dem Wind entgegenzuhalten. Halb von der Seite von Wellen bedrängt, arbeitete der Schoner furchtbar, er tauchte tief in die Wellentäler ein und richtete sich nur unter schweren Stößen wieder auf. Vor allem mußten wir versuchen, so scharf wie möglich am Wind zu segeln. Falls nötig, mußten die Segel noch weiter gerefft werden, um dem Sturm und dem Abtreiben Widerstand zu leisten. Der Matrose Drap hatte eben das Steuer übernommen, und der Kapitän stand neben ihm, um den Lauf des Schiffes zu beobachten. Auf dem Vorderdeck war die Mannschaft versammelt, während sechs Mann unter Leitung des Hochbootsmanns damit beschäftigt waren, anstelle der Brigantine ein Sturmsegel zu hissen. Um das Marssegel zu reffen, mußten vier Mann auf die Rahen des Fockmastes klettern.

Der erste, der die Wanten bestieg, war Hunt, der zweite Holt, unser Segelwerksmaat. Der Matrose Burry und einer der neuangeworbenen folgten ihnen.

Nie hätte ich geglaubt, daß ein Mann eine solche Behendigkeit und Geschicklichkeit entwickeln könnte, wie es Hunt jetzt tat. Seine Hände und Füße schienen die Sprossen der Wanten kaum zu berühren. Als erster oben, kletterte er sofort auf den Laufseilen der Rahen bis zum Ende, um die Rahenbänder der Marsstenge nachzulassen. Holt schob sich an das andere Ende, die beiden anderen hielten sich mehr in der Mitte.

Sobald das Segel herangezogen war, mußte es noch dicht eingerefft werden. Nachdem dann Hunt, Holt und die beiden Matrosen wieder heruntergestiegen waren, sollte es von unten aus festgestellt werden.

Der Kapitän und der Leutnant wußten, daß die »Halbrane« so ihre Richtung am besten halten würde.

Während Hunt und die anderen arbeiteten, hatte sich der Hochbootsmann mit der Sturmfock beschäftigt und erwartete nun die Anweisung des Leutnants.

Der Sturm verstärkte sich weiter. Wanten und Stagseile waren zum Zerreißen gespannt und vibrierten wie metallische Saiten. Es war nicht sicher, ob die verkleinerten Segel dem Sturm standhielten. Plötzlich erschütterte eine heftige Rollbewegung das ganze Deck. Einige Fässer, deren Halteseile zerrissen, rollten bis an die Reling. Der Schoner neigte sich so weit nach Steuerbord, daß das Wasser durch die Speigatten eindrang. Durch den Stoß in eine Ecke geschleudert, konnte ich mich einige Augenblicke lang gar nicht wieder aufrichten.

Der Schoner war so weit auf die Seite geworfen worden, daß die Marsrahe in das Wasser eintauchte. Als sie wieder auftauchte, war Holt, der dort seine Arbeit verrichtet hatte, verschwunden. Ein Schrei ertönte, der Segelwerksmaat war über Bord gespült worden, und man sah ihn nun heftig gegen die Wellen ankämpfen. Die Matrosen stürzten nach Steuerbord und warfen einen Strick, ein Fäßchen, ein Stück Holz – einfach jeden schwimmfähigen Gegenstand – hinaus, an dem Holt sich festhalten konnte.

Als ich gerade wieder festen Halt gefunden hatte, sah ich eine Masse, die durch die Luft wirbelte und dann im Wasser verschwand. Ein zweiter Unglücksfall? Nein, es war freiwillig geschehen: Nachdem Hunt das Reff festgezurrt hatte, war er dem Segelwerksmaat ohne Zögern nachgesprungen, um ihm zu helfen.

»Zwei Mann über Bord!« erschallte es vom Deck. Zwei – doch der eine, um dem anderen zu helfen. Würden sie nun beide umkommen? West stürzte zum Steuerrad und drehte es, soweit es die allgemeine Sicherheit erlaubte, die Segel wurden ebenso gegengebraßt, und das Schiff hielt sich nun fast an derselben Stelle. Auf der Oberfläche des Wassers erkannte man nun Holt und Hunt, nur ihre Köpfe ragten aus dem schäumenden Wasser. Hunt schwamm aus Leibeskräften quer durch die Wellen und näherte sich dem Segelwerksmaat. Dieser war nun schon eine Kabellänge entfernt und tauchte abwechselnd auf und wieder unter – nur noch ein schwärzlicher Punkt, der in dem wirbelnden Wasser schwer zu erkennen war.

Die Mannschaft hatte getan, was sie konnte, und wartete nun auf den Ausgang der Tragödie. Es war nicht daran zu denken, ein Boot auszusetzen, es wäre entweder gekentert oder an der Wand des Schoners zerschmettert worden.

»Sie sind beide verloren – alle beide!« murmelte der Kapitän. Er rief nach dem Leutnant: »Jem, das Boot, das kleine Boot!«

»Wenn Sie Befehl geben, es ins Meer zu lassen, so werde ich als erster darin sein, auch wenn es lebensgefährlich ist. Aber ohne ausdrücklichen Befehl . . .«

Es folgten Minuten ängstlicher Spannung. Niemand dachte mehr an die »Halbrane«, so gefährdet sie auch war. Alle Augen waren auf das Meer gerichtet.

Plötzlich ertönten laute Rufe, als Hunt noch einmal sichtbar wurde. Er tauchte von neuem unter, und dann sah man ihn – als hätte er festen Halt gefunden – mit übermenschlicher Kraft auf Holt zuschwimmen, oder besser auf die Stelle, wo er gerade verschwunden war.

Der Schoner war inzwischen durch ein Manöver bis auf eine halbe Kabellänge an die Stelle herangekommen.

Da ertönten neue Rufe: »Hurra, hurra!« rief die ganze Mannschaft. Mit dem linken Arm hielt Hunt den jeder Bewegung unfähigen Holt umklammert. Mit dem anderen ruderte er kräftig und näherte sich langsam dem Schoner.

»Gegen den Wind halten, gegen den Wind!« befahl West dem Steuermann. Das Schiff drehte stärker bei, und die Segel schlugen donnernd gegen die Masten. Die »Halbrane« sprang fast auf den Wellen wie ein sich bäumendes Pferd, das durch das Trensengebiß zurückgehalten wird.

Eine endlose Minute verstrich. Man konnte die beiden Männer kaum unterscheiden. Endlich erreichte Hunt den Schoner und griff nach einem herunterhängenden Tau. »Laß treiben!« schrie der Leutnant dem Steuermann zu. Der Schoner wendete wieder und kam ungefähr in die frühere Richtung.

Im Handumdrehen waren Hunt und Holt auf das Deck gehißt und der eine unter dem Fockmast niedergelegt worden, während Hunt schon wieder bei dem Segelmanöver zugriff.

Der Segelwerksmaat wurde versorgt, wie es sein Zustand erforderte. Nach einiger Zeit begann er wieder zu atmen. Tüchtiges Abreiben rief ihn vollends ins Bewußtsein zurück, und er schlug die Augen auf. Der Kapitän beugte sich über ihn: »Holt, da bist du aber von weither zurückgekommen . . .«

»Ja, sicher«, antwortete Holt, mit dem Blick umhersuchend.

»Aber wer hat mich gerettet?«

»Das ist Hunt gewesen«, rief der Hochbootsmann. »Er hat sein Leben für dich aufs Spiel gesetzt.«

Holt richtete sich etwas auf und sah sich nach Hunt um. Dieser hatte sich halb versteckt, doch Hurliguerly packte ihn und schob ihn zu Holt hin.

»Hunt, du hast mich gerettet! Ohne dich wäre ich verloren gewesen, ich danke dir!«

Hunt gab keine Antwort.

Der Kapitän mischte sich ein. »Hunt, hörst du denn gar nichts?« Hunt schien tatsächlich nichts gehört zu haben.

»Hunt!« begann Holt wieder. »Komm her, ich möchte dir die Hand drücken.«

Er streckte ihm die Hand entgegen.

Hunt wich einige Schritte zurück und schüttelte den Kopf, wie ein Mann, der solche Anerkennung wegen einer so einfachen Sache nicht leiden kann. Dann ging er aufs Vorderdeck und beschäftigte sich mit den zersprengten Schoten am Fockmast.

Offenbar gehörte dieser Hunt zum Schlag opferfreudiger, todesmutiger Heldennaturen; auch sein Charakter schien unzugänglich für alle Eindrücke zu sein.

Die Gewalt des Sturmes ließ nicht nach und flößte uns noch einige Male lebhafte Befürchtungen ein. Wir schauten dann oft zu den Masten, aus Angst, daß sie trotz der wenigen Segel brechen würden. Hundertmal – obwohl jetzt Hunt das Steuerruder übernommen hatte. Die Wellen prallten seitlich an, und der Schoner nahm einen so bedenklichen Neigungswinkel, daß das Kentern manchmal recht nahelag. Wir mußten noch mehr Segel einholen.

»Jem, wir werden doch noch vor dem Sturm laufen müssen.« Es war fünf Uhr morgens, als der Kapitän das sagte.

»Wenn Sie es wünschen, Kapitän, doch auf die Gefahr hin, daß uns das Meer verschlingt.«

In der Tat ist es höchst gefährlich, wenn man nicht schneller als die Wellen vorwärtskommt. Man entschließt sich dazu nur, wenn es unmöglich wird, dem Sturm Widerstand zu leisten. Übrigens hätte sich die »Halbrane«, wenn sie weiter nach Osten segelte, inmitten der dort angehäuften Eismassen verirrt.

Drei Tage lang, am 6., 7. und 8. Dezember, tobte der Sturm ununterbrochen weiter, manchmal noch von Schneeschauern begleitet, die die Temperatur merklich verminderten. Es gelang aber, das Schiff gegen den Wind zu halten.

Ich brauche wohl kaum hervorzuheben, daß der Kapitän sich als richtiger Seebär erwies, daß West die Augen überall hatte und Hunt immer der erste war, wenn irgendeine drohende Gefahr abgewendet werden mußte. Auch die Mannschaft zeigte sich von ihrer besten Seite.

Was man von Hunt halten sollte, wußte niemand. Zwischen ihm und den anderen, auf den Falklandinseln angeheuerten Matrosen bestand ein ganz erstaunlicher Unterschied. Diese waren nur schwer zu etwas zu bewegen, auch wenn man es mit vollem Recht von ihnen verlangte. Sie verweigerten zwar nicht den Gehorsam – einem Offizier wie West mußten sie wohl oder übel gehorchen –, aber hinter seinem Rücken wurden genug Klagen und Vorwürfe erhoben. Das schien, wie ich fürchtete, für die Zukunft nichts Gutes zu versprechen.

Selbstverständlich hatte Holt seine Arbeit bald wieder aufgenommen, und er verrichtete sie ohne Murren. Sehr erfahren in seinem Beruf, war er der einzige, der sich an Eifer und Gewandtheit mit Hunt messen konnte.

Eines Tages traf ich ihn, wie er mit dem Hochbootsmann redete. Ich fragte ihn: »Wie stehen Sie denn jetzt mit dem Teufelsburschen, dem Hunt? Hat er sich, seit er Sie gerettet hat, etwas mitteilsamer gezeigt?«

»Nein, Herr Jeorling«, erwiderte er, »es scheint sogar, daß er mich zu meiden sucht.«

»Sie zu meiden? Das ist doch auffällig.«

»Aber es ist wahr«, mischte sich Hurliguerly ein. »Ich habe es mehr als einmal beobachtet.«

»Woher mag das kommen?«

»Ich weiß es nicht.«

»Einerlei, Holt, du bist ihm den größten Dank schuldig«, erklärte der Hochbootsmann. »Versuche aber nicht, ihn sichtbar abzutragen. Er wendet dir doch den Rücken.«

Ich war erstaunt über das eben Gehörte, konnte mich aber selbst überzeugen, daß Hunt jeder Gelegenheit aus dem Weg ging, mit unserem Segelwerksmaat zusammenzutreffen. Das Benehmen des so verschlossenen Mannes erschien auffällig.

Um Mitternacht vom 8. zum 9. Dezember zeigte der Wind einige Neigung, nach Osten umzulaufen, was uns eine günstigere Witterung versprach. Dann konnte die »Halbrane« leicht wieder einbringen, was sie durch die Abtrift verloren hatte, und ihre Fahrt auf dem 43. Meridian fortsetzen.

Obgleich noch eine recht grobe See stand, wurde es gegen zwei Uhr morgens doch möglich, die Segelfläche ohne Gefahr zu vergrößern. Unter dem Bram- und dem zweigerefften Oberbramsegel, dem Gaffel- und einem Klüversegel näherte sich die »Halbrane« denn auch mit Backbord-Halsen dem Weg, von dem sie durch den Sturm abgedrängt worden war.

In diesem Teil des Antarktischen Meeres trieben nun Eisschollen in großer Zahl umher, und man konnte annehmen, daß der Sturm durch Beschleunigung des Eisganges im Osten auch die Grenze des Packeises gesprengt hatte.

Längs des Packeises

Trotz der unruhigen Gewässer jenseits des Polarkreises war unsere Fahrt bisher doch noch ausnahmsweise günstig verlaufen. Welch ein Glück würde es aber erst sein, wenn die »Halbrane« in der ersten Dezemberhälfte den schon von Weddell eingehaltenen Weg ganz offen finden sollte!

Im Laufe des 10. Dezember konnte sie ohne Schwierigkeiten gegen die losen, einzeln treibenden Schollen aufkommen. Auch die Windrichtung nötigte sie nicht zum Kreuzen, sondern gestattete ihr, auf gerader Linie durch das Treibeis zu segeln. Obgleich der Aufbruch des Eises sich nach der Jahreszeit erst in einem Monat vollziehen sollte, versicherte der Kapitän als guter Kenner der Verhältnisse, daß wir diesmal schon im Dezember damit rechnen konnten.

Noch war es nicht besonders schwierig, den umhertreibenden Eismassen auszuweichen. Die eigentlichen Probleme würden wahrscheinlich erst an dem Tag auftauchen, an dem sich das Schiff seinen Weg durch das Packeis bahnen mußte. Überraschung war keine zu befürchten. Das Vorhandensein größerer Eismengen verriet sich schon durch eine gelbliche Färbung der Atmosphäre, eine Erscheinung, die der Walfänger als den »Blink« bezeichnet und die nur den Polarzonen eigen ist.

Ohne jede Beschädigung segelte die »Halbrane« fünf Tage weiter. Je mehr sie freilich nach Süden vordrang, desto zahlreicher wurden die Eisschollen und desto enger die Durchfahrten zwischen ihnen. Eine Beobachtung vom 14. Dezember ergab als Position 72 Grad 37 Minuten südlicher Breite, während die Länge sich unverändert zwischen dem 42. und 43. Meridian hielt. Das war schon ein Punkt, den bisher nur wenige Seefahrer jenseits des Polarkreises erreicht hatten.

Inmitten der trüben, bleichen, von Vogelguano bedeckten Eistrümmer verlangte die Führung des Schiffes mehr und mehr Vorsicht. Ich muß anerkennen, daß der Kapitän mit viel Kühnheit ebensoviel Klugheit verband. Nie fuhr er unter dem Wind vor einem Eisberg hin, wenn nicht Raum genug da war, um jedes beliebige, plötzlich angezeigte Segelmanöver ungehindert ausführen zu können. Vertraut mit allen Zufälligkeiten einer solchen Schiffahrt, zögerte er nie, auch mitten in das Gewirr von Schollen und Eisblöcken einzudringen.

An jenem Tag sagte er zu mir: »Es ist nicht das erstemal, daß ich in das Polarmeer vorzudringen suche. Leider bisher ohne Erfolg. Doch wenn ich das alles schon unternahm, als ich nur bestimmte Vermutungen über das Schicksal der ›Jane‹ hatte, was sollte ich heute nicht wagen, wo jene Vermutung zur Gewißheit geworden ist?«

»Ich verstehe Sie, Herr Kapitän, und meiner Meinung nach muß Ihre früher gewonnene Erfahrung auf diesen Gebieten unsere Aussichten auf Erfolg wesentlich vergrößern.«

»Gewiß, Herr Jeorling! Doch was jenseits des Packeises liegt, ist, wie allen anderen Polarfahrern, auch mir völlig unbekannt.«

»Unbekannt? Oh, nicht ganz, da wir die zuverlässigen Berichte Weddells und Pyms besitzen.«

»Ja, das weiß ich. Sie sprechen von einem offenen Meer.«

»Glauben Sie etwa nicht daran?«

»Doch, es ist sicher vorhanden. Dafür sprechen sehr gewichtige Gründe. Es liegt ja auf der Hand, daß die als Eisberge und Eisfelder bezeichneten Massen sich im freien Meer gar nicht bilden können. Nur eine gewaltige, unwiderstehliche Kraft, wie sie dem Wogenprall innewohnt, vermöchte sie von Ländern oder Inseln der höchsten Breiten abzusprengen. Dann führen Strömungen sie nach etwas wärmeren Gewässern, wo die Stöße der Wellen sie aufeinandertürmen und Luft und Wasser sie annagen. Solche Massen bilden sich nicht erst im eigentlichen Packeis, sie entstehen durch Abtreiben von Ländern oder Inseln, zertrümmern es hie und da und brechen sich einen Weg. Man darf die südliche Eiszone nicht nach der nördlichen beurteilen. Dort liegen die Verhältnisse ganz anders. Auch Cook berichtete, daß er in den nördlichen Meeren nie so etwas Ähnliches wie die Eisberge des Antarktischen Meeres angetroffen habe.«

»Und woran mag das liegen?« erkundigte ich mich.

»Ohne Zweifel daran, daß in den nördlichen Polargebieten der Einfluß der Südwinde vorherrscht. Sie gelangen aber erst dorthin, nachdem sie sich an dem von Mittelamerika heraufströmenden Wasser und an den erhitzten Landmassen von Europa und Asien erwärmt haben. Hier aber wirken die nächstgelegenen Länder, das Kap der Guten Hoffnung, Patagonien und Tasmanien, nicht sonderlich auf die Luftströmungen ein, und deshalb bleibt die Temperatur in den antarktischen Gebieten weit gleichmäßiger.«

»Das ist eine wichtige Beobachtung, und sie rechtfertigt Ihre Anschauungen über ein offenes Meer.«

»Ja, wenigstens etwa zehn Grad hinter der Packeisgrenze. Wenn wir sie erst überwunden haben, ist das Schwerste geschehen!«

Vom 15. Dezember an nahmen die Schwierigkeiten der Fahrt mit der Anzahl der Eisschollen zu. Der immer zwischen Nordost und Nordwest stehende, niemals nach Süden umschlagende Wind blieb uns auch weiterhin günstig. Wir brauchten kein einziges Mal zwischen den Eisbergen und Eisfeldern zu lavieren. Die Brise frischte allerdings zuweilen so stark auf, daß wir die Segelfläche vermindern mußten. Dann sah man das Meer längs der Blöcke hinschäumen, ohne ihre Fortbewegung jedoch hemmen zu können. Auf unsere Mannschaft machte die Tatsache, daß die »Halbrane« sich ohne Zögern mitten unter diese treibenden Massen wagte, doch einen etwas beklemmenden Eindruck, wenigstens auf die neuen Leute; für die alten war das keine Überraschung. Freilich wurden durch die Gewohnheit auch hier alle gleichgültig.

Am sorgfältigsten mußte jetzt auf den Wachdienst geachtet werden.

Deshalb ließ West am Fockmast eine Tonne – ein sogenanntes »Elsternest« – aufziehen, in dem sich fortwährend ein Mann auf Ausguck befand.

Von günstiger Brise getrieben, glitt der Schoner rasch dahin. Die Temperatur war mit fünf bis sechs Grad Celsius durchaus erträglich. Eine Gefahr brachte nur der Nebel, der über dem Meer hinzog und es uns erschwerte, den Eismassen auszuweichen. Am 16. Dezember hatten unsere Leute eine schwere Arbeit. Packeisstücke und Schollen ließen oft nur einen recht schmalen Durchgang frei. Vier- oder fünfmal in der Stunde tönten Befehle wie: »Luv an!« – »Laß treiben!« und dergleichen.

Der Mann am Steuer hatte tüchtig mit dem Rad zu tun, während die Matrosen jede Stellung des Mars- und des Bramsegels wechselten oder die unteren Segel gegen den Wind braßten. Unter solchen Umständen säumte keiner bei seiner Arbeit, und Hunt zeichnete sich wieder vor allen aus.

Wiederholt kam es vor, daß er und Holt das gleiche Boot bestiegen, um eine gefährliche Aufgabe gemeinsam auszuführen. Erteilte ihm Holt dabei einen Befehl, so kam er diesem mit Eifer und Geschicklichkeit nach, nur gab er nie darauf eine Antwort.

Die »Halbrane« konnte nun nicht mehr weit vom Packeis entfernt sein. Segelte sie in gleicher Richtung wie bisher weiter, so mußte sie es bald erreichen und hatte dann nur noch eine Durchfahrt zu suchen. Noch konnte aber der Ausguck über die Eisfelder hinweg und zwischen den Spitzen der Eisberge keinen zusammenhängenden Kamm von Eis erkennen. Am 16. Dezember war unausgesetzte Vorsicht nötig, denn das von den zahlreichen Stößen erschütterte Steuerruder drohte zerstört zu werden. West ließ deshalb aus Planken und Rundhölzern einen gitterartigen Schutz um das Steuerruder bauen, der den unmittelbaren Druck der Eisschollen abhalten sollte.

Am Morgen des 17. Dezember meldete der Ausguck im »Krähennest« endlich das Packeis.

»An Steuerbord voraus!« rief er.

Fünf bis sechs Seemeilen weit im Süden erhob sich ein langer, wie mit Sägezähnen besetzter niedriger Kamm, der sich vom klaren Himmel abhob. Dieser unbewegliche Wall verlief von Nordwesten nach Südosten, und wenn das Schiff daran entlangsegelte, gelangte es schon auf diese Weise um einige Grade weiter nach Süden.

Will man sich den Unterschied zwischen dem Packeis und der eigentlichen, alles absperrenden Eiswand deutlich machen, so darf man folgendes nicht vergessen: Die letztere bildet sich, wie ich schon bemerkte, nicht auf offenem Meer. Sie muß unbedingt einen festen Untergrund haben, um ihre waagrechten Eisgebilde längs eines Ufers aufzurichten oder um die bergähnlichen Gipfel aufzubauen. Doch wenn die Sperrwand an sich auch den sie tragenden Grund nicht verlassen kann, so liefert sie doch, nach den verläßlichsten Beobachtungen, die

Eisberge und Eisfelder, die Blöcke, Schollen und Trümmer, die wir in so großer Menge dahintreiben sahen. Zur Zeit der Springfluten, die hier eine beträchtliche Höhe erreichen, wird ihr unterer Rand ausgehöhlt, zerrieben, abgenagt, und ungeheuere Blöcke – Hunderte binnen weniger Stunden – lösen sich mit ohrenbetäubendem Lärm los, fallen ins Meer, tauchen erst in der furchtbaren Brandung unter und steigen dann wieder zur Oberfläche auf. Damit sind sie zu Eisbergen geworden, von denen nur das obere Drittel sichtbar ist und die so lange weiterschwimmen, bis sie sich unter den klimatischen Einflüssen der niederen Breiten auflösen.

Später unterhielt ich mich darüber mit dem Kapitän.

»Diese Erklärung ist ganz richtig«, bestätigte er mir, »und die äußerste, letzte Eiswand bietet dem Seefahrer ein unüberwindliches Hindernis, weil sie auf einem Uferland aufsitzt. Anders liegt es mit dem sogenannten Packeis. Das entsteht erst weit weg von der Landmasse und bildet sich auf dem Meer durch das unablässige Zusammenfrieren treibender Eismassen. Da es aber den Angriffen des Seegangs und der Einwirkung durch das im Sommer wärmere Wasser ebenfalls ausgesetzt ist, zerteilt es sich hier und da, läßt Wasserstraßen zwischen sich frei, und schon viele Schiffe haben es durchqueren können.«

»Also bildet das Packeis keine zusammenhängende Masse?«

»Auch Weddell hat ja hindurchgelangen können, freilich unter außergewöhnlich günstigen Temperaturverhältnissen, die ja nur selten sind. Da sie aber auch heuer vorliegen, darf ich sagen, daß wir sie ausnützen werden. Ich will mit der ›Halbrane‹ so weit wie möglich in die Nähe des Packeises gehen und sie in den ersten Durchgang, den wir entdecken, einlaufen lassen. Zeigt sich keiner, so versuchen wir entlang des Eises bis zu seinem östlichen Ende zu steuern, und zwar mit Hilfe der dorthin verlaufenden Meeresströmung und so dicht wie möglich am Wind, wenn dieser aus Nordosten stehenbleibt.«

Auf der schnellen Fahrt nach Süden begegnete das Schiff

Eisfeldern von gewaltiger Ausdehnung. Man mußte gleichermaßen mit Sicherheit und Vorsicht steuern, um sich nicht in einer der engen Wasserstraßen zu fangen, deren Ausgang nicht immer gleich zu sehen war.

Als die »Halbrane« nur noch drei Seemeilen vom Packeis entfernt war, braßte sie inmitten eines großen Beckens auf, in dem sie sich nach allen Seiten hin frei bewegen konnte. Der Kapitän ließ ein Boot zu Wasser bringen und bestieg es mit dem Hochbootsmann, vier Matrosen an den Riemen und einem am Ruder. Dann glitt es auf den riesigen Eiswall zu, suchte aber vergeblich einen Durchgang für das Schiff und kehrte nach dreistündiger anstrengender Suche wieder zurück.

Bald darauf ging ein Schneeregen nieder, und die Temperatur sank auf etwa zwei Grad Celsius. Da uns jede Sicht genommen war, mußten wir nach Südosten wenden und vorsichtig durch die zahllosen Schollen segeln; denn wären wir an den Eiswall verschlagen worden, hätten wir schwerlich wieder freikommen können.

Leutnant West gab Befehl, die Segel so einzustellen, daß wir so dicht wie möglich am Wind hinliefen. Die Mannschaft arbeitete eifrig, und die über Steuerbord geneigte »Halbrane« drang mit der Geschwindigkeit von sieben bis acht Seemeilen in das Gewirr der Eisblöcke ein. Sie wußte ihnen auszuweichen, wenn ein Zusammenstoß gefährlich gewesen wäre, oder fuhr gerade drauf los, wenn es sich um dünne Schollen handelte, die sie mit ihrem Vordersteven sprengte. Oft knirschte und krachte es längs der Schiffswand, dann aber gelangte die »Halbrane« wieder in freies Wasser. Natürlich mußten wir uns noch vor einem Zusammenprall mit einem Eisberg hüten. Bei klarem Wetter, das rechtzeitig alle Maßregeln gestattete, bot das keine Schwierigkeiten. Bei den häufigen Nebeln, die den Gesichtskreis auf eine, höchstens zwei Kabellängen beschränkten, blieb die Fahrt weiterhin gefährlich.

Vierundzwanzig Stunden verliefen unter diesen Verhältnissen, während das Schiff sich drei bis vier Seemeilen von der Eisgrenze entfernt hielt. Näher hinzusegeln, hätte nur in Einbuchtungen geführt, aus denen wir schwer wieder herausgekommen wären. Der Kapitän hätte es vielleicht gewagt. Er fürchtete nur immer, an einer Durchfahrt vorbeizusegeln.

»Hätte ich nur ein Begleitschiff«, sagte er zu mir, »so hielte ich mich so nahe wie möglich an der Packeisgrenze. Es ist besser, wenn zwei Schiffe gemeinsam fahren. Die ›Halbrane‹ ist aber allein, und wenn wir sie verlieren sollten . . .«

Obwohl unser Schiff sich in einer gewissen Entfernung vom Eis hielt, mußte es häufig schon nach einer Fahrt von wenigen hundert Metern plötzlich anhalten oder seine Richtung ändern, und manchmal drohte die Spitze des Klüverbaumes irgendwo aufzustoßen. Immer wieder mußte West den Kurs wechseln und nur sehr langsam vordringen, um dem Stoß eines Eisfeldes zu entgehen.

Zum Glück wehte der Wind stetig aus Ost oder Nordost. Er frischte auch nicht besonders auf. Wäre er zum Sturm angewachsen, so weiß ich nicht, was aus dem Schoner hätte werden sollen, oder ich weiß vielmehr zu gut, daß er dabei den Untergang gefunden hätte. In diesem Fall wäre ein Entkommen unmöglich gewesen und die »Halbrane« am Packeis gestrandet.

Nach langem Suchen mußte Kapitän Guy darauf verzichten, in dieser Mauer einen Durchgang zu finden, und es blieb ihm nichts anderes übrig, als bis zu deren Südostausläufer weiterzusegeln.

Beim Einhalten dieser Richtung verloren wir übrigens nichts an der schon erreichten Breite. Eine Beobachtung am 18. Dezember ergab für die »Halbrane« 83 Grad Süd.

Noch zwei- oder dreimal fuhren wir auf weniger als drei Seemeilen an das Packeis heran. Es war ja unmöglich, daß es von den klimatischen Einflüssen unberührt geblieben wäre und daß sich nicht da und dort ein Riß gebildet hätte. Aber diese Versuche blieben erfolglos, und wir mußten uns wieder der westlichen Strömung anvertrauen. Sie unterstützte uns übrigens, und es war nur bedauerlich, dadurch vom 43. Meridian weggeführt zu werden, nachdem der Schoner doch zurückkehren mußte, um sicher nach der Insel Tsalal zu gelangen. Der Ostwind trieb uns indessen wieder einigermaßen nach der Fahrlinie hin.

Endlich, am 19. Dezember, zwischen zwei und drei Uhr nachmittags, ertönte von den Rahen des Fockmastes ein Ausruf.

»Was gibt es?« fragte West.

»Das Packeis zeigt im Südosten einen Durchbruch . . .«

»Und dahinter?«

»Ist nichts zu sehen!«

Der Leutnant erkletterte die Wanten und stand in wenigen Augenblicken an den Mastseilen der Marsstenge. Unten warteten alle mit fieberhafter Ungeduld, denn wenn auch der Ausguck sich getäuscht hatte, so würde es bei West keinen Irrtum geben. Nach einer Beobachtung von zehn Minuten – zehn endlosen Minuten – erscholl seine klare Stimme bis zum Verdeck herunter.

»Offenes Wasser!« rief er.

Einstimmiges Hurra ertönte als Antwort. Die »Halbrane« drehte so scharf am Wind wie möglich nach Südosten bei. Zwei Stunden später war das Ende des Packeises umsegelt, und vor uns lag eine glitzernde, völlig eisfreie Meeresfläche.

Eine Stimme im Traum

Völlig eisfrei? Nein, das wäre doch zuviel behauptet. In der Ferne, im Osten erglänzten einige Eisberge, Schollen und Blöcke. Immerhin hatte das Tauwetter an dieser Stelle schon sehr stark gewirkt, und das Meer war so weit frei, daß ein Schiff bequem darauf manövrieren konnte. Ohne Zweifel waren die Fahrzeuge Weddells auch durch diesen breiten Meeresarm eingefahren, als sie damals bis zum 74. Breitengrad vordrangen, den dann die »Jane« noch um sechshundert Seemeilen überschreiten sollte.

»Bis hierher hat uns Gott geholfen«, sagte der Kapitän, »möge er uns auch bis zum Ziel gnädig sein!«

»Binnen acht Tagen ist unser Schiff vielleicht in Sicht der Insel Tsalal«, antwortete ich.

»Ja, vorausgesetzt, daß der Ostwind andauert, Herr Jeorling. Vergessen Sie aber nicht, daß die ›Halbrane‹ sich von ihrer Route entfernen mußte, als sie längs des Packeises bis zu dessen östlichem Ende segelte.«

»Der Wind ist uns ja günstig, Herr Kapitän!«

»Wir werden ihn auch ausnützen; ich werde die Insel Bennet anlaufen, denn dort ist mein Bruder William zuerst an Land gegangen. Haben wir sie gefunden, so wissen wir, daß wir uns auf dem richtigen Weg befinden. Noch heute, wenn ich mein Besteck gemacht und unsere Lage genau berechnet habe, steuern wir dem Bennet-Eiland zu.«

Am 19. Dezember befand sich unser Schiff schon um eineinhalb Grad südlicher als die »Jane« damals achtzehn Tage später. Ein Beweis, daß uns alles, das Meer, die Windrichtung, die schöne Jahreszeit, außerordentlich begünstigt hatte. Ein offenes oder doch wenigstens schiffbares Meer lag vor Kapitän Guy, ebenso wie es sich vor seinem Bruder ausgedehnt hatte, und dahinter breitete sich von Nordwest nach Nordost hin das Packeis mit seinen gewaltigen, festen Schollenmassen aus.

Zunächst wollte West klären, ob die Strömung in diesem Meeresarm wirklich südwärts verlief, wie Pym es angegeben hatte. Auf seine Anordnung hin ließ der Hochbootsmann eine zweihundert Faden lange Leine mit ziemlich schwerem Gewicht daran ins Wasser laufen, und daraus ersah man, daß die Richtung der Strömung den Angaben entsprach und für die Fahrt unseres Schiffes besonders günstig war.

Bei auffallend klarem Himmel wurden um zehn Uhr und am Mittag zwei sehr sorgfältige Sonnenhöhenmessungen ausgeführt. Die Berechnung daraus ergab eine Breite von 74 Grad 45 Minuten und eine Länge von 39 Grad 15 Minuten. Das zeigte, daß der Umweg, den uns die Fahrt längs des Packeises und seine Umschiffung aufgenötigt hatte, die »Halbrane« vier volle Grade nach Osten führte.

Die Fahrt verlief unter den günstigsten Umständen weiter. Wir brauchten kaum vereinzelten Schollen auszuweichen, die von der Strömung nach Südwesten getragen wurden. Unser Schiff überholte sie ohne Mühe. Trotz der recht frischen Brise hatte West auch die oberen Segel beisetzen lassen, und das Schiff glitt rasch über die Meeresfläche. Uns kam keiner der Eisberge zu Gesicht, die Pym in dieser Breite wahrgenommen hatte.

Am 20. Dezember, nach einer ruhigen Nacht, in der der Wind etwas abgeflaut hatte, trat der Hochbootsmann lächelnden Gesichts auf mich zu. »Guten Tag, Herr Jeorling, guten Tag!« rief er vergnügt. »Na, hier im tiefen Süden und zu dieser Jahreszeit kann man freilich niemand guten Abend wünschen, da es ja weder einen guten noch einen schlechten Abend gibt.«

»Guten Tag, Hurliguerly«, antwortete ich, gern bereit, mit dem lustigen Schwätzer eine Unterhaltung zu beginnen.

»Nun, wie finden Sie denn das Meer, das hier hinter dem Packeis liegt?«

»Ich möchte es mit den großen Binnenseen Schwedens oder Nordamerikas vergleichen.«

»Ganz richtig, mit Seen, die von Eisbergen statt von Landhöhen eingeschlossen sind.«

»Besser können wir es uns gar nicht wünschen, Hochbootsmann. Und geht unsere Fahrt in gleicher Weise weiter bis zur Insel Tsalal . . .«

»Warum nicht bis zum Pol, Herr Jeorling?«

»Oh, der ist weit, der Pol. Man weiß nicht einmal, wie es dort aussieht.«

»Das weiß man aber, wenn man hingefahren ist«, bemerkte der Hochbootsmann. »Das ist sogar die einzige Art, es zu erfahren.«

»Natürlich. Aber die ›Halbrane‹ ist nicht ausgefahren, um den Südpol zu entdecken. Gelingt es dem Kapitän, seine

Landsleute von der ›Jane‹ zu retten, so hat er sein Werk getan, und ich glaube nicht, daß ihm nach weiterem Entdeckerruhm verlangt.«

»Freilich. Schwimmt er aber nur noch drei- bis vierhundert Seemeilen vom Pol, sollte er da nicht die Versuchung spüren, noch das Ende der Achse sehen zu wollen, an der sich die Erde wie das Huhn am Bratspieß dreht?« meinte lachend der Hochbootsmann.

»Lohnt das die Mühe, sich neuen Gefahren auszusetzen?« fragte ich. »Und ist es interessant genug, dem Drang nach geographischen Entdeckungen so weit nachzugehen?«

»Ja und nein. Ich muß Ihnen gestehen, weiter draußen gewesen zu sein als alle Seefahrer vor uns und vielleicht auch als alle, die uns folgen, könnte meine Eigenliebe als Seemann schon befriedigen.«

»Sie meinen, daß noch nichts getan ist, solange etwas zu tun übrigbleibt, Hochbootsmann?«

»Ganz richtig. Wenn der Vorschlag käme, noch ein paar Meilen über die Insel Tsalal hinauszusegeln, ich hätte bestimmt nichts dagegen.«

»Ich glaube aber nicht, daß der Kapitän jemals daran denkt.«

»Ich auch nicht«, meinte Hurliguerly. »Wenn er seinen Bruder und die fünf Matrosen von der ›Jane‹ erst gefunden hat, wird er sich jedenfalls beeilen, sie nach England zurückzubringen.«

»Das ist anzunehmen und wäre auch vernünftig gehandelt. Dazu kommt noch, daß unsere alten Leute von der Besatzung wohl überall hingehen würden, wohin der Kapitän sie führte. Die neuen dürften aber dagegen Einspruch erheben. Für eine so lange gefahrenreiche Fahrt wie die bis zum Südpol haben sie sich nicht anwerben lassen.«

»Ganz richtig. Um sie dazu zu bringen, müßte man ihre Habgier reizen und ihnen für jeden jenseits der Insel Tsalal erreichten Breitengrad eine Prämie aussetzen.«

»Ob das genügt, ist aber auch noch ungewiß.«

»Freilich, denn Hearne und die anderen von den Falklands

bilden an Bord die Mehrheit, und sie hofften, daß es nicht einmal gelingen werde, das Packeis zu durchbrechen. Sie murren schon jetzt, weil sie so weit hinaus mußten. Ich weiß nicht, was das Ende vom Lied sein wird, weiß aber, daß wir Hearne im Auge behalten müssen, und dafür werde ich sorgen«, sagte Hurliguerly.

Vielleicht standen uns für die Zukunft wenn nicht Gefahren, so doch manche unerwartete Schwierigkeiten bevor.

In der Nacht zum 20. Dezember – das heißt in der Zeit, die Nacht hätte sein sollen – wurde mein Schlaf von einem seltsamen Traum gestört. Ja, es konnte nur ein Traum gewesen sein, aber immerhin glaube ich, ihn hier verzeichnen zu müssen; denn er bildet einen weiteren Beleg für die Bilder, die mehr und mehr in meinem Gehirn auftauchten. Bei der ziemlich kalten Witterung hatte ich mich auf meinem Lager dicht in die Decken gewickelt. Gewöhnlich schlummerte ich von neun Uhr abends bis fünf Uhr morgens.

Ich schlief also. Es mochte etwa um zwei Uhr nachts sein, als ich durch ein klagendes und anhaltendes Gemurmel geweckt wurde. Ich öffnete die Augen oder bildete mir das wenigstens ein. Die Läden der beiden Schiebefenster waren geschlossen, und in meiner Kabine herrschte tiefste Finsternis. Da das Gemurmel sich wiederholte, spitzte ich die Ohren, und jetzt schien es mir, als ob eine Stimme, die ich kannte, flüsterte: »Pym, Pym, der arme Pym!«

Jetzt hörte ich deutlich, daß diese Worte nahe meinem Ohr ausgesprochen wurden. Was bedeutete diese Mahnung, und warum wurde mir ans Herz gelegt, Arthur Pym nicht zu vergessen? Er war doch eines Todes gestorben, über den niemand etwas Näheres wußte. Ich spürte, daß etwas unklar war, und erwachte jetzt erst zu der Überzeugung, es müsse mich ein besonders lebhafter Traum verfolgt haben. Immerhin sprang ich schnell vom Lager, öffnete das eine Schiebefenster meiner Kabine und stieß den Laden davor auf.

Ich blickte hinaus. Auf dem Hinterdeck stand nur Hunt, der die Hand am Steuerrad und den Blick auf das Kompaßhäuschen gerichtet hielt. Was tun? Ich konnte mich nur wieder niederlegen und weiterschlafen. Obwohl ich den Namen Pym noch wiederholt vor meinem Ohr zu hören glaubte, schlief ich doch bis zum Morgen. Nach dem Aufstehen hatte ich von dem nächtlichen Zwischenfall nur noch eine sehr schwache, verschwommene Vorstellung, die bald ganz erlosch.

Während unserer Fahrt in diesen Gewässern war keinerlei Zwischenfall zu verzeichnen.

Die Nordbrise, die sich gelegt hatte, sprang nicht wieder auf, und nur die starke Strömung führte das Schiff weiter nach Süden. Das ergab eine Verzögerung, unsere Ungeduld stieg.

Am 21. Dezember endlich ergab die Berechnung 82 Grad 50 Minuten südlicher Breite und 42 Grad 20 Minuten westlicher Länge. Gab es eine Insel Bennet, so konnte sie jetzt nicht mehr fern sein. Ja, diese kleine Insel war vorhanden und lag an der Stelle, die Pym angegeben hatte.

Gegen sechs Uhr abends verkündete der Ausruf eines Matrosen: »Land vor Backbord!«

Die Insel Bennet

Nachdem die »Halbrane« seit dem Polarkreis etwa achthundert Seemeilen zurückgelegt hatte, befand sie sich jetzt in Sicht der Insel Bennet. Die Mannschaft brauchte dringend Ruhe, denn in den letzten Stunden hatte das Schiff auf dem stillen Meer mit den Booten geschleppt werden müssen. Die Landung wurde deshalb auf den nächsten Tag verschoben, und ich zog mich in meine Kabine zurück. Diesmal unterbrach kein Geflüster meinen Schlummer, und früh um fünf Uhr war ich der erste auf.

Es versteht sich von selbst, daß West alle Vorsichtsmaßregeln getroffen hatte, die für eine Fahrt in diesen verdächtigen Gegenden nötig waren. An Bord herrschte strengste Wachsamkeit. Die Mörser waren geladen, Kugeln und Kartuschen lagen bereit, Gewehre und Pistolen waren fertig zur Hand, und die Enternetze konnten jeden Augenblick gehißt werden. Angeblich war die »Jane« von den Bewohnern der Insel Tsalal angegriffen worden. Unser Schiff lag jetzt kaum sechzig Seemeilen vom Schauplatz jener schrecklichen Katastrophe entfernt.

Die Nacht verging ohne Alarm. Bei Tagesanbruch zeigte sich kein Boot im Gesichtskreis der »Halbrane«, kein Eingeborener am Strand. Alles schien verlassen. Übrigens hatte ja auch Kapitän William Guy hier keine Spuren von menschlichen Wesen gefunden. Man sah weder Hütten auf dem Ufergelände noch etwa Rauchsäulen, die auf Bewohner hätten schließen lassen.

Von der Insel erblickte ich – ganz den Angaben Pyms entsprechend – nur eine felsige Fläche, die keine Spur von Vegetation zeigte. Unser Schiff lag an einem einzigen Anker, etwa eine Seemeile nördlich davon. Der Kapitän erklärte, daß über die Lage der Insel kein Irrtum möglich sei.

»Sehen Sie dort das Vorgebirge im Osten, Herr Jeorling? Ähneln seine übereinandergehäuften Gesteinsbrocken nicht großen Baumwollballen?«

»Ganz richtig. Das war auch im Bericht angegeben.«

»Wir müssen also nur an jenem Vorgebirge an Land gehen. Wer weiß, ob wir dort nicht einzelne Spuren von Leuten der ›Jane‹ finden, wenn es diesen gelungen ist, von der Insel Tsalal zu fliehen.« Einen Mann aber gab es unter uns, dessen Blick vielleicht noch gespannter daran haftete, das war der Matrose Hunt.

Seit der Anker auf Grund lag, hatte er kein Auge mehr zugetan. Auf die Reling vorn an Steuerbord gelehnt, den breiten Mund fest geschlossen und die Stirn in tausend Falten, hatte er diesen Platz nicht wieder verlassen, und seine Blicke wandten sich keine Sekunde vom Ufer ab.

Ehe der Kapitän die »Halbrane« verließ, mahnte er den Leutnant zu größter Wachsamkeit. Unsere Nachforschungen sollten sich nicht über einen halben Tag ausdehnen. Wenn das Boot also im Laufe des Nachmittags nicht zurückkehrte, sollte ein zweites auf die Suche ausgeschickt werden.

»Achte vor allem auf unsere neue Mannschaft«, setzte der Kapitän noch hinzu.

»Seien Sie ohne Sorge«, antwortete West. »Da Sie vier Mann an den Riemen brauchen, können Sie diese ja aus den Neuen wählen. Damit wären vier unruhige Köpfe weniger an Bord.«

Das war ein guter Rat; denn unter dem verderblichen Einfluß Hearnes begann die Unzufriedenheit seiner Genossen von den Falklands allmählich zu wachsen.

Vier von den neuen Leuten nahmen also im Vorderteil des Bootes Platz, während Hunt auf seinen Wunsch hin das Steuer führte. Der Kapitän, der Hochbootsmann und ich setzten uns gutbewaffnet im rückwärtigen Teil des Bootes nieder. Dann stießen wir ab, um die Insel anzulaufen. Eine Viertelstunde später hatten wir das Vorgebirge umschifft, das aus der Nähe gesehen nicht mehr den Anblick der geschnürten Ballen bot. Es öffnete sich eine kleine Bucht, in der die Boote der »Jane« gelandet waren.

Dorthin steuerte jetzt Hunt, auf dessen Erfahrung wir uns verlassen konnten. Er wandte sich mit auffallender Sicherheit durch die Felsenspitzen, die da und dort die Wasserfläche überragten. Man hätte vermuten können, er kenne die Gewässer hier genau. Die Untersuchung der Insel konnte nicht viel Zeit in Anspruch nehmen. Wenn sich hier eine Spur vorfand, würde sie uns nicht entgehen.

Wir landeten also im Hintergrund der Bucht an einem steinigen, mit mageren Flechten bedeckten Ufer. Die Flut ging schon zurück und legte den Sandboden eines Strandabschnitts frei, auf dem schwärzliche Brocken, großen Nägelköpfen ähnlich, verstreut lagen. Zwei Mann wurden zur Bewachung des Bootes zurückgelassen. In Begleitung der beiden anderen drangen wir in das Innere der Insel vor.

Hunt ging schweigend voraus. Wir schritten über einen dürren Boden, der Schiffbrüchigen nicht die geringsten Hilfsmittel geboten hätte; denn als einzige Pflanze brachte er eine Art stachliges Feigenmoos hervor, mit dem sich die rohesten Wiederkäuer nicht begnügt hätten. Sollten Kapitän William Guy und seine Leute nach der Zerstörung der »Jane« keine andere Zuflucht gefunden haben, so mußten sie schon längst bis zum letzten Mann verhungert sein.

Von einem niedrigen Hügel, der in der Mitte der Insel Bennet aufragte, konnten wir sie in ihrer Gesamtheit überblicken. Doch nirgends war etwas Besonderes zu erkennen. Immerhin mochten sich vielleicht Fußspuren erhalten haben oder Aschenreste von Feuerstellen, Trümmer von Wohnhütten – kurz, greifbare Beweise, daß einige Leute von der »Jane« hierhergekommen waren. Um darüber Gewißheit zu erlangen, beschlossen wir, vom Grund der Bucht aus, in der das Boot gelandet war, die ganze Küstenlinie abzugehen.

Beim Abstieg von dem Hügel setzte sich Hunt wieder an die Spitze der kleinen Truppe, als sei es verabredet, daß er uns führe. Wir folgten ihm also, während er zum südlichen Ausläufer der Insel voranschritt. Dort sah er sich überall genau um, bückte sich und zeigte auf ein Stück halbverfaultes Holz zwischen den Steinblöcken.

»Ah, ich erinnere mich!« rief ich. »Pym erwähnt dieses Stück Holz, das zum geschnitzten Vordersteven eines Schiffes gehört haben muß.«

»Einen Steven mit Bildschnitzereien, auf denen mein Bruder die Umrisse einer Schildkröte zu erkennen glaubte«, fügte der Kapitän hinzu.

»Da sich das Stück Holz aber immer noch an derselben Stelle vorfindet, wie sie Pym in seinem Bericht angegeben hat, muß man daraus schließen, daß die Insel nach dem Aufenthalt der ›Jane‹ hier von niemand mehr betreten worden ist. Ich halte es also für eine Zeitvergeudung, nach weiteren Spuren zu suchen. Erst auf der Insel Tsalal werden wir Aufschluß erhalten.«

Wir kehrten nach der Bucht zurück und hielten uns dabei immer dicht am felsigen Ufer. An manchen Stellen zeigten sich Ansätze von Korallenbänken, Meerkühe gab es in solcher Menge, daß wir leicht eine volle Ladung davon hätten einheimsen können.

Hunt ging immer schweigend und die Augen zur Erde gerichtet weiter. Wenn wir uns umblickten, so zeigte sich uns nur die unbegrenzte Wasserwüste. Im Norden schaukelte die »Halbrane« bei leichtem Wellengang. Nach Süden hin zeigte sich keine Andeutung eines Landes, denn die Insel Tsalal hätten wir in dieser Richtung noch nicht sehen können, da sie sechzig Seemeilen entfernt lag.

Nachdem wir die ganze Insel umschritten hatten, blieb uns nichts anderes übrig, als wieder an Bord zu gehen und sobald als möglich nach Tsalal abzusegeln. Wir kehrten zum östlichen Strand zurück, Hunt immer zehn Schritte vor uns. Plötzlich blieb er stehen und winkte uns zu sich heran. Hatte er über das aufgefundene Stück Holz keine Verwunderung gezeigt, so änderte sich seine Haltung, als er jetzt bei einem wurmstichigen Plankenrest niederkniete, der auf dem Sand lag. Er strich mit seinen großen Händen darüber hin, betastete das Holz, als wollte er jede Unebenheit daran genau fühlen, und suchte irgend etwas an der Oberfläche, das einen Aufschluß über vergangene Vorfälle hätte liefern können.

Die knapp zwei Meter lange Eichenplanke mußte von einem ziemlich großen Schiff herrühren. Die schwarze Farbe war zum größten Teil unter einer dicken Schmutzschicht verborgen. Wahrscheinlich stammte die Planke aus der Hinterwand eines Fahrzeuges. Der Hochbootsmann machte eine entsprechende Bemerkung, und der Kapitän stimmte ihm bei. Auch Hunt nickte.

»Diese Planke kann nur nach einem Schiffbruch an die Insel geworfen worden sein«, vermutete ich. »Jedenfalls haben sie Gegenströmungen aus dem offenen Meer hierher getragen ...«

»Wenn das der Fall wäre ...« rief der Kapitän.

Der gleiche Gedanke erfüllte uns beide. Welches Staunen, welche Verblüffung und unaussprechliche Erregung bemächtigte sich aber aller, als Hunt uns eine Anzahl Buchstaben auf der Planke zeigte, die nicht aufgemalt, sondern ins Holz eingeschnitten waren, so daß man sie mit den Fingerspitzen fühlen konnte. Ganz leicht ließen sich dadurch die Buchstaben zweier Namen erkennen, die in zwei Linien angeordnet waren: AN LI E POL.

Die »Jane« aus Liverpool! Das von Kapitän William Guy geführte Schiff. Was tat es, daß die Witterung die fehlenden Buchstaben zerstört hatte? Die noch vorhandenen genügten ja, den Namen des Schiffes und seines Heimathafens zu erkennen.

Der Kapitän hatte die Planke mit den Händen gefaßt und drückte sie an die Lippen, während seine Augen voll Tränen standen. Das war ein Trümmerstück von der »Jane«, eines, das die Explosion hinausgeschleudert und ein Gegenstrom oder eine Eisscholle an dieses Ufer getragen hatte. Ohne ein Wort zu äußern, wartete ich, daß der Kapitän sich wieder beruhigte. Aus Hunts funkelnden Falkenaugen hatte ich bisher aber noch nie einen so leuchtenden Blick hervorschießen sehen wie in dieser Minute, als er den südlichen Horizont betrachtete.

Der Kapitän erhob sich. Schweigend legte sich Hunt die Planke über die Schulter, und wir setzten unseren Weg fort. Nach Beendigung des Rundganges hielten wir wieder an der Stelle, an der wir das Boot und die zwei Matrosen zurückgelassen hatten. Um halb drei Uhr nachmittags kehrten wir an Bord zurück. In der Hoffnung, daß aufs neue ein Nord- oder Ostwind einsetzen könne, wollte der Kapitän bis zum nächsten Tag an diesem Ankerplatz bleiben; denn es war kaum daran zu denken, die »Halbrane« durch Ruderer in ihren Booten bis in die Sicht der Insel Tsalal schleppen zu lassen. Verlief auch die Strömung während der Flut in dieser Richtung, so hätten wir für die Strecke von sechzig Seemeilen doch mindestens zwei Tage benötigt.

Die Abfahrt wurde also bis zum Tagesanbruch verschoben. Da aber gegen drei Uhr morgens eine kleine Brise aufsprang, konnten wir hoffen, daß die »Halbrane« ihr letztes Reiseziel ohne große Verzögerung erreichen würde. Etwa um sechs Uhr früh, am 23. Dezember, verließen wir den Ankerplatz an der Insel Bennet und steuerten in Richtung Süden. Die Brise, die uns forttrieb, war recht schwach. Nur zu häufig schlugen die erschlafften Segel klatschend an die Masten. Zum Glück blieb die Strömung unverändert südlich. Da wir nur langsam vorwärtskamen, lag es auf der Hand, daß der Kapitän die Insel Tsalal vor Ablauf von achtunddreißig Stunden doch nicht zu Gesicht bekommen würde. Gegen fünf Uhr abends verschwammen die letzten Linien der Insel Bennet. Der stündlich abgelesene Kompaß zeigte nur eine unbestimmte Abweichung. Bei wiederholten Sondierungen konnten wir keinen Grund finden, obgleich der Hochbootsmann dabei zweihundert Faden lange Leinen ablaufen ließ. Es war noch ein Glück, daß wenigstens die Strömung unser Schiff, freilich nur mit der Geschwindigkeit von einer halben Meile in der Stunde, nach Süden mitnahm.

Von sechs Uhr ab verschwand die Sonne hinter einer dicken Nebelwand. Die Brise war fast ganz eingeschlafen. Wenn die Verzögerungen anhielten oder gar der Wind umschlug, was sollten wir dann beginnen? Das Meer lag hier jedem Sturm offen, und eine Böe, die das Schiff nach Norden zurück verschlug, hätte nur Hearne und seine Gefährten in ihrer Auffassung bestärkt. Nach Mitternacht wehte es jedoch wieder frischer, und die »Halbrane« konnte etwa ein Dutzend Seemeilen aufholen.

Am 24. Dezember ergab das Besteck 82 Grad 2 Minuten der Breite und 43 Grad 5 Minuten der Länge. Die »Halbrane« befand sich nur noch achtzehn Bogenminuten – nicht mehr als zwanzig Seemeilen – von der Insel Tsalal entfernt.

Leider ließ uns der Wind gegen Mittag erneut in Stich. Dennoch wurde kurz vor sieben Uhr abends dank der Strömung die Insel Tsalal gemeldet.

Sobald der Anker in den Grund eingegriffen hatte, ordnete der Kapitän strengste Wachsamkeit an. Die Kanonen wurden geladen, die Gewehre zurechtgelegt und die Enternetze an Ort und Stelle gebracht. So bestand keine Gefahr einer Überrumpelung. An Bord wachten zu viele Augen. Besonders Hunt wandte seinen Blick nicht von dem Horizont im Süden.

Die Insel Tsalal

Die Nacht verging ohne Störung. Kein Boot hatte die Insel verlassen, kein Eingeborener sich am Ufer gezeigt. Danach ließ sich nur annehmen, daß die Bevölkerung mehr im Innern siedelte. Wir wußten ja auch aus dem Bericht, daß man drei bis vier Stunden marschieren mußte, um nach dem Hauptort der Insel zu gelangen. Jedenfalls war die »Halbrane« bei ihrer Ankunft nicht bemerkt worden.

Wir ankerten bei zehn Faden Tiefe drei Seemeilen von der Küste. Um sechs Uhr wurde der Anker gelichtet, und der von schwachem Morgenwind getriebene Schoner legte sich eine halbe Seemeile vor einem Korallenriff, das den Atolls des Stillen Ozeans ähnelte, wieder fest. Von hier aus ließ sich leicht die ganze Insel überblicken.

Ein Umfang von neun bis zehn Seemeilen – was Pym nicht erwähnt hatte –, eine zerklüftete, schwer zugängliche Küste, lange grüne Ebenen, eingerahmt von mäßig hoher Hügelreihe: Dieses Bild bot die Insel Tsalal. Das Ufer war verlassen, weder auf dem Wasser noch in den kleinen Buchten sah man ein Boot. Über die Felsen erhob sich kein Rauch, und es hatte den Anschein, als ob an dieser Seite kein menschliches Wesen wohnte. Was war seit elf Jahren hier vorgegangen? Vielleicht lebte der Häuptling der Eingeborenen, jener Too-wit, überhaupt nicht mehr? Doch wo blieb die zahlreiche Bevölkerung, wo William Guy, und wo blieben die Überlebenden des englischen Schiffes?

»Das große Boot ins Meer!« befahl der Kapitän mit ungeduldiger Stimme. Der Befehl wurde ausgeführt, und Guy wandte sich an den Leutnant mit den Worten: »Jem, laß acht Mann mit Holt einsteigen, und Hunt mag das Steuer übernehmen. Du wirst hier an der Stelle bleiben und sowohl nach dem Land wie nach dem Meer die Augen offenhalten. Wir gehen an Land und das Dorf Klock-Klock suchen. Wenn es auf dem Wasser zu einer Überraschung käme, so gibst du drei Kanonenschüsse ab. Kommen wir bis zum Abend nicht zurück, so sende das zweite Boot gut bewaffnet und mit zehn Mann unter der Führung des Hochbootsmannes. Die Leute mögen dann eine Kabellänge vom Ufer entfernt halten, um uns zu erwarten, verstanden?«

»Vollkommen.«

»Du selbst verläßt das Schiff keine Minute. Sollten wir nicht mehr aufgefunden werden, so wirst du die Führung des Schiffes übernehmen und es nach den Falklands zurückbringen.«

»Ganz, wie Sie befehlen!«

Acht Mann hatten inzwischen im großen Boot Platz genommen, darunter Holt und Hunt, alle mit Gewehren und Pistolen bewaffnet und mit Patronenbeutel und großem Messer ausgerüstet. Im letzten Augenblick trat ich noch vor und fragte: »Würden Sie mir gestatten, Sie an Land zu begleiten, Herr Kapitän?«

»Gern, wenn Sie Lust dazu haben.«

Ich eilte in meine Kabine zurück, ergriff mein Gewehr, eine doppelläufige Jagdflinte, das Pulverhorn, den Schrotbeutel, steckte einige Kugeln zu mir und schloß mich dem Kapitän an. Wir stießen ab und steuerten, von kräftigen Ruderschlägen getrieben, dem Rand der Klippen zu, durch die Pym und Peters am 19. Januar 1828 mit dem Boot der »Jane« gefahren waren.

Zwanzig Minuten lang glitten wir längs des Riffkranzes entlang. Als Hunt den Durchgang entdeckt hatte, steuerte er hinein und auf einen schmalen Felseneinschnitt zu. Zwei Matrosen blieben im Boot, das durch die kurze Wasserstraße zurückfuhr und am Eingang der Klippen festlegte. Wir anderen stiegen eine Schlucht empor, die den Zugang zur Uferhöhe bildete, und wandten uns dann mit Hunt an der Spitze dem Innern der Insel zu.

Unterwegs unterhielt ich mich mit dem Kapitän über das Land, das nach Aussage Pyms sich gegenüber allen von zivilisierten Menschen jemals besuchten Ländern sehr wesentlich unterschied. Das sollten wir bald selbst beobachten. Die ebenen Flächen erschienen merkwürdig schwarz, als ob der Humus darauf aus pulverisierter Lava bestände. Plötzlich lief

Hunt auf einen mächtigen Felsen zu, den er mit der Behendigkeit einer Eidechse erkletterte. Dann richtete er sich auf dem Gipfel auf und blickte umher. Dabei nahm er merkwürdigerweise die Haltung eines Mannes an, der sich in einer ihm bekannten Gegend plötzlich nicht mehr zurechtfindet.

»Was mag er denn haben?« fragte mich der Kapitän, der ihn aufmerksam beobachtete.

»Ich weiß zwar nicht, was er hat«, erwiderte ich, »aber es wird Ihnen aufgefallen sein, daß am Verhalten dieses Mannes alles seltsam ist. Man möchte fast annehmen, daß . . .«

»Nun, daß . . .« wiederholte der Kapitän.

Aber ohne den angefangenen Satz zu vollenden, rief ich: »Sind Sie sicher, Herr Kapitän, bei der gestrigen Höhenmessung keinen Fehler begangen zu haben?«

»Vollkommen sicher!«

»Ihre Berechnung ergab also?«

»Genau 83 Grad 20 Minuten der Breite und 43 Grad 5 Minuten der Länge.«

»Es ist also nicht zu bezweifeln, daß dies hier die Insel Tsalal ist?«

»Nein, Herr Jeorling, wenn Tsalal die Lage hat, die Pym angibt.«

Daran war also nichts mehr zu deuten. Hatte sich Pym über die Lage nicht getäuscht, so wußten wir freilich nicht, was wir sonst von der Treue seines Berichts zu halten hatten. Er sprach von Merkwürdigkeiten, die ihm ganz fremd gewesen waren, von seltsamen Bäumen, deren Erzeugnisse bisher niemand beschrieben hatte, von Felsen, von wunderbaren Bächen.

Nichts davon war zu sehen. Kein Baum, kein Gebüsch, kein Strauch überragte die trostlose Fläche. Von den bewaldeten Hügeln, zwischen denen das Dorf Klock-Klock liegen sollte, bemerkten wir keine Spur. Von den Bächen, aus denen die Leute der »Jane« ihren Durst zu stillen wagten, entdeckten wir keinen einzigen. Nicht einmal einen Tropfen gewöhnlichen Wassers. Überall die entsetzlichste, abstoßende, vollkommene Trockenheit. Hunt ging, ohne zu zaudern, raschen Schrittes voran. Es sah aus, als geleite ihn ein natürlicher Instinkt. Ich weiß auch nicht, welche Ahnung uns trieb, ihm wie dem erprobtesten Führer zu folgen. Wir schritten jetzt nur über verwilderten schwarzen Erdboden, der aussah, als sei er durch vulkanische Kräfte aus dem Erdinnern herausgeschleudert. Man konnte an eine entsetzliche Umwälzung denken, die das ganze Land durcheinandergeschüttelt hatte. Von den in Pyms Bericht erwähnten Tieren sahen wir kein einziges Exemplar, auch kein menschliches Wesen, niemand, weder im Innern der Insel noch an deren Ufern.

Hatten wir denn inmitten dieser Einöde noch Aussicht, den Kapitän William Guy und die Überlebenden der »Jane« aufzufinden? Ich sah den Kapitän an. Sein bleiches Gesicht, seine tief gefurchte Stirn verrieten deutlich genug, daß seine Hoffnung zu schwinden begann.

Endlich erreichten wir das Tal, in dem das Dorf Klock-Klock gelegen haben mußte. Auch hier war alles verlassen, nicht eine einzige Wohnstätte, so elend sie auch immer gewesen sein mochte. Und der plätschernde Bach am Abhang der Schlucht, wo war er, wohin entleerte er sein geheimnisvolles Wasser? Was war aus den schwarzhäutigen, schwarzhaarigen Eingeborenen mit den schwarzen Zähnen geworden, aus jenen Leuten, die vor der weißen Farbe so sehr erschraken? Vergebens suchte ich die Wohnstätte Too-wits. Ich konnte nicht einmal mehr die betreffende Stelle finden. Und doch waren hier William Guy, Pym, Peters und ihren Gefährten mit gewissen Beweisen von Ehrerbietung aufgenommen worden. Hier mußte es gewesen sein, wo die Mahlzeit aufgetragen wurde, wo Too-wit und die Seinen die noch zuckenden Eingeweide eines unbekannten Tieres mit widerlicher Gier verschlangen.

Jetzt wurde mir plötzlich alles klar. Ich erriet, was mit der Insel vorgegangen war, erriet die Ursache des Durcheinanders, dessen Spuren der Erdboden zeigte. »Ein Erdbeben!« rief ich.

»Ein Erdbeben soll die Insel vernichtet haben?« murmelte der Kapitän.

»Gewiß! Es hat die eigenartige Vegetation vernichtet, die

Bäche mit der merkwürdigen Flüssigkeit, und alle anderen Naturwunder weggefegt, die jetzt in der Tiefe der Erde begraben sind und von denen wir keine Spur mehr finden werden. Hier ist nichts mehr von dem zu sehen, was Pym einst an der gleichen Stelle gesehen hat!«

Hunt, der näher getreten war, lauschte unseren Worten und hob und senkte seinen gewaltigen Kopf als Zeichen der Zustimmung.

»Sind diese Gebiete des südlichen Meeres denn nicht vulkanischer Natur?« fuhr ich fort. »Wenn wir nach Victoria-Land segelten, würden wir da nicht den ›Erebus‹ und den ›Terror‹ in vollem Ausbruch finden?«

»Wenn aber eine Eruption stattgefunden hätte«, bemerkte Holt, »dann müßten wir doch Lavaströme finden.«

»Ich behaupte nicht, daß es zu einem Ausbruch gekommen ist«, antwortete ich, »sondern nur, daß der Boden durch ein Erdbeben durcheinandergerüttelt wurde.«

Ich erinnerte mich noch daran, daß Tsalal nach Pyms Angabe zu einer sich nach Westen fortsetzenden Inselgruppe gehörte. Es war also durchaus möglich, daß die Bevölkerung nach einer Katastrophe sich auf eine Nachbarinsel geflüchtet hatte. Deshalb erschien es angezeigt, diesen Archipel näher zu untersuchen; denn auch die Überlebenden der »Jane« konnten da Zuflucht gesucht und gefunden haben. Ich teilte diese Gedanken dem Kapitän mit.

»Ja«, rief er, während ihm große Tränen in den Augen standen, »ja, das ist möglich! Aber wo hätten mein Bruder und seine unglücklichen Gefährten Mittel zur Flucht hernehmen sollen? Ist es nicht viel wahrscheinlicher, daß sie bei dem Erdbeben umgekommen sind?«

Ein Wink von Hunt veranlaßte uns, ihm zu folgen. Nachdem er zwei Flintenschuß weit in dem Tal vorgedrungen war, blieb er stehen.

Welch ein Bild zeigte sich da unseren Blicken!

Hier lagen Armknochen, Oberschenkel, Wirbel, Reste menschlicher Skelette, dazu ein Haufen Schädel, manche noch mit Haarbüscheln darauf. Der entsetzliche Anblick erfüllte uns mit Schauder und Schrecken. Lag hier, was von der Bevölkerung der Insel noch übrig geblieben war? Doch wenn die Bewohner bei jenem Erdbeben bis zum letzten Mann umgekommen waren, wie erklärte es sich, daß diese Gebeine über der Erde verstreut lagen? Durfte man überhaupt annehmen, daß diese Eingeborenen, Männer, Frauen, Kinder, Greise, an einer Stelle überrascht wurden und keine Zeit gefunden hätten, mit ihren Booten nach den anderen Inseln der Gruppe zu entweichen? Wir standen regungslos, erschüttert, verzweifelt, unfähig ein Wort hervorzubringen!

»Mein Bruder, mein armer Bruder!« schluchzte der Kapitän.

Bei genauer Überlegung fiel mir aber manches auf, was ich mich anzunehmen weigerte. Wie war diese Katastrophe mit den Bemerkungen in Pattersons Notizbuch in Einklang zu bringen? Sie sagten ausdrücklich, daß der zweite Offizier der »Jane« seine Gefährten vor sieben Monaten auf der Insel Tsalal zurückgelassen hatte. Sie konnten also bei dem Erdbeben gar nicht umgekommen sein, das nach dem Zustand der Knochen vor mehreren Jahren und nach der Abfahrt Pyms und Peters stattgefunden haben mußte, da es dessen Bericht nicht erwähnte. Diese Tatsachen waren wirklich unvereinbar. Hatte das Erdbeben erst in jüngerer Zeit stattgefunden, so durfte man die schon gebleichten Skelette nicht damit in Zusammenhang bringen. Wenn es sich aber nicht um die Überreste der Schiffbrüchigen handelte, wo waren sie dann?

Da sich das Tal von Klock-Klock noch weiter fortsetzte, mußten wir umkehren. Wir hatten kaum eine halbe Seemeile am Abhang zurückgelegt, als Hunt nochmals vor einzelnen Knochenresten stehenblieb, die schon halb zu Staub zerfallen waren und von keinem menschlichen Wesen zu stammen schienen. Waren es die Überreste eines jener seltsamen Tiere, die Pym beschrieben hatte? Ein Schrei oder richtiger eine Art wildes Grunzen kam aus Hunts Mund. Seine große Hand, die sich uns entgegenstreckte, hielt ein metallenes Halsband. Ja, ein Halsband aus Kupfer, von der Oxydation schon halb zerfressen, auf dem aber noch einige eingravierte Buchstaben deutlich erkennbar waren: Tiger – Arthur Pym.

Tiger! Das war der Neufundländer, der seinem Herrn das Leben gerettet hatte, als dieser im Frachtraum der »Grampus« versteckt lag. Tiger, der bei der Meuterei dem Matrosen Jones an die Kehle gesprungen war.

Das treue Tier war beim Schiffbruch der »Grampus« also nicht umgekommen. Man hatte es gleichzeitig mit Pym und dem Mestizen an Bord der »Jane« gerettet. Und doch erwähnte der Bericht nichts davon, von dem Hund war überhaupt nicht mehr die Rede.

In meinem Innern drängten sich tausend Widersprüche. Ich wußte die Tatsachen nicht zusammenzureimen. Es stand außer Zweifel, daß Tiger mit Pym beim Schiffbruch dem Tod entgangen, daß er diesem nach der Insel Tsalal gefolgt und auch beim Einsturz des Hügels nicht umgekommen war, daß er aber den Tod bei der Katastrophe gefunden hatte, die eine Gruppe der Eingeborenen vernichtete.

Drei Stunden später waren wir, ohne eine weitere Entdekkung gemacht zu haben, an Bord der »Halbrane« zurück. Der Kapitän ging sofort in seine Kabine, schloß sich ein und erschien nicht einmal zum Abendessen. Ich hielt es für besser, seinen Schmerz zu achten, und bemühte mich gar nicht, ihn aufzusuchen. Am nächsten Tag wollte ich aber doch noch einmal die Insel besuchen und sie von einem Ufer bis zum anderen durchqueren. Ich bat deshalb den Leutnant, mich übersetzen zu lassen.

West stimmte zu, nachdem er sich die Erlaubnis vom Kapitän geholt hatte, der darauf verzichtete, uns zu begleiten. Hunt, der Hochbootsmann, Holt und ich nahmen diesmal ohne Waffen im Boot Platz, denn wir hatten ja nichts zu fürchten. Wir landeten an derselben Stelle wie am Vortag, und Hunt führte uns nochmals zum Hügel von Klock-Klock. Dort stiegen wir zu der engen Schlucht hinunter, in der Pym, Peters und der Matrose Allen durch den Spalt eingedrungen waren, der sich in der Felsmasse gebildet hatte. Hier sah man jetzt aber nichts mehr von den Bergwänden, die beim Erdbeben verschwunden sein mochten, auch nichts von dem Spalt und von dem dunklen Gang, in dem Allen erstickt war. Ebensowenig fand sich etwas von dem Labyrinth, dessen Windungen und Wände Buchstaben bildeten. Alle Geheimnisse der Insel Tsalal waren verschwunden, und niemand würde sie mehr enthüllen können.

Uns blieb weiter nichts übrig, als längs des östlichen Ufers zum Boot zurückzukehren. Wir machten nur noch einmal an der Stelle Halt, wo Pym und Peters sich des Bootes bemächtigt hatten, das sie nach den höheren Breiten hinauftrug. Die Arme gekreuzt, schien Hunt das unermeßliche Meer vor uns mit den Augen zu verzehren.

»Nun, Hunt?« redete ich ihn an.

Der Mann hörte mich wohl kaum.

»Was wollen wir noch hier?« fragte ich, seine Schulter berührend. Da erbebte er unter meiner Hand und warf mir einen Blick zu, der mir bis ins Herz drang.

»Vorwärts, Hunt!« rief Hurliguerly. »Willst du denn auf diesem Felsblock Wurzel schlagen? Siehst du nicht, daß uns die ›Halbrane‹ da draußen erwartet? Vorwärts! Morgen segeln wir ab. Hier ist für uns nichts mehr zu tun!«

Es schien mir, als ob die Lippen Hunts das Wort »nichts« wiederholten, während seine Haltung gegen die Mahnung des Hochbootsmanns protestierte.

Das Boot führte uns nach dem Schiff zurück. Der Kapitän hatte seine Kabine immer noch nicht verlassen. West, der noch keinen Befehl zum Ankerlichten erhalten hatte, stand wartend auf dem Hinterdeck. Ich setzte mich am Fuß des Großmastes nieder und betrachtete das vor uns weit offen liegende Meer. In diesem Augenblick trat der Kapitän bleich und mit verstörten Zügen aus dem Deckhaus.

»Herr Jeorling«, begann er, »ich bin mir bewußt, alles getan zu haben, was zu tun möglich war. Kann ich aber noch weitere Hoffnung hegen, meinen Bruder und seine Gefährten zu finden? Nein, wir müssen umkehren, ehe der Winter uns überrascht.« Er warf einen letzten Blick nach der Insel Tsalal hin. »Morgen, Jem, fahren wir ganz frühzeitig ab.«

Da ertönte eine tiefe Stimme: »Und Pym ... Der arme Pym?«

Ich erkannte diese Stimme wieder.

Es war dieselbe, die ich unlängst im Traum gehört hatte!

Arthur Gordon Pym

»Und Pym ...?«

Ich fuhr herum. Hunt hatte die Worte gesprochen. Regungslos am Deckhaus stehend, verschlang der seltsame Mann den Horizont mit seinen Blicken. An Bord des Schoners war man wenig gewöhnt, seine Stimme zu vernehmen, so daß die Neugier schon die Mannschaft zu ihm hintrieb. Sein ganz unvermutetes Auftreten schien, so ahnte ich, auf einer wunderbaren Eingebung zu beruhen.

Ein Wink Wests verscheuchte die Leute wieder nach dem Vorderdeck. Nur der Leutnant, der Hochbootsmann, der Segelwerksmaat Holt und der Klaftermeister Hardie, die sich dazu berechtigt glaubten, blieben bei uns zurück.

»Was hast du gesagt?« fragte der Kapitän, näher an Hunt herantretend.

»Ich sagte: Und Pym ... Der arme Pym?« wiederholte Hunt wie geistesabwesend.

»Und was beabsichtigst du damit, uns an den Namen des Mannes zu erinnern, dessen verderbliche Ratschläge meinen Bruder bis zu dieser Insel verlockt haben, wo die ›Jane‹ zerstört, der größte Teil seiner Leute niedergemetzelt wurde, und wo wir nicht einen einzigen von denen wiedergefunden haben, die noch vor sieben Monaten hier weilten?«

Hunt gab keine Antwort.

»So sprich doch sofort!« rief der Kapitän, dem es das Herz zerriß, so daß er seine sonstige Ruhe nicht zu bewahren vermochte. Hunt zögerte nicht, weil er nichts zu antworten gewußt hätte, sondern weil er seine Gedanken nur schlecht ausdrücken konnte. Sie waren bestimmt und klar, wenn er auch in jedem Satz stockte und es seinen Worten oft an jeder Verbindung fehlte. Kurz, er hatte eine besondere, zuweilen bildreiche Ausdrucksweise, und seine Aussprache ließ deutlich den rauhen Ton der Indianer des fernen Westens erkennen.

»Ja«, sagte er, »ich kann das nicht ordentlich erzählen ... Verstehen Sie recht ... Ich habe von Pym gesprochen, dem armen Pym, nicht wahr?«

»Gewiß«, erklärte der Leutnant kurz angebunden, »und was hast du uns über Pym mitzuteilen?«

»Ich meine nur – daß er nicht verlassen werden sollte.«

»Nicht verlassen werden?« rief ich erstaunt.

»Nein, niemals!« erklärte Hunt. »Bedenken Sie doch! Das wäre grausam, zu grausam ... Wir müssen ihn suchen.«

»Ihn suchen?« wiederholte Kapitän Guy.

»Verstehen Sie recht ... Das war der Grund, warum ich mich mit auf der ›Halbrane‹ einschiffte ... Ja – ihn – den Armen wiederzufinden.«

»Und wo sollte er denn sein?« fragte ich, »wenn nicht auf dem Friedhof seiner Vaterstadt?«

»Nein, er ist da, wo er geblieben ... Dort ganz allein zurückgeblieben ist«, erwiderte Hunt, mit der Hand nach Süden weisend. »Und seit der Zeit ist die Sonne schon elfmal über diesem Horizont wieder aufgestiegen!«

»Weißt du denn nicht, daß Pym tot ist?« sagte der Kapitän.

»Tot!« entgegnete Hunt, der dieses Wort mit einer ausdrucksvollen Bewegung begleitete. »Nein, hören Sie mich an. Ich weiß darum Bescheid. Verstehen Sie mich recht ... Er ist nicht tot!«

»Aber Hunt«, fiel ich ein, »im letzten Kapitel seines Buches berichtet Edgar Poe, daß er ein plötzliches und beklagenswertes Ende genommen habe.«

Auf welche Weise dieses merkwürdige Leben geendet hatte, davon sagte der amerikanische Dichter freilich nichts, und ich betone, daß mir dies von jeher merkwürdig erschienen war. Sollte das Geheimnis dieses Todes jetzt wirklich noch enthüllt werden, da Arthur Pym, wenn man Hunt Glauben schenken konnte, aus dem Polargebiet nicht zurückgekehrt war?

»Erkläre dich genauer, Hunt!« befahl Kapitän Guy, der mein Erstaunen teilte. »Überlege dir alles. Nimm dir Zeit, und sage deutlich, was du zu sagen hast!«

Und während Hunt sich mit der Hand über die Stirn strich, als wollte er halbverlorene Gedanken sammeln, bemerkte ich zum Kapitän: »Es steckt etwas Eigenartiges in dem Verhalten dieses Mannes, und wenn er nicht ein Narr ist . . .«

Der Hochbootsmann nickte zu diesen Worten mit dem Kopf, denn seiner Ansicht nach war Hunt nicht recht bei Verstand.

»Nein, kein Narr«, rief dieser. »Die Narren sind da unten in der Prärie . . . Man schont sie, glaubt ihnen aber nicht . . . Mir . . . Mir muß man doch glauben . . . Nein! Pym ist nicht tot!«

»Edgar Poe behauptet es aber«, antwortete ich.

»Ja, ja, das weiß ich . . . Edgar Poe aus Baltimore . . . Er – er hat aber den armen Pym niemals gesehen. Niemals!«

»Wie?« rief der Kapitän. »Die beiden Männer hätten einander gar nicht gekannt?«

»Nein, Kapitän, bestimmt nicht!« versicherte Hunt. »Der da – aus Baltimore – hat nichts gesehen als die Niederschriften, die Pym von dem Tag an aufgesetzt hat, seit er an Bord der ›Grampus‹ versteckt war, die er fortgesetzt hat bis zur letzten – verstehen Sie mich recht – bis zur allerletzten Stunde!«

Hunt fürchtete offenbar, nicht richtig verstanden zu werden, und wiederholte diese Mahnung deshalb immer wieder. Ich kann übrigens nicht leugnen, daß mir seine Erklärungen völlig unwahrscheinlich erschienen. Arthur Pym hätte also nie Verbindung zu Edgar Poe gehabt? Der amerikanische Dichter sollte keine weiteren Unterlagen besessen haben als jene kurzen Anmerkungen, die während der ganzen so unwahrscheinlichen Fahrt Tag für Tag fortgeführt waren?

»Wer hat ihm dann jenes Tagebuch überbracht?« fragte der Kapitän.

»Das war der Begleiter Pyms, der ihn wie einen Sohn liebte ... Den armen Pym ... Der Mestize Dirk Peters, der allein von da unten zurückkehrte.«

»Der Mestize Dirk Peters?« rief ich verwundert.

»Ja!«

»Und Arthur Pym wäre noch ...«

»Dort!« antworte Hunt jetzt mit lauter Stimme, während er sich in der Richtung nach Süden hinausbog, wohin sein Blick unablässig gefesselt war. Vermochte eine solche Versicherung unseren allgemeinen Unglauben zu überwinden? Nein, gewiß nicht.

Holt stieß Hurliguerly mit dem Ellbogen an, und beide schienen Hunt nur zu bemitleiden, während West ihn betrachtete, ohne seine Empfindungen dabei zu verraten. Der Kapitän gab mir durch ein Zeichen zu verstehen, daß nichts Ernstes aus dem armen Teufel herauszulocken sei, dessen Geisteskräfte schon seit längerer Zeit geschwächt sein müßten. Und doch glaubte ich etwas wie den Ausdruck von Wahrheit aus den Augen Hunts strahlen zu sehen. Deshalb beschloß ich, ihm ganz bestimmte und dringliche Fragen zu stellen, auf die er, wie der Leser sehen wird, immer wieder in bejahendem Sinne und ohne sich in Widersprüche zu verwickeln, Antwort gab.

»Nun, guter Freund«, begann ich, »nachdem Arthur Pym vom Rumpf der ›Grampus‹ gerettet worden war, ist er doch an Bord der ›Jane‹ und mit Peters nach der Insel Tsalal gekommen?«

»Ja, freilich.«

»Und während eines Besuches von Kapitän William Guy im Dorf Klock-Klock hat sich Pym mit dem Mestizen und einem Matrosen von seinen übrigen Gefährten getrennt?«

»Ja«, antwortete Hunt, »mit dem Matrosen Allen, der gleich darauf unter den Steinmassen erstickte.«

»Dann haben beide von der Höhe des Hügels aus den Angriff und die Zerstörung des Schoners beobachtet und bald danach die Insel in einem Boot verlassen, das sie den Eingeborenen abjagen konnten?«

»Wie Sie sagen.«

»Zwanzig Tage später, als sie bei der Dunstwand angelangt waren, wurden beide in den Abgrund des Katarakts hinuntergestürzt?«

Jetzt antwortete Hunt nicht bejahend, sondern zauderte und murmelte unverständliche Worte. Mir schien es, als suche er das halberloschene Feuer seines Gedächtnisses wieder anzufachen. Endlich sah er mir ins Auge und schüttelte den Kopf. »Nein, nicht beide«, antwortete er. »Verstehen Sie mich recht ... Peters hat niemals gesagt ...«

»Dirk Peters?« fragte der Kapitän lebhaft. »Hast du ihn denn gekannt, und wo hast du ihn getroffen?«

»In Vandalia – im Staat Illinois.«

»Von ihm willst du alles erfahren haben? Er soll allein heimgekehrt sein von da unten, wo er Pym zurückgelassen hat?«

»Ja, allein!«

Ich kochte vor Ungeduld. Hunt sollte Peters gekannt und von ihm Dinge erfahren haben, die kein Mensch wissen konnte. Er kannte den Ausgang jener wahrhaft wunderbaren Abenteuer?

»Ja, da unten ... Eine Dunstwand«, erklärt Hunt stockend weiter, »ein Vorhang, hat mir der Mestize gesagt. Verstehen Sie mich recht ... Beide befanden sich in dem Boot von Tsalal. Dann ist ein Eisblock ... Eine ungeheuere Eismasse auf sie zugetrieben. Bei dem Anprall ist Peters ins Meer gefallen. Er hat sich aber an dem Eis anklammern und in die Höhe klettern können ... Und von hier aus hat er gesehen, wie das Boot von der Strömung weit – zu weit – weggeführt wurde. Pym hat versucht, sich mit seinem Gefährten wieder zu vereinigen. Er hat es nicht vermocht ... Das Boot trieb fort ... Und der arme Pym wurde weit weggetragen. Er war es, der nicht heimgekehrt ist und der immer noch da, da draußen schmachtet!«

Wahrlich, wäre dieser Mann Peters gewesen, er hätte nicht mit mehr Erregung und Kraft oder mit mehr Teilnahme von dem »armen Pym« sprechen können. Jedenfalls blieb die Tatsache bestehen, daß Pym und Peters durch jene merkwürdige Dunstwand voneinander getrennt worden waren. Wie aber war es Peters möglich gewesen, wieder nach Norden zu gelangen, über das Packeis hinauszukommen und schließlich nach Amerika zurückzukehren, wohin er jene Aufzeichnungen gebracht hatte? Diese Fragen wurden einzeln an Hunt gerichtet, und er beantwortete alle. Danach hatte Peters das Tagebuch in seiner Tasche gehabt, als er sich auf den Eisblock rettete. So blieb es erhalten und konnte dem amerikanischen Schriftsteller übergeben werden.

»Verstehen Sie mich recht«, wiederholte Hunt, »ich erzähle Ihnen die Dinge nur so, wie ich sie von Peters erfahren habe. Während die Strömung ihn entführte, schrie er aus Leibeskräften ... Der arme Pym war aber bald in der Dunstwand verschwunden. Der Mestize ernährte sich von rohen Fischen, die er ergreifen konnte ... Er wurde durch den Gegenstrom zur Insel Tsalal zurückgetragen, wo er halbtot ans Land stieß.«

»Nach der Insel Tsalal?« rief der Kapitän. »Wie lange hatte er sie denn verlassen?«

»Drei Wochen – höchstens drei Wochen –, hat mir Peters gesagt.«

»Dann muß er doch die letzten Leute der ›Jane‹ dort angetroffen haben«, fragte der Kapitän, »meinen Bruder und die anderen Überlebenden?«

»Nein«, erwiderte Hunt, »Peters hat geglaubt, daß sie bis zum letzten – ja, alle, alle den Untergang gefunden hätten. Auf der Insel war niemand mehr.«

»Aber die Bewohner von Tsalal?«

»Kein Mensch, sage ich Ihnen, keine lebende Seele. Eine öde – eine verlassene Insel.«

Das widersprach gewissen Tatsachen, denen wir uns sicher waren. Immerhin ließ es sich vielleicht damit erklären, daß die Bevölkerung der Insel schon auf der südwestlichen Insel Zuflucht gesucht, William Guy und seine Gefährten aber die Schluchten von Klock-Klock noch nicht verlassen hatten. Dann hätte der Mestize sie freilich nicht auffinden können, und sie selbst hätten während ihres elfjährigen Aufenthalts auf der Insel von den Urbewohnern nichts mehr zu fürchten gehabt. Wenn sie andererseits Patterson erst vor sieben Monaten verlassen hatte und es uns nicht gelungen war, sie aufzufinden, mußten sie die Insel ebenfalls verlassen haben, die ihnen wahrscheinlich nach dem Erdbeben keine Nahrungsmittel mehr bot.

»Bei der Rückkehr fand Peters also keinen Bewohner mehr auf der Insel?« nahm jetzt der Kapitän wieder das Wort.

»Niemand«, wiederholte Hunt. »Der Mestize hat nicht einen einzigen Eingeborenen zu Gesicht bekommen.«

»Was fing er dann aber an?« fragte der Hochbootsmann.

»Ein verlassenes Boot war noch vorhanden«, antwortete Hunt. »Hier am Ufer dieser Bucht. Es enthielt gedörrtes Fleisch und mehrere Fässer Süßwasser. Der Mestize sprang hinein. Ein Südwind, ja ein steifer Südwind, der mit der Gegenströmung auch schon seinen Eisblock nach der Insel Tsalal getrieben hatte, trieb ihn Woche auf Woche am inneren Rand des Packeises dahin, bis er endlich eine Durchfahrt entdeckte. Glauben Sie mir – ich wiederhole ja nur, was mir Peters hundertmal erzählt hat: eine Durchfahrt . . . Und dann überquerte er den Polarkreis.«

»Doch jenseits desselben?« fragte ich.

»Unweit davon wurde er von einem amerikanischen Walfänger aufgenommen und nach Amerika zurückgebracht.«

Auf diese Weise hatte anscheinend jenes schreckliche Drama der antarktischen Gebiete eine gewisse Lösung gefunden. In der Heimat hatte der Mestize dann mit Edgar Poe, dem damaligen Herausgeber einer Zeitschrift, Verbindung aufgenommen, und aus den Aufzeichnungen Arthur Pyms war jener wunderbare Bericht entstanden. Kein Phantasiegebilde, wie man bisher glaubte, dem nur die letzte Lösung des Knotens fehlte. Die erfundenen Zutaten in dem Werk des amerikanischen Schriftstellers bestehen wohl nur in den seltsamen Ereignissen, von denen die letzten Kapitel handeln.

Doch sei dem, wie es will. Eines stand fest: Edgar Poe hatte Pym überhaupt nicht kennengelernt. Aus diesem Grund ließ er seine Leser zuletzt auch in der Ungewißheit. Doch wenn Arthur Pym nicht zurückgekehrt war, mußte man dann doch vernünftigerweise annehmen, daß er sehr bald nach der Trennung von seinem Gefährten umgekommen sei. Wie sollte er volle elf Jahre nach seinem Verschwinden noch leben? Hunt aber behauptete voll Überzeugung, daß dies der Fall sein müsse. Jetzt fragten wir uns, ob denn Hunt noch bei klarem Verstand war. Wenn aber alles, was er gesagt hatte, auf Wahrheit beruhte, durfte man ihm dann Glauben schenken, als er mit gleichzeitig bittender und beschwörender Stimme sagte: »Pym ist nicht tot ... Pym ist dort ... Der arme Pym darf nicht verlassen werden!«

Als ich mit meinem Verhör zu Ende war, befahl der erregte Kapitän mit herrischer Stimme: »Alle Mann auf Hinterdeck!«

Sobald sich die Mannschaft um ihn gesammelt hatte, begann er: »Gib acht, Hunt! Und denke an den Ernst der Fragen, die ich dir noch zu stellen habe!«

Hunt erhob den Kopf und ließ seine Blicke über die Matrosen der »Halbrane« schweifen.

»Du behauptest also, alles, was du uns über Arthur Pym mitgeteilt hast, sei wahr, und du hast Dirk Peters gekannt?«

»Jawohl.«

»Hast mit ihm mehrere Jahre in Illinois verlebt?«

»Neun volle Jahre.«

»Du zweifelst auch nicht daran, daß er dir die volle Wahrheit erzählt hat?«

»Nicht im mindesten!«

»Wo hast du Peters zum letztenmal gesehen?«

»In Vandalia ... Vor zwei Jahren.«

»Und wer von euch beiden hat Vandalia zuerst verlassen?«

Hunt schien jetzt mit einer Antwort etwas zu zögern.

»Wir haben es zusammen verlassen«, sagte er schließlich.

»Wohin wollte Peters gehen?«

Hunts Blick schien zuletzt auf unserem Segelmeister haften

zu bleiben, auf dem Manne, dem er während des Sturms das Leben gerettet hatte.

»Nun«, drängte der Kapitän wieder. »Verstehst du, was ich fragte? So antworte doch! Hat Peters Amerika verlassen?«

»Ja.«

»Und wohin ist er gegangen, sprich endlich!«

»Nach den Falklandinseln.«

»Wo ist er jetzt?«

»Er steht vor Ihnen!«

Beschlossen!

Dirk Peters! Hunt war der Mestize Dirk Peters, der getreue Leidensgenosse Arthur Pyms, den Kapitän Guy so lange und so erfolglos in den Vereinigten Staaten gesucht hatte und dessen Anwesenheit uns nun einen neuen Grund zur Fortsetzung unserer Fahrt bieten konnte. Warum hatte er aber auf den Falklandinseln seinen Namen verheimlicht, warum hatte der etwas einfältige Mann nicht gleich gesagt, wer er war, obwohl er die Absicht des Kapitäns kannte, dessen Bemühungen nur darauf gerichtet waren, seine Landsleute zu retten, indem er dem Weg der »Jane« folgte? Ohne Zweifel aus Furcht, sein Name könnte bei den anderen Abscheu erregen, war er doch an der Meuterei und den Schreckensszenen auf der »Grampus« beteiligt gewesen.

Er war nach den Falklandinseln gegangen, um die erste Gelegenheit zu ergreifen, die ihm eine Rückkehr nach dem südlichen Polarmeer versprach. Er mochte bei seinem Dienstantritt gehofft haben, den Kapitän zu der Weiterfahrt in die höheren Breiten bewegen zu können. Dabei konnte kein Mensch mit gesunden Sinnen glauben, daß Arthur Pym nach elf Jahren noch lebte. Die Existenz des Kapitäns William Guy und einiger Gefährten schien durch die Hilfsquellen der Insel Tsalal einigermaßen gesichert. Außerdem bewiesen die Aufzeichnungen Pattersons, daß sie noch dort gewesen waren. Daß aber Pym noch leben sollte, war doch wesentlich unwahrscheinlicher.

Der Erklärung des Mestizen folgte ein langes Stillschweigen. Gewiß kam es niemand in den Sinn, an seiner Aufrichtigkeit zu zweifeln. Er hatte gesagt: »Ich bin Dirk Peters« – und er war es ganz bestimmt. Um ihn zu unterstützen, suchte ich sein Anliegen mit unserem Plan zu verbinden. Noch galt es ja, Kapitän William Guy zu finden, von dem wir bisher auf der Insel keine Spur entdeckt hatten.

»Ehe wir einen endgültigen Beschluß fassen«, begann ich, »erscheint es doch ratsam, den Sachverhalt mit kaltem Blut zu betrachten. Würde es uns nicht für alle Zeit gereuen und quälende Gewissensbisse bereiten, wenn wir unsere Expedition vielleicht in dem Augenblick aufgäben, wo ihr einige Aussicht auf Erfolg winkte? Überlegen Sie das, Herr Kapitän, und auch ihr alle! Vor kaum sieben Monaten wurden Ihre Landsleute von dem unglücklichen Patterson hier lebend zurückgelassen. Befanden sie sich zu dieser Zeit noch auf Tsalal, so ist das ein Beweis, daß ihnen die Insel elf Jahre hindurch genügend Existenzmittel geboten hatte und sie sich nicht vor den Eingeborenen fürchten mußten, von denen ein Teil unter unbekannten Umständen umgekommen ist und ein anderer sich auf eine Insel der hiesigen Gruppe geflüchtet hat. Das alles liegt doch klar auf der Hand, und ich weiß nicht, was diesen Schlußfolgerungen entgegenzuhalten wäre.«

Auf meine Rede antwortete niemand; es war eben nichts darauf zu antworten.

»Wenn wir den Kapitän der ›Jane‹ und seine Leute hier nicht mehr angetroffen haben«, fuhr ich, lebhafter werdend, fort, »so liegt das daran, daß sie nach dem Weggehen Pattersons gezwungen waren, die Insel Tsalal zu verlassen; denn meiner Ansicht nach ist sie durch das Erdbeben unbewohnbar geworden. Mit Hilfe eines der Eingeborenenboote haben sie gewiß, unterstützt von der nach Süden verlaufenden Strömung, entweder eine andere Insel oder einen Punkt des Antarktischen

Festlandes erreichen können. Ich behaupte sicher nicht zuviel, wenn ich sage, daß die Dinge sich in dieser Weise abgespielt haben. Wenn wir jetzt unsere Nachforschungen aufgäben, hätten wir nichts getan, um unsere Landsleute zu retten.«

Ich sah meine Zuhörer an, erhielt aber immer noch keine Antwort. Tief erregt hatte der Kapitän den Kopf gesenkt. Er mochte spüren, daß ich recht hatte und mit dem Hinweis auf unsere Menschenpflicht den einzigen Weg bezeichnete, den beherzte und mitfühlende Männer einschlagen mußten.

»Worum handelt es sich denn eigentlich?« fuhr ich nach kurzem Schweigen fort. »Wir müssen doch nur noch wenige Breitengrade durchsegeln, und das zu einer Zeit, zu der das Meer befahrbar ist und wir noch zwei Monate gute Witterung vor uns haben, ohne den antarktischen Winter befürchten zu müssen. Die ›Halbrane‹ ist reichlich mit Proviant versehen, ihre Mannschaft bei vollen Kräften. Was sollen wir also zaudern, warum vor eingebildeten Gefahren zurückweichen? Warum haben wir nicht den Mut, dorthin zu gehen?«

Bei diesen Worten wies ich nach dem südlichen Horizont, ebenso wie Peters, der in fast befehlender Haltung den Arm in dieser Richtung ausstreckte. Aller Augen waren jetzt auf uns gerichtet, und dennoch erfolgte keine Antwort. Tatsächlich konnte der Schoner die Gewässer für acht bis neun Wochen ohne besonderes Wagnis durchkreuzen.

Wir hatten erst den 26. Dezember, und die früheren antarktischen Forschungsreisen waren noch bis in den März hinein ausgeführt worden.

Die Schiffe hatten nach Norden zurücksegeln können, ehe ihnen der Frost den Ausgang versperrte. Allerdings waren sie nicht zu den hohen Breiten hinaufgelangt, in denen nun die »Halbrane« kreuzte. Ich wies auf all das hin und wartete auf eine zustimmende Erklärung, für die aber niemand die Verantwortung tragen wollte. Allgemeines Schweigen herrschte, und alle Augen blickten zu Boden. Dabei hatte ich nicht ein einziges Mal den Namen Pym ausgesprochen oder den Wunsch des Mestizen direkt unterstützt. In diesem Falle hätte man mir wohl mit Achselzucken, vielleicht sogar mit Drohungen geantwortet. Nun aber nahm Kapitän Guy das Wort.

»Dirk Peters, kannst du behaupten, daß ihr beide, Pym und du, nach der Abfahrt von Tsalal weiter im Süden andere Länder gesehen habt?«

»Gewiß ... Länder ...« erklärte der Mestize, »Inseln oder Festland ... Verstehen Sie mich recht ... Und dort, glaube ich – bin ich überzeugt –, dort wartet Pym, der arme Pym, daß ihm jemand zu Hilfe kommt.«

»Dort, wo vielleicht William Guy und seine Leidensgenossen warten!« rief ich, um das Gespräch auf ein weniger verfängliches Gebiet zurückzuleiten.

Waren diese Landgebiete schon einmal gesehen worden, so bot sich damit ein Ziel, das nicht so schwer zu erreichen sein konnte. Die »Halbrane« würde nicht aufs Geradewohl hinaussteuern, sondern dorthin segeln, wo die Überlebenden der »Jane« möglicherweise Zuflucht gefunden hatten. Aber erst nach einigem Überlegen ergriff Kapitän Guy wieder das Wort.

»War der Horizont jenseits des 84. Grades wirklich durch einen Dunst- oder Nebelvorhang abgeschlossen, wie ihn der Bericht erwähnt, Peters? Hast du den Luftkatarakt mit eigenen Augen gesehen? Und auch den Abgrund, in dem das Boot Pyms sich verlor?«

Der Mestize sah einen nach dem andern an.

»Ich weiß nicht ...« stieß er hervor. »Wonach fragen Sie mich, Kapitän? Ein Dunstvorhang – ja, vielleicht – und auch Anzeichen von Land im Süden.«

Offenbar hatte Peters das Buch Poes niemals vor Augen gehabt. Er konnte vielleicht gar nicht lesen, und nach der Ablieferung des Tagebuchs hatte er sich um dessen Veröffentlichung nicht weiter gekümmert. Er hatte von dem Aufsehen, das jenes Werk machte, ebensowenig erfahren wie von der phantastischen und unwahrscheinlichen Lösung, die unser großer Dichter jenen seltsamen Abenteurern gegeben hatte. Konnte aber Pym bei seinem Hang zum Übernatürlichen nicht geglaubt haben, daß er alle die wunderbaren Dinge gesehen hätte, die nur Erzeugnisse seiner leicht erregbaren Phantasie gewesen waren?

Plötzlich ertönte die Stimme Jem Wests: »Ihre Befehle, Kapitän?«

Guy wandte sich der Mannschaft zu. Alte und neue Leute umringten ihn, während der Segelmeister Hearne sich etwas zurückhielt, bereit einzugreifen, wenn ihm das nötig erschien. Mit seinen Blicken suchte der Kapitän den Hochbootsmann und dessen Kameraden, auf deren Ergebenheit er ja von vornherein rechnen konnte. Ob er aus ihren Blicken Zustimmung erkannte, vermochte ich nicht zu sagen, denn ich hörte ihn nur die Worte flüstern: »Ach, wenn es nur von mir allein abhinge! Wenn mir alle ihre Unterstützung zusicherten?«

Ohne allgemeine Zustimmung ließen sich weitere Nachforschungen tatsächlich nicht durchführen. Da aber ergriff Hearne das Wort: »Kapitän«, sagte er in rauhem Ton, »schon sind zwei Monate verflossen, seit wir die Falklands verlassen haben. Meine Kameraden sind aber nur zu einer Fahrt angeworben worden, die sie jenseits des Packeises nicht weiter als nach der Insel Tsalal führen sollte!«

»Das nicht!« rief Guy, den diese Worte tief erregten. »Nein, das stimmt nicht! Ich habe euch alle zu einer Reise angeworben, die ich fortsetzen kann, wohin es mir beliebt.«

»Entschuldigen Sie, Kapitän«, erwiderte Hearne trocken, »wir sind bereits an einem Punkt, wohin sich außer der ›Jane‹ noch kein Schiff vorgewagt hatte. Meine Kameraden und ich halten es nun für angezeigt, vor Eintritt der schlechten Witterung nach den Falklandinseln zurückzukehren. Später mögen Sie noch einmal bis zur Insel Tsalal und, wenn es Ihnen gefällt, sogar bis zum Pol fahren.«

Ein zustimmendes Gemurmel ertönte. Ohne Zweifel bildete der Segelmeister nur das Sprachrohr der Mehrheit, die überwiegend aus den neuen Leuten der Besatzung bestand. Leute, die nicht mehr gehorchen wollten, zum Gehorsam zu zwingen und sich unter solchen Verhältnissen weit, weit in unbekanntes Polargebiet hinaufzuwagen, wäre eine Tollkühnheit, ja noch mehr, eine Torheit gewesen, die mit einem Unglück enden mußte. Nun mischte sich aber West ein, der auf Hearne zutrat und ihn fragte: »Wer hat dir erlaubt zu sprechen?«

»Der Kapitän fragte uns«, erwiderte Hearne, »und so hatte ich auch das Recht zu antworten!«

Diese Worte wurden mit solcher Frechheit geäußert, daß der Leutnant, der sich gewöhnlich so gut zu beherrschen wußte, seinem Zorn schon freien Lauf lassen wollte, als der Kapitän ihn mit einem Wink aufhielt und sagte: »Beruhige dich, Jem! Hier ist nichts zu machen, wenn wir nicht alle eines Sinnes sind.«

Dann wandte er sich an den Hochbootsmann: »Deine Ansicht, Hurliguerly?«

»Das ist sehr einfach«, antwortete dieser. »Ich gehorche Ihren Befehlen, wie sie auch lauten mögen. Unsere Pflicht ist es, William Guy und die anderen nicht im Stich zu lassen, solange wir noch einige Aussicht haben, sie zu retten.«

Der Hochbootsmann schwieg, während einige Matrosen ihre Zustimmung deutlich genug zu erkennen gaben.

»Was nun Arthur Pym angeht . . .« fuhr er dann fort.

»Hier handelt es sich nicht um Pym«, unterbrach ihn der Kapitän auffallend heftig, »sondern um meinen Bruder und seine Gefährten!«

Da ich bemerkte, daß Peters Einwendungen erheben wollte, ergriff ich ihn am Arm, und obgleich er vor Grimm bebte, schwieg er doch. Nein, das war nicht die rechte Zeit, auf Pym zurückzukommen. Meiner Ansicht nach blieb uns nichts anderes übrig, als der Zukunft zu vertrauen, die Zufälligkeiten der Fahrt bestens auszunutzen und zu hoffen, daß die Leute der Sache allmählich zustimmen würden. Der Kapitän befragte die Mannschaft weiter. Er wollte alle, auf die er zählen konnte, genau dem Namen nach kennen. Die alte Mannschaft stimmte ihm bei und verpflichtete sich, seinen Befehlen zu gehorchen. An diese braven Männer schlossen sich auch die drei Neuangeworbenen an, die englischer Abstammung waren. Die größere Zahl schien mir aber der Meinung Hearnes beizupflichten. Für sie war die Fahrt der »Halbrane« bei der Insel Tsalal beendet. Deshalb weigerte sie sich, noch weiter nach Süden zu fahren, und verlangten nachdrücklich, wieder nach Norden zu steuern.

Diese Ansicht vertraten etwa zwanzig, und es gab keinen Zweifel, daß Hearne ihre Meinung klar in Worte gefaßt hatte. Wollte man sie trotzdem zwingen, weiter nach Süden zu segeln, so hieß das eine Meuterei herausfordern. Es gab nur ein Mittel, sie umzustimmen: man mußte ihre Habgier reizen. Ich ergriff daher das Wort, und mit fester Stimme, die niemand an dem Ernst meines Vorschlags zweifeln lassen konnte, begann ich: »Ihr Seeleute von der ›Halbrane‹, hört mich an! Wie schon mehrere Staaten für Entdeckungsreisen in den Polarmeeren Belohnungen ausgesetzt haben, so biete ich hiermit den Leuten unseres Schoners eine an. Ihr sollt für jeden Breitengrad, den wir über den 84. hinausgelangen, zweitausend Dollar erhalten.«

Über siebzig Dollar für jeden Mann, das erschien doch verlockend. Ich merkte, daß ich die Leute an der rechten Stelle getroffen hatte. So fügte ich noch hinzu: »Diese Zusage werde ich dem Kapitän schriftlich bestätigen. Er mag euer Vertreter sein, und die gewonnene Summe wird euch bei der Rückkehr auf jeden Fall ausgeliefert werden.«

Auf die Wirkung dieses Versprechens hatte ich nicht lange zu warten.

»Hurra!« rief der Hochbootsmann, wie um seine Kameraden zu begeistern, und fast einstimmig vermischten sich ihre Zustimmungsrufe mit dem seinen. Hearne erhob keinen Widerspruch. Er konnte sich ja äußern, wenn die Umstände für ihn günstiger waren. Der Vertrag galt damit als geschlossen. Um ein Ziel zu erreichen, hätte ich auch eine noch größere Summe geopfert. Wir befanden uns jetzt nur noch sieben Grad vom Südpol entfernt. Wenn die »Halbrane« bis dorthin gelangte, konnte es mich nicht mehr als vierzehntausend Dollar kosten.

Die verschwundene Inselgruppe

Am Morgen des 27. Dezember ging die »Halbrane« mit Kurs Südwest wieder in See. Der Dienst an Bord lief mit der üblichen Regelmäßigkeit ab und brachte weder Gefahren noch besondere Anstrengungen. An dem Verhalten Peters' änderte sich auch nach dem Bekanntwerden seiner Identität nichts, und er blieb so schweigsam wie zuvor. Nach wie vor hielt er sich etwas abseits, aß in einem Winkel und schlief in einem anderen. Nördliche Winde, die einst die »Jane« bis zur Insel Tsalal und das Boot Pyms noch um einige Grad darüber hinaus getrieben hatten, begünstigten jetzt auch die Fahrt unseres Schoners. Unter Backbordhalsen konnte West alle Segel setzen lassen und bestens die stetige Brise ausnützen.

Nach dem Auftritt am Vortag hatte sich der Kapitän einige Ruhe gegönnt. Doch mochten ihn dabei manche Gedanken gestört haben. Einerseits die sich an die neue Nachforschung knüpfende Hoffnung und andererseits die Verantwortung für das Wagnis einer Fahrt durch das höchste Polarmeer. Als ich ihn am nächsten Morgen auf dem Verdeck begegnete, während der Leutnant das Hinterdeck auf- und abschritt, rief er uns beide zu sich.

»Herr Jeorling«, begann er, »es hat mich schwerste Überwindung gekostet, unser Schiff nicht nach Norden zurückzuführen. Ich fühlte wohl, daß ich nicht alles getan hatte, unsere unglücklichen Landsleute zu retten, begriff aber auch, daß die Mehrzahl der Mannschaft sich gegen eine Fahrt weiter nach Süden auflehnen würde.«

»Ganz recht, Herr Kapitän«, antwortete ich, »es machten sich ja an Bord schon Anzeichen von Ungehorsam bemerkbar, der wohl bald in Meuterei ausgeartet wäre.«

»Die wir aber bald erstickt hätten«, antwortete West sehr kühl. »Glücklicherweise ist die Geschichte ja ohne Gewalttätigkeiten abgegangen. In Zukunft mag sich Hearne aber hüten!«

»Seine Kameraden sind jetzt durch die versprochene Belohnung geködert«, bemerkte der Kapitän. »Die Gewinnsucht wird sie ausdauernder und fügsamer machen. Herrn Jeorlings Freigebigkeit hat da gesiegt, wo unsere Bitten nichts mehr ausgerichtet hätten. Ich danke ihm dafür.«

»Herr Kapitän«, entgegnete ich, »schon auf den Falklandinseln hatte ich den Wunsch, mich an Ihrem Unternehmen mit einem gewissen Betrag zu beteiligen. Jetzt bot sich dazu eine Gelegenheit. Ich habe sie ergriffen und verdiene doch dafür keinen Dank. Mir geht es nur darum, unser Ziel zu erreichen und Ihren Bruder und die Matrosen der ›Jane‹ zu retten.«

Der Kapitän reichte mir die Hand, die ich herzlich drückte. »Sie werden bemerkt haben, Herr Jeorling«, fuhr er fort, »daß wir nicht genau nach Süden steuern, obwohl das von Peters gesehene Land doch gerade in dieser Richtung liegen soll.«

»Dazu muß man wissen«, fiel der Leutnant ein, »daß Pyms Bericht von Ländern im Süden nichts erwähnt und wir in dieser Hinsicht allein auf die Aussagen des Mestizen angewiesen sind.«

»Das ist richtig, Herr Leutnant«, antwortete ich. »Liegt aber ein Grund vor, Peters zu mißtrauen? Haben Sie an dem Verhalten des Mannes seit seiner Einschiffung etwas auszusetzen gehabt?«

»Dienstlich habe ich ihm nichts vorzuwerfen«, versicherte West.

»Und wir bezweifeln auch weder seinen Mut noch seine Ehrlichkeit«, erklärte der Kapitän. »Allein die Art, wie er sich an Bord der ›Halbrane‹ geführt hat, berechtigt zu der guten Meinung.«

Ich weiß nicht, warum ich mich für den Mestizen so erwärmte. Vielleicht, so sagte mir eine Ahnung, war es ihm vorbehalten, im Laufe der Fahrt noch eine besondere Rolle zu spielen. Immerhin gebe ich gern zu, daß seine Gedanken an Pym manchmal fast sinnlos erschienen, und der Kapitän wies auch wiederholt darauf hin.

»Wir dürfen nicht vergessen, Herr Jeorling«, sagte er, »daß der Mestize immer noch hofft, Pym könnte tief im Süden ein Landgebiet erreicht haben, wo er noch heute lebt.«

»Noch lebt . . . Nach elf Jahren! Hier in der Polarwüste!« rief West dazwischen.

»Ich gestehe gern, daß dies kaum anzunehmen ist«, antwortete ich. »Doch wäre es unmöglich, daß Pym weiter im Süden eine Insel ähnlich wie Tsalal angetroffen hat, wo William Guy und seine Gefährten die gleiche Zeit über hätten ihr Leben fristen können?«

»Unmöglich – nein; wahrscheinlich – das glaube ich nicht!«

»Und da wir uns einmal in Vermutungen ergehen«, äußerte ich, »warum sollten Ihre Landsleute, als sie Tsalal verlassen hatten und durch die Strömung fortgetragen worden waren, nicht Pym gefunden haben, wo vielleicht . . .«

Ich unterbrach mich; denn diese Vermutung wäre wohl abgewiesen worden. Der Kapitän kam auch nun auf den Beginn unseres Gesprächs zurück.

»Ich sagte ja, daß ich nicht gleich nach Süden fahren wollte, weil ich beabsichtigte, erst die Lage der Nachbarinseln von Tsalal, jener im Westen zu suchenden Gruppe, festzustellen.«

»Das ist auch richtig!« stimmte ich bei. »Vielleicht gewinnen wir durch den Besuch dieser Insel Beweise, daß das Erdbeben erst in jüngster Zeit stattgefunden hat.«

»Daran ist wohl nicht zu zweifeln«, versicherte der Kapitän, »da ja Patterson seine Landsleute hier zurückgelassen hatte.«

»Ist in dem Bericht Pyms nicht von acht Inseln die Rede?« mischte sich jetzt der Leutnant wieder ins Gespräch.

»Das stimmt«, bestätigte ich, »zumindest hat das Peters von dem Wilden gehört, den das Boot mit seinen Genossen davontrug. Dieser Nu-Nu hat sogar behauptet, daß der ganze Archipel eine Art Oberhaupt habe, einen König namens Tsalemon, der seinen Sitz auf der kleinsten Insel hätte.«

»Da es möglich ist«, fuhr der Kapitän fort, »daß diese Gruppe nicht von den Verheerungen des Erdbebens betroffen wurde und sie noch bewohnt sein könnte, werden wir beim Näherkommen auf unserer Hut sein müssen.«

»Die Inseln können ja nicht weit entfernt liegen«, fügte ich hinzu. »Wer kann übrigens wissen, Herr Kapitän, ob Ihr Bruder und seine Matrosen sich nicht auf eine dieser Inseln geflüchtet haben?«

Ein beunruhigender Gedanke, denn die armen Leute wären damit wieder in die Hände der Wilden gefallen, denen sie auf der Insel Tsalal glücklich entkommen waren. Um sie dann zu retten, würde die »Halbrane« Gewalt anwenden müssen, ohne des gewünschten Erfolges überhaupt sicher zu sein.

»Laß scharf Ausguck halten, Jem!« mahnte der Kapitän. »Wir machen jetzt acht bis neun Meilen, und binnen weniger Stunden könnte Land in Sicht kommen. Ist ein Mann im Krähennest?«

»Peters selbst hatte sich angeboten!«

»Gut, auf seine Wachsamkeit können wir uns verlassen.«

Bis gegen zehn Uhr segelte der Schoner nach Westen weiter, ohne daß wir die Stimme des Mestizen gehört hätten. Ich fragte schon, ob es sich mit diesen Inseln nicht ebenso verhalten werde wie mit den Auroras- oder Glaß-Inseln, die wir zwischen den Falklands und Neu-Georgia vergeblich gesucht hatten. Keine Anhöhe stieg aus dem Meer auf, keine Landlinie hob sich vom Horizont ab. Vielleicht waren diese Inseln auch sehr niedrig und erst von zwei bis drei Seemeilen Entfernung aus sichtbar. Im Laufe des Vormittags flaute die Brise merklich ab. Mehr als wir wünschten, wurde unser Schoner von der Strömung nach Süden hin mitgenommen. Zum Glück sprang aber am Nachmittag wieder ein frischer Wind auf, so daß West unsere Abtrift ausgleichen konnte. Zwei bis drei Stunden segelte die »Halbrane« noch mit sieben bis acht Seemeilen Geschwindigkeit in der gleichen Richtung weiter, aber am Horizont zeigte sich nichts.

»Ich kann nicht glauben, daß wir die richtige Stelle noch nicht erreicht haben sollten«, sagte der Kapitän zu mir. »Nach Pyms Aufzeichnungen gehörte die Insel Tsalal doch zu einer größeren Gruppe.«

»Er behauptet aber nicht, sie selbst gesehen zu haben, während die ›Jane‹ vor Anker lag«, hielt ich ihm entgegen.

»Ganz richtig, Herr Jeorling. Da die ›Halbrane‹ aber seit

heute morgen mindestens fünfzig Seemeilen zurückgelegt hat und es sich doch um einander ziemlich nahe gelegene Inseln handeln soll . . .«

»So ist daraus zu schließen«, fiel ich ihm ins Wort, »daß die Inselgruppe, zu der Tsalal gehörte, bei dem Erdbeben vollständig untergangen ist.«

»Auf Steuerbord Land in Sicht!« rief plötzlich Peters.

Alle Augen richteten sich nach dieser Seite, ohne auf dem Meer etwas wahrzunehmen. Der Mestize konnte auf dem Fock des Toppmastes freilich schon etwas erkennen, was für uns auf dem Verdeck noch unsichtbar war. Bei der Schärfe seiner Augen nahm ich nicht an, daß er sich getäuscht haben könnte. Tatsächlich unterschieden wir eine Viertelstunde später durch unsere Seefernrohre einige verstreute Eilande, die zwei bis drei Seemeilen weit im Westen von den schrägen Strahlen der Sonne getroffen wurden.

Der Leutnant ließ die oberen Segel einziehen, und der Schoner trieb nur unter dem Groß- und einem Marssegel neben dem Klüversegel hin. Man konnte wohl fragen, ob es jetzt schon angebracht erschien, alles in Verteidigungszustand zu setzen, die Deckgeschütze zu laden und die Enternetze vorzubereiten. Der Kapitän meinte aber, ohne besondere Gefahr dicht an den nächstgelegenen Eilanden hinsegeln zu können. Doch wieviel mochte sich hier verändert haben? Wo nach Pym größere Inseln liegen sollten, fanden wir höchstens ein halbes Dutzend winzige Eilande, die das Wasser kaum um zwanzig Meter überragten.

»Nun, Peters«, fragte der Kapitän, »hast du die Gruppe erkennen können?«

»Die Gruppe?« antwortete der Mestize kopfschüttelnd. »Nein, ich habe nur fünf bis sechs Spitzen von Inseln gesehen, nur einige Kieselsteine!«

Tatsächlich waren von dem Archipel, zumindest von seinem westlichen Teil, nur wenige Spitzen oder vielmehr abgerundete Gipfel übriggeblieben. Immerhin schien nicht ausgeschlossen, daß die Erderschütterung nur die nächsten im Westen gelegenen Inseln zerstört hatte. Davon wollten wir uns überzeugen, sobald wir jedes Eiland besucht und den Zeitpunkt des Erdbebens bestimmt hatten, von dem die Insel Tsalal unverkennbare Spuren zeigte.

Bei der weiteren Annäherung des Schoners konnten wir deutlich die Brocken der Gruppe erkennen, die in ihrem östlichen Teil fast ganz vernichtet war. Selbstverständlich konnte sich die »Halbrane« nicht durch die Klippen wagen, die ihren Kiel und ihre Seitenwände bedroht hätten. Sie mußte sich auf eine Rundfahrt beschränken, um festzustellen, ob denn der ganze Archipel untergegangen sei. Aber es schien notwendig, an der einen oder anderen Stelle zu landen, wo vielleicht noch Spuren der letzten Ereignisse zu finden waren.

Etwa zehn Kabellängen vor dem größten Eiland ließ der Kapitän eine Sondierung vornehmen. Bei zwanzig Faden Tiefe fand sich Grund, wahrscheinlich der Boden einer versunkenen Insel, deren Mittelteil noch ein wenig aus dem Meer herausragte. Der Schoner näherte sich noch etwas und ließ bei fünf Faden den Anker fallen. West wollte für die Dauer der Besichtigung gegenbrassen. Die starke Strömung hätte das Schiff aber weiter nach Süden hin getrieben. Es empfahl sich also, mehr in der Nähe der Gruppe vorzugehen.

Das Meer war hier fast still, und der Himmel ließ keine Störungen befürchten.

Sobald der Anker in den Grund gegriffen hatte, bestiegen der Kapitän, der Hochbootsmann, Peters, Holt, zwei weitere Matrosen und ich eines der Boote. Nur eine Viertelseemeile trennte uns von der ersten Insel. Unausgesetzt überspült und abgewaschen, konnte sich an ihr nicht mehr feststellen lassen, wann das Erdbeben stattgefunden hatte.

Das Boot drang zwischen die Felsen ein. Peters, der das Ruder hielt, suchte die Klippen zu vermeiden, die oft auf gleicher Höhe mit dem Wasserspiegel lagen. Das durchsichtige, ruhige Meer ließ keinen mit Muscheln bedeckten Grund, sondern schwärzliche, mit Landpflanzen überzogene Blöcke erkennen. Einige Büschel von Landgewächsen schwammen an der Oberfläche. Das war bereits ein Beweis, daß der Boden sich erst kürzlich gesenkt haben mußte.

Als das Boot den Rand der Insel erreicht hatte, warfen die Leute einen kleinen Anker aus, an dem wir uns vollends heranzogen und ohne Schwierigkeiten an Land gehen konnten. Hier lag also eine der größeren Insel der Gruppe, die jetzt zu einem unregelmäßigen Oval zusammengeschrumpft war und sich nur fünfundzwanzig bis dreißig Fuß über die Meeresfläche erhob.

»Steigt die Flut wohl bis zu diesen Höhen an?« erkundigte ich mich beim Kapitän.

»Niemals«, antwortete dieser. »Vielleicht entdecken wir in der Mitte der Insel noch einige Reste der Pflanzenwelt, Trümmer von Wohnungen oder von einem Lager.«

»Jetzt müssen wir aber erst einmal Peters einholen«, meldete sich der Hochbootsmann, »er ist schon ein Stück voraus. Dieser Teufelskerl von Mestize kann noch etwas sehen, was unseren Blicken entgeht.«

In wenigen Minuten waren wir alle auf dem höchsten Punkt der Insel versammelt. An Spuren und Überresten fehlte es hier nicht, wahrscheinlich von Haustieren, die auch das Tagebuch Pyms erwähnt: verschiedenes Geflügel, Enten und Schweine, deren hornartige Haut eine seidenweiche Behaarung aufwies. Offenbar lagen diese Tier- und Knochenreste erst wenige Monate hier. Damit schien bewiesen, daß das Erdbeben erst vor kurzem stattgefunden hatte. Da und dort grünte noch etwas Sellerie und Küchenschelle neben einzelnen frisch aussehenden Blumen.

»Und die stammen aus diesem Jahr!« rief ich. »Über sie ist noch kein südlicher Winter hingegangen.«

An einigen Stellen wuchsen Haselsträuche, an deren Zweigen Nüßchen hingen, wie sie Pym und der Mestize in den Schluchten von Klock-Klock vielfach verzehrt hatten. Peters zerhackte sie zwischen seinen mächtigen Zähnen, denen auch eiserne Kugeln nicht widerstanden hätten.

Mit diesen Beweisen vor Augen konnte kein Zweifel mehr

darüber aufkommen, daß das Beben erst nach Pattersons Weggang stattgefunden haben mußte. Damit konnte es aber auch nicht einen Teil der Eingeborenen vernichtet haben, deren Knochen in der Nähe ihres frühere Dorfes bleichten. William Guy und seine fünf Matrosen hatten noch rechtzeitig fliehen können, da sich keine ihrer Leichen auf der Insel fand. Wohin aber mochten sie geflohen sein, als sie die Insel verließen?

Diese Frage drängte sich uns immer und immer wieder auf, ohne daß sich eine Antwort darauf geben ließ. Meiner Ansicht nach war das jedoch keineswegs das Unerklärlichste, was wir auf unserer Fahrt erlebten.

Ich brauche mich bei der weiteren Besichtigung der Inselgruppe nicht aufzuhalten. An verschiedenen Stellen wurden die gleichen Spuren zerstörten Lebens gefunden. Wir stimmten völlig in der Auffassung überein, daß die Eingeborenen bei der Naturkatastrophe umgekommen waren. Die »Halbrane« hatte keinen Überfall mehr zu befürchten. Mußten wir aber nicht auch annehmen, daß William Guy und seine Matrosen auf einer dieser Inseln ebenfalls den Tod gefunden hatten?

Ich faßte meine Gedanken in folgenden Überlegungen zusammen: »Meiner Ansicht nach hat der Einsturz des Hügels von Klock-Klock einige Leute der ›Jane‹ verschont – mit Patterson wenigstens sieben Mann – und auch den Hund Tiger, dessen Überreste wir nahe dem Dorfe gefunden haben. Als ein Teil der Bevölkerung von Tsalal durch eine bisher unaufgeklärte Katastrophe vernichtet worden war, haben die übrigen ihre Wohnsitze verlassen und sich auf die anderen Inseln der Gruppe geflüchtet. Allein und damit völlig sicher zurückgeblieben, konnten sich William Guy und seine Gefährten leicht da ernähren, wo früher Tausende von Wilden gelebt hatten. So verstrich eine lange Zeit – zehn bis elf Jahre –, ohne daß sie sich aus ihrem Gefängnis befreien konnten, obgleich sie das ohne Zweifel versucht haben. Vor etwa sieben Monaten und nach dem Verschwinden Pattersons erschütterte ein Erdbeben Tsalal und verschlang deren Nachbarinseln. Damals mögen der Kapitän und seine Leute, überzeugt von der Unmöglichkeit, länger auf Tsalal zu leben, sich eingeschifft haben, um den Polarkreis wieder zu erreichen. Wahrscheinlich ist ihnen dies nicht gelungen, und schließlich sind sie durch die Meeresströmung südwärts nach den Landgebieten abgetrieben worden, die Pym und der Mestize jenseits des 84. Breitengrades gesehen hatten. In diese Richtung müssen wir mit der ›Halbrane‹ segeln, Herr Kapitän. Noch zwei bis drei Breitengrade, dann winkt uns die Aussicht, die Verschollenen zu finden. Das Ziel liegt vor uns. Sollten wir nicht unser Leben daransetzen, es zu erreichen?«

Als ich später mit dem Hochbootsmann allein war, glaubte dieser mir sagen zu müssen: »Ich habe Ihnen aufmerksam zugehört, Herr Jeorling, Sie haben mich fast überzeugt . . .«

»Sie werden sich noch ganz überzeugen, Hurliguerly! Und vielleicht eher, als Sie glauben.«

Am nächsten Tag, dem 29. Dezember, segelte der Schoner bei leichtem Nordostwind wieder ab und steuerte nach Süden.

Nach Süden

Im Laufe des Vormittags las ich noch einmal das 25. Kapitel in Poes Buch. Es erzählt, daß die beiden Flüchtlinge, die den Eingeborenen Nu-Nu mitschleppen wollten, sich schon fünf oder sechs Meilen vor der Bai auf dem Meer befanden, als die Bewohner von Tsalal sie verfolgten. Von den sechs bis sieben im Westen vorgelagerten Inseln hatten wir eben nur noch die abgesunkenen Reste zu Gesicht bekommen.

Allmählich verschwanden die letzten Reste des Archipels hinter dem Horizont. Das Meer zeigte das gleiche Aussehen, das wir von der Insel Bennet her kannten. Da das Wasser eine Temperatur von sechs Grad Celsius aufwies, ließ sich das Fehlen des Eises erklären. Die ziemlich rasche Strömung – fünf bis sechs Seemeilen in der Stunde – verlief unverändert von Norden nach Süden. Am 1. Januar 1840 verschleierte ein leichter Nebel die Sonne von Tagesanbruch an, und wir schlossen daraus, daß sich ein Witterungsumschlag ankündigte. Es waren nun vier Monate und siebzehn Tage vergangen, seit ich die Kerguelen verlassen hatte. Wie lange unsere Fahrt noch dauern sollte, bekümmerte mich weniger als die Frage, wie weit sie uns noch durch das antarktische Gebiet verschlagen würde.

Auch am 2., 3. und 4. Januar glitt der Schoner unablässig weiter nach Süden, ohne daß wir Land zu Gesicht bekamen. Der Mann im Krähennest meldete in diesem Teil des Südpolarmeeres weder ein Festland noch eine Insel. Sollten wir nicht doch der Erzählung des Mestizen mißtrauen, zumal in den tiefsüdlichen Meeren Augentäuschungen so leicht vorkommen?

»Natürlich besaß Pym nach seiner Abfahrt von der Insel Tsalal keine Instrumente zur Höhenmessung mehr«, sagte ich zum Kapitän.

»Das weiß ich, Herr Jeorling, und es ist leicht möglich, daß die erwähnten Länder westlich oder östlich von unserem Kurs liegen. Es ist besonders bedauerlich, daß Pym und Peters nie eines davon angelaufen haben.«

»Wir werden sie finden, Herr Kapitän, wenn wir noch um einige Grade nach Süden segeln . . .«

»Ich frage mich nur, ob es nicht ratsamer wäre, in der Gegend zwischen dem 40. und 45. Meridian nachzuforschen.«

»Unsere Zeit ist knapp«, antwortete ich bestimmt. »Damit würden wir nur viele Tage verlieren, zumal wir noch nicht die Breite erreicht haben, wo sich die beiden Flüchtlinge voneinander trennten.«

»Können Sie denn diese Breite angeben, Herr Jeorling? In dem Bericht finde ich nichts davon. Jedenfalls war es unmöglich, die Ortslage zu berechnen.«

»Das weiß ich wohl, Herr Kapitän. Ich weiß aber auch, daß das Boot von Tsalal aus sehr weit getrieben sein muß, wie es sich aus einem Satz des letzten Kapitels ergibt. Dort heißt es ausdrücklich: ›Wir müssen eine sehr große Strecke zurückgelegt haben.‹ Und das wird am 1. März gesagt. Die Fahrt dauerte aber bis zum 22. desselben Monats. Dabei stand das Boot unter dem Einfluß einer mächtigen, überaus schnellen Strömung. Kann man aus dem allen nicht den Schluß ziehen . . .«

»Daß er etwa bis zum Pol vorgedrungen sei, Herr Jeorling?«

»Warum denn nicht. Zumal es von der Insel Tsalal aus bis dorthin nur vierhundert Seemeilen sind.«

»Darauf kommt es aber nicht an«, erwiderte der Kapitän. »Die ›Halbrane‹ will nicht Pym suchen, sondern meinen Bruder und seine Gefährten. Wir haben uns nur darüber Gewißheit zu verschaffen, ob sie auf irgendeinem Land hier ein Unterkommen gefunden haben.«

Natürlich hatte der Kapitän in diesem Punkt völlig recht. Ich fürchtete auch, er werde Befehl geben, nach Osten oder Westen zu steuern. Der Mestize aber versicherte, sein Boot sei immer nach Süden getrieben. Da die Länder, von denen er sprach, in dieser Richtung liegen mußten, wurde der Kurs des Schoners geändert. Mich hätte es zur Verzweiflung getrieben, wäre er vom Weg Pyms abgewichen.

Ich muß hervorheben, daß wir im Laufe der Fahrt am 5. und 6. Januar keine besondere Erscheinung beobachteten. Wir sahen nichts von einer wogenden Dunstwand und stellten auch keine Veränderung der Wasserschichten fest. Was die ungewöhnliche Wärme betraf, von der Pym gesprochen hatte, so mußte man davon viel abziehen. Die Temperatur der Meeresfläche überstieg nie 10 Grad Celsius. Doch war dies in den antarktischen Gebieten schon höchst auffallend. Obwohl mir Peters immer wiederholte: »Was Pym gesagt hat, wird auch wahr sein!«, verhielt ich mich so übernatürlichen Dingen gegenüber doch höchst ungläubig. In der Gegend hier wollten die beiden Flüchtlinge auch eines jener gewaltigen weißen Tiere beobachtet haben, die den Bewohnern von Tsalal so heillosen Schrecken einjagten. Der Bericht verschweigt freilich, unter welchen Verhältnissen die Ungeheuer in die Sicht des Bootes gekommen sein sollten. Überdies begegneten wir mit der »Halbrane« jetzt weder einem Seesäugetier noch den riesigen Vögeln oder einem der furchtbaren Raubtiere der Polarwelt.

Endlich, am 7. Januar, waren wir nach den – allerdings höchst ungenauen – Schätzungen des Mestizen an die Stelle gelangt, wo der im Boot liegende Wilde gestorben war. Zweieinhalb Monate später, mit dem 22. März, schließt das über die außergewöhnliche Reise geführte Tagebuch ab. Damals schwebten dichte Nebelmassen hier umher, und am Horizont ballte sich die weiße Dunstwand zusammen.

Von der »Halbrane« aus war freilich kein solches verblüffendes Wunder zu beobachten, und immer erleuchtete der in langer Spirale hinwandernde Sonnenball den fernen Horizont. Am 9. Januar ergab unsere Messung 86 Grad 33 Minuten südlicher Breite.

Hier glaubte der Mestize die Stelle erreicht zu haben, wo die beiden Flüchtlinge nach dem Zusammenstoß des Bootes mit der Eisscholle voneinander getrennt wurden.

Dabei drängt sich sogleich die Frage auf, ob die Eisscholle, die Peters wieder nach Norden trug, unter der Wirkung einer Gegenströmung stand?

Das mußte wohl der Fall gewesen sein, denn auch unser Schoner trieb jetzt nicht mehr mit der Meeresströmung, die uns von der Insel Tsalal her nach Süden getragen hatte. Zum Glück hielt die frische Brise aus dem Norden an, und unter vollen Segeln drang die »Halbrane« weiter nach den höchsten Breiten vor. Die Landmassen freilich, die der Kapitän in dem unbegrenzten Polarmeer suchte, ließen sich nicht erblicken. Ich spürte, daß er allmählich das Vertrauen verlor, das schon durch so viele fruchtlose Nachforschungen erschüttert war.

Aber es galt, keine Entmutigung und vor allem keinen Ungehorsam an Bord aufkommen zu lassen. Um die Leute aufzumuntern, ließ Kapitän Guy auf meine Bitte hin die Mannschaft am Großmast zusammentreten und richtete folgende Worte an sie: »Seit unserer Abfahrt von der Insel Tsalal ist unser Schiff um zwei Grad weiter nach Süden vorgedrungen. In Übereinstimmung mit dem Vertrag erkläre ich euch, daß euch außer der Löhnung viertausend Dollar zufallen, die bei Beendigung der Reise an alle ausgezahlt werden.«

Man hörte darauf wohl einiges Murmeln, doch keine Hurras, außer vom Hochbootsmann und vom Koch, die aber bei den andern keinen Widerhall fanden.

Günstig war unsere Lage nicht. Selbst wenn die alte Mannschaft zum Kapitän hielt, hätten wir die Rückkehr nicht verhindern können, falls die neu angeworbenen Leute darauf bestanden. Vierzehn Mann gegen achtzehn, das war zu wenig, und dabei durfte man vielleicht noch nicht einmal auf alle alten Leute zählen. Auch sie konnten ja davor zurückschrecken, in diesen fast außerhalb der Erde gelegenen Gewässern weiterzufahren. Es fragte sich, ob sie der fortwährenden Verhetzung durch Hearne und seine Anhänger widerstehen würden. Mich beschlich auch der Gedanke, daß der Kapitän selbst müde werden konnte, eine Fahrt fortzusetzen, die keinerlei Erfolg zeitigte. Würde er nicht bald die Hoffnung aufgeben, aus diesen weltfernen Gebieten die Matrosen der »Jane« retten zu können? Sollte er, bedroht vom Herannahen des südlichen Winters, der unerträgliche Kälte, der furchtbare Polarstürme, denen sein Schiff nicht gewachsen war, nicht endlich den Befehl zur Umkehr geben?

Vorerst wich der Schoner aber nicht von der geraden Linie, der er von der Insel Tsalal bis hierher gefolgt war. Es schien, als werde er von einem unterirdischen Magneten auf dem Meridian der »Jane« festgehalten. Wenn es nur dem Himmel gefiel, ihn nicht durch Strömungen oder Winde davon abzutreiben. Der Macht der Natur hätten wir weichen müssen. Gegen die Furcht konnten wir ankämpfen!

Ich muß hier noch einen Umstand hervorheben, der unsere Fahrt nach Süden begünstigte. Nachdem sich die Strömung einige Tage hindurch abgeschwächt hatte, trat sie nun aufs neue mit der Geschwindigkeit von drei bis vier Seemeilen in der Stunde hervor. Offenbar, so meinte der Kapitän, herrschte sie ganz allgemein in diesen Meeren und wurde nur dann und wann von Gegenströmungen überwunden, die man auf Karten kaum hätte einzeichnen können. Obgleich es wichtig für uns gewesen wäre, konnten wir leider nicht feststellen, von welcher Strömung das Boot erfaßt worden war, das William Guy und seine Leute von der Insel Tsalal weggetragen hatte.

Für uns lagen die Verhältnisse so, daß die beiden Naturkräfte die »Halbrane« vereint dem Pol entgegenführten. So verlief der 10., 11. und der 12. Januar. An diesen Tagen begann die Temperatur allmählich zu sinken. Die Luft hatte noch knapp neun Grad Celsius, das Wasser nur noch ein halbes. Das aber war ein großer Unterschied zu den Angaben Pyms. Noch würde es zwei Monate dauern, ehe der Winter die Eisberge in Bewegung setzte, die Eisfelder und Triften formte, die ungeheuren Packeismassen aneinanderband und die Gewässer des Polargebietes erstarren ließ. Aufgrund unserer Beobachtungen durften wir aber annehmen, daß es während des Sommers zwischen dem 72. und 87. Breitengrad ein freies, leicht befahrbares Meer gab.

Am 13. Januar hatte ich ein Gespräch mit dem Hochbootsmann, das meine Besorgisse wegen der rebellischen Stimmung unserer Leute nur noch verstärkte. Die Männer frühstückten eben in ihrer Messe, mit Ausnahme von Drap und Stern, die auf dem Vorderdeck Wache hielten. Unter frischer Brise zerteilte der Schoner mit allen oberen und unteren Segeln die mäßigen Wellen. Francis stand am Ruder und steuerte nach Südsüdost. Ich ging zwischen dem Fock- und Großmast auf und ab und beobachtete die Vogelscharen, die uns mit betäubendem Geschrei umschwärmten und aus denen sich einzelne Sturmvögel dann und wann auf den Rahen niederließen. Niemand versuchte sie zu schießen, da ihr zähes Fleisch tranig und ungenießbar ist. Da trat Hurliguerly, der sich auch nach den Vögeln umgesehen hatte, auf mich zu und sagte: »Mir fällt hier auf, daß diese Vögel nicht mehr wie früher so genau nach Süden ziehen. Einzelne scheinen sich sogar nach Norden hin wenden zu wollen. Und ich möchte behaupten, daß sie alle bald umkehren werden.«

»Und was schließen Sie daraus?«

»Ich denke, sie fühlen schon das Herannahen des Winters . . .«

»Das ist ein Irrtum, Hochbootsmann. Die Temperatur ist ja noch so hoch, daß es den Vögeln kaum einfallen kann, so vorzeitig nach den wärmeren Gegenden abzuziehen.«

»Oh, vorzeitig sagen Sie, Herr Jeorling.«

»Wissen Sie denn nicht, daß die Seefahrer hier im Antarktischen Meer immer bis zum Monat März umhersegeln konnten?«

»Nicht in dieser Breite«, antwortete Hurliguerly. »Nicht so hoch hier oben! Übrigens gibt es frühzeitige Winter ebensogut wie frühzeitige Sommer. Die schönste Jahreszeit ist heuer zwei volle Monate eher als gewöhnlich eingetreten, und das läßt befürchten, daß es sich mit der schlechten Jahreszeit ebenso verhalten wird.«

»Wohl möglich«, erwiderte ich, »es kann uns aber auch gleichgültig sein, da unsere Fahrt höchstens noch drei Wochen andauern wird.«

»Wenn sich uns inzwischen kein Hindernis in den Weg stellt!«

»Ein Hindernis – welcher Art?«

»Wissen Sie, daß ich nicht besonders erstaunt wäre, wenn uns ein ausgedehntes Festland den Weg versperren würde?«

»Da ist auch nichts zu erstaunen, Hochbootsmann!«

»An die Länder freilich, die Peters gesehen haben will«, fuhr Hurliguerly fort, »und zu denen sich die Leute von der ›Jane‹ hätten flüchten können, mag ich nicht recht glauben. Zumal William Guy, dem doch nur ein gebrechliches Fahrzeug zur Verfügung stand, auf diesen Meeren kaum hätte so weit vordringen können.«

»Das möchte ich nicht mit der gleichen Sicherheit behaupten wie Sie, Hochbootsmann. Was wäre denn so Wunderbares daran, daß William Guy, von der Meeresströmung fortgetragen, irgendwo hätte landen können? Er wird doch nicht acht Monate lang auf seinem Boot geblieben sein. Vielleicht ist er mit seinen Gefährten auf einer Insel oder einem Festland ans

Land gegangen. Das aber wäre für uns ein wichtiger Grund, die Nachforschungen nicht aufzugeben.«

»Unter der Mannschaft sind nicht alle dieser Ansicht«, bemerkte Hurliguerly mit einem Achselzucken.

»Ich weiß es, und das macht mir die größte Sorge. Nimmt denn die schlechte Stimmung noch weiter zu?«

»Das befürchte ich, Herr Jeorling. Die gute Laune über den Gewinn von einigen hundert Dollars ist schon recht abgeschwächt, und die Aussicht, noch weitere zu verdienen, verhindert nicht, daß das Murren laut wird. Die ausgesetzte Belohnung bleibt immerhin verlockend. Von der Insel Tsalal bis zum Pol – vorausgesetzt, daß wir ihn erreichen können – sind es sechs Breitengrade. Nun, sechs Grade zu je zweitausend Dollar, das bedeutet etwa vierhundert Dollar für jeden Mann. Das ist ein hübsches Stück Geld, das sie bei der Rückkehr der »Halbrane« in die Tasche stecken werden. Trotzdem bearbeitet dieser verdammte Hearne seine Kameraden so übel, daß ich fürchte, sie werden versuchen, unseren Kurs mit Gewalt zu ändern.«

»Bei den neuen Leuten wäre das möglich. Die alten aber . . .«

»Unter denen fangen auch schon zwei oder drei an, die Sache zu überlegen.«

»Ich hoffe, der Kapitän und sein Leutnant werden sich doch Gehorsam zu verschaffen wissen.«

»Das ist nicht sicher. Und wenn unser Kapitän nun etwa selbst den Mut verlöre, wenn ihn das Gefühl der Verantwortung übermannte und er darauf verzichtete, diese Fahrt noch weiter fortzusetzen?«

Das fürchtete ich auch selbst, und dagegen sah ich kein Mittel. »Was meinen Freund Endicott betrifft, Herr Jeorling, für den stehe ich so gut ein wie für mich. Wir gingen mit bis ans Ende der Welt, sobald der Kapitän dahin gehen wollte. Freilich, wir beide, Peters und Sie, das ist etwas wenig, den übrigen die Köpfe zurechtzusetzen.«

»Was halten denn die andern von dem Mestizen?« fragte ich.

»Meiner Treu! Gerade ihm schieben die Leute die Schuld an der Fortsetzung der Fahrt zu! Sie, Herr Jeorling, stehen in besserem Ansehen. Sie bezahlen und bezahlen gut. Während dieser Querkopf Peters bei der Behauptung bleibt, sein armer Arthur Pym lebe noch, obgleich dieser doch längst ertrunken, erfroren oder zerschmettert ist. Kurz, schon seit elf Jahren auf irgendeine Weise den Tod gefunden hat. Ich fürchte nur, die Leute werden versuchen, ihm eins auszuwischen und ihm vielleicht übel mitspielen.«

»Er wird sich zu wehren wissen. Weh dem, der unter seine Fäuste kommt!«

»Gewiß, ein Bursche, der Eisenblech wie Papier zusammenrollt. Aber wenn alle auf ihn losgehen, würden sie ihn zuletzt doch überwältigen.«

»Ich hoffe, da sind wir dann auch noch da und werden jede Gewalttätigkeit gegen ihn verhindern. Bringen Sie den Leuten Vernunft bei, Hurliguerly. Erklären Sie ihnen, daß wir Zeit genug haben, noch vor Ende der schönen Jahreszeit nach den Falklands zurückzukehren. Ihre Einwände dürfen dem Kapitän keinen Vorwand bieten, vor Erreichen des letzten Zieles umzukehren.«

»Verlassen Sie sich auf mich, Herr Jeorling! Ich tue blindlings, was Sie wünschen.«

»Und Sie sollen es auch nicht bereuen. Es läßt sich ja den vierhundert Dollars leicht eine Null für jeden Mann hinzufügen, wenn der Betreffende mehr als ein einfacher Matrose ist, auch wenn er nur den Dienst als Hochbootsmann versähe!«

Damit packte ich Hurliguerly an seiner schwachen Seite und war seiner Unterstützung jedenfalls sicher. Er würde nun gewiß alles tun, um eine Meuterei an Bord zu verhindern. Aber würde ihm das auch gelingen?

Am 13. und 14. Januar ereignete sich nichts Bemerkenswertes. Nur die Temperatur sank weiter. Der Kapitän machte mich selbst darauf aufmerksam, während er auf die zahlreichen Vogelscharen wies, die in Richtung Norden zogen. Als er mit mir sprach, merkte ich, daß seine letzten Hoffnungen sanken.

War das verwunderlich? Die von dem Mestizen erwähnten Landmassen blieben noch immer unsichtbar, und wir befanden uns doch schon hundertachtzig Seemeilen jenseits der Insel Tsalal. Wohin man auch schaute, man erblickte nichts als das unbegrenzte Meer mit seinem verlassenen Horizont, dem sich die Sonnenscheibe seit dem 21. Dezember näherte und den sie am 21. März erreichen würde, um dann für die sechs Monate dauernde Polarnacht zu verschwinden. Konnte man wirklich glauben, daß William Guy und seine fünf Gefährten eine so große Strecke in einem kleinen Fahrzeug zurückgelegt hätten und daß noch Aussicht bestände, sie von hier zu erlösen?

Am 15. Januar ergab eine sehr genaue Beobachtung 43 Grad 18 Minuten Länge und 88 Grad 17 Minuten Breite, also nur noch knapp hundertzwanzig Seemeilen zum Südpol. Der Kapitän suchte das Ergebnis dieser Beobachtung nicht zu verheimlichen, und die Matrosen waren mit den Navigationsberechnungen auch vertraut genug, um es zu verstehen. Im Laufe des Nachmittags konnte ich nicht mehr daran zweifeln, daß der Segelmeister alles getan hatte, um die Geister zu erregen. Die Matrosen sprachen heimlich miteinander und warfen uns boshafte Blicke zu. Offenbar verhandelten sie noch über die weiteren Schritte. Endlich begannen sie so heftig zu murren, daß West die Geduld verlor. »Ruhe!« rief er laut.

Dann trat er auf die Leute zu.

»Der erste, der den Mund wieder auftut«, sagte er kurz und streng, »bekommt es mit mir zu tun.«

Der Kapitän weilte noch in seiner Kabine. Jeden Augenblick erwartete ich aber, daß er heraustreten und, nach einem letzten Blick auf das Meer vor uns, Befehl zum Umkehren geben würde.

Am folgenden Morgen steuerte der Schoner jedoch noch immer in der gleichen Richtung. Der Steuermann hielt weiter Kurs nach Süden. Leider zeigten sich jetzt aber einige Dunstmassen am fernen Horizont, und das konnte für uns sehr ernste Folgen haben. Ich gestehe gern, daß mich das außer Fassung brachte. Meine Befürchtungen nahmen immer mehr zu.

Offenbar wartete der Leutnant nur auf den Befehl, mit dem Schiff zu wenden, und ich begriff recht wohl, daß der Kapitän, so schwer es ihm auch werden mochte, kaum mehr zögern würde, diesen Befehl zu erteilen.

In diesem Augenblick erschütterte ein heftiger Stoß den Schoner, der sich so stark über Steuerbord neigte, daß ein Kentern zu befürchten war.

»Wer ist denn der Hundsfott am Ruder?«

Es war die Stimme des Leutnants, und Hearne war es, dem das Schimpfwort galt.

»Du hast das Ruder losgelassen!« schimpfte West, der Hearne schon am Kragen der Jacke gepackt hatte. Offenbar war dieser aus irgendeinem Grund einen Augenblick vom Steuerruder weggegangen.

»Gratian!« rief West einen der Matrosen. »Du übernimmst das Ruder. Und du, Hearne, hinunter in den Schiffsraum!«

Da ertönte plötzlich der Ruf »Land!«, und alle Blicke richteten sich nach Süden.

Land!

Tatsächlich zeigten sich an Steuerbord einige Umrisse, die sich von der Linie zwischen Himmel und Wasser leicht abhoben. Das Land, das damals den Leuten auf der »Jane« gemeldet wurde, war freilich die dürre, öde Insel Bennet gewesen, auf die dann – kaum ein Grad weiter südlich – die Insel Tsalal folgte. Was aber würde die unbekannte Erscheinung sein, die jetzt, fünf Grad tiefer im Süden, vor unserem Schiff auftauchte? War sie unser so heiß ersehntes, so standhaft gesuchtes Ziel? Sollten sich die beiden Brüder Len und William Guy dort in die Arme fallen? Befand sich die »Halbrane« damit am Ende einer Reise, der die Rettung der Schiffbrüchigen die Krönung bringen sollte?

West, der stets seiner Dienstpflicht nachging, wiederholte

seine Befehle. Gratian übernahm das Steuer, und Hearne wurde in den Schiffsraum eingesperrt. Das war eine verdiente Strafe, gegen die keiner von den alten Leuten Einspruch erhob; denn seine Nachlässigkeit oder Ungeschicklichkeit hatte das Schiff wirklich einen Augenblick gefährdet. Nur fünf oder sechs Matrosen von den Falklands ließen ein leises Murren hören. Ein Wink des Leutnants brachte sie aber zum Schweigen, und sie kehrten sofort auf ihre Posten zurück. Selbstverständlich war auf den Ruf hin auch der Kapitän aus seiner Kabine geeilt und betrachtete nun starren Auges das noch zehn bis zwölf Seemeilen entfernte Land.

Der Hochbootsmann schlug eben die dritte Stunde an. Das Schiff segelte mit aller auf diesem unbekannten Fahrwasser gebotenen Vorsicht. Vielleicht gab es hier Untiefen, Klippen dicht unter der Wasseroberfläche, an denen ein Schiff stranden oder gar in Trümmer gehen konnte. Unter den gegenwärtigen Verhältnissen würde ein solcher Unfall, selbst wenn sich der Schoner wieder klarmachen ließe, die Rückkehr vor Eintritt des Winters verhindert haben.

West hatte die Segelfläche verkleinern lassen. Bram- und Stagsegel waren eingezogen worden, und die »Halbrane« lief nur noch unter einem Mars- und einem Klüversegel, die ja ausreichten, um die Strecke bis zum Land in wenigen Stunden zurückzulegen. Das Wasser ergab noch eine Tiefe von hundertzwanzig Faden. Weitere Lotungen ließen vermuten, daß die vor uns liegende Küste ganz steil in große Tiefen abfallen mochte. Da aber immerhin eine Erhebung aufsteigen konnte, die nicht mit dem Ufer zusammenhing, segelten wir nur mit dem Lot in der Hand weiter.

Das Wetter blieb schön, wenn sich der Horizont von Südost bis Südwest auch mit leichten Dünsten verschleierte. Das erschwerte uns etwas das Erkennen des Landprofils, das wie eine hinziehende Nebelwolke am Himmel erschien und verschwand oder wieder sichtbar wurde, wenn die Dünste gelegentlich zerrissen. Immerhin glaubten wir, die Höhe des Landes, wenigstens in seinen Gipfeln, auf höchstens sechzig

Meter veranschlagen zu dürfen. Nein, wir konnten keiner Täuschung unterliegen, obgleich wir sie immer noch befürchteten. Es ist aber ganz natürlich, daß einem das Herz gerade in der Nähe des letzten Zieles von bangen Ahnungen erfüllt wird. Wie viele Hoffnungen knüpften sich an diese nur unsicher erkennbare Küste, und welche Entmutigung mußte uns befallen, wenn sie sich doch nur als ein Phantom, als wesenloser Schatten erwies!

Aus dem Schiffsjournal ergab sich, daß die Lufttemperatur von diesem Tage an fortwährend abnahm. Das Thermometer zeigte im Schatten nicht mehr als null Grad Celsius, ins Wasser getaucht nur minus drei Grad, ohne daß wir uns erklären konnten, worauf im vollen südlichen Sommer dieser Temperaturabfall beruhte. Jedenfalls mußte die Mannschaft die Wollkleidung wieder hervorholen, die seit der Durchschiffung des Packeises, also vor einem Monat, abgelegt worden war. Der Schoner lief damals freilich direkt vor dem Wind, und der erste Frost war deshalb weniger fühlbar gewesen. Immerhin bewies der Temperaturrückgang, daß wir bald an unser Ziel gelangen mußten. Es wäre eine Herausforderung des Himmels gewesen, in dieser Gegend unnötig zu zögern und sich den Gefahren einer Überwinterung auszusetzen.

Der Kapitän ließ wiederholt die Strömung prüfen, und dabei zeigte sich, daß diese von der bisherigen abzuweichen begann. »Ob wir ein Festland oder nur eine Insel vor uns haben, läßt sich bis jetzt nicht entscheiden«, erklärte er. »Ist es aber ein Festland, so dürfen wir annehmen, daß die Strömung im Südosten einen Ausweg findet.«

»Es wäre also möglich«, bemerkte ich, »daß der feste Teil des antarktischen Gebietes nur aus einer einfachen Polarkappe besteht, deren Rand wir umschiffen könnten.«

Langsam glitt die »Halbrane« über das klare Wasser. Sie kam in der Stunde zwei bis drei Meilen vorwärts, ohne daß man versuchte, ihre Fahrt zu beschleunigen. Daß die Küste sich von Nordosten nach Südosten dehnte, daran war nicht zu zweifeln. Einzelheiten konnten wir freilich auch nach weiteren zwei bis drei Stunden nicht einmal mit dem Fernrohr erkennen. Die auf dem Vorderkastell versammelte Mannschaft blickte hinaus, ohne sich irgendwelche Gemütsbewegungen anmerken zu lassen. West, der auf den Fockmast geklettert war und dort zehn Minuten lang beobachtete, brachte auch keine genaueren Meldungen. Auf die Reling gelehnt, beobachtete ich die Berührungslinie zwischen Himmel und Wasser, deren Kreisform nur im Osten unterbrochen war. Da trat der Hochbootsmann an meine Seite und sagte ohne weitere Vorrede: »Darf ich Ihnen meine Gedanken mitteilen, Herr Jeorling?«

»Gewiß, Hochbootsmann! Hoffentlich sind sie auch begründet.«

»Doch, das sind sie. Und man müßte mit Blindheit geschlagen sein, sie nicht anzuerkennen, je näher wir herankommen.«

»Nun, was meinen Sie denn?«

»Das ist kein Land, was sich da vor uns zeigt. Sehen Sie nur genau hin, Herr Jeorling, und halten Sie einen ausgestreckten Finger vor die Augen . . .«

Ich tat, wie Hurliguerly sagte.

»Sehen Sie nun?« fuhr er fort. »Ich will doch in Zukunft kein Glas Whisky mehr trinken, wenn sich jene Massen nicht bewegen.«

»Und daraus schließen Sie?«

»Daß es in Bewegung geratene Eisberge sind!«

Irrte der Hochbootsmann hier nicht? Erwartete uns eine Enttäuschung? Gab es da draußen anstelle einer Küste nur Eisberge?

Bald herrschte über diese Frage kein weiterer Zweifel, und schon bald glaubte auch die Mannschaft nicht mehr an das Vorhandensein eines Landes in dieser Richtung. Zehn Minuten später meldete der Mann im Krähennest, daß von Nordwesten her mehrere Eisberge schräg zum Kurs der »Halbrane« herantrieben. Diese Nachricht drückte unsere Stimmung; denn unsere letzte Hoffnung sollte nun plötzlich zuschanden werden. Welcher Schlag für den Kapitän! Jenes Land der tiefsüdlichen Zone mußte in noch höheren Breiten gesucht werden, ohne daß man sicher sein konnte, es überhaupt anzutreffen.

Plötzlich ertönte auf der »Halbrane« fast einstimmig der Ruf: »Wenden! Scharf wenden! Umkehren!«

Die Angeworbenen von den Falklands verlangten die sofortige Umkehr, obgleich Hearne sie gar nicht aufstacheln konnte, und ich muß gestehen, auch die meisten altgedienten Matrosen schienen mit ihnen übereinzustimmen.

West, der jetzt nicht wagte, Schweigen zu gebieten, erwartete die Befehle seines Vorgesetzten. Gratian am Ruder war schon bereit, das Steuerrad zu drehen, während seine Kameraden sich anschickten, die Schotten schließen zu lassen. Peters stand regungslos mit gesenktem Kopf und zusammengepreßten Lippen am Fockmast.

Ich weiß nicht, welche unwiderstehliche Gewalt mich packte, persönlich einzuschreiten, noch einmal Einspruch zu erheben. Mir kam ein letztes Argument in den Sinn, ein Einwand, den niemand bestreiten konnte. Ich nahm das Wort, entschlossen gegen alles und alle standzuhalten, und sprach mit solcher Überzeugung, daß keiner mich zu unterbrechen wagte: »Nein! Alle Hoffnung darf nicht aufgegeben werden. Land kann nicht mehr fern sein. Wir haben hier keinen solchen Packeiswall vor uns, wie er sich aus dem freien Meer durch das Anhäufen der Eistriften bildet. Das hier sind Eisberge, die sich von einer festen Unterlage ablösen mußten – von einem Festland oder einer Insel. Da wir jetzt in der Jahreszeit der Eisschmelze sind, werden sie gewiß erst seit ganz kurzer Zeit abgetrieben sein. Hinter ihnen werden wir auf die Küste treffen, an der sie sich gebildet hatten. Nach vierundzwanzig Stunden – wenn sich dann kein Land zeigt, wird der Kapitän wieder den Kurs nach Norden einschlagen!«

Ich weiß nicht, ob ich die Leute überzeugt hatte oder ob sie der Köder einer weiteren Prämie lockte. Der Hochbootsmann kam mir zu Hilfe und rief in bester Laune: »Das war gut gesprochen, und ich für meinen Teil schließe mich der Ansicht an. Ohne Zweifel sind wir einem Land nahe, und wir werden es hinter den Eisbergen ohne Schwierigkeiten finden. Um einen Grad südlicher, was tut das, wenn man dafür ein paar hundert Dollar mehr in die Tasche stecken kann! Vergessen wir ja nicht, wie angenehm sie sind, wenn sie hereinspazieren!«

Nach diesen Worten schloß sich auch der Koch seinem Freunde an.

»Ja, sehr schön, die Dollars!« rief er und ließ dabei zwei Reihen blendend weißer Zähne sehen.

Unklar blieb freilich, ob die übrige Mannschaft sich dem Zureden Hurliguerlys fügen oder doch noch Widerstand leisten würde, wenn die »Halbrane« in der Richtung auf die Eisberge weitersegelte. Der Kapitän hob das Fernrohr, richtete es auf die sich bewegenden Massen, die er aufmerksam betrachtete, und sagte dann laut und bestimmt: »Nach Südwest steuern!«

West gab Befehl, das Manöver auszuführen. Die Matrosen zögerten einen Augenblick, dann aber gingen sie wie aus angeborenem Pflichtgefühl daran, die Segel zu hissen und die Schoten anzuziehen, so daß die »Halbrane« bald mit vermehrter Schnelligkeit dahinglitt. Ich beobachtete das Manöver und zog dann Hurliguerly etwas zur Seite.

»Ich danke, Hochbootsmann!« sagte ich.

»Oh, Herr Jeorling! Diesmal ging es noch gut ab«, antwortete er achselzuckend. »Wir dürfen die Saiten aber doch nicht zu stark anspannen, sonst würde alle Welt, vielleicht sogar der Koch, gegen mich sein.«

»Ich habe doch nur gesagt, was wahrscheinlich ist«, erwiderte ich lebhaft.

»Vielleicht, Herr Jeorling, vielleicht. Ich zweifle gar nicht daran, daß wir hinter den Eisbergen Land finden könnten. Dann sollte es aber vor Ablauf von zwei Tagen in Sicht kommen, denn sonst – auf mein Wort – müßten wir umdrehen!«

In den folgenden vierundzwandzig Stunden segelte die »Halbrane« nach Südwesten, wenn sie ihren Kurs auch zwischen den Eisbergen gelegentlich etwas ändern und die Schnelligkeit vermindern mußte. Die Fahrt wurde zunehmend schwieriger, als sie sich in Linie der Eisberge befand, die sie in schräger Richtung zu schneiden hatte. Zum Glück gab es hier aber keine solche Eistriften wie unter dem 70. Breitengrad am Packeisrand, nichts von der tollen Unruhe, die man an dem von antarktischen Stürmen so oft gepeitschten Polarkreis häufig antrifft. Die ungeheuren Massen trieben in majestätischer Ruhe dahin. Die Blöcke erschienen völlig »neu« – ja, das war der richtige Ausdruck –, und vielleicht hatten sie sich erst wenige Tage zuvor gebildet. Bei einer Höhe von dreißig bis vierzig Metern über dem Wasserspiegel mußte ihr Volumen jedenfalls Millionen von Tonnen betragen. West hütete sich sorgfältig vor jedem Zusammenstoß und verließ jetzt keinen Augenblick mehr das Verdeck. Vergeblich bemühte ich mich, durch die Lücken zwischen den Eisbergen hindurch Anzeichen von Land zu erkennen; denn dann wäre unser Schiff gezwungen gewesen, unmittelbar nach Süden zu steuern. Ich erblickte aber nichts, was meine Annahme bestätigt hätte. Bisher hatte sich der Kapitän auf den Kompaß verlassen können. Der noch mehrere hundert Seemeilen entfernte magnetische Pol, der östlich von uns lag, übte noch keinen Einfluß auf die Magnetnadel. Sie behielt ihre Richtung bei, statt der Abweichung um sechs bis sieben Strich in der Nähe des Pols.

Kurz, entgegen meiner Ansicht, die sich doch auf recht triftige Gründe stützte, tauchte keine Spur von Land auf, und ich fragte mich schon, ob es nicht ratsam sei, einen mehr westlichen Kurs einzuschlagen, wenn sich die »Halbrane« dabei auch von dem Punkt, an dem die Meridiane zusammenliefen, etwas entfernte. Je mehr von den Stunden vergingen, die man mir noch zugestanden hatte, desto mehr erkannte ich zu meinem Leidwesen, daß bei den Leuten die Entmutigung und die Neigung zum Ungehorsam wieder wuchsen. Noch eineinhalb Tage, und es würde mir nicht mehr möglich sein, den allgemeinen Widerstand zu besiegen, der Schoner kehrte dann nach Norden zurück.

Die Mannschaft arbeitete schweigend, als West in kurzem Ton Befehle gab, die Lücken zu durchqueren, wobei zur Vermeidung eines Anpralls schnell angeluvt und dann wieder mit vollem Wind im Rücken gesegelt werden mußte. Trotz größter Aufmerksamkeit und der Gewandtheit der Matrosen streifte der Schiffsrumpf doch wiederholt hart an und ließ an den Wänden des Eises da und dort lange Teerstriche zurück. Auch der Mutigste konnte sich da wohl kaum der Befürchtung erwehren, daß unsere Schiffswand bald ein Leck bekommen könnte.

Der untere Teil der Berge fiel ganz steil ab, so daß eine »Landung« unmöglich gewesen wäre. Wir bemerkten auch keine Seehunde, die doch sonst, wo viele Eisberge treiben, so zahlreich sind; nicht einmal ein Volk kreischender Pinguine, die das Schiff manchmal beim Vorüberfahren zu Tausenden ins Wasser verjagte. Auch Vögel schien es weniger zu geben. Diese ganze traurige Wüstenei machte einen beklemmenden Eindruck, dem sich niemand zu entziehen vermocht hätte.

Man konnte beobachten, daß seit dem Augenblick, da der direkte Südkurs verlassen worden war, um zwischen den Eisbergen hindurchzusegeln, sich die gewohnte Haltung des Mestizen verändert hatte. Meist am Fockmast hockend, die Blicke vom Meer abgewandt, erhob er sich nur, um bei den Segelmanövern mit Hand anzulegen, er verrichtete die Arbeit nicht mit dem gleichen Eifer und der Schnelligkeit wie früher. Auch schien er allen Mut verloren zu haben. Nicht daß er den Glauben aufgegeben hätte, sein Gefährte lebe noch. Instiktiv fühlte er nur, daß er in der jetzt eingehaltenen Richtung die Spuren seines armen Pym nicht wiederfinden würde.

Gegen sieben Uhr abends erhob sich ein dichter Nebel, der die Fahrt der »Halbrane« gefährdete, solange er anhielt. Dieser Tag voller Erregung, Angst, voller Schwanken zwischen Hoffnung und Enttäuschung, hatte mich erschöpft. So zog ich mich in meine Kabine zurück und warf mich völlig angekleidet auf das Lager. Aber bei meinen quälenden Gedanken, bei der entsetzlichen Unruhe in meinem Innern, konnte ich keinen Schlaf finden. Morgen würden die achtundvierzig Stunden zu Ende sein, der letzte Aufschub, den die Besatzung auf meine Bitten hin bewilligt hatte. Da sich kein Land hinter den Eisbergen zeigte und zwischen den treibenden Massen keine Spur einer Küste aufgetaucht war, ließ der Kapitän morgen gewiß nach Norden wenden.

Ach, wäre ich doch der Besitzer der »Halbrane«! Hätte ich sie – und wäre es um den Preis meines ganzen Vermögens – kaufen können! Wären die Leute meine Sklaven und meiner Peitsche unterworfen gewesen, niemals hätte die »Halbrane« diese Fahrt aufgegeben! In meinem erregten Gehirn schwirrten tausenderlei Gedanken, Klagen und Wünsche. Ich wollte aufstehen, es schien aber, als hielte mich eine schwere Hand auf mein Lager gefesselt. Mich erfüllte das Verlangen, die Kabine augenblicklich zu verlassen, diesen engen Raum, wo mich ein Alpdrücken im Halbschlaf peinigte. Ich wollte ein Boot der »Halbrane« ins Wasser setzen, mit Peters, der mir gewiß gefolgt wäre, hineinspringen und dann mit der Strömung nach Süden treiben, tief nach Süden.

Ob dieser Traum urplötzlich unterbrochen wurde oder die tolle Bildreihe nur wechselte, weiß ich nicht. Ich hatte allein die Empfindung, geweckt zu werden. Es schien mir, als sei in der Bewegung des Schiffes eine Änderung eingetreten, als gleite es, sanft nach Steuerbord geneigt, über das so ruhige Meer. Und doch, das war kein Rollen, kein Stampfen . . .

Ja – buchstäblich – ich fühlte mich emporgetragen, als wäre meine Lagerstatt die Gondel eines Ballons, als wären in mir die Gesetze der Schwerkraft aufgehoben . . .

Ich täuschte mich nicht, ich war aus dem Traum in die Wirklichkeit zurückgekehrt.

Einzelne Erschütterungen, deren Ursache mir noch entging, machten sich über mir bemerkbar. In meiner Kabine wichen die Wände aus der vertikalen Richtung, so, als sänke die »Halbrane« stark zur Seite. Gleich darauf wurde ich vom Lager geschleudert, und es fehlte nicht viel, daß mir eine Ecke des Tisches den Schädel zertrümmert hätte.

Endlich kam ich wieder in die Höhe, kroch mehr als ich ging nach der Tür, an die ich mich stemmte und die zuletzt dem

Druck nachgab. Da vernahm ich ein Knarren und Brechen in der Schanzkleidung, ein Krachen in der Schiffswand an Backbord.

War die »Halbrane« doch mit einer der treibenden, ungeheuren Massen zusammengestoßen, denen West inmitten des Nebels nicht hatte aus dem Weg gehen können?

Plötzlich erschallte wildes Geschrei auf dem Deck, dann Schreckensrufe, in die sich die Stimmen der halb wahnwitzigen Mannschaft mischten. Endlich erfolgte ein letzter Stoß, und dann blieb die »Halbrane« unbeweglich liegen.

Der gekippte Eisberg

Um nach dem Verdeck zu gelangen, mußte ich auf Händen und Füßen kriechen. Der Kapitän, der seine Kabine ebenfalls verlassen hatte, glitt auf den Knien hin, so schräg lag das Schiff nach Backbord. Auf dem Vorderdeck, zwischen dem Kastell und dem Fockmast, ragten einige Köpfe aus den Falten eines Segels hervor, das über die Leute wie ein zusammenbrechendes Zelt heruntergefallen war. An Steuerbord hingen Peters, Hardie, Holt und Endicott mit entsetzten Gesichtszügen an den Wanten. In diesem Augenblick hätten sie gewiß die Hälfte der ihnen für die Weiterfahrt zugesicherten Belohnung hergegeben, um aus dieser Lage befreit zu werden.

Hurliguerly war es, der sich über die Planken hinschleppte. Lang ausgestreckt und die Füße gegen den Rahmen meiner Kabinentür gestemmt, fürchtete ich nicht, weiter abzurutschen. So reichte ich dem Hochbootsmann die Hand und half ihm mit einigen Anstrengungen auf.

»Was ist geschehen?« fragte ich.

»Wir sind gestrandet, Herr Jeorling!«

»Wie? Wir liegen an der Küste?« rief ich

»Eine Küste ließe wohl ein Land vermuten«, antwortete der Hochbootsmann ironisch, »doch was dieses Land betrifft, so hat es das nie anders als in der Einbildungskraft unseres Mestizen gegeben!«

»Was ist dann aber geschehen?«

»Im Nebel ist ein Eisberg herangetrieben, vor dem wir uns nicht klarhalten konnten. Und gerade diesen Augenblick hat er gewählt, sich einmal auf die andere Seite zu legen. Beim Umdrehen hat er die ›Halbrane‹ mitgenommen, als ob sie ein Spielzeug wäre. Und so sitzen wir jetzt gut dreißig Meter über dem Antarktischen Meer fest!«

Wer hätte bei der abenteuerlichen Fahrt der »Halbrane« ausgerechnet an einen so seltsamen Unfall gedacht? Hier im tiefsten Süden war unser einziges Transportmittel aus seinem natürlichen Element gerissen und durch den gekippten Eisberg über dreißig Meter emporgehoben worden. Welches Ende mit Schrecken! Während eines Polarsturmes unterzugehen, zwischen mächtigen Eismassen zerquetscht zu werden, das sind Gefahren, denen jedes durch die Polarmeere segelnde Schiff ausgesetzt ist. Daß die »Halbrane« aber von einem dahintreibenden Berg gerade in dem Augenblick, in dem dieser seine Lage änderte, gepackt und hoch hinaufgehoben wurde, nein, das ging über die Grenzen des Wahrscheinlichen hinaus!

Ob wir bei den uns zustehenden Mitteln imstande sein würden, das Schiff von dieser Höhe wieder herunterzubefördern, vermochte ich nicht zu beurteilen. Ich wußte nur, daß der Kapitän, der Leutnant und die alte Mannschaft auch in dieser entsetzlichen Lage nicht verzweifeln würden: Worin aber eine Rettung bestehen sollte, das hätte jetzt freilich niemand sagen können.

Ein Nebelschleier verhüllte wie ein grauer Vorhang den Eisberg. Aus der engen, spaltenartigen Einbuchtung, in der die »Halbrane« festsaß, sah man nichts von seiner Masse, und ebensowenig konnte man erkennen, welchen Platz er unter der nach Südosten treibenden Flottille einnahm. Die einfachste Überlegung erforderte es, die »Halbrane« auszuräumen, da sie durch eine plötzliche Erschütterung des Eisberges noch mehr gekippt werden konnte. Wenn dieser sich wieder nach der anderen Seite legte, wurde das Schiff dabei vielleicht hinuntergeschleudert. Wer aber hätte aus einem solchen Sturz heil hervorgehen sollen, abgesehen davon, daß die »Halbrane« dabei jedenfalls versinken mußte?

Binnen weniger Minuten war die »Halbrane« von der Mannschaft verlassen. Jeder suchte Zuflucht, so gut es ging, in der Hoffnung, daß die Nebelhülle des Eisberges endlich verschwinden würde. Jetzt drangen nicht einmal die schrägen Strahlen der Sonne hindurch, und man bemerkte kaum ihre rötliche Scheibe. Auf zehn bis zwölf Schritt konnten wir einander jedoch sehen. Das Schiff bildete allerdings nur eine formlose Masse, deren dunkle Farbe sich von dem weißlichen Eis deutlich abhob. Sogleich tauchte die Frage auf, ob im Augenblick der Katastrophe niemand über die Schanzkleidung hinaus ins Meer geschleudert worden war. Auf Befehl des Kapitäns kamen die Matrosen zu der Gruppe, bei der ich mich zusammen mit dem Leutnant, dem Hochbootsmann und den Maaten Hardie und Holt befand. West rief alle Namen auf, aber fünf der Leute antworteten nicht: der Matrose Drapp, einer von der alten Mannschaft, und vier neue Leute, nämlich zwei Engländer, ein Amerikaner und einer von den Feuerländern, die an den Falklands an Bord gekommen waren. Der Unfall hatte also fünf der unsrigen das Leben gekostet. Es waren die ersten Opfer seit der Abfahrt von den Kerguelen. Würden es auch die letzten sein?

Es gab kaum einen Zweifel, daß die Unglücklichen umgekommen waren, denn wir riefen sie vergebens überall auf dem Eisberg, wo sie sich an einem Vorsprung vielleicht hätten anklammern können. Auch nachdem sich der Nebel gelichtet hatte, blieben die Nachforschungen fruchtlos. Die Erschütterung war so urplötzlich und heftig gekommen, daß sich die Männer nicht mehr an der Schanzkleidung hatten festhalten können. Selbst ihre Leichen waren von der Strömung schon längst fortgetragen worden.

Als niemand mehr an dem Verschwinden der fünf zweifeln konnte, beschlich uns tiefe Verzweiflung. Zu lebhaft tauchten jetzt im Geiste die Gefahren auf, die eine Expedition durch das antarktische Gebiet bedrohten.

»Und Hearne?« ließ sich eine Stimme vernehmen.

Holt war es, der während des allgemeinen Schweigens den Namen aussprach.

War der Segelmaat nicht in der engen Abteilung des Frachtraumes, in der er eingeschlossen war, erdrückt worden? West kehrte zum Schiff zurück, kletterte an einer vom Vorderteil herabhängenden Trosse hinaus und schob sich nach dem Mannschaftslogis vor, neben dem man in den Schiffsraum hinabgelangen konnte. Wir andern erwarteten regungslos und schweigend Aufklärung über das Schicksal Hearnes, obgleich dieser böse Geist der Mannschaft kaum Mitleid verdiente.

Und doch dachten viele jetzt daran, daß die »Halbrane« auf der Rückfahrt nach dem Norden gewesen wäre, wenn man seinen Rat befolgt hätte! Endlich erschien der Leutnant wieder auf dem Verdeck, und Hearne folgte ihm nach. Wie durch ein Wunder hatten Scheidewände, Rippen und Schiffsbekleidung gerade an der Stelle, wo der Segelmeister eingesperrt war, völlig standgehalten. Dieser schloß sich, ohne ein Wort zu äußern, seinen Kameraden wieder an, und wir hatten zunächst nichts mehr mit ihm zu tun.

Gegen sechs Uhr morgens sank die Temperatur merklich und der Nebel verschwand. Jetzt vermochten wir auch die Größe der Eismasse zu beurteilen, auf der wir wie die Fliegen auf einem Zuckerhut saßen. Von unten gesehen, konnte der Schoner nicht größer erscheinen als die Jolle eines Handelsschiffes. Der unterste Teil des Eisberges war durch die Berührung mit dem wärmeren Wasser zernagt worden und hatte sich etwas gehoben, wodurch er seinen Schwerpunkt verlagerte und umkippte. Von dieser Schaukelbewegung gepackt, war auch die »Halbrane« wie durch einen ungeheueren Hebelarm emporgeschnellt worden. In den Polarmeeren »wenden sich« häufig Eisberge »auf die andere Seite«, und das bildet eine der größten Gefahren für die Schiffe, die sich gerade in ihrer Nähe befinden.

Unser Schoner lag jetzt in einer Vertiefung in der Westflanke des Eisberges eingesenkt und neigte sich, das Vorderteil nach unten, weit nach Backbord. So mußten wir befürchten, daß er beim geringsten Stoß wohl die Böschung des Eisberges hinab ins Meer gleiten könne. Auf der dem Eisberg zugewandten Seite war der Anprall heftig genug gewesen, um einige Planken der Rumpfwand und der Schanzkleidung in der Länge von etwa vier Metern einzudrücken. Gleich beim ersten Stoß waren die Seile gerissen, die die Küche vor dem Fockmast festhielten, und diese war bis vor den Eingang des Deckhauses hinuntergerutscht. Bramstange und Oberbramstange waren herabgestürzt, Trümmer aller Art, Rahen, Balken, ein Teil der Segel, Fässer, Kisten, Hühnerkäfige, alles lief Gefahr, auf die Eisklippe hinabzugleiten und mit ihr wegzutreiben.

Am meisten beunruhigte uns bei der gegenwärtigen Lage der Umstand, daß das eine Boot der »Halbrane« an Backbord bei dem Unfall zertrümmert worden war. Jetzt besaßen wir nur noch das zweite, zum Glück das größere, das in den Davits an Steuerbord ging. Vor allem galt es nun dieses vielleicht einzige Rettungsmittel in Sicherheit zu bringen. Bei der ersten Kontrolle ergab sich, daß die Untermasten des Schiffes fest stehengeblieben waren und noch Dienste leisten konnten, wenn das Fahrzeug wieder flott wurde. Wie vermochten wir es aber dieser Eisbucht zu entreißen, es seinem natürlichen Element zurückzugeben, es wie ein neugebautes Schiff gleichsam vom Stapel zu lassen? Als ich mit dem Kapitän, dem Leutnant und dem Hochbootsmaat allein war, befragte ich sie über ihre Ansicht.

»Unbestritten ist ein solcher Versuch mit großen Gefahren verknüpft«, antwortete West. »Da er sich aber nicht umgehen läßt, müssen wir ihn wagen. Ich glaube, wir müssen bis zum Fuß des Eisberges eine Art Bett ausbrechen.«

»Und das, ohne lange zu zögern«, setzte der Kapitän hinzu.

»Wir werden alle gern helfen«, sagte Hurliguerly, »aber vor Beginn der Arbeit sollten wir doch wohl den Schiffsrumpf untersuchen, wie schwer er beschädigt wurde und ob wir ihn überhaupt ausbessern können. Was nützt es uns, ein leckgeschlagenes Fahrzeug, das doch gleich unterginge, aufs Wasser zu setzen?«

Helle Sonne beleuchtete jetzt die Ostseite des Eisberges, von der aus ein weiter Rundblick über das Meer möglich war. Auf dieser Seite zeigte der Abhang statt spiegelglatter Flächen, auf denen der Fuß nicht hätte haften können, Erhöhungen, Vorsprünge, kleine Höcker und selbst ganz ebene Stellen, die es erlaubten, ein provisorisches Lager aufzuschlagen. Dabei mußte man freilich darauf achten, sich gegen herabstürzende gewaltige Blöcke zu schützen, von denen manche bei einem leichten Stoß des Eisberges auf uns herabstürzen konnten. Im Laufe des Vormittags rollten auch wirklich einzelne mit betäubendem Gepolter ins Meer hinab.

Im ganzen schien der Eisberg in seiner neuen Lage aber recht stabil zu sein. Von dem Augenblick an, wo sein Schwerpunkt unter der Schwimmlinie lag, war ein erneutes Umkippen kaum zu befürchten.

Seit dem Eintritt der Katastrophe hatte ich noch keine Gelegenheit gehabt, mit Peters zu sprechen. Da er beim Mannschaftsappell auf seinen Namen geantwortet hatte, wußte ich, daß er sich nicht unter den Opfern befand. Jetzt sah ich ihn regungslos auf einem schmalen Vorsprung stehen. Wohin seine Blicke sich richteten, ist wohl leicht zu erraten.

Der Kapitän, der Leutnant, der Hochbootsmann, die Maate Hardie und Holt gingen nun zum Schiff, und ich begleitete sie. An der Steuerbordseite war es nicht schwierig, den Rumpf zu untersuchen, da sich die »Halbrane« nach Backbord gelegt hatte. Auf der anderen Seite mußte man freilich wohl oder übel einen Weg durch das Eis bis zum Kiel brechen, wenn kein Teil des Schiffsrumpfes ungeprüft bleiben sollte.

Nach zweistündiger, sorgfältiger Arbeit lag das Ergebnis vor. Die Havarien erwiesen sich als unbedeutend und so leicht, daß sie ausgebessert werden konnten. Zwei oder drei durch die Gewalt des Stoßes zertrümmerte Planken zeigten ihre verdrehten Pflöcke und aufgesprungenen Fugen. Im

Innern waren alle Rippen unversehrt, und auch die Bauplanken hatten sich nicht verschoben. Unser Fahrzeug, das für Fahrten in den Polarmeeren gebaut war, hatte also zusammengehalten, wo andere, mit einer weniger festen Konstruktion, in Stücke gegangen wären. Nur das Steuer hatte sich aus seinen Haspen gehoben, doch konnte das leicht wieder in Ordnung gebracht werden.

Wir erkannten, daß die Beschädigungen doch leichter waren, als wir befürchtet hatten, und fühlten uns in dieser Hinsicht wieder etwas beruhigt. Vorausgesetzt allerdings, es gelang uns, das Schiff flottzumachen.

Nach dem Frühstück wurde beschlossen, daß die Mannschaft ein schräg abfallendes Bett aushöhlen sollte, in dem die »Halbrane« bis zum Fuß des Eisberges hinabgleiten konnte. Dieser Plan war unsere einzige Hoffnung; denn unter den gegenwärtigen Verhältnissen der Härte des südlichen Winters zu trotzen, sechs Monate auf dem irgendwohin treibenden Eisberg zuzubringen; wer hätte daran nicht ohne Entsetzen denken können? Überraschte uns der Winter hier, so würde keiner dem Tod durch Erfrieren entgehen. In diesem Augenblick rief Peters, der den südlichen und östlichen Horizont musterte, mit lauter Stimme: »Gegengebraßt!«

Gegengebraßt? Darunter konnte der Mestize nur verstehen, daß die schwimmende Eismasse plötzlich still hielt.

»Es ist richtig«, erklärte der Hochbootsmann. »Der Eisberg bewegt sich nicht mehr, und vielleicht liegt er sogar schon seit dem Unfall auf demselben Fleck.«

Während fünf oder sechs Eisberge sich nach Süden hin entfernten, blieb der unsere an der Stelle gefesselt, als sei er auf eine Untiefe aufgelaufen. Wir mußten daher annehmen, daß er den Meeresboden berührt hatte und dort solange haftete, bis der jetzt eingetauchte Teil, auf die Gefahr eines neuen Umkippens hin, sich wieder erhob.

Das konnte freilich zu ernsten Komplikationen führen; denn die Gefahren einer Trift wären geringer gewesen als bei der gegenwärtigen Situation. Da hätten wir nämlich hoffen können, auf ein Festland oder auf eine Insel zu treffen oder sogar, wenn die Strömung ihre bisherige Richtung beibehielt und das Meer offen blieb, bis über die Grenzen des südlichen Polarmeeres hinauszugelangen.

In welcher Lage befanden wir uns nun nach drei Monaten dieser schrecklichen Fahrt! Von William Guy, seinen Gefährten und von Arthur Pym konnte gar nicht mehr die Rede sein. Alle Hilfsmittel, über die wir noch verfügten, mußten für unsere eigene Rettung aufgeboten werden. War es da zu verwundern, wenn die Matrosen der »Halbrane« sich schließlich auflehnten, den Einflüsterungen Hearnes nachgaben und ihre Vorgesetzten, besonders mich, für die Folgen einer solchen Fahrt verantwortlich machten?

Daran dachten, das merkte ich, auch der Kapitän und der Leutnant. Zählten die Angeworbenen von den Falklands nach dem Unglück auch nur noch vierzehn Mann gegen zwölf von der alten Mannschaft, so lag doch die Befürchtung nahe, daß sich ein paar bisher zuverlässige Männer auf die Seite Hearnes schlagen würden. Wer konnte wissen, ob sie nicht, von der Verzweiflung getrieben, sich des einzigen Bootes zu bemächtigen suchten, um damit nach Norden zu fahren, während sie uns auf dem Eisberg zurückließen? Wir mußten das Boot unbedingt in Sicherheit bringen und es jede Minute sorgsam bewachen.

Überdies war mit dem Kapitän seit den letzten Ereignissen eine merkwürdige Veränderung vorgegangen. Er schien den Gefahren der Zukunft gegenüber völlig umgewandelt zu sein. Bisher nur mit dem Gedanken beschäftigt, seine Landsleute zu finden, hatte er die Führung des Schiffes ausschließlich dem Leutnant überlassen. Nun aber nahm er seine Aufgabe als Vorgesetzter wieder auf und erfüllte sie mit der gebotenen Energie.

Seinem Befehl entsprechend, sammelte sich die Mannschaft auf einer größeren Fläche ein wenig links von der »Halbrane«. Deutlich bildeten hier die neuen Matrosen eine Gruppe für sich, und ihr Wortführer war der Segelmeister, der einen so verderblichen Einfluß auf sie ausübte. Der Kapitän warf einen festen Blick auf die ganze Mannschaft und begann dann mit sichtlich erregter Stimme: »Ich will zuerst von euren Kameraden sprechen, die verschwunden sind. Fünf der unsrigen kamen bei dieser Katastrophe ums Leben . . .«

»Während uns anderen das gleiche Los bevorsteht, in diesen Meeren umzukommen, in die wir verschleppt wurden, trotz . . .«

»Schweig, Hearne!« rief West. »Schweig, oder . . .«

»Hearne hat ausgesprochen, was er zu sagen hatte«, fiel der Kapitän frostig ein. »Jetzt ist es geschehen, und ich erwarte, daß er mich nicht ein zweites Mal unterbricht!«

Vielleicht hätte der Segelmeister doch noch etwas erwidert, denn er wußte, daß er die Mehrzahl der Mannschaft hinter sich hatte. Holt ging aber schnell auf ihn zu, drängte ihn zurück, und so schwieg er. Der Kapitän aber fuhr fort: »Unsere Pflicht ist es, für die zu beten, die bei dieser gefährlichen, im Namen der Menschlichkeit unternommenen Reise ihr Leben gelassen haben. Gott möge ihnen vergelten, daß sie es für ihresgleichen opferten, und er möge unser Gebet nicht ungehört verhallen lassen. Nun aber zu euch. Auch unter den Verhältnissen, unter denen wir uns zur Zeit befinden, habt ihr mir unweigerlich zu gehorchen, was ich auch befehlen mag. Ich werde keinen Widerstand, kein Zaudern dulden. Die Verantwortung für uns alle fällt mir zu. Ich befehle hier an Bord . . .«

»An Bord . . . Wo es kein Schiff mehr gibt!« wagte der Segelmeister einzuwerfen.

»Du irrst, Hearne. Das Schiff ist noch da. Selbst wenn uns nur unser Boot bliebe, so bin ich doch der Kapitän. Wehe dem, der das vergäße!«

An diesem Tag erhielt der Kapitän, nachdem er mit dem Sextanten die Sonnenhöhe gemessen und mit dem glücklicherweise unversehrt gebliebenen Chronometer die Zeit festgestellt hatte, folgendes Besteck: Südliche Breite: 88 Grad 55 Minuten, Westliche Länge: 39 Grad 12 Minuten.

Die »Halbrane« lag nicht weiter als einen Grad und fünf

Minuten – das heißt fünfundsechzig Seemeilen – vom Südpol entfernt.

Der Gnadenstoß

Wir durften keine Stunde verlieren, und jeder wußte, daß die Frage nach der Zeit jetzt allen anderen voranging. Mit Lebensmitteln war das Schiff noch für achtzehn Monate ausreichend versehen. Der Hunger bedrohte uns also nicht. Höchstens der Durst, da die beim Aufstoß geborstenen Wasserkästen ausgelaufen waren. Zum Glück waren aber die Fässer mit Gin, Whisky, Bier und Wein, die in einem Teil des Frachtraums lagerten, der am wenigsten gelitten hatte, unversehrt geblieben. Nach dieser Seite hatten wir also keine Verlust erlitten, und Süßwasser konnte uns der Eisberg selbst liefern.

Bekanntlich enthält das Eis, ob es sich nun aus Süß- oder aus Salzwasser gebildet hat, kein Salz. Durch die Umwandlung aus dem flüssigen in den festen Zustand wird das Chlornatrium vollständig ausgeschieden. Es ist also allem Anschein nach von geringer Bedeutung, ob man Trinkwasser aus Eis von der einen oder anderen Herkunft gewinnt. Dennoch verdient entschieden Wasser den Vorzug, das aus gewissen Eisblöcken herrührt, die sich durch ihre fast grünliche Färbung und eine weitgehende Durchsichtigkeit auszeichnen. Sie bestehen aus gefrorenen Niederschlägen und eignen sich daher besser zur Umwandlung in Trinkwasser. Bei seiner Vertrautheit mit den Polarmeeren hätte unser Kapitän solche Blöcke leicht erkannt, konnte aber keine finden, weil ja jetzt der untergetauchte Teil nach dem Umkippen aus dem Meer herausragte.

Kapitän Guy und der Leutnant wollten das Schiff wesentlich erleichtern und beschlossen, alles auszuladen, was sich an Bord befand. Auch Masten und Takelwerk mußten entfernt und nach dem Plateau geschafft werden. Es erschien ratsam, die Weiterfahrt um einige Tage zu verzögern, damit der Stapellauf sorgfältigst vorbereitet und unter optimalsten Bedingungen durchgeführt werden konnte.

Unvorsichtig wäre es auch gewesen, den Proviant in den Kammern der »Halbrane« zu belassen. Schon die leichteste Erschütterung konnte sie ja aus ihrer Lage werfen. Wenn sie abrutschte, verschwanden aber alle Nahrungsmittel mit ihr, die doch unser Überleben sichern sollten!

An diesem Tag beschäftigten wir uns also damit, die Kisten und Fässer mit gepökeltem Fleisch, Trockengemüse, Mehl, Zwieback, Tee, Kaffee, Gin, Whisky, Wein und Bier in Sicherheit zu bringen. Sie wurden aus dem Frachtraum und der Kombüse geholt und an geeigneten Stellen der Eiswand, möglichst nahe der »Halbrane«, aufgestapelt.

Gleichzeitig mußte aber auch das Boot möglichst geschützt werden, um einen Überfall Hearnes zu verhindern. So wurde es mit allem Zubehör, den Masten und Segeln, etwa dreißig Schritt neben dem Schiff in einer Eishöhle untergebracht, die sich leicht überwachen ließ. Tagsüber war ja nichts zu befürchten, während der Nacht oder vielmehr während den Stunden des Schlafes sollte der Hochbootsmann oder einer der Schiffsmaate neben der Höhle Wache halten, und wir durften uns dann darauf verlassen, daß das Boot gegen jeden Handstreich gesichert war.

Am 19., 20. und 21. Januar löschten wir die Fracht der »Halbrane« und hoben die Masten aus, indem wir mehrere Rahen als Stützmasten verwendeten. Später sollte der Leutnant versuchen, die Bramstange und das Bugspriet wieder anzubringen, doch waren diese nicht unbedingt nötig, wenn wir nur die Untermasten hatten.

Es versteht sich von selbst, daß auf dem von mir erwähnten Plateau nahe der »Halbrane« eine Art Lager aufgeschlagen worden war. Mehrere aus Segeln hergestellt und über Spieren gespannte Zelte boten hinreichend Schutz gegen den Wechsel der Witterung, der sich zu dieser Jahreszeit schon recht häufig bemerkbar machte. Im allgemeinen behielten wir jedoch gutes Wetter bei andauerndem Nordostwind, und die Luftwärme stieg sogar auf knapp acht Grad Celsius an. Die Küche Endicotts war auf dem hinteren Teil des Plateaus neben einem schräg aufragenden Eiswall aufgestellt worden, über dessen sanfte Steigung man den höchsten Punkt des Eisberges erklimmen konnte.

Ich muß anerkennen, daß im Laufe dieser drei Tage anstrengender Arbeit gegen Hearnes Verhalten nichts einzuwenden war. Der Segelmeister wußte, daß er besonders überwacht wurde und der Kapitän rücksichtlos gegen ihn vorgehen würde, wenn er seine Kameraden etwa zum Ungehorsam anzustacheln wagte. Es war bedauerlich, daß er eine solche Rolle spielte, denn Kraft, Gewandtheit und Intelligenz machten ihn zu einem sehr schätzenswerten Mann, und niemals hatte er sich brauchbarer erwiesen als unter den jetzigen Verhältnissen. War er allmählich besseren Sinnes geworden? Hatte er begriffen, daß die Rettung aller nur von der allgemeinen Eintracht abhing? Ich hoffte es zwar, konnte aber nicht daran glauben.

Ich brauche wohl den Eifer nicht hervorzuheben, mit dem der Mestize sich an der schweren Arbeit beteiligte. Immer war er der erste bei der Hand, leistete so viel wie vier andere, schlief nur einige Stunden und ruhte höchstens während den Mahlzeiten aus, die er getrennt von den übrigen einnahm. Seit dem Unfall hatte er kaum ein Wort an mich gerichtet. Was hätte er mir auch sagen sollen? Wußte ich nicht so gut wie er, daß wir nun auf jede Hoffnung verzichten mußten, diese unglückliche Fahrt bis zu dem von ihm ersehnten Ziel fortzusetzen?

Während des Entladens berieten der Kapitän und der Leutnant die Probleme, die der geplante »Stapellauf« bot. Mußte doch durch Aushöhlen eines schräg zur Westseite des Eisberges verlaufenden Bettes eine Höhe von etwa dreißig Metern bis hinunter zum Meeresspiegel überwunden werden. Während eine vom Hochbootsmann geleitete Abteilung das Schiff weiter entlud, begann eine andere unter dem Befehl des Leutnants mit dem Beseitigen oder Einebnen der Blöcke.

Die verschiedenen Arbeiten dauerten bis zum 24. Januar.

Die Atmosphäre blieb ruhig, die Temperatur sank nicht. Aber die Zahl der von Nordwesten herantreibenden Eisberge nahm weiter zu. Wir sahen wohl gegen hundert, und der Zusammenprall mit einem von ihnen konnte für uns die gefährlichsten Folgen haben.

Der Kalfatermeister Hardie hatte zuerst mit dem Ausbessern des Schiffsrumpfes begonnen, wobei er Planken ersetzen, neue Pflöcke einschlagen und Fugen dichten mußte. Was er dazu benötigte, war in den Vorräten vorhanden, und wir durften annehmen, daß die Arbeit schnell und gewissenhaft ausgeführt wurde.

Wenn ich mit dem Kapitän und dem Leutnant allein war, drehte sich unser Gespräch in der Hauptsache um die augenblickliche Lage, die Mittel, ihr zu entfliehen, und um die Aussichten auf endliche Rettung. Der Leutnant war dabei voller Hoffnung und glaubte – vorausgesetzt, daß sich kein weiterer Unfall ereignete – das Schiff glücklich wieder ins Wasser setzen zu können. Der Kapitän zeigte freilich weniger Zuversicht. Bei dem Gedanken, nun endgültig auf die Suche und Rettung seiner Landsleute von der »Jane« verzichten zu müssen, mochte ihm wohl fast das Herz brechen.

Unter den gegenwärtigen Umständen den Kapitän zu einer Fortsetzung der Reise bewegen zu wollen, war von vornherein ganz aussichtlos. Man durfte so etwas auch gar nicht vorschlagen, denn eine mögliche Rettung lag nur in der sofortigen Rückkehr nach Norden.

Endlich waren die Arbeiten am Schiff beendet, und die zweite Gruppe hatte das Bett zum Abgleiten bis zum Fuß unseres Eisberges fertiggestellt. Das Eis hatte sich in seinen äußeren Schichten etwas erweicht, so daß die Arbeit mit Axt und Spitzhaue nicht zuviel Anstrengung erforderte. Das Bett verlief schräg am Westabhang des Berges, so daß die Neigung nicht allzu steil war. Mit Hilfe passend eingelegter Wurfanker sollte das Abgleiten ohne erneute Beschädigung der »Halbrane« erfolgen. Ich befürchtete sogar, daß die ansteigende Temperatur die Bewegung in der Eisrinne erschweren könnte.

Selbstverständlich waren Ladung, Masten, Anker, Ketten usw. noch nicht wieder an Bord gebracht worden. Der Rumpf war an sich schon so schwer, daß es darauf ankam, ihn zu erleichtern. Schwamm das Schiff erst wieder in seinem Element, so war die Ausrüstung ja nur die Sache weniger Tage.

Am Nachmittag des 28. Januar wurden die letzten Vorbereitungen getroffen. An manchen Stellen war das Eis stärker geschmolzen, und deshalb mußte dort das Bett an der Seite etwas abgesteift werden. Dann wurde allen eine wohlverdiente Ruhepause bewilligt. Der Kapitän ließ doppelte Rationen an die Leute verteilen, und diese Zugabe an Whisky und Gin bekam ihnen gut, denn sie hatten diese Woche anstrengend genug gearbeitet.

Ich wiederhole, daß jeder Keim von Ungehorsam erstickt zu sein schien, seit Hearne seine Kameraden nicht mehr aufreizte. Die ganze Mannschaft beschäftigte sich ausschließlich mit der wichtigen Aufgabe des Stapellaufs. Die »Halbrane« auf dem Meer, das bedeutete die Abreise, die ersehnte Rückfahrt! Für Peters und mich bedeutete es freilich den Verzicht auf die Rettung Arthur Pyms.

Die Lufttemperatur war in dieser Nacht höher, als wir sie bisher beobachtet hatten. Ich konnte kaum schlafen und glaubte, daß Peters bei dem Gedanken an die Rückkehr auch keinen Schlummer fand.

Das Ablassen des Schiffes sollte um zehn Uhr beginnen. Unter Berücksichtigung etwaiger Verzögerungen und der peinlichsten Vorsichtsmaßregeln, die dabei zu beachten waren, hoffte der Kapitän, das Vorhaben vor Ablauf des Tages vollenden zu können. Selbstverständlich mußten wir bei diesem schwierigen Manöver alle mit Hand anlegen. Jedem wurde seine Aufgabe angewiesen, die er unbedingt zu erfüllen hatte. Der eine sollte das Abgleiten durch Unterschieben von Holzrollen unterstützen, wenn das nötig schien, der andere dagegen den Schiffsrumpf mit Hilfe von Wurfankern und Tauen bremsen, wenn er zu stark in Fahrt geriet.

Das Frühstück wurde um neun Uhr unter den Zelten verzehrt. Die hoffnungsfrohen Matrosen tranken auf den Erfolg unseres Werkes. Vom Kapitän und vom Leutnant waren ja alle Maßregeln so zweckmäßig getroffen, daß ein günstiger Ausgang fast sicher zu erwarten war. Endlich verließen wir das Lager und nahmen unsere Posten ein – einige Matrosen waren schon vorausgeeilt –, als plötzlich laute Schreckensrufe ertönten.

Einer der ungeheuren Blöcke, der die Böschung der Mulde bildete, in der die »Halbrane« lag, glitt, durch das Schmelzen seines Untergrundes aus dem Gleichgewicht gebracht, ab und rollte donnernd und in furchtbaren Sätzen über die anderen Blöcke hinunter.

Einen Augenblick später schwankte das nicht mehr gestützte Schiff über dem Abhang. An Bord auf dem Vorderdeck befanden sich eben zwei Mann, Rogers und Gratian. Vergeblich versuchten diese Unglücklichen, noch seitwärts über die Schanzkleidung zu springen. Sie fanden aber nicht mehr die Zeit dazu und wurden bei dem entsetzlichen Sturz mit hinabgerissen.

Ich sah, wie das Schiff zuerst auf die linke Seite sank, einen Matrosen zerschmetterte, der nicht rasch genug davonlief, und dann von Block zu Block sprang, um zuletzt ins Leere hinauszustürzen.

Eingedrückt, zerschlagen, die Seitenwand offen und die Rippen gebrochen, versank die »Halbrane« in einer ungeheueren Wassergarbe am Fuß des Eisberges!

Was nun?

Wir fühlten uns wie vom Donner gerührt. Von unserem Schiff war nichts mehr. Dreißig Meter durch die Luft – das dauerte einen Augenblick. Jetzt lag sie zweihundert Meter tief im Meer! An die Gefahren der Zukunft konnten wir im Augenblick gar nicht denken, standen nur erstarrt wie Leute, die ihren Augen nicht mehr trauen mochten.

Diesem Zustand folgte naturgemäß eine völlige Erschlaffung. Kein Laut war zu hören, keine Bewegung zu verspüren. Wir standen wie in den Boden eingemauert.

Nichts hätte das Entsetzliche dieser Lage treffend zu bezeichnen vermocht.

Ich sah, wie West eine schwere Träne aus den Augen quoll. Die »Halbrane«, die er so sehr liebte, war plötzlich vernichtet. Ja, der Mann mit dem so energischen Charakter – er weinte! Drei von den unsrigen waren auf schreckliche Weise umgekommen. Rogers und Gratian, zwei der zuverlässigsten Matrosen, ich sehe sie noch die Arme wie um Hilfe flehend ausstrekken, dann bei den Sprüngen des Schiffes hinausgeschleudert und mit ihm versinkend. Und der andere von den Falklands, ein Amerikaner, zerdrückt, zerschmettert! Damit hatten wir seit zehn Tagen drei neue Opfer dieser Fahrt zu verzeichnen.

Endlich wurde der Bann des Schweigens durch laute Stimmen gebrochen, durch Aufschreie der Verzweiflung. Mehr als einer sagte sich wohl, daß es besser gewesen wäre, mit an Bord der »Halbrane« unterzugehen. Dann wäre alles vorbei gewesen. Diese sinnlose Expedition hätte das einzige Ende gefunden, das sie wegen ihrer Tollkühnheit und Unklugheit verdiente.

»Nach dem Boot! Nach dem Boot!« schrien alle.

Die Ärmsten waren ihrer Sinne nicht mehr mächtig. Der Schrecken verwirrte sie. Sie drangen nach der Eishöhle, in der unser einziges, aber nicht für alle ausreichendes Boot untergebracht lag. Der Kapitän und der Leutnant stürmten aus dem Lager hervor. Ich eilte zu ihnen, der Hochbootsmann folgte mir. Wir waren bewaffnet und entschlossen, von den Waffen Gebrauch zu machen. Die wütenden Leute durften sich des Bootes nicht bemächtigen. Es war nicht das Eigentum eines einzelnen, es gehörte allen!

»Hierher, Matrosen!« rief der Kapitän

»Hierhier«, wiederholte West, »oder ich schieße auf jeden, der noch einen Schritt weitergeht!«

Beide hielten drohend die Pistolen bereit. Der Hochbootsmann zielte schon mit der Flinte auf die Erregten, und auch ich wartete mit meinem Karabiner, um notfalls einzugreifen.

Vergeblich! Die Verblendeten hörten nichts, wollten nichts hören, und einer von ihnen, der schon nahe an das Boot herangekommen war, brach von einer Kugel des Leutnants getroffen zusammen. Seine Hände fanden am Abhang keinen Halt, und über die eisige Fläche hinuntergleitend, verschwand er im Abgrund.

War das der Anfang eines Gemetzels? Wollten sich auch noch andere niederschießen lassen? Würden die alten Leute von der Mannschaft Partei für die neuen ergreifen? Ich konnte in diesem Augenblick beobachten, daß Hardie, Holt, Francis, Bury und Stern zögerten, sich auf unsere Seite zu stellen, während der einige Schritte seitwärts stehende Hearne sich hütete, die Empörer etwa durch Winken zu ermutigen.

Wir konnten ihnen das Boot unmöglich überlassen, konnten nicht zugeben, daß sie es auf das Meer setzten, daß zehn bis zwölf sich darin einschifften und uns auf diesem Eisberg zurückließen. Doch wie von Schreckensfurien gepeitscht, ohne Vorstellung jeder Gefahr, taub gegen alle Drohungen, wollten sie sich des Bootes bemächtigen. Da krachte ein anderer, vom Hochbootsmann abgegebener Schuß, und einer der Matrosen stürzte, mit einer Kugel in der Brust, auf der Stelle tot nieder.

Plötzlich tauchte dicht vor dem Boot eine Gestalt auf. Peters war es, der sich von der anderen Seite herangeschlichen hatte. Der Mestize legte eine seiner gewaltigen Hände auf den Vordersteven und gab mit der anderen den Wütenden ein Zeichen, sich zu entfernen. Als einige Matrosen trotzdem näher herandrängten, sprang er auf sie zu, packte den einen am Leibgurt, hob ihn in die Höhe und warf ihn zehn Schritte weit zurück. Da der Ärmste sich nirgends festhalten konnte, wäre auch er ins Meer gestürzt, wenn ihn Hearne nicht in letzter Sekunde hätte noch halten können.

Nach diesem Eingreifen des Mestizen legte sich die Meuterei sofort. Übrigens waren auch wir nun dicht bis ans Boot gelangt, gleichzeitig mit unseren Leuten, deren Zögern nicht lange gedauert hatte. Immerhin waren die anderen uns an Zahl noch überlegen – dreizehn gegen zehn.

Der Kapitän zeigte sich ganz kaltblütig, ebenso der Leutnant. Zuerst versagte ihm freilich die Sprache, wenn auch seine Blicke erraten ließen, was nicht über seine Lippen kam. Endlich rief er mit lauter Stimme: »Ich sollte euch eigentlich als Verbrecher behandeln, will euch aber nur als Verführte und Verirrte betrachten! Das Boot gehört uns allen. Es bildet jetzt unser einziges Rettungsmittel, und ihr habt es rauben wollen! Achtet gut darauf, was ich jetzt zum letzten Mal wiederhole: dieses Boot der ›Halbrane‹ ist die ›Halbrane‹ selbst. Ich bin der Kapitän, und wehe dem, der mir nicht gehorcht!«

Bei den letzten Worten warf der Kapitän einen grimmigen Blick auf Hearne, der gewiß empfand, daß sie auch besonders auf ihn gemünzt waren. Er hatte sich übrigens an dem wüsten Auftritt gar nicht beteiligt. Trotzdem zweifelte niemand daran, daß er seine Kameraden aufgewiegelt hatte, sich des Bootes zu bemächtigen, und daß er stets bereit war, sie noch weiter aufzuhetzen.

»Ins Lager«, befahl der Kapitän, »und du, Peters, bleibst hier zurück!«

Der Mestize bewegte nur zustimmend seinen Kopf und nahm seinen Posten wieder ein. Die Mannschaft aber ging ohne weiteren Widerstand zum Zeltlager zurück. Die einen streckten sich auf ihren Lagerstätten aus, die anderen zerstreuten sich in der nächsten Umgebung der Zelte. Hearne machte keine Miene, sich ihnen beizugesellen.

Nachdem die Matrosen jetzt zur Untätigkeit verurteilt waren, mußten wir versuchen, uns über die verschlimmerte Lage klar zu werden. Der Kapitän, der Leutnant und der Hochbootsmann traten zu einer Beratung zusammen, und ich schloß mich ihnen an. Guy eröffnete die Verhandlung mit den Worten: »Wir haben unser Boot verteidigt und werden es auch weiter verteidigen!«

»Wer weiß«, sagte ich, »ob wir nicht bald gezwungen sein werden, uns darauf einzuschiffen.«

»Da wir aber nicht alle darin Platz finden«, meinte der Kapitän, »müßten wir eine Auswahl treffen. Das Los wird bestimmen, wer abfahren kann, und ich verlange dabei nicht anders behandelt zu werden als alle übrigen.«

»Ei, zum Kuckuck, soweit sind wir doch noch nicht«, platzte der Hochbootsmann heraus. »Der Eisberg sitzt fest, und es besteht keine Gefahr, daß er im Winter schmelzen könnte.«

»Nein«, bestätigte West, »das ist nicht zu befürchten. Es ist nur nötig, daß wir das Boot und die Nahrungsmittel überwachen.«

»Du hast recht, Jem!« fuhr der Kapitän fort. »Wir werden die Leute aber von einer Plünderung abzuhalten wissen. Nahrungsmittel haben wir für länger als ein Jahr, nicht gerechnet, was der Fischfang liefern wird.«

»Es erscheint aber notwendig, die Augen offenzuhalten«, fiel der Hochbootsmann ein, »denn ich habe schon einige gesehen, die um die Fässer mit Whisky und Gin herumschlichen.«

»Sollten wir aber auf dem Eisberg überwintern müssen . . .« erkundigte ich mich.

». . . dann würden wir uns schon einzurichten wissen«, meinte Hurliguerly. »Wir höhlen uns einen Unterschlupf im Eis aus, um gegen die strengste Polarkälte geschützt zu sein.«

Bevor wir uns aber mit der Zurüstung für ein sieben- bis achtmonatiges Winterlager beschäftigten, erschien es uns doch ratsamer, die Heimfahrt zu planen.

»Nur müßten wir gegen Wind und Strömung ankämpfen«, warf ich ein. »Das gelang schon kaum unserem Schiff. Würden wir dagegen in südlicher Richtung weiter vordringen . . .«

»In südlicher Richtung?« wiederholte der Kapitän und sah mich an, als wollte er im Grund meiner Seele lesen.

»Warum nicht?« erwiderte ich. »Wäre der Eisberg nicht auf seinem Weg aufgehalten worden, so triebe er vielleicht in dieser Himmelsrichtung. Sollte das dem Boot nicht gelingen?«

Der Kapitän schüttelte nur den Kopf und gab keine Antwort.

»Unser Eisberg wird doch auch noch einmal die Anker lichten«, fiel Hurliguerly ein. »Er ist ja nicht mit dem Untergrund verwachsen wie die Falklands oder die Kerguelen. Am sichersten ist es also, wenn wir warten, zumal das Boot doch nicht alle dreiundzwanzig Mann mit dem nötigen Proviant forttragen könnte.«

»Das wäre auch gar nicht nötig. Es genügt, wenn fünf bis sechs Mann auf Kundschaft, vielleicht ein Dutzend Seemeilen weit, hinausfahren und nach Süden steuern. Es ist Ihnen doch bekannt, Herr Kapitän, daß eine Landmasse die antarktischen Polargebiete bedecken muß.«

»Die Geographen wissen davon aber nichts, können nichts Bestimmtes wissen«, bemerkte der Leutnant frostig.

»Desto bedauernswerter ist es«, meinte ich, »daß wir nicht versuchen, diese Frage zu lösen, wenn wir der betreffenden Gegend schon so nahe sind.«

Eine Fahrt unseres Bootes bot allerdings auch gewisse Gefahren. Ob es die Strömung nun zu weit hinausführte oder ob es uns hier an der Stelle nicht wieder auffand. Wenn der Eisberg seinen unterbrochenen Weg fortsetzte, was sollte dann aus unseren Leuten werden? Leider war es eben viel zu klein, um alle mit dem nötigen Proviant aufnehmen zu können. Da höchstens elf bis zwölf Mann darin Platz fanden, hätten mindestens weitere elf, durch das Los bestimmt, auf dieser Eisinsel zurückbleiben müssen. Was aber hätte aus diesen Unglücklichen werden sollen?

Dazu machte Hurliguerly eine Bemerkung, die gewiß Beachtung verdiente: »Alles in allem weiß ich nicht, ob die Leute im Boot besser dran wären als die Zurückgebliebenen. Ich bezweifle das so sehr, daß ich meinen Platz im Boot gern jedem abtreten würde, der das wünschte!«

Vielleicht hatte der Hochbootsmann recht. Wenn ich für einen Einsatz des Bootes sprach, so wollte ich nur das Meer jenseits des Eisberges untersuchen lassen.

Inzwischen war die Zeit gekommen, in der wir unsere Zelte wieder aufsuchten. Nur Peters, der jede Ablösung verweigerte, blieb auf seinem Wachtposten zurück, und niemand fiel es ein, ihm diesen streitig zu machen. Auch ich kroch in mein Zelt und legt mich nieder.

Wie lange ich geschlafen habe, könnte ich nicht sagen, aber plötzlich wurde ich durch einen heftigen Stoß vom Lager geworfen und rollte auf den Boden. Was war geschehen? In wenigen Augenblicken standen alle draußen vor den Zelten. Ein anderer schwimmender Eisberg war an unsere Eisinsel gestoßen, die sich aus ihrer Lagerung gelöst hatte und aufs neue nach Süden abtrieb.

Sinnestäuschungen

Unsere Lage hatte sich überraschend verändert. Welche Folgen würde es haben, wenn wir nicht mehr an derselben Stelle liegenblieben? Nun entführte uns die Strömung wieder in die Richtung nach dem Pol. Auf die erste Regung der Freude folgte freilich schnell die Furcht vor dem Unbekannten. Nur Peters empfand eine ungetrübte Genugtuung darüber, wieder auf dem Weg zu sein, auf dem er die Spuren seines armen Pym zu entdecken hoffte. Was aber dachten die übrigen?

Der Kapitän hegte tatsächlich keine Hoffnung mehr, seine Landsleute erlösen zu können. Daß William Guy mit seinen fünf Matrosen die Insel Tsalal vor weniger als acht Monaten verlassen hatte, darüber bestand kein Zweifel, doch wohin waren sie gegangen? In fünfundreißig Tagen hatten wir eine Strecke von etwa vierhundert Seemeilen zurückgelegt, ohne das Geringste zu entdecken. Selbst wenn sie das polare Festland erreicht hatten, so wußten wir doch nicht, auf welchem Teil wir nach ihnen forschen sollten. Flutete aber ein Meer über der Erdachse, dann mochten die Überlebenden der »Jane« jetzt wohl schon von den Tiefen verschlungen sein, die sich bald wieder mit einem Eispanzer bedecken würden.

Mit dem Erlöschen jeder Hoffnung hätte es der Kapitän denn auch für seine Pflicht angesehen, die Mannschaft nach

Norden zurückzuführen, um über den Polarkreis hinauszugelangen, solange die Jahreszeit es erlaubte. Jetzt aber wurden wir nach Süden hinuntergetragen. Infolge des Zusammenstoßes, der unseren Eisberg wieder flottgemacht hatte, waren eine Menge Gegenstände ins Meer geschleudert worden, darunter die Böller der »Halbrane«, ihre Anker, Ketten und ein Teil der Masten und Rahen. Dank der Maßregel, die eigentliche Ladung geschützt unterzubringen, waren die Verluste unbedeutend. Was aber wäre aus uns geworden, hätte der Anprall alle unsere Vorräte vernichtet?

Eine Beobachtung im Laufe des Morgens lehrte den Kapitän, daß unser Eisberg nach Südosten abtrieb. In der Richtung der Strömung war also gar keine Veränderung eingetreten. Die anderen treibenden Massen hatten eben auch dieselbe Zugrichtung beibehalten, und eine davon war an die Ostseite unseres Eisberges angestoßen. Jetzt bildeten die beiden Eisberge einen einzigen, der sich mit der Geschwindigkeit von zwei Seemeilen in der Stunde fortbewegte.

Wir beachteten besonders, daß die Strömung, die vom Packeis an das Wasser des freien Meeres nach dem Südpol hintrieb, unverändert blieb. Gab es ein großes Antarktisches Festland, so mußten wir dieses entweder umkreisen, oder das Land bot, durch eine breite Meeresstraße in zwei gleiche Teile geschieden, hinreichenden Durchzugsraum für die Wassermassen und auch für die Eisberge, die sie auf ihrer Oberfläche trugen. Meiner Ansicht nach mußten wir darüber bald Klarheit erlangen. Bei der Geschwindigkeit unserer Fortbewegung genügten ja dreißig Stunden, um jenen Punkt der Erdkugel zu erreichen, an dem die Meridiane zusammenliefen.

Ob die Strömung freilich bis über den Pol hinausging, ob dort ein Land lag, das wir »anlaufen« konnten, war eine andere Frage. Bei einem Gespräch, das ich mit dem Hochbootsmann führte, äußerte dieser: »Ja, was zerbrechen Sie sich denn den Kopf darum, Herr Jeorling? Reicht die Strömung bis über den Pol hinaus, dann gehen wir mit, wenn nicht, na, dann eben nicht. Eine Eisscholle ist ja kein Schiff, und da sie weder Segel noch Steuerruder hat, treibt sie eben dahin wie die Strömung selbst.«

»Das gebe ich gerne zu. Deshalb kam mir aber eben der Gedanke, daß sich zwei oder drei auf dem Boot einschiffen könnten . . .«

»Immer noch derselbe Gedanke! Sie erwarten alles von dem Boot!«

»Gewiß, denn wenn es irgendwo ein Land gibt, wäre es dann nicht möglich, daß die Leute von der ›Jane‹ . . .«

»Das angelaufen hätten? Vierhundert Meilen von der Insel Tsalal?«

»Wer kann das wissen, Hochbootsmann?«

»Zugegeben, doch erlauben Sie mir die Bemerkung, daß solche Überlegungen erst angebracht sind, wenn sich ein Land zeigt. Unser Kapitän wird dann schon sehen, was sich mit Rücksicht auf die Zeit, die uns nun drängt, noch tun läßt. Aufhalten dürfen wir uns in diesen Gegenden nicht, und da uns der Eisberg schwerlich nach der Seite der Falklands oder der Kerguelen tragen wird, was tut's, wenn wir auf einer anderen Seite herauskommen? Das wichtigste ist doch, den Polarkreis überschritten zu haben, ehe der Winter ihn absperrt.«

Ich muß zugestehen, daß der gesunde Menschenverstand Hurliguerly diese Worte eingab. Während alle nötigen Vorbereitungen entsprechend den Befehlen des Kapitäns in Angriff genommen und vom Leutnant überwacht wurden, bestieg ich wiederholt den Gipfel unseres Eisberges. Dort, auf der höchsten Spitze sitzend und das Fernrohr in der Hand, beobachtete ich unablässig den Horizont. Von Zeit zu Zeit wurde seine Kreislinie durch einen vorübertreibenden Eisberg unterbrochen und durch wallende Nebelmassen verhüllt. Von meinem Platz schätzte ich die Sichtweite auf mehr als zwölf Seemeilen. Bis jetzt hatte sich keine Landlinie am Horizont gezeigt. Zweimal erklomm auch der Kapitän diese Höhe, um ein Besteck zu machen. Das Ergebnis seiner Beobachtungen an diesem Tage war:

Westliche Länge: 67 Grad 19 Minuten

Südliche Breite: 89 Grad 21 Minuten.

Daraus ließ sich ein zweifacher Schluß ableiten: Der erste, daß die Strömung uns seit der letzten Längenaufnahme etwa um vierundzwanzig Grad nach Südosten verschlagen hatte. Der zweite, daß der Eisberg sich nicht mehr als vierzig Seemeilen vom Südpol entfernt befand.

Im Laufe dieses Tages wurde der größte Teil der Ladung ins Innere einer großen Eishöhle geschafft, die der Hochbootsmann an der Ostseite des Eisberges entdeckt hatte und wo auch im Falle eines neuen Zusammenstoßes Kisten und Fässer in Sicherheit waren. Dann halfen unsere Leute Endicott, den Kochofen zwischen zwei Blöcken so aufzustellen, daß er sicher festgehalten wurde, und sie schafften auch mehrere Tonnen Kohle heran. Diese Arbeiten vollzogen sich ohne Widerspruch und Murren.

Die Mannschaft bewahrte offenbar absichtlich Stillschweigen. Wenn sie dem Kapitän und dem Leutnant jetzt gehorchte, geschah es, weil ihr nichts zugemutet wurde, was nicht notwendig und ohne Verzug auszuführen war. Doch würden die Leute mit der Zeit nicht wieder entmutigt werden? Wenn die Autorität ihrer Vorgesetzten jetzt noch geachtet wurde, würde das nach einigen Tagen auch noch der Fall sein? Wir konnten wohl auf den Hochbootsmann, auf den Maat Hardie, vielleicht auf Holt, vielleicht auch noch auf zwei oder drei der alten Leute sicher rechnen; doch ob die anderen, die kein Ende dieser unglücklichen Reise sahen, wohl dem Verlangen widerstehen würden, sich des Bootes zu bemächtigen und damit zu entfliehen, wer konnte das wissen?

Meiner Ansicht nach war nichts zu befürchten, solange der Eisberg noch weitertrieb, denn das Boot hätte ihn an Geschwindigkeit nicht übertreffen können. Strandete er aber ein zweites Mal, stieß er an das Ufer eines Festlands oder einer Insel, was würden die Unglücklichen dann nicht wagen, um den Schrecken einer Überwinterung zu entgehen? Am Abend wurden die gewohnten Vorsichtsmaßregeln getroffen. Niemand durfte außerhalb der Zelte bleiben, mit Ausnahme des Mestizen, dem die Bewachung des Bootes anvertraut blieb.

Ich war geistig und körperlich so ermüdet, daß ich neben dem Kapitän gleich in Schlaf verfiel, während der Leutnant draußen wachte.

Am nächsten Tag, dem 31. Januar, schlug ich den Leinenvorhang unseres Zeltes auseinander. Welche Enttäuschung! Überall Nebelmassen, nicht solche, die sich bei den ersten Sonnenstrahlen auflösen und im leisen Windhauch verschwinden, nein, ein gelblicher, fast schimmlig riechender Dunst. Gleichzeitig beobachteten wir eine empfindliche Abnahme der Luftwärme, vielleicht ein Vorbote des südlichen Winters. Vom verdüsterten Himmel rieselten große Dunstbläschen nieder, unter denen der Gipfel unseres Eisberges sich verlor. Es war aber ein Nebel, der sich nicht zu Regen wandeln sollte, eine Art Wattehülle, die den ganzen Horizont bedeckte.

»Ein verteufeltes Pech«, sagte der Hochbootsmann zu mir, »denn wenn wir auch nahe an einem Land vorüberkämen, könnten wir es nicht einmal sehen!«

»Und wie steht es mit der Trift?« fragte ich.

»Das geht noch schneller als gestern. Der Kapitän hat eine Art Lot auswerfen lassen und schätzt die Geschwindigkeit auf etwa drei bis vier Meilen.«

»Und was schließen Sie daraus?«

»Ich glaube, das Meer muß sich irgendwie eingeengt haben, da die Strömung so an Kraft zunimmt. Mich sollte es gar nicht wundern, wenn wir auf Back- und auch auf Steuerbord Land in zehn bis zwölf Meilen Entfernung hätten.«

»So durchschnitte also eine breite Wasserstraße das Antarktische Festland?«

»Ja, wenigstens unser Kapitän ist dieser Ansicht.«

»Und trotzdem will er keinen Versuch unternehmen, das eine oder andere Ufer dieser Meerenge anlaufen zu lassen?«

»Ja, wie denn?«

»Nun, mit einem Boot.«

»Das Boot aufs Spiel setzen, hier bei diesem Nebel!« rief der Hochbootsmann, die Arme kreuzend. »Denken Sie wirklich daran, Herr Jeorling? Können wir den Anker werfen, um es zurückzuerwarten? Nein! Wir hätten nur die erste Aussicht, es nie wiederzusehen. Oh, wenn wir jetzt die ›Halbrane‹ noch hätten!«

Trotz der Schwierigkeiten, die der Aufstieg durch den dichten Nebel bereitete, erklomm ich doch den Gipfel des Eisberges, da sich der Dunst ja zufällig lichten konnte. Ich wartete oben, geschüttelt vom kalten Nordostwind, daß der Nebelschleier vielleicht einmal zerreißen würde. Leider wälzten sich, getrieben von der starken Luftströmung über dem offenen Meer, immer neue Dunstmassen heran. Unter der doppelten Wirkung der Luft- und Wasserströmung trieben wir mit zunehmender Schnelligkeit weiter, und ich fühlte, daß der Eisberg erzitterte.

Da bemächtigte sich auch meiner eine Art Sinnestäuschung, die gewiß auch den Geist Pyms getrübt hatte. Es schien mir, als vereinige ich mich mit seiner außergewöhnlichen Persönlichkeit, und ich glaubte schließlich wirklich zu sehen, was er gesehen haben wollte. Dieser dichte Nebel war der berüchtigte Dunstvorhang Pyms. Ich suchte darin die Flammengarben leuchtender Streifen, die am Himmel von Osten bis Westen aufflackerten. Ich suchte darin den überirdischen Glutschein seines Gipfels! Ich suchte das Lichtzucken im Luftraum ebenso wie das vom leuchtenden ozeanischen Grund erhellte Wasser! Ich suchte auch den weißen Riesen, den Riesen des Pols! Endlich kehrte mir das klare Bewußtsein zurück. Die visionäre Erregung, die bis zum äußersten getriebene Sinnesverwirrung verschwand allmählich, und ich stieg wieder zum Lagerplatz hinunter. Der ganze Tag verlief unter den gleichen Verhältnissen. Kein einziges Mal erhob sich der Vorhang vor unseren Augen, und wenn der Eisberg, der seit gestern wenigstens vierzig Seemeilen weitergetrieben war, dabei den Pol überquert hatte, so sollten wir das jedenfalls niemals wissen!

Inmitten des Nebels

»Nun, Herr Joerling«, begann der Hochbootsmann, als wir uns am anderen Tag trafen, »jetzt können wir uns Trauerkleidung machen lassen!«

»Trauerkleidung? Woraus denn?«

»Aus dem Südpol, dessen Spitze wir nicht einmal gesehen haben.«

»Ja, und der jetzt einige zwanzig Seemeilen hinter uns liegen mag!«

Da der Nebel sich auch am 2., 3. und 4. Februar nicht lichtete, war es schwierig, die Lageveränderung unseres Eisberges abzuschätzen. Der Kapitän und West glaubten, daß wir zweihundert Seemeilen zurückgelegt hatten. Die Strömung schien sich weder in der Schnelligkeit noch in der Richtung verändert zu haben. Da wir durch einen Meeresarm zwischen den zwei Hälften des vermuteten Festlandes dahinglitten, erschien das nicht zweifelhaft. Ich bedauerte es lebhaft, nicht die eine oder die andere Küste dieses Sundes betreten zu haben, dessen Oberfläche bald im bevorstehenden Winter erstarren sollte.

Bei einem Gespräch mit dem Kapitän gab mir dieser darauf die logisch einzig richtige Antwort: »Ich bitte Sie, wir sind ja ganz machtlos! Hier ist nichts zu tun. Ich weiß nicht mehr, wo wir sind. Es ist ganz unmöglich, ein Besteck zu machen, und das gerade jetzt, wo die Sonne bald für lange Monate verschwinden wird!«

»Ich komme immer wieder auf das Boot zurück«, erklärte ich.

»Sollte man nicht mit ihm auf Entdeckung ausziehen können?«

»Was denken Sie! Das wäre eine Unbesonnenheit, die ich nicht begehen würde und die mich die Mannschaft gar nicht begehen ließe!«

Ich war nahe daran auszurufen: »Und wenn nun Ihr Bruder, wenn sich Ihre Landsleute in dieses Gebiet geflüchtet hätten?«

Ich bezwang mich aber. Was konnte es nützen, den Schmerz

unseres Kapitäns wieder zu erneuern? An jene Möglichkeit hatte er gewiß auch gedacht, und wenn er auf weitere Nachforschungen verzichtete, so mußte er wohl auch von der Nutzlosigkeit eines letzten Versuchs überzeugt sein. Übrigens leitete ihn – und das eröffnete noch einen leichten Hoffnungsschimmer – vielleicht folgender Gedankengang, der nicht unberechtigt schien: William Guy und seine Begleiter hatten die Insel Tsalal gleich mit Anfang des Sommers verlassen. Vor ihnen lag das eisfreie Meer, das sie auf der gleichen südöstlichen Strömung, die uns auf dem Eisberg forttrug, passiert haben mochten. Außer der Strömung mußten sie, ebenso wie wir, von der stetigen Brise aus Nordost begünstigt worden sein. Das erlaubte den Schluß, daß ihr Boot, wenn es nicht auf dem Meer verunglückt war, eine Richtung gleich der unsrigen eingehalten hatte und durch die Wasserstraße ebenfalls nach der Gegend, in der wir uns nun befanden, gelangt sein mochte. Warum sollte man unter diesen Umständen nicht vermuten, daß sie uns mehrere Monate voraus waren und bei der Weiterfahrt nach Norden über das freie Meer hinweg und durch die Packeiswand hindurch den Polarkreis überschritten hatten?

Angenommen, unser Kapitän klammerte sich an ähnliche Vermutungen, die, wie ich zugab, viele gute Aussichten eröffneten, so sprach er darüber kein Wort. Vielleicht fürchtete er, daß ihm jemand die schwachen Seiten seiner Gedanken vorhielt.

Eines Tages sprach ich in diesem Sinne mit dem Leutnant. Dieser nüchterne Mann wollte sich meiner Ansicht nicht fügen. Als ich mich aber mit dem Hochbootsmann unterhielt, meinte er: »Nun, Sie wissen ja, es geschieht wohl mancherlei. Alles ist möglich. Wenigstens tröstet man sich gern damit. Doch daß der Kapitän William Guy und seine Leute zur Stunde irgendwo in der Alten oder Neuen Welt vor einem Glas Branntwein oder Whisky in einem gemütlichen Gasthaus sitzen sollen . . . Nein – das ist einfach unmöglich.«

An den drei Nebeltagen hatte ich Peters nicht gesehen, oder er hatte zumindst nicht versucht, sich mir zu nähern, sondern nahm hartnäckig seinen Posten neben dem Boot ein. Er hielt sich auch noch mehr abgesondert als früher, schlief einige Stunden, wenn alle wach waren, und wachte, wenn alle schliefen.

Ich kann gar nicht beschreiben, wie traurig, einförmig und endlos uns die Stunden während dieses Nebels erschienen, dessen dichten Vorhang nicht einmal der Wind zerreißen konnte. Selbst bei peinlichster Aufmerksamkeit ließ sich niemals erkennen, welchen Stand die Sonne am Horizont einnahm. Die Lage des Eisberges, der geographischen Länge und Breite nach, konnte also nicht festgestellt werden. Daß er nach Überschreiten des Pols nach Südosten, d. h. jetzt vielmehr nach Nordwesten, weitertrieb, war zwar wahrscheinlich, doch nicht sicher. Da er bei der Strömung die gleiche Geschwindigkeit behielt, wie hätte der Kapitän den zurückgelegten Weg bestimmen können, solange ihm alle Vergleichspunkte dafür fehlten? Selbst wenn er jetzt ganz still lag, wäre uns das kaum besonders aufgefallen, denn der Wind hatte sich gelegt, wie wir wenigstens annahmen, da wir keine Luftbewegung zu fühlen vermochten. Nur das in dieser watteähnlichen Atmosphäre schwache Gekreisch von Vögeln unterbrach die Grabesstille, die sonst um uns herrschte. Sturmvögel und Albatrosse schwebten dann und wann über den Gipfel hin, wo ich mich oft aufhielt. Ich konnte aber nicht entscheiden, ob die fliehenden Tiere vielleicht von dem herannahenden Südpolarwinter schon nach den Grenzen dieser Zone vertrieben wurden.

Eines Tages wurde der Hochbootsmann, der ebenfalls den Gipfel erklettert hatte, um selbst Ausschau zu halten, von einem mächtigen Sturmvogel mit etwa drei Meter Flügelspannweite so heftig gegen die Brust gestoßen, daß er nach rückwärts umfiel.

»Verteufelte Bestie!« sagte er, wieder am Lagerplatz angelangt. »Da bin ich gerade noch mit einem blauen Auge davongekommen! Ein Stoß, paff! Ich klammerte mich an, so gut es ging, sah aber doch kommen, daß ich allen Halt verlieren würde. Auf schiefen Eisflächen, das wissen Sie, da gleitet man so leicht hin wie das Wasser durch die Finger. Ich habe dem Vogel auch zugerufen: Du Tölpel, kannst du dich denn nicht vorsehen? Und das verdammte Tier hat sich nicht einmal entschuldigt!«

Tatsächlich war der Hochbootsmann nahe daran gewesen, den Block bis ins Meer hinunterzukollern.

Am Nachmittag dieses Tages zerriß uns ein furchtbares Blöken, das von unten heraufdrang, fast die Ohren. Hurliguerly bemerkte sogleich, daß da unten zahlreiche Pinguine sitzen müßten. Bisher hatten sich diese zahllosen Bewohner der hohen Breiten noch nicht auf unserer schwimmenden Insel gezeigt. Jetzt aber gab es keinen Zweifel, daß sie sich zu Hunderten oder Tausenden eingefunden hatten, denn das schreckliche Konzert zeugte durch die Zunahme an Tonstärke für die Anzahl der Mitwirkenden. Diese Vögel bewohnen mit Vorliebe entweder die Strandflächen von Inseln und Ländern der hohen Breiten oder die Eisfelder in deren Nähe. Ihre Anwesenheit deutete vielleicht auf die Nachbarschaft eines Landes hin.

Ich weiß, wir befanden uns in der Gemütsverfassung, in der man sich an den geringsten Hoffnungsstrahl hält, wie der Ertrinkende sich an jedes Brett anklammert. Doch wie häufig versinkt oder zerbricht dieses Brett, gerade wenn er es fassen will! Harrte unser nicht ein gleiches Geschick?

Ich fragte den Kapitän, wie er die Anwesenheit der Vögel beurteile.

»Seitdem wir wegtreiben, hat noch keiner auf dem Eisberg Zuflucht gesucht. Jetzt aber sind sie in Massen da, wenn man das nach ihrem betäubenden Geschrei beurteilen kann. Es ist gar nicht zu bezweifeln, daß sie von einem Land gekommen sind, in dessen Nähe wir uns befinden müssen. Mir ist dabei etwas anderes aufgefallen, das Ihnen entgangen zu sein scheint.«

»Und das wäre?«

»Diese seltsam klagenden Laute, die sich mit dem Geschrei der Pinguine mischen. Horchen Sie nur genau hin, Sie werden sie gleich selbst hören!«

Ich lauschte, und wirklich, das Orchester war voller besetzt, als ich vermutet hatte.

»Ja, wahrhaftig«, sagte ich, »ich unterscheide jetzt auch diese Klagelaute. Danach wären also auch Seehunde oder Walrosse mit da unten.«

»Ohne Zweifel. Und ich schließe daraus, daß diese Tiere, die seit unserer Abfahrt von der Insel Tsalal so selten auftauchten, in der Gegend heimisch sind, nach der uns die Strömung geführt hat. Leider hindert uns der Nebel, den Fuß des Eisberges hinunterzusteigen.«

»Warum sollten wir den Abstieg nicht versuchen?«

»Nein, Herr Jeorling, das hieße sich unnötig Gefahren aussetzen. Ich werde niemandem gestatten, den Lagerplatz zu verlassen. Befindet sich Land in der Nähe, so wird unser Eisberg allein daran anlaufen.«

»Wenn das aber nicht geschieht?« warf ich ein.

»Wenn es nicht geschieht, könnten wir es dann tun?«

Das Boot, dachte ich, man sollte doch das Boot ausnützen. Der Kapitän wollte aber warten, vielleicht war das unter unseren Verhältnissen wirklich das Klügste!

Im Laufe des Abends verdichtete sich der Nebel immer mehr. Von fünf Uhr ab wurde es ganz unmöglich, auf dem Platz, wo die Zelte standen, nur einige Schritte weit etwas zu unterscheiden. Man mußte sich gegenseitig mit der Hand berühren, um zu wissen wo der andere stand. Eine brennende Laterne verriet sich nur in der Nähe durch einen dunkelroten Schimmer, leuchtete aber gar nicht. Selbst Worte drangen kaum zu unserem Ohr, nur die Pinguine kreischten laut genug, um sie zu vernehmen.

Ich muß hier bemerken, daß der Nebel nicht mit dem früher beobachteten Rauhfrost zu verwechseln war. Dieser setzt eine höhere Lufttemperatur voraus, zeigt sich gewöhnlich nur dicht über der Meeresfläche und steigt unter dem Einfluß einer steifen Brise höchstens auf etwa 30 Meter in die Höhe, der Nebel reichte dagegen viel weiter hinauf. Gegen acht Uhr abends waren die halbkondensierten Dunstmassen so fest, daß sie beim Gehen ein fühlbares Hindernis bildeten. Es sah aus, als habe sich die Zusammensetzung der Luft geändert. Dabei war es unmöglich zu erkennen, ob der Nebel irgendwelche Wirkung auf den Kompaß ausübte.

Um neun Uhr war die ganze Umgebung in tiefste Finsternis versunken, obgleich die Sonne zu dieser Jahreszeit noch nicht unter den Horizont hinunterging.

Der Kapitän, der sich überzeugen wollte, ob alle Leute nach dem Lager zurückgekehrt waren, ließ zum Sammeln rufen. Jeder, der auf seinen Namensaufruf geantwortet hatte, mußte in die Zelte gehen, wo die nebelumwallten Schiffslaternen sehr wenig oder gar kein Licht verbreiteten. Als der Hochbootsmann aber mehrmals mit lauter Stimme den Namen des Mestizen gerufen hatte, erschien dieser nicht. War er beim Boot zurückgeblieben, so erschien das zumindest überflüssig, denn bei diesem Nebel dachte gewiß niemand an eine Entführung.

»Hat jemand Peters gesehen?« erkundigte sich der Kapitän.

»Niemand«, antwortete der Hochbootsmann.

»Sollte ihm ein Unglück zugestoßen sein?«

»Beunruhigen Sie sich nicht!« meinte der Hochbootsmann. »Hier ist Peters in seinem Element. Er hat sich schon einmal aus schlimmster Lage gezogen, das wird ihm auch ein zweites Mal gelingen.«

Obwohl Petes trotz der Rufe des Hochbootsmannes hartnäkkig keine Antwort gab, war es zunächst doch unmöglich, nach ihm zu suchen. Ich bin überzeugt, daß in dieser Nacht niemand schlafen konnte. Man erstickte fast unter dem Zeltdach, da es an dem nötigen Sauerstoff mangelte. Darüber hinaus hatten alle mehr oder weniger einen seltsamen Eindruck, ein wunderliches Vorgefühl, daß unsere Lage sich bald zum Besseren oder zum Schlechteren wenden müsse, wenn sie überhaupt noch schlechter werden konnte.

Die Nacht verlief ohne Störung, und um sechs Uhr früh beeilte sich jeder, draußen etwas bessere Luft einzuatmen. Die meteorologischen Verhältnisse glichen immer noch denen des Vortages, noch immer herrschte der außerordentlich dichte

Nebel. Das Barometer war zwar gestiegen, doch zu schnell, als daß man daraus auf eine dauernde Besserung des Wetters hätte schließen können. Die Quecksilbersäule stand auf 767 Millimeter, der höchste Stand, den sie seit der Einfahrt der »Halbrane« über den Polarkreis je eingenommen hatte. Auch andere beachtenswerte Zeichen machten sich bemerkbar. Der zunächst auffrischende Wind – ein Südwind, seit wir über den Südpol hinausgekommen waren – verwandelte sich bald zur steifen Brise. Seit sich die Atmosphäre wieder mehr bewegte, hörte man auch alle Geräusche leichter.

Um neun Uhr verschwand plötzlich die Nebelkappe. In wenigen Augenblicken war der Himmel bis zur letzten Grenze des Horizonts klar geworden, und das Meer erglänzte unter den schrägen Strahlen der Sonne, die nur um wenige Bogengrade über ihm stand. Eine schäumende Brandung brodelte am Fuße unseres Eisberges, und dieser trieb mit einer Menge schwimmender Berge unter der Doppelwirkung der Strömung und des Windes in ostnordöstlicher Richtung dahin.

»Land! Land!«

Dieser Ruf erschallte vom Gipfel der beweglichen Insel, und unseren Blicken zeigte sich Peters, der auf dem höchsten Block stand und mit der Hand nach Norden wies. Der Mestize täuschte sich nicht. Diesmal war es Land, ein Land, das auf drei bis vier Seemeilen Länge seine entfernten, schwärzlich erscheinenden Höhen erkennen ließ. Als nach doppelter Beobachtung, um zehn Uhr und zu Mittag, ein Besteck gemacht worden war, ergab es:

Südliche Breite: 86 Grad 12 Minuten,

Östliche Länge: 114 Grad 17 Minuten.

Der Eisberg befand sich nahezu 4 Grad jenseits des Südpols, und aus der westlichen Länge, unter der wir früher dem Kurs der »Jane« folgten, waren wir jetzt in die Grade östlicher Länge gekommen.

Die Lager

Kurz nach Mittag lag das Land nur noch eine Seemeile von uns entfernt. Die Frage war nur, ob die Strömung uns auch hinführen würde. Ich muß gestehen, daß mir die Entscheidung schwer geworden wäre, wenn wir die Wahl gehabt hätten, diese Küste anzulaufen oder unseren Weg fortzusetzen. Ich sprach darüber mit dem Kapitän und dem Leutnant, als der letztere mir ins Wort fiel und sagte: »Ich bitte Sie, Herr Jeorling, wozu kann die Erörterung dieser Frage nützen?«

»Gewiß, da wir in der Sache gar nichts tun können«, setzte der Kapitän hinzu. »Möglicherweise stößt der Eisberg an diese Küste, möglicherweise bleibt er aber auch in der Strömung.«

»Das bestreite ich natürlich nicht«, erwiderte ich, »meine Frage bleibt deswegen aber doch bestehen. Bietet es uns mehr Vorteil, an Land zu gehen oder hierzubleiben?«

»Hier auszuhalten!« erklärte West mit Bestimmtheit.

Hätte das Boot uns alle mit dem nötigen Proviant für eine fünf- bis sechswöchige Fahrt aufnehmen können, so hätten wir diese Möglichkeit ohne Zögern ergriffen, um mit dem Südwind im Rücken über das offene Meer hinauf nach Norden zu fahren. Da es jedoch höchstens elf bis zwölf Mann tragen konnte, hätten wir auslosen müssen. Die Zurückgebliebenen wären so gut wie verurteilt gewesen, durch Kälte in einem Land umzukommen, in dem ein überaus strenger Winter seine Herrschaft bald antreten mußte.

Trieb der Eisberg dagegen in der bisherigen Richtung weiter, so legten wir einen großen Teil unseres Weges unter recht annehmbaren Bedingungen zurück. Unser Fahrzeug aus Eis konnte freilich auch verlorengehen, konnte von neuem stranden, selbst noch einmal umstürzen oder in eine Gegenströmung geraten, die es auf seinem Weg wieder rückwärts trieb; während das Boot, gegen den Wind anlaufend, wenn dieser ungünstig wurde, uns hätte bis ans Ziel bringen können, vorausgesetzt, daß es von schweren Stürmen verschont blieb und die Packeiswand ihm die Durchfahrt gestattete.

Nach dem Essen kletterte auch die übrige Mannschaft auf den Gipfel des Eisberges, wo Peters noch immer stand. Bei unserer Annäherung stieg der Mestize an der anderen Seite des Abhangs hinab, und als ich oben ankam, konnte ich ihn nicht mehr erblicken. Wir waren jetzt also alle hier vereinigt, außer Endicott, der seinen Kochofen nicht gern verließ.

Das im Norden sichtbare Land zeigte, ein Zehntel des Horizonts einnehmend, ein Ufer mit flachem Strand, mehrfachen Einschnitten und hervortretenden Spitzen, während sich weiter nach rückwärts hohe, ziemlich entfernte Hügel vom Himmelsgrund deutlich abhoben. Vor uns lag also ein Festland oder wenigstens eine recht ausgedehnte Insel.

Nach Osten hin dehnte sich das Land über Sichtweite aus, und es schien mir nicht so, als ob seine äußerste Grenze nach dieser Seite hin läge. Im Westen bildete ein spitzes Kap, überragt von einem Hügel, dessen Umrisse einem ungeheuren Robbenkopf ähnelten, den sichtbaren Abschluß. Gewiß dachten jetzt alle von uns über die augenblickliche Lage nach. Von der Strömung allein hing es ab, ob wir dieses Land anliefen. Entweder führte sie den Eisberg nach einer Brandung, die ihn an der Küste festhielt, oder sie trug ihn nach Norden weiter.

Der Kapitän, der Leutnant, der Hochbootsmann und ich standen wieder im Gespräch beieinander, während die Matrosen in kleinen Gruppen ihre Ansichten über die Lage austauschten. Schließlich bemerkten wir, daß uns die Strömung nach dem Nordosten des Landes hinführte.

»Wenn das Land auch im Sommer bewohnbar sein mag«, sagte der Kapitän, »so scheint es doch keine seßhaften Bewohner zu haben, da wir keinen Menschen am Ufer sehen.«

»Vergessen Sie nicht, Kapitän, daß der Eisberg natürlich die Aufmerksamkeit nicht so erregt, wie es unser Schiff getan hätte.«

»Sie müssen aber zugeben, Herr Jeorling, daß dieses Land nicht der Insel Tsalal gleicht. Dort zeigten sich grünende Hügel, dichte Wälder, blühende Bäume und ausgedehnte Weideflächen. Hier aber erkennt man, daß alles verlassen und unfruchtbar ist.«

»Das bestreite ich nicht, muß aber doch fragen, ob man nicht einmal ans Ufer gehen sollte?«

»Etwa mit dem Boot?«

»Ja, mit dem Boot, wenn die Strömung unseren Eisberg wegführen sollte.«

»Wir haben keine Stunde zu verlieren, Herr Jeorling. Einige Tage Verzögerung könnten uns zu einer grausamen Überwindung zwingen, wenn wir zu spät kämen, um die noch offenen Stellen des Packeises zu passieren.«

»Und da es noch sehr fern von uns liegt, haben wir jetzt keinen Vorsprung«, bemerkte West.

»Das gebe ich zu«, erwiderte ich. »Trotzdem sollten wir uns von diesem Land nicht wieder entfernen, ohne uns überzeugt zu haben, ob noch Spuren eines Lagers vorhanden sind. Wenn Ihr Bruder und seine Gefährten . . .«

Der Kapitän schüttelte verneinend den Kopf. Das Bild dieser öden, dürren Küste, ihre weiten unfruchtbaren Ebenen, ihre nackten Hügel und das von einem Kranz schwärzlicher Felsmassen eingerahmte Ufer waren nicht dazu angetan, ihm Hoffnung einzuflößen. Wie hätten die Schiffbrüchigen hier auch nur einige Monate lang leben können? Übrigens hatten wir die britische Flagge gehißt, die auf dem Gipfel des Eisberges im Wind flatterte. William Guy würde sie erkannt haben und wäre gewiß sofort ans Ufer geeilt. Doch niemand zeigte sich. Da sagte plötzlich der Leutnant: »Etwas Geduld, ehe wir einen Entschluß fassen! Vor Ablauf einer Stunde werden wir über diese Frage klar sein. Unsere Fortbewegung scheint sich zu verlangsamen, und möglicherweise treibt uns ein Wirbel schräg gegen die Küste.«

West täuschte sich nicht. Der Eisberg schien aus seiner bisherigen Richtung gedrängt zu werden und bewegte sich in einer Spirale auf das Ufer zu. Je näher wir herankamen, desto deutlicher trat die ganze Trostlosigkeit dieses Landes zutage, die Aussicht, hier eine sechsmonatige Überwinterung durchzustehen, hätte auch das Herz der Entschlossensten mit Grauen erfüllt.

Gegen fünf Uhr nachmittags schob sich der Eisberg in einen tiefen Einschnitt der Küste, gegen die er sich bald fest anlehnte.

»Ans Land! Ans Land!« riefen alle. Schon kletterten die Matrosen den Abhang des Eisberges hinunter, als West kommandierte: »Halt! Erst den Befehl abwarten!«

Ich bemerkte ein kurzes Zögern bei Hearne und mehreren seiner Kameraden. Dann gewann aber doch die Disziplin wieder die Oberhand, und schließlich sammelten sich alle um den Kapitän. Da der Eisberg jetzt am Ufer lag, benötigten wir das Boot nicht mehr. Der Kapitän, der Hochbootsmann und ich gingen den anderen voraus. Wir verließen zuerst den Lagerplatz und betraten dann dieses neue Land. Sein vulkanischer Boden war bestreut mit Geröll, mit Bruchstücken von Lava, Obsidian, Bimssteinen und Schlacken. Jenseits des sandigen Strandes stieg der Boden allmählich zu den rauhen Hügeln hinan, die den Hintergrund abschlossen. Wir beschlossen, einen zu besteigen, denn von seinem Gipfel mußte sich nach allen Seiten ein weiter Ausblick über Land und Meer bieten.

Zwanzig Minuten lang gingen wir über den rauhen Boden, der keine Spur eines Pflanzenwuchses zeigte. Überall Felsgebiete vulkanischen Ursprungs, verhärtete Lava, in Staub zerfallene Schlacken und graue Aschenreste, doch nicht einmal so viel Humus, wie die anspruchslosesten wilden Gewächse nötig gehabt hätten.

Nicht ohne Schwierigkeiten und Gefahren gelang es uns, den Hügel zu erklimmen, von dessen Gipfel aus sich folgender Anblick bot: Im Hintergrund lag das offene Meer, bedeckt mit zahlreichen schwimmenden Eisbergen, von denen einige dem Ufer entgegengetrieben wurden. Nach Westen hin zeigte sich ein wellenförmiges Land, dessen Ende man doch nicht sehen konnte. Ob wir auf einer großen Insel oder auf dem Antarktischen Festland waren, ließ sich vorläufig nicht entscheiden. Auf der Ostseite glaubte der Kapitän mit Hilfe des Fernrohrs einige unbestimmte Linien zu erkennen, die durch den leichten Dunst über dem Wasser schimmerten.

»Da, sehen Sie selbst!« sagte er.

Der Hochbootsmann und ich nahmen nacheinander das Instrument und blickten aufmerksam hinaus.

»Mir sieht es so aus«, sagte Hurliguerly, »als zeige sich da drüben eine Küste.«

»Das ist auch meine Ansicht«, bestätigte ich.

»Danach hätte uns die Strömung also durch eine Meerenge getrieben«, bemerkte der Kapitän. »Es besteht kaum ein Zweifel, daß dieser Sund das polare Festland in zwei Teile trennt.«

»Ach, wenn wir jetzt unsere ›Halbrane‹ hätten!« rief Hurliguerly.

Ja, an Bord des Schiffes, selbst auf dem Eisberg, der jetzt wie ein verunglücktes Schiff am Ufer lag, hätten wir noch viele Seemeilen weiter, vielleicht bis ans Packeis, den Polarkreis oder selbst zu dessen Nachbarländern gelangen können. Wir besaßen aber nur ein gebrechliches Boot mit Fassungsraum für ein Dutzend Personen, und wir waren dreiundzwanzig!

Es blieb also nichts weiter übrig, als wieder nach dem Ufer hinabzusteigen, nach unserem Lagerplatz zu gehen, die Zelte ans Land zu schaffen und alles für eine Überwinterung vorzubereiten.

Selbstverständlich zeigte der Erdboden hier keinerlei Eindrücke eines menschlichen Fußes, keine Spur von Bewohnern. Daß die Überlebenden der »Jane« dieses Land, dieses unerforschte Gebiet, nicht betreten hatten, darüber sollten wir später noch Gewißheit erhalten.

Am Ufer angelangt, entdeckte der Hochbootsmann, nicht ohne eine gewisse Befriedigung, mehrere geräumige Höhlen am Steilufer, die groß genug waren, als Wohnung und Vorratsräume zu dienen. Welchen Entschluß wir in Zukunft auch fassen sollten, vorläufig konnten wir nichts Besseres tun, als alle unsere Vorräte hierher zu schaffen.

Nachdem wir den Abhang des Eisberges bis zum Lagerplatz wieder erklommen hatten, ließ der Kapitän seine Leute zusammentreten. Dann erläuterte er, ohne ein Zeichen von Entmutigung zu verraten, die kritische Lage. So wies er zunächst darauf hin, daß die Ladung ans Land geschafft werden müsse. Er betonte, daß genug Nahrungsmittel für eine Überwinterung vorhanden seien und es auch an Brennmaterial nicht fehle. Unter einer Decke von Eis und Schnee ließe sich selbst die strengste Kälte der Polarzone ertragen.

Nun aber mußte noch eine Entscheidung wegen des einzigen uns verbliebenen Bootes getroffen werden. Sollte man es für den Notfall während der Überwinterung bereithalten oder es benutzen, um nach dem Packeis hinauszufahren?

Der Kapitän wollte die Entscheidung darüber um 24 Stunden hinausschieben. Man durfte ja nicht vergessen, daß es für eine lange Fahrt nur elf bis zwölf Mann aufnehmen konnte. Deshalb schien es nötig, erst alle Vorbereitungen für die Zurückbleibenden zu treffen. Guy betonte nochmals, daß wir uns alle dem Losentscheid unterordnen würden. Die Zurückgebliebenen konnten ja darauf hoffen, daß im folgenden Sommer ein Schiff zu ihrer Rettung ausgesandt werde.

Als er geendet hatte, erhob niemand Widerspruch. Was hätte er auch nutzen sollen, da die Aussichten im Notfall ja für alle völlig gleich waren? Mit Eintritt der gewöhnlichen Ruhestunde gingen wir nach dem Lager zurück, nahmen das von Endicott bereitete Essen im Empfang und schliefen heute zum letztenmal in unseren Zelten.

Am nächsten Tag, dem 7. Februar, gingen wir eifrig an die Arbeit. Das Wetter war schön, der Wind nur schwach und der Himmel leicht dunstig, während die Temperatur sich auf sieben Grad Celsius hielt.

Zuerst wurde das Boot mit aller nötigen Vorsicht zu dem Fuß des Eisberges transportiert. Von hier aus zogen es die Leute auf eine sandige, gegen jede Brandung geschützte Strandfläche. Da es noch in tadellosem Zustand war, konnten wir damit rechnen, daß es den Heimkehrenden gute Dienste leisten würde.

Der Hochbootsmann beschäftigte sich dann sofort mit der Ladung und dem noch von der »Halbrane« übrigen Material an Möbeln, Bettzeug, Segeln, Kleidungsstücken, Instrumenten und Werkzeug. Die Kisten mit Konserven, die Säcke mit Mehl und Gemüse und die Fässer mit Wein, Gin, Whisky und Bier wurden mit Hilfe einer Winde vom Eisberg herabgelassen und an das Ufer gebracht. Am 8., 9. und 10. Februar beschäftigten wir uns mit der weiteren Einrichtung. Die Ladung hatte im Innern einer geräumigen Grotte Platz gefunden, in die man durch eine enge Öffnung gelangte. Diese grenzte an eine andere, die wir bewohnen sollten und in der Endicott auch seinen Kochofen aufstellte. Dadurch nutzten wir auch etwas von der Hitze des Ofens, der zur Zubereitung der Mahlzeiten und während der langen Tage – oder vielmehr während der langen Winternacht des Südpolargebiets – zum Erwärmen der Höhle dienen sollte.

Mit ihren trockenen Wänden und dem Sandboden bot die Höhle einen guten Schutz für die schlechte Jahreszeit. Da sie größer war als die Mannschaftswohnung des Schiffes, hatte sie neben den Lagerstätten auch verschiedene Möbel, Tische, Schränke und Schemel, also für einige Wintermonate hinreichendes Mobiliar, aufnehmen können.

Während an dieser Einrichtung gearbeitet wurde, konnte ich an der Haltung Hearnes und seiner Gefährten nichts Verdächtiges wahrnehmen. Alle unterwarfen sich willig der gewohnten Disziplin und entwickelten eine lobenswerte Tätigkeit. Trotzdem mußte der Mestize beim Boot, das vom Strand aus leicht ins Wasser gesetzt werden konnte, ständig Wache halten. Hurliguerly, der den Segelmeister im Auge behielt, schien ebenfalls beruhigt zu sein. Nun aber durften wir nicht länger zögern, eine Entscheidung wegen der Abfahrt zu treffen. Noch einen Monat oder höchstens sechs Wochen, und die Fischerei in der Nähe des Polarkreises mußte beendet sein. Wenn aber unser Boot jenseits des Polarkreises keinem Walfänger begegnete, konnte es unmöglich den Stillen Ozean bis zur Küste Australiens oder Neuseelands überqueren.

Deshalb ließ der Kapitän an diesem Abend die gesamte Mannschaft zusammenrufen und erklärte, daß am nächsten Tag über eine Abfahrt entschieden werden sollte.

Seine Mitteilung blieb ohne Antwort.

Es war schon spät und draußen halbdunkel, denn bei diesem Datum streifte die Sonne bereits den Horizont, unter dem sie bald ganz verschwinden sollte. Ich hatte mich angekleidet, aufs Lager geworfen und schlief schon seit mehreren Stunden, als ich durch laute Rufe geweckt wurde. Sogleich sprang ich auf und eilte zusammen mit dem Kapitän und dem Leutnant, die wie ich aus dem Schlaf gestört worden waren, vor die Höhle.

»Das Boot! Das Boot!« rief plötzlich West.

Es lag nicht mehr an der Stelle, an der Peters es bewacht hatte. Drei Mann hatten es aufs Meer geschafft und mit Fässern und Kisten darin Platz genommen, während zehn andere den Mestizen zu bändigen suchten. Hearne war mit dabei, auch Holt, der nicht eingreifen zu wollen schien, stand in der Nähe.

Die Elenden wollten sich also des Bootes bemächtigen und vor der geplanten Auslosung abfahren. Tatsächlich war es ihnen gelungen, Peters zu überraschen, obgleich dieser sich mit wahrem Löwenmut wehrte.

Der Kapitän und der Leutnant eilten nach der Höhle zurück, um Waffen zu holen. In diesem Augenblick rief Hearne nach Holt, der aber zögerte, sich den Meuterern anzuschließen. Auf einen Wink Hearnes ergriffen ihn zwei der Männer und schleppten ihn zum Boot. Dann sprangen sie alle hinein. In diesem Augenblick erhob sich Peters mit einem Satz, stürzte sich auf einen der Meuterer, als dieser schon den Fuß auf den Bordrand des Bootes setzte. Er riß den Mann zurück, schwenkte ihn über seinem Kopf und zerschmetterte ihm den Schädel an der Felswand.

Da krachte ein Pistolenschuß. Von einer Kugel Hearnes in die Schulter getroffen, sank der Mestize auf den Strand, während das Boot mit kräftigen Ruderschlägen hinausgetrieben wurde. Der Kapitän und der Leutnant erschienen eben wieder aus der Höhle – der Auftritt hatte kaum vierzig Sekunden gedauert – und liefen gleichzeitig mit dem Hochbootsmann, dem Maat Hardie und den Matrosen Francis und Stern nach der Landspitze zu.

Das von der Strömung hinweggetragene Boot schwamm bereits in einer Kabellänge Entfernung, da es von der gerade einsetzenden Ebbe unterstützt wurde. West legte sein Gewehr an, gab Feuer, und einer der Matrosen stürzte im Boot zusammen. Ein zweiter vom Kapitän abgegebener Schuß streifte die Brust des Segelmeisters, und die Kugel schlug darauf an einen Felsblock, gerade als das Boot hinter dem Eisberg verschwand. Wir mußten nun nach der anderen Seite der Landspitze laufen, wo die Strömung die Schurken voraussichtlich wieder näher an das Ufer trieb. Kamen sie dort in Schußweite und traf eine Kugel den Segelmeister, so entschlossen sich seine Anhänger vielleicht doch zur Umkehr.

Eine Viertelstunde verrann. Als das Boot an der Rückseite der Landspitze wieder auftauchte, war es aber schon so weit draußen, daß unsere Kugeln es nicht mehr erreichten konnten. Hearne hatte Segel beisetzen lassen, und von der Strömung wie von einer Brise getrieben, war das kleine Fahrzeug bald nichts weiter als ein weißer Punkt, der schnell am Horizont verschwand.

Dirk Peters im Meer

Die Frage nach der Überwinterung hatte eine gewaltsame Lösung gefunden. Von den dreiunddreißig Mann, die bei Abfahrt der »Halbrane« an Bord gewesen waren, hatten noch dreiundzwanzig das Land hier erreicht, und von diesen waren wiederum dreizehn geflohen, um sich den Schrecken einer Überwinterung zu entziehen. Einen hatte der Mestize getötet.

Wir waren nur noch neun beisammen: der Kapitän, der Leutnant, der Hochbootsmann, der Maat Hardie, der Koch Endicott, die beiden Matrosen Francis und Stern, Peters und ich.

Die Verwundung des Mestizen brauchte uns keine Angst

einzuflößen. Die Kugel war nur in seinen linken Oberarm eingedrungen. Nachdem sie entfernt und die Wunde mit einem Stück Segeltuch verbunden worden war, zog er die Jacke wieder an und ging am nächsten Tag scheinbar ganz unbehindert an seine gewohnte Arbeit.

Die schlechte Jahreszeit rückte drohend näher, und tagelang vermochte die Sonne den dicken Dunst nicht zu durchbrechen. Die Temperatur sank auf minus 27 Grad Celsius und stieg auch nicht wieder an.

Die Sonnenstrahlen, die auf die Erde lange Schatten warfen, gaben keine Wärme mehr. Der Kapitän hatte schon an alle dicke Wollsachen austeilen lassen, ohne erst den Einbruch strengerer Kälte abzuwarten.

Inzwischen trieben Eisberge in immer wachsender Zahl von Süden her heran. Wenn sich auch einige gegen das von Eis umlagerte Ufer anlegten, so schwammen doch die meisten in nordöstlicher Richtung weiter.

»Alle die Stücke da draußen«, sagte der Hochbootsmann zu mir, »helfen die große Packeiswand auftauen. Kommt Ihnen das Boot des schurkischen Hearne nicht zuvor, so fürchte ich, seine Leute werden das Tor geschlossen finden, zumal es ihnen an einem Schlüssel fehlt, es zu öffnen.«

»Sie meinen also«, fragte ich, »daß wir bei einer Überwinterung an dieser Küste weniger gefährdet sind, als wenn wir im Boot Platz genommen hätten?«

»Das ist meine Ansicht. Jetzt, wie schon früher, Herr Jeorling!« antwortete der Hochbootsmann. »Ich sage Ihnen nochmals, wenn das Los mir einen Platz bestimmt hätte, ich würde ihm jedem andern gern abgetreten haben. Es ist doch schon etwas wert, festen Boden unter den Füßen zu verspüren! Übrigens wünsche ich keinem den Tod, wenn wir auch schurkischerweise im Stich gelassen worden sind. Gelingt es Hearne und den anderen aber nicht, noch das Packeis zu durchfahren, sind sie verurteilt, den Winter im Eis zuzubringen, wo ihnen außerdem Nahrungsmittel nur für einige Wochen zur Verfügung stehen.

»So wissen Sie ja das Schicksal, das den Leuten droht.«

»Ja, es ist schlimmer als das unsrige!« antwortete ich.

»Dabei genügt es noch nicht, den Polarkreis zu erreichen, denn wenn die Walfänger ihre Fischgründe schon verlassen haben, kann ein überlastetes Boot keine Fahrt über das Meer wagen.«

Im Laufe der nächsten Tage vollendeten wir bis zum 17. Februar die Einrichtung und ordneten all unsere Habe. Wir unternahmen auch einige Ausflüge ins Land hinein. Überall zeigte der Erdboden die gleiche Unfruchtbarkeit. Hatte der Kapitän noch eine letzte Hoffnung bewahrt und sich vielleicht gesagt, daß die Überlebenden der »Jane« nach der Abfahrt von der Insel Tsalal in einem Boot die Strömung wohl bis an diese Küste getragen haben könnte, so mußte er jetzt zugeben, daß sich hier keine Spur von den Verschollenen fand.

Einer unserer Ausflüge brachte uns in vier Seemeilen Entfernung an den Fuß eines schwer zu besteigenden Berges. Aber auch hier konnten wir nichts entdecken. Nach Norden wie nach Westen hin folgten kahle Hügel mit seltsam geformten Gipfeln. Wenn diese erst unter einer mächtigen Schneedecke verschwanden, mußte es schwierig sein, sie von Eisbergen zu unterscheiden, die durch den Frost auf dem Meer festgehalten wurden.

Nach Osten zu konnten wir deutlich durch das Fernrohr die von der Nachmittagssonne beleuchteten Höhen einer langen Küste erkennen. War es ein Festland, das bis zu jener Seite der Meerenge heranreichte, oder auch nur eine Insel? Jedenfalls mußte sie ebenso unfruchtbar und unbewohnt sein wie unser Land.

Der Kapitän machte den Vorschlag, der Insel auch einen Namen zu geben.

Sie wurde zum Andenken an unser Schiff »Halbrane-Land« getauft.

Um daran noch eine andere Erinnerung zu knüpfen, erhielt die Meerenge den Namen »Jane-Sund«.

Nun begannen wir die Jagd auf Pinguine, von denen es auf

den Uferfelsen wimmelte, auch bemühten wir uns, einige der Amphibien zu fangen, die längs des Strandes saßen. Allmählich machte sich nämlich das Verlangen nach frischem Fleisch fühlbar. Von Endicott zubereitet, erwies sich das Robben- und Walroßfleisch recht genießbar. Daneben konnte das Fett dieser Tiere im Notfall als Heizmaterial und das Öl zum Kochen der Speisen dienen. Wir durften ja nicht vergessen, daß die Kälte unser schlimmster Feind war und wir sie mit allen Mitteln bekämpfen mußten. Wir wußten auch nicht, ob die Robben beim Herannahen des Winters nicht etwa niedere Breiten und ein weniger rauhes Klima aufsuchen würden.

Zum Glück gab es noch Hunderte anderer Tiere, die unsere kleine Gesellschaft gegen Hunger, nötigenfalls auch gegen Durst schützen konnten. Am Strand krochen zahlreiche Galapagos-Schildkröten umher, die ihren Namen nach einer Inselgruppe im Ozean erhalten hatten. Es waren die gleichen, die Pym erwähnt hatte und die den Insulanern als Hauptnahrung dienten.

Sahen wir uns also auch gezwungen, weniger als fünf Grad vom Südpol entfernt zu überwintern, so war unsere Lage trotz der zu erwartenden strengen Kälte doch nicht hoffnungslos. Die einzige Frage, deren Ernst ich nicht leugnete, betraf die Rückkehr, nachdem die schlechte Jahreszeit überstanden war. Sie hing in erster Linie davon ab, ob unsere im Boot entflohenen Leute heimkehren und uns ein Schiff zur Rettung senden würden. Dabei konnten wir freilich nur hoffen, daß wenigstens Holt uns nicht vergessen werde. Doch wer vermochte zu sagen, ob es ihm und seinen Kameraden gelang, eines der pazifischen Länder an Bord eines Walfängers zu erreichen? Schließlich kam es auch noch darauf an, daß der nächste Sommer früh genug eintrat, um eine so weite Reise durch das Antarktische Meer unternehmen zu können.

Wir sprachen häufig über unsere Aussichten. Vor allem zeigte sich der Hochbootsmann, dank seiner glücklichen Natur, voll Vertrauen. Der Koch teilte diese Hoffnung oder machte sich wenigstens keine Sorge um die Zukunft. Er kochte, als wenn er im »Grünen Kormoran« vor dem Küchenofen stünde. Die Matrosen Francis und Stern hörten uns zu, ohne ein Wort zu äußern. Doch vielleicht bereuten sie es schon, sich Hearne und seinen Kameraden nicht angeschlossen zu haben. Hardie wartete ab, was kommen würde, ohne darüber zu grübeln, welche Wendung der Dinge nach fünf bis sechs Monaten eintreten könnte.

Der Kapitän und der Leutnant stimmten in ihrer Auffassung wie gewöhnlich überein. Sie überlegten schon, ob es nicht möglich sein sollte, zu Fuß nach Norden über das Eisfeld zu ziehen. Die Stunde für ein solches Unternehmen hatte übrigens noch nicht geschlagen, und eine Entscheidung konnte erst getroffen werden, wenn das Meer bis zum Polarkreis hinaus erstarrt war.

Das war unsere Lage, der keine Veränderung bevorzustehen schien, als am 19. Februar ein völlig unerwartetes Ereignis eintrat. Um acht Uhr morgens zeigte sich der Himmel ziemlich klar, und das Thermometer wies auf null Grad Celsius. Bis auf den Hochbootsmann warteten wir alle in der Höhle auf das Frühstück, das Endicott eben auftrug. Wir wollten uns schon zu Tisch setzen, als draußen Hurliguerlys Stimme ertönte. Da seine Rufe dringender wurden, eilten wir hinaus. Er stand auf einem Felsen am Fuß des Hügels und wies nach dem Meer.

»Was gibt es denn da zu sehen?« meinte Guy.

»Ein Boot!«

»Sollte unser Boot etwa zurückkehren?« meinte Guy.

»Nein, das ist es nicht!« erklärte West bestimmt.

Tatsächlich schaukelte draußen ein Boot, das in Gestalt und Größe jede Verwechslung mit dem unsrigen ausschloß, ohne Ruder und Riemen umher. Es schien einzig und allein der Strömung zu folgen. Wir hatten alle den gleichen Gedanken, wollten uns um jeden Preis des Fahrzeugs bemächtigen, von dem vielleicht unsere Rettung abhing. Doch wie es erreichen, wie es an diese Landspitze heranholen? Das Boot schwamm noch etwa einen guten Kilometer von uns entfernt, und in weniger als zwanzig Minuten mußte es an dem Hügel vorübergleiten, dann aber weiter hinaustreiben, da draußen im Meer kein Wasserwirbel zu sehen war. Da standen wir nun und starrten auf das Boot, das sich fortbewegte, ohne sich dem Ufer zu nähern. Die Strömung schien es im Gegenteil eher davon zu entfernen.

Plötzlich bemerkten wir am Fuß des Hügels ein Aufspritzen des Wassers, so als ob ein Körper ins Meer gefallen sei. Peters hatte sich rasch seiner Kleidung entledigt und war von einem Felsblock hinuntergesprungen. Als wir ihn sahen, schwamm er bereits zehn Faden weit von uns entfernt auf das Boot zu. Ein Hurra entschlüpfte unseren Lippen.

Der Mestize wandte einen Augenblick den Kopf und schnellte in mächtigen Sätzen durch die leicht schäumenden Wellen. Ich hatte noch nie etwas Ähnliches gesehen, doch was konnte man nicht von der Körperkraft eines solchen Mannes erwarten!

Würde er aber das Boot erreichen, ehe es die Strömung nach Nordosten entführte? Und wenn er es erreichte, würde es ihm ohne Ruder gelingen, es nach der Küste zu bringen, von der es abtrieb? Nach unserem aufmunternden Hurra standen wir regungslos und mit klopfendem Herzen da. Nur der Hochbootsmann rief von Zeit zu Zeit: »Vorwärts, Dirk! Vorwärts!«

Binnen weniger Minuten hatte der Mestize eine beachtliche Strecke zurückgelegt.

Man erkannte seinen Kopf nur noch als einen schwarzen Punkt inmitten der langen, flachen Wellen.

Nichts verriet, daß er etwa ermüdete oder unter der Kälte litt. Seine Arme und Beine arbeiteten mechanisch im Wasser, und er behielt seine Geschwindigkeit unverändert bei. Ja, wir konnten nicht mehr zweifeln, er gelangte bis zum Boot. Doch würde er dann nicht selbst damit weggeführt werden, wenn er es nicht schwimmend bis zur Küste schleppen konnte?

»Warum sollten sich in dem Boot keine Ruder vorfinden?« hoffte der Bootsmann.

Das mußte sich zeigen, wenn Peters an Bord war.

»Er hat es! Er hat es! Hurra!« rief der Hochbootsmann, der

sich kaum noch zu halten vermochte, und Endicott wiederholte seine Freudenrufe mit lauter Stimme.

Als der Mestize sein Ziel erreicht hatte, hob er sich an der Längsseite des Bootes aus dem Wasser. Seine gewaltige Hand packte es, und auf die Gefahr, es zum Kentern zu bringen, zog er sich daran empor, sprang hinein und setzte sich einen Augenblick nieder, um Atem zu schöpfen. Dann aber tönte ein Schrei zu uns herüber. Was mochte er in dem Boot gefunden haben? Es war ein Paar Ruder; denn wir sahen, wie er im Vorderteil Platz nahm und mit neuen Kräften auf das Ufer zuruderte, um aus der Strömung zu kommen.

Wir eilten um den Fuß des Hügels herum und dann dicht am Strand entlang zwischen schwärzlichen Steinen. Nach kurzem Weg ließ uns der Leutnant anhalten. Das Boot hatte an einer kleinen Landzunge, die an dieser Stelle vorsprang, Schutz gefunden, und es lag auf der Hand, daß es hier ans Ufer stoßen werde.

Jetzt war es nur noch fünf oder sechs Kabellängen von uns entfernt. Nun trieb es ein Wasserwirbel allein näher heran. Da legte Peters die Ruder beiseite, beugte sich hinab und hielt, als er sich wieder emporrichtete, einen schlaff herabhängenden Menschenkörper in den Armen. Der Kapitän schrie laut auf. Er hatte in dem Körper, den der Mestize hochhielt – seinen Bruder William Guy erkannt.

»Er lebt! Er lebt noch!« schrie der Mestize.

Eine Minute später stieß das Boot ans Land, und der Kapitän preßte seinen Bruder in die Arme. Drei weitere Männer lagen anscheinend leblos auf dem Boden des kleinen Fahrzeugs. Nur diese vier waren von der Mannschaft der »Jane« übriggeblieben!

Wir brachten sie sofort nach der Höhle und riefen sie ins Leben zurück. Allein der Hunger, nichts als der Hunger hatte die Unglücklichen fast getötet. Ein wenig vorsichtig gereichte Nahrung, einige Tassen warmer Tee mit Whisky gaben ihnen bald ihre Kräfte wieder.

Ich verzichte auf eine Beschreibung der ergreifenden Szene, als William seinen Bruder Len erkannte. Tränen drängten sich in unsere Augen und Dankgebete auf unsere Lippen. In der Freude des Augenblicks dachte niemand an die Zukunft. Bevor William Guy seine Geschichte erzählte, wurde er erst über unsere eigenen Abenteuer unterrichtet. In wenigen Worten erfuhr er – was ihm gewiß besonders am Herzen lag – von der Auffindung Pattersons, von der Fahrt unseres Schiffes nach der Insel Tsalal, seinem Vordringen bis zu den höchsten Breiten, dem Schiffbruch am Fuße des Eisberges und endlich von dem Verrat unserer Leute, die uns hier auf dem Land zurückgelassen hatten.

Ihm war bekannt, was Peters über Pym wußte, an dessen Tod William Guy ebensowenig zweifelte wie an dem der übrigen Mannschaft seiner »Jane«, die unter den Hügeln von Klock-Klock zermalmt und begraben lag.

Dann gab er selbst einen kurzen Bericht über die elf Jahre, die er auf der Insel zugebracht hatte. Wie der Leser sich erinnert, hat die Mannschaft der »Jane« noch am 28. Februar 1828 keinerlei Grund, seitens der Einwohner von Tsalal Feindseligkeiten zu befürchten. Die Leute gingen an Land, um das Dorf zu besuchen, hatten ihr Schiff, auf dem nur sechs Mann zurückblieben, aber doch in Verteidigungszustand gesetzt. Die Landungstruppe zählte mit dem Kapitän, dem zweiten Offizier Patterson, Arthur Pym und Dirk Peters 32 Mann, die alle mit Flinten, Pistolen und Messern bewaffnet waren. Der Hund Tiger begleitete sie.

An der engen, zum Dorf führenden Schlucht angelangt, teilte sich die kleine Truppe. Pym, Peters und der Matrose

Allen drangen in einen Seitenspalt des Hügels ein. Von diesem Augenblick an sollten sie ihre Gefährten nicht mehr wiedersehen. Kurze Zeit darauf erfolgte nämlich ein entsetzlicher Erdstoß. Die eine Hügelwand senkte sich herunter und begrub William Guy samt seinen 28 Begleitern. Von diesen Unglücklichen wurden 21 sofort verschüttet und ihre Leichen unter den Erdmassen für immer begraben. Sieben andere entgingen wie durch ein Wunder in einer kleinen Höhle am Hang des Hügels der traurigen Katastrophe. Zu ihnen gehörten William Guy, Patterson sowie die Matrosen Roberts, Covin und Trinkle, die wir in dem Boot aufgefunden hatten. Ob Tiger bei dem Bergsturz getötet oder lebend davongekommen war, wußte niemand.

Da ihnen an diesem engen und dunklen Ort bald die nötige Atemluft fehlte, konnten William Guy und seine sechs Begleiter dort nicht lange bleiben. Sie hielten sich anfangs für die Opfer eines Erdbebens, erkannten aber bald, ebenso wie Pym, daß dieser Bergsturz von Too-wit und den Bewohnern von Tsalal herbeigeführt worden war. Wie Pym mußten auch sie versuchen, möglichst rasch zu entkommen. Da sich ganz wie in der linken Hügelhälfte auch hier labyrinthartige Gänge fanden, gelangten sie schließlich in eine Höhle, zu der Luft und Licht reichlich Zutritt hatten. Von hier aus beobachteten sie auch den Angriff von etwa sechzig Booten auf das Schiff und dessen Verteidigung durch die sechs an Bord gebliebenen Leute. Sie sahen, wie die Geschütze Vollkugeln und Kartätschen schleuderten, aber auch, wie die Wilden schließlich das Fahrzeug stürmten, und endlich die Explosion, die zwar an die tausend Eingeborene tötete, doch auch das Schiff selbst völlig zerstörte.

Too-wit und seine Leute waren zuerst über die Wirkung der Explosion verblüfft, mehr aber noch enttäuscht; denn nun konnten sie ja nichts mehr plündern. Da die Wilden annehmen mußten, daß die gesamte andere Mannschaft durch den Einsturz des Hügels ebenfalls zugrunde gegangen sei, dachten sie gar nicht daran, daß einzelne die Katastrophe überlebt haben könnten. So kam es, daß Pym und Peters auf der einen Seite und William Guy mit den übrigen auf der anderen Seite unbelästigt im Labyrinth von Klock-Klock bleiben konnten. Sie ernährten sich mit dem Fleisch von Rohrdommeln, die sich leicht mit der Hand fangen ließen, und mit Früchten zahlreicher Nußbüsche, die an den Abhängen des Hügels standen. Feuer verschafften sie sich, indem sie weiches Holz an hartem rieben, bis es sich entzündete.

Pym und dem Mestizen gelang es – wie wir wissen – nach sieben Tagen, ihre Höhle zu verlassen, am Ufer ein Boot zu rauben und von der Insel Tsalal zu entfliehen. William Guy und seine Leidensgefährten fanden jedoch keine Gelegenheit, rasch aus ihrem Versteck zu entkommen. Nach etwa drei Wochen bemerkten sie, daß allmählich die Vögel abnahmen, die ihre Nahrung bildeten. Vor dem Verdursten waren sie zwar geschützt, da eine Quelle in der Höhle ihnen ausreichendes Trinkwasser lieferte, aber um dem Hunger zu entgehen, mußten sie doch zur Küste hinunterschleichen, sich eines Bootes bemächtigen und ins Meer hinaussteuern. Doch wohin sollten sie sich wenden, und was würde ohne Proviant dann aus ihnen werden? Trotzdem würden sie das ungewisse Abenteuer ohne Zögern gewagt haben, wenn sie dazu einige Nachtstunden hätten benutzen können. Zu jener Zeit aber versank die Sonne noch nicht hinter dem Horizont des 84. Breitengrades. Wahrscheinlich hätte nur der Tod all dem Elend und Leid ein Ziel gesetzt, wäre nicht die Lage durch einen Zwischenfall völlig verändert worden.

Am Morgen des 22. Februar unterhielten sich William Guy und Patterson, von Sorge verzehrt, am Eingang der Höhle. Sie wußten nicht mehr, wie die Lebensbedürfnisse der sieben Personen befriedigt werden sollten, nachdem sie sich seit Tagen nur noch von Haselnüssen ernährten. Zwar krochen unten am Ufer große Schildkröten entlang, doch wagten sie nicht, die Tiere zu fangen, da sich immer zahlreiche Eingeborene in der Nähe aufhielten.

Plötzlich bemerkten sie, daß irgend etwas geschehen sein

mußte; denn Männer, Frauen und Kinder rannten nach allen Seiten auseinander. Einige sprangen sogar in die Boote, als drohe ihnen eine besondere Gefahr. Da tauchte auch schon ein Tier auf, ein Vierfüßler, der sich zähnefletschend auf die Insulaner stürzte. Warum wagten diese aber nicht, sich zu verteidigen, sondern flohen so voller Angst?

Das Tier hatte ein weißes Fell, und bei seinem Anblick allein zeigte sich schon die Abscheu der Eingeborenen vor der weißen Farbe. Wie erstaunt waren aber Guy und seine Gefährten, als sie in dem Angreifer ihren Hund Tiger erkannten!

Ja, Tiger, der anscheinend beim Einsturz des Hügels dem Tod entgangen war und der sich zunächst ins Innere der Insel gerettet haben mochte. Nach langem Umherstreifen in der Nähe von Klock-Klock war er jetzt zurückgekehrt und verbreitete Schrecken und Entsetzen unter den Wilden.

Wir erinnern uns, daß er schon einmal im Frachtraum der »Grampus« beinahe tollwütig geworden wäre. Nun hatte ihn die gefährliche Seuche erfaßt, und er bedrohte dazu mit seinen verderblichen Bissen die Bevölkerung. Die meisten Eingeborenen ergriffen rasch die Flucht und verließen in abergläubischer Furcht nicht nur ihr Dorf, sondern auch gleich die Insel, auf der sie keine Macht der Erde hätte zurückhalten können. Wenn die Boote auch ausreichten, die meisten von ihnen zu den Nachbarinseln zu bringen, mußten doch viele zunächst auf Tsalal zurückbleiben. Da Tiger mehrere gebissen hatte, übertrug sich die Tollwut auch auf sie. Von ihnen stammten die Knochenreste, die wir in der Nähe von Klock-Klock gefunden hatten. Die restlichen Überlebenden flüchteten schließlich auch. Der arme Hund verendete am Ufer, wo Peters sein Skelett gefunden hatte.

Nach dieser Katastrophe lag die Insel verlassen; denn die Entflohenen kehrten niemals mehr zurück. So befreite die Tollwutepidemie die Gefangenen aus ihrer Höhle und bewahrte sie vor dem Hungertod.

Die folgenden Jahre verbrachten die sieben Überlebenden auf der Insel. Der außerordentlich fruchtbare Boden und zahlreiche Tiere sicherten ihre Ernährung. Eigentlich fehlte ihnen nur ein Fahrzeug, um Tsalal zu verlassen, nach der Packeiswand zurückzukehren und den Polarkreis zu überschreiten. Sie besaßen zwar Waffen, Gewehre, Pistolen und große Messer, nicht aber die nötigen Werkzeuge, um ein seetüchtiges Fahrzeug zu bauen. So mußten sie den erzwungenen Aufenthalt so gut wie möglich gestalten, während sie auf eine Gelegenheit zum Verlassen der Insel warteten.

Auf Anraten des Kapitäns und des zweiten Offiziers beschlossen sie, einen Lagerplatz an der Nordwestküste zu wählen. Von dem Dorf Klock-Klock aus war die offene See nicht zu überblicken, doch schien es angezeigt, immer das Meer zu beobachten für den Fall, daß ein Schiff in den Gewässern von Tsalal auftauchte.

So richteten sie sich etwa drei Seemeilen vom Dorf entfernt in einer Höhle am Ufer ein. Hier mußten sie lange und verzweiflungsvolle Jahre aushalten. Da ihnen die Insel genügend Hilfsquellen bot, konnten sie warten und warten.

Sie bezweifelten nicht, daß Pym, Peters und der Matrose Allen bei dem Hügeleinsturz den Tod gefunden hatten.

Wie uns William Guy mitteilte, wurde die Eintönigkeit dieses Lebens in elf langen Jahren durch keinen Zwischenfall unterbrochen, nicht einmal durch das Wiedererscheinen früherer Inselbewohner, die sich vor Angst und Grauen nie mehr nach Tsalal zurückwagten. So hatte sie in dieser Zeit keine Gefahr bedroht. Je mehr Jahre vergingen, desto geringer freilich wurde ihre Hoffnung, jemals erlöst zu werden. In den ersten Jahren hatten sie nach Wiedereintritt der schönen Jahreszeit, als das Meer eisfrei war, Ausschau nach Schiffen gehalten, die vielleicht zur Rettung der »Jane« ausgesandt worden waren. Nach fünf Jahren verloren sie aber jede Hoffnung.

Immerhin konnten sie sich auf der Insel wohnlich einrichten. Der Boden bot ihnen genug Erzeugnisse. Außerdem hatte William Guy aus dem Dorf auch Geflügel, Hühner und ausgezeichnet schöne Enten sowie die auf der Insel vielfach vorkommenden Warzenschweine herbeischaffen lassen. Rohrdommeln mit pechschwarzem Gefieder ließen sich leicht zu Hunderten fangen. Dazu kamen noch die Eier der Albatrosse und, im Sand vergraben, die der Galapagos-Schildkröten. Auch das Meer bot seine unerschöpflichen Vorräte mit Fischen aller Art, Lachse, Kabeljaue, Rochen, Schollen, Seebarben, Plattfische sowie schmackhafte Weichtiere und die köstlichen Meerkühe.

Auf den Zeitraum von 1828 bis 1839 brauchen wir nicht näher einzugehen. Freilich waren die Winter immer sehr hart. Eine furchtbare Kälte herrschte über dem ganzen Gebiet der antarktischen Landmassen. Das erst von schwimmenden Schollen bedeckte Meer erstarrte dann für sechs bis sieben Monate. Alles in allem bot das Leben auf der Insel keine besonderen Schwierigkeiten. Fast elf Jahre lang hatten die Männer ihr Robinson-Leben heil und gesund überstanden. Dann aber kehrte eines Tages einer von ihnen nicht mehr in die Höhle zurück. Sie riefen nach ihm, warteten, suchten weit und breit – vergeblich! Das Opfer eines Unfalls, vielleicht ertrunken, erschien nicht wieder. Es war Patterson, der zweite Offizier der »Jane«, der treue Gefährte William Guys.

Durch uns jetzt erfuhr Guy, daß eben dieser Patterson unter Umständen, die für immer dunkel bleiben würden, mit einer Scholle davongetrieben war, auf der er schließlich vor Hunger umkam und auf der wir ihn dann entdeckt hatten. Als unser Kapitän berichtete, daß die Fahrt der »Halbrane« nur den Notizen zu danken war, die man in der Tasche des Unglücklichen gefunden hatte, da quollen seinem Bruder Tränen aus den Augen.

Diesem ersten Unglück folgten nun bald andere. Von den sieben Überlebenden der »Jane« waren nur noch sechs übrig, und bald sollten es nur noch vier sein, als die kleine Gesellschaft gezwungen wurde, ihr Heil in der Flucht von Tsalal zu suchen. Patterson war kaum fünf Monate verschwunden, als Mitte Oktober ein heftiges Erdbeben Tsalal erschütterte, wobei gleichzeitig die Inselgruppe im Südwesten fast ganz zerstört wurde. Die Gewalt dieser Erdstöße läßt sich mit Worten kaum beschreiben. Wir selbst hatten ja die Folgen gesehen, als unser

Boot an der Insel landete. William Guy und seine fünf Gefährten wären beinahe umgekommen, hätten sie nicht eine Gelegenheit gefunden, die Insel schleunigst zu verlassen.

Wenige Tage nach dem Beben warf die Strömung nämlich, nur ein paar hundert Meter neben ihrer Höhle, ein Boot ans Ufer, das wahrscheinlich von dem Archipel im Südwesten stammte. Ohne lange zu zögern, beeilten sich die Männer, dieses Boot mit so viel Proviant zu beladen, wie es nur aufnehmen konnte. Leider wehte gerade eine sehr heftige Brise, die das Boot nach Süden zu in die gleiche Strömung, die unseren Eisberg bis an die Küste von Halbrane-Land getragen hatte, trieb.

Zweieinhalb Monate lang trieben die Unglücklichen über das offene Meer, ohne ihre Fahrtrichtung ändern zu können. Erst am 2. Januar dieses Jahres kamen sie in Sicht eines Landes an der Ostseite des Jane-Sundes. Wie wir bereits erkannt hatten, lag dieses Land höchstens fünfzig Seemeilen von unserer Zufluchtsstätte entfernt. Ja, so kurz war die Strecke gewesen, die uns von ihnen trennte!

Diese Zufluchtsstätte der Männer ähnelte dem Halbrane-Land. Unfruchtbarer Boden, nichts als Sand und Felsen, weder Bäume noch Sträucher oder Pflanzen! Da ihr Proviant bald zu Ende ging, sahen sich William Guy und seine Leidensgefährten dem Hungertod preisgegeben, schließlich starben zwei Männer vor Erschöpfung und Hunger.

Die vier anderen, William Guy, Roberts, Covin und Trinkle, wollten keinen Tag mehr an der Küste verweilen, an der sie sich dem Hungertod geweiht sahen. Sie schifften sich deshalb wieder auf dem Boot ein und vertrauten sich nochmals der Strömung an. Da sie nun fünfundzwanzig Tage umhertrieben, gingen ihre letzten Hilfsmittel zu Ende, und schon waren sie leblos und fast verhungert in ihrem Boot zusammengesunken, als dieses sich unserem Halbrane-Land näherte.

Die Eissphinx

Wir waren entschlossen, jetzt keine Minute länger mehr auf Halbrane-Land zu bleiben. Am 21. Februar verließ um sechs Uhr morgens das Boot, jetzt mit dreizehn Insassen, die kleine Bucht. Zwei Tage lang hatten wir alles sorgfältig überlegt. Dann aber durfte keinen Augenblick mehr gezögert werden; denn höchstens noch einen Monat war es überhaupt möglich, die Gewässer zwischen dem 86. und 70. Breitengrad zu befahren. Gelang es uns, in dieser Zeit bis über den Packeiswall hinauszukommen, so bestand Aussicht, noch einen Walfänger zu treffen, vielleicht sogar einem Schiff zu begegnen, das an der Grenze des südlichen Ozeans seine Entdeckungsfahrt beendete. Nach Mitte März mußten diese Meereszonen von Seefahrern wie von Fischern verlassen sein, und dann gab es keine Hoffnung mehr, von einem Schiff aufgenommen zu werden.

Zuerst hatten wir die Frage beraten, ob es nicht doch ratsamer erschien, gemeinsam in unserer Höhle zu überwintern, wie wir es vor dem Zusammentreffen mit William Guy geplant hatten. Mit Anfang des kommenden Sommers, wenn das Meer erst wieder eisfrei geworden war, hätten wir weit mehr Zeit gehabt, die tausend Seemeilen, die uns vom Stillen Ozean trennten, zurückzulegen. Wir scheuten einfach vor einer Überwinterung an dieser unwirtlichen Küste zurück, obgleich uns die Höhle hinreichend Schutz bot und unser Leben, wenigstens was die Ernährung betraf, vollkommen gesichert erschien. Da sich jetzt aber eine Gelegenheit bot, die eine baldige Heimkehr wenigstens möglich erscheinen ließ, wollte keiner länger warten.

Das Für und Wider wurde sorgsamst erwogen. Der Kapitän der »Jane« trat sehr nachdrücklich für eine sofortige Abfahrt ein, die auch sein Bruder und West trotz aller Gefahren anstrebten. Ich stimmte gern ihrer Auffassung bei, der sich schließlich auch die übrigen ohne Widerspruch anschlossen.

Hurliguerly allein zeigte sich nicht recht einverstanden. Es erschien ihm unklug, die Sicherheit unseres Quartiers für die

Unsicherheit der Seefahrt aufzugeben. Drei bis vier Wochen hielt er für die Bootsfahrt zwischen Halbrane-Land und dem Polarkreis nicht für ausreichend. Wie dann, wenn man gar gegen die nach Norden laufende Strömung aufkommen mußte? Kurz, der Hochbootsmann machte verschiedene Einwendungen geltend, die wohl Beachtung verdienten, aber nur Endicott stellte sich auf seine Seite, wohl mehr eine Folge der Gewohnheit, die Dinge aus dem gleichen Gesichtswinkel wie sein Freund anzusehen. Nachdem alles besprochen und wiederholt bewogen worden war, erklärte sich schließlich auch Hurliguerly bereit, mit abzufahren.

Die nötigen Vorbereitungen ließen sich rasch erledigen, und so kam es, daß am Morgen des 21. Februar, dank der günstigen Strömung und des Windes, die Spitze von Halbrane-Land bald hinter uns lag. Im Laufe des Nachmittags verblaßten dann allmählich die Höhen, die diesen Teil des Ufers beherrschten und von deren höchstem Gipfel es uns möglich gewesen war, das Land an der Ostseite des Jane-Sundes zu erkennen.

Unser Boot gehörte zu jener Art von Fahrzeugen, die im Archipel von Tsalal zum Verkehr zwischen den einzelnen Inseln benutzt wurden. Wir wußten aus dem Bericht Pyms, daß diese Fahrzeuge von sehr solider Bauart waren. Ich muß hier besonders bemerken, daß zum Bau des Bootes kein einziges Stück Eisen verwendet worden war, weder Nägel noch Pflöcke oder gar Metallbeschlag an Vorder- oder Hintersteven, da die Tsalalier kein Metall kannten. Aus einer Lianenart zusammengedrehte Bänder, die sich als sehr widerstandsfähig erwiesen, hielten die Bordwände ebensogut zusammen wie die dichteste Vernietung. Die Stelle des Wergs in den Fugen vertrat ein Moos mit Harzteerüberzug, das durch die Berührung mit Wasser metallische Härte annahm.

Wir nannten unser Fahrzeug »Paracuta«, nach einem Fisch dieser Gegend, der, grob aus Holz geschnitzt, am Dahlbord angebracht war.

Die »Paracuta« war bis zum Rand ihrer Tragfähigkeit mit Kleidungsstücken, einigen Segeln, Wurfankern, Rudern und

Instrumenten, mit Waffen und Schießbedarf sowie natürlich mit einigen Fässern Süßwasser, Whisky und Gin, Mehlkisten, leicht gesalzenem Fleisch, gedörrtem Gemüse, Kaffee und Tee beladen. Außerdem schleppten wir noch unseren kleinen Kochofen und einige Säcke Steinkohle mit, um ihn heizen zu können.

Gelang es uns nicht, durch die Packeiswand zu kommen, drohte uns eine Überwinterung inmitten des Eisfeldes, so mußten alle unsere Anstrengungen darauf gerichtet sein, Halbrane-Land noch einmal anzulaufen, wo die Fracht des Schiffes unsere Existenz für lange Monate sicherte.

Auch wenn wir unser Ziel verfehlten, mußten wir also doch nicht alle Hoffnung aufgeben. Es liegt ja in der menschlichen Natur, sich an jeden Strohhalm zu klammern, wenn keine andere Aussicht auf Rettung vorliegt. Selbstverständlich war der größte Teil der Ladung unserer »Halbrane« in der Höhle zurückgelassen worden, wo die Vorräte, gegen Witterungseinflüsse geschützt, zur Verfügung von Schiffbrüchigen lagerten, wenn jemals solche an die Küste verschlagen werden sollten. Eine Stange, die der Hochbootsmann auf dem nächsten Hügel aufgestellt hatte, mußte dann ihre Aufmerksamkeit dorthin lenken.

Aber welches Schiff nach dem unseren würde sich wohl über diese Breiten hinunterwagen?

Hier die Liste der Personen, die auf der »Paracuta« Platz gefunden hatten: Kapitän Guy, Leutnant West, Hochbootsmann Hurliguerly, Kalfatermaat Hardie, die Matrosen Francis und Stern, der Koch Endicott, der Mestize Peters und ich – alle von der »Halbrane«; ferner Kapitän William Guy und die Matrosen Roberts, Covon und Trinkle von der »Jane«, zusammen dreizehn – die Unglückszahl!

Vor der Abfahrt hatten West und der Hochbootsmann einen Mast im vorderen Drittel unseres Fahrzeugs errichtet. Durch einen Stag und Wanten gehalten, konnte er ein ziemlich großes Segel tragen, das aus dem Marssegel unseres Schoners geschnitten war. Da die »Paracuta« in der Mitte fast zwei

Meter breit war, ließ sich dieses Notsegel auch ein wenig zum Umlegen nach jeder Seite einrichten.

Diese Ausrüstung gestattete freilich noch nicht, dicht am Wind zu segeln. Mit dem Wind im Rücken oder halb von der Seite mußte das Segel uns aber doch eine hinreichende Fahrtgeschwindigkeit sichern, um bei einem Durchschnitt von 30 Seemeilen pro Tag binnen fünf Wochen die tausend Meilen zurückzulegen, die uns vom Packeis trennten. Auf diese Geschwindigkeit konnten wir ohne Überschätzung gewiß rechnen, wenn Wind und Strömung die »Paracuta« nach Nordosten weitertrieben.

Darüber hinaus hatten wir ja noch einige Ruder, wenn der Wind uns fehlen sollte; vier Paar, von acht Männern gehandhabt, mußten dem Fahrzeug immerhin noch eine gewisse Geschwindigkeit verleihen.

Von der ersten Woche ist nichts Besonderes zu berichten. Die Brise stand immer auf Süden, und zwischen den Ufern des Jane-Sundes machte sich keine ungünstige Gegenströmung bemerkbar. Die beiden Kapitäne hatten beschlossen, soweit wie möglich der Küste von Halbrane-Land in einer Entfernung von wenigen Kabellängen zu folgen. Sie bot uns eine Zufluchtsstätte, wenn unser Fahrzeug etwa durch irgendeinen Unfall unbrauchbar wurde. Und doch, was wäre jetzt, zu Beginn des Winters, wohl aus uns auf diesem trostlos öden Land geworden? Ich glaube, es war besser, daran gar nicht zu denken.

Während der ersten acht Tage hatte die »Paracuta« nichts von der mittleren Geschwindigkeit verloren, die sie einhalten mußte, um in so kurzer Zeit den Stillen Ozean zu erreichen. Das Aussehen des Landes änderte sich nicht – immer der gleiche, unfruchtbare Erdboden, schwärzliche Felsblöcke, sandige Strandflächen, nur da und dort mit etwas Feigenmoos darauf, und steile, kahle Höhen, das war alles, was wir erblickten. Die Meerenge selbst führte schon etwas Eis, schwimmende Triften, daneben einzelne Eisberge, die unser Boot leicht überholte. Beunruhigend erschien es nur, daß alle diese Massen nach dem Packeis zutrieben, dessen Durchgänge sie zu versperren drohten.

Natürlich herrschte unter den dreizehn Passagieren des Bootes das beste Einvernehmen. Wir hatten ja keine Meuterei eines Hearne zu fürchten und fragten uns dabei, ob das Schicksal die verführten Unglücklichen wohl begünstigt haben mochte. Bei ihrem überladenen Boot, das jeder stärkere Wellenschlag umzuwerfen drohte, mußte ihre Fahrt ja mit größter Gefahr verbunden sein; und doch, wer weiß, ob Hearne nicht Glück hatte, während wir vielleicht dem Verderben entgegengingen! Je mehr wir uns aus den Gegenden entfernten, in denen Peters nach den Spuren seines armen Pym gesucht hatte, desto schweigsamer wurde der Mestize. Er antwortete mir nicht einmal, wenn ich das Wort an ihn richtete.

Da das Jahr 1840 ein Schaltjahr war, mußte ich in meinen Aufzeichnungen den 29. Februar mit aufnehmen. Das aber war gerade der Geburtstag Hurliguerlys, und der Hochbootsmann erwartete, diesen Jahrestag an Bord unseres Fahrzeuges mit einigem Glanz zu feiern.

»Das ist doch das wenigste«, rief er lachend, »da ich ihn ja nur einmal in vier Jahren erleben und feiern kann!«

Wir tranken auf die Gesundheit des wackeren Mannes, der zwar etwas schwatzhaft, dafür aber der verläßlichste und ausdauerndste von allen war, und der uns durch seinen unverwüstlichen Humor oft genug erheiterte. An diesem Tag ergab die Beobachtung 79 Grad 17 Minuten südlicher Breite und 118 Grad 37 Minuten Länge.

Man sieht hieraus, daß die beiden Ufer des Jane-Sundes zwischen dem 118. und dem 119. Meridian verliefen und daß die »Paracuta« nur ein Dutzend Breitengrade zu durchsegeln hatte, um den Polarkreis zu erreichen. Die beiden Brüder hatten nach der Ortsbestimmung die noch sehr ungenaue Karte des antarktischen Polargebietes aufgeschlagen. Ich musterte sie zugleich mit ihnen, und wir suchten annähernd zu bestimmen, welche schon entdeckten Landstrecken in unserer Richtung lagen. Len Guy bemerkte noch, daß wir nahe dem Punkt vorüberkommen müßten, nach dem man den magnetischen Südpol verlegte. Das war übrigens nicht von Bedeutung, und die etwaige geographische Bestimmung dieses Punktes hatte für uns kein weiteres Interesse. Weit mehr beschäftigte uns die Beobachtung, daß der Jane-Sund sich merklich verschmälerte. Bald konnten wir das Land an beiden Ufern deutlich erkennen.

»Wir wollen wenigstens hoffen«, bemerkte der Hochbootsmann, »daß er für unser Boot noch breit genug bleibt und nicht etwa als Sackgasse endet!«

»Das ist nicht zu befürchten«, antwortete der Kapitän. »Da die Strömung in gleicher Weise fortbesteht, muß sie nach Norden zu einen Ausgang haben, und meiner Meinung nach gibt es für uns keine andere Möglichkeit, als ihr zu folgen.«

Das ließ sich nicht bestreiten. Die »Paracuta« konnte gar keinen besseren Führer als die Strömung haben. Unsere Fahrt verlief so zehn Tage lang unter gleichen Verhältnissen. Das Boot bewährte sich bei dauerndem Seitenwind sehr gut. Die beiden Kapitäne und West konnten seine solide Bauart gar nicht genug rühmen, obgleich dabei, wie schon erwähnt, kein Stück Eisen verwendet worden war. Nicht ein einziges Mal mußten wir die Fugen ausbessern, die stets wasserdicht hielten. Freilich hatten wir ruhige See, auf der nur leichte Wellen die Oberfläche der langen Dünung unterbrachen.

Am 10. März begab sich bei gleicher Länge eine Breite von 76 Grad 13 Minuten. Da die »Paracuta« seit der Abfahrt von Halbrane-Land etwa sechshundert Seemeilen zurückgelegt hatte, berechnete sich ihre mittlere Geschwindigkeit, wie vorausgesagt, auf dreißig Seemeilen in vierundzwanzig Stunden. Verminderte sie sich in den folgenden drei Wochen nicht, so bestand beste Aussicht, daß die Durchgänge in der Packeiswand nicht geschlossen waren und daß auch die Walfängerschiffe ihre Jagdgründe noch nicht verlassen hatten.

Zu diesem Zeitpunkt schwebte der Sonnenball fast parallel mit der Linie des Horizontes hin, und es kam die Zeit, in der das antarktische Gebiet in die Finsternis der Polarnacht versinken mußte. Da wir aber nach Norden zu fuhren, gelangten wir glücklicherweise in Gegenden, die noch genügend Licht hatten.

Häufige Dunstfelder begannen aber den Gesichtskreis jetzt bis auf wenige Faden Entfernung einzuengen. Das verlangte erhöhte Wachsamkeit, um einen Zusammenstoß mit treibenden Schollen zu vermeiden, die langsamer als unsere »Paracuta« vorwärts kamen. Öfter erglühte jetzt auch der Himmel im Süden im Schein glänzender Polarlichter. Die Temperatur nahm fühlbar ab und überstieg nicht mehr minus fünf Grad Celsius.

Diese Tatsache flößte uns lebhafte Besorgnis ein; da nämlich mit Zunahme der Kälte der Wind abschwächte, mußte die Fahrt des Bootes um die Hälfte verlangsamt werden. Eine Verzögerung um zwei Wochen genügte aber, unsere Rettung in Frage zu stellen und uns zur Überwinterung am Fuße des Packeiswalles zu nötigen. Dann aber mußte es ratsamer erscheinen, den Versuch einer Rückkehr nach Halbrane-Land zu wagen.

Würde aber der Jane-Sund, den wir so glücklich passiert hatten, der »Paracuta« immer noch offenes Wasser bieten? Mit ihrem Vorsprung von zehn Tagen mochten Hearne und seine Genossen den Eiswall schon hinter sich gebracht haben.

Zwei Tage später wollten der Kapitän und sein Bruder unsere Position erneut bestimmen. Da die Sonne den Horizont streifte, war es ziemlich schwierig, und die Berechnung ergab dann folgendes Resultat:

Südliche Breite: 75 Grad 17 Minuten,

Östliche Länge: 118 Grad 3 Minuten.

An diesem Tag, dem 12. März, befand sich die »Paracuta« demnach nur noch vierhundert Seemeilen vom Polarkreis entfernt. Gleichzeitig bemerkten wir, daß die Meerenge nach Norden zu sich wieder erweiterte. Selbst mit dem Fernrohr war im Osten kein Land mehr zu erblicken. Es war gefährlich; denn die nun weniger eingeengte Strömung mußte bald an Geschwindigkeit verlieren und schließlich ganz aufhören.

In der Nacht vom 12. zum 13. März flaute die Brise ab, und ein ziemlich dichter Nebel stieg auf. Das kommt in jenen Breiten freilich nicht überraschend, weit auffallender erschien uns dagegen, daß die Schnelligkeit unseres Fahrzeuges sich allmählich beschleunigte, obgleich der Wind doch fast eingeschlafen war. Am nächsten Morgen gegen zehn Uhr löste sich der Nebel in den unteren Luftschichten auf. Das westliche Ufer – ein Felsengestade oder dahinterliegende Berge – wurde wieder sichtbar. Da zeigte sich eine Viertelmeile vor uns eine etwa hundert Meter hohe, seltsam geformte Masse, die einer gewaltigen Sphinx mit erhobenem Oberkörper und ausgestreckten Tatzen ähnelte. War es ein lebendes Tier, ein riesiges Ungeheuer? Doch nach dem ersten Augenblick unverständiger Angst erkannte wir, daß es sich um eine Bergmasse von eigentümlicher Gestalt handelte, deren Gipfel oder Kopf aus der Dunsthülle eben klarer hervortrat.

Ah, die Sphinx! Da erinnerte ich mich, daß ich in der Nacht vor dem Zusammenstoß der »Halbrane« mit dem Eisberg von einem fabelhaften Tier geträumt hatte, das auf dem Pol der Erde saß. Jetzt sollten aber noch seltsamere Erscheinungen unsere Aufmerksamkeit erregen, unser Staunen erwecken und uns in Angst und Schrecken versetzen.

Ich habe schon erwähnt, daß die Schnelligkeit der »Paracuta« seit wenigen Stunden immer mehr zugenommen hatte. Jetzt war sie so rasch, daß die Strömung weit zurückblieb.

Da flog der von der »Jane« stammende und am Vordersteven untergebrachte Wurfanker plötzlich hinaus, als würde er von unwiderstehlicher Gewalt angezogen, und seine Leine spannte sich zum Zerreißen an. Es sah aus, als sei es dieser Anker, der über das Wasser hinfliegend uns zum Ufer schleppte.

»Was hat das zu bedeuten?« rief William Guy.

»Zerschneide schnell das Tau, Hochbootsmann«, befahl West, »oder wir zerschellen an den Felsen!«

Hurliguerly sprang nach dem Vorderteil des Bootes, um das Seil zu zerschneiden. Plötzlich wurde ihm das große Messer, das er in der Hand hielt, entrissen. Das Seil zerplatzte, und gleich einem Geschoß flog der Wurfanker auf den Bergstock zu. Gleichzeitig nahmen alle eisernen Gegenstände im Fahrzeug, die Küchengeräte, Waffen, der Kochofen, die Messer aus unseren Taschen den gleichen Weg, während das Boot auf dem schnellsten Weg dem Ufer zuschoß.

Was ging hier vor? Waren wir in der Gegend jener Wunder, von denen ich glaubte, daß sie nur in den Sinnestäuschungen Pyms existierten? Nein, hier hatten wir greifbare Tatsachen vor Augen, keine eingebildeten Wundererscheinungen. Übrigens fehlte uns die Zeit zu weiterer Überlegung; denn kaum hatten wir das Land erreicht, wurde unsere Aufmerksamkeit durch den Anblick eines hier gestrandeten Bootes abgelenkt.

»Das Boot der »Halbrane!« rief Hurliguerly. Tatsächlich lag das von Hearne geraubte Boot mit gesprengter Wand, die Rippen vom Kiel abgerissen, völlig zerstört am Rand des Felsens. Sofort fiel uns ins Auge, daß alle Eisenverbindungen des Bootes fehlten, die Nägel der Seitenwände, die Schiene am Kiel, der Beschlag des Vorder- wie des Hinterstevens und die Haspen des Steuerruders.

Ein Ausruf Wests wies uns auf ein schmales Strandstück zur rechten Seite des Bootes. Dort lagen drei Leichen auf dem Boden – Hearne, der Segelmeister Holt und einer der Falkländer. Von den dreizehn Flüchtigen waren nur diese drei übrig, die den Tod vor einigen Tagen gefunden haben mochten.

Was aber war aus den zehn übrigen geworden? Hatte das Meer ihre Leichen mit hinausgeschwemmt? Wir suchten längs des Ufers in kleinen Einbuchtungen und zwischen den Klippen, fanden aber weder Spuren eines Lagers, noch Eindrücke einer Landung.

»Wahrscheinlich ist ihr Boot auf dem Meer von einem Eisberg gerammt worden. Die meisten Gefährten Hearnes werden ertrunken sein, und nur diese drei leblosen Körper wurden an die Küste geschleudert«, meinte William Guy.

»Wie erklärt sich aber dann dieser Zustand des Bootes, dem alle Eisenteile fehlen?«

»Wahrhaftig«, bemerkte ich, »es sieht aus, als ob alle mit Gewalt davon ausgerissen seien!«

Während die »Paracuta« unter der Obhut zweier Leute zurückblieb, dehnten wir unsere Nachforschungen auf einen größeren Umkreis aus. Wir näherten uns der Bergmasse, die jetzt ganz aus den Dünsten hervorgetreten war und deren Gestalt sich deutlich zeigte. Sie glich, wie ich schon sagte, ungefähr einer Sphinx – einer Sphinx von fast rußiger Färbung, als sei das Material, aus dem sie bestand, von der langen Einwirkung des polaren Klimas oxydiert worden.

Da kam mir plötzlich ein Gedanke, der alle diese merkwürdigen Erscheinungen erklärte.

»Ein Magnet!« rief ich. »Dort liegt ein Magnet, dem eine ungeheure Anziehungskraft innewohnt!«

Die anderen verstanden mich sofort, und damit war uns auch die Katastrophe klar, die Hearne und seine Begleiter getroffen hatte. Dieser Bergstock bildete einen ungeheuren Magneten, unter dessen Einfluß die eisernen Verbindungsstücke des Bootes losgerissen worden waren. Derselbe Magnet hatte mit unwiderstehlicher Kraft auch alle eisernen Gegenstände aus der »Paracuta« an sich gezogen, und unser Fahrzeug hätte gewiß das Schicksal des anderen geteilt, wenn bei seiner Herstellung ein einziges Stück Metall verwendet worden wäre! War es vielleicht die Nähe des magnetischen Pols, die diese Wirkung hervorbrachte? Zwar kam uns anfangs dieser Gedanke, doch mußte er bei weiterer und genauerer Überlegung aufgegeben werden.

An der Stelle, an der sich die magnetischen Meridiane kreuzen, zeigt sich keine andere Erscheinung als die vertikale Einstellung der Magnetnadel. Diese Erscheinung, die im Nordpolargebiet durch Versuche an Ort und Stelle nachgewiesen ist, mußte ja gleichermaßen auch im Südpolargebiet auftreten.

Hier befand sich also ein Magnet von unermeßlicher Stärke, in dessen Anziehungskreis wir geraten waren. Unter unseren Augen hatte sich einer jener wunderbaren Erscheinungen abgespielt, die bisher ins Reich der Fabel verwiesen worden waren. Wer hätte denn glauben wollen, daß Fahrzeuge von einer unwiderstehlichen Gewalt angezogen wurden, daß ihre

Eisenverbindungen sich dabei an allen Punkten lösten, ihr Rumpf sich öffnete und dann das Meer sie verschlänge? Und doch war das eine Tatsache!

Ich glaubte dafür folgende Erklärung zu finden: Die Passatwinde treiben unausgesetzt Wolken, in denen ungeheure Mengen von Elektrizität aufgespeichert sind, nach den Enden der Erdachse.

Dadurch bilden sich an den Polen gewaltige elektrische Felder, die ununterbrochen nach der Erde abfließen. Sie sind auch die Ursache der Nord- und der Südlichter, deren leuchtende Pracht besonders in der langen Polarnacht über den Horizont hinaufstrahlt und die manchmal bis nach den gemäßigten Zonen hin sichtbar werden. Jene fortwährend nach den Polen gerichteten Ströme, die auch die Kompaßabweichung bewirken, müssen natürlich einen ungeheuren Einfluß ausüben, und es würde genügen, eine große Eisenmasse ihrer Einwirkung auszusetzen, um diese zu einem mächtigen Magneten zu machen, dessen Kraft der Stärke des Stromes, der Anzahl der Windungen, die er darum bildet, und der Quadratwurzel des Durchmessers des Magnetberges entsprechen würde. Den Rauminhalt der Sphinx, die sich an diesem Punkt des tiefsüdlichen Gebietes erhob, konnte man gewiß auf viele tausend Kubikmeter schätzen. Es bedurfte nur noch einer metallischen Ader, deren unzählige Windungen die Eingeweide des Erdbodens durchzogen, unterirdisch die Basis der gesamten Bergmasse umschlossen, um einen Magneten aus ihr zu machen.

Ich bin auch der Meinung, daß dieser Bergstock wie eine Art erzene Säule in der Verlängerung der magnetischen Erdachse liegen mag. Mit Hilfe unseres Kompasses ließ sich das allerdings nicht feststellen, weil er sich für eine solche Untersuchung nicht eignete. Ich kann nur sagen, daß seine unstetig abweichende Nadel überhaupt nach keiner bestimmten Himmelsrichtung zeigte. Es unterlag keinem Zweifel, daß wir uns in unmittelbarer Nähe eines Magneten befanden, dessen Anziehungskraft ebenso schreckliche wie natürliche Wirkungen hervorbrachte. Ich teilte meine Gedanken den anderen mit, und auch sie fanden darin die notwendige Erklärung der physikalischen Tatsachen, deren Zeugen sie waren.

»Ich glaube, wir können uns ohne Gefahr dem Fuß des Bergstocks nähern«, sagte Kapitän Len Guy.

»Dort ... Ja ... Dort!«

Ich vermag kaum den Eindruck zu schildern, den diese drei Worte auf uns machten, die wie ein dreifacher, verzweifelter Aufschrei aus einer anderen Welt herüberzutönen schienen. Dirk Peters hatte sie ausgestoßen, und seine Hände streckten sich nach der Sphinx hin, als ob er, selbst zu Eisen verwandelt, von dem Magneten angezogen würde. Sogleich stürmte er in der gewiesenen Richtung, und wir übrigen folgten ihm über einen Boden, der mit schwärzlichen Steinen, Moränenschutt und vulkanischen Trümmern aller Art bedeckt war.

Das scheinbare Ungeheuer wuchs noch, je mehr wir uns ihm näherten, ohne etwas von seiner mythologischen Gestalt zu verlieren. Ich vermag kaum die Wirkung zu schildern, die es auf alle hervorbrachte. Es gibt eben Eindrücke, die weder Feder noch Worte wiederzugeben imstande sind. Uns schien es, als würden wir durch die Kraft seiner magnetischen Anziehung buchstäblich zu ihm hingezerrt.

Als wir den Fuß des seltsamen Bergstockes erreichten, gewahrten wir verschiedene eiserne Gegenstände, die seine unsichtbare Kraft angezogen hatte. Waffen, Werkzeuge, der Wurfanker der »Paracuta« hingen, richtiger gesagt: Klebten an seinem Abhang. Hier fanden wir auch die Nägel, Pflöcke, Dolen, den Beschlag des Kiels und die Eisenteile des Steuerruders aus dem Boot der »Halbrane«.

Damit wußten wir genau, wie das Boot zerstört worden war. Von mächtiger Kraft aus seinem Kurs abgelenkt, war es durch den Anprall an die Uferfelsen zertrümmert worden. Das gleiche Los hätte die »Paracuta« ereilt, wenn sie nicht durch die merkwürdige Art ihrer Konstruktion der unwiderstehlichen magnetischen Anziehung entgangen wäre.

Es war unmöglich, die Gewehre, Pistolen und anderen Gegenstände, die am Abhang des Bergstockes hafteten, wiederzuerlangen, weil sie hier viel zu fest gehalten wurden. Hurliguerly erkannte, daß er sein Messer, das in einer Höhe von etwa zehn Metern am Berg hing, nicht wieder bekommen konnte, und ballte wütend die Fäuste, während er mit lauter Stimme ein »Spitzbube von Sphinx« ausrief.

Es wunderte niemanden, daß sich hier nur die Gegenstände der »Paracuta« oder aus dem Boot der »Halbrane« fanden. Jedenfalls war bisher noch kein anderes Schiff bis zu dieser Breite des antarktischen Meeres vorgedrungen. Auch uns hätte das Verderben ereilt, wenn wir mit unserem Schoner hier vorübergekommen wären.

In diesem Augenblick ertönte nochmals die Stimme des Mestizen. Dirk Peters stieß noch einmal die drei Worte aus.

»Dort ... Ja ... Dort!«

Wir sahen, wie Peters vor einem fast entblößten Körper kniete, einem Körper, den die Kälte dieser Gegend unversehrt erhalten hatte. Sein vorgeneigter Kopf zeigte einen weißen, bis zum Gürtel hinabreichenden Bart, an Händen und Füßen waren die Nägel zu Krallen verlängert. Wie kam es aber, daß dieser Körper an diesem Berghang in ungefähr vier Meter Höhe angedrückt schwebte? Um den Rumpf des Toten lag, von einem Lederband gehalten, ein gebogenes Flintenrohr, das vom Rost schon halb zerfressen war.

»Pym ... Mein armer Pym!« rief Peters. Dann versuchte er sich aufzurichten, um dem Leichnam näher zu kommen. Da wankte er in den Knien, ein Schluchzen schnürte ihm die Kehle zu, ein plötzlicher Krampf lähmte den Schlag seines Herzens, und er stürzte leblos zu Boden.

Nach der Trennung von Peters hatte das Boot also Pym durch diese Gegend des Polargebietes getragen. Ganz wie wir, war er über den Südpol hinweggetrieben worden und auch in die Anziehungskraft der Sphinx geraten. Während sein Boot, das ja aus dem gleichen Material bestand wie das unsere, mit dem Strom nach Norden weiterglitt, war er von dem magnetischen Fluidum gepackt worden. Da es ihm nicht gelang, das über die Schulter getragene Gewehr abzulegen, hat ihn die

Magnetkraft gegen die Bergwand geschleudert und dabei getötet.

Jetzt ruht der treue Mestize auf dem Boden von Sphinx-Land, an der Seite seines »armen Pym«.

Zwölf von siebzig!

Im Laufe des Nachmittags verließ die »Paracuta« die Küste, die wir seit dem 21. Februar stets in Sicht gehabt hatten. Noch mußten wir an die vierhundert Seemeilen bis zur Grenze des antarktischen Gebiets zurücklegen. Wir hofften immer noch fest, dort von einem Walfänger aufgenommen zu werden oder gar mit einem auf einer Entdeckungsfahrt begriffenen Schiff zusammenzutreffen. Letztere Vermutung hatte etwas für sich. Als unser Schiff noch bei den Falklandinseln vor Anker lag, war von einer Expedition der Rede, die Leutnant Wilkes von der amerikanischen Marine mit vier Schiffen vorbereitete. Was sich inzwischen ereignet hatte, wußten wir natürlich nicht. Wenn Wilkes aber unter den westlichen Meridianen vergeblich vorzudringen versucht hatte, warum sollte er nicht auf den Gedanken gekommen sein, einem freieren Weg auf der Osthälfte nachzuspüren? In diesem Falle schien es möglich, daß die »Paracuta« einem seiner Schiffe begegnete.

Der Tod des Mestizen hatte unsere Zahl auf zwölf vermindert. Das war also alles, was von der Besatzung der beiden Schiffe noch übriggeblieben war. Dabei hatte die eine achtunddreißig und andere zweiunddreißig, zusammen siebzig Mann, umfaßt. Die Fahrt der »Halbrane« war aber, wie wir wissen, zur Erfüllung einer Menschenpflicht unternommen worden, und ihr verdankten wirklich vier Überlebende der »Jane« ihre Rettung.

Kommen wir nun zum Schluß. Über die Rückfahrt, die fortdauernd von der Strömung und vom Wind begünstigt wurde, brauche ich mich kaum zu äußern. Obwohl der letzte Teil der

Fahrt mit größter Anstrengung, harter Entbehrung und mannigfachen Gefahren verbunden war und uns stets in Angst und Unruhe schweben ließ, so endete die Reise doch mit unserer glücklichen Rettung. Einige Tage nach der Abfahrt vom Magnetberg war die Sonne unter dem Horizont verschwunden, über den sie den ganzen Winter hindurch nicht wieder auftauchen sollte. Inmitten der Halbfinsternis der südlichen Winternacht setzte die »Paracuta« ihre eintönige Fahrt fort. Von den Passagieren waren nur der Hochbootsmann und der Koch unempfänglich gegen jede Langeweile und gegen die Gefahren dieser Fahrt. Leutnant West blieb stets bereit, jeder Widerwärtigkeit entgegenzutreten. Die beiden Brüder Guy aber vergaßen über ihrem Glück manchmal alle Befürchtungen, die ihnen die nächste Zukunft doch einflößen mußte.

Unserem Hurliguerly kann ich gar nicht genug Lob spenden. Man erholte und verjüngte sich ordentlich, wenn er mit vertrauenerweckender Stimme rief: »Wir kommen noch glücklich nach dem Hafen, liebe Freunde, wir kommen schon noch an! Wenn Sie alles gegeneinander abwägen, müssen Sie zugeben, daß wir während unserer Reise doch mehr Glück als Unglück gehabt haben. Ich weiß ja, wir haben unser Schiff eingebüßt, aber als Ersatz dafür hat uns der Eisberg bis an die Küste getragen, und das Boot mit dem Kapitän William Guy und seinen drei Gefährten ist uns zugetrieben worden.

Vergessen Sie auch nicht die Strömung und die Brise, die uns bis hierher gebracht haben und uns noch weiter bringen werden! Mir scheint doch, daß die Bilanz für uns günstig liegt. Mit so vielen Trümpfen in der Karte kann man das Spiel nicht gut verlieren. Das einzige Mißliche besteht darin, daß wir in Australien oder Neuseeland landen werden und nicht gleich an den Kerguelen gegenüber dem ›Grünen Kormoran‹ vor Anker gehen können!«

Das war freilich verdrießlich für den Freund Meister Atkins', ein ärgerlicher Ausgang der Fahrt, mit dem wir übrigen uns hier doch leicht abzufinden hofften.

Acht Tage lang ging die Reise in gleicher Richtung ohne

jede Abweichung nach Westen oder Osten weiter. Erst am 21. März kam das Halbrane-Land an Backbord außer Sicht. Ich gebrauche für das Land noch immer diesen Namen, weil sich sein Ufer bis zu dieser Breite ohne Unterbrechung fortsetzte und wir nicht daran zweifeln konnten, daß es einen großen Kontinent des antarktischen Gebietes bildete. Die Strömung verlief jetzt weiter nach Norden, während das Land mit einer Abrundung nach Nordosten hin immer weiter zurückwich.

Wenn das Meerwasser auch noch offen war, so führte es doch schon eine wahre Flottille von Eisbergen und Eisfeldern mit sich. Dadurch erhöhte sich bei der Dunkelheit aber auch die Gefahr für uns, da wir gleichzeitig mit den beweglichen Massen trieben, einen Durchgang suchten und darauf achten mußten, daß unser Boot nicht wie ein Getreidekorn unter dem Mühlstein zerdrückt wurde.

Bei dem Fehlen der Sonne und der allzu großen Schwierigkeit einer Berechnung nach Sternenbeobachtungen war jede Höhenmessung unmöglich, und die »Paracuta« überließ sich also vollständig der Strömung, die unabänderlich nach Norden verlief. Wenn wir von der Durchschnittsgeschwindigkeit unseres Fahrzeuges ausgingen, durften wir annehmen, daß es sich am 27. März zwischen dem 69. und 68. Breitengrad, das heißt – ohne Berücksichtigung eines möglichen Irrtums – nur noch einige siebzig Seemeilen vom Polarkreis entfernt befand.

Für uns nahte nun eine wichtige Entscheidung; denn wenn wir in dem unbeweglichen Eiswall vor uns keine Durchfahrt fanden, mußten wir ihn von Ost nach West umschiffen. Dann aber befanden wir uns in einem gebrechlichen Fahrzeug auf dem schrecklichen Stillen Ozean, und das zu einer Jahreszeit, in der sich die Wut der Stürme verdoppelte und auch gute Schiffe seinen furchtbaren Wogen nicht ungestraft trotzten. Daran mochten wir gar nicht denken. Der Himmel würde uns schon helfen. Der Hochbootsmann versicherte das ja, und wir durften und wollten nur auf ihn hören.

Schon begann die Meeresoberfläche allmählich zu erstarren, mußte schon dann und wann eine Eisscholle zersprengt werden, um den Weg freizubahnen. Das Thermometer zeigte minus 16 Grad Celsius. Obwohl wir genug Decken zum Schutz mitführten, litten wir doch sehr unter der Kälte und dem rauhen Wind.

Glücklicherweise besaßen wir noch für mehrere Wochen Fleisch, drei Säcke Schiffszwieback und zwei volle Fässer Gin. Süßwasser verschafften wir uns durch geschmolzenes Eis.

Nach sechs Tagen, am 2. April, gelangte die »Paracuta« allmählich an das eigentliche Packeis. Weder nach Westen noch nach Osten hin vermochten wir ein Ende des riesigen Walls zu entdecken, und wenn unser Boot auf keine offene Durchfahrt traf, wußten wir im Augenblick nicht, wie wir über diese Mauer hinauskommen sollten.

Aber das Schicksal meinte es gut mit uns. Wir fanden die Durchfahrt noch am selben Tag und steuerten unter tausend Gefahren hindurch.

Jetzt bedurfte es allen Eifers, aller Kühnheit und aller Gewandheit unserer Leute, um zu überstehen. Die beiden Kapitäne, der Leutnant und der Hochbootsmann meisterten aber mit Umsicht jede Schwierigkeit. Endlich trieben wir auf dem Wasser des südlichen Ozeans. Während der langen und beschwerlichen Fahrt hatte unser Boot stark gelitten. Seine Kalfaterung war beschädigt, die Seitenwände drohten auseinanderzufallen, und durch mehr als eine Fuge drang schon Wasser ein. So mußten immer einige Leute schöpfen. Dabei herrschte noch genügend, ja geradezu hoher Seegang, der gelegentlich Sturzwellen über das Dahlbord wälzte.

Trotzdem stand nur eine schwache Brise, das Meer war immerhin noch ruhiger, als wir erwartet hatten, und die wirkliche Gefahr für uns lag also vorläufig nicht in den Begleitumständen der Fahrt, sondern in der Tatsache, daß in diesen Gewässern kein Schiff zu erblicken war, sich kein Walfänger mehr in den Fischgründen aufzuhalten schien. Wir waren um einige Wochen zu spät gekommen!

Fünfzehnhundert Seemeilen trennten uns noch von den nächstgelegenen Ländern, und außerdem hatte der Winter nun schon seit einem Monat seine Herrschaft angetreten. Selbst Hurliguerly mußte wohl oder übel zugestehen, daß die letzte tröstliche Aussicht, auf die er gerechnet hatte, allmählich verblaßte.

Am 6. April waren wir am Ende unserer Hilfsmittel. Der Wind begann stark aufzufrischen, und das heftig umhergeschleuderte Boot lief Gefahr, von jeder Woge verschlungen zu werden.

»Ein Schiff!«

Der Ausruf kam vom Hochbootsmann, und tatsächlich bemerkten wir etwa vier Seemeilen in Nordosten ein Fahrzeug, das eben unter dem aufsteigenden Nebel sichtbar wurde. Jetzt gaben wir augenblicklich, so gut es ging, Signale, die zum Glück wahrgenommen wurden. Nachdem das Schiff gegengebraßt hatte, setzte es ein großes Boot ins Meer, um uns abzuholen. Es war die »Tasman«, ein amerikanischer Dreimaster aus Charlestown, auf dem wir mit wohltuender Herzlichkeit empfangen wurden. Der Kapitän behandelte meine Gefährten, als ob es seine eigenen Landsleute gewesen wären. Das Schiff kam von den Falklandinseln, wo er gehört hatte, daß der englische Schoner »Halbrane« vor sieben Monaten auf der Suche nach Schiffbrüchigen nach den südlichen Meeren abgesegelt sei. Als das Schiff nun bei vorschreitender Jahreszeit nicht wieder zurückkehrte, hatte man angenommen, es sei im Südpolargebiet mit Mann und Maus untergegangen.

Der letzte Teil der Fahrt verlief nun ebensoschnell wie glücklich. Vierzehn Tage später landete die »Tasman« in Melbourne. Hier ließ ich an unsere Leute die Prämie auszahlen, die sie so reichlich verdient hatten.

So endete diese abenteuerliche und außergewöhnliche Fahrt, die leider zu viele Opfer an Menschenleben gekostet hatte. Wenn uns auch der Zufall und der Zweck dieser Reise viel weiter als alle unsere Vorgänger in die Antarktis geführt hatte, wenn wir sogar über den Endpunkt der Erdachse hinweggekommen waren, so blieben doch in jenen Gegenden noch viele Fragen offen, die einer Lösung harrten. Andere sollen nun die

Suche weiterführen und der Eissphinx die letzten Geheimnisse der immer noch so wenig bekannten Südpolargebiete entreißen!

Nachwort

Wahrheit oder Dichtung? Das war die große Frage, als 1838 »Der Bericht des Arthur Gordon Pym aus Nantucket« erschien. Lag hier tatsächlich der sensationelle Bericht eines Schiffbrüchigen vor, dem es gelungen war, in Gegenden vorzudringen, die bisher noch kein Mensch erreicht hatte? Alles in diesem Bericht erschien so wirklich, so echt, so gefüllt mit Einzelheiten in minutiös genauer Beschreibung, daß es fast keinen Zweifel geben konnte.

Man muß auch die Zeitumstände im Auge behalten: Schilderungen von Schiffskatastrophen gab es genug, es waren die großen Sensationsmeldungen dieser Jahre, für die sich alle interessierten. Von den Polarmeeren aber hatte man bis dahin nur wenig gehört. Zwar war der Walfischfänger Wedell auf freiem Meer schon bis zum 74. Grad südlicher Breite vorgedrungen, doch bildete seine Fahrt eine glückliche Ausnahme. Beiderseits seiner Fahrtroute und vor allem südlich davon bis zum Pol war alles vom Schleier des Geheimnisses umgeben. Auch in diesem neuen Bericht blieb so vieles, alles fast, irgendwie geheimnisvoll. Grandios unheimlich geradezu der Schluß, der ja eigentlich gar keiner ist; denn in dem Augenblick, da eine sensationelle Entdeckung unmittelbar bevorzustehen scheint, bricht das Tagebuch Arthur Pyms ab.

Ein Nachwort des Herausgebers informiert sogar über die Gründe: »Die Umstände, unter denen Herr Pym kürzlich unerwartet verstarb, sind der Öffentlichkeit durch die Tagespresse schon hinlänglich bekannt. Es ist zu befürchten, daß die wenigen Kapitel, mit denen die Erzählung schließen sollte ... verloren sind ... Das ist um so mehr zu bedauern, als sie zweifellos Nachrichten über den Pol selbst enthielten, die in Kürze durch die von der Regierung geplante Südsee-Expedition hätten bewiesen oder widerlegt werden können.«

So echt und wirklichkeitsnah auch alles erschien, so war die ganze Schilderung doch der Phantasie des neunundzwanzigjährigen amerikanischen Dichters Edgar Allan Poe (1809–1849) entsprungen. Er schuf mit dem »Pym« eine der großartigsten Abenteuergeschichten der Weltliteratur, die zugleich mit ihrer – uns hier nicht näher interessierenden – dunklen Symbolik die Literaturwissenschaftler bis zum heutigen Tag beschäftigt.

Trotz seines sensationell-spannenden Inhalts hatte der Roman nicht den Erfolg, wie ihn sich Poe erhoffte. Vielleicht lag es daran, daß ihn eben die Zeitgenossen als Tatsachenbericht nahmen und möglicherweise dem zweiten Teil mit den Polarabenteuern etwas skeptisch gegenüberstanden.

Der fehlende Schluß und einige der geheimnisvollen Andeutungen reizten zwei andere Autoren zu einer Fortsetzung. Während der 1897 erschienene Roman »A Strange Discovery« von C. A. Drake weitgehend unbekannt blieb, erlangte »Die Eissphinx« des französischen Schriftstellers Jules Verne (1895) größere Berühmtheit. In den 57 Jahren, die zwischen dem Erscheinen der Romane Poes und Vernes liegen, war der Engländer Ross bis auf 78 Grad südlicher Breite vorgedrungen. Noch immer blieb also genug Raum für Spekulationen; und trotz betont rationaler Ausdeutung des Pymschen Berichts läßt auch Verne seine Phantasie spielen und greift sogar das alte Märchenmotiv vom Magnetberg auf.

Beide Romane waren bisher noch nicht zusammen erschienen. So lag die Vereinigung zu einer geschlossenen Abenteuererzählung nahe. Poe erfuhr dabei nur geringfügige Kürzungen, Vernes routiniert breite Schilderung mit vielen überflüssigen Dialogen mußte dagegen etwas stärker gestrafft werden.

Heinrich Pleticha